外国文学名著丛书

〔法〕雨果/著

悲惨世界 下

李丹 方于/译

"外国文学名著丛书"编委会

人民文学出版社

第六卷 小伽弗洛什

一 风的恶作剧

从一八二三年起,当孟费郿的那个客店渐渐衰败,逐步向……不是向破产的深渊,而是向零星债务丛集的泥潭沉陷下去时,德纳第夫妇又添了两个孩子,全是雄的。这样便成了五个,两个姑娘,三个男孩。够多的了。

最小的两个年纪还很小时,德纳第大娘便把他们打发掉了,她心里还怪高兴的。

说"打发掉",是对的。这个妇人原只有天性的一个碎片。这种现象的例子不止一个。和拉莫特·乌丹古尔元帅夫人一样,德纳第大娘做母亲只做到她的两个女儿身上为止。她的母爱到此便完了。她对人类的憎恨从她的几个儿子身上开始。在她儿子那边,她的凶狠劲便陡然高耸,在这里她的心有一道阴森的陡壁。我们已经见过她怎样厌恶她的大儿子,对另外两个儿子,她更是恨透了。为什么?因为。这是最可怕的原因和最无可争辩的回答:因为。

"我不想养一大群牛崽。"那个做母亲的常这样说。

我们来谈谈德纳第两口子是怎样摆脱他们对两个小儿子

的责任,甚至从中找些好处的。

在前面几页里,我们谈到过一个叫马侬的姑娘,曾取得吉诺曼这个老好人的津贴来抚养她的两个儿子,现在涉及到的便是这个妇人。她当时住在则肋斯定河沿,在那条古老的小麝香街转角的地方,那条街已力所能及地把它的臭名声变为香气。我们还记得三十五年前那次白喉流行症曾广泛侵袭塞纳沿河岸一带的地区,当时的科学还利用了这一机会来大规模试验明矾喷雾疗法的效果,这种疗法幸而今天已被外用碘酒所替代。在那次白喉流行期间,马侬姑娘在一天里,早上一个,傍晚一个,接连失掉了两个儿子,两个年龄都还很小。这是一个打击。那两个孩子对他们的母亲来说是宝贵的,他们代表每月八十法郎的收入。这八十法郎一向是由吉诺曼先生的年息代理人巴什先生——退职公证人,住在西西里王街——准时如数代付的。两个孩子一死,津贴便没有着落了。马侬姑娘便得想办法。她原是那种罪恶的黑社会里的一分子,大家知道一切,并且相互保密,相互支援。马侬姑娘急需两个孩子,德纳第妈妈恰有两个。同一性别,同一年龄。对一方来说,是一笔好交易,对另一方来说,是一笔好投资。两个小德纳第便成了两个小马侬。马侬姑娘离开了则肋斯定河沿,迁到钟锥街去住了。在巴黎,一个人的出身可以由住处换一条街而断绝。

民政机关一点没有发觉,也就无所谓异议,这一偷换行为便毫不费劲地成功了。不过德纳第在出借那两个孩子时,要求每月非分给他十个法郎不可,马侬姑娘表示同意,甚至每月到期照付。吉诺曼先生当然继续承担义务。他每六个月来看一次那两个小孩。他没有看出破绽。马侬姑娘每次都对他说:"先生,他们长得多么像您!"

德纳第不难改名换姓,他趁这机会变成了容德雷特。他的两个女儿和伽弗洛什几乎没有时间来注意他们还有两个小弟弟。贫苦到了某种程度,人会变成孤魂野鬼,彼此漠不关心,把生人也当成游魂。你的最亲的骨肉也会被你看作是些憧憧往来的黑影,几乎成了人生的穷途末路中一些若有若无的形象,很容易和无形的鬼魂混淆在一起。

德纳第大娘对她的两个小儿子,原已下定决心永远抛弃不要了的,可是在把他们交付给马侬姑娘的那天晚上,她忽然感到心虚,或是故意装作心虚。她对她的丈夫说:"这可是遗弃孩子哟,这种做法!"德纳第见她心虚,便威严地冷冰冰地安慰她说:"让-雅克·卢梭比我们干得更高明呢!"可是大娘由心虚转到了心慌,她说:"万一警察来找我们的麻烦呢?我们干的这种事,德纳第先生,你说说,是允许的吗?"德纳第回答说:"全是允许的。谁也会认为这是通明透亮的。并且,对这种没有一文钱的孩子,谁也不会感兴趣,要跑来看个清楚。"

马侬姑娘是一种作恶的漂亮人物。她爱装饰。她家里的陈设既穷酸又考究,和她同住的是一个有本领的女贼,入了法国籍的英国姑娘。这个取得巴黎户籍的英国姑娘受到人们尊敬,是因为她和一些富人有交往,她同图书馆里的勋章和马尔斯小姐的金刚钻都有密切的关系,日后在一些刑事案件中还很有名。人们称她为"密斯姑娘"。

那两个孩子,归了马侬姑娘以后,没有什么可抱怨的。在那八十法郎的栽培下,他们和任何有油水可榨的东西一样,是受到照顾的,穿得一点也不坏,吃得一点也不坏,被看待得几乎像两个"小先生",和假母亲相处得比真母亲还好。马依姑娘装出一副贵妇人的样子,不在他们面前说行话。

他们便这样过了几年。德纳第确有先见之明。一天,马依姑娘来付她那十个法郎的月费,他对她说:"应当由'父亲'来给他们受点教育了。"

那两个可怜的孩子,虽然命薄,总算一向受到相当好的保护,没想到他们忽然一下被抛入了人生,非开始自谋生路不可。

像在德纳第贼窝里进行的那种大规模逮捕,必然还惹出一连串的搜查和拘禁,这对生活在公开社会下的那种丑恶的秘密社会来说,确是一种真正的灾难,这样的风浪常在黑暗世界里造成各式各样的崩塌。德纳第的灾难引起了马依姑娘的灾难。

一天,在马依姑娘把那张关于卜吕梅街的纸条交给了爱潘妮后不久,忽然有一批警察来到钟锥街,马依姑娘被捕了,密斯姑娘也被捕了,并且那整栋房子里的人,因形迹可疑,都被一网打尽。两个小男孩这时正在一个后院里玩,一点没有看见当时的那种突袭情形。到了他们要回家时,他们发现家里的门已经封了,整栋房子都是空的。对面棚子里的一个补鞋匠把他们找去,把"他们的母亲"留下来的一张纸交给了他们。纸上写的是一个地址:"西西里王街,八号,年息代理人,巴什先生"。棚子里的那个人还对他们说:"你们不再住这儿了。去找这个地方,很近。左边第一条街便是。拿好这张纸,问路去。"

两个孩子走了,大的牵着小的,手里捏着那张引路的纸。当时天气正冷,他的小指头僵了,抓不大稳,没有把那张纸拿好。走到钟锥街转角的地方,一阵风把他手里的纸吹走了,天已经黑下来,孩子没法把它找回来。

他们只好在街上随便流浪。

二 小伽弗洛什沾拿破仑大帝的光

巴黎的春天常会刮起阵阵峭劲的寒风,它给人们的感受不完全是冷,而是冻,这种风像从关得不严密的门窗缝里吹进暖室的冷空气那样,即使在晴天也能使人愁苦。仿佛冬季的那扇阴惨的门还半开着,风是从那门口吹来的。本世纪欧洲的第一次大流行病便是在一八三二年春天突发的,从没有像那次霜风那样冷冽刺骨。比起平时冬季的那扇半开的门,那一年的门来得还更冻人些。那简直是一扇墓门。人们感到在那种寒风里有鬼气。

从气象学的角度看,那种冷风的特点是它一点不排除强电压。那一时期经常有雷电交加的大风暴。

有一个晚上,那种冷风正吹得起劲,隆冬仿佛又回了头,资产阶级都重新披上了大氅,小伽弗洛什始终穿着他的那身烂布筋,立在圣热尔韦榆树附近的一家理发店的前面出神,冷得发抖但高高兴兴。他围着一条不知是从什么地方拾来的女用羊毛披肩,用来当作围巾。看神气,小伽弗洛什是在一心欣羡一个蜡制的新娘,那蜡人儿敞着胸脯,头上装饰着橙花,在橱窗后面两盏煤油灯间转个不停,对过路的人盈盈微笑;其实,伽弗洛什老望着那家铺子的目的,是想看看有没有办法从柜台上"摸"一块香皂,拿到郊区的一个"理发师"那里去卖一个苏。他是时常依靠这种香皂来吃一顿饭的。对这种工作,他颇有些才干,他说这是"刮那刮胡子人的胡子"。

他一面瞻仰新娘,并一眼又一眼瞟着那块香皂,同时他牙齿缝里还在唠唠叨叨地说:"星期二……不是星期二……是星期二吧?……也许是星期二……对了,是星期二。"

从来不曾有人知道过他这样自问自答究竟是在谈什么。

要是这段独白涉及到他上一次吃饭的日子,他便是三天没有吃饭了,因为那天是星期五。

理发师正在那生着一炉好火的店里为一个主顾刮胡子,他不时扭过头去瞧一下他的敌人,这个冷到哆嗦,两手插在口袋里,脑子里显然是在打坏主意的厚脸皮野孩子。

正当伽弗洛什研究那新娘、那橱窗和那块温莎香皂时,忽然走来另外两个孩子,一高一矮,穿得相当整洁,比他个子还小,看来一个七岁,一个五岁,羞怯怯地转动门把手,走进那铺子,不知道是在请求什么,也许是在请求布施,低声下气,可怜巴巴的,好像是在哀告而不是请求。他们两个同时说话,话是听不清楚的,因为小的那个的话被抽泣的声音打断了,大的那个又冻到牙床发抖。理发师怒容满面地转过身来,手里捏着剃刀,左手推着大的,一个膝头推着小的,把他们俩一齐推到街上,关上大门,一面说道:

"无缘无故走来害人家受冻!"

那两个孩子,一面往前走,一面哭。同时,天上飘来一片乌云,开始下雨了。

小伽弗洛什从他们后面赶上去,对他们说:

"你们怎么了,小鬼?"

"我们不知道到哪里去睡觉。"大的那个回答说。

"就为了这?"伽弗洛什说,"可了不得。这也值得哭吗?

真是两个傻瓜蛋!"

接着,他又以略带讥笑意味的老大哥派头,怜惜的命令语气和温和的爱护声音说道:

"伢子们,跟我来。"

"是,先生。"大的那个说。

两个孩子便跟着他走,像跟了个大主教似的。他们已经不哭了。

伽弗洛什领着他们朝巴士底广场的方向走上了圣安东尼街。

伽弗洛什一面走,一面向后转过头去对着理发师的铺子狠狠地望了一眼。

"这家伙太没有心肠,老白鱼,"他嘟囔着,"这是个英国佬。"

一个姑娘看见他们三个一串儿地往前走,伽弗洛什领头,她放声大笑起来。这种笑声对那一伙失了敬意。

"您好,公共车①小姐。"伽弗洛什对她说。

过了一阵,他又想起那理发师,他说:

"我把那畜生叫错了,他不是白鱼②,是条蛇。理发师傅,我要去找一个铜匠师傅,装个响铃在你的尾巴上。"

那理发师使他冒火。他在跨过水沟时遇见一个看门婆,她嘴上有胡须,手里拿着扫帚,那模样,够得上到勃罗肯山③

---

① 公共车,有属于众人的意思。
② 白鱼,古代欧洲的男人留长头发,有钱人还在头发里撒上白粉,认为美观。理发师都这样修饰自己的头发,因此人们戏称理发师为白鱼。
③ 勃罗肯山(Brocken),在德国,相传是巫女和魔鬼幽会的地方。歌德的《浮士德》中对此有描写。

去找浮士德。

"大婶,"他对她说,"您骑着马儿上街来了?"

正说到这里,他又一脚把污水溅在一个过路人的漆皮靴子上。

"小坏蛋!"那过路人怒气冲冲地嚷了起来。

"先生要告状吗?"

"告你!"那过路人说。

"办公时间过了,"伽弗洛什说,"我不受理起诉状了。"

可是,在顺着那条街继续往上去的时候,他看见一个十三四岁的女叫化子,待在一扇大门下冷得发抖,她身上的衣服已短到连膝头也露在外面。那女孩已经太大,不能这样了。年龄的增长常和我们开这种玩笑。恰恰是在赤脚露腿有碍观瞻的时候裙子变短了。

"可怜的姑娘!"伽弗洛什说,"连裤衩也没有一条。接住,把这拿去吧。"

他一面说,一面把那条暖暖的围在他颈子上的羊毛围巾解下来,披在那女叫化子的冻紫了的瘦肩头上,这样,围巾又成了披肩。

女孩呆瞪瞪地望着他,一声不响,接受了那条披肩。人穷到了某种程度时往往心志沉迷,受苦而不再呻吟,受惠也不再道谢。

这之后:

"噗……!"伽弗洛什说,他抖得比圣马丁更凶,圣马丁至少还留下了他那大氅的一半。①

---

① 相传圣马丁曾把身上的半件衣服让给穷人。

他这一噗……那阵大雨,再接再厉,狂倾猛泻下来了。真是恶天不佑善行。

"岂有此理,"伽弗洛什喊着说,"这是什么意思?它又下起来了!慈悲的天主,要是你再下,我便只好退票了。"

他再往前走。

"没有关系,"他一面说,一面对那蜷缩在披肩下的女叫化子望了一眼,"她这一身羽毛还不坏。"

他望了望头上的乌云,喊道:

"着了!"

那两个孩子照着他的脚步紧跟在后面。

他们走过一处有那种厚铁丝网遮护着的橱窗,一望便知道是一家面包铺,因为面包和金子一样,是放在铁栅栏后面的,伽弗洛什转过身来问道:

"我说,伢子们,我们吃了晚饭没有呀?"

"先生,"大的那个回答说,"我们从今天早上起还没有吃过东西。"

"难道你们没有父亲,也没有母亲吗?"伽弗洛什一本正经地问。

"请不要乱说,先生,我们有爸爸妈妈,但是我们不知道他们在什么地方。"

"有时,知道还不如不知道的好。"伽弗洛什意味深长地说。

"我们已经走了两个钟头,"大的那个继续说,"我们在好些墙角旮旯里找过,想找点东西,可什么也没有。"

"我知道,"伽弗洛什说,"狗把所有的东西全吃了。"

沉默了一阵,他接着又说:

"啊!我们丢了我们的作者。我们不知道是怎么搞的。不应当这样,孩子们。把老一辈弄丢了,真是傻。可了不得!我们总得找点吃的。"

此外他并不向他们问底细。没有住处,还有什么比这更简单的呢?

两个孩子里大的那个,几乎一下子便完全回到童年时代那种无忧无虑的状态里,他大声说道:

"想想真是滑稽。妈妈还说过,到了树枝礼拜日那天,还要带我们去找些祝福过的黄杨枝呢。"

"唔。"伽弗洛什回答说。

"妈妈,"大的那个又说,"是个和密斯姑娘同住的夫人。"

"了不起。"伽弗洛什说。

他没有再说下去,他在他那身破烂衣服的各式各样的角落里摸摸找找已经有好一阵了。

最后他终于仰起了头,他那神气,原只想表示满意,而他实际表现的却是极大的兴奋。

"不用愁了,伢子们。瞧这已经够我们三个人吃一顿晚饭的了。"

同时他从身上的一个衣袋里摸出了一个苏来。

那两个孩子还没有来得及表示高兴,他便已推着他们,自己走在他们的背后,把他们一齐推进了面包铺,把手里的那个苏放在柜台上,喊道:

"伙计!五生丁的面包。"

那卖面包的便是店主人,他拿起了一个面包和一把刀。

"切作三块,伙计!"伽弗洛什又说。

他还煞有介事地补上一句:

"我们一共是三个人。"

他看见面包师傅在研究了这三位晚餐客人以后,拿起一个黑面包,他便立即把一个指头深深地塞在自己的鼻孔里,猛吸一口气,仿佛他那大拇指头上捏了一撮弗雷德里克大帝的鼻烟,正对着那面包师傅的脸,粗声大气地冲他说了这么一句:

"Keksekça?"

在我们的读者中,如果有人以为伽弗洛什对面包师傅说的这句话是俄语或波兰语,或是约维斯人和波托古多斯人对着寥寂的江面隔岸相呼的蛮语,我们便应当指出,这不过是他们(我们的读者)每天都在说的一句话,它是"Qu'est-ce que c'est que cela?"①的一种说法而已。那面包师傅完全听懂了,他回答说:

"怎么!这是面包,极好的二级面包呀。"

"您是说黑炭团吧,"伽弗洛什冷静而傲慢地反驳说,"要白面包,伙计!肥皂洗过的面包!我要请客。"

面包师傅不禁莞尔微笑,他一面拿起一块白面包来切,一面带着怜悯的神情望着他们,这又触犯了伽弗洛什。他说:

"怎么了,面包师傅!您干吗要这样丈量我们啊?"

其实他们三个连接起来也还不够一脱阿斯。

当面包已经切好,面包师也收下了那个苏,伽弗洛什便对那两个孩子说:

"捅吧。"

那两个小男孩直望着他发愣。

---

① 法语:"这是什么?"

伽弗洛什笑了出来：

"啊！对,不错,小毛头还听不懂,还太小!"

他便改口说：

"吃吧。"

同时他递给他们每人一块面包。

他又想到大的那个似乎更有资格作为他交谈的对象,也应当受到一点特殊的鼓励,使他解除一切顾虑来满足他的食欲,他便拣了最大的一块,递给他,并说道：

"把这拿去塞在你的炮筒里。"

他把三块中最小的一块留给了自己。

这几个可怜的孩子,包括伽弗洛什在内,确是饿惨了。他们大口咬着面包往下咽,现在钱已收过了,面包师傅见他们仍挤在他的铺子里,便显得有些不耐烦。

"我们回到街上去吧。"伽弗洛什说。

他们再朝着巴士底广场那个方向走去。

他们每次打有灯光的店铺门前走过,小的那个总要停下来,把他那用一根绳子拴在颈子上的铅表拿起来看看钟点。

"真是个憨宝。"伽弗洛什说。

说了过后,他又有所感叹似的,从牙缝里说：

"没有关系,要是我有孩子,我一定会拉扯得比这好一些。"

他们已经吃完面包,走到了阴暗的芭蕾舞街的转角处,一望便可以看见位于街底的拉弗尔斯监狱的那个矮而森严的问讯窗口。

"嗨,是你吗,伽弗洛什?"一个人说。

"哟,是你,巴纳斯山?"伽弗洛什说。

这是刚碰到那野孩的人,不是别人而是已化了装的巴纳斯山,他戴着一副夹鼻蓝眼镜。伽弗洛什却仍能认出他来。

"坏种!"伽弗洛什接着说,"你披一身麻子膏药颜色的皮,又像医生一样戴副蓝眼镜。你真神气,老实说!"

"嘘,"巴纳斯山说,"声音轻点。"

他急忙把伽弗洛什拖出店铺灯光所能照到的地方。

那两个小孩手牵着手,机械地跟了过去。

他们到了一道大车门的黑圆顶下面,一个人眼望不见,雨也打不着的地方。

"你知道我要去什么地方吗?"巴纳斯山问。

"去悔不该来修道院①。"伽弗洛什说。

"烂你的舌头!"

巴纳斯山接着又说:

"我要去找巴伯。"

"啊!"伽弗洛什说,"她叫巴伯。"

巴纳斯山放低了声音。

"不是她,是他。"

"啊,巴伯!"

"对,巴伯。"

"他不是被扣起来了吗?"

"他把扣子解了。"巴纳斯山回答说。

他又急急忙忙告诉那野孩子说,当天早晨,巴伯被押解到刑部监狱去时,走到"候审过道"里,他原应往右转,可是他来了个往左转,便溜走了。

---

① "悔不该来修道院",指断头台。

伽弗洛什对这种机灵劲儿大为欣赏。

"这老油子!"他说。

巴纳斯山把巴伯越狱的细情又补充说明了几句,最后,他说:

"呵!事情还没有完呢。"

伽弗洛什一面听他谈,一面把巴纳斯山手里的一根手杖取了来,他机械地把那手杖的上半段拔出来,一把尖刀的刀身便露出来了。他赶忙又推进去,说道:

"啊!你还带了一名便衣队。"

巴纳斯山眨了眨眼睛。

"冒失鬼!"伽弗洛什又说,"你还准备和活阎王拼命吗?"

"不知道,"巴纳斯山若无其事地回答说,"身上带根别针总是好的。"

伽弗洛什追问一句:

"你今晚到底要干什么?"

巴纳斯山又放低了声音,随意回答说:

"有事。"

他陡然又改变话题,说:

"我想到一件事!"

"什么事?"

"前几天发生的一桩事。你想想。我遇见一个阔佬。他给了我一顿教训和一个钱包。我把它拿来放在口袋里。一分钟过后,我摸摸口袋,却什么也没有了。"

"只剩下那教训。"伽弗洛什说。

"你呢?"巴纳斯山又说,"你现在去什么地方?"

伽弗洛什指着那两个受他保护的孩子说:

"我带这两个孩子去睡觉。"

"睡觉,去什么地方睡觉?"

"我家里。"

"什么地方,你家里?"

"我家里。"

"你有住处吗?"

"对,我有住处。"

"你的住处在哪儿?"

"象肚子里。"

巴纳斯山生来就不大惊小怪,这回却不免诧异起来:

"象肚子里?"

"一点没错,象肚子里!"伽弗洛什接着说,"Kekçaa?"

这又是一句谁也不写但人人都说的话。它的意思是:"Qu'estce que cela a?"(这有什么?)

野孩这一深邃的启发恢复了巴纳斯山的平静心情和健全的理智。他对伽弗洛什的住处似乎有了较好的感情。

"可不是!"他说,"是啊,象肚子……住得还好吗?"

"很好,"伽弗洛什说,"那儿,老实说,舒服透了。那里面,不像桥底下,没有穿堂风。"

"你怎样进去呢?"

"就这么进去。"

"有一个洞吗?"巴纳斯山问。

"当然!但是,千万不能说出去。是在前面两条腿的中间。'croqueurs'①都没有看出来。"

---

① 密探,警察。——原注

"你得爬上去？当然,我懂得。"

"简单得很,嚓嚓两下便成了,影子也没有一个。"

停了一会,伽弗洛什接着又说:

"为了这两个娃子,我得找条梯子才行。"

巴纳斯山笑了起来。

"这两个小鬼,你是从什么鬼地方找来的?"

伽弗洛什简单地回答说:

"这两个小宝贝,是一个理发师好意送给我的。"

这时,巴纳斯山有所警惕。

"刚才你一下便认出我来了。"他低声说。

他从衣袋里掏出两件小东西,两根裹了棉花的鹅翎管,在每个鼻孔里塞了一根。这样一来,他的鼻子便变了个样儿。

"你变了个样儿了,"伽弗洛什说,"你丑得好一点了,你应当老装上这玩意儿才是。"

巴纳斯山原是个美男子,但是伽弗洛什爱耍贫嘴。

"说正经的,"巴纳斯山问道,"你觉得我怎么样?"

他说话的声音也完全不同了。一转眼,巴纳斯山已变成另一个人。

"呵！你演一段波里希内儿给我们瞧瞧。"伽弗洛什嚷着说。

那两个孩子原来并没有注意他们的谈话,只一心一意在挖自己的鼻孔,听见提到波里希内儿这名字,便走拢来,开始露出欢乐和羡慕的样子。

可惜巴纳斯山存了戒心。

"听我说,孩子,要是我在广场上带着我的夺格,我的达格和我的狄格,你尽管给我十个大个的苏,我也不会拒绝当场要一套,但是我们不是在过狂欢节。"

这句怪话对那野孩产生了一种奇特的效果。他连忙转过身去,睁着一双亮晶晶的小眼睛,聚精会神地向四面张望,发现一个警察的背影,立在相隔几步的地方。伽弗洛什说了声:"啊,好!"立即又住了嘴,摇着巴纳斯山的手说:

"好吧,再见,我要领着我的小乖乖去找我的大象了。万一哪个晚上你需要我,可以到那地方去找我。我住在楼上。没有门房。你找伽弗洛什先生就是了。"

"好的。"巴纳斯山说。

他们彼此分了手,巴纳斯山走向格雷沃,伽弗洛什走向巴士底广场。伽弗洛什拖着小哥,小哥拖着小弟,五岁的小弟几次回头向后望着越走越远的波里希内儿。

巴纳斯山在发现警察时,用来通知伽弗洛什的那句黑话,并没有什么巧妙之处,只不过把"狄格"这两个音,用了多种不同的方式,重复五六遍罢了。"狄格"这个音节,不是孤立地说出的,而是经过艺术加工,嵌在一个句子里面的,它的意思是:"小心,不能随便说话。"并且,巴纳斯山的这句话,具有一种文学美,伽弗洛什却没有领会到,"我的夺格,我的达格和我的狄格",这是大庙一带的黑话,词义是"我的狗,我的刀和我的女人",这是在莫里哀写作和卡洛①绘画的那个大世纪里的一般小丑和红尾所习用的。

在巴士底广场的东南角,在运河旁古寨监狱下水道开浚出来的那个船坞附近,曾有过一座怪模怪样的建筑物,那是人们在二十年前还能随时见到的,现在已从巴黎人的记忆中消

---

① 卡洛(Jacques Callot,1592—1635),法国十七世纪画家及版画家。

失了,但还值得为它留下一点痕迹,因为那东西出自"科学院院士、埃及远征军总司令"的想象。

那虽只是一个小模型,我们仍称它为建筑物。因为这小模型本身便是一种庞然大物,是拿破仑某个意念的雄伟尸体,接二连三的阵阵狂风已把它吹得离我们一次比一次更远,变成了历史上的残迹,但反使它那临时性的形体具有一种说不出的永久性。那是一头四丈高的大象,内有木架,外有涂饰,背上驮一个塔,像座房子,当初由某个泥水匠涂成绿色,现在则由天时雨露使它变黑了。在那广场的凄凉空旷的角上,这一巨兽的宽额、长鼻、大牙、坐塔、壮阔的臀部、四条庭柱似的腿,夜里星光点点的天空便衬托出一幅异样骇人的剪影。人们不知道那是什么意思。那是人民力量的象征。深沉,神秘,宏壮。这不知是种什么样的有形有体的大力神立在巴士底广场上那无形无影的幽灵旁。

外来的人很少参观这一建筑,过路的人更不会去望它一眼。它已渐渐圮毁,每季都有泥灰从它的腰腹剥落下来,使它伤痕累累,丑恶不堪。从一八一四年以来,在一般斯文人的谈吐中所谓的"市容检查大员"早已把它丢在脑后了。它待在它的旮旯里,一脸愁容病态,沉沉欲倒,被圈在一道朽木栅栏里,随时都受到一些酗酒的车夫们的糟蹋,肚皮龟裂,尾巴上露出一根木条,腿间长满茅草,并且由于这广场的地面,三十年来,在它周围不断升高——大城市的地面都是在不知不觉中慢慢不断上升的——,它便陷在一块凹地里,仿佛土在它的下面往下沉似的。它是污秽,是被人轻视,使人厌恶而又庄严灿烂的,在财主们的眼里显得丑陋,在深思者的眼里却显得悒郁。它好像是一堆即将被清除的秽物,又好像是一个即将被斩首的君王。

我们先前已经说过,到了夜里,景色便有所不同。每到日暮黄昏时分,那头老象便另有一种神韵,它在那悄冥使人悚栗的夜色中变得肃静威猛了。它是属于过去的,因此它属于黑夜,而沉沉黑夜和它的庄严气象又正相宜。

这建筑物,粗糙、矮壮、笨拙、枯索、矜庄,几乎不成形,但肯定庄严有威,具有一种美妙的肃穆气息和野趣,现在它已不存在了,已让位给一座带个烟囱的特大火炉,让它昂然稳坐在那座黑不溜秋的九塔堡垒的旧址上,几乎像资产阶级取代封建制。用一只火炉来象征一个锅的力量的时代,那是极自然的。这个时代必将过去,它已经在过去,人们已经开始懂得,如果锅炉里能产出能量,也只是因为头脑里能产出力量,换句话说,引导人类前进的不是火车头,而是思想。把火车头挂在思想后面,那是对的,但是请不要把坐骑当作骑士。

不论怎样,为了回到巴士底广场,用泥灰造这大象的建造人表达了伟大的事物,用紫铜造那火炉烟囱的建造人的表现却是渺小的。

这个获得了一个响亮的名称,被命名为七月纪念碑[①]的火炉烟囱是一次流产了的革命的不成器的标志,直到一八三二年——至今仍使我们感到惋惜——,还被罩在一层无比高大的脚手架里,并被一大圈木板栅栏环绕着,把那大象完全孤立起来了。

野孩领着两个"伢子"所要去的地方,正是那广场的这只

[①] 七月纪念碑,路易-菲力浦的政府为了纪念七月革命,在巴士底广场上建立了一座高五十米的紫铜纪念碑,方形底座上安一根圆柱,柱上立一个自由神像。

被远处一盏回光灯微微照着的角上。

请读者允许我们在此地离开一下正题,并追述一件简单的事实:轻罪法庭在二十年前曾根据禁止流浪及损坏公共建筑的禁令,判处一个擅自在巴士底广场的大象里住宿的孩子。

这事交代以后,我们接着往下谈。

到了那庞然大物附近,伽弗洛什意识到无限大能对无限小所起的作用,他说道:

"伢子!你们不用害怕。"

随后,他打木栅栏的一个缺口钻进了围住大象的圈子里,并帮助两个孩子跨过缝隙。那两个孩子有些胆怯,一声不响地跟着伽弗洛什,把自己托付给这位曾分给他们面包,许给他们住处,穿一身破烂的小救主。

有一条梯子顺着木栅栏倒在地上,那是附近一个工地的工人们在白天使用的。伽弗洛什以少见的体力把它扶了起来,靠在象的一条前腿上。在靠近梯子的尽头处,在巨兽的肚子上露出一个黑洞。

伽弗洛什把梯子和洞口指给他的两位客人看,对他们说:

"请上去,请进。"

两个小孩害怕了,彼此瞪眼望着。

"你们害怕,伢子们!"伽弗洛什说。

他随即加上一句:

"瞧我的。"

他不屑用梯子,抱住那条粗皮象腿,一眨眼便到了裂口边。他把头伸进去,像条钻缝的蛇似的,一下便滑到里面去了,一会儿之后,两个孩子又隐隐望见他的头,像个苍白模糊的什么东西,出现在那黑咕隆咚的洞口。

"好吧,"他喊道,"上来吧,小鬼!上来瞧瞧,这儿多舒服!"他又对着大的那个说,"上来,你。我把手伸给你。"

两个小孩用肩头互相推着,那野孩一面吓唬他们,一面又鼓励他们,并且雨也确实下大了。大的那个决计冒一下险。小的那个,望着他的哥往上爬,自己独自一人留在巨兽的两条腿中间,几乎要哭出来,却又不敢。

大的那个顺着梯子的横条,摇摇晃晃地往上攀登,伽弗洛什一路鼓励他,不断地嚷,像武术教师教徒弟或是骡夫赶骡子那样:

"不要怕!"

"对头!"

"照样来!"

"脚踩在这儿!"

"手抓住!"

"大胆!"

等孩子到了近处,他狠狠一把抓住他的胳臂,猛力向自己身边一拖。

"成啦!"他说。

那小把戏已经越过了裂缝。

"现在,"伽弗洛什说,"等等我。先生,请里面坐一会儿。"

他像先头钻进裂缝那样,又从裂缝里钻出来,以猕猴的轻捷劲儿,顺着象腿滑下,直立在草地上,把那五岁的孩子拦腰一把抱起来,送他立在梯子的中段,自己跟着爬到他的后面,对大的那个喊道:

"我来推他,你来拉他。"

一转眼,他们把那小的朝着洞口又送,又推,又拖,又拉,又捅,又塞,他还来不及弄清楚是怎么回事,伽弗洛什已经跟在他后面钻了进去,顺脚把梯子踢倒在草地上,连连拍手,嚷着说:

"我们到了! 拉斐德将军万岁!"

欢呼过后,他又说:

"小兄弟,你们来到我的家里了。"

伽弗洛什也确有四处为家的快感。

呵,废物的意外用途! 伟大事物的援手! 巨人的仁慈! 这座大而无当的建筑物原是因皇上的一念而产生的,现在却成了一个野孩的藏身处。小不点儿受到了庞然大物的接待和庇护。穿着节日盛装的阔佬们,从巴士底广场走过时,睁着一双凸出的眼睛,带着轻蔑的神情,打量那头大象,随口说道: "这东西究竟有什么用处?"这东西的用处是使一个无父、无母、无食、无衣、无家的小人儿免受冷气、寒风、霜、雹、雨的侵袭,不因睡在污泥地上而发烧,不因睡在雪地里而死去。这东西的用处是收容社会所抛弃的无罪的人。这东西的用处是减轻公众的罪恶。这是为每户人家都闭门不纳的那个人敞开着的窝巢。这头老象,穷愁潦倒,被虫豸所侵蚀,被人们遗忘、抛弃、废绝,它遍身疮、痣、黑霉、虫伤,像个立在十字路口向人求怜的彪形乞丐,它仿佛对这个穷小子,这个脚上没鞋,头上无遮,呵着一双冻手,吃着残汤剩饭的小叫化子起了怜悯心。这便是巴士底广场上那头大象的用处。拿破仑的这一设想,虽被人们所鄙弃,却被上帝采纳了。原来只想成为堂皇富丽的东西,结果却变成使人肃然起敬的了。为了实现皇上的意图,原来非使用紫石英、青铜、铁、金、云石不可,而对上帝,却只要几块旧木板、几根椽条、一点石灰便够了。他原想用这头无比壮大、威猛非凡、高仰着鼻子、驮着宝座、四周喷射着欢腾飞溅的清泉的巨象来象征人民的力量,上帝却用它来完成一件更伟大的事业,庇护一个小孩。

让伽弗洛什钻进去的那个洞,我们已经说过,是隐在象肚子下面的一条裂口里,从外面看去,几乎是看不见的,极窄的一线缝,也只有猫儿和小孩能勉强通过。

"第一件事,"伽弗洛什说,"便是要叮嘱门房,说我们不在家。"

他好像一个对自己家里的事物很熟悉的人,以熟练的动作,摸黑进去,取出一块木板,堵住了洞口。

伽弗洛什又回到黑处。两个孩子听到火柴在磷瓶里嗤响的声音。当时还没有化学火柴,代表那个时代的进步的是菲玛德打火机。

突然出现的光明使他们睁不开眼;伽弗洛什已经燃起一根那种浸过松脂、叫做地窖老鼠的绳子。地窖老鼠烟多而光小,使象肚子的内部隐约可见。

伽弗洛什的两位客人向他们的四周望去,他们的感受有如一个关在海德堡大酒桶里的人,或者,说得更正确一点,有如圣书所说,被吞没在鲸鱼肚里的约拿。一整套特高特大的骨架出现在他们眼前,把他们包围起来。上面,有一长条褐色的大梁,每隔一定距离,便有两根弓形的粗横木条依附在大梁上,这样便构成了脊梁和肋骨,钟乳石似的石膏,像脏腑似的悬在那上面,左右肋骨之间张挂着大蜘蛛网,形成了满布灰尘的横膈膜。他们看见在那些拐角里,这儿那儿,都有一些大黑点,仿佛是活的,以急促惊慌的动作窜来窜去。

从象背上落到它肚子上的灰碴已把凹面填平了,因此他们能像在地板上似的走动。

最小的那个紧靠着他的哥,低声说道:

"黑洞洞的。"

这话教伽弗洛什生气了。那两个孩子的颓丧神情得受点震动才成。

"你们在胡说什么?"他吼道,"想开开玩笑?摆摆架子?非得住杜伊勒里宫不成?难道你们真是两个笨货?你们说吧。告诉你们,我不是傻瓜队伍里的人。难道你们是教皇副官的孩子?"

惊慌中来一点粗暴是有好处的。它能起安抚作用。两个孩子全向伽弗洛什靠拢了。

伽弗洛什见到这种信赖,他的心软得和慈父一样,他由刚转柔,对那小的说:

"笨蛋,"他带着抚慰的口吻说着这种冲犯的话,"外面才是黑洞洞的呢。外面下雨,这儿没有雨;外面刮风,这儿一丝风也没有;外面尽是人,这儿没有一个外人;外面连月亮也没有,这儿有我的蜡烛,你说对吗?"

两个孩子望着那间公寓,已开始不怎么怕了,但是伽弗洛什不让他们有瞻望的闲情。

"快。"他说。

同时他把他们推向那个我们非常乐意称为卧室底里的地方。

那是他放床的地方。

伽弗洛什的床是万事俱备的。就是说,有褥子,有被,还有一间带帷幔的壁厢。

褥子是一条草荐,被是一条相当宽大的灰色粗羊毛毯,很暖,也相当新。那间壁厢是这样的:

三根相当长的木条,稳稳地插在地上的灰碴里,就是说,插在象肚皮上的灰碴里,两根在前,一根在后,顶端由一根绳子拴在一起,构成一个尖塔形的架子。架子顶着一幅铜丝纱,纱是随便罩在那架子头上的,但是以很高的手艺用铁丝扣好了的,因而把那三根木条完全罩起来了。地上还有一圈大石块,团团压住纱罩的边,不让任何东西钻到纱罩里去。这个纱罩只不过是块动物园里供蒙鸟笼用的铜纱。伽弗洛什的床便好像是安在鸟笼里似的,放在这纱罩下。整个结构像一个爱斯基摩人的帐篷。

所谓帷幔便是这纱罩了。

伽弗洛什把那几块压在纱罩前面的石块移了移,两片重叠着的纱边便张开了。

"小家伙,快爬进去!"伽弗洛什说。

他仔仔细细把他的两位客人送进笼子以后,自己也跟在后面爬了进去,再把那些石块移拢,严密合上帐门。

他们三人一同躺在那草荐上。

他们尽管都还小,却谁也不能在壁厢里立起来。伽弗洛什的手里始终捏着那根地窖老鼠。

"现在,"他说,"睡吧!我要熄灯了。"

"先生,"大哥指着铜丝纱罩问伽弗洛什,"这是什么东西?"

"这,"伽弗洛什严肃地说,"这是防耗子的。睡吧!"

可是他感到应当多说几句,来教育一下这两个嫩小子,他又说道:

"这些都是植物园里的东西,是野兽用的东西。整个库房全是这些玩意儿。你只要翻过一堵墙,跳一扇窗子,爬进一道门,要多少有多少。"

他一面说着,一面把一边毯子裹住那小的,只听见他嘟囔着:

"呵!这真好!真暖!"

伽弗洛什扬扬得意地望着那条毯子。

"这也是植物园里的,"他说,"我是从猴子那里取来的。"

他又把他身下的那条编得极好的厚厚的草荐指给大孩子看,说道:

"这玩意儿,原是给长颈鹿用的。"

停了一会,他又接着说:

"这全是那些野兽的。我拿来了,它们也没有什么不高兴。我告诉它们:'大象要用。'"

他又静了一会,接着说:

"我翻墙过去,全不理会政府。这算不了什么。"

两个孩子怀着惊奇敬畏的心,望着这个天不怕地不怕的人,他窍门多,和他们一样流浪,和他们一样孤单,和他们一样瘦弱,带一股穷苦而又万能的味儿。在他们的眼里,他仿佛不像凡人,满脸是一副老江湖挤眉弄眼的怪相,笑容极其天真而又妩媚。

"先生,"大的那个怯生生地问道,"难道您不害怕警察吗?"

伽弗洛什只回答了这么一句:

"伢子!我们不说警察,我们说'cognes'。①"

---

① "cogne"(警察)以及在这下面出现的"piolle"(住处),"sorgue"(夜晚)等字都属于黑话。黑话是流行于各行各业的俗话,包括隐语、切口、行话等。本书的下一卷将讨论这个问题。译文中保留原字,注明意义。

小的那个瞪着眼睛,但是他不说话。他原是睡在草荐边上的,他哥睡中间,伽弗洛什像个母亲似的,拿了一块旧破布,垫在他头边的草荐下面,当做他的枕头。接着,他又对大的那个说:

"你说,这地方,不是舒服得很吗?"

"是啊!"大的那个回答说,眼睛望着伽弗洛什,活像个得救的天使。

浑身湿透的小哥儿俩开始感到温暖了。

"我问你,"伽弗洛什继续说,"你们刚才为什么要哭鼻子?"

又指着小的那个对他的哥说:

"像这么一个小娃儿,也就不去说他了,但是,像你这么一个大人,也哭鼻子,太笨了,像个猪头。"

"圣母,"那孩子说,"我们先头不知道到什么地方去找住处。"

"伢子!"伽弗洛什接着说,"我们不说住处,我们说'piolle'。"

"后来我们心里害怕,单是我们两个人,这样待在黑夜里。"

"我们不说黑夜,我们说'sorgue'。"

"谢谢,先生。"那孩子说。

"听我说,"伽弗洛什说,"以后不要再这样无缘无故地哼哼唧唧。我会照顾你们的。你们会明白,好玩的事多着呢。夏天,我带你们和萝卜,我的一个朋友,到冰窖去玩,到码头上去洗澡,我们光着屁股到奥斯特里茨桥跟前的木排上面去跑,去逗那些洗衣服的娘儿们光火。她们又叫又骂的,你们不知

1199

道,那才够味儿呢！我们还要去看那个骨头人。他是活的。在爱丽舍广场。他瘦得真是吓人,这位教民。另外,我还要带你们去看戏。我带你们去看弗雷德里克·勒美特尔演戏。我能弄到戏票,我认识好些演员,我并且参加过一次演出。我们全是一伙一般高的小鬼,我们在一块布的下面跑来跑去,装海里的波浪。我还可以把你们介绍到我的戏院子里去工作。我们还要去参观野蛮人。那不是真的,那些野蛮人。他们穿着肉色的紧身衣,衣上会有皱褶,也能看得见他们的胳膊肘上用白线缝补的地方。看了这个以后我们还要去歌剧院。我们跟着捧场队一道进去。歌剧院的捧场队组织得非常好。我不会跟着那些在街上捧场的人走。在歌剧院,你想想,有些人给二十个苏,这全是些傻瓜。人们管这些人叫做擦碗布。另外,我们还要去看杀人。我带你们去看那个刽子手。他住在沼泽街。桑松先生。他的门上有个信箱。啊！开心事儿多着呢！"

这时,一滴蜡油落在伽弗洛什的手指上,把他拉回到现实生活中。

"见鬼！"他说,"这烛芯一下子便烧了一大截。注意！我每个月的照明费不能超过一个苏。躺在床上,便应当睡觉。我们没有时间来读保罗·德·柯克的小说。并且灯光会从门缝里露出去,'cognes'(警察)一眼便能望见。"

"并且,"大的那个羞怯地补充一句,他是惟一敢和伽弗洛什对话并交换意见的人,"烛花也可能会掉在草上面,小心别把房子烧了。"

"我们不说烧房子,"伽弗洛什说,"我们说'riffauder le bocard'。"

风暴更猛了。从滚滚雷声中,能听到瓢泼大雨打在那巨兽的背上。

"冲吧,雨!"伽弗洛什说,"我最爱听满瓶子的水顺着这房子的大腿淌下去。冬天是个笨蛋,它白白丢失它的货物,白费它的气力,它打湿不了我们,只好叽里咕噜,这送水老倌。"

伽弗洛什是以十九世纪哲学家的态度接受雷雨的全部效果的,可他的话刚一影射到雷声,立即来了一道极其强烈耀眼的闪电,某种东西还从那裂缝里钻进象肚子。几乎是在同时,轰然一声霹雳,并且极为猛烈。那两个孩子叫了一声,猛然坐起,几乎撞开了纱罩,但是伽弗洛什把他那大胆的脸转过去对着他们,趁这雷声大笑起来。

"静下来,孩子们。不要把这宅子掀倒了。这雷真打得漂亮,再好没有!这不是那种眨眼睛的闪电。慈悲天主真了不起!好家伙!几乎比得上昂比古。①"

说了以后,他又把纱罩整理好,轻轻地把那两个孩子推到床头边,把他们的膝头压平,伸直,并说道:

"慈悲天主既然点起了他的蜡烛,我便可以熄灭我的蜡烛了。孩子们,应当睡了,我的年轻小伙子。不睡觉是很不好的。那样你会'schlinguer du couloir',或是,按照上流社会的说法,你会嘴臭。快盖好被子。我要熄灯了。你们准备好了没有?"

"准备好了,"大的那个细声说,"我很舒服。我好像有鸭绒枕头枕着头。"

"我们不说头,"伽弗洛什喊道,"我们说'tronche'。"

---

① 昂比古(Ambigu),巴黎的喜剧院。

那两个孩子彼此挤在一起,伽弗洛什把他们好好安顿在草荐上,又把毯子一直拉到他们的耳朵边,第三次用他那真言神谶似的语言发出命令:

"睡了。"

同时,他吹熄了烛芯。

火刚灭不久,便有一种奇怪的震动摇着那三个孩子头上的纱罩。那是一片窸窣难辨的金属声音,仿佛有些爪子在爬、有些牙齿在啃那铜丝。同时还有种种轻微尖锐的叫声。

五岁的那个孩子,听到他头上的这一阵骚扰,吓得出了冷汗,他用胳膊肘推推他的哥,但是他的哥已照伽弗洛什的指示睡了。这时,那小孩实在怕得按捺不住,便壮起胆量叫伽弗洛什,憋住呼吸,低声喊道:

"先生?"

"嗯?"伽弗洛什说,他刚闭上眼睛不久。

"这是什么?"

"是耗子。"伽弗洛什回答说。

他让自己的头落回到草荐上。

大象的躯壳里确有成千上万只老鼠在孳生繁衍,也就是我们先头提到过的那些黑点点,有烛光时,它们还不敢活动,刚一熄烛,这黑洞便又立即成了它们的世界,它们嗅到了那位绝妙的童话作家贝洛所说的"鲜嫩的肉"的气味,便一齐扑向伽弗洛什的帐篷,一直爬到了顶上,咬那铜丝网,仿佛要穿透这新型的碧纱橱。

可是那小的睡不着:

"先生!"他又喊。

"嗯?"伽弗洛什说。

"耗子是什么东西?"

"就是小老鼠。"

这一说明使那孩子稍稍安了心。他在他的生活中曾见过几次白色的小鼠,他并没有害怕。可是他又提高嗓子说:

"先生?"

"嗯?"伽弗洛什说。

"您为什么没有猫呢?"

"我有过一只,"伽弗洛什回答说,"我搞到过一只,但是它们把它吃了。"

这第二次说明破坏了第一次说明的效果,那孩子又开始发抖了。他和伽弗洛什之间的对话进入了第四轮:

"先生!"

"嗯?"

"是谁给吃掉了?"

"猫。"

"是谁把猫吃了?"

"耗子。"

"小老鼠吗?"

"对,那些耗子。"

孩子想到那些吃猫的小老鼠,吓破了胆,紧追着问:

"先生,那些小老鼠不会连我们也吃掉吧?"

"说不定!"伽弗洛什说。

孩子的恐怖已到了无以复加的程度。但是伽弗洛什接着又说:

"别害怕!它们进不来。并且有我在这儿!好啦,抓住我的手。不再说话了,快睡吧!"

同时,伽弗洛什从他哥的身体上抓住他的手。孩子把这手紧抱在怀里,感到心宽了。勇敢和力量是能产生这种神秘的交流的。他们的周围又静了下来,耗子已被他们说话的声音吓跑,几分钟过后,它们再回来骚扰也不碍事了,三个在酣睡中的孩子是啥也听不见了。

黑夜的时间悄悄流逝。寥廓的巴士底广场上地暗天昏,寒风夹着雨点阵阵袭来,巡逻队察看着各处的门户、小道、圈地、黑暗的拐角,搜寻夜间活动的游民,他们悄悄地打这大象跟前走过,这怪兽,岿然不动,两眼望着黑处,好像是在梦中默许自己的善行,保卫着那三个睡眠中的孩子,不让他们遭受天灾人祸的侵扰。

为着便于了解下面即将发生的事,我们应当记得,在当年,巴士底的警卫队是驻扎在广场的另一头的,大象附近发生的事不会被哨兵望见或听到。

在破晓前不久,有个人从圣安东尼街跑来,穿过广场,绕过七月纪念碑的大围栏,一直溜进象圈,直到它的肚子下面。假使有任何一种光照在这人身上,从他那浑身湿透的情况来看,我们便不难看出他这一整夜是在雨里度过的。走到大象的下面以后,他发出一种奇特的呼唤声,那种声音不属任何一种人类语言,只有鹦鹉才能仿效。他连续喊了两次,下面的这种文字记录也只是近似而已:

"叽里叽咕!"

喊到第二次时,一个清脆、愉快和年轻的声音从象肚子里回答说:

"有。"

几乎是同时,那块堵洞的木板移开了,一个孩子顺着象腿滑下来,一下便轻轻巧巧地落在那汉子的身边。下来的是伽弗洛什。那汉子是巴纳斯山。

至于叽里叽咕的喊声,一定就是那孩子先头所说的"你找伽弗洛什先生就是了"。

他听到他的喊声,一下便惊醒了,他撩起一角纱罩,爬出他的壁厢,又仔细理好纱罩,接着便掀开门板,下来了。

那汉子和孩子在黑暗中都闷声不响,彼此认清以后,巴纳斯山只说了一句:

"我们需要你来帮一下忙。"

那野孩并不问缘由。

"行。"他说。

两人便一同顺着巴纳斯山刚才走来的原路走向圣安东尼街,急急忙忙从一长串赶早市的蔬菜车子中间左穿右插,往前奔去。

菜贩子们都蜷伏在他们车上的蔬菜堆里打盹,由于雨也打得正猛,他们连眼睛也缩在布褂子下面,全没对这两个奇怪的过路人望一眼。

三　越狱的惊险

下面是这同一个晚上发生在拉弗尔斯监狱里的事:

巴伯、普吕戎、海嘴和德纳第之间早已商量好了要越狱,尽管德纳第是关在单人牢房里。巴伯当天便办妥了他自己的事,这是我们已在巴纳斯山向伽弗洛什所作的叙述中见到了的。

巴纳斯山应当从外面援助他们。

普吕戎在刑房里住了一个月,趁这期间他做了两件事:一,编好了一根绳子;二,一套计划思考成熟了。从前,狱里的制度是让囚犯自己去处理自己的,囚禁他们的那种严酷的地方,四堵墙是条石砌的,顶上也是条石架的,地上铺了石板,放一张布褥,有一个用铁条拦住的透风洞,一道钉上铁皮的门,这种地方叫做囚牢,但是有人认为囚牢太可怕了。现在,这种地方的结构是:一道铁门、一个用铁条拦住的透风洞、一张布褥、石板地面、条石架起的顶、条石砌起的四堵墙,而且改称为刑房。那里在中午稍微有点光。这种房间,我们心里明白,已不是囚牢,但仍有它的不便之处,那就是,它让一些应当从事劳动的人待下来动脑筋。

普吕戎,正因为他爱动脑筋,才带着一根绳子走出了刑房。他在查理大帝院里,被公认为一个相当危险的人物,别人便把他安插在新大楼里。他在新大楼里发现的第一件东西,是海嘴,第二件,是一根钉子。海嘴,意味着犯罪,一根钉子,意味着自由。

关于普吕戎,我们现在应当有个完整的概念。这人,外表具有文弱的体质和经过预先细想过的忧伤神情,是一条打磨光了的好汉,聪明,诡诈,眼神柔媚,笑容凶残。眼神是他意志的表露,笑容是他本性的表露。他最先学习的技艺是针对屋顶的,他大大发展了拔除铅皮的技能,运用所谓"切牛胃"的方法来破坏屋顶结构和溜槽。

使当时更有利于实现越狱企图的,是当日有些泥瓦工在掀开重整那监狱房顶上的石板瓦。圣贝尔纳院和查理大帝院以及圣路易院之间已不是绝对隔离的了。那上面架起了不少脚手架和梯子,也就是说,已有了一些可以和外界沟通的天桥和飞梯了。

新大楼原是那监狱的弱点,已处处开裂,破旧到了举世无双的程度。那些墙被盐硝腐蚀到如此地步,以至每间寝室的拱形圆顶都非加上一层木板来保护不可,因为常有石块从顶上落到睡在床上的囚犯身上。房屋虽已破旧不堪,人们却仍错误地把那些最恼火的犯人,按照狱里的话来说,把那些"重案子"关在新大楼里。

新大楼有四间上下相叠的寝室和一间叫做气爽楼的顶楼。一道很宽的壁炉烟囱——也许是前拉弗尔斯公爵的厨房里的烟囱,从底层起,穿过四层楼房,把那些寝室一隔为二,像一根扁平的柱子,直通过屋顶。

海嘴和普吕戎同住一间寝室。为了谨慎起见,人们把这两个人安置在下面的一层楼上。他们两人的床头又都偶然抵在壁炉烟囱上。

德纳第住在所谓气爽楼的那间顶楼里,正好在他们的头上。

街上的行人,在走过消防队营房,停在圣卡特琳园地街的班家宅子的大车门前,便能望见一个摆满栽有花木的木盆的院子,院子底里有一座白色的圆亭,亭有两翼,都装了绿色的百叶窗,颇有让-雅克所梦想的那种牧场情趣。前此不出十年,在这圆亭上面,还耸立着一道高大的黑墙,形象奇丑,圆亭便紧靠着这道赤裸裸的墙。墙头便是拉弗尔斯监狱的巡逻道所在之处。

圆亭背后的这道墙,令人想象出现在贝尔坎背后的密尔顿。

那道墙尽管很高,但仍从墙头露出一道更黑的屋顶,那便是新大楼的屋顶。屋顶上有四扇全装了铁条的天窗,那便是气爽楼的窗子。一道烟囱从屋顶下伸出来,那便是穿过几层寝室的一道烟囱。

气爽楼在新大楼的顶层,是一大间顶楼,有几道装了三层铁栏的门和两面都装了铁皮并布满特大铁钉的板门。我们打北头进去,左面有那四扇天窗,右面,正对着天窗有四个相当大的方形铁笼,四个笼子是分开的,它们之间有一条窄过道,笼子的下面一截是齐胸高的墙,上面一截是直达屋顶的铁栅栏。

德纳第自二月三日晚上起,便被单独关在这样的一个铁笼里。人们始终没能查明,他是如何,以及和谁勾结,得到了一瓶那种据说是德吕发明的含有麻醉剂的药酒,这帮匪徒因而以"哄睡者"闻名于世。

在好些监狱里都有那种奸役猾吏,半官半匪,他们协助越狱,向警察当局虚报情况,从中捞取油水。

就在小伽弗洛什收留两个流浪儿的那天晚上,普吕戎和海嘴知道了巴伯已在当天早上逃走并将和巴纳斯山一起在街上接应他们。他们悄悄从床上爬起来,开始用普吕戎找来的那根钉子挖通他们床头边的壁炉烟囱。灰渣全落在普吕戎的床上,以免旁人听见。风雨夹着雷声,正推使各处的门在门臼中撞击,以至监狱里响起了一片骇人而有用的响声。被吵醒的囚犯们都假装睡着了,让海嘴和普吕戎行动。普吕戎手脚灵巧,海嘴体力充沛。狱监睡在一间对着寝室开一道铁栏门的单人房间里,在他听出动静以前,那两个凶顽的匪徒早已挖通墙壁,爬上烟囱,破开烟囱顶上的铁丝网,到了屋顶上面。雨和风来得更猛,屋顶是滑溜溜的。

"一个多么好的开小差的夜晚!"普吕戎说。

一道六尺宽、八丈深的鸿沟横在他们和那巡逻道之间。在那鸿沟的底里,他们还望见一个站岗兵士的步枪在黑暗中闪光。他们拿出普吕戎在牢里编的绳子,一头拴在烟囱顶上刚被他们扭曲的铁条上,一头向着巡逻道的上面甩出去,一个箭步便跨过了鸿沟,双手攀住墙边,翻身跨上去,一前一后,顺着那根绳子滑下去,落在班家宅子旁边的一个小屋顶上,接着又拉回他们的绳子,跳到班家院子里,穿过院子,推开门房门头上的小窗,抽动那根悬在小窗旁边的索子,开了大车门,便到了街上。

从他们在黑暗中,手里捏着一根钉子,脑子里有着一个计划,爬起来立在床上算起,还不到三刻钟。

不久他们便遇上了在附近徘徊的巴伯和巴纳斯山。

他们的那根绳子,在抽回时断了,有一段还拴在屋顶上的烟囱口上。除了手掌皮几乎全被擦掉以外,他们并没有其他的伤。

那晚,德纳第便已得到消息,不知他是怎么得到的,他老睡不着。

将近凌晨一点钟时,夜黑极了,雨大风狂,他望见两个人影,在屋顶上,从他那铁笼对面的天窗外面闪过。其中的一个在天窗口上停了一下,不过一眨眼的时间。这是普吕戎。德纳第认清楚了,他心里明白。这已经够了。

德纳第是被指控为黑夜手持凶器谋害人命的凶犯而受到囚禁和监视的。老有一个值班的兵士掮着枪在他的铁笼前面走来走去,每两个钟点换一班。气爽楼是由一个挂在墙上的烛台照明的。这犯人的脚上有一对五十斤重的铁球。每天下午四点,由一个狱卒带两只大头狗——当时还采用这种办法——来到他的铁笼里,把一块两斤重的黑面包、一罐冷水、一满瓢带几粒豆子的素汤放在他的床前,检查他的脚镣,敲敲那些铁件。这人每晚要带着他的大头狗来巡查两次。

德纳第曾得到许可,把一根铁扦似的东西留下来,好插住他的面包钉在墙缝里,"免得给耗子吃了。"他说。由于德纳第是经常受到监视的,便没有人感到这铁扦有什么不妥。直到日后大伙儿才想起有个狱卒曾经说过:"只给他根木扦会更妥当些。"

早上两点钟换班时把一个老兵撤走了,换来一个新兵。过了一会儿,那个带狗的人来巡查,除了感到那"丘八"过于年轻和"那种乡巴佬的样子"外,并没有发现什么,也就走了。过了两个钟头,到四点,又该换班,这才发现那新兵像块石头似的倒在德纳第的铁笼旁边,睡着了。至于德纳第,已不知去向。他的脚镣断了,留在方砖地上。在他那铁笼的顶上,有一个洞,更上面,屋顶上,也有一个洞。他床上的一块木板被撬掉了,也许还被带走了,因为日后始终没有找回来。在那囚牢里,还找到半瓶迷魂酒,是那兵士喝剩下来的,他已被蒙汗药蒙倒,他的刺刀也不见了。

到这一切都被发觉时,大伙儿都认为德纳第已经远走高飞了。其实,他只逃出了新大楼,没有脱离危险。他的越狱企图还远没有完成。

德纳第到了新大楼的屋顶上,发现普吕戎留下的那段绳子,还挂在烟囱顶罩上的铁条上,但是这段绳子太短,他不能像普吕戎和海嘴那样,从巡逻道上面逃出去。

当我们从芭蕾舞街转进西西里王街时,便几乎立即遇到右手边的一小块肮脏不堪的空地。这地方，在前一世纪，原有一栋房子，现在只剩下一堵后墙了，那真正是一栋破烂房子的危墙，高达四层楼，竖在毗邻的房屋之间。这一残迹不难辨认，现在人们还能望见那上面的两扇大方窗，中间，最靠近右墙尖的那扇窗子顶上还横着一根方椽，这是作为承受压力的搁条装在那上面的，已有虫伤。过去人们从这些窗口可以望见一道阴森森的高墙，那便是拉弗尔斯监狱的围墙，墙头上便是巡逻道。

那房屋被毁以后，留下一块临街的空地，空地的一半由一道有五根条石支撑着的栅栏围着，栅栏上的木板已经腐朽。栅栏里隐藏着一间小木棚，紧靠在那堵要倒不倒的危墙下面。栅栏上有一扇门，几年前，门上还有一根销子。

德纳第在早上三点过后不久到达的地方便是在这危墙顶上。

他是怎样来到这地方的呢？谁也说不清，也无从理解。闪电大致一直在妨碍他，也一直在帮助他。他是不是利用了那些盖瓦工人的梯子和脚手架，从一个房顶达到一个房顶，一个圈栏达到一个圈栏，一个间隔达到一个间隔，先是查理大帝院的大楼，再是圣路易院的大楼，巡逻道的墙头，从这里再爬到这破房子上的呢？但是在这样一条路线上，有许多无法解决的衔接问题，看来是不大可能的。他是不是把他床上的那块木板当作桥梁，从气爽楼架到巡逻道的墙头，再顺着围墙边，趴在地上，绕着监狱爬了一圈，才到达这幢破房子的呢？但是拉弗尔斯监狱的这条巡逻道的墙是起伏不平的，它时而高，时而低，在消防队营房那一带，它低下去，到了班家宅子，又高起来，一路上还被一些建筑所隔断，靠近拉莫瓦尼翁府邸那一段的高度便不同于对着铺石街那一段的高度,处处都是陡壁和直角,并且,哨兵们也不会看不见一个逃犯的黑影,因此德纳第所走的路线,要这样去解释,也仍旧说不通。以这两种方式,看来逃走都是不可能的。德纳第迫切渴望自由,因而情急智生,把深渊化为浅坑,铁栏门化为柳条篱,双腿残缺者化为运动员,瘫子化为飞鸟,愚痴化为直感,直感化为智慧,智慧化为天才,他是否临时创造发明了第三种办法呢?始终没有人知道。

越狱的奇迹不总是能阐述清楚的。脱离险境的人,让我们反复说明,常靠灵机一动,在促成逃脱的那种精秘的微明中,常有星光和闪电,探寻生路的毅力是和奇文妙语同样惊人的。我们在谈到一个逃犯时,常会问道:"他怎么会翻过这房顶的呢?"同样,我们在谈到高乃依时,也常会问道:"他是从什么地方想出那句妙语'死亡'的呢?"

总之,淌着一身汗,淋着一身雨,衣服缕裂,双手被剥了皮,双肘流血,双膝被撕破了的德纳第来到了那堵危墙的"刃儿"上——照孩子们想象的说法——,他伸直了身体,伏在那上面,精疲力竭了。在他和街面之间还隔着一道四层楼高的陡峭削壁。

他揣着的那根绳子太短了。

他只能等待,脸如死灰,气力不济,刚才的指望全成了泡影,虽然仍在黑夜的掩蔽中,心里却老念着不久就要天亮,想到附近圣保罗教堂的钟马上就要报四点了,更是心惊胆战,到那时,哨兵要换班,人们将发现那哨兵躺在捅开了的屋顶下面,他丧魂失魄地望着身下的骇人的深度,望着路灯的微光,望着那湿漉漉、黑洞洞、一心想踏上却又危险万状、既能带来死亡又是自由所在的街心。

他心里在琢磨,那三个和他同谋越狱的人是否已经脱逃,他们是否在等他,会不会来搭救他。他侧耳细听。自从他到达那上面以后,除了一个巡逻队以外,还没有谁在街上走过。凡是从蒙特勒伊、夏罗纳、万塞纳、贝尔西去市场的蔬菜贩子几乎全是由圣安东尼街走的。

四点钟报了。德纳第听了毛发直竖。不大一会儿,监狱里便响起一片在发现越狱事件后必有的那种乱哄哄的惊扰声。开门,关门,铁门斗的尖叫,卫队的喧嚷,狱卒们的哑嗓子,枪托在院子里石板地上撞击的声音,都一齐传到了他的耳边。无数灯光在那些寝室的铁窗口忽上忽下,火炬在新大楼的顶上奔跑,旁边营房里的消防队员也调来了。火炬照着他们的钢盔,在各处的房顶上迎着风雨来来往往。同时,德纳第望见,靠巴士底广场那个方向,有一片灰暗的色彩,在苍茫凄惨的天边渐渐转白。

他呢,陷在那十寸宽的墙头上,躺在瓢泼大雨的下面,左右两边都是绝地,动弹不得,既怕头晕掉下去,又怕重遭逮捕,他的思想,像个钟锤,在这样两个念头间来回摇摆:掉下去便只有死,不动又只有被捕。

他正在悲痛绝望中,忽然看见——当时街道还完全是黑的——一个人顺着围墙,从铺石街那面走来,停在他德纳第仿佛临空挂着的那地方下面的空地上。这人到了以后,随即又来了第二个人,也是那样偷偷摸摸走来的,随后又是第三个,随后又是第四个。这些人会齐以后,其中的一个提起了栅栏门上的销子,四个人全走进了那有木棚的圈栏里。他们恰巧都站在德纳第的下面。这几个人显然是为了不让街上的过路人和守在几步以外拉弗尔斯监狱瞭望口的那个哨兵看见,才选择了这块空地作为他们交谈的地点。也应当指出,当时的大雨已把那哨兵封锁在他的岗亭里。德纳第看不清他们的面孔,只得集中一个自叹生机已绝的穷途末路人所具有的那一点无所希冀的注意力,张着耳朵去听他们的谈话。

德纳第仿佛看见他眼前有了一线希望,这些人说的是黑话。

第一个轻轻地,但是清晰地说道:

"我们走吧。我们还待在此地干啥?"

第二个回答说:

"这雨下得连鬼火也熄灭了。并且警察就要来了。那边有个兵在站岗。我们会在此地被人逮住。"

"Icigo"和"icicaille"这两个字全当"此地"讲,头一个字属于便门一带的黑话,后一个属于大庙一带的黑话,这对德纳第来说,等于是一道光明。从"icigo",他认出了普吕戎,普吕戎原是便门一带的歹徒,从"icicaille",他认出了巴伯,巴伯干过许多行当,也曾在大庙贩卖过旧货。

大世纪的古老黑话,也只有大庙一带的人还能说说,巴伯甚至是惟一能把这种黑话说得地道的人。他当时如果没有说"ici-caille",德纳第绝不会认出他来,因为他把口音完全改变了。

这时,第三个人插进来说:

"不用急,再等一下。现在还不能肯定他不需要我们。"

这句话是用法语说的,德纳第听到,便认出了巴纳斯山,此人的高贵处便在于能听懂任何一种黑话,而自己绝不说。

第四个人没有开口,但是他那双宽肩膀瞒不了人。德纳第一眼便看出了。那是海嘴。

普吕戎表示反对,他几乎是急不可耐,但始终压低着嗓子说道:

"你在和我们说什么?客店老板大致没有逃成功。他不懂得这里的窍门,确是!撕衬衫,裂垫单,用来做根绳子,门上挖洞,造假证件,做假钥匙,掐断脚镣,拴好绳子甩到外面去,躲起来,化装,这些都得有点小聪明!这老倌大致没有能办到,他不知道工作!"

巴伯说的始终是普拉耶和卡图什常说的那种正规古典的黑话,而普吕戎所用的是一种大胆创新、色彩丰富、敢于突破陈规的黑话,它们之间的不同,有如拉辛的语言不同于安德烈·舍尼埃的语言。巴伯接着说道:

"你那客店老板也许当场就让人家逮住了。非有点小聪明不成。他还只是个学徒。他也许上了一个暗探的当,甚至被一个假装同行的奸细卖了。听,巴纳斯山,你听见狱里那种喊声没有?你看见那一片烛光。他已被抓住了,你放心!不成问题,他又得去坐他的二十年牢了。我并不害怕,我不是胆小鬼,你们全知道,但是现在只能溜走,要不,我们也跟着倒霉。你不要生气,还是跟我们一道去喝一瓶老酒吧。"

"朋友有困难,我们总不能不管。"巴纳斯山嘟囔着。

"我告诉你,他已经完了!"普吕戎说,"到如今,那客店老板已经一文不值。我们没有办法。我们还是走吧。我随时都感到一个警察已把我牵在他的手里。"

巴纳斯山只能微微表示反对了,事情是这样:这四个人,带着匪徒们常有的那种彼此永不离弃的忠忱,曾不顾任何危险,在拉弗尔斯监狱四周徘徊了一整夜,希望看见德纳第忽然出现在某一处的墙头上。但是那天夜里的确太好了,倾盆大雨清除了各处街道上的行人,寒气越来越重,他们的衣服全湿透了,鞋底通了,监狱里响起了一片使人心慌的声音,时间过去了,巡逻队一再走过,希望渐渐渺茫,恐惧心逐渐回复,这一切都在迫使他们退却。巴纳斯山本人,也许多少算是德纳第的女婿,也让步了。再过片刻,他们便全散了。德纳第待在墙头上,气促心跳,正像墨杜萨海船上的罹难者,待在木排上面,远远望见一条船,却又在天边消失了。

他不敢喊,万一被人听见,便全完了,他心生一计,最后的一计,一线微光;他把普吕戎拴在新大楼烟囱上被他解下来的那段绳子从衣袋里掏出来,往木栅栏圈子里丢去。

绳子正好落在他们的脚边。

"一个'veuve'①。"巴伯说。

"我的'tortouse'②!"普吕戎说。

他们抬头望去。德纳第把脑袋稍微伸出了一点。

"快!"巴纳斯山说,"你另外的那一段绳子还在吗,普吕戎?"

"在。"

"把两段结起来,我们把绳子抛给他,他拿来拴在墙上,便够他下来了。"

德纳第冒着危险提起嗓子说:

"我冻僵了。"

"回头再叫你暖起来。"

---

① "veuve"(寡妇),指绳子。(大庙的黑话)
② "tortouse"(乌龟),指绳子。(便门的黑话)

"我动不了。"

"你滑下来,我们接住你。"

"我的手麻木了。"

"拴根绳子在墙上,你总成吧。"

"不成。"

"我们非得有个人上去不行。"巴纳斯山说。

"四层楼!"普吕戎说。

一道泥灰砌的管道——供从前住在木棚里的人生火炉用的管道——贴着那堵墙向上伸展,几乎到达德纳第所在处的高度。烟囱已经有许多裂痕,并且全破裂了,现在早已坍塌,只留下一点痕迹。那管道相当窄。

"我们可以打这儿上去。"巴纳斯山说。

"一个'orgue'!"①巴伯说,"钻这烟囱?决过不去!非得有个'mion'②不成。"

"非得有个'môme'③。"普吕戎说。

"到哪儿去找小孩?"海嘴说。

"等等,"巴纳斯山说,"我有办法。"

他轻轻把栅栏门推开了一点,看明了街上没人,悄悄走了出去,顺手把门带上,朝着巴士底广场那个方向跑去了。

七八分钟过去了,对德纳第来说却是八千个世纪,巴伯、普吕戎、海嘴都一直咬紧了牙,那扇门终于又开了,巴纳斯山,上气不接下气,领着伽弗洛什出现了。雨仍在下,因而街上绝无行人。

---

① "orgue"(大风琴),指大人。(黑话)
② "mion",小孩。(大庙的黑话)
③ "môme",小孩。(便门的黑话)

伽弗洛什走进栅栏,若无其事地望着那几个匪徒的脸。头发里雨水直流。海嘴先开口对他说道:

"伢子,你是个大人吧?"

伽弗洛什耸了耸肩,回答说:

"像我这样一个'môme'是一个'orgue',像你们这样的'orgues'却是些'mômes'。"

"这小子说话好不厉害!"巴伯说。

"巴黎的孩子不是湿草做的。"普吕戎说。

"你们要怎么?"伽弗洛什说。

巴纳斯山回答说:

"从这烟囱里爬上去。"

"带着这个寡妇。"巴伯说。

"还得拴上这只乌龟。"普吕戎跟着说。

"在这墙上。"巴伯又说。

"在那窗子的横杠上。"普吕戎补充。

"还有呢?"伽弗洛什问。

"就这些!"海嘴回答说。

那野孩细看了那些绳子、烟囱、墙、窗以后,便用上下嘴唇发出那种无法说清、表示轻蔑的声音,含义是:

"屁大的事!"

"那上面有个人要你去救。"巴纳斯山又说。

"你肯吗?"普吕戎问。

"笨蛋!"那孩子回答说,仿佛感到那句话问得太奇怪,他随即脱下鞋子。

海嘴一把提起伽弗洛什,将他放在板棚顶上,那些蛀伤了的顶板在孩子的体重下面直闪,他又把普吕戎在巴纳斯山离开时重新结好了的绳子递给他。孩子向那烟囱走去,烟囱在接近棚顶的地方有一个大缺口,他一下便钻进去了。他正在往上爬的时候,德纳第望见救星来了,有了生路,便把脑袋伸向墙边,微弱的曙光照着他那浸满了汗水的额头,土灰色的颧骨,细长、开豁的鼻子,散乱直竖的灰白头发,伽弗洛什已经认出了他。

"哟!"他说,"原来是我的老子!……呵!没有关系。"

他随即一口咬住那根绳子,使劲往上爬。

他到达破屋顶上,像骑马似的跨在危墙的头上,把绳子牢固地拴在窗子头上的横条上。

不大一会儿,德纳第便到了街上。

一踏上街心,感到自己脱离了危险,他便不再觉得疲乏麻木,也不再发抖了,他刚挣脱的那种险恶处境,像一溜烟似的全消逝了,他完全恢复了他固有的那种凶残少见的性格,感到自己能站稳,能自主,踏步前进了。这人开口说出的第一句话是:

"现在,我们打算去吃谁呢?"

这个透明到可怕的字,不用再解释了,它的含义既是杀,又是谋害,又是抢劫。"吃"的真正意义是"吞下去"。

"大家站拢点,"普吕戎说,"我们用三两句话来谈一下,然后大家立刻分手。卜吕梅街有件买卖,看来还有点搞头,一条冷清的街,一幢孤零零的房子,一道古老的朽铁门对着花园,孤孤单单的两个女人。"

"好嘛!何不来一下呢?"德纳第问。

"你的女儿,爱潘妮,已经去看过了。"巴伯回答说。

"她给了马侬一块饼干,"海嘴接着说,"没有搞头。"

"这姑娘并不傻,"德纳第说,"可是应当去瞧瞧。"

"对,对,"普吕戎说,"应当去瞧瞧。"

这时,那几个人好像全没注意伽弗洛什,伽弗洛什坐在一块支撑栅栏的条石上,望着他们谈话,他等了一会,也许是在等他父亲向他转过来吧,随后,他又穿上鞋子,说道:

"事情是不是完了?不再需要我了吧,你们这些人?我要走了。我还得去把我那两个孩子叫起来。"

说完,他便走了。

那五个人,一个跟着一个,也走出了木栅栏。

当伽弗洛什转进芭蕾舞街不见时,巴伯把德纳第拉到一边,问他说:

"你留意那个孩子没有?"

"哪个孩子?"

"爬上墙头,把绳子捎给你的那个孩子。"

"我没有怎么留意。"

"嗯,我也不知道,我好像觉得那是你的儿子。"

"管他的!"德纳第说,"不见得吧。"

他便也走开了。

第七卷　黑　话

一　源

"Pigritia"①是个可怕的字。

它生出一个世界,"la pègre",意思是"盗窃",和一个地狱,"la pégrenne",意思是"饥饿"。

因此,懒惰是母亲。

她有一个儿子,叫盗窃,和一个女儿,叫饥饿。

我们现在在谈什么？谈黑话问题。

黑话是什么？它是民族同时又是土语,它是人民和语言这两个方面的盗窃行为。

三十四年前,这个阴惨故事的叙述者在另一本和本书同一目的的著作中②,谈到过一个说黑话的强盗,在当时曾使舆论哗然。"什么！怎么！黑话！黑话终究是太丑了！这话终究是那些囚犯、苦役牢里的人、监狱里的人、社会上最恶的人说的！"等等,等等,等等。

---

① 拉丁文:"懒惰"。
② 指《一个死囚的末日》。

我们从来就没有听懂过这类反对意见。

从那时起,两个伟大的小说家,一个是人心的深刻的观察者,一个是人民的勇敢的朋友,巴尔扎克和欧仁·苏,都像《一个死囚的末日》的作者在一八二八年所作的那样,让一些匪徒们用他们本来的语言来谈话,这也引起了同样的反对。人们一再说道:"这些作家写出了这种令人作呕的俗话,他们究竟想要我们怎么样?黑话太丑了!黑话使人听了毛骨悚然!"

谁会否认这些呢?肯定不会。

当我们要深入观察一个伤口、一个深渊或一个社会时,从几时起,又有谁说过"下得太深,下到底里去是种错误"呢?我们倒一向认为深入观察有时是一种勇敢的行为,至少也是一种朴素有益的行动,这和接受并完成任务是同样值得加以注意并寄予同情的。不全部探测,不全部研究,中途停止,为什么要这样呢?条件的限制可使探测工作中止,但探测者却不应该中止工作。

当然,深入到社会结构的底层,在土壤告罄污泥开始的地方去寻找,到那黏糊糊的浊流中去搜寻,抓起来并把那种鄙俗不堪、泥浆滴答的语言,那种脓血模糊、每个字都像秽土中幽暗处那些怪虫异豸身上的一个肮脏环节,活生生地丢在阳光下和众人前,这并不是种吸引人的工作,也并不是种轻而易举的工作。在思想的光辉下正视着公然大说特说着的骇人的大量的黑话,再没有什么比这更凄惨的了。它确实像一种见不得太阳刚从污池里捞出来的怪兽。人们仿佛见到一片活生生的长满了刺的怪可怕的荆棘在抽搐、匍匐、跳动,钻向黑处,瞪眼唬人。这个字像只爪子,另一个字像只流血的瞎眼,某句话像个开合着的蟹螯。这一切都是活着的,以某种杂乱而有秩序的事物的那种奇丑的生命力活动着。

现在我们要问,丑恶的事物,从几时起被排斥不研究呢?疾病又从几时起驱逐了医生呢?一个人,拒绝研究毒蛇、蝙蝠、蝎子、蜈蚣、蜘蛛,见了这些便把它们打回到它们的洞里去,同时还说:"啊!这太难看了!"这样还能设想他是个生物学家吗?掉头不顾黑话的思想家有如掉头不顾痈疽的外科医师。这也好比是一个不大想根究语言的实际问题的语言学家,一个不大想钻研人类的实际问题的哲学家。因此,必须向不明真相的人说清楚,黑话是文学范畴中的一种奇迹,也是人类社会的一种产物。所谓的黑话究竟是什么呢?黑话是穷苦人的语言。

到此,人们可以止住我们,人们可以把这一事理广泛运用到其他范畴,虽然广泛运用有时能起冲淡的作用,人们可以对我们说,所有的手艺,一切职业,也不妨加上等级社会中的所有一切阶层,各种各样的知识都有它们的黑话。商人说"蒙培利埃可发售","优质马赛";兑换商说"延期交割,本月底的手续贴补费";玩纸牌的人说"通行无阻,黑桃完啦";诺曼底群岛的法庭执达吏说"在租户有禁令的地段,在宣布对拒绝者的不动产有继承权时,不能从这地段要求收益";闹剧作家说"喝了倒彩";喜剧作家说"我垮了";哲学家说"三重性";猎人说"红野禽,食用野禽";骨相家说"友善,好战,热中于秘密";步兵说"我的黑管";骑兵说"我的小火鸡";剑术师说"三度,四度,冲刺";印刷工人说"加铅条";所有这些印刷工人、剑术师、骑兵、步兵、骨相家、猎人、哲学家、喜剧作家、闹剧作家、法庭执达吏、玩纸牌的人、兑换商、商人,全是在说黑话。画家说"我的刷子";公证人说"我的跳来跳去的人";理发师说"我的助手";鞋匠说"我的帮手",也是在说黑话。严格地说,假使我们一定要那么看,所有那些表达右边和左边的种种方式,如海员们所说的"船右舷"和"左舷",舞台布景人员所说的"庭院"和"花园",教堂勤杂人员所说的"圣徒的"和"福音的",也还都是黑话。从前有过女才子的黑话,今天也有娇娘子的黑话。朗布耶的府第和圣迹区相去不远。还有公爵夫人的黑话,王朝复辟时期的一个极高贵又极美丽的夫人在一封情书里写的这句话便可以证明:"你从所有这些诽谤中可以找到大量根据,我是不得不逃出来的啊。"外交界的数字和密码也是黑话,教廷的国务院以"二十六"作为罗马的代号,以"grkztntgzyal"为使臣的代号,以"abfxustgrnogrkzu tu XI"为摩德纳公爵的代号,便是黑话。中世纪的医生称胡萝卜、小红萝卜和白萝卜为"opoponach, perfroschinum, reptitalmus, dracatholicum angelorum, postmegorum",也是在说黑话。糖厂主说"砂糖、大糖块、净化糖、精制块糖、热糖酒、黄糖砂、块糖、方块糖",这位诚实的厂主是在说黑话。二十年前评论界里的某一派人常说"莎士比亚的一半是来自文字游戏和双关的俏皮话",他们是在说黑话。有两个诗人和艺术家意味深长地说,如果德·蒙莫朗西先生对韵文和雕塑不是行家的话,他们便要称他为"布尔乔亚",这也是在说黑话。古典的科学院院士称花为"福罗拉",果为"波莫那",海为"尼普顿",爱情为"血中火",美貌为"迷人",马为"善跑",白帽徽或三色帽徽为"柏洛娜①的玫瑰",三角帽为"玛斯的三角",这位古典

---

① 柏洛娜(Bellone),罗马神话中之女战神,战神玛斯之妻或姐妹,为玛斯准备战车。

院士是在说黑话。代数、医学、植物学也都有它们的黑话。人在船上所用的语言,让·巴尔、杜肯、絮弗朗和杜佩雷等人在帆、桅、绳索迎风呼啸,传声筒发布命令,舷边刀斧搏击,船身滚荡,狂风怒吼,大炮轰鸣中所用的那种极其完整、极其别致、令人赞赏的海上语言也完全是一种黑话,不过这种具有英雄豪迈气概的黑话和流行于鬼蜮世界的那种粗野的黑话比起来,确有雄狮与豺狗之分。

这是无疑的。然而,不论人们说什么,这样去认识黑话这个词,总还是就广义而言,而且还不是人人都能接受的。至于我们,我们却要为这个词保存它旧时的那种确切、分明、固定的含义,把黑话限制在黑话的范围里。真正的黑话,精彩的黑话(假定这两个词可以连缀在一起的话),古老到无从稽考自成一个王国的黑话,我们再重复一次,只不过是穷苦社会里那种丑恶、使人惊疑、阴险、奸宄、狠毒、凶残、暧昧、卑鄙、隐秘、不祥的语言而已。在堕落和苦难的尽头,有一种极端穷苦的人在从事反抗,并决计投入对幸福的总体和居于统治地位的法律的斗争,这种可怕的斗争,有时狡猾,有时猛烈,既险恶又凶狠,它用针刺(通过邪恶手段),也用棍棒(通过犯罪行为),向社会秩序进行攻击。为了适应这种斗争的需要,穷人便发明了一种战斗的语言,这便是黑话。

把人类说过的任何一种语言,也就是说,由文明所构成或使文明更复杂的因素之一,不论好坏,也不论是否完整,去把它从遗忘和枯井中拯救出来,使它能幸存下去,免于泯没,这也就是对社会提供进行观察的资料,为文明本身作出了贡献。普劳图斯,在有意或无意中,让两个迦太基士兵用腓尼基语谈话,便作了这种贡献;莫里哀曾使他的许多角色用东方语言和各色各样的方言谈话,也作出了这种贡献。这儿又出现了反对意见:腓尼基语,妙极!东方语,也很好!甚至方言,也还说得过去!这些都是某国或某省的语言。可是这黑话?把黑话保留下来有什么好处呢?让黑话"幸存下去"有什么好处呢?

对此,我们只打算回答一句话。如果说一国或一省所说的语言是值得关怀的,那么,就还有比这更值得注意研究的东西,那就是一个穷苦层所说的语言。

这种语言,在法国,举例说,便说了四百多年,说这种语言的不仅是某一个穷苦层,而是整个穷苦层,在人类中可能存在的整个穷苦层。

并且,我们要强调,对社会的畸形和残疾进行研究,把它揭示出来以便加以医治,这种工作是绝不能单凭个人好恶而加以选择或放弃的。研究习俗和思想的历史学家的任务的严肃性决不在研究大事的历史学家之下。后者所研究的是文明的表层、王冠的争夺、王子的出生、国君的婚姻、战争、会议、著名的大人物、阳光下的兴衰变革,一切外表的东西;而另一种历史学家研究的是内容、实质、劳动、苦难、期待着的人民、被压迫的妇女、呻吟中的儿童、人与人的暗斗、隐秘的暴行、成见、公开的不平等待遇、法律的暗中打击、心灵的秘密演变、群众的隐微震颤、饿到快死的人、赤脚露臂的无依靠的人、孤儿孤女、穷愁潦倒蒙羞受辱的人和在黑暗中流浪的一切游魂野鬼。他应怀着满腔怜悯心,同时以严肃的态度下到那些进不去的坑窟里,像同胞兄弟和法官似的去接近那些在那里横七竖八搅作一团的人、流血的人和动武的人、哭泣的人和咒骂的人、挨饿的人和大嚼的人、吞声忍泪和为非作歹的人。难道这些观察人们心灵的历史学家的责任比不上那些研究外部事物的历史学家吗?谁能认为但丁要说的东西比马基雅弗利少些呢?文明的底蕴是不是因为比较深奥、比较幽暗便不及表相那么重要呢?在我们还没有认识山洞时,我们能说已经认清山了吗?

我们还要顺便指出,根据上面所说的那几句话,我们可以推论出两类截然不同的历史学家,其中的区别并不存在于我们的思想里。一个研究各族人民公开的、可见的、明显的群众生活的历史学家,如果他不同时也洞悉他们隐蔽的较深的生活,便不是一个优秀的历史学家;而一个人,如果不能在需要时成为外部事物的历史学家,也就不可能成为一个良好的内在事物的历史学家。习俗和思想的历史是渗透在大事的历史里的,反过来也是如此。这是两类互相影响、随时互相关连、经常互为因果的不同事物。上苍刻画在一个国家表面上的线条,必有暗淡而明显的平行线,在它的底里的任何骚乱也必然引起表面的震动。历史既然包罗一切,真正的历史学家便应过问一切。

人并不是只有一个圆心的圆圈,它是一个有两个焦点的椭圆。事物是一个点,思想是另一个点。

黑话只不过是语言在要干坏事时用来改头换面的化妆室。它在这里换上面罩似的词句和破衣烂衫似的隐喻。

这样,它便成了面目可憎的。

人们几乎认不出它的真面目了。这确是法兰西语言,人类的伟大语言吗?它准备上台,替罪行打掩护,适合扮演整套坏戏中的任何角色。它不再好好走路,而是一瘸一拐的,它两腋支在圣迹区的拐杖上蹒跚前进,拐杖还可以一下变成大头棒,它自称是托钵行乞的,牛鬼蛇神把它装扮成种种怪模样,它爬行,也能昂头竖起,像蛇的动作。它从此能担任任何角色,作伪的人把它变成斜视眼,放毒的人使它生了铜锈,纵火犯替它涂上松烟,杀人犯替它抹上胭脂。

当我们在社会的门边,从诚实人这方面去听时,我们的耳朵会刮到一些门外人的对话。我们能分辨出一些问话和一些答话。我们听到一种可恶的声音在窃窃私语,不知道说些什么,好像是人在说话,但更像狗吠,不全像人话。这便是黑话了。那些字是畸形的,带一种不知是什么怪兽的味道。我们仿佛听见了七头蛇在说话。

这是黑暗中的鬼语。轧轧聒耳,嚣张如风,仿佛黄昏时听人猜哑谜。人在苦难时眼前一片黑,犯罪时眼前更黑,这两种黑凝结在一起便构成黑话。天空中的黑,行动上的黑,语言里的黑。这是种可怕的癞蛤蟆语言,它在茫茫一大片由雨、夜、饥饿、淫邪、欺诈、横暴、裸体、毒气、严冬(穷苦人的春秋佳日)所构成的昏黄迷雾中来往跳跃,匍匐,唾沫四溅,像魔怪似的扭曲着身体。

对于受到惩罚的人我们应当有同情心。唉!我们自己是些什么人?向你们谈话的我是什么人?听我谈话的你们又是什么人?我们是从什么地方来的?谁能肯定我们在出生以前什么也没有做过呢?地球和牢狱并非绝无相似之处。谁能说人不是天条下再次下狱的囚犯呢?

你们把眼睛凑近去细察人生吧。从各个方面去看,我们会感到人的一生处处是惩罚。

你是个被人称作幸福的人吗?好吧,可你没有一天不是忧心忡忡的。每天都有大的烦恼或小的操心。昨天你曾为一个亲人的健康发抖,今天你又为自己的健康担忧,明天将是银钱方面的麻烦,后天又将受到一个诽谤者的抨击,大后天,一个朋友的坏消息;随后又是天气问题,又是什么东西砸破了,丢失了,又是遇到一件什么开心事,但心里不安或使脊梁骨也不好受了;另一次又是什么公事进展问题。还不去算内心的种种痛苦,没完没了,散了一片乌云,又来一片乌云。一百天里难得有一天是充满欢乐和阳光的。还说什么你是属于这少数享福人里的!至于其余的人,他们却老待在那种终年不亮的沉沉黑夜里。

有思想的人很少用这样的短语:幸福的人和不幸的人。这个世界显然是另一个世界的前厅,这儿没有幸福的人。

人类的真正区分是这样的:光明中人和黑暗中人。

减少黑暗中人的人数,增加光明中人的人数,这就是目的。这也是为什么我们要大声疾呼:教育!科学!学会读书,便是点燃火炬,每个字的每个音节都发射火星。

可是光明不一定就是欢乐。人在光明中仍然有痛苦,过度的光能引起燃烧。火焰是翅膀的敌人。燃烧而不中止飞翔,那只是天仙的奇迹。

当你已有所悟并有所爱,你还是会痛苦的。曙光初现,遍地泪珠。光明中人想到了黑暗中的同类,能不垂泪欷歔。

二 根

黑话是黑暗中人的语言。

思想在它那最幽暗的深处起伏翻腾,社会哲学,面对这种受过烙刑而又顽抗的谜语似的俗话,不能不作最沉痛的思考。这里有明显的刑罚。每个音节都有烙痕。通常语言的词汇在这里出现时也仿佛已被刽子手的烙铁烙得缩蹙枯焦。有些似乎还在冒烟。某些句子会给你这样一种印象:仿佛看见一个盗匪突然剥下了衣服,露出一个有百合花烙印的肩头①。人们几乎要拒绝用这些被法律贬斥了的词汇来表达思想。那里所用的隐喻法有时是那么大胆,致使人们感到它是箍过铁枷的。

可是,尽管这一切情况,也正因为这一切情况,这种奇特的俗话,在对锈铜钱和金勋章都没有成见、一概收藏的方格大柜里,也就是所谓文学的领域里,理应有它的一格地位。这黑话,不管你同意不同意,是有它的语法和诗律的。这是一种语言。如果我们能从某些单词的丑恶中看出曼德朗②的影响,我们也能从某些换喻的卓越中感到维庸也曾说过这种话。

这句隽永而极著名的诗:

Mais où sont les neiges d'antan?③

就是一句黑话诗。"Antan"(来自"ante annum"),这是土恩王国④黑话里的字,意思是"去年",引申为"从前"。三十五年前,在一八二七年那次大队犯人出发的时期,人们还可在比塞特监狱的一间牢房里看见这句由一个被发配大桡船服刑的土恩王用钉子刻在墙上的名言:"Les dabs d'antan trimaient siempre pour la pierre du Coësre."这句话的意思是"从前的国王总是要去举行祝圣典礼的。"在这个国王的思想里,祝圣,

---

① 法国古代用烙刑在犯人右肩上烙一个百合花形的烙印。百合花是法国封建时代的国花。
② 曼德朗(Mandrin,1724—1755),法国著名强盗。
③ 法国中世纪诗人弗朗索瓦·维庸的名句:"往年的雪又在哪儿呢?"
④ 土恩王国(Thunes),十五世纪巴黎乞丐集团之一,聚居在圣迹区。参阅雨果另一小说《巴黎圣母院》。

便是苦刑。

"Décarade"这个字所表达的意思是一辆重车飞奔出发，据说这字源出于维庸，这倒也相称。这个字令人想见四只铁蹄下面的火花，把拉封丹这句美好的诗：

六匹骏马拉着一辆马车。

压缩在一个巧妙的拟声词里了。

从纯文学的角度看，也很少有比黑话更为丰富奇特的研究题材了。这是语言中整整一套语言，一种病态的树瘤，一种产生肿瘤的不健康的接枝，一种根子扎在高卢老树干上，虬枝怪叶满布在整整半边语言上的寄生植物。这可称为黑话的第一个方面，通俗方面。但是，对那些以应有的严肃态度——也就是说像地质学家研究地球那样——研究语言的人来说，黑话却真像一片真正的冲积土。当我们往下挖掘，在深浅不一的地方发现，在黑话中比古代法兰西民族语言更往下的地方有普罗旺斯语、西班牙语、意大利语、东方语（地中海沿岸各港口的语言）、英语和德语，有罗曼语的三个分支法兰西罗曼语、意大利罗曼语和罗曼罗曼语，有拉丁语，最后还有巴斯克语和克尔特语。深厚离奇的结构。这是所有穷苦人在地下共同起造的建筑。每一个被诅咒的部族都铺上了它的一层土，每一种痛苦都投入了它的一块石，每一颗心都留下了它的一撮砂。无数恶劣、卑下、急躁、度过人生便消失在悠悠宇宙中的灵魂还几乎以原有形象存留在我们中间，凭借一个词的奇形怪状显现在我们的眼前。

要从西班牙语方面谈谈吗？这里大量存在着古老的哥特语的黑话。例如"boffette"（风箱），出自"bofeton"；"vantane"

和后来的"vanterne"（窗子），出自"vantana"；"gat"（猫），出自"gato"；"acite"（油），出自"aceyte"。要从意大利语方面谈谈吗？例如"spade"（剑），出自"spada"；"carvel"（船），出自"caravella"。要从英语方面谈谈吗？例如"bichot"（主教），出自"bishop"；"raille"（间谍），出自"rascal"，"rascalion"（流氓）；"pilche"（套子），出自"pilcher"（鞘）。要从德语方面谈谈吗？例如"caleur"（侍者），出自"kellner"；"hers"（主人），出自"herzog"（公爵）。要从拉丁语方面谈谈吗？例如"frangir"（破），出自"frangere"；"affurer"（偷盗），出自"fur"；"cadène"（链条），出自"catena"。有一个字，以一种强大的力量和神秘的权威出现在大陆上的一切语言中，那便是"magnus"这个字，苏格兰语用它来构成它的"mac"（族长），如"Mac-Far-lane"，"Mac-Callummore"（应注意"mac"在克尔特语里作"儿子"解释）；黑话用它来构成"meck"，后又变为"meg"，也就是说"上帝"。要从巴斯克语方面谈谈吗？例如"gahisto"（鬼），出自"gaïztoa"（恶）；"sorgabon"（晚安），出自"gabon"（晚上好）。要从克尔特语谈谈吗？例如"blavin"（手帕），出自"blavet"（喷泉）；"ménesse"（女人，含有恶意的说法），出自"meinec"（戴满钻石的）；"barant"（溪流），出自"baranton"（泉水）；"goffeur"（锁匠），出自"goff"（铁匠）；"guédouze"（死神），出自"guenn-du"（白和黑）。最后还要知道这些事吗？黑话称埃居为"maltaise"，这词来自对从前马耳他大桡船上通行的钱币的回忆[1]。

除了刚才就语言学方面指出的种种来源以外，黑话还另

---

[1] Maitaise，马耳他的钱币。

有一些更为自然、直接出自人们意识的根源。

第一,字的直接创造。这在语言中是难于理解的。用一些字去刻画一些有形象的事物,既说不出通过什么方式,也说不出为了什么理由。这是人类任何一种语言最原始的基石,我们不妨称它为语言的内核。黑话中充斥着这一类的字,一些自然浑成、凭空臆造、不知来自何处出自何人、既无根源也无旁据也无派生的词,一些独来独往、粗野不文、有时面目可憎、却具有奇特的表现力和生命力的词。刽子手(taule),森林(sabri),恐惧、逃跑(taf),仆从(larbin),将军、省长、部长(pharos),魔鬼(ra-bouin)。再没有比这些又遮掩又揭露的字更奇怪的东西了。有些字,如"rabouin",既粗俗又骇人,使你想象出独眼巨人作的鬼脸。

第二,隐喻。一种既要完全表达又要完全隐瞒的语言,它的特点便是增加比喻。隐喻是一种谜语,是企图一逞的盗匪和阴谋越狱的囚犯的藏身之处。没有任何语言能比黑话更富于隐喻的了。"Dévisser le coco"(扭脖子),"tortiller"(吃),"être gerbé"(受审),"un rat"(一个偷面包的贼),"il lansquine"(下雨),这是句非常形象化的古老的话,多少带有它那时代的烙印,它把雨水的斜长线条比作长矛队的斜立如林的矛杆,把"下刀子"这一通俗换喻表现在一个字里了。有时,黑话从第一阶段进入第二阶段的过程中,某些字会从野蛮的原始状态转入隐喻。"鬼"不再是"rabouin",而变成"boulanger",也就是说,把东西送进炉子的人。这样比较风趣,却减了气派,仿佛是继高乃依而起的拉辛,继埃斯库罗斯而起的欧里庇得斯。黑话中某些跨两个时代的句子兼有粗野和隐喻的性格,就像凹凸镜里的鬼影。"Les sorgueurs vont sollicer des gails à la lune"(贼将在夜里去偷马),这给人一种如见鬼群的印象,不知看见的是什么。

第三,应急之策。黑话凭借语言而生存。它按自己一时兴之所至而加以利用,它在语言中随意信手拈取,并且常常在必要时简单粗暴地加以歪曲。有时,它用一些改变原形的普通字,夹杂在纯黑话的专用词中,构成一些生动的短语,我们能在这里感到前两种因素——直接创造和隐喻——的混合使用:"Le cab jaspine, je marronne que la roulotte de Pantin trime dans le sabri."(狗在咬,我怀疑巴黎的公共马车已进入树林。)"Le dab est sinve, la dabuge est merloussière, la fée est bative."(老板傻,老板娘狡猾,姑娘漂亮。)还有一种最常见的情况,为了迷惑别人的听觉,黑话只从"aille"、"orgue"、"iergue"或"uche"这些字尾中不加区别地任选一个,替日常语言所用的一些字加上一条非常难听的尾巴。例如:"Vousiergue trouvaille bonorgue ce gigotmuche?"(你认为这羊后腿好吗?)这是卡图什对一个狱卒说过的一句话,他要问的是他所赠送的越狱款是否合他的意。近年来,才添了"mar"这个字尾。

黑话是一种常具有腐蚀性的俗话,因而它自身也易于被腐蚀。此外,它总是要遮遮掩掩,一旦感到自己已被识破,便又改头换面。正和一切植物相反,它一见太阳,便得死亡。因而黑话一直是处在不停的败坏和新生中,它隐秘、迅捷、从不停息地工作。它在十年中所走的路比普通语言在十个世纪中所走的路还远些。于是"larton"(面包)变成"lartif","gail"(马)变成"gaye","fertanche"(麦秸)变成"fertille","momignard"(小孩)成了"mo-macque","siques"(破烂衣服)成了"frusques","chique"(教堂)成了"égrugeoir","colabre"(颈子)成了"colas"。"鬼"最初是"gahisto",后来变成"rabouin",继又改为"boulanger"(面包师傅);神甫是"ratichon",继为"sanglier"(野猪);匕首是"vingt-deux"(二十二),继为"surin",继又为"lingre";警察是"railles"(耙子),后来改为"roussins"(高大的马),再改为"rousses"(红毛女人),再改为"marchands de lacets"(卖棉纱带的小贩),再改为"coqueurs",再改为"cognes";刽子手是"taule"(铁砧的铁皮垫子),后来改为"Charlot"(小查理),再改为"atigeur",再改为"becquillard"。在十七世纪,"互殴"是"se donner du tabac"(互敬鼻烟),到十九世纪,却成了"se chiquer la gueule"(互咬狗嘴)。在这两个极端之间曾改变过二十种不同的说法。卡图什的黑话对于拉色内尔,几乎是希伯来语。这种语言的词正如说这种语言的人一样,永不停息,总是在逃避。

但是,在某些时候,由于变来变去,古老的黑话也会再次出现成为新的。它有一些保存自己的据点。大庙保存了十七世纪的黑话;比塞特,当它还是监狱时,也保存了土恩王国的黑话。在那些黑话里,人们可以听到古代土恩王国居民所用的"anche"这字尾。"Boyanches-tu"?(你喝吗?)"il croy-anche"(他信)。但是永恒的变化仍然是一条规律。

一个从事哲学的人,如果能有一段时间来研究这种不断消失的语言,他便会落在苦痛而有益的沉思里。没有任何研究工作会比这更有功效,更富于教育意义。黑话中的每个隐喻和每个词源都是一个教训。在那些人中,"打"作"伪装"解释,他"打"病,狡诈是他们的力量。

对他们来说,"人"的概念是和"黑影"的概念分不开的。夜是"sorgue",人是"orgue"。人是夜的派生字。

他们已习惯于把社会当作杀害他们的环境,当作一种致命的力量来看待。他们谈到自己的自由正如人们谈到自己的健康一样。一个被逮捕的人是个"病人",一个被判了刑的人是个"死人"。

被埋在四堵石墙里的囚犯所最怕的是那种冰冷的独居生活,他称地牢为"castus"。在这种阴森凄惨的地方,外界的生活总是以它最欢快的形象出现的。囚犯拖着脚镣,你也许以为他所想念的是脚能走路吧?不,他所想念的是脚能跳舞,万一他能锯断脚镣,他的第一个念头就将是"他现在能跳舞了",因此他把锯子叫做"村镇中的舞会"。一个"人名"是一个"中心",一种极深的相似。匪徒有两个脑袋,一个指导他的行动使他度过一生的脑袋,一个到他临死那天还留在他肩上的脑袋,他称那个唆使他犯罪的脑袋为"神学院",替他抵罪的那个脑袋为"树桩子"。当一个人到了只剩下一身破衣和一腔恶念、在物质和精神两方面都已堕落到"无赖"这个词所具有的双重意义时,他便是到了犯罪的边缘,他像一把锋利的快刀,有着双刃:穷苦和凶恶,不过黑话不说"一个无赖",它说"一个磨快了的"。苦役牢是什么?是该诅咒的火坑和地狱。苦役犯叫做"成束的柴枝"。最后,歹徒们替监狱取了个什么名字呢?"学府"。整整一套惩罚制度可以从这个词里产生出来。

你们要不要知道苦役牢里的那些歌,在专用词汇里所谓"lir onfa"的那种叠歌,多半是从什么地方开出花来的呢?请听我说:

从前在巴黎的小沙特雷,有个长长的大地牢。这地牢紧贴着塞纳河,比河水低八尺。什么窗子通风洞它全没有,惟一的洞口是一道门。人可以进去，空气却进不去。地牢顶上是石砌的圆拱顶，地上是十寸厚的稀泥。地上原是铺了石板的，但由于水的渗透，石板全腐烂了，遍地是裂缝。离地八尺高的地方有根粗重的长梁，从地道的这一端伸到另一端，从这巨梁上，每隔一定距离便垂下一根三尺长的铁链，链子头上挂一个铁枷。这地牢是用来看管那些发配大桡船的犯人的，直到他们被遣送到土伦去的那天为止。这些犯人，一个个被推到那横梁下面，去接受那条在黑暗中摇摇摆摆等待着他们的铁器。那些链子，像垂着的胳膊，还有那些枷，像张着的手掌，把一个个可怜人的颈子掐起来。铆钉钉上以后，他们便在那里待着。链条太短，他们躺不下去。他们呆呆地待在那地牢里，在那样的一个黑洞里，那样的一根横梁下面，几乎是挂着的，得使尽全力才能摸到面包或水罐，头顶着圆拱顶，半条腿浸在稀泥里，粪便沿着两腿淌下去，疲乏到浑身酥软，如遭四马撕裂的死刑那样，弯着胯骨，屈着膝头，两手攀住链条，这才能喘一口气，只能立着睡觉，还得随时被铁枷掐醒，有些人也就不再醒了。要吃东西，他们得用脚跟把别人丢在污泥里的面包顺着大腿推送到自己的手里。他们这样得待多久呢？一个月，两个月，有时六个月，有一个待了一整年。这里是大桡船的接待室。偷了国王的一只野兔，便得到那里去待待。在这坟墓地狱里面，他们干些什么呢？干人在坟墓里所能干的，他们等死，也干人在地狱里所能干的，他们歌唱。因为凡是希望断绝的地方，一定有歌声。在马耳他的水面上，当一只大桡船摇来时，人们总是先听到歌声，后听到桡声。苏尔旺尚，那个违禁打猎的可怜人，便在这小沙特雷的地牢里待过，他说："当时支持着我的便是诗韵。"诗味索然，韵有什么用处呢？几乎所有用黑话唱出的歌全产生在这地牢里。蒙哥马利大桡船上的那首悲切的叠歌"*Timaloumisaine,timoulamison*"便是从巴黎大沙特雷的那个地牢里唱起的。这些歌多半是凄凄惨惨的,有几首是愉快的,有一首却温柔:

  这儿是
  小投枪手①的舞台。

你别白费力气。你消灭不了人心中这一点永存的残余:爱。

在这处处是暧昧行为的世界上,人人相互保守秘密。秘密,这是大众的东西。对那些穷苦人来说,秘密是构成团结基础的统一体。泄密,便是从这个横蛮的共同体的每个成员身上夺去他本人的一点东西。在黑话的那种有力的语言里,"揭发"是"吃那块东西"。这仿佛是说,揭发者为他自己,从大众的实体中取走了一点东西,从每个人身上取走了一块肉去养肥他自己。

挨耳光是什么?庸俗的隐喻回答说:"就是看三十六支蜡烛。"黑话在这里参加意见说:"Chandelle,camoufle."②于是日常用语便以"camouflet"为"耳光"的同义词。于是黑话在隐喻——这一无法计算的弹道——的帮助下,通过一种自下而上的渗透,便由匪窟升到文学院,根据普拉耶所说的"我点燃我的'camoufle'(蜡烛)",伏尔泰便也写下了"朗勒维·拉波梅尔够得上挨一百下'camouflets'(耳光)"。

对黑话进行挖掘,步步都能有所发现。对这种奇特语言

---

① 小投枪手,指射箭的爱神。
② "就是看三十六支蜡烛",黑话称"Chandelle"(蜡烛)为"camoufle"。

深入的钻研能把人引向正常社会和那被诅咒的社会幽奥的交叉点。

贼,也有他的炮灰,可偷的物质,你,我,任何人都是;"le pantre."(Pan:人人。)

黑话,便是语言中的苦役犯。

愿人的思维的活力能深深下降到底层,让厄运的黑暗势力能把它牵曳束缚在那里,让一种不知道是什么的用具捆扎在那万丈深渊里,你必将茫然自失。

呵穷困中人的苦心!

唉!难道没有人来拯救黑暗中人的灵魂吗?这些人的命运难道是永远在原处等待着这位精神的解放者,这位跨着飞马和半马半鹰飞兽的伟大天神,这位身披曙光长着双翅从天而降的战士,这位光辉灿烂代表未来的飞将军吗?它将永远毫无结果地向理想的光辉呼救吗?它将永远困在那黑暗的洞里,揪心地听着恶魔的进逼声,望着那狰狞严酷的头、咽着口沫的下颏、虎爪、蛇身、虺腹,时起时伏,翻腾出没在恶水中吗?难道它就该待在那里,没有一线光明,没有希望,听凭祸害来临,听凭魔怪发觉,只好心惊胆战,蓬头散发,扼腕绞臂,像天昏地黑中惨痛、白洁、赤身露体的安德洛墨达①那样,永远拴在幽冥的岩石上吗?

三 哭的黑话和笑的黑话

正如我们所见,整个黑话,无论是四百年前的黑话或今天

---

① 安德洛墨达(Andromède),希腊神话中被献祭给海怪的少女。

的黑话,都渗透了那种时而把抑郁姿态,时而把威吓神情赋予一切词的象征性的阴暗气质。我们能在这里感受到当年在圣迹区玩纸牌的那些流浪汉的郁怒情绪,那些人有他们自己独创的纸牌,我们还保存了几副。例如那张梅花八便是一株有八片大花瓣的大树,一种表现森林的怪诞手法。树底下画了一堆燃烧着的火,三只野兔抬着一个穿在烤叉上的猎人在火上烘烤,树后面,另一堆火上挂一口热气腾腾的锅,锅里露出一个狗头。这上面所画的是对那种烧死走私犯和煮死铸私钱犯的火刑的反击情绪,而竟描绘在一张纸牌上,可以说再没有什么比这更阴森的了。在黑话的王国里,思想所采取的各种不同形式,即使是歌曲、嘲笑或恐吓,也全有那种无可奈何和压抑的特征。所有的歌曲——某些旋律已经收集——全是低声下气悲切到使人流泪的。鬼蜮社会自称为"可怜的鬼蜮社会",它总是像一只随时隐藏的野兔、逃窜的老鼠、飞走的小鸟。它稍微表示了一点意见,便又抑制自己,以一叹了之。我们的耳朵刮到过这么一句诉苦的话:"我不懂,上帝,人的父亲,怎么可以虐待他的子孙后代,听凭他们呼号而无动于衷。"穷苦人每到想问题时,总自以为在法律面前是渺小的,在社会面前是软弱无力的,他五体投地地乞求怜悯,人们感到他认识了自己的错误。

但在上一世纪的中叶,却起了变化。监狱里的歌,歹徒们经常唱的曲调,可以说,有了种傲慢和欢快的姿态。怨叹的maluré 已被 larifla 所替代。及至十九世纪,几乎所有的大桡船、苦役牢、囚犯队里的任何歌曲都有了一种疯狂费解的轻快趣味。人们在其中常听到这几句尖戾跳动的叠歌,它们好像被微弱的磷光照亮着,随着笛声被一团鬼火引进森林里似的:

> 看啊在那里,就在那里嘛,
> 高声歌唱啊,大打牙祭吧!
> 就在那里啊,你去看看嘛!
> 歌声要响亮,狂饮要痛快!

在地窨里或在林中一角掐死人时,人们便唱着这首歌。

严重的症状。那些阴沉阶级的古老伤感情绪到十八世纪已经消失了。他们开始笑起来了。他们嘲笑上帝和国王。在谈到路易十五时,他们把法兰西国王叫做"庞坦侯爷"。他们几乎是轻松愉快的。有一种轻微的光从这些穷苦的人群中透出来了,仿佛他们心中的压抑已不存在。这些活在黑暗中的悲惨人群已不仅是只有行动上那种不顾一切的胆量,也还有精神上那种无所顾忌的胆量。这说明他们已失去了那种自惭多罪的感受,并感到自己已在某些思想家和空想者中间受到一种说不上是什么的不自觉的支持。这说明偷盗和劫掠行为已被列为某些学说和诡辩的论题,得以稍稍减掉一点它们的丑恶,却也大大增加了这些学说和诡辩的丑恶。总之,这说明,假使没有变化,在不久的将来,便将出现巨大的暴动。

且慢。我们在此地控诉谁呢?十八世纪吗?它的哲学吗?当然不是。十八世纪的成就是健康的,好的。以狄德罗为首的百科全书派,以杜尔哥①为首的重农学派,以伏尔泰为首的哲学家,以卢梭为首的乌托邦主义者,这是四支神圣的大军。人类走向光明的巨大进展应当归功于他们。这是人类向进步的四个方面进军的四个先锋,狄德罗驰向美,杜尔哥驰向

---

① 杜尔哥(Turgot),路易十六的财政大臣,曾废除国内关卡,实行粮食自由买卖,减轻赋税,因触犯了贵族和僧侣的特权,被解职。

功利，伏尔泰驰向真理，卢梭驰向正义。但是，在哲学家的身旁和底下，有那些诡辩派，这是杂在香花中的毒草，是处女林中的霸王鞭。正当刽子手在最高法院的正厅楼梯上焚烧那个世纪一些伟大而志在解放的书籍时，许多现已被遗忘的作家却在国王的特许下发表了不知多少破坏性极强的文章，专供穷苦人尽情阅读。这些著作中的好几种，说也奇怪，还受到一个亲王的保护，收藏在"秘密图书馆"里。这些意味深长但不让人知的小事，表面上是未被觉察的。而有时，一件事的危险性正在于它的不公开。它不公开，因为它是在地下进行的。在所有这些作家的著作中，把人民群众引向最不健康的邪路上去的一部，也许要数上勒蒂夫·德·拉布雷东①的。

这部著作，风行于整个欧洲，在德国比在任何地方为害更烈。在德国，经过席勒在他那名剧《强盗》中加以概括以后，偷盗和劫掠便曾在某个时期挺身而起，向财产和工作提出抗议，吸取了某些浅薄、似是而非、虚伪、表面正确而实际荒谬的思想，并用这些思想把自己装扮起来，隐藏在里面，取了个抽象的名词，使自己成为理论，并以这样的方式在勤劳、痛苦和诚实的人民群众中泛滥成灾，连那配制这一混合药剂的化学家也没有察觉，连那些接受了它的群众也没有察觉。每次发生这样的事，那总是严重的。痛苦生怒火，每当荣华阶级瞎了眼或睡大觉（这总是闭着眼的），苦难阶级的仇恨便在一些郁闷或怀着坏心眼待在角落里梦想的人的心中燃起它的火把，并开始对社会作研究。仇恨所作的研究，可怕得很！

因此，假使时代的灾难一定要这样，便会发生人们在过去

---

① 勒蒂夫·德·拉布雷东（Restif de la Bretonne，1734—1806），法国作家。

称作"扎克雷运动"①的那种骇人听闻的震荡,纯政治性的动乱和那种运动比较起来只不过是儿戏,那已不是被压迫者对压迫者的斗争,而是窘困对宽裕的暴动。到那时候一切都得崩溃。

扎克雷运动是人民的震动。

在十八世纪末,这种危险也许已迫在眉睫,法国革命——这一正大光明的行动——却一下子截住了它。

法国革命只不过是一种用利剑武装起来的理想,它挺身猛然一击,在同一动作中关上了恶门也打开了善门。

它解决了问题,宣布了真理,清除了瘴气,净化了世纪,替人民加了冠冕。

我们可以说它又一次创造了人类,赋予人类以第二个灵魂,人权。

十九世纪继承并享受了它的成果,到今天,我们刚才指出的那种社会灾难已干脆变成不可能的了。只有瞎子才会对它大惊小怪!只有傻子才会对它谈虎色变!革命是预防扎克雷运动的疫苗。

幸亏那次革命,社会的情况改变了。在我们的血液里已不再存在封建制和君主制的病害。在我们的体质里已经不再存在中世纪。我们这时代不会再发生那种引起剧变的内部纷争聚讼,不会再听到自己脚下那种隐隐可辨的暗流,不会再遇到那种来自鼹鼠的坑道、出现在文明表层的难于形容的骚动,不会再有地裂,岩洞下坏,也不会再看见妖魔鬼怪的头从地底

---

① 扎克雷运动(Jacquerie),原指十四世纪中叶席卷法国北部的农民大起义,继泛指一般暴力运动。

下突然钻出来。

革命观便是道德观。人权的感情,一经发展,便能发展成责任感。全民的法律,这就是自由,按照罗伯斯庇尔的令人钦佩的定义,自由止于他人自由之始。自从一七八九年以来,全体人民都以崇高化了的个体从事自我发展,没有一个穷人不因获得了人权而兴高采烈,饿到快死的人也感到对法兰西的诚实满怀信心,公民的尊严是精神的武装。谁有自由,谁就自爱,谁有选举权,谁就是统治者。不可腐蚀性由此而生,不健康的贪念由此而灭,从此,人们的眼睛都在诱惑面前英勇地低垂下去了。革命的净化作用竟达到了如此程度,一朝得救,例如在七月十四日,例如在八月十日,所有的贱民全不存在了。光明伟大的群众的第一声呐喊便是:"处死盗窃犯!"进步创造正气,理想和绝对真理决不偷偷摸摸。一八四八年载运杜伊勒里宫财富的那些货车是由谁押送的?是由圣安东尼郊区的那些收破衣烂衫的人押送的。破烂儿护卫着宝库。好品德使那些衣服褴褛的人显得无比庄严。在那些货车上的一些没有关严,有些甚至还半开着的箱子里,在一百只灿烂夺目的宝石匣子里,有那顶整个镶满了钻石的古老王冠,顶上托着那颗价值三千万的代表王权和摄政权所用的红宝石。他们,赤着脚,保卫着这顶王冠。

足见不会再有扎克雷运动了。我对那些机智的人感到遗憾。旧日的畏惧心在这里起了它最后一次作用,从此不能再用在政治方面了。红鬼的大弹簧已断。现在人人都识破了这一点。稻草人已不能再吓唬人了。飞鸟已和草人混熟,鸠雀停在它的头上,资产阶级把它当作笑话。

四　双重责任：关怀和期望

既然如此，社会的危险是否完全消失了呢？当然不是。扎克雷运动绝不会发生。在这方面，社会可以安心，血液不再上冲使头脑发晕了，但是它得注意呼吸。不用再怕脑溢血了，痨病却还存在。社会的痨病便是穷。

慢性侵害和突然轰击一样能使人死亡。

我们应当不厌其烦地反复提出：要最先想到那些没有生计的痛苦民众，为他们减少困难，让他们得到空气和光明，爱护他们，扩大他们的视野，使他们感到灿烂辉煌，用种种形式为他们提供接受教育的机会，为他们提供劳动的榜样，而不是游手好闲的榜样，减轻他们个人负担的压力，增加他们对总目标的认识，限制穷困而不限制财富，大量创造人民共同劳动的天地，像布里亚柔斯①那样，把一百只手从四面八方伸向受压迫和软弱无力的人，为这一伟大职责运用集体的力量，为所有的胳膊开设工厂，为所有的才能开办学校，为所有的智力设立实验室，增加工资，减轻惩罚，平衡收支，也就是说，调整福利与劳动之间和享用与需求之间的比重。总之，要使社会机器为受苦和无知的人的利益发出更多的光明和更多的温暖，使富于同情心的人不忘记这些，这是人间友爱的第一义务，使自私自利的人懂得这些，这是政治的第一需要。

我们还得指出，所有这些，只不过是一个开始。真正的问

---

① 布里亚柔斯（Briarée），神话中的巨人，是天和地的儿子，有五十个头和一百只手。

题是:劳动如果不成为权利,就不可能成为一种法制。

我们不在这里细谈,这里不是细谈的地方。

如果自然界是人类的依靠,人类社会便该有预见。

才智和精神的增长的必要性决不亚于物质的改善。知识是人生旅途中的资粮,思想第一重要,真理是粮食,有如稻麦。缺乏科学和哲理依据的智力必然枯竭。不吸取营养的精神和不吃不喝的胃是一样可怜的。如果还有什么比死于饥渴的躯体更能使人痛心的话,那一定是由于得不到光明而死去的灵魂了。

进步总倾向于问题的解决。总有一天,人们会大吃一惊。人类既是向高处前进的,处于底层深处的阶层必将自然而然地从灾区冲出。贫困的消灭将由水平的一次简单提高而得以完成。

人们如果怀疑这种善良的解决,那就错了。

过去的影响在目前确实还是很强大的。它会卷土重来。再次获得青春的尸体是骇人的。瞧!它大踏步地走来了。它好像是胜利者,这死尸成了征服者。它领着它的军团——种种迷信,带着它的佩剑——专制制度,举着它的大旗——愚昧无知,来到了,不久前它还打了十次胜仗。它前进,它威吓,它笑,它到了我们的门口。至于我们,我们不用气馁。让我们把汉尼拔驻军的营地卖了吧。

我们有信念,我们还怕什么呢?

思想并不比江河有更多倒退的余地。

可是不要未来的人应当多想想。他们不要进步,其实他们所否认的并不是未来,而只是他们自己。他们甘愿害暗疾,他们把过去的种种当作疫苗来给自己接种。只有一个办法可以拒绝明天,那便是死去。

因此,不要死亡,躯体的死亡越迟越好,灵魂永不要死亡,这便是我们的愿望。

是的,谜底终将被揭开,斯芬克司终将说话,问题终将得到解决。是的,人民在十八世纪已经受了启蒙教育,他们必将成熟于十九世纪。对此,只有白痴才怀疑!普遍的美好的生活,在将来,在不久的将来,一定会像鲜花那样遍地开放,这一前景是天经地义,必然会到来的。

各方无限巨大的推力一同操纵着人间的事物,在一定时期使它们一一合乎逻辑,也就是说,平衡,也就是说,到达平等。一种由天地合成的力量来自人道并统治着人类,那种力量是创造奇迹的能手,对它来说,巧妙地排除困难并不比安排剧情的非常转变更棘手些。在来自人间的科学和来自上方的机缘这两者的帮助下,它对被提出的问题里一些可能会使庸人感到无法解决的矛盾是不怎么惊讶的。它从各种思想的综合分析中找到的解决方法的能力,并不低于从各种事态的综合分析中得出的教训,从进步的这种神秘威力中人可以期望一切,有朝一日,进步将使东方和西方在坟墓的底里相对,将使伊玛目①和波拿巴在大金字塔的内部对话。

目前,在这洋洋大观的思想长征中,我们不要止步,不要游移,不要有停顿的时间。社会哲学主要是和平哲学。它的目标,它应有的效果,是从研究敌对的动机中消除愤怒。它调查,它探讨,它分析,随后,它重新组合。它通过切削的办法进行工作,它把一切方面的仇恨全都切除。

---

① 伊玛目(Iman),伊斯兰教清真寺的教长。

人们不止一次看到一个社会会在一阵风暴中消失,历史中有不少民族和帝国惨遭灭顶,有不少习俗、法律、宗教,在一天之内被一阵突然袭来的飓风全部摧毁。印度、迦勒底、波斯、亚述、埃及的文明都先后消失了。为什么?我们不知道。这些灾难的根源何在?我们不了解。这些社会,在当时竟是无从拯救的吗?这中间有没有它们自身的过失呢?它们是不是曾在某种必然带来不幸的罪恶方面坚持错误,以致自取灭亡呢?在一个国家和一个民族的这种可怕的绝灭中,自杀的因素应占多大比重呢?这些问题,都无从回答。覆盖在这些消逝了的文明上面的,是一片黑暗。既然它们漏水,它们就被吞没了,再没有什么可说的。我们回溯以往的若干世纪,有如注视汪洋大海中的滔天巨浪,看见一艘艘特大的船:巴比伦、尼尼微、塔尔苏斯①、底比斯、罗马,在黑风恶浪的狂冲猛袭中,一一沉入海底,不禁意夺神骇。但是,那边黑暗,这边光明。我们不懂古代文明的病害,却知道自己文明的疾患。我们处处都有权利把它拿到阳光下来照照,我们瞻仰它的美丽,也要赤裸裸地揭露它的丑恶。它哪里不对劲,我们便在哪里诊治,一旦查明病情便可研究病因,对症下药。我们的文明是二十个世纪的成果,它既奇形怪状,但也绚烂不凡,它是值得救护的。也一定能得救。救助它,那已经不坏,开导它,就更好。现代社会哲学的一切活动都应集中于这一目标。今天的思想家负有一个重大的职责,那便是对文明进行听诊。

我们要反复指出,这种听诊是能鼓舞人心的,也正是为了加强这种鼓舞作用,我们才在一个悲惨故事中插进这几页严

---

① 塔尔苏斯(Tarse,即Tarsus),土耳其城市,在阿达纳之西。

肃的题外话。社会可以消亡，人类却不会毁灭。地球不会因这儿那儿有了些像伤口那样的火山口，像癣疥那样的硫质喷气孔，也不会因有座像流脓血那样喷射着的火山而死去。人民的疾病杀不了人。

虽然如此，对社会进行临床诊断的人，谁也会有摇头的时候。最刚强、最柔和、最讲逻辑的人有时也会迷惘。

未来果真会来到吗？人们被眼前的黑暗吓住时，几乎会对自己提出这样的问题。自私的人和贫苦的人的会见是阴惨的。在自私的人方面，有种种成见，那种发家致富教育的毒害，越吃越馋的胃口，财迷心窍的丧心病狂，对受苦的惧怕，有些竟恶化到了对受苦人的厌恶，毫不容情地要满足自己的欲念，自负到了精神闭塞的状态；在贫苦的人方面，有羡慕心、嫉妒心、见别人快乐而起的愤恨、因追求满足而发自内心深处的兽性冲动、充满了迷雾的心、忧愁、希求、怨命、不洁而又单纯的无知。

应当继续仰望天空吗？我们见到的天边的那个光点，是不是那些在熄灭中的天体之一呢？理想，高悬在遥远的天边，是那样微小，孤独，难以觉察，闪着亮光，看去令人心寒，在它四周，还围绕着堆叠如山的险阻危难和恶风黑影，然而它并不比云边的星星更处于危险之中。

第八卷 欢乐和失望

一 春 光 好

读者已经懂了,爱潘妮在马侬的授意下,曾去卜吕梅街认清了住在那铁栏门里的女子,并立即挡住了那伙匪徒,随后,她把马吕斯引到那里。马吕斯,如醉如痴地在那铁栏门外张望了几天以后,被那种把铁屑引向磁石、把有情人引向意中人所住房屋门墙的力量所推动,终于仿照罗密欧与朱丽叶的故事,钻进了珂赛特的园子,罗密欧当日还得翻过一道围墙,马吕斯却只要稍微用点力,把铁栏门上年久失修、像老年人的牙齿那样、在锈了的门框上摇晃的铁条从臼里移出一根,他那瘦长的身躯便很容易通过了。

那条街上从没有人走过,马吕斯又只在天黑以后才进那园子,因此他没有被人发现的危险。

自从他俩在那幸福和神圣的时刻一吻订终身以后,马吕斯便没有一天不去那里。假使珂赛特在她生命的这一关头遇到的是个不检点的放荡男子的爱,她也就完了,因为和善大方的人儿往往轻易顺从,而珂赛特正属于这种性格。女性宽宏大量的一种表现便是让步。爱情,当它到了它的绝对高度时,常掺和着一种使人莫名其妙把贞操观念抛向九霄云外只一味盲从的感情。可是,高贵的人儿,你得闯过多少危险啊!常常,你捧出的是一片真心,别人取的却是肉体。心还是你的心,你在暗地里望着它发抖。爱情绝不走中间路线,它不护助人便陷害人。人的整个命运便是这两端论。这个非祸即福的两端论在人的命运中,没有什么比爱情奉行得更冷酷无情的了。爱就是生命,如果它不是死亡。是摇篮,也是棺木。同一种感情可以在人的心中作出两种完全相反的决定。在上帝创造的万物中,放出最大光明的是人心,不幸的是,制造最深黑暗的也是人心。

上帝要珂赛特遇到的爱是那种护助人的爱。

一八三二那年整个五月的每天夜晚,在那荒芜的小小园子里,在那些日益芬芳茂盛的繁枝杂草丛中,总有那两人在黑暗中相互辉映,他们无比贞洁,无比天真,心中洋溢着齐天幸福,虽是人间情侣却更似天仙,纯洁,忠实,心醉神迷,容光焕发。珂赛特仿佛觉得马吕斯戴着一顶王冠,马吕斯也仿佛觉得珂赛特顶着一圈光轮。他们相偎相望,手握着手,一个挨紧一个,但他们间有一定距离是他们所不曾越过的。他们不是不敢越过,而是从不曾想过。马吕斯感到一道栅栏:珂赛特的贞洁,珂赛特也感到有所依附:马吕斯的忠诚。最初的一吻也就是最后的一吻。马吕斯,从那次以后,也只限于用嘴唇轻轻接触一下珂赛特的手,或是她的围巾、她的一圈头发。对他来说,珂赛特是一种香气,而不是一个女性。他呼吸着她。她无所拒,他也无所求。珂赛特感到快乐,马吕斯感到满足。他们生活在这种幸福无边的状态中——这种状态也许可以称为一个灵魂对一个灵魂的赞叹吧。那是两颗童贞的心在理想境界中的无可名状的初次燃烧。是两只天鹅在室女星座的相逢。

在那相爱的时刻,欲念已在景仰亲慕的巨大威力下绝对沉寂的时刻,马吕斯,纯洁如仙童的马吕斯,也许能找一个妓女,但决不会把珂赛特的裙袍边掀起到她踝骨的高度的。一次,在月光下,珂赛特弯腰去拾地上的什么东西,她的衣领开大了一点,开始露出她的颈窝,马吕斯便把眼睛转向别处。

在这两人之间发生了什么事呢?什么也没有。他们互相爱慕罢了。

到了夜晚,每当他们在一起时,那园子好像成了个生气勃勃的圣地。所有的花都在他们的周围开放,向他们献出香气,他们,也展开各自的灵魂,撒向花丛。四周的植物,正在精力旺盛、汁液饱满的时节,面对着这两个喁喁私语的天真人儿,也不免感到醉意撩人,春心荡漾。

他们谈的是些什么呢?只不过是些声息。再没有旁的。这些声息已够使整个自然界骚动兴奋了。我们从书本中读到这类谈话,总会感到那是只能让风吹散的枝叶下的烟雾,而里面的巨大魔力却是难于理解的。你从两个情人的窃窃私语中,去掉那些有如竖琴的伴奏、发自灵魂深处的旋律,剩下的便只是一团黑影,你说,怎么!就这么点东西!可不是,只是一些孩子话,人人说了又说的话,毫无意义的开玩笑的话,毫无益处的废话,傻话,但也是人间最卓绝最深刻的话!惟一值得一述也值得一听的话!

这些傻话,这些浅薄的语言,凡是从来没有听说过的人,从来没有亲自说过的人,都是蠢材和恶人。

当时珂赛特对马吕斯说:

"你知道吗?……"

(他俩既然都怀着那种绝无浊念的童贞情感,在这一切的谈话中,又怎能随意以"你"相称,这是他和她都说不清楚的。)

"你知道吗?我的名字是欧福拉吉。"

"欧福拉吉?不会吧,你叫珂赛特。"

"呵!珂赛特,这名字多难听,是我小时人家随便叫出来的。我的真名是欧福拉吉。你不喜欢这名字吗,欧福拉吉?"

"当然喜欢……但是珂赛特并不难听。"

"你觉得珂赛特比欧福拉吉好些吗?"

"呃……是的。"

"那么我也觉得珂赛特好些。没有错,珂赛特确是好听。你就叫我珂赛特吧。"

她脸上还漾起一阵笑容,使这些对话可以和天国林园中牧童牧女的语言媲美。

另一次,她定定地望着他,喊道:

"先生,您生得美,生得漂亮,您聪明,一点也不笨,您的知识比我渊博多了,但是我敢说,说到'我爱你'这三个字,您的体会却比不上我!"

马吕斯,在这时候,神游太空,仿佛听到了星星唱出的一首恋歌。

或者,她轻轻拍着他,因为他咳了一声嗽,她对他说:

"请不要咳嗽,先生。我不许人家在我家里不先得到我的同意就咳嗽。咳嗽是很不对的,并且叫我担忧。我要你身体健康,因为,首先,我,假使你身体不好,我就太痛苦了。你叫我怎么办呀!"

这种话地地道道是只应天上才有的。

一次,马吕斯向珂赛特说:

"你想想,有一段时间,我还以为你叫玉秀儿呢。"

他们为这话笑了一整夜。

在另一次谈话中,他偶然想起,大声说道:

"呵!有一天,在卢森堡公园,我险些儿没把一个老伤兵的骨头砸碎。"

但是他立即停了下来没往下说。要不,他便得谈到珂赛特的吊袜带,那在他是不可能的。这里有一道无形的堤岸,一涉及到肉体问题,自有一种神圣的畏惧心使这天真豪迈的情人向后退缩。在马吕斯的想象中,他和珂赛特的生活,只应是这样而不应有旁的:他每晚来到卜吕梅街,把那法院院长铁栏门上的一根肯成人之美的老铁条挪动一下,并肩坐在石凳上,仰望傍晚时分树枝中间的闪闪星光,让他裤腿膝头上的褶纹和珂赛特的宽大的裙袍挨在一起,抚摸她的指甲,对她说"你",轮番嗅一朵鲜花……天长地久,了无尽期。这时,朵朵白云在他们的头上浮过。微风吹走的人间梦幻常多于天上的白云。

难道在这种近乎朴拙的纯爱中,绝对没有承颜献媚的表现吗?不。向意中人"说奉承话",这是温存爱抚的最初形式,是试探性的半进攻。奉承,具有隔着面纱亲吻的意味。在其中,狎昵的意念已遮遮掩掩地伸出了它温柔的指尖。在狎昵意念的跟前,心,为了更好地爱,后退了。马吕斯的甜言蜜语是充满了遐想的,可以说,具有碧空的颜色。天上的鸟儿,当它们和天使比翼双飞时,应当听到这些话的。但这里也杂有生活、人情、马吕斯大大的坚强的自信心。那是岩洞里的语言,来日洞房情话的前奏,是真情的婉转披露,歌与诗的合流,鹧鸪咕咕求偶声的亲切夸张,是表达崇拜心情的一切美如花团锦簇、吐放馥郁天香的绮文丽藻,是两心交唤声中无可名状的嘤嘤啼唱。

"呵!"马吕斯低声说,"你多么美!我不敢看你。因此我只是向往你。你是一种美的形态。我不知道我是怎么搞的。只要你的鞋子尖儿从你裙袍下伸出来,我便会心慌意乱。并且当你让我猜着你的思想时,我便看见一种多么耀眼的光!你说的话有惊人的说服力。有时我会觉得你只是幻境中的人。你说话吧,我听你说,我敬佩你。呵珂赛特!这是多么奇特,多么迷人,我确实要疯了。你是可敬爱的,小姐。我用显微镜研究你的脚,用望远镜研究你的灵魂。"

珂赛特回答说:

"从今早到现在,我一刻比一刻越来越爱你了。"

在这种对话中,一问一答,漫无目标,随心所欲,最后总像水乳交融,情投意合。

珂赛特处处显得天真、淳朴、赤诚、白洁、坦率、光明。我们可以说她是明亮的。她让见到她的人仿佛感到如见春光,如见晓色。她眼睛里有露水。珂赛特是曙光凝聚起来的妇女形体。

马吕斯既崇拜她,便钦佩她,这是极自然的。但事实是,这个新从修院里打磨出来的小寄读生,谈起话来,确有美妙的洞察力,有时也谈得合情合理,体贴入微。她那孩子话未必尽是孩子气。她啥也不会搞错,并且看得准。妇女是凭着她心中的温柔的天性——那种不犯错误的本能——来领悟和交谈的。谁也不会像妇女那样把话说得既甜美又深刻。甜美和深刻,整个女性也就在这里了,全部禀赋也就在这里了。

在这种美满的时刻,他们随时都会感到眼里泪水汪汪。一个被踏死的金龟子,一片从鸟巢里落下的羽毛,一根被折断的山楂枝,都会使他们伤感,望着发怔,沉浸在轻微的惆怅中,恨不得哭它一场。爱的最主要症状便是一种有时几乎无法按捺的感伤情绪。

与此同时——这些矛盾现象都是爱情的闪电游戏——他们又常会放声大笑,无拘无束,笑得怪有趣的,有时几乎像是两个男孩子。但是,尽管沉醉了的童心已无顾虑,天生的性别观念总还是难忘的。它依然存在于他俩的心中,既能使人粗俗,也能使人高尚。无论他俩的灵魂如何皎洁无邪,在这种最贞洁的促膝密谈中,仍能感到把一对情人和两个朋友区别开来的那种可敬的和神秘的分寸。

他们互敬互爱,如对神明。

永恒不变的事物依然存在。他们相爱,相对微笑,撅起嘴来做小丑脸,相互交叉着手指,说话"你"来"你"去,这并不妨碍时间无尽期地推移。夜晚,两个情人和鸟雀、玫瑰一同躲在昏暗隐秘处,把满腔心事倾注在各自的眼睛里,在黑暗中相互吸引注视,这时,太空中充满着巨大天体的运行。

二 美满幸福的麻醉作用

他们被幸福冲昏了头脑,在稀里糊涂地过日子。那个月里,霍乱正在巴黎流行,死亡惨重,他们全不在意。他们互相倾诉衷情,尽量使对方了解自己,而这一切从来没有远离各自的身世。马吕斯告诉珂赛特,说他是孤儿,他叫马吕斯·彭眉胥,他是律师,靠替几个书店编写资料过活,他父亲当初是个上校,是个英雄,而他,马吕斯,却和他那有钱的外祖父闹翻了。他也多少谈了一下他是男爵;但是这对珂赛特一点也没发生影响。马吕斯男爵?她没有听懂。她不知道那是什么意思。马吕斯就是马吕斯。从她那方面,她向他说她是在小比克布斯修院里长大的,她的母亲,和他的一样,已经死了,她的父亲叫割风先生,还说他为人非常之好,他大量周济穷人,而他自己并没有钱,他节省自己的费用,却要保证她什么也不缺。

说也奇怪,马吕斯自从遇见了珂赛特以后,在他所过的那种交响音乐似的生活中,过去的事,甚至是过去不久的事,对他来说都已变得那样模糊遥远,以致珂赛特对他谈的一切完全可以满足他。他甚至没有想到要把那天夜晚在德纳第穷窟里发生的事,他父亲怎样烧伤自己的胳膊,他那奇怪的态度,机灵的脱险等等经过说给她听。马吕斯一时把那些全忘了,他甚至一到天黑,便想不起自己在上午干了些什么,是在什么地方吃的午饭,有谁和他说过话,他耳朵里经常有歌声,使他接触不到任何其他思想,他只是在看见珂赛特时才活过来。因此,他既是生活在天堂里,当然想不起尘世的事了。他俩昏昏沉沉地承受着这种非物质的快感的无限重压。这两个所谓情人的梦游病患者便是这样过活的。

唉!谁又没有经受过这一切考验?为什么好事总会多磨?为什么以后生命还要延续下去?

爱几乎取代思想。爱是健忘的,它使人忘掉一切。你去同狂热的爱情谈逻辑吧。人心中的绝对逻辑联系并不多于宇宙机构中的规则几何形。对珂赛特和马吕斯来说,世上除了马吕斯和珂赛特以外,便不再有旁的什么了。他们周围的宇宙已落到一个洞里去了。他们生活在黄金的片刻里。前面无所有,后面也无所有。马吕斯几乎没有想过珂赛特有个父亲。在他的脑子里,只是一片耀眼的彩光,把什么都遮没了。这一对情人谈了些什么呢?我们已经知道,谈花、燕子、落山的太阳、初升的月亮,所有这一类重要的东西。他们什么都谈到了,什么也没有谈到。情人的一切,是一切皆空。那个父亲、那些真人真事、那个穷窟、那些绑匪、那种惊险事,这有什么可谈的?那种噩梦似的情景,是真有过的吗?他们是两个人,他们彼此相爱,这已是一切了。其他全是不存在的。也许是这样:地狱在我们背后的陷落原是和进入天堂连在一起的。谁看见过魔鬼呀?真有魔鬼吗?真有人发过抖吗?确有人受过苦吗?什么全不知道了。在那上面,只有一朵玫瑰色的彩云。

那两个人便是这样过活的,高洁绝伦,世上少有,他们既不在天底点,也不在天顶点,是在人与高级天使之间,在污泥之上,清霄之下,云雾之中;几乎没有了骨和肉,从头到脚全是灵魂和憧憬;着地已感固体太少,升空又嫌人味太重,仿佛是在原子将落未落的悬浮状态中;看来已超越于生死之外,不知有昨日、今日、明日这样乏味的轮转,陶陶然,醺醺然,飘飘然,有时,轻盈得可以一举升入太虚,几乎能够一去不复返。

他们便这样睁着眼睛沉睡在温柔乡中。呵,现实被幻想麻醉了的绝妙昏睡症!

有时,尽管珂赛特是那样美,马吕斯却在她跟前闭上了眼睛。闭眼是观望灵魂的最好方法。

马吕斯和珂赛特都不曾想过这样将把他们引向什么地方,他们认为这便是他们最后归宿了。想要爱情把人导向某处,那是人们的一种奇怪的奢望。

三 阴影的初现

冉阿让什么也没有感觉到。

珂赛特不像马吕斯那样神魂颠倒,她比较心情轻快,这样已够使冉阿让快乐了。珂赛特虽有她的心事,她那甜滋滋的忧虑,脑子里充满了马吕斯的形象,但她那无比纯洁美好的面貌,和原先一样,仍是天真烂漫,笑盈盈的。她正处在童贞圣女怀抱爱神、天使怀抱百合花的年龄。因此,冉阿让是心境舒坦的。并且,当两个情人一经商妥以后,事情总能进行得很顺利,企图干扰他们美梦的第三者往往被一些惯用的手法——每个有情人都照例采用的那些办法——蒙蔽过去。因而珂赛特对冉阿让百依百顺。他要出去散步吗?好,我的小爸爸。他要留在家里吗?好极了。他要和珂赛特一同度过这一晚吗?她再高兴没有。由于他总在夜间十点钟上床睡觉,这一天,马吕斯便要到十点过后,从街上听到珂赛特把台阶上的长窗门开了以后,他才跨进园子。不用说,马吕斯白天是从不露面的。冉阿让甚至早已不想到还有马吕斯这么一个人了。只是有一次,一天早晨,他忽然对珂赛特说:"怎么搞的,你背上一背的石灰!"马吕斯在前一天晚上,一时激动,竟把珂赛特挤压在墙上。

那个老杜桑,睡得早,家务一干完,便只想睡觉,和冉阿让一样,是被蒙在鼓里的。

马吕斯从来不进那屋子。当他和珂赛特一道时,他俩便藏在台阶附近的一个凹角里,免得被街上的人看见或听见,坐在那里,说是谈心吗?往往只不过是彼此紧捏着手,每分钟捏上二十次,呆呆地望着树枝。在这种时刻,这一个的梦幻是那么深渺,那么深入到另一个的梦幻,即使天雷落在他们身边三十步以内,也不会惊动他们的。

通明透澈的纯洁。共度的时辰,几乎都一样纯净。这种爱情是一种百合花瓣和白鸽羽毛的收藏。

整个园子是在他们和街道之间。马吕斯每次进出,总要把铁栏门上被移动了的铁条重新摆好,不让露出丝毫痕迹。

他经常要到夜半十二点才离开,回到古费拉克家里。古费拉克对巴阿雷说:

"你信不信?马吕斯现在要到凌晨一时才回家!"

巴阿雷回答说:

"你有什么办法?年轻人总是要闹笑话的。"

有时,古费拉克交叉着手臂,摆出一副严肃面孔,对马吕斯说:

"小伙子,你也未免太辛苦一点了吧!"

古费拉克是个讲实际的人,他不欣赏那种由无形的天堂映在马吕斯身上的光辉,他不习惯那些未公开表现的热情,他不耐烦了,不时对马吕斯发出警告,想把他拉回到现实中来。

一天早晨,他这样数落了他一次:

"我的亲爱的,看你这副模样,我觉得你现在是在月球、梦国、幻省、肥皂泡京城里。谈谈吧,做个好孩子,她叫什么名字?"

但是马吕斯怎么也不走漏一点消息。他宁肯让人家拔掉他的指甲,也不会说出构成珂赛特这个不当泄露的神圣名字的那三个音节中的一个。爱情是和黎明一样光辉,和坟墓一样沉寂的。不过古费拉克从马吕斯身上看出这样一种改变:

他虽不说话,却是喜气洋洋的。

在这明媚的五月中,马吕斯和珂赛特尝到了这样一些天大的幸福:

争吵并以"您"相称,仅仅是为了过一会儿能更好地说"你";

没完没了、尽量仔细地谈论一些和他们毫不相干的人,又一次证明:在爱情这种动人的歌剧里,脚本几乎是无用的;

对马吕斯来说,听珂赛特谈衣服;

对珂赛特来说,听马吕斯谈政治;

膝头碰着膝头,听巴比伦街上的马车驶过;

凝望天空的同一颗行星或草丛中的同一只萤火虫;

静静地坐在一起默不作声,比聊天有更大的乐趣;

等等,等等。

可是各种各样麻烦事儿正在逼来。

一天晚上,马吕斯走过残废军人院街去赴约会,他一贯是低着头走路的,他正要拐进卜吕梅街,听到有人在他身边喊他:

"晚上好,马吕斯先生。"

他抬起头,认出了是爱潘妮。

这给了他一种奇特的感受。自从那天,这姑娘把他引到卜吕梅街以后,他一次也没有想到过她,也从来没有再见过她,他已经完全把她忘了。他对她原只怀着感激的心情,他今天的幸福是从她那里得来的,可是遇见她总不免有些尴尬。

如果认为幸福和纯洁的感情可以使人进入完善的境界,那是错误的。我们已经见到,专一的感情只能使人健忘。在这种情况下,人会忘记做坏事,但也会忘记做好事。感激的心情、责任感、不应疏忽的和讨人厌的回忆都会消逝。在另外一种时刻,马吕斯对爱潘妮的态度也许会完全两样。自从他被珂赛特吸引以后,他甚至没有明确地意识到这个爱潘妮的全名是爱潘妮·德纳第,而德纳第这个姓是写在他父亲的遗嘱里的,几个月以前,他对这个姓还是那么强烈爱戴的。我们如实地写出马吕斯的心情。连他父亲的形象,在他灵魂中也多少消失在他爱情的光辉中了。

他带点为难的样子回答说:

"啊!是您吗,爱潘妮?"

"您为什么要对我说'您'?难道我在什么地方得罪了您吗?"

"哪里的话。"他回答说。

当然,他对她丝毫没有什么不满。远不是那样。不过,他现在已对珂赛特说"你"了,便只能对爱潘妮说"您",再没有别的办法。

她看见他不再说话,便嚷道:

"喂,您……"

她又停住了。这姑娘在从前原是那样随便,那样大胆的,这时却好像找不出话来说了。她想装出笑脸,但是不成。她接着说:

"那么……"

她又不说下去了,低着眼睛站在那里。

"晚安,马吕斯先生。"她忽然急促地说,随即转身走了。

四 "cab"①在英语中滚,在黑话中叫

第二天是六月三日,一八三二年六月三日,这个日期是应当指出的,因为当时有些重大的事件,像雷雨云那样,压在巴黎的天边。这天,马吕斯在傍晚时,正顺着他昨晚走过的那条路往前走,心里想着那些常想的开心事,忽然看见爱潘妮在树林和大路之间向他走来。一连两天。太过分了。他连忙转身,离开大路,改变路线,穿过先生街去卜吕梅街。

爱潘妮跟着他直到卜吕梅街,这是她在过去没有做过的。在这以前,她一向满足于望着他穿过大路,从不想到要去和他打个照面。只是昨天傍晚,她才第一次想找他谈话。

爱潘妮跟着他,他却没有觉察。她看见他挪开铁栏门上的铁条,钻到园子里去。

"哟!"她说,"他到她家里去了。"

她走近铁栏门,逐根地摇撼那些铁条,很容易就找出了马吕斯挪动过的那根。

她带着阴森森的语调低声说:

"那可不成,丽赛特!"

她过去坐在铁栏门的石基上,紧靠着那根铁条,仿佛是在守护它。那正是在铁栏门和邻墙相接的地方,有一个黑暗的旮旯,爱潘妮躲在那里面,一点不现形。

她这样待在那里,足有一个多钟头,不动也不出气,完全被自己心里的事控制住了。

---

① "cab",在英语中是马车,在巴黎的黑话中是狗。

将近夜里十点钟的时候,有两个或三个行人走过卜吕梅街,其中一个是耽误了时间的老先生,匆匆忙忙走到这荒凉、名声不好的地段,挨着那园子的铁栏门,走到门和墙相接处的凹角跟前,忽然听见一个人的沙嘎凶狠的声音说道:

"怪不得他每晚要来!"

那过路人睁大眼睛四面望去,却看不见一个人,又不敢望那黑旮旯,心里好不害怕。他加快脚步走了。

这过路人幸亏赶快走了,因为不一会儿,有六个人,或前或后,彼此相隔一定距离,挨着围墙,看去好像是一队喝醉了的巡逻兵,走进了卜吕梅街。

第一个走到那园子的铁栏门前,停了下来,等待其余的几个,过了一会儿,六个人会齐了。

这些人开始低声说话。

"就是此地。"其中的一个说。①

"园子里有狗吗?"另一个问。

"我不知道。不用管那些,我带了一个团子给它吃。"

"你带了砸玻璃窗用的油灰吗?"

"带了。"

"这是一道老铁栏门。"第五个人说,那是个用肚子说话的人。

"再好没有,"先头第二个说话的人说,"它不会在锯子下面叫,也不会那么难切断。"

一直还没有开口的那第六个人,开始察看铁栏门,就像爱潘妮先头做过的那样,把那些铁条逐根抓住,仔细地一一摇

---

① 这一段里,有许多匪徒的黑话,无法一一译出。

撼。他摇到了马吕斯已经弄脱了臼的那根。他正要去抓那铁条,黑暗中突然伸过一只手,打在他的手臂上,他还觉得被人当胸猛推了一掌,同时听到一个人的嘶哑声音对他轻轻吼道:"有狗。"

他看见一个面色蜡黄的姑娘站在他面前。

那人猝不及防,大吃一惊,他立即摆开凶猛的架势,猛兽吃惊时的模样是最可怕的,它那被吓的样子也是最吓人的。他退后一步,嘴里结结巴巴地说:

"这是个什么妖精?"

"你的女儿。"

那正是爱潘妮在对德纳第说话。

爱潘妮出现时,那五个人,就是说,铁牙、海嘴、巴伯、巴纳斯山和普吕戎,都无声无息,不慌不忙,没说一句话,带着夜晚活动的人所专有的那种慢而阴狠的稳劲,一齐走拢来了。

他们手里都带着奇形怪状的凶器。海嘴拿着一把强人们叫做"包头巾"的弯嘴铁钳。

"妈的,你在这儿干什么?你要怎么样,疯了吗?"德纳第尽量压低声音吼着说,"你干吗要来碍我们的事?"

爱潘妮笑了出来,跳上去抱住他的颈子。

"我在这儿,我的小爸爸,因为我在这儿。难道现在不许人家坐在石头上了吗?是你们不应当到这儿来。你们来这儿干什么?你们早知道是块饼干嘛。我也告诉过马依了。一点办法也没有,这儿。但是,亲亲我吧,我的好爸爸,小爸爸!多久我没有看见您老人家了!您已经在外面了,看来?"

德纳第试图掰开爱潘妮的手臂,低声埋怨说:

"好了。你已经吻过我了。是的,我已经在外面了,我不在里面。现在,你走开。"

但是爱潘妮不松手,反而抱得更紧。

"我的小爸爸,您是怎么出来的?您费尽脑筋才逃了出来的吧。您说给我听听!还有我的妈呢?我妈在什么地方?把我妈的消息告诉我。"

德纳第回答说:

"她过得不坏。我不知道,不要缠我,去你的,听见了吗?"

"我就是不愿意走开,"爱潘妮装顽皮孩子撒娇的样子说,"您放着我不管,已经四个月了,我见不着您,也亲不着您。"

她又抱紧她父亲的颈子。

"够了,已经够傻的了!"巴伯说。

"快点!"海嘴说,"宪兵们要来了。"

那个用肚子说话的人念出了这两句诗:

> 我们不在过新年,
> 吻爹吻娘改一天。

爱潘妮转过身来对着那五个匪徒说:

"哟,普吕戎先生。您好,巴伯先生。您好,铁牙先生。您不认识我吗,海嘴先生?过得怎样,巴纳斯山?"

"认识的,大家都认识你!"德纳第说,"但是白天好,晚上好,靠边儿站!不要捣乱了。"

"这是狐狸活动的时候,不是母鸡活动的时候。"巴纳斯山说。

"你明明知道我们在此地有活干。"巴伯接着说。

爱潘妮抓住巴纳斯山的手。

"小心,"他说,"小心割了你的手,我拿着一把没有套上的刀子呢。"

"我的小巴纳斯山,"爱潘妮柔声柔气地回答说,"你们应当相信人。我是我父亲的女儿,也许。巴伯先生,海嘴先生,当初人家要了解这桩买卖的情况,那任务是交给我的。"

值得注意的是,爱潘妮不说黑话。自从她认识马吕斯后,这种丑恶的语言已不是她说得出口的了。

她用她那皮包骨头、全无力气的小手,紧捏着海嘴的粗壮的手指,继续说:

"您知道我不是傻子。大家平时都还信得过我。我也替你们办过一些事。这次,我已经调查过了,你们会白白地暴露你们自己,懂吗。我向您发誓,这宅子里弄不出一点名堂。"

"有几个单身的女人。"海嘴说。

"没有。人家已经搬走了。"

"那些蜡烛可没有搬走,总而言之!"巴伯说。

他还指给爱潘妮看,从树尖的上面,看得见在那凉亭的顶楼屋子里,有亮光在移动。那是杜桑夜里在晾洗好的衣服。

爱潘妮试作最后的努力。

"好吧,"她说,"这是些很穷的人,是个没有钱的破棚棚。"

"见你的鬼去!"德纳第吼着说,"等我们把这房子翻转过来了,等我们把地窖翻到了顶上,阁楼翻到了底下,我们再来告诉你那里究竟有的是法郎,是苏,还是小钱。"

他把她推过一边,要冲向前去。

"我的好朋友巴纳斯山先生,"爱潘妮说,"我求求您,您是好孩子,您不要进去!"

"小心,要割破你了!"巴纳斯山回答她说。

德纳第以他特有的那种坚决口吻接着说:

"滚开,小妖精,让我们男人干自己的活。"

爱潘妮放开巴纳斯山的手,说道:

"你们一定要进这宅子?"

"有点儿想。"那个用肚子说话的人半开玩笑地说。

她于是背靠着铁栏门,面对着那六个武装到牙齿、在黑影里露着一张张鬼脸的匪徒,坚决地低声说:

"可是,我,我不愿意。"

那些匪徒全愣住了。用肚子说话的那人咧了咧嘴。她又说:

"朋友们!听我说。废话说够了。我说正经的。首先,你们如果跨进这园子,你们如果碰一下这铁栏门,我便喊出来,我便敲人家的大门,我把大家叫醒,我要他们把你们六个全抓起来,我叫警察。"

"她会干得出来的。"德纳第对着普吕戎和那用肚子说话的人低声说。

她晃了一下脑袋,并说:

"从我父亲开始!"

德纳第走近她。

"站远点,老家伙!"她说。

他朝后退,牙缝里叽叽咕咕埋怨说,"她究竟要什么?"并加上一句:

"母狗!"

她开始笑起来,叫人听了害怕。

"随便你们要什么,你们反正进不去了。我不是狗的女儿,因为我是狼的女儿。你们是六个,那和我有什么关系?你们全是男人。可我,是个女人。你们吓唬不了我,你们放心。我告诉你们,你们进不了这宅子,因为我不高兴让你们进去。你们如果走近我,我便叫起来。我已经关照过你们了,狗,就是我。你们这些人,我压根不把你们放在眼里。你们给我赶快走开,我见了你们就生气!你们去哪儿都行,就是不许到这儿来,我禁止你们来这儿!你们动刀子,我就用破鞋子揍你们,反正都一样,你们敢来试试!"

她向那伙匪徒跨上一步,气势好不吓人,她笑了出来。

"有鬼!我不怕。这个夏天,我要挨饿,冬天,我要挨冻。真是滑稽,这些男子汉以为他们吓唬得了一个女人!怕!怕什么!是呀,怕得很!就是因为你们有泼辣野婆娘,只要你们吼一声,她们就会躲到床底下去,不就是这样吗!我,我啥也不怕!"

她瞪着眼睛,定定地望着德纳第,说道:

"连你也不怕!"

接着她睁大那双血红的眼睛,对那伙匪徒扫去,继续说:

"我爹拿起刀子把我戳个稀巴烂,明天早晨人家把我从卜吕梅街的铺石路上捡起来,或者,一年过后,人家在圣克鲁或天鹅洲的河里,在用网子捞起腐烂了的瓶塞子和死狗堆时发现我的尸体,我都不在乎!"

她不得不停下来,一阵干咳堵住了她的嗓子,从她那狭小瘦弱的胸口里传出一串咯咯的喘气声。

她接着又说:

"我只要喊一声,人家就会来,全完蛋。你们是六个人,我是所有的人。"

德纳第朝她那边动了一下。

"不许靠近我!"她大声说。

他立即停了下来,和颜悦色地对她说:

"得,得。我不靠近你,但是说话小声点。我的女儿,你不让我们干活吗?可我们总得找活路。你对你爹就一点交情也没有吗?"

"你讨厌。"爱潘妮说。

"可我们总得活下去呀,总得有吃……"

"饿死活该。"

说过这话,她坐回铁栏门的石基上,嘴里低声唱着:

> 我的胳膊胖嘟嘟,
> 我的大腿肥呦呦,
> 日子过得可不如。

她把肘弯支在膝头上,掌心托着下巴颏,摇晃着一只脚,神气满不在乎。从有洞的裙袍里露出她的枯干的肩胛骨。附近一盏路灯照着她的侧影和神气,再没有比那显得更坚决,更惊人的了。

六个歹徒被这姑娘镇住了,垂头丧气,不知道怎么办,一齐走到路灯的阴影里去商量,又羞又恼,只耸肩膀。

这时,她带着平静而粗野的神气望着他们。

"她这里一定有玩意儿,"巴伯说,"有原因。难道她爱上了这里的狗不成?白白跑这一趟,太不合算了。两个女人,一个住在后院的老头,窗上的窗帘确实不坏。那老头一定是个犹太人。我认为这是一笔好买卖。"

"那么,进去就是,你们五个,"巴纳斯山说,"做好买卖。我留在这儿,看好这闺女,要是她动一动……"

他把藏在衣袖里的刀子拿出来在路灯光下亮了一下。

德纳第没吭声,好像准备听从大伙儿的意见。

普吕戎,多少有点权威性,并且,我们知道,这"买卖是他介绍的",还没有开口。他好像是在深入思考。他一向是被认为不在任何困难面前退却的。大家都知道,有一天,仅仅是为了逞能,他洗劫过一个城区的警察哨所。此外,他还写诗和歌,这些都使他有相当高的威望。

巴伯问他:

"你不说话,普吕戎?"

普吕戎仍沉默了一会儿,接着,他用多种不同的方式摇晃了几次头,才提高嗓子说:

"是这样:今早我看见两个麻雀打架,今晚我又碰上一个吵吵闹闹的女人。这一切都不是好事。我们还是走吧。"

他们走了。

巴纳斯山,一面走,一面嘟囔:

"没关系,如果大家同意,我还是可以给她一脚尖。"

巴伯回答他说:

"我不同意。我从不打女人。"

走到街角上,他们停下来,交换了这么几句费解的话:

"今晚我们睡在哪儿?"

"巴黎下面。"

"你带了铁栏门的钥匙吧,德纳第?"

"还用说。"

爱潘妮的眼睛一直盯着他们,看见他们从先头来的那条路走了。她站起来,一路顺着围墙和房屋,跟在他们后面爬。她这样跟着他们一直到大路边。到了那里,他们便各自散了。她看见那六个人走进黑暗里,仿佛和黑暗融合在一起。

五　夜间的东西

匪徒们走了以后,卜吕梅街便恢复了它平静的夜间景色。

刚才在这条街上发生的事,如果发生在森林里,森林决不至于吃惊。那些大树,那些丛林,那些灌木,那些相互纠结的树枝,高深的草丛,形成一种幽晦的环境,荒野中蠕蠕攒动的生物在那里瞥见无形者的突然出现,在人之下者在那里透过一层迷雾,看见了在人之上者,我们生人所不知道的种种东西,夜间在那里会集。鬣毛直竖的野兽,在某种超自然力逼近时,感到惊愕失措。黑暗中的各种力量彼此相识,并且在它们之间,有着神秘的平衡。喝血的兽性,号饥觅食的饕餮,有爪有牙专为饱肚子而生存的本能,惊惊惶惶地望着嗅着那个在殓尸布下披着颤抖的宽大殓衣徘徊或仁立着的无表情的鬼脸,这些鬼脸看来好像在过一种可怕的阴间生活似的。这些纯物质的暴力似乎不敢和那种由广大的黑暗所凝聚而成未知的实体打交道。一张拦住去路的黑脸断然制止那凶残的野兽。从坟墓里出来的使从洞窟里出来的感到胆怯和张皇失措,凶猛的怕阴险的,狼群在遇到吃尸鬼时退缩了。

六　马吕斯现实到把他的住址告诉了珂赛特

正当那生着人脸的母狗坚守铁栏门,六个强人在一个姑娘跟前退却时,马吕斯恰在珂赛特的身旁。

天上的星星从没有那样晶莹动人,树也从不那样震颤,草也从没那么芬芳,枝头入睡小鸟的啁啾从没有那么甜蜜。天空明静,景物宜人,这与他俩当时心灵内部的音乐,不能唱答得更加和谐了。马吕斯从来没有那么钟情,那么幸福,那么兴高采烈。但是他发现珂赛特闷闷不乐。珂赛特哭过。她的眼睛还是红的。

这是初次出现在这场可喜的美梦中的阴霾。

马吕斯的第一句话是:

"你怎么了?"

她回答说:

"不怎么。"

随后,她坐在台阶旁边的凳上,正当他哆哆嗦嗦过去坐在她身旁时,她继续说:

"今天早晨,我父亲叫我作好准备,说他有要紧的事,我们也许要走了。"

马吕斯感到一阵寒噤,从头颤到脚。

人在生命结束时,死,叫做走;在开始时,走,却等于死。

六个星期以来,马吕斯一点一点地、一步步、慢慢地、一天天地占有着珂赛特。完全是观念上的占有,但是是深入的占有。正如我们已经说过的,人在爱的初期,取灵魂远远先于肉体;到后来,取肉体又远远先于灵魂,有时甚至全不取灵魂;福布拉斯①和普律多姆②之流更补充说:"因为灵魂是不存在的。"但是这种刻薄话幸而只是一种亵渎。因而马吕斯占有珂赛特,有如精神的占有,但是他用了他的全部灵魂裹绕着她,并以一种难于想象的信念,满怀妒意地抓着她。他占有她的微笑、她的呼吸、她的香气、她那双蓝眼睛的澄澈的光辉、她皮肤的柔润(当他碰到她的手的时候)、她颈子上的那颗迷人的痣、她的全部思想。他们曾经约定:睡眠中必须彼此梦见,他们并且是说话算数的。因此他占有了珂赛特的每一场梦。他经常不停地望着她后颈窝里的那几根短头发,并用他的呼吸轻拂着它们,宣称那些短头发没有一根不是属于他马吕斯的。他景仰并崇拜她的穿着、她的缎带结、她的手套、她的花边袖口、她的短统靴,把这些都当作神圣的东西,而他是这些东西的主人。他常迷迷糊糊地想他自己是她头发里那把精致的玳瑁梳子的主权所有人,他甚至暗自思量(情欲初萌时的胡思乱想):她裙袍上的每根线、她袜子上的每个网眼、她内衣上的每条皱纹,没有一样不是属于他的。他待在珂赛特的身旁,自以为是在他财产的旁边,在他所有物的旁边,在他的暴君和奴隶的旁边。他们好像已把各自的灵魂掺和在一起了,如果要想收回,已无法分清。"这个灵魂是我的。""不对,是我的。""我向你保证,你弄错了。肯定是我。""你把它当作你,其实是我。"马吕斯已是珂赛特的某一部分,珂赛特已是马吕斯的某一部分。马吕斯感到珂赛特生活在他的体

---

① 福布拉斯(Faublas),一七八七年至一七九○年在法国出版的小说《德·福布拉斯骑士》一书之主角。
② 普律多姆(Prudhomme),一八三○年前后漫画中之人物,一般指性情浮夸的人。

内。有珂赛特,占有珂赛特,对他来说,是和呼吸一样分不开的。正是在这种信念、这种迷恋、这种童贞和空前的绝对占有欲、这种主权观念的萦绕中,他突然听到"我们要走了"这几个字,突然听到现实的粗暴声音对他喊道:"珂赛特不是你的!"

马吕斯惊醒过来了。我们已经说过,六个星期以来,马吕斯是生活在生活之外的。走!这个字又狠狠地把他推进了现实。

他一句话也说不出。珂赛特只觉得他的手是冰冷的。现在轮到她来说了:

"你怎么了?"

他有气无力地回答,珂赛特几乎听不清,他说:

"我听不懂你说了些什么。"

她接着说:

"今天早晨我父亲要我把我的日用物品收拾起来准备好,说他就要把他的换洗衣服交给我放在大箱子里,他得出门去旅行一趟,我们不久就要走了,要我准备一个大箱子,替他准备一个小的,这一切都要在一个星期以内准备好,还说我们也许要去英国。"

"可是,这太可怕了!"马吕斯大声说。

毫无疑问,马吕斯这时的思想,认为任何滥用权力的事件、任何暴行,最荒谬的暴君的任何罪恶,布西利斯[①]、提比利乌斯或亨利八世的任何行为,都比不上这一举动的残酷性:割风先生要带女儿去英国,因为他有事要处理。

---

① 布西利斯(Busiris),传说中的古代埃及暴君。

他声音微弱地问道：

"你什么时候动身？"

"他没有说什么时候。"

"你什么时候回来？"

"他没有说什么时候。"

马吕斯立了起来，冷冰冰地问道：

"珂赛特，您去不去呢？"

珂赛特把她两只凄惶欲绝的秀眼转过来望着他，不知所云地回答说：

"去哪儿？"

"英国，您去不去呢？"

"你为什么要对我说'您'？"

"我问您，您去不去？"

"你要我怎么办？"她扭着自己的两只手说。

"那么，您是要去的了？"

"假使我父亲要去呢？"

"那么，您是要去的了？"

珂赛特抓住马吕斯的一只手，紧捏着它，没有回答。

"好吧，"马吕斯说，"那么，我就到别的地方去。"

珂赛特没有听懂他的话，但已觉得这句话的分量。她脸色顿时大变，在黑暗中显得惨白。她结结巴巴地说：

"你这话是什么意思？"

马吕斯望着她，随即慢慢地抬起眼睛，望着天空，回答说：

"没有什么。"

当他低下眼皮时，他看见珂赛特在对他微笑。女子对她爱人的微笑，在黑暗中有一种照人的光亮。

"我们多傻！马吕斯，我想出了一个办法。"

"什么办法？"

"我们走，你也走！回头我再告诉你去什么地方！你到我们要去的地方来找我！"

马吕斯现在是个完全清醒的人了。他又回到了现实。他对珂赛特大声说：

"和你们一道走！你疯了吗？得有钱呀，我没有钱！去英国吗？我现在还欠古费拉克，我不知道多少，至少十个路易。他是我的一个朋友，你不认识的。我有一顶旧帽子，值三个法郎，我有一件上衣，前面缺着几个扣子，我的衬衫稀烂，衣服袖子全破了，我的靴子吸水。六个星期以来，我全没想到这些，也没向你谈过。珂赛特！我是个穷小子。你只是在夜晚看见我，把你的爱给我了。要是你在白天看见我，你会给我一个苏！到英国去！嗨嗨！我连出国护照费也付不起！"

他一下冲过去立在旁边的一棵树跟前，手臂伸到头顶上，前额抵着树身，既不感到树在戳他的皮肉，也不觉得热血频频敲着他的太阳穴，他一动不动，只待倒下去，像个绝望的塑像。

他这样呆了许久。也许永远跳不出这个深渊了。最后，他转过头来。他听到从他后面传来一阵轻柔凄楚的抽噎声。

是珂赛特在痛哭。

他向她走去，跪在她跟前，又慢慢伏下去，抓住她露在裙袍边上的脚尖，吻着它。

她任他这样做，一声不响。妇女有时是会像一个悲悯忍从的女神那样，接受爱的礼拜的。

"不要哭了。"他说。

她低声地说：

1277

"我也许就要离开此地了,你又不能跟来!"

他接着说:

"你爱我吗?"

她一面抽泣,一面回答,她回答的话,在含着眼泪说出来时,是格外惊心动魄的:

"我崇拜你!"

他用一种说不出有多温柔委婉的语声说:

"不要哭了。你说,你愿意吗,为了我,你就不要再哭了?"

"你爱我吗,你?"

他捏着她的手:

"珂赛特,我从来没有对谁发过誓,因为我怕发誓。我觉得我父亲在我身边。可是现在我可以向你发出最神圣的誓:如果你走,我就死。"

他说这些话时的声调有着一种庄严而平静的忧伤气息,使珂赛特听了为之战栗。她感到某种阴森而实在的东西经过时带来的冷气。由于恐惧,她停止了哭泣。

"现在,你听我说,"他说,"你明天不要等我。"

"为什么?"

"后天再等我。"

"呵!为什么?"

"你会知道的。"

"一整天见不着你!那是不可能的。"

"我们就牺牲一整天吧,也许能换来一辈子。"

马吕斯又低声对自己说:

"这人是从不改变他的习惯的,不到天黑从不会客。"

"你说的是谁呀?"珂赛特问。

"我吗?我什么也没有说。"

"那么你希望的是什么?"

"等到后天再说吧。"

"你一定要这样?"

"是的,珂赛特。"

她用她的两只手捧着他的头,踮起脚尖来达到他身体的高度,想从他的眼睛里猜出他的所谓希望。

马吕斯接着说:

"我想起来了,你应当知道我的住址,也许会发生什么事,谁也不知道。我住在那个叫古费拉克的朋友家里,玻璃厂街十六号。"

他从衣袋里摸出一把一折两的小刀,用刀尖在石灰墙上刻下了"玻璃厂街,十六号"。

珂赛特这时又开始观察他的眼睛。

"把你的想法说给我听。马吕斯,你在想着一件什么事。说给我听。呵!说给我听,让我好好睡一夜!"

"我的想法是这样:上帝不可能把我们分开。后天你等我吧。"

"后天,我怎样挨到后天呀?"珂赛特说。"你,你在外面,去去来来。男人们多快乐呀!我,我一个人待在家里。呵!好不愁人哟!明天晚上你要去干什么,你?"

"有件事,我要去试试。"

"那么我就祈祷上帝,让你成功,心里想着你,等你来。我不再问你什么了,你既然不要我问。你是我的主人。我明晚就待在家里唱《欧利安特》,那是你爱听的,是你有一天夜里在我板窗外面听过的。但是后天,你要早点来。我在夜里等你,九点整,预先告诉你。我的上帝!多么愁人,日子过得多么慢呵!你听明白了,准九点,我就在园子里了。"

"我也一样。"

他俩在不知不觉中,被同一个思想所推动,被那种不断交驰于两个情人之间的电流所牵引,被并存于痛苦之中的欢情所陶醉,不约而同地相互投入了对方的怀抱,他们的嘴唇也于无意中相遇了,神魂飞越,泪水盈眶,共同仰望着夜空繁星点点。

马吕斯走出园子时,街上一个人也没有。爱潘妮这时正跟在那伙匪徒后面爬向大路。

当马吕斯把脑袋抵在那棵树上冥思苦想时,一个念头出现在他的脑子里,一个念头,是呀,只可惜在他本人看来,也是怪诞的和不可能的。他硬着头皮决定去试试。

七 年老的心和年轻的心开诚相见

吉诺曼公公这时早已满了九十一岁。他一直和吉诺曼姑娘住在受难修女街六号他自己的老房子里。我们记得,他是一个那种笔挺地立着等死、年龄压不倒、苦恼也折磨不了的老古董。

可是不久前,她的女儿常说:"我父亲瘪下去了。"他已不再打女仆的嘴巴,当巴斯克替他开门开得太慢时,他提起手杖跺楼梯板,也没有从前的那股狠劲了。七月革命的那六个月,没怎么激怒他。他几乎是无动于衷地望着《通报》中这样联起来的字句:"安布洛-孔泰先生,法兰西世卿。"其实这老人的苦恼大得很。无论从体质方面或精神方面说,他都能做到遇事不屈服,不让步,但是他感到他的心力日渐衰竭了。四年来,他时时都在盼着马吕斯,自以为万无一失,正如人们常说的,深信这小坏蛋迟早总有一天要来拉他的门铃的,但到后来,在心情颓丧的时刻,他常对自己说,要是马吕斯再迟迟不来……他受不了的不是死的威胁,而是也许不会再和马吕斯相见这个念头。不再和马吕斯相见,这在以前,是他脑子里从来不曾想过的事;现在他却经常被这一念头侵扰,感到心寒。出自自然和真挚情感的离愁别恨,只能增加外公对那不知感恩、随意离他而去的孩子的爱。在零下十度的十二月夜晚,人们最思念太阳。吉诺曼先生认为,他作为长辈,是无论如何不可能向外孙迈出一步的。"我宁愿死去。"他说。他认为自己没有错,但是只要一想到马吕斯,他心里总会泛起一个行将入墓的老人所有的那种深厚的慈爱心肠和无可奈何的失望情绪。

他的牙已开始脱落,这使他的心情更加沉重。

吉诺曼先生一生从来没有像他爱马吕斯那样爱过一个情妇,这却是他不敢对自己承认的,因为他感到那样会使自己狂怒,也会觉得惭愧。

他叫人在他卧室的床头,挂一幅画像,使他醒来第一眼就能看见,那是他另一个女儿,死了的那个女儿,彭眉胥夫人十八岁时的旧画像。他常对着这画像看个不停。一天,他一面看,一面说出了这样一句话:

"我看,他很像她。"

"像我妹妹吗?"吉诺曼姑娘跟着说,"可不是。"

老头儿补上一句:

"也像他。"

一次,他正两膝相靠坐着,眼睛半闭,一副泄气样子,他女儿壮着胆子对他说:

"父亲,您还在生他的气吗?……"

她停住了,不敢说下去。

"生谁的气?"他问。

"那可怜的马吕斯?"

他一下抬起他上了年纪的头,把他那枯皱的拳头放在桌子上,以极端暴躁洪亮的声音吼道:

"可怜的马吕斯,您说!这位先生是个怪物,是个无赖,是个没天良爱虚荣的小子,没有良心,没有灵魂,是个骄横恶劣的家伙!"

同时他把头转了过去,免得女儿看见他眼睛里的满眶老泪。

三天过后,一连四小时没说一句话,他突然对他的女儿说:

"我早已有过荣幸请求吉诺曼小姐永远不要向我提到他。"

吉诺曼姑娘放弃了一切意图,并作出了这一深刻的诊断:"自从我妹子干了她那件蠢事后,我父亲也就不怎么爱她了。很明显,他厌恶马吕斯。"

所谓"自从她干了她那件蠢事"的含义就是自从她和那上校结了婚。

此外,正如人们所猜测的,吉诺曼姑娘曾试图把她宠爱的那个长矛兵军官拿来顶替马吕斯,但是没有成功。顶替人忒阿杜勒完全失败了。吉诺曼先生不同意以伪乱真。心头的空位子,不能让阿猫阿狗随便坐。在忒阿杜勒那方面,他尽管对那份遗产感兴趣,却又不喜欢曲意奉承。长矛兵见了老头,感到腻味,老头见了长矛兵,也看不顺眼。忒阿杜勒中尉当然是个快活人,不过话也多,轻佻,而且庸俗,自奉颇丰,但是交友不慎,他有不少情妇,那不假,但是吹得太多,那也不假,并且吹得不高明。所有这些优点,都各有缺点。吉诺曼先生听他大谈他在巴比伦街兵营附近的种种艳遇,连脑袋也听胀了。并且那位忒阿杜勒中尉有时还穿上军装,戴上三色帽徽来探望他。这就干脆使他无法容忍。吉诺曼公公不得不对他的女儿说:"这个忒阿杜勒已叫我受够了,要是你乐意,还是你去接待他吧。我在和平时期,不大爱见打仗的人。我不知道我究竟是喜欢要指挥刀的人还是喜欢拖指挥刀的人。战场上刀剑的对劈声总比较不那么可怜,总而言之,总比指挥刀的套子在石板地上拖得一片响来得动听一点。并且,把胸脯鼓得像个绿林好汉,却又把腰身捆得像个小娘们儿,铁甲下穿一件女人的紧身衣,这简直是存心要闹双料笑话。当一个人是一个真正的人的时候,他就应当在大言不惭和矫揉造作之间保持相等的距离。既不夸夸其谈,也不扭捏取宠。把你那忒阿杜勒留给你自己吧。"

他女儿枉费心机,还去对他说:"可他总是您的侄孙呀。"看来这吉诺曼先生,虽然从头到指甲尖都地地道道是个外祖父,却一点也不像是个叔祖父。

实际情况是,由于他有点才智,并善于比较,忒阿杜勒所起的作用,只使他更加想念马吕斯。

一天晚上,正是六月四日,这并不妨碍吉诺曼公公仍在他的壁炉里燃起一炉极好的火,他已把他的女儿打发走了,她退到隔壁屋子里去做针线活。他独自待在他那间满壁牧羊图景的卧室里,两只脚伸在炉边的铁栏上,被围在一道展成半圆形的科罗曼德尔九折大屏风的中间,深深地坐在一把锦缎大围椅里,肘弯放在桌子上(桌上的绿色遮光罩下燃着两支蜡烛),手里拿着一本书,但不在阅读。

他身上,依照他的癖好,穿一身"荒唐少年"的服装,活像加拉①的古老画像。他如果这样上街,一定会被许多人跟着起哄,因此每次出门,他女儿总给他加上一件主教穿的那种宽大的外套,把他的服装掩盖起来。他在自己家里,除了早晚起床和上床以外,从来不穿睡袍。"穿了显老。"他说。

吉诺曼公公怀着满腔的慈爱和苦水,思念着马吕斯,但经常是苦味占上风。他那被激怒了的怨慕心情,最后总是要沸腾并转为愤慨的。他已到了准备固执到底,安心承受折磨的地步了。他这时正在对自己说,到现在,已没有理由再指望马吕斯回来,如果他要回来,早已回来了,还是死了这条心吧。他常勉强自己习惯于这个想法:一切已成泡影,此生此世不会再见"那位小爷"了。但是他的五脏六腑全造反,古老的骨肉之情也不能同意。"怎么!"他说,这是他痛苦时的口头禅,"他不回来了!"他的秃头落在胸前,眼睛迷迷矇矇地望着炉膛里的柴灰,神情忧伤而郁怨。

他正深深陷在这种梦想中时,他的老仆人巴斯克走进来问道:

"先生,能接见马吕斯先生吗?"

老人面色苍白,像个受到电击的死尸那样,突然一下,坐

---

① 加拉(Garat),路易十六的司法大臣,他是督政府时期时髦人物的代表。

得直挺挺的。全身的血都回到了心房,他结结巴巴地说:

"是姓什么的马吕斯先生?"

"我不知道,"被主人的神气搞得心慌意乱的巴斯克说,"我没有看见他。刚才是妮珂莱特告诉我的,她说'那儿有个年轻人,您就说是马吕斯先生好了。'"

吉诺曼公公低声嘟囔着:

"让他进来。"

他照原样坐着,脑袋微微颤抖,眼睛盯着房门。门又开了。一个青年走进来。正是马吕斯。

马吕斯走到房门口,便停了下来,仿佛在等待人家叫他进去。

他的衣服,几乎破得不成样子,幸而是在遮光罩的黑影里,看不出来。人家只看见他的脸是安静严肃的,但显得异样地忧郁。

吉诺曼公公又惊又喜,傻傻地望了半晌还只能看见一团光,正如人们遇见了鬼魂那样。他几乎晕了过去,只见马吕斯周围五颜六色的光彩。那确实是他,确实是马吕斯!

终于盼到了!盼了足足四年!他现在抓着他了,可以这样说,一眨眼便把他整个儿抓住了。他觉得他美,高贵,出众,长大了,成人了,体态不凡,翩翩风度。他原想张开手臂,喊他,向他冲去,他的心融化在欢天喜地中了,多少体己话在胸中汹涌澎湃,这满腔的慈爱,却如昙花一现,话已到了唇边,但他的本性,与此格格不入,表现出来的只是冷峻无情。他粗声大气地问道:

"您来此地干什么?"

马吕斯尴尬地回答说:

"先生……"

吉诺曼先生恨不得看见马吕斯冲上来拥抱他。他恨马吕斯,也恨他自己。他感到自己粗暴,也感到马吕斯冷淡。这老人觉得自己内心是那么和善,那么愁苦,而外表却又不得不板起面孔,确是一件使人难受也使人冒火的苦恼事。他又回到苦恼中。他不待马吕斯把话说完,便以郁闷的声音问道:

"那么您为什么要来?"

这"那么"两个字的意思是"如果您不是要来拥抱我的话"。马吕斯望着他的外祖父,只见他的脸苍白得像一块云石。

"先生……"

老人仍是以严厉的声音说:

"您是来请求我原谅您的吗?您已认识您的过错了吗?"

他自以为这样能把他的心愿暗示给马吕斯,能使这"孩子"向他屈服。马吕斯浑身寒战,人家指望他的是要他否定自己的父亲,他低着眼睛回答说:

"不是,先生。"

"既然不是,您又来找我干什么?"老人声色俱厉,悲痛极了。

马吕斯扭着自己的两只手,上前一步,以微弱颤抖的声音说:

"先生,可怜我。"

这话感动了吉诺曼先生。如果早点说,这话也许能使他软下来,但是说得太迟了。老公公立了起来,双手支在手杖上,嘴唇苍白,额头颤动,但是他的高大身材高出于低着头的马吕斯。

"可怜您,先生!年纪轻轻,要一个九十一岁的老头可怜您!您刚进入人生,而我即将退出,您进戏院,赴舞会,进咖啡馆,打弹子,您有才华,您能讨女人喜欢,您是美少年,我吗,在盛夏我对着炉火吐痰,您享尽了世上的清福,我受尽了老年的活罪,病痛,孤苦!您有您的三十二颗牙,好的肠胃,明亮的眼睛,力气,胃口,健康,兴致,一头的黑发,我,我连白发也没有了,我丢了我的牙,我失去了我的腿劲,我失去了我的记忆力,有三条街的名字我老搞不清:沙洛街、麦茌街和圣克洛德街,我已到了这种地步。您有阳光灿烂的前程在您前头,我,我已开始什么也看不清了,我已进入黑暗,您在追女人,那不用说,而我,全世界没有一个人爱我了,您却要我可怜您!老天爷,莫里哀也没有想到过这一点。律师先生们,假使你们在法庭上是这样开玩笑的,我真要向你们致以衷心的祝贺。您好滑稽。"

接着,这九旬老人又以愤怒严峻的声音说:

"您究竟要我干什么?"

"先生,"马吕斯说,"我知道我来会使您不高兴,但是我来只是为了向您要求一件事,说完马上就走。"

"您是个傻瓜!"老人说,"谁说要您走呀?"

这话是他心坎上这样一句体己话的另一说法:"请我原谅就是了!快来抱住我的颈子吧!"吉诺曼先生感到马吕斯不一会儿就要离开他走了,是他的不友好的接待扫了他的兴,是他的僵硬态度在撵他走,他心里想到这一切,他的痛苦随着增加起来,他的痛苦立即又转为愤怒,他就更加硬邦邦的了。他要马吕斯领会他的意思,而马吕斯偏偏不能领会,这就使老人怒火直冒。他又说:

"怎么!您离开了我,我,您的外公,您离开了我的家,到谁知道是什么地方去,您害您那姨妈好不牵挂,您在外面,可以想象得到,那样方便多了,过单身汉的生活,吃、喝、玩、乐,要几时回家就几时回家,自己寻开心,死活都不告诉我一声,欠了债,也不叫我还,您要做个调皮捣蛋、砸人家玻璃的顽童,过了四年,您来到我家里,可又只有那么两句话跟我说!"

这种促使外孙回心转意的粗暴办法只能使马吕斯无从开口。吉诺曼先生叉起两条胳膊,他的这一姿势是特别威风凛凛的,他对马吕斯毫不留情地吼道:

"赶快结束。您来向我要求一件事,您是这样说的吧?那么,好,是什么?什么事?快说。"

"先生,"马吕斯说,他那眼神活像一个感到自己即将掉下悬崖绝壁的人,"我来请求您允许我结婚。"

吉诺曼先生打铃。巴斯克走来把房门推开了一条缝。

"把我姑娘找来。"

一秒钟过后,门又开了,吉诺曼姑娘没有进来,只是立在门口。马吕斯站着,没有说话,两手下垂,一张罪犯的脸,吉诺曼先生在屋子里来回走动。他转身对着他的女儿,向她说:

"没什么。这是马吕斯先生。向他问好。他要结婚。就是这些。你走吧。"

老人的话说得简短急促,声音嘶哑,说明他的激动达到了少见的剧烈程度。姨母神色慌张,向马吕斯望了一眼,好像不大认识他似的,没有做一个手势,也没有说一个音节,便在她父亲的叱咤声中溜走了,比狂飙吹走麦秸还快。

这时,吉诺曼公公又回到壁炉边,背靠着壁炉说道:

"您要结婚!二十一岁结婚!这是您安排好的!您只要得到许可就可以了!一个手续问题。请坐下,先生。自从我没这荣幸见到你以来,您进行了一场革命。雅各宾派占了上风。您应当感到满意了。您不是已具有男爵头衔成了共和党人吗?左右逢源,您有办法。以共和为男爵爵位的调味品。您在七月革命中得了勋章吧?您在卢浮宫里多少还吃得开吧,先生?在此地附近,两步路的地方,对着诺南迪埃街的那条圣安东尼街上,在一所房子的三层楼的墙上,嵌着一个圆炮弹,题铭上写着:一八三〇年七月二十八日。您不妨去看看。效果很好。啊!他们干了不少漂亮事,您的那些朋友!还有,原来立着贝里公爵先生塑像的那个广场上,他们不是修了个喷泉吗?您说您要结婚?同谁结婚啊?请问一声同谁结婚,这不能算是冒昧吧?"

他停住了。马吕斯还没有来得及回答,他又狠巴巴地说:

"请问,您有职业了吗?您有了财产吗?在您那当律师的行业里,您能赚多少钱?"

"一文也没有。"马吕斯说,语气干脆坚定、几乎是放肆的。

"一文也没有?您就靠我给您的那一千二百利弗过活吗?"

马吕斯没有回答。吉诺曼先生接着又说:

"啊,我懂了,是因为那姑娘有钱吗?"

"她和我一样。"

"怎么!没有陪嫁的财产?"

"没有。"

"有财产继承权吗?"

"不见得有。"

"光身一个!她父亲是干什么的?"

"我不清楚。"

"她姓什么?"

"割风姑娘。"

"割什么?"

"割风。"

"呸!"老头儿说。

"先生!"马吕斯大声说。

吉诺曼先生以自言自语的声调打断了他的话。

"对,二十一岁,没有职业,每年一千二百利弗,彭眉胥男爵夫人每天到蔬菜摊上去买两个苏的香菜。"

"先生,"马吕斯眼看最后的希望也将幻灭,惊慌失措地说,"我恳切地请求您!祈求您,祈求天上的神,合着手掌,先生,我跪在您跟前,请允许我娶她,结为夫妇。"

老头儿放声狂笑,笑声尖锐凄厉,边笑边咳地说:

"哈!哈!哈!您一定对您自己说过:'见鬼,我去找那老祖宗,那个荒谬的老糊涂!可惜我还没有满二十五岁!不然的话,我只要好好地扔给他一份征求意见书①!我就可以不管他了!没有关系,我会对他说,老呆子,我来看你,你太幸福了,我要结婚,我要娶不管是什么小姐,不管是什么人的女儿做老婆,我没有鞋子,她没有衬衣,不管,我决计把我的事业、我的前程、我的青春、我的一生全抛到水里去,颈子上挂个女人,扑通跳进苦海,这是我的志愿,你必须同意!'那个老顽固是会同意的。好嘛,我的孩子,就照你的意思办吧,拴上你

---

① 征求意见书,按十九世纪法国法律,男子二十五岁,女子二十一岁,结婚不用家长同意,但须通过公证人正式通知家长,名为征求意见,实即通知。

的石块,去娶你那个什么吹风,什么砍风吧……不行,先生!不行!"

"我的父亲①!"

"不行!"

听到他说"不行"那两个字的气势,马吕斯知道一切希望全完了。他低着脑袋,踌躇不决,慢慢儿一步一步穿过房间,好像是要离开,但更像是要死去。吉诺曼先生的眼睛一直跟着他,正在房门已开,马吕斯要出去时,他连忙以躁急任性的衰龄老人的矫健步伐向前跨上四步,一把抓住马吕斯的衣领,使尽力气,把他拖回房间,甩在一张围椅里,对他说:

"把一切经过和我谈谈。"

是马吕斯脱口而出的"我的父亲"这个词使当时形势发生了变化。

马吕斯呆呆地望着他。这时表现在吉诺曼先生那张变幻无常的脸上的,只是一种粗涩的淳厚神情。严峻的老祖宗变成慈祥的外祖父了。

"来吧,让我们看看,你说吧,把你的风流故事讲给我听听,不用拘束,全抖出来!活见鬼!年轻人全不是好东西!"

"我的父亲。"马吕斯又说。

老人的脸顿时容光焕发,说不出地满脸堆笑。

"对,没有错儿!叫我你的父亲,回头你再瞧吧。"

在当时的那种急躁气氛中,现在出现了某些现象,是那么好,那么甜,那么开朗,那么慈祥,以致处在忽然从绝望转为有

---

① 原文如此。因马吕斯是吉诺曼先生抚养大的,故书中屡次称吉诺曼先生为"父亲"。

望的急剧变化中的马吕斯,感到有些迷惑不解,而又欣喜若狂。他正好坐在桌子旁边,桌上的烛光,照着他那身破旧的衣服,吉诺曼先生见了,好不惊奇。

"好吧,我的父亲。"马吕斯说。

"啊呀,"吉诺曼先生打断他的话说,"难道你真的没有钱吗?你穿得像个小偷。"

他翻他的抽屉,掏出一个钱包,把它放在桌上:

"瞧,这儿有一百路易,拿去买顶帽子。"

"我的父亲,"马吕斯紧接着说,"我的好父亲,您知道我多么爱她就好了。您想不到,我第一次遇见她,是在卢森堡公园,她常去那地方,起初我并不怎么注意,随后不知怎么搞的,我竟爱上她了。呵!使我十分苦恼!现在我每天和她见面,在她家里,她父亲不知道,您想,他们就要走了;我们是在那花园里相见,天黑了以后。她父亲要把她带到英国去,这样,我才想到:'我要去看我外公,把这事说给他听。'我首先会变成疯子,我会死,我会得一种病,我会跳水自杀。我绝对需要和她结婚,否则我会发疯。整个真实情况就是这样,我想我没有忘记什么。她住在一个花园里,有一道铁栏门,卜吕梅街。靠残废军人院那面。"

吉诺曼公公喜笑颜开地坐在马吕斯旁边。他一面听他说,欣赏他说话的声音,同时,深深地吸了一撮鼻烟。听到卜吕梅街这几个字的时候,他忽然停止吸气,让剩下的鼻烟屑落在膝头上。

"卜吕梅街!你不是说卜吕梅街吗?让我想想!靠那边不是有个兵营吗?是呀,不错,你表哥忒阿杜勒和我说过的,那个长矛兵,那个军官。一个小姑娘,我的好朋友,是个小姑娘。一点不错，卜吕梅街。从前叫做卜洛梅街。现在我完全想起来了。卜吕梅街，一道铁栏门里的一个小姑娘，我听说过的。在一个花园里。一个小家碧玉。你的眼力不错。听说她生得干干净净的。说句私话，那个傻小子长矛兵多少还对她献过殷勤呢。我不知道他进行到什么程度了。那没有多大关系。并且他的话不一定可靠。他爱吹，马吕斯！我觉得这非常好，像你这样一个青年会爱上一个姑娘。这是你这种年纪的人常有的事。我情愿你爱上一个女人，总比去当一个雅各宾派强些。我情愿你爱上一条短布裙，见他妈的鬼！哪怕二十条短布裙也好，却不希望你爱上罗伯斯庇尔。在我这方面，我说句公道话，作为无套裤汉，我惟一的爱好，只是女人。漂亮姑娘总是漂亮姑娘，还有什么可说的！不可能有反对意见。至于那个小姑娘，她瞒着她爸爸接待你。这是正当办法。我也有过这类故事，我自己。不止一次。你知道怎么办吗？做这种事，不能操之过急，不能一头栽进悲剧里去，不要谈结婚问题，不要去找斜挎着佩带的市长先生。只要傻头傻脑地做个聪明孩子。我们是有常识的人。做人要滑，不要结婚。你来找外公，外公其实是个好好先生，经常有几卷路易藏在一个老抽屉里。你对他说：'外公，如此这般。'外公就说：'这很简单。'青年人要过，老年人要破。我有过青年时期，你也将进入老年。好吧，我的孩子，你把这还给你的孙子就是。这里是两百皮斯托尔。寻开心去吧，好好干！再好没有了！事情是应当这样应付的。不要结婚，那还不是一样。你懂我的意思吗？"

马吕斯像个石头人，失去了说话的能力，连连摇头表示反对。

老头放声大笑,挤弄着一只老眼,在他的膝头上拍了一下,直直地望着他的眼睛,极轻微地耸着肩膀,对他说:

"傻孩子!收她做你的情妇。"

马吕斯面无人色。外祖父刚才说的那一套,他全没有听懂。他啰啰嗦嗦说到的什么卜洛梅街、小家碧玉、兵营、长矛兵,像一串幢幢黑影似的在马吕斯的眼前掠过。在这一切中,没有一件能和珂赛特扯得上,珂赛特是一朵百合花。那老头是在胡说八道。而这些胡言乱语归结到一句话,是马吕斯听懂了的,并且是对珂赛特的极尽恶毒的侮辱。"收她做你的情妇"这句话,像一把剑似的,插进了这严肃的青年人的心中。

他站起来,从地上拾起他的帽子,以坚定稳重的步伐走向房门口。到了那里,他转身向着他的外祖父,对他深深一鞠躬,昂着头,说道:

"五年前,您侮辱了我的父亲,今天,您侮辱了我的爱人。我什么也不向您要求了,先生。从此永诀。"

吉诺曼公公被吓呆了,张着嘴,伸着手臂,想站起来,还没有来得及开口,房门已经关上,马吕斯也不见了。

老头儿好像被雷击似的,半响动弹不得,说不出话,也不能呼吸,像有个拳头紧紧顶着他的喉咙。后来,他才使出全力从围椅里立起来,以一个九十一岁老人所能有的速度,奔向房门,开了门,放声吼道:

"救人啊!救人啊!"

他的女儿来了,跟着,仆人们也来了。他悲伤惨痛地嚎着:

"快去追他!抓住他!我对他干了什么?他疯了!他走

了！啊！我的天主！啊！我的天主！这一下，他不会再回来了！"

他跑向临街的那扇窗子，用他两只哆哆嗦嗦的老手开了窗，大半个身体伸到窗口外面，巴斯克和妮珂莱特从后面拖住他，他喊道：

"马吕斯！马吕斯！马吕斯！马吕斯！"

但是马吕斯已经听不见了，他在这时正转进圣路易街的拐角处。

这个年过九十的老人两次或三次把他的双手举向鬓边，神情沮丧，蹒跚后退，瘫在一张围椅里，脉搏没有了，声音没有了，眼泪没有了，脑袋摇着，嘴唇发抖，活像个呆子，在他的眼里和心里，只剩下了一些阴沉、幽远、类似黑夜的东西。

第九卷 他们去什么地方？

一 冉阿让

在那同一天下午,将近四点时,冉阿让独自一人坐在马尔斯广场上一条最清静的斜坡上。他现在已很少和珂赛特一道上街,这也许是出于谨慎,也许是出于潜心静养的愿望,也许只是出于人人都有的那种习惯上的逐渐改变。他穿着一件工人的褂子,一条灰色帆布长裤,戴一顶帽舌突出的便帽,遮着自己的面部。他现在对珂赛特方面的事是心情安静的,甚至是快乐的,前些日子,使他提心吊胆的那些疑惧已经消逝,但最近一两个星期以来,他却有了另一种性质的忧虑。一天,他在大路上散步时,忽然望见德纳第,幸而他改了装,德纳第一点没认出他来;但是,从那以后,冉阿让又多次遇见他,现在他可以肯定,德纳第常在那一带游荡。这已够使他要下决心认真对待。德纳第的出现,意味着说不尽的后患。

另外,当时巴黎不平静,政治上的动乱,对那些隐瞒身世的人来说,带来这样一种麻烦,那就是警察已变得非常紧张,非常多疑,他们在搜寻像佩潘或莫雷①那样一个人时,是很可能会发现像冉阿让这样的人的。

由于这些原因,他已是心事重重了。

新近又发生件不可解的事,使惊魂初定的他重新受到一次震动,因而他更加警惕起来。在那同一天的早上,他第一个起床,到园里散步时,珂赛特的板窗还没有开,他忽然发现有人在墙上刻了这样一行字,也许是用钉子刻的:

玻璃厂街十六号。

这是最近发生的事。那堵墙上的石灰原已年久发黑,而刻出的字迹是雪白的。墙脚边的一丛荨麻叶子上,还铺着一层新近落上去的细白粉。这也许是昨晚刚刻的。这究竟是什么?是个通信地址吗?是为别人留下的暗号吗?是给他的警告吗?无论如何,这园子显然已被一些来历不明的人偷偷摸进来过了。他回忆起前不久把他一家人搞得惶惑不安的那些奇怪事情。他的脑子老向这些方面转。他绝不把发现墙上有人用钉子刻了一行字的这件事告诉珂赛特,怕她受惊。

对这一切经过思考,经过权衡以后,冉阿让决计离开巴黎,甚至法国,到英国去待上一段时间。他已向珂赛特提过,要在八天以内起程。现在他坐在马尔斯广场的斜坡上,脑子里反复想着这些事:德纳第、警察、刻在墙上的那一行字、这次的远行以及搞一份出国护照的困难。

他正在这样思前想后,忽然看见太阳把刚刚来到斜坡顶上紧挨着他背后的一个人的影子投射在他的眼前。他正要转

---

① 佩潘和莫雷,菲埃斯基的同伙。

过头去看,一张一折四的纸落在他的膝头上,好像是由伸在他头顶上的一只手扔下来的。他拾起那张纸,展开来看,那上面有几个用粗铅笔写的大字:

快搬家。

冉阿让立即站了起来,斜坡上一个人也没有,他向四面寻找,只见一个比孩子稍大又比成年人稍小的人,穿一件灰色布褂和一条土色的灯芯绒长裤,正跨过矮墙,向马尔斯广场的沟里滑下去。

冉阿让赶忙回家。心情沉重。

二 马 吕 斯

马吕斯怀着沮丧的心情离开了吉诺曼先生的家。他进去时,原只抱着极小的一点希望,出来时,失望却是大极了。

此外,凡是对人的心性从头观察过的人,对他必能理解。外祖父向外孙当面胡诌了一些什么长矛兵、军官、傻小子、表哥忒阿杜勒,这都没留下一点阴影在他心里。绝对没有。写剧本的诗人从表面看来也许会在外祖父对外孙的泄露里使情况突然复杂化,但是增加戏剧性会损害真实性。马吕斯正在绝不相信人能做坏事的年龄,但还没有到轻信一切的年龄。疑心有如皮上的皱纹。青年的早期没有这种皱纹。能使奥赛罗心慌意乱的,不能触动老实人[①]。猜疑珂赛特!马吕斯也许可以犯种种罪行,却不至于猜疑珂赛特。

---

① 奥赛罗(Othello),莎士比亚同名悲剧中的主人公,一般指轻信的人。老实人(Candide),伏尔泰小说《老实人》中的主人公。

他在街上走个不停,这是苦恼人的常态。他能回忆起的一切他全不去想。凌晨两点,他回到了古费拉克的住所,不脱衣服便一头倒在他的褥子上。当他矇眬入睡时天早已大亮了。他昏昏沉沉地睡着,脑子仍在胡思乱想。他醒来时,看见古费拉克、安灼拉、弗以伊和公白飞都站在屋子里,戴上帽子,非常忙乱,正准备上街。

古费拉克对他说:

"你去不去送拉马克将军①入葬?"

他听起来以为古费拉克在说中国话。

他们走后不久,他也出去了。二月三日发生那次事件时,沙威曾交给他两支手枪,枪还一直留在他手中。他上街时,把这两支枪揣在衣袋里。枪里的子弹原封不动。很难说清他心里有什么隐秘的想法要揣上这两支枪。

他在街上毫无目的地荡了一整天,有时下着雨,他也全不觉得,他在一家面包铺里买了一个面包卷,准备当做晚餐,面包一经放进衣袋,便完全把它忘了。据说他在塞纳河里洗了一个澡,他自己却没有一点印象。有时脑子里是会有火炉的②。马吕斯正是在这种时刻。他什么也不再指望,什么也无所畏惧,从昨晚起,他已迈出了这一步。他像热锅上的蚂蚁,等着天黑,他也只剩下一个清晰的念头:九点他将和珂赛特见面。这最后的幸福将成为他的整个前程,此后,便是茫茫一片黑暗。他在最荒僻的大路上走时,不时听到在巴黎方面有些奇特的声音。他振作精神,伸着脑袋细听,说道:"是不

---

① 拉马克(Maximilien Lamarque,1770—1832),法国将军,复辟时期和七月王朝时期自由主义反对派的著名活动家之一。
② 脑子里是会有火炉的,指思想斗争激烈。

是打起来了?"

天刚黑,九点整,他遵守向珂赛特作出的诺言,来到了卜吕梅街。当他走近那铁栏门时,什么都忘了。他已有四十八小时不曾和珂赛特见面,他即将看见她,任何其他的想法全消失了,他目前只有这一件空前深刻的称心事。这种以几个世纪的渴望换来的几分钟,总有那么一种胜于一切和美不胜收的感受,它一经到来,便把整个心灵全占了去。

马吕斯挪动那根铁条,溜进园子。珂赛特却不在她平时等待他的地方。他穿过草丛,走到台阶旁边的凹角里。"她一定是在那里等着我。"他说。珂赛特也不在那里。他抬起眼睛,望见房子各处的板窗全是闭着的。他在园里寻了一圈,园子是空的。他又回到房子的前面,一心要找出他的爱侣,急得心惊肉跳,满腹疑惑,心里乱作一团,痛苦万分,像个回家回得不是时候的家长似的,在各处板窗上一顿乱捶。捶了一阵,又捶一阵,也顾不得是否会看见她父亲忽然推开窗子,伸出头来,狠巴巴地问他干什么。在他这时的心中,即使发生了这种事,这和他猜想的情形相比,也算不了一回事。他捶过以后,又提高嗓子喊珂赛特。"珂赛特!"他喊,"珂赛特!"他喊得更急迫。没有人应声。完了。园子里没有人,屋子里也没有人。

马吕斯大失所望,呆呆地盯着那所阴沉沉、和坟墓一般黑一般寂静因而更加空旷的房子。他望着石凳,在那上面,他和珂赛特曾一同度过多少美好的时刻啊!接着他坐在台阶的石级上,心里充满了温情和决心,他在思想深处为他的爱侣祝福,并对自己说:"珂赛特既然走了,他只有一死。"

忽然他听见一个声音穿过树木在街上喊道:

"马吕斯先生!"

他立了起来。

"嗳!"他说。

"马吕斯先生,是您吗?"

"是我。"

"马吕斯先生,"那声音又说,"您的那些朋友在麻厂街的街垒里等您。"

这人的声音对他并不是完全陌生的,像是爱潘妮嘶哑粗糙的声音。马吕斯跑向铁栏门,移开那根活动铁条,把头伸过去,看见一个人,好像是个小伙子,向着昏暗处跑去不见了。

三 马白夫先生

冉阿让的钱包对马白夫先生没起一点作用。可敬的马白夫先生,素来品行端正而饶有稚气,他绝不接受那份来自星星的礼物,他绝不同意星星能自己铸造金路易。他更不会想到从天上掉下来的东西来自伽弗洛什。他把钱包当作拾得的失物,交给了区上的警察哨所,让失主认领。这钱包便真成了件失物。不用说,谁也不曾去认领,它对马白夫先生也一点没有帮助。

在这期间,马白夫先生继续走着下坡路。

靛青的实验工作无论在植物园或在他那奥斯特里茨的园子里都没成功。上一年,他已付不出女管家的工资,现在,他又欠了几个季度的房租未付。那当铺,过了十三个月,便把他那套《植物图说》的铜版全卖了,几个铜匠拿去做了些平底锅。他原有若干册不成套的《植物图说》,现在铜版没有了,也就无法补印,便连那些插图和散页也当作残缺的废纸贱价卖给了一个旧书贩子。他毕生的著作到此已荡然无存。他专靠卖那几部存书度日。当他见到那一点微薄的财源也日渐枯竭时,他便任他的园子荒芜,不再照顾。从前,他也偶然吃上两个鸡蛋和一块牛肉,但是长期以来,连这也放弃了。他只吃一块面包和几个土豆。他把最后的几件木器也卖了,随后,凡属多余的铺盖、衣服、毛毯等物,以及植物标本和木刻图版,也全卖了;但是他还有些极珍贵的藏书,其中有些极为稀有的版本,如一五六〇年出版的《历史上的圣经四行诗》,皮埃尔·德·贝斯写的《圣经编年史》,让·德·拉埃写的《漂亮的玛格丽特》,书中印有献给纳瓦尔王后的题词,贵人维里埃-荷特曼写的《使臣的职守和尊严》,一本一六四四年的《拉宾尼诗话》,一本一五六七年迪布尔的作品,上面印有这一卓越的题铭:"威尼斯,于曼奴香府",还有一本一六四四年里昂印的第欧根尼·拉尔修①的作品,在这版本里,有十三世纪梵蒂冈第四一一号手抄本的著名异文以及威尼斯第三九三号和三九四号两种手抄本的著名异文,这些都是经亨利·埃斯蒂安②校阅并取得巨大成绩的,书中并有多利安方言的所有章节,这是只有那不勒斯图书馆十二世纪的驰名手抄本里才有的。马白夫先生的卧室里从来不生火,为了不点蜡烛,他不到天黑便上床睡觉。仿佛他已没有邻居,当他出门时,人家都及时避开,他也察觉到了。孩子的穷困能引起一个做母亲的妇女的同情,青年人的穷困能引起一个少女的同情,老年人的穷困得不

---

① 第欧根尼·拉尔修(Diogène Laërce,3世纪),古希腊哲学家,古代哲学家丛书的编纂者。
② 亨利·埃斯蒂安(Henri Estienne,1531—1598),法国文字学家,以研究希腊古代文字和法国语言著称。

到任何人的同情。这是一切穷困中最冷酷无情的穷困。可是马白夫公公没有全部丧失他那种富于孩子气的宁静。当他注视他那些书籍时,他的眼睛总是神采奕奕的,在端详那本第欧根尼·拉尔修的作品时,他总面带微笑。他的一个玻璃书柜是他保留下来的惟一不属于那些非有不可的家具之列的。

一天,普卢塔克妈妈对他说:

"我没有东西做晚餐了。"

她所说的晚餐,是一块面包和四五个土豆。

"赊欠呢?"马白夫先生说。

"您知道人家都不肯赊欠了。"

马白夫先生打开他的书柜,好像一个做父亲的,在被迫交出他的儿子去让人家砍头以前,不知选谁好,对着他的那些书,他望来望去,久久不决,继又狠心抓出一本,夹在胳膊下面,出去了。两个钟头过后回来时,胳膊下已没有东西,他把三十个苏放在桌上说:

"您拿去做点吃的吧。"

从这时起,普卢塔克妈妈看见一道阴暗的面纱落在那憨厚老人的脸上,不再撩起了。

第二天、第三天,每天,都得重演一次。马白夫先生带一本书出去,带一个银币回来。那些旧书贩子看见他非卖书不可了,只出二十个苏收买他当初花了二十法郎买来的书。有时,向他收购的书商也就是当日卖书给他的同一个人。一本接着一本,整套藏书就这样不见了。他有时对自己说:"不过我已年过八十了。"这好像是想说,在他的书卖完之前,他不知还会有什么希望。他的忧伤,不断加剧。不过有一次他却又特别高兴。他带着一本罗贝尔·埃斯蒂安①印的书去马拉盖河沿,卖了三十五个苏,却又在格雷街花四十个苏买了一本阿尔德②回家。"我还欠人家五个苏。"他兴致勃勃地告诉普卢塔克妈妈。这一天,他一点东西没有吃。

他是园艺学会的会员。学会中人知道他贫苦。会长去看他,向他表示要把他的情况告诉农商大臣,并且也这样做了。"唉,怎么搞的!"大臣感慨地说,"当然啦!一位老科学家!一位植物学家!一个与人无争的老好人!应当替他想个办法!"第二天,马白夫先生收到一张请帖,邀他去大臣家吃饭。他高兴得发抖,把帖子拿给普卢塔克妈妈看。"我们得救了!"他说。到了约定日期,他去到大臣家里。他发现他那条破布筋似的领带,那身太肥大的老式方格礼服,用鸡蛋清擦过的皮鞋,叫看门人见了好不惊讶。没有一个人和他谈话,连大臣也不曾和他谈话。晚上快到十点了,他还在等一句话,忽然听到大臣夫人,一个袒胸露背,使他不敢接近的美人问道:"那位老先生是个什么人?"他走路回家,到家已是午夜,正下着大雨。他是卖掉一本埃尔泽维尔③去付马车费赴宴的。

每晚上床以前,他总要拿出他的第欧根尼·拉尔修的作品来读上几页,这已成了他的习惯。他对希腊文有相当研究,因此能品味这本藏书的特点。现在他已没有其他的享受。这样又过了几个星期。忽然一天,普卢塔克妈妈病了。有比没

---

① 罗贝尔·埃斯蒂安(Robert Estienne,1503—1559),巴黎印书商,他出版的希伯来、希腊、拉丁文古籍,获得学术界广泛的信任。他是前面提到的亨利·埃斯蒂安的父亲。
② 阿尔德,十六世纪威尼斯印书商阿尔德(Alde)印的书。
③ 埃尔泽维尔(Eizévir),十六、十七世纪荷兰的印书商,所印书籍以字体秀丽著称。

有钱去面包铺买面包更恼人的事,那便是没有钱去药铺买药。有一天傍晚,医生开了一剂相当贵的药。并且病情也严重起来了,非有人看护不可。马白夫先生打开了他的书柜,里面全空了。最后一本书也不在了。剩下的只是那本第欧根尼·拉尔修的作品。

他把这孤本夹在胳膊下出去了,那正是一八三二年六月四日,他到圣雅克门找鲁瓦约尔书店的继承人,带了一百法郎回来了。他把那一摞五法郎的银币放在老妇人的床头柜上,没说一句话便回到他屋子里去了。

第二天,天刚明,他坐在园子里那块倒在地上的石碑上,从篱笆上人们可以看见他在那里整整坐了一个早晨,纹丝不动,两眼矇眬地望着那枯萎了的花畦。有时下着雨,老人似乎全不觉得。到了下午,巴黎各处都发出一些不寻常的声响,好像是枪声和人群的喧扰声。

马白夫公公抬起了头。他看见一个花匠走过,便问道:

"这是什么?"

花匠背着一把铁铲,以极平常的口吻回答说:

"暴动了。"

"怎么!暴动?"

"对。打起来了。"

"为什么要打?"

"啊!天知道!"花匠说。

"在哪一边?"马白夫又问。

"靠兵工厂那边。"

马白夫公公走进屋子,拿起帽子,机械地要找一本书夹在胳膊下面,找不到,便说道:"啊!对!"就恓恓惶惶地走出去了。

第十卷 一八三二年六月五日

一 问题的表面

暴动是什么东西构成的？一无所有，而又一切都有。一点一点放出的电，突然燃烧的火焰，飘游的力，流动的风。这风碰到有思想的头脑、虚幻的念头、痛苦的灵魂、炽烈的情感和呼号的苦难，并把这些一齐带走。

带到什么地方？

漫无目标。通过政府，通过法律，通过别人的豪华和横恣。

被激怒的信念，被挫伤的热忱，被煽动的怨愤，被压抑的斗志，狂热少年的勇敢，轻率慷慨的豪情，好奇心，见异思迁的习性，对新鲜事物的渴慕，使人爱看一场新剧的海报并喜欢在剧场里听布景人员吹哨子的那种心情；种种隐恨，宿怨，懊恼，一切怨天尤人自命不凡的意气；不自在，不着边际的梦想，困在重围绝境中的野心；希望在崩塌中寻得出路的人；还有，处于最底层的泥炭，那种能着火的污泥，这些都是暴动的成分。

最伟大的和最低微的，在一切之外闲游窥伺希图乘机一逞的人，流浪汉，游民，十字路口的群氓，夜间睡在人烟稀少的荒凉地段，以天上寒云为屋顶的人，从来不肯劳动专靠乞讨糊口的人，贫苦无告两手空空的光棍，赤膊，泥腿，都依附于暴动。

任何人，为地位、生活或命运等方面的任何一件事在灵魂中暗怀敌意，便已走到暴动的边缘，一旦发生暴动，他便会开始战栗，感到自己已被卷入漩涡。

暴动是社会大气中的一种龙卷风，在气温的某些条件下突然形成，并在它的旋转运动中奔腾轰劈，把高大个子和瘦小个子、坚强的人和软弱的人、树身和麦秆、一齐卷起，铲平，压碎，摧毁，连根拔起，裹走。

谁要是被它裹走，谁要是被它碰着，定遭不幸。它会把他们在相互的冲突中毁灭。

它把一种不知是什么样的非凡的威力输送给它所控制的人。它把时局造成的力量充实第一个碰到的人，它利用一切制造投射的利器。它使卵石变成炮弹，使脚夫成为将军。

某些阴险毒辣的政治权威认为，从政权的角度看，稍微来点暴动是可喜的。他们的理论是，推翻不了政府的暴动正可用以巩固政权。暴动考验军队，团结资产阶级，活动警察的肌肉，检查社会结构的力量。这是一种体操，几乎是一种清洁运动。政权经过暴动会更健壮，正如人体经过按摩会更舒畅。

暴动在三十年前还有过另外一种看法。

对每件事都有一种自命为"正确思想"的理论，反对阿尔赛斯特的非兰德①，居于真理和谬论之间的折中主义，解释、劝告、既有谴责又有原谅的杂拌儿，自以为高人一等、代表哲理的中

---

① 莫里哀戏剧《愤世者》里两个人物，阿尔赛斯特坚持是非观念，非兰德调和是非。

1307

庸之道往往只是迂腐之见。一整套政治学说,所谓中庸之道便是从这里产生出来的。处于冷水和热水之间的是温水派。这个学派,貌似精深,实是浅薄,它只细查效果,不问起因,从一种半科学的高度它责骂公共广场上的骚动。

这个学派说:"那几次暴动搅浑了一八三〇年的成就,因而这一伟大事业的部分纯洁性消失了。七月革命是人民的一阵好风,好风过后,立即出现了晴朗的天。可是暴动又使天空阴云密布,使那次为人们一致欢庆的革命在争吵中大为减色。七月革命,和其他连连突击而得来的进步一样,造成不少潜在的骨折,暴动触痛了这些暗伤。人们可以说:'啊!这里是断了的。'七月革命过后,人们只感到得了救,暴动过后,人们只觉得遭了殃。

"每次暴动,都使店铺关门,证券跌价,金融萎缩,市面萧条,事业停顿,破产纷至沓来,现金短缺,私人财产失去保障,公众的信用动摇,企业紊乱,资金回笼,劳力贬值,处处人心浮动,波及一切城市。因而险象环生。人们计算过,暴动的第一天使法国损耗了两千万,第二天四千万,第三天六千万。三天暴动就花了一亿二千万,这就是说,仅从财政的角度着眼,那等于遭受一场水旱灾害,或是打了一次败仗,一个有六十艘战舰的舰队被歼灭。

"当然,在历史上,暴动有它的美,用铺路石作武器的战争和以树枝木梃为武器的战争,两相比较,前者的宏伟悲壮并不亚于后者;一方面有森林的灵魂,另一方面有城市的肝胆;一方面有让·朱安,另一方面有贞德。暴动把巴黎性格中最有特色的部分照得鲜红而又壮丽:慷慨,忠诚,乐观,豪放,智勇兼备的大学生,绝不动摇的国民自卫军,店员的野营,流浪儿的堡垒,来往行人对死亡的蔑视。学校和兵团对峙。总之,战士与战士之间只有年龄的差别,种族相同,同是一些百折不回的人,有的二十岁为理想而死,有的四十岁为家庭而亡。军队在内战中心情总是沉重的,它以审慎回击果敢。暴动表现了人民的无畏精神,同时也锻炼了资产阶级的勇气。

"这很好。但是为了这一切,就值得流血吗?并且除了流血以外,你还得想想那暗淡下去的前途,被搅乱了的进步,最善良的人的不安,失望中的诚实自由派,因见到革命自己伤害自己而感到幸运的外国专制主义,一八三〇年被击溃的人现在又趾高气扬起来了,他们还这样说:'我们早说过了的!'再加上:'巴黎壮大了,也许,但是法国肯定缩小了。'还得再加上:'大规模的屠杀(我们应把话说透)固然是胜利地镇压了疯狂的自由,维持了治安,但是这种血腥的治安并不光荣。'总之,暴动是件祸国殃民的事。"

那伙近似高明的人——资产阶级——这样谈着,那伙近似的人,就很自然地感到满足了。

至于我们,我们摒弃那过于含糊,因而也过于方便的"暴动"一词。我们要区别对待一个民众运动和另一个民众运动。我们不过问一次暴动是否和一次战争花费同样多的钱。首先,为什么会有战争?这里,提出了一个战争问题。难道战争的祸害不大于暴动的灾难吗?其次,一切暴动全是灾难吗?假使七月十四日得花一亿二千万,那又怎样呢?把菲力浦五世安置在西班牙,①法国就花了二十亿。即使得花同样的代

---

① 菲力浦五世是法国国王路易十四的孙子。十八世纪初,西班牙国王去世,路易十四乘机把菲力浦五世送去当西班牙国王,因而与英、奥、荷兰联军作战多年。

价，我们也宁愿花在七月十四日。并且，我们不爱用这些数字，数字好像很能说明问题，其实这只是些空话。既然要谈一次暴动，我们得就它本身加以剖析。在上面提到的那种教条主义的反对言论里，谈到的只是效果，而我们要找的是起因。

让我们来谈个清楚。

二　问题的本质

有暴动也有起义，这是两种不同性质的愤怒，一种是错误，而另一种是权利。在惟一公平合理的民主政体中，一小部分人有时会篡取政权，于是全体人民站起来，为了恢复自身的权利，可以走上武装反抗的道路。在所有一切涉及集体的主权问题上，全体反对部分的战争是起义，部分反对全体的进攻是暴动；要看杜伊勒里宫接纳的是什么人，如果它接纳的是国王，对它进攻便是正义的，如果它接纳的是国民公会，对它进攻便是非正义的。同一架瞄准民众的大炮，在八月十日是错的，在葡月十四日①却是对的。外表相似，本质不同，瑞士雇佣军保护的是错误的，波拿巴保护的是正确的。普选在自由和自主的情况下所做的一切，不能由街道来改变。在纯属文明的事物中也是这样，群众的本能，昨天清晰，明天又可能糊涂。同一种狂怒，用以反对泰雷②是合法的，用以反对杜尔哥

---

① 这里葡月十四日应为葡月十三日（公元 1795 年 10 月 5 日）。这天，保王党人在巴黎暴动，向国民公会所在地杜伊勒里宫武装进攻。拿破仑指挥军队击溃了保王党人。
② 泰雷（Terray），法王路易十五的财政总监，操纵全国粮食买卖，增加盐税，为人贪狠。

却是谬误的。破坏机器,抢劫仓库,掘起铁轨,拆毁船坞,聚众横行,不按照法律规定对待进步人士,学生杀害拉米斯①,用石头把卢梭赶出瑞士②,这些都是暴动。以色列反对摩西,雅典反对伏西翁,罗马反对西庇阿③,是暴动,巴黎反对巴士底,是起义。士兵反对亚历山大,海员反对哥伦布,是同样的反抗,狂妄的反抗。为什么?因为亚历山大用剑为亚洲所做的事,也就是哥伦布用指南针为美洲所做的事,亚历山大和哥伦布一样,发现了一个大陆。向文明赠送一个大陆,这是光明的极大增长,因而对此的任何抗拒都是有罪的。有时人民对自己也变得不忠诚。群众成为人民的叛徒。比如私盐商贩的长期流血斗争,这一合法的慢性反抗,一旦到了关键时刻,到了安全的日子,人民胜利的日子,却忽然归附王朝,一变而为朱安暴乱,使反抗王室的起义,转为拥护王室的暴动!无知的悲惨杰作!私盐商贩们逃脱了王室的绞刑架,颈子上的绞索还没有解下来,便又戴上白帽徽。"打倒食盐专卖政策",忽又变成"国王万岁"。真是咄咄怪事!圣巴托罗缪节的杀人者④、九月的扼杀者⑤、杀害科里尼的凶手、杀害德·朗巴尔夫人⑥的凶

---

① 拉米斯(Ramus),十六世纪法国学者,唯理论的倡导者,参加宗教改革运动,在巴托罗缪节大屠杀中被天主教徒杀害。
② 一七六五年,卢梭在瑞士居住时,曾有一群反动青年,在教士的唆使下向他的住宅投掷石块。
③ 西庇阿(Scipion),又译齐比奥,罗马统帅,执政官,后为西班牙总督。
④ 圣巴托罗缪节的杀人者,一五七二年八月二十四日夜,亨利二世之妻,太后卡特琳,利用纳瓦尔的亨利与国王姐姐的婚礼,在首都集会之际,突然对胡格诺派教徒进行大屠杀,海军上将科里尼(胡格诺派)等均遭害。
⑤ 九月的扼杀者,即本书第三部所指的"九月暴徒"。
⑥ 德·朗巴尔夫人(de Lamballe,1749—1792),路易十六王后安东尼特的密友,一七九二年九月被处死。

手、杀害布律纳的凶手、米克雷①、绿徽党②、辫子兵③、热胡帮④、铁臂骑士⑤，这些都是暴动。旺代是天主教的一次大暴动。人权发动的声音是可以辨别的，它不一定出自群众奔突冲撞的杂沓声，有失去理智的暴怒，有坼裂的铜钟，号召武装反抗的钟不一定全发出青铜声。狂热和无知的骚乱不同于前进中的动荡。站起来，可以，但只应当是为了向上。请把你选择的方向指给我看。起义只能是向前的。其他一切的"起来"都不好。一切向后的强烈步伐都是暴动，倒退对人类是一种暴行。起义是真理的怒火的突发。为起义而掘起的铺路石迸发着人权的火花。这些石块留给暴动的只是它们的泥渣。丹东反对路易十六是起义，阿贝尔反对丹东是暴动。

因此，正如拉斐德所说，在某种情况下，如果起义能是最神圣的义务，暴动也可以是无可挽回的罪行。

在热能的强度方面也有所区别，起义是火山，暴动是草火。

我们说过，反抗有时发生在政权的内部。波林尼雅克搞的是暴动，卡米尔·德穆兰治理国家。

有时，起义就是起死回生。

---

① 米克雷(Miquelets)，原为受招安的西班牙匪帮，参加西班牙军队。拿破仑在一八〇八年创建法国的米克雷军团，用以镇压西班牙。
② 绿徽党(Verdets)，在王朝复辟的恐怖时期，保王分子佩带绿色帽徽。
③ 辫子兵(Cadenettes)，原系掷弹兵及轻骑兵之发式，两颊旁垂小辫，后成为一七九四年热月政变后年轻保王派的发式。
④ 热胡帮(compagnons de Jéhu)，热月政变时法国南方的热月派。
⑤ 铁臂骑士，这里是雨果对昂古莱姆公爵的党徒讽刺性的称呼，因他们在左臂佩带绿色袖章。

用普选来解决一切问题还是个崭新的方法,以前的四千年历史充满了人权被践踏和人民遭灾难的事实,每个历史时期都带来了适用于当时的抗议形式。在恺撒的统治时期,不曾有过起义,但有尤维纳利斯。

愤怒代替了格拉古兄弟的悲剧。

在恺撒时代有流放赛伊尼①的犯人,也有历史年表里的人物。

我们在这里不谈论巴特莫斯②的巨大放逐,这件事也引起理想世界对现实世界的强烈抗议,使成为大规模的讽刺,使尼尼微的罗马、巴比伦的罗马和所多玛的罗马作出《启示录》的光辉启示。

约翰③站在山石上就像斯芬克司蹲在底座上,人们可能不理解他,他是犹太人,写的是希伯来语④,但写《编年史》的是拉丁人,说得更恰当一些,他是罗马人。

那些尼禄们的黑暗统治,应同样被描绘出来,仅以刻刀雕琢是平淡无味的,应使刻痕具有简练而辛辣的文风。

暴君有助于思想家的观察,接二连三的言论是猛烈的言论。当某一主宰剥夺群众的言论自由时,作者就要再三加强他的语气。沉默会产生神秘的威力,使思想经过筛滤如青铜般坚硬,历史上的压制造成了历史家的精确性。某些文章像花岗石一样坚固,实际上是暴君的压力形成的。

暴君制度迫使作者把叙述的范围缩小了,也就增添了力

---

① 赛伊尼(Syène),埃及地名,即今阿斯旺地区。
② 巴特莫斯(Patmos),爱琴海斯波拉泽斯群岛之一。
③ 约翰(Jean),耶稣十二门徒中四大门徒之一,晚年被流放。
④ 希伯来语,指难懂的文字。

1313

量,在罗马的西塞罗时代,对韦雷斯①的评论多少有些力量,可是对卡利古拉就逊色了。词句简练而加强了打击力,塔西佗的思想是强有力的。

一个伟人的正义感是由公正和真理凝合而成的,遇事给予雷霆般的打击。

顺便谈一谈,应当注意到塔西佗不是在历史上压倒了恺撒。罗马王族是保留给他的。恺撒和塔西佗是相继出现的两个非凡人物。他们的相遇是神秘地不予安排,在世纪的舞台上规定了他们的入场和出场。恺撒是伟大的,塔西佗是伟大的,上帝免去了这两个伟人相遇。裁判官在打击恺撒时可能过火了,因而成为不公正。上帝并不愿意如此。非洲和西班牙的战争,西西里岛上的海盗被消灭,把文化引进到高卢、布列塔尼以及日耳曼地区,这些光荣遮蔽了鲁比肯②事变。这正是神圣正义的微妙表示,不批判著名篡位者的令人生畏的历史学家在犹豫不决,于是使恺撒得到塔西佗的宽恕,这样就给予英才一些可减轻罪行的情况。

当然,专制政治总是专制政治,就是在有才能的专制君主统治之下,在有名的暴君之下,也有腐化和堕落,但是在一些丧失廉耻的暴君的统治之下道义方面的灾害是更丑恶的。在这些朝代里耻辱是不加遮盖的,塔西佗和尤维纳利斯这些表率人物,在人类面前有益地批颊痛斥这些无可辩解的耻辱。

① 韦雷斯(Verrès),古罗马地方总督,在西西里岛贪污,为当时政治家西塞罗所批判。
② 鲁比肯(Rubicon),意大利和高卢边界的一条小河,为了避免冲突,双方相约不准越过此河,但恺撒没有遵守。

罗马在维特利乌斯①统治时期比西拉时代更坏。在克劳狄乌斯和多米齐安时代,其卑劣畸形是符合暴君的丑恶面貌的。奴隶们的卑鄙是由专制君主直接造成的,在这些沉沦的内心中散发出来的浊气反映了他们的主人。社会的权力是污浊的,人心狭窄,天良平凡,精神如臭虫。卡拉卡拉②时代是这样,康莫德③时代是这样,海利奥加巴尔④时代也是这样。可是在恺撒时代,在罗马元老院内只散发出一些鹰巢内本身的臭味。

从这时起出现了塔西佗和尤维纳利斯等人,看来似乎迟了一点,这时期明显地产生了示威运动者。

如尤维纳利斯和塔西佗,同样如《圣经》时代的以赛亚以及中古时代的但丁,都是个人,可是暴动和起义是群众,有时是错误的,有时是正义的。

一般的情况,暴动由物质现实所引起,而起义总是一种精神的现象,暴动就如马赞尼洛⑤,而起义是斯巴达克。起义是局限在思想领域里,而暴动属于饥饿方面。加斯特⑥冒火了,

---

① 维特利乌斯(Aulus Vitellius,15—69),罗马国务活动家,六十年代为日耳曼行省总督,六九年一月被推为皇帝,在同年年底绵延不断的内战中战败被杀。
② 卡拉卡拉(Caracalla,188—217),罗马皇帝(211—217),以夺权开始,以被刺结束,在位时扩大罗马民法。
③ 康莫德(Commode,161—192),罗马皇帝,马可·奥里略之子,以残酷著名,后被毒死。
④ 海利奥加巴尔或埃拉加巴尔(Héliogabale,204—222),罗马皇帝(218—222),他的名字成为挥霍、独裁和淫乱的代名词。
⑤ 马赞尼洛(Masaniello,1620—1647),托马佐·安尼洛(Tomaso Aniello)的绰号,渔民,一六四七年那不勒斯反对西班牙统治的人民起义领袖。
⑥ 加斯特(Gaster),法国古小说中人物,此词的意义是肚子或胃。

加斯特未必总是缺理的。在饥荒问题上,暴动,例如比尚赛①事件,出发点是正确的,悲壮和正确,为什么还只是暴动呢?因为它实质上虽然有理,但在形式上是错误的。虽有权力,但行动横蛮,虽然强大,但残暴不堪,乱打一阵,像一只瞎了眼的象,在前进中摧残一切,在后面留下一批老幼妇女的尸体,他们不知不觉牺牲了那些天真无辜者的鲜血。哺养人民是一个好愿望,而残杀他们是一个坏方法。

一切武装起义,包括合法的,如八月十日和七月十四日,在开始时都有同样的混乱。在法定权力被解放以前总有些骚动和糟粕,起义的前奏是暴动,同样一条河流是由急流开始的,通常起义是归纳到革命的海洋中。有时起义从高山出发,那里是正义、明智、公理、民权的天地,理想纯洁如白雪,经过岩石到岩石的长距离倾泻,并在它明镜似的流水中反映了蔚蓝的天空之后,就成为壮大的百条巨川,具有胜利的雄壮气概,突然,起义事业迷失在资产阶级的洼地中,像莱茵河那样流入了沼泽。

这些都是往事,未来则又不同。普选有这样可钦佩之处,它原则上消除暴动,当你给起义者以选举权,你就解除了他们的武装。战争就此消灭了,不论是街垒战或是国境战。这就是必然的进步。不问今天的情况如何,和平是明天的事。

总之,起义不同于暴动,可是真正的资产阶级,不能理解这种细微的差别。在他们看来,这一切都是民变,纯粹是叛乱,是看门狗的反抗,想咬主人;想咬人就得用铁链锁起来关在笼子里,狗用大声或小声狂吠着,直到狗头的形象突然变大

---

① 比尚赛(Buzancais)事件,指法国国王路易十五的一个情妇,挑动国王去领导军队。

的一天，暗中隐约出现了一只狮子的脸。

于是资产阶级就喊起来："人民万岁！"

经过这样的解释，根据历史的观点，一八三二年六月的运动是什么？是暴动？还是起义？

这是一场起义。

从这场可怕事变的舞台布置，我们可能把它说成暴动，但这仅是表面现象，同时我们要具有区分暴动的形式和起义的实质的能力。

这次一八三二年的事变，在它爆发的速度和它悲惨的熄灭中都表现出无限伟大，就是那些只认为它是暴动的人也不能不以尊重的态度来谈论它。在他们看来这仅是一八三〇年事件的余波。他们说，被激动的思想不会在一日之内平静下去。一切革命不能一刀把它垂直地切断。在回到平静时期之前必须经过一段波折，好像高山慢慢达到平原一样，好比没有汝拉山区就没有阿尔卑斯山脉，没有阿斯图里亚斯，就没有比利牛斯山脉。

在近代史中，这次感动人心的危局，在巴黎人的记忆中称之为"暴动时期"，这肯定是本世纪风暴中最突出的一个时期。在言归正传之前再来谈件事。

下面我要谈的是件活生生的戏剧性的事，历史家由于缺少时间和机会而把它忽略了，可是，我们要特别指出，在这件事里有生活，使人忐忑不安和发颤，我们好像以前曾讲过，有些细节，好像巨大事变中的一些小枝叶，已在遥远的历史里消失了。在所谓的暴动时期有许多这类琐事。有些司法部门的调查，由于其他原因而不是为了历史，没有把一切都揭发出来，也可能没有深入了解。在已经公布的众所周知的一些特殊情况里,还有些事,或是因为遗忘,或因当事人已死,没有流传下来,我们因而来揭露一些。这些宏伟场景中的大多数演员已经不在了,相隔一日,他们已经沉默。而我们在下面要讲的,可以说是我们亲眼见到的。我们更改了一些人名,因为历史是叙述而不是揭发,但是我们描写的是真实的情节。我们写这本书时的条件只能显示某一事件的某一方面,当然是一八三二年六月五、六两天中最没有被人注意到的情节。我们要做到使读者在我们揭起暗淡的帷幕后,能约略见到这次可怕的群众事变的真实面貌。

三　埋葬:再生之机

一八三二年春,尽管三个月以来的霍乱已使人们精神活动停止,并在他们激动心情上蒙上一层说不上是什么的阴沉的死气,巴黎仍处于长期以来就有的那种一触即发的情绪中。正如我们先前说过的,这个大城市就像一尊大炮,火药已经装上,只待一粒火星落下便会爆炸。在一八三二年六月,那粒火星便是拉马克将军之死。

拉马克将军是个有声望也有作为的人。他在帝国时期和王朝复辟时期先后表现了那两个时期所需要的勇敢:战场上的勇敢和讲坛上的勇敢。他那雄辩的口才不亚于当年的骁勇,人们感到他的语言中有一把利剑。正如他那老一辈的富瓦一样,他在高举令旗以后,又高举着自由的旗帜。他坐在左与极左之间,人民爱他,因为他接受未来提供的机会,群众爱他,因为他曾效忠于皇上。当初和热拉尔伯爵和德鲁埃伯爵一道,他是拿破仑的那几个小元帅之一。一八一五年的条约把他气得七窍生烟,如同受了个人的侮辱。他把威灵顿恨之入骨,因而为群众所喜爱,十七年来他几乎不过问这其间的多次事件,他岿然不动地把滑铁卢的痛史铭刻心中。他在弥留时,在那最后一刻,把百日帝政时期一些军官赠给他的一把剑紧抱在胸前。拿破仑在临终时说的是"军队",拉马克临终时说的是"祖国"。

他的死,原是预料中的,人民把他的死当作一种损失而怕他死,政府把他的死当作一种危机而怕他死。这种死,是一种哀伤。像任何苦痛一样,哀伤可以转化为反抗。当日发生的情形正是这样。

六月五日是拉马克安葬的预定日期,在那天的前夕和早晨,殡仪行列要挨边路过的圣安东尼郊区沸腾起来了。这个街道纵横交错的杂乱地区,处处人声鼎沸。人们尽可能地把自己武装起来。有些细木工带上他们工作台上的铁夹"去撬门"。他们中的一个用一个鞋匠用来引线的铁钩,去掉钩子,磨尖铁柄,做了一把匕首。另一个,急于要"动手",一连和衣躺了三夜。一个叫龙比埃的木工,遇见一个同行问他:"你去哪儿?""我呀!我还没有武器。""咋办呢?""我到工地上去取我的两脚规。""干什么?""不知道。"龙比埃说。一个叫雅克林的送货工人,遇见任何一个工人便和他谈:"你跟我来。"他买十个苏的酒,还说:"你有活计吗?""没有。""到费斯比埃家里去,他住在蒙特勒伊便门和夏罗纳便门之间,你在那里能找到活计。"费斯比埃家里有些子弹和武器。某些知名的头头,"搞着串连",就是说,从这家跑到那家,集合他们的队伍。在宝座便门附近的巴泰勒米的店里和卡佩尔的小帽酒店里,那些喝酒的人,个个面容严肃,聚在一起密谈。有人听到他们说:"你的手枪在哪里?""在我的褂子里。你呢?""在我的衬衣里。"在横街的罗兰作坊前面,在一座着过火的房子的院里,工具工人贝尼埃的车间前,一堆堆的人在低声谈论。在那群人里有个最激烈的人,叫马福,他从来没有在同一个车间里做上一个星期,所有的老板都不留他,"因为每天都得和他争吵。"马福第二天便死在梅尼孟丹街的街垒里。在同一次战斗中被打死的卜雷托,是马福的助手,有人问他:"你的目的是什么?"他回答说:"起义。"有些工人聚集在贝尔西街的角上,等候一个叫勒马兰的人,圣马尔索郊区的革命工作人员。口令几乎是公开传达的。

六月五日那天,时而下雨,时而放晴,拉马克将军的殡葬行列,配备了正式的陆军仪仗队,穿过巴黎,那行列是为了预防不测而稍微加强了的。两个营,鼓上蒙着黑纱,倒背着枪,一万国民自卫军,腰上挂着刀,国民自卫军的炮队伴随着棺材。柩车由一队青年牵引着。残废军人院的军官们紧跟在柩车后面,手里握着桂树枝。随后跟着的是无穷无尽的人群,神情急躁,形状奇特,人民之友社的社员们、法学院、医学院、一切国家的流亡者,西班牙、意大利、德国、波兰的国旗,横条三色旗,各色各样的旗帜,应有尽有,孩子们挥动着青树枝,正在罢工的石匠和木工,有些人头上戴着纸帽,一望而知是印刷工人,两个一排,三个一排地走着,他们大声叫喊,几乎每个人都挥舞着棍棒,有些挥舞着指挥刀,没有秩序,可是万众一心,有时混乱,有时成行。有些小队推选他们的领头人,有一个人,毫不隐讳地佩着两支手枪,好像是在检阅他的队伍,那队人便在他前面离开了送葬行列。在大路的横街里、树枝上、阳台上、窗口上、屋顶上,人头像蚂蚁一样攒动,男人、妇女、小孩,眼睛里充满了不安的神情。一群带着武器的人走过去，大家惊惊慌慌地望着。

政府从旁注视着。它手按在剑柄上注视着。人们可以望见，在路易十五广场上，有四个卡宾枪连，长枪短铳，子弹全上了膛，弹盒饱满，人人骑在鞍上，军号领头，一切准备就绪，待命行动；在拉丁区和植物园一带，保安警察队从一条街到一条街，分段站岗守卫着；在酒市有一中队龙骑兵，格雷沃广场有第十二轻骑联队的一半，另一半在巴士底，第六龙骑联队在则肋斯定，卢浮宫的大院里全是炮队。其余的军队在军营里，巴黎四周的联队还没计算在内。提心吊胆的政府，在市区把二万四千士兵，在郊区把三万士兵，压在横眉怒目的群众头上。

送葬行列里流传着种种不同的小道消息。有的谈着正统派的阴谋；有的谈到雷希施塔特公爵①，正当人民大众指望他起来重建帝国时，上帝却一定要他死去。一个没有暴露姓名的人传播消息说，到了一定时候有两个被争取过来的工头，会把一个武器工厂的大门向人民开放。最突出的是，在这行列中，大多数人的脸上都已流露出一种既兴奋又颓丧的神情。这一大群人已激动到了急于要干出些什么暴烈而高尚的行动来，其中也偶尔掺杂着几张出言粗鄙、确像歹徒的嘴脸，他们在说着："抢！"某些骚动可以搅浑一池清水，从池底搅起一阵泥浆。这种现象，对"办得好"的警署来说，是一点也不会感到奇怪的。

送葬行列从死者的府邸，以激动而沉重的步伐，经过几条

---

① 雷希施塔特公爵（Reichstadt），拿破仑之子，即罗马王，又称拿破仑第二，病死于一八三二年。

大路,慢慢走到了巴士底广场。天不时下着雨,人们全不介意。发生了几件意外的事:柩车绕过旺多姆纪念碑时,有人发现费茨·詹姆斯公爵①站在一个阳台上,戴着帽子,便向他扔了不少石块;有一根旗杆上的高卢雄鸡②被人拔了下来,在污泥里被拖着走;在圣马尔丹门,有个宪兵被人用剑刺伤;第十二轻骑联队的一个军官用很大的声音说"我是个共和党人",综合工科学校的学生,在强制留校不许外出之后突然出现,人们高呼:"万岁! 共和万岁!"这是发生在送葬行列行进中的一些花絮。气势汹汹的赶热闹的人群,像江河的洪流,后浪推前浪,从圣安东尼郊区走下来,走到巴士底,便和送葬队伍汇合起来,一种翻腾震荡的骇人声势开始把人群搞得更加激动了。

人们听到一个人对另一个说:"你看见那个下巴下有一小撮红胡子的人吧,等会儿告诉大家应在什么时候开枪的人便是他。"据说后来在引起另一次暴动的凯尼赛事件中,担任同一任务的也是这个小红胡子。

柩车经过了巴士底,沿着运河,穿过小桥,到达了奥斯特里茨桥头广场。它在这里停下来了。这时,那股人流,如果从空中鸟瞰,就活像彗星,头在桥头广场,尾从布尔东河沿开始扩展,盖满巴士底广场,再顺着林荫大道一直延伸到圣马尔丹门。柩车的四周围着一大群人。哗乱的人群忽然静了下来。

---

① 费茨·詹姆斯公爵(Fitz James,1776—1838),法兰西世卿及极端保王派。
② 高卢雄鸡,法国在资产阶级大革命时期,旗杆顶上装一只雄鸡,名为高卢雄鸡,这种装饰,到拿破仑帝国时期被取消了,到一八三〇年菲力浦王朝时期又被采用。

拉斐德致词,向拉马克告别。那是一种动人心弦的庄严时刻,所有的人都脱下帽子,所有的心都在怦怦跳动。突然有个穿黑衣骑在马上的人出现在人群中,手里擎着一面红旗,有些人说是一根长矛,矛尖顶着一顶红帽子。拉斐德转过头来。埃格泽尔芒①离开了队伍。

这面红旗掀起了一阵风暴,随即不见了。从布尔东林荫大道到奥斯特里茨桥,人声鼓噪有如海潮咆哮,人群动荡起来了。两声特别高亢的叫喊腾空而起:"拉马克去先贤祠!拉斐德去市政府!"一群青年,在大片叫好声中,立即动手将柩车里的拉马克推向奥斯特里茨桥,挽着拉斐德的马车顺着莫尔朗河沿走去。

在围着拉斐德欢呼的人群中,人们发现一个叫路德维希·斯尼代尔的德国人,并把他指给大家看,那人参加过一七七六年的战争,在特伦顿在华盛顿的指挥下作战,在布朗蒂温,在拉斐德的指挥下作战,后来活到一百岁。

这时在河的左岸,市政府的马队赶到桥头挡住去路,在右岸龙骑兵从则肋斯定开出来,顺着莫尔朗河沿散开。挽着拉斐德的人群在河沿拐弯处,突然看见他们,便喊道:"龙骑兵!龙骑兵!"龙骑兵缓步前进,一声不响,手枪插在皮套里,马刀插在鞘里,短枪插在枪托套里,神色阴沉地观望着。

离开小桥两百步的地方,他们停下来了。拉斐德坐的马车直到他们面前,他们向两旁让出一条路,让马车通过,继又合拢。这时龙骑兵和群众就面对面了。妇女们惊慌失措地逃散了。

---

① 埃格泽尔芒(Exelmans,1775—1852),法国元帅。

在这危急时刻发生了什么事呢?谁也搞不清楚。那是两朵乌云相遇的阴暗时刻。有人说听到在兵工厂那边响起了冲锋号,也有人说是有个孩子给一个龙骑兵一匕首。事实是突然连响三枪,第一枪打死了中队长灼雷,第二枪打死了孔特斯卡尔浦街上一个正在关窗的聋老妇,第三枪擦坏了一个军官的肩章。有个妇人喊道:"动手太早了!"人们忽然看见一中队龙骑兵从莫尔朗河沿对面的兵营里冲了出来,举着马刀,经过巴松比尔街和布尔东林荫大道,横扫一切。

到此,风暴大作,事已无可挽回。石块乱飞,枪声四起,许多人跳到河岸下,绕过现已填塞了的那段塞纳河湾,卢维耶岛,那个现成的巨大堡垒上聚满了战士,有的拔木桩,有的开手枪,一个街垒便形成了,被撵回的那些青年,挽着柩车,一路飞跑,穿过奥斯特里茨桥,向着保安警察队冲去,卡宾枪连冲来了,龙骑兵逢人便砍,群众向四面八方逃散,巴黎的四面八方都响起了投入战斗的吼声,人人喊着:"拿起武器!"人们跑着,冲撞着,逃着,抵抗着。怒火鼓起了暴动,正如大风煽扬着烈火。

四 当年的沸腾

没有什么比暴动的最初骚乱更奇特的了。一切同时全面爆发。这是预见到的?是的。这是准备好的?不是。从什么地方发生的?街心。从什么地方落下来的?云端。在这一处起义有着密谋的性质,而在另一处又是临时发动的。第一个见到的人可以抓住群众的共同趋势并牵着他们跟他一道走。开始时人们心中充满了惊恐,同时也掺杂着一种骇人的得意劲头。最初,喧嚣鼓噪,店铺关门,陈列的商品失踪;接着,零散的枪声,行人奔窜,枪托冲击大车门的声音,人们听到一些女仆在大门后的院子里笑着说:"这一下可热闹了。"

不到一刻钟,在巴黎二十个不同的地方就几乎同时发生了这些事:

圣十字架街,二十来个留着胡须和长发的青年走进一间咖啡馆,随即又出来,举着一面横条三色旗,旗上结一块黑纱,他们的三个领头人都带着武器,一个有指挥刀,一个有步枪,一个有长矛。

诺南第耶尔街,有个衣服相当整洁的资产阶级,腆着肚子,声音洪亮,光头高额,黑胡须硬邦邦地向左右夯开,公开地把枪弹散发给过路行人。

圣彼得蒙马特尔街,有些光着胳膊的人举着一面黑旗在街上走,黑旗上写着这么几个白字:"共和或死亡!"绝食人街、钟面街、骄山街、曼达街,都出现一群群的人挥动着旗子,上面的金字是"区分部"①,并且还有一个编号。其中的一面,红蓝两色之间夹着一窄条白色,窄到教人瞧不见。

圣马尔丹林荫大道的一个武器工厂被抢,还有三个武器商店也被抢,第一个在波布尔街,第二个在米歇尔伯爵街,另一个,在大庙街。群众的千百只手在几分钟之内便抓走了二百三十支步枪,几乎全是两响的,六十四把指挥刀,八十三支手枪。为了武装较多的人,便一个人拿步枪,一个人拿刺刀。

在格雷沃河沿对面,有些青年拿着短枪从一些妇女的屋

---

① 区分部,一七九〇年,制宪议会把巴黎划分为四十八个行政区,设立区分部,行政人员由选举产生,以代替从前的教会辖区。

里对外发射。其中的一个有一支转轮短枪。他们拉动门铃，走进去，在里面做子弹①。这些妇女中的一个叙述说："我从前还不知道子弹是什么东西，我的丈夫告诉了我才知道。"

老奥德里耶特街上的一家古玩铺被一群人冲破门，拿走了几把弯背刀和一些土耳其武器。

一个被步枪打死的泥水匠的尸体躺在珍珠街。

接着，在右岸、左岸、河沿、林荫大道、拉丁区、菜市场区，无数气喘吁吁的人、工人、大学生、区的工作人员读着告示，高呼："武装起来！"他们砸破路灯，解下驾车的马匹，挖起铺路的石块，撬下房屋的门板，拔树，搜地窖，滚酒桶，堆砌石块、石子、家具、木板，建造街垒。

人们强迫资产阶级一同动手。人们走进妇女的住处，要她们把不在家的丈夫的刀枪交出来，并在门上用白粉写上"武器已交"。有些还在刀枪的收据上签上"他们的名字"，并说道："明天到市政府去取。"街上单独的哨兵和回到区公所去的国民自卫军被人解除了武装。军官们的肩章被扯掉。在圣尼古拉公墓街上，有个国民自卫军军官被一群拿着棍棒和花剑的人追赶着，好不容易才躲进一所房子，直到夜里才改了装出来。

在圣雅克区，一群群大学生从他们的旅馆里涌出来，向上走到圣亚森特街上的进步咖啡馆，或向下走到马蒂兰街的七球台咖啡馆。在那里，有些青年立在大门前的墙角石上分发武器。人们抢劫了特兰斯诺南街上的建筑工场去建立街垒。只有一处，在圣阿瓦街和西蒙·勒弗朗街的转角处，居民起来

---

① 当时的子弹壳是纸做的，装有底火，这部分由武器厂完成。"做子弹"就是把弹药装进子弹壳。

反抗,自己动手拆毁街垒。只有一处,起义的人退却了,他们已在大庙街开始建立一座街垒,在和国民自卫军的一个排交火以后便放弃了那街垒,从制绳街逃走了。那个排在街垒里拾得一面红旗、一包弹药和三百粒手枪子弹。那些国民自卫军把那红旗撕成条条,挂在他们的枪刺尖上。

我们在此一件件慢慢叙述的一切,在当年却是那城市在每一点上同时发出的喧嚣咆哮,有如无数道闪电汇合成的一阵霹雷滚滚声。

不到一个钟头,仅仅在那菜市场区,便平地造起了二十七座街垒。中心是那座著名的第五十号房子,也就是从前让娜和她一百零六位战友的堡垒,在它的两旁,一面是圣美里教堂的街垒,一面是莫布埃街的街垒,这三座街垒控制着三条街,阿尔西街、圣马尔丹街和正对面的奥白利屠夫街。两座曲尺形的街垒,一座由骄山街折向大化子窝,一座由热奥弗瓦-朗之万街折向圣阿瓦街。巴黎其他的二十个区,沼泽区、圣热纳维埃夫山的无数个街垒没有计算在内,梅尼孟丹街上的一座,有一扇从门白里拔出来的车马大门,另一座,在天主医院的小桥附近,是用一辆卸了马的苏格兰大车翻过来建造的,离警署才三百步。

在游乡提琴手街的街垒里,有个穿得相当好的人向工人们发钱。在格尔内塔街的街垒里出现一个骑马的人,向那好像是街垒头目的人交了一卷东西,像是一卷钱币,并说道:"喏,这是作开销用的,葡萄酒,等等。"一个白净的年轻人,没有结领带,从一个街垒到一个街垒传达口令。另外一个,握着一把指挥刀,头上戴一顶警察的蓝帽子,在派人放哨。在一些街垒的内部,那些酒厅和门房都变成了警卫室。并且暴动是按最高明的陆军战术进行的。令人折服地选择了那些狭窄、不平整、弯曲、凸凹、转拐的街道,特别是菜市场那一带,有着像森林一样紊乱的街道网。据说,在圣阿瓦区指挥那次起义的是人民之友社。一个人在朋索街被杀死,有人在他身上搜出了一张巴黎地图。

真正指挥暴动的,是空气中一种说不出的躁急情绪。那次起义,突然一手建起了街垒,一手几乎全部抓住了驻军的据点。不到三个钟头,像一长串火药连续在延烧,起义的人便侵占了右岸的兵工厂、王宫广场、整个沼泽区、波邦古武器制造厂、加利奥特、水塔、菜市场附近的每一条街道,左岸的老军营、圣佩拉吉、莫贝尔广场、双磨火药库和所有的便门。到傍晚五点,他们已是巴士底、内衣商店、白大衣商店的主人,他们的侦察兵已接近胜利广场,威胁着银行、小神父兵营、邮车旅馆。巴黎的三分之一已在暴动中。

在每一处斗争都是大规模进行的,加以解除武装,搜查住宅,积极抢夺武器商店,结果以石块开始的战斗变成了火器交锋。

傍晚六点前后,鲑鱼通道成了战场。暴动者在一头,军队在另一头。大家从一道铁栏门对着另一道铁栏门对射。一个观察者,一个梦游人,本书的作者,曾去就近观望火山,被两头的火力夹在那过道里。为了躲避枪弹,他只得待在店与店之间的那种半圆柱子旁边,他在这种危殆的处境中几乎待了半个小时。

这时敲起了集合鼓,国民自卫军连忙穿上制服,拿起武器,宪兵走出了区公所,联队走出了兵营。在铁锚通道的对面,一个鼓手挨了一匕首。另外一个,在天鹅街,受到了三十来个青年的围攻,他们捅穿了他的鼓,夺走了他的刀。另一个在圣辣匝禄麦仓街被杀死。米歇尔伯爵街上,有三个军官,一个接着一个地倒在地上死了。好几个国民自卫军在伦巴第街受伤,退了回去。

在巴塔夫院子前,国民自卫军的一个支队发现了一面红旗,旗上有这样的字:"共和革命,第一二七号。"难道那真是一次革命吗?

那次的起义把巴黎的中心地带变成了一种曲折错乱、叫人摸不清道路的巨大寨子。

那地方便是病灶,显然是问题的所在。在其余的一切地方都只是小冲突。能证明一切都取决于那地方的,是那里还一直没有打起来。

在少数几个联队里士兵是不稳的,这更使人因不明危机的结局而更加惊恐。人们还记得在一八三〇年七月人民对第五十三联队保持中立的欢呼声。两个经受过历次大战考验的猛将,罗博元帅和毕若将军,掌握着指挥权,以罗博为主,毕若为副。由几个加强营组成的巡逻队,在国民自卫军几个连的全体官兵护卫和一个斜挎着绶带的警务长官的率领下,到起义地区的街道上去进行视察。起义的人也在一些岔路口的路角上布置了哨兵,并大胆地派遣了巡逻队到街垒外面去巡逻。双方互相监视着。政府手里有着军队,却还在犹豫不决,天快黑了,人们开始听到圣美里的警钟。当时的陆军大臣,参加过奥斯特里茨战役的苏尔特元帅,带着阴郁的神情注视着这一切。

这些年老的军人,素来只习惯于作正确的战争部署,他们的力量的源泉和行动的指导只限于作战的谋略,面对着这种汪洋大海似的所谓人民公愤,竟到了不辨方向的程度。革命的风向是难于捉摸的。

郊区的国民自卫军匆匆忙忙乱哄哄地赶来了。第十二轻骑联队的一个营也从圣德尼跑到了,第十四联队从弯道赶到,陆军学校的炮队已经进入崇武门阵地,不少大炮从万塞纳下来。

杜伊勒里宫一带冷冷清清。路易-菲力浦泰然自若。

五　巴黎的特色

两年以来,我们已提到过,巴黎见过的起义不止一次。除了起义的地区以外,巴黎在暴动时期的面貌一般总是平静到出奇的。巴黎能很快习惯一切;那不过是一场暴动,并且巴黎有那么多事要做,它不会为那一点点事而大惊小怪。这些庞大的城市单凭自己就可以提供种种表演。这些广阔的城市单凭自己就可同时容纳内战和那种说不上是种什么样的奇怪的宁静。每当起义开始,人们听到集合或告警的鼓声时,店铺的老板照例只说一声:

"圣马尔丹街好像又在闹事了。"

或者说:

"圣安东尼郊区。"

常常,他漫不经心地加上一句:

"就在那一带。"

过后,当人们听到那种阴惨到令人心碎的稀疏或密集的枪声时,那老板又说:

"认起真来了吗?是啊,认起真来了!"

再过一阵,如果暴动到了近处,势头也更大了,他便连忙关上店门,赶快穿上制服,这就是说,保障他货物的安全,拿他自己去冒险。

人们在十字路口、通道上、死胡同里相互射击,街垒被占领,被夺回,又被占领;血流遍地,房屋的门墙被机枪扫射得弹痕累累,睡在床上的人被流弹打死,尸体布满街心。在相隔几条街的地方,人们却能听到咖啡馆里有象牙球在球台上撞击的声音。

好奇的人在离这些战火横飞的街道两步远的地方谈笑风生,戏院都敞开大门,演着闹剧。出租马车穿梭来往,过路的人进城宴饮,有时就在交火的地区。一八三一年,有一处射击忽然停了下来,让一对新婚夫妇和他们的亲友越过火线。

在一八三九年五月十二日的那次起义中,圣马尔丹街上有个残废的小老头,拉着一辆手推车,车上载着一些盛满某种饮料的瓶子,上面盖着一块三色破布,从街垒走向军队,又从军队走向街垒,一视同仁地来回供应着一杯又一杯的椰子汁,时而供给政府,时而供给无政府主义。

再没有什么比这更奇特的了,而这就是巴黎暴动所独具的特征,是任何其他都城所没有的。为此,必须具备两件东西:巴黎的伟大和它的豪兴。必须是伏尔泰和拿破仑的城市。

可是在一八三二年六月五日的这次武装反抗中,这个大城市感到了某种也许比它自己更强大的东西。它害了怕。人们看见,在那些最远和最"无动于衷"的区里,门、窗以及板窗在大白天也都关上了。勇敢的拿起了武器,胆小的躲了起来。街上已见不到那种不闻不问、单为自己奔忙的行人。许多街道都像早晨四点钟那样,不见人影。大家都唠唠叨叨地谈着一些惊人的新闻,大家都散播着一些生死攸关的消息,说什么

"他们已是国家银行的主人","仅仅在圣美里修院,他们就有六百人,在教堂里挖了战壕并筑了工事","防线是不牢固的","阿尔芒·加莱尔①去见克洛塞尔②元帅,元帅说:'您首先要调一个联队来'","拉斐德在害病,然而他对他们说:'我和你们在一起。我会跟着你们去任何地方,只要那里有摆一张椅子的地方'","应随时准备好,晚上会有人在巴黎的荒僻角落里抢劫那些孤零零的人家(在此我们领教了警察的想象,这位和政府混在一起的安娜·拉德克利夫③)","奥白利屠夫街设了炮兵阵地","罗博和毕若已商量好,午夜或至迟到黎明,就会有四个纵队同时向暴动的中心进攻,第一队来自巴士底,第二队来自圣马尔丹门,第三队来自格雷沃,第四队来自菜市场区;军队也许会从巴黎撤走,退到马尔斯广场;谁也不知道会发生什么事,但是,这一次,肯定是严重的","大家对苏尔特元帅的犹豫不决都很关心","他为什么不立即进攻?""肯定他是高深莫测的。这头老狮子好像在黑暗中嗅到了一只无名的怪兽"。

傍晚时分到了,戏院都不开门,巡逻队,神情郁怒,在街上来回巡视,行人被搜查,形迹可疑的遭逮捕。九点钟已经逮捕了八百人,警署监狱人满,刑部监狱人满,拉弗尔斯监狱人满。特别是在刑部监狱,在人们称为巴黎街的那条长地道里铺满

---

① 阿尔芒·加莱尔(Armand Carrel,1800—1836),法国资产阶级政论家,自由派,《国民报》的创办人之一和编辑。
② 克洛塞尔(Bertrand Clausel,1772—1842),伯爵,法国将军,一八三一年起是元帅,一八〇九年至一八一四年参加比利牛斯半岛战争,后任阿尔及利亚总督(1830—1831 和 1835—1837)。
③ 安娜·拉德克利夫(Anne Radcliffe,1764—1823),英国女作家,著有一些描写秘密罪行的小说。

了麦秆,躺在那上面的囚犯挤成了堆,那个里昂人,拉格朗日①,正对着囚犯们大胆地发表演说。这些人躺在这些麦秆上,一动起来,就发出一阵下大雨的声音。其他监狱里的囚犯,都一个压着一个,睡在敞开的堂屋里。处处空气紧张,人心浮动,这在巴黎是少有的。

在自己的家里,人们也都采取了防御措施。做母亲的,做妻子的,都惴惴不安,只听见她们说:"啊,我的天主!他还没有回来!"难得听到一辆车子在远处滚动。人们立在大门口听着那些隐隐传来的、不清晰的鼓噪、叫喊、嘈杂的声音,他们说:"这是马队走过。"或者说:"这是装弹药箱的马车在跑。"他们听到军号声、鼓声、枪声,最揪心的是圣美里的警钟声。人们等待着第一声炮响。一些拿着武器的人忽然出现在街角,喊道:"回家去,你们!"随即又不见了。大家赶紧推上门闩说道:"几时才闹得完啊?"随着夜色的逐渐加深,巴黎暴动的火焰好像也越来越显得阴惨骇人了。

---

① 拉格朗日(Charles Lagrange),在里昂建立"进步社",一八三四年他领导里昂工人起义。

第十一卷 原子和风暴结为兄弟

一 关于伽弗洛什的诗的来源的几点说明。一位院士对这诗的影响

人民和军队在兵工厂前发生冲突以后,跟在枢车后紧压着(不妨这样说)送葬行列的头部的人群,这时已不得不折回往后退,前面挤后面,这样一来,连续几条林荫大道上的队伍顿时一片混乱,有如退潮时的骇人情景。人流激荡,行列瓦解,人人奔跑,溃散,躲藏,有的高声叫喊向前冲击,有的面色苍白各自逃窜。林荫大道上的人群有如江河的水,一转瞬间,向左右两岸冲决泛滥,像开了闸门似的,同时注入那两百条大街小巷。这时,有个衣服破烂的男孩,从梅尼孟丹街走下来,手里捏着一枝刚从贝尔维尔坡上采来的盛开的金链花,走到一个卖破烂妇人的店门前,一眼瞧见了柜台上的长管手枪,便把手里的花枝扔在街上,叫道:

"我说,大娘,您这玩意儿,我借去用用。"

他抓起那手枪便逃。

两分钟过后,一大群涌向阿麦洛街和巴斯街的吓破了胆往前奔窜的资产阶级,碰到这孩子一面挥动着手枪,一面

唱着：

> 晚上一点看不见，
> 白天处处阳光照。
> 先生收到匿名信，
> 乱抓头发心烦躁。
> 你们应当修修德，
> 芙蓉裙子尖尖帽。

这男孩便是小伽弗洛什。他正要去投入战斗。

走到林荫大道上，他发现那手枪没有撞针。

他用来调节步伐的这首歌和他信口唱出的其他一切曲子，是谁编的？我们答不上。谁知道？也许就是他编的。伽弗洛什原就熟悉民间流行的种种歌谣，他又常配上自己的腔调。他是小精灵和小淘气，他常把天籁之音和巴黎的声调和成一锅大杂烩。他把鸣禽的节目和车间的节目组合起来。他认识几个学画的小伙子，这是和他意气相投的一伙。据说他当过三个月的印刷业学徒。有一天他还替法兰西学院的院士巴乌尔-洛尔米安办过一件事。伽弗洛什是个有文学修养的野孩子。

在那凄风苦雨的夜晚，伽弗洛什把两个小把戏留宿在大象里，却没料到他所接待的正是他的亲兄弟，他替老天爷行了一件善事。他在晚上救了他的两个兄弟，早上又救了他的父亲，他便是这样过了那一夜的。天刚亮时他离开了芭蕾舞街，赶忙回到他那大象里，轻轻巧巧地把两个孩子从象肚子里取出来，和他们一同分享了一顿不三不四由他自己创造出来的早餐，随即和他们分了手，把他们交给了那位叫做街道的好妈妈,也就是从前多少教养过他自己的那位好妈妈。和他们分手时,他和他们约好晚上在原处相会,并向他们作了这样一段临别的讲演:"我要折断手杖了,换句话说,我要开小差了,或者,按照王宫里的说法,我要溜之大吉。小乖乖们,要是你们找不着爹妈,今晚便回到这里来。我请你们吃夜宵,还留你们过夜。"那两个孩子,也许是被什么警察收留关进拘留所了,或是被什么江湖艺人拐走了,或者压根儿就是迷失在这个无边无际的巴黎迷宫里了,他们没有回来。今日社会的底层是充满了这种失踪事件的。伽弗洛什不曾和他们再见过面。从那一夜起,过了十个或十二个星期,他还不时搔着头说:"我那两个孩子究竟到哪儿去了?"

这时,他手里捏着那支手枪,走到了白菜桥街。他注意到这条街上只剩下一间商店是开着门的,并且,值得令人深思的是,那是一间糕饼店。真是上苍安排的一个好机会,要他在进入茫茫宇宙之前再吃一个苹果饺。伽弗洛什停下来,摸摸自己的裤口袋,搜遍了背心口袋,翻过了褂子口袋,什么也没有找出来,一个钱也没有,他只得大声喊道:"救命啊!"

人生最后的一个饼,却吃不到嘴,这确是难受的。

伽弗洛什却不因此而中止前进。

两分钟过后,他到了圣路易街。在穿过御花园街时,他感到需要补偿一下那个无法得到的苹果饺,便怀着无比欢畅的心情,趁着天色还亮,把那些剧场的海报一张张撕了个痛快。

再远一点,他望见一群红光满面财主模样的人打他眼前走过,他耸了耸肩,随口吐出了这样一嘴富有哲理的苦水:

"这些吃利息的,养得好肥啊!这些家伙,有吃有喝,天天埋在酒肉堆里。你去问问他们,他们的钱是怎么花去的。他们准答不上。他们把钱吞了,这还不简单!全在他们的肚子里。"

二 伽弗洛什在行进中

捏着一支手枪,一路招摇过市,尽管它没有撞针,这对官家来说总还是件大事,因此伽弗洛什越走越带劲。他大喊大叫,同时还支离破碎地唱着《马赛曲》:

"全都好。我的左蹄痛得惨。我的风湿毁了我,但是,公民们,我高兴。资产阶级只要稳得住,我来替他们哼点拆台歌。特务是什么?是群狗。狗杂种!我们对狗一定要恭敬。如果我这枪也有一条狗①,那又多么好。我的朋友们,我从大路来,锅子已烧烫,肉汤已翻滚,就要沸腾了,清除渣滓的时候已来到。前进,好样的!让那肮脏的血浇灌我们的田亩!为祖国,我献出我的生命,我不会再见我的小老婆了,呢,呢,完蛋了,是的,妮妮!这算什么,欢乐万岁!战斗,他妈的!专制主义,我够了。"

这时,国民自卫军的一个长矛兵骑着马走来,马摔倒了,伽弗洛什把手枪放在地上,扶起那人,继又帮他扶起那匹马。这之后他拾起手枪往前走。

托里尼街,一切平静。这种麻痹状态是沼泽区所特有的,和四周一大片喧杂人声恰成对比。四个老婆子聚在一家大门口聊天。苏格兰有巫婆三重唱,巴黎却有老妈妈四重唱。在

---

① 法语中,狗和撞针是同一个字(chien)。

阿尔木伊的荒原上,有人向麦克白说:"你将做国王。"①这句话也许又有人在博多瓦耶岔路口阴森森地向波拿巴②说过了。这几乎是同样一种老鸦叫。

托里尼街的这伙老婆子只关心她们自己的事。其中的三个是看门的。另一个是拾破烂的,她背上背个筐,手里提着一根带钩的棍。

她们四个仿佛是在人生晚年的枯竭、凋残、衰颓、愁惨这四只角上,各占一角。

那拾破烂的妇人,态度谦恭,在这伙立在风中的妇人里,拾破烂的问安问好,看大门的关怀照顾。这是由于墙角里的破烂堆由门房支配,或肥或瘦,取决于堆积人一时的心情。扫帚下也大有出入。

那个背筐拾破烂的妇人识得好歹,她对那三个看门婆微笑,何等的微笑!她们谈着这样一些事:

"可了不得,您的猫儿还是那么凶吗?"

"我的天主,猫儿,您知道,生来就是狗的对头。叫苦的倒是那些狗呢。"

"人也一样叫苦呢。"

"可猫的跳蚤不跟人走。"

"这倒不用说它了。狗,总是危险的。我记得有一年,狗太多了。报纸上便不得不把这事报道出来。那时,杜伊勒里宫还有许多大绵羊拉着罗马王的小车子,您还记得罗马

---

① 据莎士比亚的同名戏剧,苏格兰爵士麦克白在出征归国途中,遇见三个巫婆,说他将做国王。他便谋害国王,自立为王,但得不到臣民的拥护,死在战场上。
② 波拿巴,指拿破仑第三。

王吗?"

"我觉得波尔多公爵更讨人喜欢些。"

"我,我看见过路易十七。我比较喜欢路易十七。"

"肉又涨价了,巴塔贡妈!"

"啊!不用提了。提到肉,真是糟透了。糟到顶了。除了一点筋筋拉拉的肉渣以外,啥也买不到了。"

谈到这儿,那拾破烂的妇人抢着说:

"各位大姐,我这活计才不好干呢。垃圾堆也全是干巴巴的了。谁也不再丢什么,全吃下去了。"

"也还有比我们更穷的呢,瓦古莱姆妈。"

"是啊,这是真话,"那拾破烂的妇人谦卑地说,"我总算还有个职业。"

谈话停了一下。那拾破烂的妇人被想夸张的人类本性所驱使,接着又说:

"早上回家,我便理这筐子,我做经理工作(大概是想说清理工作)。我屋里摆满一堆又一堆的东西。我把碎布放在篮子里,水果心子、菜帮子放在木盆里,汗衣汗裤放在我的壁橱里,毛织品放在我的五斗柜里,废纸放在窗角上,那些能吃的东西放在我的瓢里,碎玻璃放在壁炉里,破鞋破袜放在门背后,骨头放在我的床底下。"

伽弗洛什正立在她们背后听。

"老婆子们,"他说,"你们为什么谈政治?"

四张嘴,像一阵排炮,齐向他射来。

"又来了一个短命鬼。"

"他那鬼爪子里抓个啥玩意儿?一支手枪!"

"真不像话,你这小化子!"

"这些家伙不推翻官府便安顿不下来。"

伽弗洛什满不在乎,作为反击,只用大拇指掀起鼻尖,并张开手掌。

拾破烂的妇人嚷起来:

"光着脚的坏蛋!"

刚才代表巴塔贡妈答话的那老婆子,没好气,拍着双手说:

"准出倒霉事,没错。那边那个留一撮小胡子的小坏种,我每天早上都看见他搂着一个戴粉红帽子的姑娘的胳膊打这儿走过,今天我又看见他走过,可他搂着一支步枪。巴舍妈说上星期发生了一场革命,在……在……在……一下想不起来了!在蓬图瓦兹。而这一下你们又瞧见这个叫人作呕的小鬼拿着一支手枪!我听人说,则肋斯定全架起大炮。我们已吃过许多苦头,现在总算能过稍微安顿一点的日子了,这些坏种却又要惹麻烦,您叫政府怎么办?慈悲的天主,那位可怜巴巴坐在囚车里打我面前走过的王后!这一切又得抬高烟叶的价钱。真不要脸!总有一天,我会看见你上断头台的,坏蛋!"

"你在用鼻子吸气,我的老相好,"伽弗洛什说,"擤擤你那烟囱管吧。"①

他接着就走开了。

走到铺石街,他又想起了那拾破烂的婆子,独自说了这样一段话:

"你侮辱革命的人,你想错了,扒墙角旮旯的妈妈。这手枪,对你是有好处的。是为了让你能在那背箩里多装点好吃

---

① 擤鼻子,在法语中又解释为"少管闲事"。

的东西。"

他忽然听到背后有声音,那看门的妇人,巴塔贡,跟了上来,在远处举起一个拳头喊着说:

"你只是个杂种!"

"那,"伽弗洛什说,"我深深感到不用我操心。"

不久,他走过拉莫瓦尼翁公馆,在那门前发出了这一号召:

"出发去战斗!"

他随即又受到一阵凄切心情的侵扰。他带着惋惜的神情望着那支手枪,像要去打动它似的。他对它说:

"我已出发了,而你却发不出。"

这条狗可以使人忘掉那条狗。迎面走来一条皮包骨头的卷毛狗。伽弗洛什心里一阵难受。

"我可怜的嘟嘟,"他对那瘦狗说,"你吞了一个大酒桶吧?你浑身是桶箍。"

随后,他向圣热尔韦榆树走去。

三 理发师的合理愤怒

从前撵走过伽弗洛什以慈父心肠收容在大象肚子里的那两个孩子的理发师,这时正在店里替一个曾在帝国时期服役的老军人刮胡子,他们同时也谈着话。理发师当然免不了向那老兵谈到这次起义,继又谈到拉马克将军,从拉马克将军又转到了皇帝。这是一个理发师和一个士兵的谈话。普律多姆当时如果在场,他一定会进行艺术加工,题为《剃刀与马刀的对话》。

"先生,"那理发师说,"皇上骑马的本领高明吧?"

"不高明。他不知道从马上下来。但也从没有跌下来过。"

"他有不少好马吧?他应当有不少好马吧?"

"他赐十字勋章给我的那天,我仔细看了看他那牲口。那是一匹雌的跑马,浑身全白。两只耳朵分得很开,脊梁凹。细长的头上有一颗黑星,脖子很长,膝骨非常突出,肋宽,肩斜,臀部壮大。比十五个巴尔姆①稍高一点。"

"好漂亮的马。"理发师说。

"是皇帝陛下的牲口。"

理发师感到在听到这样的称号之后稍稍肃静一下是适当的。他这样做了以后,接着又说:

"皇上只受过一次伤,不是吗,先生?"

老军人以一个当时目击者所应有的平静庄严口吻回答说:

"脚跟上。在雷根斯堡战场。我从没有见过他穿得像那天那样讲究。他那天洁净得像个新的苏。"

"您呢,退伍军人先生,您总免不了要常常挂点彩吧。"

"我,"那军人说,"啊!没有什么大了不起的。在马伦哥我脖子后给人砍了两刀,在奥斯特里茨右臂吃过一颗枪弹,在耶拿左边屁股也吃过一颗,在弗里德兰挨了一刺刀,刺在……这儿,在莫斯科河,胡乱挨了七八下长矛,在吕岑,一颗开花弹炸掉了我的一个手指……啊!还有,在滑铁卢,一铳打在我的大腿上。就这些。"

---

① 巴尔姆(palme),意大利民间的一种长度计算单位,随地区而异。

"这有多好,"理发师带着铿锵的语调高声赞叹着,"死在战场上,有多好!我说句真心话,与其害病,吃药,贴膏药,灌肠,请医生,搞到身体一天不如一天,躺在一张破床上慢悠悠地死去,我宁肯在肚子上挨一炮弹!"

"您不怕难受。"那军人说。

他的话刚说完,一种爆破声,好不吓人,震撼着那店子。橱窗上的一大块玻璃突然开了花。

"啊,天主!"他喊着说,"当真就来了一颗!"

"一颗什么?"

"炮弹。"

"就在这儿。"那军人说。

他拾起一颗正在地上滚着的什么,是一颗圆石子。

理发师奔向碎了的玻璃,看见伽弗洛什正朝着圣约翰市场飞跑。他从理发店门前走过时心里正想着那两个小朋友,抑制不住要向他问好的愿望便朝着他的玻璃橱窗扔了块石头。

"您瞧见了!"那脸色已由白转青的理发师吼着说,"这家伙为作恶而作恶。难道是我惹了他,这野孩子?"

四 孩子惊遇老人

这时,圣约翰市场的据点已被缴械,伽弗洛什走来,正好和安灼拉、古费拉克、公白飞、弗以伊率领的人会了师。他们或多或少是武装了的。巴阿雷和让·勃鲁维尔也找到他们,便更壮大了那支队伍。安灼拉有一支双响猎枪,公白飞有一支国民自卫军编了号的步枪,从他那件没有扣好的骑马服里还露出两支手枪,插在腰带上。让·勃鲁维尔有一支旧式马枪,巴阿雷是一支短枪,古费拉克挥动着一根去了套子的带剑的手杖。弗以伊握着一把出了鞘的马刀走在前面,喊着:"波兰万岁!"①

他们走到了莫尔朗河沿,没有领带,没有帽子,喘着气,淋着雨,眼睛闪闪发光。伽弗洛什态度从容,和他们交谈起来。

"我们去什么地方?"

"跟着我们走。"古费拉克说。

巴阿雷走在弗以伊的后面,像急流中的一条鱼,蹦蹦跳跳。他穿了一件鲜红的坎肩,说话全没忌讳。他那坎肩惊动了一个过路人,那人丧了胆似的大声说:

"红党来了!"

"红党,红党!"巴阿雷反击说,"怕得可笑,资产阶级。至于我,我在虞美人跟前一点也不发抖,小红帽②也不会引起我恐怖。资产阶级,相信我,把怕红病留给那些生角的动物③去害吧。"

他瞧见墙角上贴着一张布告,那是一张世界上最不碍事的纸,巴黎大主教准许在封斋节期间吃蛋类的文告,是给他的那些"羔羊"们看的。

巴阿雷大声说:

"羔羊,猪崽的文雅称号。"

他顺手把那文告从墙上撕下来。这一行动征服了伽弗洛什。从这时起,伽弗洛什开始注意巴阿雷了。

---

① 当时波兰正全国起义,争取独立。
② 小红帽,十七世纪法国作家贝洛写的一篇童话《小红帽》里的主角。
③ 头生角,犹如说戴绿帽子。生角的动物也指牛,牛见了红色就激怒。

"巴阿雷,"安灼拉指出,"你不该这样。那布告,不动它也可以。我们今天的事不是针对它的,你把你的火气花得太不值得了。留点力气吧。不到时候不浪费力量,无论是人的精力还是枪的火力。"

"各人的脾胃不同,安灼拉,"巴阿雷反驳说,"主教的那篇文章叫我生气,我吃鸡蛋不用别人准许。你的性格是内热外冷的,我呢,爱图个痛快。我并没有消耗力量,我正来劲呢,我撕那布告,以赫拉克勒斯的名义①!正是要开开胃。"

赫拉克勒斯这个词引起了伽弗洛什的注意。他素来喜欢随时寻找机会来丰富自己的知识,加以那位布告撕毁者是值得钦佩的。他问他说:

"赫拉克勒斯是什么意思?"

巴阿雷回答说:

"那是拉丁语里的该死。"

在这里,巴阿雷认出一个白净脸黑胡须的年轻小伙子在一个窗口望着他们走过,那也许是 ABC 社的一个朋友吧。他向他喊道:

"快,枪弹!'Para bellum.'"

"美男子!确是。"伽弗洛什说。他现在懂拉丁语了。②

一长列喧闹的人伴随着他们,大学生、艺术家、艾克斯苦古尔德社的社员们、工人、码头工人,有的拿着棍棒,有的拿着刺刀,有几个和公白飞一样,裤腰里插着手枪。夹在这一群人里往前走的还有一个老人,一个显得很老的老人。他什么武

---

① 赫拉克勒斯,希腊神话里的英雄,曾完成十二项艰巨的工作。
② "Para bellum",准备战斗,"bellum"(战斗)和法语"bel homme"(美男子)发音相同。

器也没有。他那神气仿佛是在想着什么,但却仍奋力前进,惟恐落在人后。伽弗洛什发现了他。

"这是什么?"他问公白飞。

"是个老人。"

这是马白夫先生。

五　老　人

我们先谈谈经过。

当龙骑兵冲击时,安灼拉和他的朋友们正走到布尔东林荫大道的储备粮仓附近。安灼拉、古费拉克、公白飞和另外许多人,都沿着巴松比尔街一面走一面喊着:"到街垒去。"走到雷迪吉埃街时,他们遇见一个老人,也在走着。

引起他们注意的是那老人走起路来东倒西歪,像喝醉了酒似的。此外,尽管那天早晨总在下雨,而且也下得相当大,他却把帽子捏在手里。古费拉克认出了那是马白夫先生。他认识他,是因为他曾多次陪送马吕斯直到他的大门口。他早知道这个年老的有藏书癖的教会事务员,一贯爱好清静,胆小怕事,现在看见他在这嘈杂的环境中,离马队的冲击才两步路,几乎是在炮火中,在雨里脱掉帽子,走在流弹横飞的地区,不免大吃一惊。他向他打了个招呼。这二十五岁的起义战士便和那八十岁的老人作了这样一段对话:

"马白夫先生,您回家去吧。"

"为什么?"

"这儿会出乱子呢。"

"好嘛。"

"马刀对砍,步枪乱蹦呢。"

"好嘛。"

"大炮要轰。"

"好嘛。你们去什么地方,你们这些人?"

"我们去把政府推翻在地上。"

"好嘛。"

他立即跟着他们往前走。从这以后他一句话也没有说。他的步伐忽然稳健起来了,有些工人想搀着他的胳膊走。他摇摇头,拒绝了。他几乎是走在行列的最前列,他的动作是前进,他的神情却仿佛是睡着了。

"好一个硬骨头老家伙!"大学生们在窃窃私语。消息传遍了整个队伍,有人说,这人当过国民公会代表,也有人说,这老头投票判处国王死刑。

队伍走进了玻璃厂街。小伽弗洛什走在前面大声歌唱,用以代替进军的号角。他唱道:

> 月亮已经上来了,
> 我们几时去森林?
> 小查理问小查丽。
> 嘟,嘟,嘟,去沙图。
> 我只有一个上帝、一个国王、一文小钱、一只靴。

> 百里香上有朝露,
> 飞来两只小山雀,
> 喝了香露还要喝。
> 吱,吱,吱,去巴喜。
> 我只有一个上帝、一个国王、一文小钱、一只靴。

可怜两只小狼崽,
醉得像那画眉鸟,
老虎在洞里笑它们。
咚,咚,咚,去默东。
我只有一个上帝、一个国王、一文小钱、一只靴。

你发誓来我赌咒,
我们几时去森林?
小查理问小查丽。
当,当,当,去庞坦。
我只有一个上帝、一个国王、一文小钱、一只靴。

他们朝着圣美里走去。

六　新　战　士

队伍越走越壮大。到皮埃特街时,一个头发花白的高大个子加入了他们的行列,古费拉克、安灼拉、公白飞,都注意到他那粗犷大胆的容貌,但是没有人认识他。伽弗洛什忙着唱歌,吹口哨,哼调子,走在前面领路,并用他那支没有撞针的手枪的托子敲打那些商店的板窗,没有注意那个人。

进入玻璃厂街,他们从古费拉克的门前走过。

"正好,"古费拉克说,"我忘了带钱包,帽子也丢了。"

他离开队伍,三步当两步地跑到他楼上的屋子里。他拿了一顶旧帽子和他的钱包。他又从一些穿脏了的换洗衣服堆里拿出一只相当大的、有一只大提箱那么大的方匣子。他跑到楼下时,看门女人叫住他。

"德·古费拉克先生!"

"门房太太,您贵姓?"古费拉克顶撞她说。

一下把那看门女人搞傻了。

"您知道的嘛,我是看大门的,我叫富旺妈妈。"

"好,如果您再叫我做德·古费拉克先生,我就要叫您德·富旺妈妈。现在,您说吧,有什么事?有什么话要说?"

"有个人找您。"

"谁?"

"我不知道。"

"在哪儿?"

"在门房里。"

"见鬼!"古费拉克说。

这时,从门房里走出一个工人模样的小伙子,瘦小个子,皮色枯黄,还有斑点,穿一件有洞的布褂子,一条两旁都有补丁的灯芯绒裤子,不像男人,像个穿男孩衣服的女孩,说起话来,天晓得,一点也不像女人的声音。这小伙子问古费拉克说:

"请问马吕斯先生在吗?"

"不在。"

"今晚他会回来吗?"

"我不知道。"

古费拉克又加上一句:

"我是不会回来的了。"

那小伙子定定地望着他,问道:

"为什么?"

"因为。"

"您要去什么地方?"

"这和你有什么相干?"

"您肯让我给您背这匣子吗?"

"我要去街垒呢。"

"您能让我跟您一道去吗?"

"随你便,"古费拉克回答说,"街上谁都可以走。街面上的石块是大家的。"

他随即一溜烟跑去追他那些朋友了。赶上他们,他把匣子交给他们中的一个背着。足足过了一刻钟以后他果然发现那小伙子真跟在他们后面来了。

队伍不一定想去哪里就去哪里。我们已经说过,它是让一阵风吹着跑的。他们走过了圣美里,也不知怎么就走到了圣德尼街。

第十二卷 科 林 斯

一 科林斯开设以来的历史

现在的巴黎人，从菜市场这面走进朗比托街时，会发现在他的右边正对蒙德都街的地方，有一家编制筐篮等物的铺子，铺子的招牌是一个用柳条编的拿破仑大帝的模拟人像，上面写着：

拿破仑完全是个柳条人

过路的人未必料想得到这地方近三十年前所目击的惨状。

这就是当年的麻厂街，更古老的街名是"Chanverrerie"街，开设在那里的那家著名的酒店叫科林斯。

读者应当还记得，我们前面谈到过一个建立在这里并被圣美里街垒挡住了的街垒。今天这街垒在人们的记忆中已毫无影踪了。我们要瞻望的正是这麻厂街的街垒。

为了叙述方便，请允许我们采用一种简单方法，这方法是我们在叙述滑铁卢战争时采用过的。当时从圣厄斯塔什突角附近到巴黎菜市场的东北角，也就是今天朗比托街的入口处，这一带的房屋原是横七竖八极其紊乱的。对这里的街道，读者如果想有一个比较清晰的概念,不妨假设一个"N"字母,上从圣德尼街起,下到菜市场止,左右两竖是大化子窝街和麻厂街,两竖中间的斜道是小化子窝街,横穿过这三条街的是极尽弯曲迂回的蒙德都街。在这四条街纵横交错如迷宫似的地方,一方面由菜市场至圣德尼街,一方面由天鹅街至布道修士街,在这一块一百平方托阿斯的土地上,分割成奇形怪状、大小不同、方向各异的七个岛状住房群,正像那建筑工地上随意乱丢的七堆乱石,房屋与房屋之间都只留一条窄缝。

我们说窄缝,是因为我们对那些阴暗、狭窄、转弯抹角、两旁夹着倾斜破旧的九层楼房的小巷找不出更确切的表达方式。那些楼房已经破旧到如此程度,以致在麻厂街和小化子窝街上,两旁房屋的正面都是用大木料面对面互相支撑着的。街窄,但水沟宽,街心终年是湿的,行人得紧靠街边的店铺走,店铺暗到像地窖子,门前竖着打了铁箍的护墙石,垃圾成堆,街旁的小道口上,装有百年以上的古老粗大的铁栏门。这一切都已在修筑朗比托街时一扫而光了。

蒙德都①这名称,确已把这种街道迂回曲折的形象描绘得淋漓尽致。稍远一点,和蒙德都相接的陀螺街这个街名则更好地表达这弯曲形象。

从圣德尼街走进麻厂街的行人,会发现他越朝前走,街面便越窄,好像自己钻进了一个管子延长的漏斗。到了这条相当短的街的尽头,他会看见一排高房子在靠菜市场一面挡住了他的去路,他如果没有看出左右两旁都各有一条走得通的黑巷子,还会认为自己陷了在死胡同里。这巷子便是蒙德都

---

① 蒙德都(Mondétour),意思是转弯抹角。

街了,一头通到布道修士街,一头通到天鹅街和小化子窝。在这种死胡同的底里,靠右边那条巷子的角上,有一幢不像其他房子那么高的房子,伸向街心,有如伸向海中的岬角。

正是在这幢只有三层的房子里,三百年来,欣欣向荣地开着一家大名鼎鼎的酒店。从这酒店里经常传出人的欢笑声,这里也是老泰奥菲尔①在这样两行诗里所指出的:

情郎痛绝悬梁死,
骸骨飘摇如逐人。

这是个好地方,那家酒店老板便世世代代在这里开着酒店。

在马蒂兰·雷尼埃②的时代,这酒店的店名是"玫瑰花盆",当时的风尚是文字游戏,那店家便用一根漆成粉红色的柱子③作为招牌。在前一世纪,那位值得崇敬的纳托瓦尔④——被今日的呆板学派所轻视的奇想派大师之一——曾多次到这酒店里,坐在当年雷尼埃经常痛饮的那张桌子旁边醉酒,并曾在那粉红柱子上画了一串科林斯葡萄,以表谢意。店主人大为得意,便把旧招牌改了,在那串葡萄下面用金字写了"科林斯葡萄酒店"。这便是科林斯这名称的来历。酒徒们喜欢文字简略,原是很自然的。文字简略,有如步履踉跄。科林斯便渐渐取代了玫瑰花盆。最后那一代主人,人们称为于什鲁大爷的,已经不知道这些掌故,找人把那柱子漆成了

---

① 泰奥菲尔(Théophile,1590—1626),法国诗人。
② 马蒂兰·雷尼埃(Mathurin Régnier,1573—1613),法国讽刺诗人。
③ 玫瑰花盆(Pot-aux-Roses)和粉红色的柱子(poteau rose)发音相同。
④ 纳托瓦尔(Natoire,1700—1777),法国油画家和木刻家。

蓝色。

楼下的一间厅里有账台,楼上的一间厅里有球台,一道螺旋式楼梯穿通楼板到楼上,桌上放着酒,墙上全是烟,白天点着蜡烛,这便是那酒店的概貌。楼下的厅里,地上有翻板活门,掀起便是通地窖子的梯子。三楼上是于什鲁一家的住房。二楼的大厅里有一扇暗门,通过楼梯——与其说是楼梯,不如说是梯子——上去,房顶下面有两间带小窗洞的顶楼,那是女仆的窝巢。厨房在楼下,和那间有账台的厅房分占着地面层。

于什鲁大爷也许生来便是个化学家,事实上,他是个厨师,人们不仅在他店里喝酒,还在那里吃饭。于什鲁发明了一道人们只能在他店里吃到的名菜,那就是在肚里塞上肉馅的鲤鱼,他称它为灌肉鲤鱼(carpes au gras)。人们坐在钉一块漆布以代台布的桌子前面,在一支蜡烛或一盏路易十六时代的油灯的微光里吃着这东西。好些顾客并且是从远道来的。有天早晨,于什鲁忽然灵机一动,要把他这一"拿手好菜"给过路行人介绍一番,他拿起一管毛笔,在一个黑颜料钵里蘸上墨汁,由于他的拼写法和他的烹调法同样有他的独到之处,便在他的墙上信手涂写了这几个引人注目的大字:

CARPES HO GRAS①

有一年冬天,雨水和夹雪骤雨,出于兴之所至,把第一个词词尾的"S"和第三个词前面的"G"抹去了,剩下的只是:

CARPE HO RAS②

为招引食客而写的这一微不足道的广告,在季节和雨水

---

① "Ho gras"是"au gras"之误,但发音相同。
② 念起来像是"Carpe au rat"(耗子肉烧鲤鱼)。

的帮助下竟成了一种有深远意义的劝告。

于是,这位于什鲁大爷,不懂法文竟懂了拉丁文,他从烹饪中悟出了哲学,并且,在要干脆取消封斋节这一想法上赶上了贺拉斯。尤其出奇的是,它还可以解释为:请光临我店。

所有这一切,到今天,都已不存在了。蒙德都迷宫从一八四七年起便已被剖腹,很大程度上被拆毁了,到现在也许已不存在了。麻厂街和科林斯都已消失在朗比托街的铺路石下面。

我们已经说过,科林斯是古费拉克和他的朋友们聚会地点之一,如果不是联系地点的话。发现科林斯的是格朗泰尔。他第一次进去,是为了那"Carpe Horas",以后进去是为了"Carpes au gras"。他们在那里喝、吃、叫嚷;对账目他们有时少付,有时欠付,有时不付,但始终是受到欢迎的。于什鲁大爷原是个老好人。

于什鲁,老好人,我们刚才说过,是一个生着横胡子的小饭铺老板,一种引人发笑的类型。他的面部表情老是狠巴巴的,好像存心要把顾客吓跑,走进他店门的人都得看他的嘴脸,听他埋怨,忍受他那种随时准备吵架、不情愿开饭侍候的神气。但是,正如我们先头说过,顾客始终是受到欢迎的。这一怪现象使他的酒店生意兴隆,为他引来不少年轻主顾,他们常说:"还是去听于什鲁大爷发牢骚吧。"他原是个耍刀使棍的能手。他常突然放声大笑。笑声雄厚爽朗,足见他心地是光明的。那是一种外表愁苦而内心快活的性格。他最乐意看见你怕他,他有点像一种手枪形状的鼻烟盒,它能引起的爆炸只不过是个喷嚏。

他的老伴于什鲁大妈是个生着胡子模样儿怪丑的妇人。

一八三〇年左右,于什鲁大爷死了。做灌肉鲤鱼的秘法也随着他的死去而失传。他的遗孀,得不到一点安慰,继续开着那店铺。但是烹调远不如前,坏到叫人难以下咽。酒,原来就不好,现在更不成了。古费拉克和他的朋友们却照旧去科林斯,"由于怀念故人。"博须埃常这样说。

寡妇于什鲁害着气喘病,她对从前的农村生活念念不忘,因而她语言乏味,发音也很奇特。乡下度过的青春时期她还有不完整的印象,她用她自己特有的方式来谈论这些,她回忆当年时常说"她从前的幸福便是听知根(更)鸟在三(山)楂树林里歌唱"。

楼上的厅房是"餐厅",是一间长而大的房间,放满圆凳、方凳、靠椅、条凳和桌子,还有个瘸腿老球台。厅的角上有个方洞,正如轮船上的升降口,楼下的人,从一道螺旋式楼梯经过这方洞,到达楼上。

这厅房只靠一扇窄窗子进光,随时都点着一盏煤油灯,形象很是寒碜。凡是该有四只脚的家具好像都只有三只脚。用石灰浆刷过的墙上没有一点装饰,但却有这样一首献给于什鲁大妈的四行诗:

十步以外她惊人,两步以内她骇人。

有个肉瘤住在她那冒失的鼻孔里;

人们见了直哆嗦,怕她把瘤喷给你,

有朝一日那鼻子,总会落在她嘴里。

那是用木炭涂在墙上的。

于什鲁大妈和那形象很相像,从早到晚,若无其事,在那四行诗跟前走来又走去。两个女仆,一个叫马特洛特,一个叫吉布洛特①,人们从来不知道她们是否还有其他名字,帮着于什鲁大妈把盛劣酒的罐子放在每张桌子上,或是把各种喂饿鬼的杂碎汤舀在陶制的碗盏里。马特洛特是个胖子,周身浑圆,红头发,尖声尖气,奇丑,丑得比神话中的任何妖精还丑,是已故于什鲁大爷生前宠幸的苏丹妃子;可是,按习俗仆人总是立在主妇后面的,和于什鲁大妈比起来,她又丑得好一点。吉布洛特,瘦长,娇弱,白,淋巴质的白,蓝眼圈,眼皮老耷拉着,总是那么困倦,可以说她是在害着一种慢性疲乏症,她每天第一个起床,最后一个睡觉,侍候每一个人,连另一个女仆也归她侍候,从不吭声,百依百顺,脸上总挂着一种疲劳的微笑,好像是睡梦中的微笑。

在那账台上面还挂着一面镜子。

在进入餐厅的门上有这么两句话,是古费拉克用粉笔写的:

吃吧,只要你能;吞吧,只要你敢。

二 起初的快乐

我们知道,赖格尔·德·莫经常住在若李的宿舍里。他有一个住处,正如鸟儿有根树枝。两个朋友同吃,同住,同生活。对他们来说,一切都是共同的,无一例外。他们真是形影不离。六月五日的上午,他们到科林斯去吃午饭。若李正害着重伤风,鼻子不通,赖格尔也开始受到感染。赖格尔的衣服

---

① 马特洛特(matelote),原义是葱、酒烹鱼。吉布洛特(gibelotte)的原义是酒烩兔肉。

已很破旧,但是若李穿得好。

他们走到科林斯推门进去时,大致是早上九点钟。

他们上了楼。

马特洛特和吉布洛特接待他们。

"牡蛎、干酪和火腿。"赖格尔说。

他们选了一张桌子坐下。

那酒店还是空的,只有他们两个。

吉布洛特认识若李和赖格尔,往桌上放了一瓶葡萄酒。

他们正吃着开头几个牡蛎时,有个人头从那楼梯的升降口里伸出来,说道:

"我正走过这儿。我在街上闻到一阵布里干酪的香味,太美了。我便进来了。"

说这话的是格朗泰尔。

格朗泰尔选了一张圆凳,坐在桌子前面。

吉布洛特看见格朗泰尔来了,便往桌上放了两瓶葡萄酒。

这样就有了三个人。

"难道你打算喝掉这两瓶酒吗?"赖格尔问格朗泰尔。

格朗泰尔回答说:

"人人都是聪明的,惟有你是高明的。两瓶葡萄酒决吓不倒一个男子汉。"

那两个已经开始吃,格朗泰尔便也开始喝。一口气便喝了半瓶。

"你那胃上怕有个洞吧?"赖格尔说。

"你那衣袖上确也有一个。"格朗泰尔说。

接着,他又干了一杯,说道:

"说真的,祭文大师赖格尔,你那衣服也未免太旧了一点吧。"

"旧点好,"赖格尔回答说,"正因为旧,我的衣服和我才相安无事。它随着我伸屈,从不别扭,我是个什么怪样子,它就变个什么怪样子,我要做个什么动作,它也跟着我做个什么动作。我只是在热的时候,才感到有它。旧衣服真和老朋友一样能体贴人。"

"这话对,"开始加入谈话的若李大声说,"一件旧衣服就是一个老盆(朋)友。"

"特别是从一个鼻子堵塞的人的嘴里说出来。"格朗泰尔说。

"格朗泰尔,你刚才是从大路来的吗?"赖格尔问。

"不是。"

"刚才若李和我看见那送葬行列的头走过。"

"那是一种使人禁(惊)奇的场面。"若李说。

"这条街可真是清静!"赖格尔大声说,"谁会想到巴黎已是天翻地覆?足见这一带从前全是修道院!杜布厄尔和索瓦尔开列过清单,还有勒伯夫神甫①。这附近一带,从前满街都是教士,像一群群蚂蚁,有穿鞋的,有赤脚的,有剃光头的,有留胡子的,花白的,黑的,白的,方济各会的,小兄弟会②的,嘉布遣会的,加尔默罗会的,小奥古斯丁的,大奥古斯丁的,老奥古斯丁的……充满了街头。"

"不用和我们谈教士吧,"格朗泰尔插嘴说,"谈起教士就

---

① 索瓦尔(Sauval,1623—1676)和勒伯夫(Lebeuf,1687—1760),都是法国历史学家,曾编写过巴黎的历史。
② 小兄弟会(minimes),方济各会的一支,在方济各会各支中人数最少,故称"最小的"(minimes)。

叫我一身搔痒。"

他接着又叫了起来：

"哇！我把一个坏了的牡蛎吞下去了。我的忧郁病又要发作了。这些牡蛎是臭了的，女招待又生得丑。我恨人类。我刚才在黎塞留街，在那大公共图书馆门前走过。那些图书，只不过是一大堆牡蛎壳，叫我想起就要吐。多少纸张！多少墨汁！多少乱七八糟的手稿！而那全是一笔一笔写出来的！是哪个坏蛋说过人是没有羽毛的两脚动物呀？① 另外，我还遇见一个我认识的漂亮姑娘，生得像春天一样美，够得上被称为花神，欢欣鼓舞，快乐得像个天使，这倒霉的姑娘，因为昨天有个满脸麻皮、丑得可怕的银行老板看中了她。天哪！女人欣赏老财，决不亚于欣赏铃兰，猫儿追耗子，也追小鸟。这个轻佻的姑娘，不到两个月前她还乖乖地住在她那小阁楼里，把穿带子的小铜圈一个个缝上紧身衣，你们管那叫什么？做针线活。她有一张帆布榻，她待在一盆花前，她算是快乐的。一下子她变成银行老板娘了。这一转变是在昨晚完成的。我今早又遇见了这个欢天喜地的受害人。可怕的是，这个小娼妇今天还和昨天一样漂亮。从她脸上一点也看不出她那财神爷的丑行。蔷薇花和女人比起来就多这么一点长处，也可以说是少这么一点长处，这就是说，毛虫在蔷薇花上留下的痕迹是看得见的。啊！这世上无所谓道德。我用这些东西来证实：香桃木作为爱情的象征，桂树作为战争的象征，这愚蠢的橄榄树作为和平的象征，苹果树用它的核儿乎梗死亚当，无花果

---

① 古代欧洲人写字的笔是用鹅毛管做的，因而笔和羽毛在法语中是同一个词（plume）。柏拉图说过人是没有羽毛的两脚动物。

树,裙子的老祖宗。至于法权,你们要知道法权是什么吗?高卢人想占领克鲁斯①,罗马保护克鲁斯,并质问他们克鲁斯对他们来说有什么错误?布雷努斯②回答说:'犯了阿尔巴③的错误,犯了菲代纳④对你们所犯的错误,犯了埃克人、伏尔斯克人、沙宾人⑤对你们所犯的错误。他们和你们比邻而居。克鲁斯人和我们比邻而居,和你们一样我们和邻居和睦共处。你们抢了阿尔巴,我们要拿下克鲁斯。'罗马说:'你们拿不了克鲁斯。'布雷努斯便攻占了罗马。他随后还喊道:'Væ Victis!'⑥这样便是法权。啊!在这世界上,有多少猛禽!多少雄鹰!我想到这些便起一身鸡皮疙瘩!"

他把玻璃杯递给若李,若李给他斟满,他随即喝一大口,接着又说,几乎没有让这杯酒隔断他的话,旁人没有察觉到,连他自己也没察觉到:

"攻占罗马的布雷努斯是雄鹰,占有那花姑娘的银行老板也是雄鹰。这里无所谓羞耻,那里也无所谓羞耻。因此,什么也不要相信。只有一件事是可靠的:喝酒。不论你的见解如何,你们总应当像乌里地区那样对待瘦公鸡,或者像格拉里地区那样对待肥公鸡,关系不大,喝酒要紧。你们和我谈到林荫大道,谈到送殡行列等等。天知道,是不是又要来一次革命?慈悲上帝的这种穷办法确是叫我惊讶。他随时都要在事

---

① 克鲁斯(Cluse),在法国上萨瓦省境内,靠近日内瓦,古代为罗马与法国争夺之地。
② 布雷努斯(Brennus),古高卢首领,三九〇年入侵意大利,攻占罗马。
③ 阿尔巴(Albe),意大利古代城市之一。
④ 菲代纳(Fidène),意大利古国沙宾一城市。
⑤ 埃克人、伏尔斯克人、沙宾人,古意大利各地区人民。
⑥ 拉丁文:"把不幸给战败者!"

物的槽子里涂上滑润油。这里卡壳了,那里行不通了。快点,来一次革命。慈悲上帝的一双手老是让这种脏油膏弄黑了的。如果我处在他的地位,我就会简单些,我不会每时每刻都上紧发条,我会敏捷利索地引导人类,我会像编花边那样把人间事物一一安排妥帖,而不把纱线弄断,我不需要什么临时应急措施,我不会演什么特别节目。你们这些人所说的进步,它的运行依靠两个发动机:人和事变。但是,恼火的是,有时也得有些例外。对事变和人来说,平常的队伍不够,人中必得有天才,事变中必得有革命。重大的意外事件是规律,事物的顺序不可能省略,你们只须看看那些彗星的出现,就会相信天本身也需要有演员上台表演。正是在人最不注意时天主忽然在苍穹的壁上来颗巨星。好不奇怪的星,拖着一条奇大无比的尾巴。恺撒正是因此而死的。布鲁图斯戳了他一刀子,上帝撂给他一颗彗星。突然出现了一片北极光,一场革命,一个大人物,用大字写出的九三年,不可一世的拿破仑,广告牌顶上的一八一一年的彗星。啊!多么美妙的天蓝色广告牌,布满了料想不到的火焰般的光芒。砰!砰!景象空前。抬起眼睛看吧,闲游浪荡的人们。天上的星,人间的戏剧,全是杂乱无章的。好上帝,这太过分了,但也还不够。这些采取的手段,看上去好像是富丽堂皇的,其实寒碜得很。我的朋友们,老天爷已经穷于应付了。一场革命,这究竟证明什么?证明上帝已经走投无路了。他便来他一次政变,因为在现在和将来之间需要连接,因为他,上帝,没有办法把两头连起来。事实证明我对耶和华的财富的估计是正确的,只要看看上界和下界有这么多的不自在,天上和地下有这么多的穷酸相,鄙吝的作风,贫陋的气派,窘困的境遇,只要从一只吃不到一粒粟米的小鸟看到我这个没有十万利弗年金的人,只要看看这疲敝不堪的人类的命运,甚至也看看拿着绳索的王亲贵族的命运——孔代亲王便是吊死的,只要看看冬天,它不是什么旁的东西,它只是天顶上让冷风吹进来的一条裂缝,只要看看早上照着山冈的鲜艳无比的金光紫气中也有那么多的破衣烂衫,看看那些冒充珍珠的露水,仿效玉屑的霜雪,看看这四分五裂的人类和七拼八凑的情节,并且太阳有那么多的黑点,月球有那么多的窟窿,处处都是饥寒灾难,我怀疑,上帝不是富有的。他的外表不坏,这是真话,但是我觉得他不能应付自如。他便发起一次革命,正如一个钱柜空了的生意人举行一个跳舞会。不要从外表上去鉴别天神。在这金光灿烂的天空下我看见的只是一个贫穷的宇宙。在世界的创造中也有失败的地方。这就是为什么我心里感到不高兴。你们瞧,今天是六月五号,天也几乎黑了,从今早起,我便一直在等天亮。可直到现在天还不亮,我敢打赌,今天一整天也不会亮的了。一个低薪办事员把钟点弄错了。是呀,一切都是颠三倒四的,相互间什么也对不上,这个老世界已经完全残废了,我站在反对派这边。一切都是乱七八糟的。宇宙爱戏弄人,就像孩子们一样,他们要,但什么都得不到,他们不要,却样样都有。总之,我冒火了。另外,赖格尔·德·莫,这个光秃子,叫我见了就伤心。想到我和这屠头同年纪,我便感到难为情。但是,我只批评,我不侮辱。宇宙仍然是宇宙。我在这儿讲话,没有恶意,问心无愧。永生之父,请接受我崇高的敬意,此致敬礼。啊!我向奥林匹斯的每个圣者和天堂里的每位天神宣告,我原就不该做巴黎人的,就是说,永远像个羽毛球似的,在两个网拍间来去,一下落在吊儿郎当的人堆里,一下又落在调皮捣蛋的人堆里!

我原应当做个土耳其人,像在道学先生的梦里那样,整天欣赏东方的娇娘玉女们表演埃及的那些绝妙的色情舞,或是做个博斯的农民,或是在贵妇人的簇拥中做个威尼斯的贵族,或是做个日耳曼的小亲王,把一半步兵供给日耳曼联邦,自己却优游自在地把袜子晾在篱笆上,就是说,晾在国境线上!这样才是我原来应有的命运!是呀!我说过,要做土耳其人,并且一点也不改口。我不懂为什么人们一提到土耳其人心里总不怀好意,穆罕默德有他好的一面,我们应当尊敬神仙洞府和美女乐园的创始人!不要侮辱伊斯兰教,这是惟一配备了天堂的宗教!说到这里,我坚决主张干杯。这个世界是件大蠢事。据说,所有这些蠢材又要打起来了,在这百花盛开的夏季,他们原可以挽着个美人儿到田野中刚割下的麦秸堆里去呼吸广阔天地中的茶香味,却偏要去互相厮杀,打到鼻青脸肿!真的,傻事儿干得太多了。我刚才在一个旧货店里看见一个破灯笼,它使我想起:该是照亮人类的时候了。是呀,我又悲伤起来了!囫囵吞下一个牡蛎和一场革命真不是味儿!我又要垂头丧气了。呵!这可怕的古老世界!人们在这世界上老是互相勾搭,互相倾轧,互相糟蹋,互相屠杀,真没办法!"

格朗泰尔咿里哇啦说了这一大阵子,接着就是一阵咳嗽,活该。

"说到革命,"若李说,"好像毫无疑问,巴(马)吕斯正在闹恋爱。"

"爱谁,你们知道吗?"赖格尔问。

"不知道。"

"不知道?"

"确实不知道。"

"马吕斯的爱情!"格朗泰尔大声说,"不难想象。马吕斯是一种雾气,他也许找到了一种水蒸气。马吕斯是个诗人类型的人。所谓诗人,就是疯子。天神阿波罗。马吕斯和他的玛丽,或是他的玛丽亚,或是他的玛丽叶特,或是他的玛丽容,那应当是一对怪有趣的情人。我能想象那是怎么回事。一往情深竟然忘了亲吻。在地球上玉洁冰清,在无极中成双成对。他们是两个能感觉的灵魂。他们双双在星星里就寝。"

格朗泰尔正准备喝他那第二瓶酒,也许还准备再唠叨几句,这时,从那楼梯口的方洞里,冒出一个陌生人。这是个不到十岁的男孩,一身破烂,个子很小,黄脸皮,突嘴巴,眼睛灵活,头发异常浓厚,浑身雨水淋漓,神情愉快。

这孩子显然是不认识那三个人的,但是他毫不迟疑,一上来便对着赖格尔·德·莫问道:

"您就是博须埃先生吧?"

"那是我的别名,"赖格尔回答说,"你找我干什么?"

"是这样,林荫大道上的一个黄毛高个子对我说:'你认得于什鲁大妈吗?'我说:'认得,麻厂街那个老头儿的寡妇。'他又对我说:'你到那里去一趟,你到那里去找博须埃先生,对他说,我要你告诉他:ABC。'他这是存心和你开玩笑,不是吗?他给了我十个苏。"

"若李,借给我十个苏,"赖格尔说,转过头来他又对格朗泰尔说:"格朗泰尔,借给我十个苏。"

赖格尔把借来的二十个苏给了那男孩。

"谢谢,先生。"那小孩说。

"你叫什么名字?"赖格尔问。

"我叫小萝卜,我是伽弗洛什的朋友。"

"你就待在我们这儿吧。"赖格尔说。

"和我们一道吃午饭。"格朗泰尔说。

那孩子回答说：

"不成,我是游行队伍里的,归我喊打倒波林尼雅克。"

他把一只脚向后退一大步,这是行最高敬礼的姿势,转身走了。

孩子走了以后,格朗泰尔又开动话匣子：

"这是一个纯粹的野伢子。野伢子种类繁多。公证人的野伢子叫跳沟娃,厨师的野伢子叫沙锅,面包房的野伢子叫炉罩,侍从的野伢子叫小厮,海员的野伢子叫水鬼,士兵的野伢子叫小蹄子,油画家的野伢子叫小邂逅,商人的野伢子叫跑腿,侍臣的野伢子叫听差,国王的野伢子叫太子,神仙鬼怪的野伢子叫小精灵。"

这时,赖格尔若有所思,他低声说着："ABC,那就是说,拉马克的安葬。"

"那个所谓黄毛高个子,一定是安灼拉,他派人来通知你了。"格朗泰尔说。

"我们去不去呢?"博须埃问。

"正在下雨,"若李说,"我发了誓的,跳大坑,有我,淋雨却不干。我不愿意伤风感报(冒)。"

"我就待在这儿,"格朗泰尔说,"我觉得吃午饭比送棺材来得有味些。"

"这么说,我们都留下,"赖格尔接着说,"好吧,我们继续喝酒。再说我们可以错过送葬,但不会错过暴动。"

"啊!暴动,有我一份。"若李喊着说。

赖格尔连连搓着两只手：

"我们一定要替一八三〇年的革命补一堂课。那次革命确实叫人民不舒服。"

"你们的革命,在我看来,几乎是可有可无的,"格朗泰尔说,"我不厌恶现在这个政府。那是一项用棉布小帽做衬里的王冠。这国王的权杖有一头是装了一把雨伞的。今天这样的天气使我想起,路易-菲力浦的权杖能起两种作用,他可以伸出代表王权的一头来反对老百姓,又可以把另一头的雨伞打开来反对天老爷。"

厅堂里黑咕隆咚,一阵乌云把光线全遮没了。酒店里,街上,都没有人,大家全"看热闹"去了。

"现在究竟是中午还是半夜?"博须埃喊着说,"啥也瞧不见。吉布洛特,拿灯来。"

格朗泰尔愁眉苦眼,只顾喝酒。

"安灼拉瞧不起我,"他嘴里念着说,"安灼拉琢磨过:若李病了,格朗泰尔醉了。他派小萝卜是来找博须埃的。要是他肯来找我,我是会跟他走的。安灼拉想错了,算他倒霉!我不会去送他的殡。"

这样决定以后,博须埃、若李和格朗泰尔便不再打算离开那酒店。将近下午两点时,他们伏着的那张桌子上放满了空酒瓶,还燃着两支蜡烛,一支插在一个完全绿了的铜烛台里,一支插在一个开裂的玻璃水瓶的瓶口里。格朗泰尔把若李和博须埃引向了杯中物,博须埃和若李把格朗泰尔引回到欢乐中。

中午以后格朗泰尔已经超出了葡萄酒的范围,葡萄酒固然能助人白日做梦,但是滋味平常。对那些严肃的酒客们来说,葡萄酒只会有益不会有害。使人酩酊酣睡的魔力有善恶之分,葡萄酒只有善的魔力。格朗泰尔是个不顾一切、贪恋醉乡的酒徒。当那凶猛迷魂的黑暗出现在他眼前时,他不但不能适可而止,反而一味屈从。他放下葡萄酒瓶,接着又拿起啤酒杯。啤酒杯是个无底洞。他手边没有鸦片烟,也没有大麻,而又要让自己的头脑进入那种昏沉入睡的状态,他便乞灵于那种由烧酒、烈性啤酒和苦艾酒混合起来的猛不可当的饮料,以致醉到神魂颠倒,人事不知。所谓灵魂的铅块便是由啤酒、烧酒、苦艾酒这三种酒的烈性构成的。这是三个不见天日的深潭,天庭的蝴蝶也曾淹死在那里,并在一层仿佛类似蝙蝠翅膀的薄膜状雾气中化为三个默不作声的疯妖:梦魇、夜魅、死神,盘旋在睡眠中的司魂天女的头上。

格朗泰尔还没有醉到如此程度,还差得远呢。他当时高兴得无以复加,博须埃和若李也从旁助兴。他们频频碰杯。格朗泰尔指手画脚,清晰有力地发挥他的奇想和怪论,他左手捏起拳头,神气十足地抵在膝头上,胳膊肘作曲尺形,解开了领结,两腿叉开骑在一个圆凳上,右手举着个酌满酒的玻璃杯,对着那粗壮的侍女马特洛特,发出这样庄严的指示:

"快把宫门通通打开!让每个人都进入法兰西学院,并享有拥抱于什鲁大妈的权利!干杯。"

转身对着于什鲁大妈,他又喊道:

"历代奉为神圣的古代妇人,请走过来,让我好好瞻仰你一番!"

若李也喊道:

"巴(马)特洛特,吉布洛特,不要再拿酒给格朗泰尔喝了。他吃下去的钱太多了。从今早起,他已经报报(冒冒)失失吞掉了两个法郎九十五生丁。"

格朗泰尔接着说:

"是谁,没有得到我的许可,便把天上的星星摘了下来,放在桌上冒充蜡烛?"

博须埃,醉得也不含糊,却还能保持镇静。

他坐在敞开的窗台上,让雨水淋湿他的背,睁眼望着他的两个朋友。

他忽然听到从他背后传来一阵鼓噪和奔跑的声音,有些人还大声喊着"武装起来!"他转过头去,看见在麻厂街口圣德尼街上,有一大群人正往前走,其中有安灼拉,手里拿着一支步枪,还有伽弗洛什,捏一支手枪,弗以伊,拿把马刀,古费拉克,拿把剑,让·勃鲁维尔,拿根短铳,公白飞,拿支步枪,巴阿雷,拿支卡宾枪,另外还有一大群带着武器气势汹汹的人跟在他们后面。

麻厂街的长度原不比卡宾枪的射程长多少。博须埃立即合起两只手,做个扩音筒,凑在嘴上,喊道:

"古费拉克!古费拉克!喂!"

古费拉克听到喊声,望见了博须埃,便向麻厂街走了几步,一面喊道:"你要什么?"这边回答:"你去哪儿?"

"去造街垒。"古费拉克回答说。

"来这儿!这地段好!就造在这儿吧!"

"这话不错,赖格尔。"古费拉克说。

古费拉克一挥手,那一伙全涌进了麻厂街。

三 格朗泰尔开始觉得天黑了

那一地段确是选得非常高明。街口宽,街身窄,街尾像条死胡同,科林斯控制着咽喉,左右两侧的蒙德都街街口都容易堵塞,攻击只能来自圣德尼街,也就是说,来自正面,并且是敞着的。喝醉了的博须埃的眼光不亚于饿着肚子的汉尼拔。

那一伙涌进来后整条街上的人全惊慌起来了。没有一个过路人不躲避。一眨眼工夫,街底、街右、街左、商店、铺面、巷口的栅栏、窗户、板帘、顶楼、大小板窗,从地面直到房顶全关上了。一个吓破了胆的老妇人,把一块厚床垫系在两根晾衣服的杆子上挂在窗口外面,用以阻挡流弹。只有那酒店还开着,原因是那一伙人都已进去了。"啊我的天主!啊我的天主!"于什鲁大妈边叹气边这样说。

博须埃下楼找古费拉克去了。

若李待在窗口,喊着说:

"古费拉克,你应当带把雨伞。你又要伤风感报(冒)了。"

同时,不到几分钟那酒店的铁栏门上的铁条便被拔走了二十根,二十来米长的街面上的石块也被挖走了。伽弗洛什和巴阿雷看见一个名叫安索的烧石灰商人的两轮马车,载着三满桶石灰从他们面前经过,他们便拦住那车子,把它推翻,把石灰垫在石块的下面。安灼拉掀开地窖的平板门,寡妇于什鲁所有的空酒桶全部拿去支住那些石灰桶了;弗以伊,为了固定那些木桶和那辆马车,用他那十个惯常为精巧扇页着色的手指,在桶和车子的旁边堆砌了高高的两大堆鹅卵石。鹅卵石和其他的东西都是临时收集起来,也没人知道是从什么地方弄来的。从临近的一所房子的外墙上拆下了好些支墙的木柱,用来铺在木桶的面上。当博须埃和古费拉克回来时,半条街已被一座一人多高的堡垒堵塞住了。再没有什么能像群众的双手那样去建造一切为破坏而建的东西。

马特洛特和吉布洛特也参加了大伙的工作。吉布洛特来回搬运石灰渣。她向街垒贡献了她的那种懒劲。她把铺路的石块递给大家,正像她平时给客人递酒瓶时的神态,睡眼惺忪。

两匹白马拖着一辆公共马车从那街口经过。

博须埃见了,便跨过石块奔向前去,叫那车夫停住,让旅客们全部下来,搀扶着"女士们"下了车,打发了售票员,便抓住缰绳,把车子和马一同带了回来。他说:

"公共马车不从科林斯门前过。"

一会儿过后,卸下来的那两匹马,从蒙德都街口溜走了,公共马车翻倒在街垒旁边,完成了那条街的堵塞工事。

于什鲁大妈心慌意乱,躲到楼上去了。

她眼睛模糊,看东西也看不见,一直在低声叫苦。但可怕的叫声不敢出喉咙。

"这是世界的末日。"她嘟囔着。

若李在于什鲁大妈的粗红颈子的皱皮上吻了一下,对格朗泰尔说:

"我的亲爱的,我还以为女人的颈子总是无比细腻的呢。"

但是格朗泰尔这时正进入酒神颂的最高潮。马特洛特回到楼上来时,格朗泰尔曾把她拦腰抱了一把,还在窗边狂笑不止。

"马特洛特真是丑!"他喊着说,"你做梦也不会想到马特洛特会那么丑!马特洛特是一头怪兽。她出生的秘密是这样的:有个塑造天主堂屋顶水沟瓦档上饕餮头像的哥特人,一天早晨,像皮格马利翁①那样,忽然爱上了那些塑像中最可怕的一个。他央求爱神赐给它生命。那饕餮便变成了马特洛特。公民们,请看!她的头发和提香②的情妇一样,都作铬酸铅的颜色。她是个心地善良的姑娘。我向你们保证,她能勇敢战斗。凡是善良的姑娘都有一颗英雄的心。于什鲁大妈也是一个老当益壮的妇人。你们看看她嘴上的胡子!那是从她丈夫那里继承下来的。一个乌萨③娘子兵,没有错!她也一定能勇敢作战。有了她们两个,准可以威震郊区。同志们,我们一定能够推翻这个政府,这是确切可靠的,确切可靠到正如在脂肪酸和蚁酸之间有十五种中介酸那样。这些事与我毫不相干。先生们,我的父亲从来就嫌弃我,因为我不懂数学。我只懂得爱和自由。我是好孩子格朗泰尔!我从来不曾有过钱,也没有找钱的习惯,因此我也从来不缺钱,但是,要是我有钱的话,世界上就不会再有穷苦人!那将是人人能看得到的!呵!假使好心肠都有大钱包,那可就好了!我常想,要是耶稣基督能像路特希尔德④那样阔气,他会做出多少好事!马特洛特,拥抱我!您呀,多情而腼腆!您有着招来姐妹亲吻的双颊,有着要求情人亲吻的双唇!"

"不要闹了,酒桶!"古费拉克说。

格朗泰尔回答说:

---

① 皮格马利翁(Pygmalion),据希腊神话,皮格马利翁对自己所塑造的一座美女像发生爱情,爱神维纳斯使那塑像成为活人。
② 提香(Titien,1477—1576),意大利画家,他有一张画题名是《提香的情妇》。
③ 乌萨,匈牙利骑兵。
④ 路特希尔德(Rothschild,1743—1812),德国籍犹太银行家,巨富,这里代表最富有者。

"我是风流太守!我是品花大师!"

安灼拉,手里握着步枪,昂起他那俊美庄严的头,直立在街垒的顶上。我们知道,安灼拉像个斯巴达人和清教徒。他可以和莱翁尼达斯一起,战死在塞莫皮莱①,也可以和克伦威尔一起,焚烧德罗赫达②。

"格朗泰尔,"他喊道,"你走开,到别处酗酒去。这儿是出生入死的地方,不是醉生梦死的地方。不要在此地丢街垒的脸!"

这些含着怒气的话在格朗泰尔的身上产生了一种奇特的效果。他好像让人家对他脸上泼了一杯冷水,忽然清醒过来了。他在窗子旁边,把手肘支在一张桌子上,坐了下来,带着一种说不出的和蔼神情望着安灼拉,对他说:

"你知道我信服你。"

"走开。"

"让我在此地睡睡。"

"到别处去睡。"安灼拉喊着说。

但是格朗泰尔的那双温和而尴尬的眼睛一直望着他,嘴里回答说:

"让我睡在这儿……直到我死在这儿。"

安灼拉带着蔑视他的意味估量着他:

"格朗泰尔,你啥也不能,信仰,思想,志愿,生,死,你全不能。"

格朗泰尔以严肃的声音回答说:

---

① 塞莫皮莱(Thermopyles),一译温泉关,在希腊。公元前四八〇年,三百名斯巴达人在国王莱翁尼达斯率领下,在此奋战波斯大军,全部阵亡。
② 德罗赫达(Drogheda),爱尔兰城市。

"你走着瞧吧。"

他还结结巴巴说了几句听不清楚的话,便一头栽了在桌子上,这是酩酊状态的第二阶段,是常有的现象,安灼拉猛然一下把他送进了这阶段,不一会儿,他睡着了。

四 试图安慰于什鲁寡妇

巴阿雷望着那街垒出神,他喊道:

"这条街可以说是袒胸露背的了!好得很!"

古费拉克也多少把那酒店里的东西损坏了些,他同时试图安慰那当酒店女主人的寡妇。

"于什鲁大妈,那天您不是在诉苦,说吉布洛特在您的窗口抖了一条床毯,您便接到了通知并罚了款吗?"

"是啊,我的好古费拉克先生。啊!我的天主,您还要把我的那张桌子也堆到您那堆垃圾上去吗?为了那床毯,还为了从顶楼掉到街上的一盆花,政府便已罚了我一百法郎,你们还要这样来对待我的东西吗?太不像话了!"

"是啊!于什鲁大妈,我们是在替您报仇呢。"

于什鲁大妈听了这种解释,似乎不大能理解她究竟得到了什么补偿。从前有个阿拉伯妇人,被她的丈夫打了一记耳光,她走去向她的父亲告状,吵着要报仇,她说:"爸,我的丈夫侮辱了你,你应当报复才对。"她父亲问道:"他打了你哪一边的脸?""左边。"她父亲便在她的右边脸上给了她一巴掌,说道:"你现在应当满意了。你去对你的丈夫说,他打了我的女儿,我便打了他的老婆。"于什鲁大妈这时感到的满足也无非如此。

雨已经停了。来了些新战士。有些工人把一些有用的东西，藏在布衫下带了来：一桶火药、一个盛着几瓶硫酸的篮子、两个或三个狂欢节用的火把、一筐三王来朝节剩下的纸灯笼。这节日最近在五月一日才度过。据说这些作战物资是由圣安东尼郊区一个名叫贝班的食品杂货店老板供给的。麻厂街惟一的一盏路灯，和圣德尼街上的路灯遥遥相对以及附近所有的街——蒙德都街、天鹅街、布道修士街、大小化子窝街上的路灯，全被打掉了。

安灼拉、公白飞和古费拉克指挥一切。这时，人们在同时建造两座街垒，两座都靠着科林斯，构成一个曲尺形；大的那座堵住麻厂街，小的那座堵住靠天鹅街那面的蒙德都街。小的那座很窄，只是用一些木桶和铺路石构成的，里面有五十来个工人，其中三十来个有步枪，因为他们在来的路上，把一家武器店的武器全部借来了。

没有什么比这种队伍更奇特和光怪陆离的了。有一个穿件齐膝的短外衣，带一把马刀和两支长手枪，另一个穿件衬衫，戴一顶圆边帽，身旁挂个盛火药的葫芦形皮盒，第三个穿一件用九层牛皮纸做的护胸甲，带的武器是一把马具制造工人用的那种引绳锥。有一个大声喊道："让我们把他们歼灭到最后一个！让我们死在我们的刺刀尖上！"这人并没有刺刀。另一个在他的骑马服外面系上一副国民自卫军用的那种皮带和一个盛子弹的方皮盒，盒盖上还有装饰，一块红毛呢，上面印了"公共秩序"几个字。好些步枪上都有部队的编号，帽子不多，领带绝对没有，许多光胳膊，几杆长矛。还得加上各种年龄和各种面貌的人，脸色苍白的青年，晒成了紫铜色的码头工。所有的人都在你追我赶，互相帮助，同时也在交谈，展望着可能的机会,说凌晨三点前后就会有援兵,说有个联队肯定会响应,说整个巴黎都会动起来的。惊险的话题却含有出自内心的喜悦。这些人亲如兄弟,而彼此都不知道姓名。巨大的危险有这么一种壮美:它能使互不相识的人之间的博爱精神焕发出来。

在厨房里燃起了一炉火。他们把酒店里的锡器:水罐、匙子、叉子等放在一个模子里,烧熔了做子弹。他们一面工作,一面喝酒。桌上乱七八糟地堆满了封瓶口的锡皮、铅弹和玻璃杯。于什鲁大妈、马特洛特和吉布洛特都因恐怖而有不同的反常状态,有的变傻了,有的喘不过气来,有的被吓醒了,她们待在有球台的厅堂里,在撕旧布巾做裹伤绷带,三个参加起义的人在帮着她们,那是三个留着长头发和胡须的快活人,他们用织布工人的手指拣起那些布条,并抖抻它们。

先头古费拉克、公白飞和安灼拉在皮埃特街转角处加入队伍时所注意到的那个高大个子,这时在小街垒工作,并且出了些力。伽弗洛什在大街垒工作。至于那个曾到古费拉克家门口去等待并问他关于马吕斯先生的年轻人,约在大家推翻公共马车时不见了。

伽弗洛什欢天喜地,振奋得要飞起来似的,他主动干着加油打气的鼓动工作。他去去来来,爬高落低,再爬高,响声一片,火星四射。他在那里好像是为了鼓励每一个人。他有指挥棒吗?有,肯定有:他的穷苦;他有翅膀吗?有,肯定有:他的欢乐。伽弗洛什是一股旋风。人们随时都见到他的形象,处处都听到他的声音。他满布空间,无时不在。他几乎是一种激奋的化身,有了他,便不可能有停顿。那庞大的街垒感到他坐镇在它的臀部。他使闲散的人感到局促不安,刺激懒惰的人,振奋疲倦的人,激励思前想后的人,让这一伙高兴起来,让那一伙紧张起来,让另一伙激动起来,让每个人都行动起来,对一个大学生戳一下,对一个工人咬一口,这里待一会,那里停一会,继又转到别处,在人声鼎沸、干劲冲天之上飞翔,从这一群人跳到那一群人,叨唠着,嗡嗡地飞着,驾驭着那整队人马,正像巨大的革命马车上的一只苍蝇。

那永恒的活动出自他那瘦小的臂膀,无休止的喧噪出自他那弱小的肺腔:

"加油干啦!还要石块!还要木桶!还要这玩意儿!哪儿有啊?弄一筐石灰渣来替我堵上这窟窿。太小了,你们的这街垒。还得垒高些。把所有的东西都搬上去,丢上去,甩上去。把那房子拆了。一座街垒,便是吉布妈妈的一场茶会。你们瞧,这儿有扇玻璃门。"

这话使那些工人都吼起来了。

"一扇玻璃门,你那玻璃门顶什么用啊,小土豆儿?"

"你们是大大的了不起!"伽弗洛什反驳说,"街垒里有扇玻璃门,用处可大呢。它当然不能防止人家进攻,但它能阻挡人家把它攻下。你们偷苹果的时候难道从来就没有爬过那种插了玻璃瓶底的围墙吗?有了一扇玻璃门,要是那些国民自卫军想登上街垒,他们脚上的老茧便会被划开。老天!玻璃是种阴险的东西。真是的,同志们,你们也太没有丰富的想象力了!"

此外,他想到他那没有撞针的手枪便冒火。他从这个问到那个,要求说:"一支步枪。我要一支步枪。你们为什么不给我一支步枪?"

"给你一支步枪!"古费拉克说。

"嘿!"伽弗洛什回驳说,"为什么不？一八三〇年当我们和查理十世翻脸的时候,我便有过一支!"

安灼拉耸了耸肩头。

"要等到大人都有了,才分给孩子。"

伽弗洛什趾高气扬地转身对着他回答说：

"要是你比我先死,我便接你的枪。"

"野孩子!"安灼拉说。

"毛头小伙子!"伽弗洛什说。

一个在街头闲逛的花花公子转移了他们的注意力。

伽弗洛什对他喊道：

"来我们这儿,年轻人!怎么,对这古老的祖国你不打算出点力吗？"

花花公子连忙溜走了。

五 准 备

当时的一些报纸曾报道麻厂街的街垒是一座"无法攻下的建筑",他们的描绘是这样的。他们说它有一幢楼房那么高,这种说法错了。事实是它的平均高度没有超出六尺或七尺。它的建造设计是让战士能随意隐蔽在垒墙后面或在它上面居高临下,并可由一道砌在内部的四级石块阶梯登上墙脊,跨越出去。街垒的正面是由石块和木桶堆筑起来的,又用一些木柱和木板以及安索的那辆小马车和翻倒了的公共马车的轮子,纵横交错,连成一个整体,从外面看去,那形象是杈桠歧生、紊乱错杂的。街垒的一头紧接酒店,在另外那一头和对面房屋的墙壁之间,留了一个能容一人通过的缺口作为出路。

公共马车的辕杆已用绳索绑扎,让它竖起来,杆端系了一面红旗,飘扬在街垒的上空。

蒙德都街的那座小街垒,隐在酒店房屋的背后,是瞧不见的。这两处街垒连在一道便构成一座真正的犄角堡。安灼拉和古费拉克曾认为不宜在布道修士街通往菜市场那一段蒙德都街上建造街垒,他们显然是要留一条可以通向外面的路,也不大怕敌人从那条危险和艰难的布道修士街攻进来。

这条未经阻塞留作通道的出路,也许就是福拉尔①兵法中所说的那种交通小道;如果这条小道和麻厂街的那条狭窄的缺口都不计算在内,这座街垒内部除了酒店所构成的突角以外,便像一个全部封闭了的不规则四边形。这座大街垒和街底的那排高房子,相隔不过二十来步,因此我们可以说,街垒是背靠着那排房子的。那几座房子全有人住,但从上到下全关上了门窗。

这一切工程是在不到一小时之内顺利完成了的,那一小伙胆大气壮的人没有见到一顶毛皮帽②或一把枪刺。偶尔也有几个资产阶级仍在这暴动时刻走过圣德尼街时,向麻厂街望了一眼,见了这街垒便加快了脚步。

两个街垒都已完成,红旗已经竖起,他们便从酒店里拖出一张桌子,古费拉克立在桌子上。安灼拉搬来了方匣子,古费拉克打开匣盖,里面盛满了枪弹。枪弹出现时最勇敢的人也起了一阵战栗,大家全静了下来。

古费拉克面带笑容,把枪弹分给大家。

---

① 福拉尔(Folard,1669—1752),法国军事学家。
② 毛皮帽,十九世纪初,法国近卫军头戴高大的毛皮帽,此处泛指政府军。

每人得到三十发枪弹。好些人有火药，便开始用熔好的子弹头做更多的枪弹。至于那整桶火药，他们把它放在店门旁的另一张桌子上，保存起来。

集合军队的鼓角声响彻巴黎，迄今未止，但已成一种单调的声音，他们不再注意了。那种声音，时而由近及远，时而由远及近，来回飘荡，惨不忍闻。

后来街垒建成了，各人的岗位都指定了，枪弹进了膛，哨兵上了岗，行人已绝迹，四周房屋全是静悄悄的，死了似的，绝无一点人的声息，暮色开始加深，逐渐进入黑夜，他们孤孤单单地留在这种触目惊心的街巷中，黑暗和死寂的环境中，感到自己已和外面隔绝，向着他们逼来的是种说不出有多悲惨和骇人的事物，他们紧握手中武器，坚定，安闲，等待着。

六 等 待

在等待的时候他们干些什么呢？

我们应当谈出来，因为这是历史。

当男人做枪弹，妇女做绷带时，当一口大铁锅还在烈火上冒气，里面盛满熔化了的锡和铅，正待注入弹头模子时，当哨兵端着武器立在街垒上守卫时，当安灼拉全神贯注，巡视各处岗哨时，公白飞、古费拉克、让·勃鲁维尔、弗以伊、博须埃、若李、巴阿雷，还有另外几个，互相邀集在一起，正如在平时平静的日子里，同学们促膝谈心那样，坐在那已成为避弹地窖的酒店的一个角落里，离他们建造的堡垒只两步路的地方，把他们上好子弹的枪支靠在他们的椅背上，这一伙壮美的年轻人，开始念一些情诗。

什么诗呢？这些：

> 你还记得我们的甜蜜生活吗？
> 当时我俩都年少，
> 我们一心向往的，
> 只是穿着入时，你我长相好。
>
> 在当时，你的年纪，我的年纪，
> 合在一起，四十也还到不了；
> 我们那简陋的小家庭，
> 即使在寒冬，也处处是春光好。
>
> 那些日子多美好哟！曼努埃尔豪迈而明智，
> 帕里斯正坐上圣餐筵席，
> 富瓦叱咤似惊雷，
> 我被戳痛在你汗衣的别针尖儿上。
>
> 人人都爱偷望你！我，一个无人过问的律师，
> 当我陪你去普拉多晚餐时，
> 你是多么俏丽！我暗自寻思：
> 蔷薇花儿见了你，也会转过脸儿背着你。
>
> 我听到他们说：她多美！她多香！
> 她的头发多么像波浪！
> 可惜她的短大衣，遮去了她的小翅膀；
> 她头戴玲珑小帽，好似蓓蕾初放。

我常挽着你温柔的手臂,漫步街头,
过往行人见了都认为:
爱神通过我俩这对幸福的情侣,
已把明媚的初夏许配给艳阳天。

我们掩上门,不见人,像偷啖天庭禁果,
饱尝爱的滋味,欢度美好光阴。
我还没有说出心中话,
你已先我表同心。

索邦真是个销魂处,在那里,
我温存崇拜你,从傍晚到天明。
多情种子就这样,
拉丁区里订鸳盟。

呵莫贝尔广场!呵太子妃广场!
在那春意盎然的小楼上,
当你把长袜穿到你秀美的大腿上,
我看见一颗明星出现在阁楼里。

我曾攻读柏拉图①,但已完全无印象,
马勒伯朗士②和拉梅耐,也都不能和你比;

---

① 柏拉图(Platon,约前427—前347),古希腊唯心主义哲学家,奴隶主贵族的思想家,自然经济的维护者。
② 马勒伯朗士(Nicolas Malebranche,1638—1715),法国唯心主义哲学家,形而上学者。

你给我的一朵花儿,
比他们更能显示上苍的美意。

我对你百依百顺,你对我有求必应;
呵金光闪耀的阁楼!我在那里搂抱你!
天欲晓,我见你,披睡衣,举旧镜,
来回移步床前,窥望镜中倩影。

晨曦,星夜,花间,飘带,绉纱,绫绮,
美景良辰,谁能忘记!
相对喁喁私语时,
村言俚语全无忌。

我们的花园是一钵郁金香,
你把你的衬裙当作窗帘挂。
我将白泥烟斗手中拿,
并把那日本瓷杯递给你。

还有那些常使我们笑话的灾难!
你的手笼烧着了!你的长围巾丢失了!
有一夜,为了同去吃一餐,
我们竟把诗圣莎士比亚的画像卖掉了!

我像个讨饭的化子,而你却乐善好施。
我常乘你不提防,偷吻你鲜润丰腴的臂膀。
把但丁的对开本拿来当作台子使,

我们快乐无边,同吃了一百个栗子。

　　当我第一次在那喜气洋洋的破楼里,
　　吻了你火热的嘴唇,
　　你头发散乱脸绯红,撇下我走了时,
　　我面色苍白竟至相信有上帝。

　　记取我们种种说不完的幸福,
　　还有那废弃了的无数丝巾绸帕!
　　呵! 叹息声声,
　　从我们郁结的心头飞向寥廓天际!

　　那样的时刻,那样的环境,对青年时期种种往事的追忆,开始在天空闪烁的星星,荒凉死寂的街巷以及吉少凶多、迫在眉睫的严酷考验,都为让·勃鲁维尔这个温柔悱恻的诗人低声吟诵着的这些诗句,增添了一层凄迷的魅力。

　　这时在那小街垒里燃起了一盏彩色纸灯笼,大街垒里也燃起了浇了蜡的火炬。这种火炬,我们已经知道,来自圣安东尼郊区,每年油荤星期二①,人们戴着面具挤上马车向拉古尔第区进发时,点燃在马车前面的那种火炬。

　　那火炬被插在三面用石块挡住的避风笼子里,让火炬的光像盏聚光灯似的,全部射在那面红旗上。街道和街垒都仍处在黑暗中,人们只能看见那面亮得可怕的红旗。

---

① 油荤星期二,按天主教教规,每年在三月前后的四十天中,教徒不吃肉不喝酒,是为封斋期。封斋期在一个星期三开始。斋期开始前举行狂欢节,大吃大喝大乐若干天,到封斋期前夕星期二晚,进入最高潮,是为油荤星期二。拉古尔第区在巴黎东郊,是狂欢活动最集中的地方。

火炬的光在旗子的朱红色上增添一种说不出多么骇人的紫红颜色。

七　在皮埃特街加入队伍的那个人

天已完全黑了,还没有发生任何事。人们只听到一些隐隐约约的鼓噪声,有时也听到远处传来的一些有气无力的零散枪声。这种漫长的沉寂状态说明政府正在从容不迫地集结力量。这五十个人在等待六万人。

在这时,正如那些面临险境性格顽强的人那样,安灼拉感到自己有些急躁。他走去找伽弗洛什,伽弗洛什正在楼下厅堂里的微弱烛光下做枪弹,那些桌子上都撒满了火药,为了安全,只在柜台上放两支蜡烛。烛光一点也不会照到外面。起义的人已注意不在楼上点灯。

伽弗洛什这时心神不定,并不完全是为那些枪弹。

来自皮埃特街的那个人刚走进厅堂,他走去坐在烛光最暗的那张桌子旁边,两腿夹着一支大型的军用步枪。伽弗洛什在这以前,一心想着种种"好玩的"事,一点没有注意那个人。

他走进来时,伽弗洛什的眼光机械地落在他的那支步枪上,心里好生羡慕,随后,当那人坐下去时,这野孩突然立了起来。如果有人在这以前侦察过那人的行动,便早已发现他曾以一种奇特的注意力察看过整个街垒和每一个起义的人。但自从他进入厅堂以后,他又好像陷入一种冥思苦想的状态,全不注意发生在他四周的事了。这野孩踮着脚走近那个潜心思索的人,绕着他兜圈子,怕惊醒了他似的。这时,在他那张既顽皮又严肃、既放肆又深沉、既高兴又担忧的孩儿脸上,出现了老人的种种奇形丑态,意思是说:"怎么!""不可能吧!""我眼花了吧!""我在做梦吧!""难道这会是个……""不,不会的!""肯定是的!""肯定不是!"等等。伽弗洛什立在脚跟上左右摇晃,把两个拳头捏紧在他的衣袋里,像只小鸟似的转动着脑袋,用他下嘴唇表现的全部机敏做了一个奇丑无比的撇嘴丑脸。他愣住了,没有把握,有所怀疑,有把握了,乐极了。他当时的神态就像一个阉奴总管在奴隶市场的大肚皮女人堆中发现一个维纳斯,在劣等油画堆中识别一幅拉斐尔真迹的鉴赏家。他全部的嗅觉和运筹的才智都活跃起来了。很明显,伽弗洛什正面临一件大事。

当安灼拉走来找他时,他正处在这种紧张状态的顶点。

"你个子小,"安灼拉说,"不容易被发现。你到街垒外面去走一趟,沿着房屋的墙壁溜到街上各处去看看,回头再来把外面的情况告诉我。"

伽弗洛什把两手叉在胯上,挺起胸膛说:

"小人儿也会有用处!这太好了!我这就去。可是,你信得过小人,也还得提防大人……"同时,伽弗洛什抬起头,瞄着皮埃特街上的那个人,低声说道:

"你看见那个大个子吗?"

"怎么呢?"

"那是个特务。"

"你有把握?"

"还不到半个月,我在王家桥石栏杆上乘凉,揪我耳朵把我从栏杆顶上提下来的便是他。"

安灼拉立即离开了那野孩,旁边正有一个酒码头的工人,他以极小的声音对那工人说了几句话。工人便走出厅堂,立即又领着三个人转回来。这四个人,四个宽肩大汉,绝不惊动那个来自皮埃特街的人,走去立在他的后面,那人仍以肘弯靠在桌上,坐着不动。那四个人显然是准备好了要向他扑上去的。

这时安灼拉走向那人,问他说:

"你是什么人?"

那人,经他这样突如其来地一问,大吃一惊。他把他的目光直射到安灼拉坦率的眸子底里,并显出他已猜出对方的思想。他面带笑容,那种极其傲慢坚定有力的笑容,以倨傲沉着的声音回答说:

"我懂了是怎么回事……要怎样便怎样吧!"

"你是暗探吗?"

"我是公职人员。"

"你叫什么名字?"

"沙威。"

安灼拉对那四个人递了个眼色。一眨眼,沙威还没有来得及转过头去望一眼,他已被揪住衣领,按倒在地,用绳索绑了起来,身上也被搜查了。

从他身上搜出一张粘在两片玻璃中间的小圆卡片,一面印有铜版雕刻的法兰西国徽和这样的铭文:"视察和警惕";另一面有这些记载:沙威,警务侦察员,五十二岁;还有当时警署署长的签字"M. 吉斯凯"。

另外,他有一只表和一个钱包,包里有几个金币。表和钱包都还给了他。在那表的下面口袋底里,摸出一张装在信封里的纸。安灼拉展开来看,上面有警署署长亲笔写的这几行字：

> 政治任务完毕以后,沙威侦察员应立即执行特殊任务,前往耶拿桥附近调查是否确有匪群在塞纳河右岸岸边进行活动。

搜查完毕以后,他们让沙威立起来,把他的两条臂膀反绑在背后,捆在厅堂中间当年酒店据以命名的那根有名的木柱上。

伽弗洛什目击这一切经过,他一直没有吭声,只暗暗点头表示赞许,这时,他走近沙威,对他说:

"这回是小老鼠逮着了猫儿。"

这件事办得非常迅速,直到完事以后,酒店四周的人才知道。沙威一声也没有叫喊。听说沙威已被绑在木柱上,古费拉克、博须埃、若李、公白飞以及散在两个街垒里的人都跑来看。

沙威背靠着木柱,身上缠了无数道绳子,一点也动弹不得,带着从不说谎的人那种无畏而泰然自若的神气,他昂着头。

"这是个特务。"安灼拉说。

又转过去对着沙威说:

"你将在这街垒攻陷以前两分钟被枪毙。"

沙威以极其大胆的语调回答说:

"为什么不立即动手?"

"我们要节省弹药。"

"那么,给我一刀子也就完了。"

"特务,"俊美的安灼拉说,"我们是法官,不是凶手。"

接着,他喊伽弗洛什。

"你!快去干你的事!照我刚才对你说的去干。"

"我这就去。"伽弗洛什大声说。

正要走时,他又停下来说:

"我说,你们得把他的步枪给我!"他还加上一句,"我把这音乐家留给你们,但是我要那单簧管。"

野孩行了个军礼,高高兴兴地从那大街垒的缺口跨出去了。

八 关于一个名为勒·卡布克而实际也许并非勒·卡布克的人的几个问号

伽弗洛什走了以后,紧接着便发生了一桩凶残而惊心动魄的骇人事件;我们在这儿既已试图描绘当时情况的轮廓,如果放弃这一事件的经过不谈,我们设计的画面便会不完整,在产生社会、产生革命的阵痛中发生惊厥的伟大时刻,读者会看不到它的确切真实的突出面。

那些人的组合,我们知道,是由一大群各色各样的人像滚雪球那样,汇集在一起的。他们并不相互询问各自的来历。在安灼拉、公白飞和古费拉克率领的那一群沿途聚集拢来的过路人当中,有一个,穿件搬运工人的布褂,两肩都已磨损,说话时指手画脚,粗声大气,面孔像个横蛮的醉汉。这人的名字或绰号,叫勒·卡布克,其实那些自称认识他的人也都不认识他,当时他已喝得大醉,或是伪装醉态,和另外几个人一同把那酒店里的一张桌子拖到外面,坐了下来。这个勒·卡布克,在向那些和他交谈的人频频举杯的同时,好像也在运用心思

1389

仔细端详那座矗立在街垒后面六层的高大楼房,凌驾在整条街上,面对着圣德尼街。他忽然喊着说:

"伙计们,你们知道吗?要开枪,就得到那房子里去。要是我们守住那些窗口,谁要走进这条街,活该他送命!"

"对,但是那房子关起来了。"另一个酒客说。

"我们去敲门!"

"不会有人开。"

"把门砸开!"

勒·卡布克跑到楼房门前,门上有个相当大的门锤,他提起便敲。没有人开门。他再敲。也没人应声。敲第三回。仍没人理睬。

"里面有没有人?"勒·卡布克叫了起来。

没有动静。

于是他抓起一支步枪,用枪托捅门。那是一扇古老的甬道大门,圆顶、矮窄、坚固,全部是栎木做的,里面还包了一层铁皮,装了整套铁件,是一扇真正的牢门。枪托的冲撞把那房子震得一片响,但是那扇门纹丝不动。

住在里面的人家肯定被惊动了,因为到后来,四层楼的一扇小方窗子里有了光,窗子也开了,窗口出现一支蜡烛和一个灰白头发的老头儿,满脸惊慌发呆,这是门房的头。

撞门的人停了下来。

"先生们,"门房问,"你们要什么?"

"开门!"勒·卡布克说。

"先生们,不能开。"

"要开!"

"不成,先生们!"

勒·卡布克端起步枪,瞄准了门房,但是由于他立在下面,天又非常黑,门房一点也看不见他。

"你到底开不开?"

"不开,先生们!"

"你说不开?"

"我说不开,我的好……"

门房还没说完那句话,枪已经响了,枪弹从他的下巴进去,经过咽喉,从后颈窝射出。老人一下便倒下去了,一声也没哼。蜡烛掉到下面,熄灭了。人们只见窗口边上有个不动的人头和一缕白烟升向屋顶。

"活该!"勒·卡布克说,重新把他的枪托放在地上。

他刚说完这话,便觉得有只手,像鹰爪似的,猛落在他的肩头上,并听到一个人对他说:

"跪下。"

那杀人犯转过头来,看见在他面前的是一张惨白冷峻的脸,安灼拉的脸。安灼拉手里捏着一支手枪。

他听到枪声,赶来了。

他用左手揪住勒·卡布克的衣领、布裰、衬衫和背带。

"跪下。"他又说了一次。

这个二十岁的娇弱青年以一种无比权威的气概,把那宽肩巨腰的强壮杠夫,像一根芦苇似的压下去,跪在泥淖里。勒·卡布克试图抗拒,但是他感到自己已被一只超人的巨掌抓住了。

安灼拉色苍白,敞着衣领,头发散乱,他那张近似女性的脸,这时说不出多么像古代的忒弥斯①。他那鼓起的鼻孔,

---

① 忒弥斯(Thémis),希腊神话中的司法女神。

低垂的眼睛赋予他那铁面无私的希腊式侧影一种愤怒和贞静的表情,从古代社会的观点看,那是适合于司法的。

整个街垒里的人全跑来了,他们远远地站成一个圈子,心里都感到自己对那即将见到的事无法进一言。

勒·卡布克垂头丧气,不再试图挣扎,只浑身发抖。安灼拉放了他,抽出自己的怀表。

"集中你的思想,"他说,"祷告或思考,随你便。给你一分钟。"

"开恩啊!"杀人犯吞吞吐吐地说,接着他低下头嘟囔了几句没说清楚的咒神骂鬼的话。

安灼拉的眼睛没离开他的表,他让那一分钟过去,便把那表放回他的背心口袋里。接着,他揪住抱着他两膝怪喊大叫的勒·卡布克的头发,把枪管抵在他的耳朵上面。在那些胆大无畏安安静静走来观看这场骇人事件的汉子中,好些人都把头转了过去。

大家听见了枪响,那凶手额头向前,倒在石块路面上。安灼拉抬起头来,张着他那双自信而严峻的眼睛向四周望了一转。

随后,他用脚踢着尸体说道:

"把这丢到外面去。"

那无赖的尸体仍在机械地作生命停止前的最后抽搐,三个汉子抬起它,从小街垒上丢到蒙德都巷子里去。

安灼拉若有所思地立着不动。谁也不知道在他那骇人的宁静中展开一幅什么样的五光十色的阴森景象。突然,他提高了嗓子。大家全静下来。

"公民们,"安灼拉说,"那个人干的事是残酷的,而我干的事是丑恶的。他杀了人,因此我杀了他。我应当这样做,因为起义应当有它的纪律。杀人的罪在此地应比在旁的地方更为严重,我们是在革命的眼光照射之下,我们是宣传共和的牧师,我们是体现神圣职责的卫士,我们不该让我们的战斗受到人们的诽谤。因此我进行了审判,并对那人判处死刑。至于我,我被迫不得不那样做,但又感到厌恶,我也审判了我自己,你们回头便能知道我是怎样判处我自己的。"

听到这话的人都毛骨悚然。

"我们和你共命运。"公白飞喊了起来。

"好吧,"安灼拉回答说,"我还要说几句。我处决了那个人,是由于服从需要;但是需要是旧世界的一种怪物,需要的名字叫做因果报应。而进步的法律要求怪物消失在天使面前,因果报应让位于博爱。现在不是提出爱字的恰当时候。没有关系,我还是要把它提出来,并且要颂扬它。爱,你就是未来。死,我利用你,但是我恨你。公民们,将来不会再有黑暗,不会再有雷击,不会再有野蛮的蒙昧,也不会再有流血的肉刑。魔鬼既不存在,也就不用除魔天使了。将来谁也不再杀害谁,大地上阳光灿烂,人类只知道爱。这一天是一定会到来的,公民们,到那时,处处都是友爱、和谐、光明、欢乐和生机,这一天是一定会到来的。也正是为了促使它早日到来我们才去死。"

安灼拉不说话了,他那处女般的嘴唇合上了,他还在那流过血的地方停留了一会儿,像个塑像似的,久立不动。他凝思注视的神情使他周围的人都低声议论起来。

让・勃鲁维尔和公白飞立在那街垒的角上,手握手,肩靠肩,怀着含有惋惜心情的敬意,对那既是行刑人又是牧师,明洁如水晶而又坚如岩石的冷峻青年,屏息凝神地伫视着。

让我们现在就谈谈日后发现的情况。当战事已成过去,尸体都被送到陈尸所受搜查时,人们在勒·卡布克身上搜出一张警务人员证。关于这件案子,本书的作者在一八四八年手中还有过一份一八三二年写给警署署长的专案调查报告。

还应当补充一点。当时警方有种奇怪的说法,也许有根据,要是可信的话,这勒·卡布克就是铁牙。事实是自从勒·卡布克死了以后便不再有人提到铁牙了。铁牙的下落毫无线索可寻,他好像一下子便和无形的鬼物合为一体了。他的生活暧昧不明,他的结局一团漆黑。

全体起义者对这件处理得如此迅速,结束得也如此迅速的惨案都还惊魂未定时,古费拉克看见早上到他家去探听马吕斯消息的那个小伙子又回到街垒里。

这孩子,好像既不畏惧,也无顾虑,深夜跑来找那些起义的人。

第十三卷　马吕斯进入黑暗

一　从卜吕梅街到圣德尼区

先头在昏黄的暮色中喊马吕斯到麻厂街街垒去的那声音,对他来说,好像是出自司命神的召唤。他正求死不得,死的机会却自动找他来了,他正敲着墓门,而黑暗中有一只手把钥匙递给了他。出现在陷入黑暗的失意人眼前的阴森出路是具有吸引力的。马吕斯扒开那条曾让他多次通过的铁条,走出园子并说道:"我们一同去吧!"

马吕斯已经痛苦到发疯,不再有任何坚定的主见,经过这两个月来的青春和爱情的陶醉,他已完全失去了掌握自己命运的能力,已被失望中的种种妄想所压倒,他这时只有一个愿望:早日一死了之。

他拔步往前奔。刚好他身上带有武器,沙威的那两支手枪。

他自以为见过一眼的那个小伙子,到街上却不见了。

马吕斯离开了卜吕梅街,走上林荫大道,穿过残废军人院前的大广场和残废军人院桥、爱丽舍广场、路易十五广场,到了里沃利街。那里的商店都还开着,拱门下面点着煤气灯,妇女在商店里买东西,还有些人在莱泰咖啡馆里吃冰淇淋,在英国点心店里吃小酥饼。只有少数几辆邮车从亲王旅社和默里斯旅社奔驰出发。

马吕斯经过德乐姆通道进入圣奥诺雷街。那里的店铺都关了门,商人们在半掩的门前谈话,路上还有行人来往,路灯还亮着,每层楼的窗子里,和平时一样,都还有灯光。王宫广场上有马队。

马吕斯沿着圣奥诺雷街往前走。走过王宫,有光的窗口便逐渐稀少了,店铺已关紧了门,不再有人在门口聊天,街越来越暗,同时人却越来越多。因为路上行人现在已是成群结伙的了。在人群中没有人谈话,却能听到一片低沉的嗡嗡耳语声。

在枯树喷泉附近,有些"聚会",一伙一伙神情郁闷的人停在行人来往的路上不动,有如流水中的砥石。

到了勃鲁维尔街街口,人群已不再前进。那是结结实实一堆低声谈论着的群众,紧凑密集,无隙可通,推挤不动,几乎无法渗透。里面几乎没有穿黑衣服戴圆边帽的人。是些穿罩衫、布裙、戴鸭舌帽、头发蓬乱竖立、面如土色的人。这一大群人在夜雾中暗暗浮动。他们的耳语有如风雨声。虽然没有人走动却能听到脚踏泥浆的声音。在这一堆人更远一点的地方,在鲁尔街、勃鲁维尔街和圣奥诺雷街的尽头,只有一扇玻璃窗里还有烛光。在这些街道上,还可以看见一行行零零落落、逐渐稀少的灯笼。那个时代的灯笼就像是吊在绳子上的大红星,它的影子投射在街上像个大蜘蛛。在这几条街上,不是没有人。那儿有一簇簇架在一起的步枪,晃动的枪刺和露宿的士兵。谁也不敢越过这些地方去满足好奇心。那儿是交通停止,行人留步,军队开始的地方。

马吕斯无所希求,也就无所畏忌。有人来喊过他,他便应当去。他想尽办法,穿过那人群,穿过露宿的士兵,避开巡逻队,避开岗哨。他绕了一个圈子,到了贝迪西街,朝着菜市场走去。到布尔东内街转角处,已经没有灯笼了。

他穿过人群密集的地区,越过了军队布防的前线,他到了一个可怕的地方。没有一个过路的人,没有一个兵,没有一点光,啥也没有,孤零零,冷清清,夜深沉,使人好不心悸。走进一条街,就像走进一个地窖。

他继续往前走。

他走了几步。有人从他身边跑过。是个男人?是个女人?是几个人?他答不上。跑了过去便不见了。

绕来绕去,他绕进了一条小胡同,他想那是陶器街,在这小胡同的中段,他撞在一个障碍物上。他伸手去摸,那是一辆翻倒了的小车;他的脚感到处处是泥浆、水坑、分散各处而又成堆的石块。那里有一座已经动手建立,随即又放弃了的街垒。他越过那些石块,到了垒址的另一边。他靠近墙角石,摸着房屋的墙壁往前走。在离废址不远的地方,他仿佛看见他面前有什么白色的东西。他走近去,才看清那东西的形状。原来是两匹白马,早上博须埃从公共马车上解下来的马,它们在街上游荡了一整天,结果到了这地方。这两匹马带着那种随遇而安、耐心等待的畜生性格,无目的地荡来荡去,它们不懂人的行动,正如人不懂上苍的行动一样。

马吕斯绕过那两匹马往前走。他走近一条街,他想是民约街,到那儿时,不知从什么地方飞来一颗枪弹,穿过黑暗的空间紧擦他的耳边,嘘的一声,把他身旁一家理发铺子门上挂在他头上方的一只刮胡子用的铜盘打了个窟窿。一八四六年,在民约街靠菜市场的那些柱子拐角的地方,人们还能看见这只被打穿了的铜盘。

有这一枪,总还说明那地方有人在活动。此后,他便什么也没有遇到了。

他走的这整条路线好像是一条在夜间摸黑下山的梯级。

马吕斯照样往前走。

二 巴黎鸟瞰图

这时如果有人长着蝙蝠或枭鸟的翅膀在巴黎上空飞翔,他便会看到呈现在他眼底的是一片凄凉景象。

他会看到圣德尼街和马尔丹街经过的、穿插着无数起义的人们赖以建造街垒和防地的小街小巷,这整个城中之城似的菜市场老区,圣德尼街和圣马尔丹街贯穿全区,看起来就好像是挖在巴黎中心的一个奇大无比的黑窟窿。在这一带地方是望不到底的。由于路灯已全被破坏,窗子也都闭上,这儿已没有任何光、任何生命、任何人声、任何活动。暴动的无形警察在四处巡逻,这时的秩序便是黑夜。把一小部分淹没在广大的黑暗中,用这黑暗所创造的条件来加强每个战士的战斗力,这是起义必要的战略。在那天天黑时,凡是有烛光的窗子都挨了一枪。光熄了,有时住户也死了。因此动静全无。那些人家只有惶恐、哀伤、困惑,街上也只是一片压倒一切的阴森气象。甚至连一排排一层层的窗户、犬牙交错的烟囱和屋顶、泥泞路面的微弱反光也都看不见。从上往下向这一大堆黑影望去的眼睛,也许能看见这儿那儿,在一些相距不远的地方,有由朦胧的火光映照着的一些特别的曲折线条,一些形状怪异的建筑物的侧影,一些像来往于废墟中微光似的东西,这便是那些街垒的所在地了。在这之外的其他地方全是迷雾沉沉,死气弥漫,像一潭黑水。突出在这些上面的有些屹立不动的阴森黑影,那便是圣雅克塔和圣美里教堂和两三座人要赋以高大形象而黑夜要使之成为鬼物的建筑。

在这荒凉并令人不安的迷宫周围,在巴黎的交通还没有完全消失的地区,在多少还有几盏路灯亮着的地方,这位飞行观察者也许能见到一些军刀和枪刺的金属闪光,炮车的无声滚动,蚁群似的联队在悄悄地、一分钟一分钟地逐步增大,慢慢推向暴动地区的周围,渐渐缩小它的包围圈,终于完成了一道骇人的铁箍。

那被封锁的地区已只是一种怪模怪样的野人窟,那里好像一切都在睡眠中,毫无动静,并且,正如我们刚才见过的,每条平日人人都能到达的街,现在只是一道道黑影。

险恶的黑影,布满了陷阱,处处都可以遇到突如其来的猛烈袭击,那些地方进去已足使人寒心,停留更使人心惊胆战,进去的人在等待着的人面前战栗,等待的人也在进去的人面前发抖。每条街的转角处都埋伏了一些无形的战士,深邃莫测的黑影中隐藏着墓中人布置的套索。完了。从这以后,在那些地方,除了枪口的火光以外没有其他的光可以希望,除了死亡的突然来临以外,不会有其他的遭遇。死亡来自何处?怎样来?什么时候来?没有人知道,但那是必然的,无可避免的。在这不容忽视的阵地上,政府和起义的人们,国民自卫军和群众组织,资产阶级和暴动群,都将面对面地摸索前进。双方都非这样做不可。要么死在这地方,要么成为这地方的胜

1399

利者,非死即胜,不可能有其他出路。局势是这样僵,黑暗是这样深,以致最胆怯的人也都觉得自己在这里下定决心,最胆壮的人也都觉得自己在这里害了怕。

此外,双方都同样狂暴,同样刚愎,同样坚强。对一方来说,前进,便是死,但谁也没有想到要后退;对另一方来说,留下,便是死,但谁也没有想到要逃走。

无论起义转为革命也好,一败涂地也好,胜利属于这边也好,属于那边也好,这一切都必须在明天结束。政府和各个党派都懂得这一点,最小的资产阶级也有此同感。因此,在这即将决定一切的地区的无法穿透的黑暗中,掺和着一种惶惶不安的思想;因此,在这即将出现一场灾难的沉寂中,存在着一种有增无已的焦急情绪。在那里,人们只听到一种仅有的声音——一种和临终时的喘息一样使人听了为之心碎,和凶恶的诟骂一样使人听了为之心悸的声音——圣美里的警钟声。那口钟在黑暗中狂敲猛击,传送着绝望的哀号,再没有比这更悲凉的了。

常有这样的情形:天好像要对人将做的事表示赞同。天人之间的这种不幸的和洽是牢不可破的。当时天上全不见星光,惨淡的愁云,层层叠叠,堆在地平线上。黑色的天宇笼罩着这些死气沉沉的街巷,有如一幅巨大的裹尸布覆盖在这巨大的坟墓上。

当一场仍限于政治范畴的斗争在这经受过多次革命风暴的同一场地上酝酿进行时,当高谈主义的年轻一代、各种秘密会社、各种学府院校和热中利润的资产阶级彼此对面走来,准备互相冲击、扼杀、镇压时,当每个人都在为这个被繁华幸福的巴黎的珠光宝气所淹没了的老巴黎,在它的深不可测的密楼暗室里,在这被厄运所困的地区以外和更远的地方奔走呼号,促使危机的最后决定时刻早日到来时,人们听到人民的郁愤声在暗中切齿怒骂。

那种骇人而神圣的声音,同时具有猛兽的吼声和上帝的语言,能使弱者听了发抖,也能发哲人的深思,它既像下界的狮吼,又像上界的雷鸣。

三　边缘的极限

马吕斯走到了菜市场。

这里和附近的那些街道比起来是更清静,更黑暗,更没有人的活动。从坟墓中钻出来的那种冰冷的宁静气氛好像已散漫在地面上。

一团红光把那排从圣厄斯塔什方面挡住麻厂街高楼的屋脊托映在黑暗的天空,这是燃烧在科林斯街垒里的那个火炬的反光。马吕斯朝红光走去。红光把他引到了甜菜市场。他隐隐看见布道修士街的黑暗街口。他走了进去。起义的哨兵守在街的另一头,没有看见他。他觉得他已经很接近他要找的地方了。他踮着脚往前走。我们记得,安灼拉曾把蒙德都巷①的一小段留作通往外面的惟一通道。马吕斯现在到达的地方正在进入这一小段蒙德都巷的转角处。

在这巷子和麻厂街交接的地方一片漆黑,他自己也是隐在黑影中的。他看见前面稍远一点的石块路面上有点微光,

---

① 蒙德都巷,即前面提到的蒙德都街,因街道迂回曲折狭窄,故作者有时则称之为巷。在第五部街垒战时,作者屡次称之为巷,实即同一条街。天鹅街等有时称巷也是基于这一认识。

看见酒店的一角和酒店后面一个纸灯笼在一道不成形的墙里眨着眼,还有一伙人蹲在地上,膝上横着步枪。这一切和他相距只十脱阿斯。这是那街垒的内部。

巷子右侧的那些房屋挡着他,使他望不见酒店的其余部分、大街垒和旗帜。

马吕斯只须再多走一步了。

这时这个苦恼的青年坐在一块墙角石上,手臂交叉,想起了他的父亲。

他想到那英勇的彭眉胥上校是个多么杰出的军人,他在共和时期捍卫了法国的国境,在皇帝的率领下到过亚洲的边界,他见过热那亚、亚历山大、米兰、都灵、马德里、维也纳、德累斯顿、柏林、莫斯科,他在欧洲每一个战果辉煌的战场上都洒过他的鲜血,也就是在马吕斯血管里流着的血,他一生维护军纪,指挥作战,未到老年便已头发斑白,他腰扣武装带,肩章穗子飘落到胸前,硝烟熏黑了帽徽,额头给铁盔压出了皱纹,生活在板棚、营地、帐幕、战地医疗站里,东征西讨二十年,回到家乡脸上挂一条大伤疤,笑容满面,平易安详,人人敬佩,为人淳朴如儿童,他向法兰西献出了一切,丝毫没有辜负祖国的地方。

他又想,现在轮到他自己了,他自己的时刻已经到了,他应当步他父亲的后尘,做个勇敢、无畏、大胆冒枪弹、挺胸迎刺刀、洒鲜血、歼敌人、不顾生死、奔赴战场、敢于拼杀的人。他想到他要去的战场是街巷,他要参加的战斗是内战。

想到内战,他好像看见了一个地洞,在他面前张着大嘴,而他会掉到那里去。

这时他打了一个寒噤。

他想起他父亲的那把剑,竟被他外祖父卖给了旧货贩子,他平时想到这事,便感到痛心,现在他却对自己说,这把英勇坚贞的剑宁肯饮恨潜藏于黑暗中也不愿落到他的手里是对的,它这样遁迹避世,是因为它有智慧,有先见之明,它预知这次暴动,这种水沟边的战争,街巷中的战争,地窖通风口的射击,来自背后和由背承担的毒手,是因为它是从马伦哥和弗里德兰回来的,不愿到麻厂街去,它不愿跟着儿子去干它曾跟着老子干过的事!他对自己说这把剑,要是在这儿,要是当初在他父亲去世的榻前他接受了这把剑,今天他也敢于把它握在手中,它一定会烫他的手,像天使的神剑那样,在他面前发出熊熊烈焰!他对自己说幸而它不在,幸亏它已失踪,这是好事,这是公道的,他的外祖父真正保卫了他父亲的荣誉,宁可让人家把上校的这把剑拍卖掉,落在一个旧货商手里,丢在废铁堆里,总比用它来使祖国流血强些。

接着他痛哭起来。

这太可怕了。但是怎么办呢?失去了珂赛特,仍旧活下去,这是他办不到的。她既然走了,他便只有一死。他不是已向她宣过誓,说他会死的吗?她明明知道这点,却又走了,那就是说,她存心不问马吕斯的死活了。并且,她事先没有告诉马吕斯,也没有留下一句话,她不是不知道马吕斯的住址,却没有写一封信,便这样走了。足见她已不再爱马吕斯了。现在他又何必再活下去呢?为什么还要活下去呢?并且,怎么说!已经到了此地,又退缩!已经走向危险,又逃走!已经看到街垒里的情形,又闪开!一面发抖,一面闪开,说什么:"确实,我已经受够了,我已经看清楚,看够了,这是内战,我走开好!"把等待着他的那些朋友丢下不管!他们也许正需要他!他们是以一小撮对付一支军队!丢掉爱情,丢掉朋友,自己说话不算数，一切全放弃不顾！以爱国为借口来掩饰自己的畏惧！但是，这样是说不过去的，他父亲的幽灵，如果这时正在他身边的黑暗中，看见他往后退缩，也一定会用他那把剑的剑脊抽他的腰，并向他吼道："上，胆小鬼！"

被他的思潮起伏所苦恼，他的头慢慢低下去了。

他又忽然抬起了头。精神上刚起一种极为壮观的矫正，有了墓边人所特有的那种思想膨胀，接近死亡能使人眼睛明亮。对将采取的行动他也许正看到一种幻象，不是更为悲惨而是极其辉煌的幻象。街垒战，不知由于灵魂的一种什么内在作用，在他思想的视力前忽然变了样。他梦幻中的一大堆喧嚣纷扰的问号一齐回到他的脑子里，但并没有使他烦乱。他一一作出解答。

想一想，他父亲为什么会发怒？难道某种情况不会让起义上升到天职的庄严高度吗？对上校彭眉胥的儿子来说，他如果参加目前的战斗，会有什么东西降低他的身份呢？这已不是蒙米赖或尚波贝尔①，而是另外一回事。这里并不涉及神圣的领土问题，而是一个崇高的理想问题。祖国受苦，固然是的，但是人类在欢呼。并且祖国是不是真正会受苦呢？法兰西流血，而自由在微笑，在自由的微笑面前法兰西将忘却她的创伤。况且，如果从更高的角度来看，人们对内战究竟会说些什么呢？

内战？这意味着什么？难道还有一种外战吗？人与人之间的战争，不都是兄弟之间的战争吗？战争的性质只取决于

---

① 蒙米赖（Montmirail）、尚波贝尔（Champaubert），两地都在法国东部，一八一四年，拿破仑在这两处曾挫败俄普联军的进犯。

它的目的。无所谓外战,也无所谓内战。战争只有非正义的与正义的之分。在人类还没有进入大同世界的日子里,战争,至少是急速前进的未来反对原地踏步的过去的那种战争,也许是必要的。对于这样的战争有什么可谴责的呢?仅仅是在用以扼杀人权、进步、理智、文明、真理时战争才是耻辱,剑也才是凶器。内战或外战,都可以是不义的,都可以称之为犯罪。除了用正义这条神圣的标准去衡量以外,人们便没有依据以战争的一种形式去贬斥它的另一种形式。华盛顿的剑有什么权利来否认卡米尔·德穆兰的长矛?莱翁尼达斯反抗外族,蒂莫莱翁①反抗暴君,谁更伟大呢?一个是捍卫者,另一个是解救者。人能不问目的便诬蔑城市内部的任何武装反抗吗?那么,布鲁图斯、马塞尔②、阿尔努·德·布兰肯海姆③、科里尼,你都可以称为歹徒了。丛林战吗?巷战吗?为什么不可以呢?这便是昂比奥里克斯④、阿尔特维尔德⑤、马尔尼克斯⑥、佩拉热⑦所进行的战争。但是,昂比奥里克斯是为反抗罗马而战,阿尔特维尔德是为反抗法国而战,马尔尼克斯是为反抗西班牙而战,佩拉热是为反抗摩尔人而战,他们全是为了反抗外族而战的。好吧,君主制也就是外族,压迫也就是外族,神权也就是外族。专制制度侵犯精神的疆界,正如武力侵

---

① 蒂莫莱翁(Timoléon,前410—前336),希腊政治家,推崇法治。
② 马塞尔(Marcel),十四世纪巴黎市长,曾为限制王权而斗争。
③ 阿尔努·德·布兰肯海姆(Arnould de Blankenheim),不详。
④ 昂比奥里克斯(Ambiorix),古高卢国王,前五四年曾反对恺撒,失败。
⑤ 阿尔特维尔德(Artevelde),十五世纪比利时根特行政长官。
⑥ 马尔尼克斯(Marnix),十六世纪反对西班牙统治的佛兰德人民起义领袖。
⑦ 佩拉热(Pélage),八世纪西班牙境内阿斯图里亚斯国王,反对阿拉伯人入侵。

犯地理的疆界。驱逐暴君或驱逐英国人,都一样是为了收复国土。有时抗议是不中用的,谈了哲学之后还得有行动;理论开路,暴力完工;被缚的普罗米修斯开场,阿利斯托吉通结尾。百科全书启发灵魂,八月十日为灵魂充电。埃斯库罗斯之后得有特拉西布尔①,狄德罗之后得有丹东。人民大众有顺从主子的倾向,民间笼罩着暮气,群众易于向权贵低头。应当鼓动这些人,推搡他们,用解救自身的利益鞭策他们,用真理的光去刺他们的眼睛,用大量骇人的光明,大把大把地投向他们。他们应当为自身的利益而多少受些雷击,电光能惊醒他们。因而就有必要敲响警钟,进行战斗。应当有伟大的战士纷纷冒出来,以他们的大无畏精神为各族人民的表率,把这可叹的人类,一味浑浑噩噩欣赏落日残晖留恋苍茫暮色的众生,从神权、武功、暴力、信仰狂、不负责任的政权和专制君王的黑暗中拯救出来。打倒暴君! 什么? 你指的是谁啊? 你把路易-菲力浦称为暴君吗? 不是,他不见得比路易十六更暴些。他们两个都是历史上一贯称为好国王的。原则不容阉割,真实的逻辑是直线条的,真理的本质不能随意取舍,因此,没有让步的余地,任何对人的侵犯都应当镇压下去,路易十六身上有神权,路易-菲力浦身上有波旁的血统,两人都在某种程度上负有践踏人权的责任,为了全部清除对权力的篡窃行为,必须把他们打倒,必须这样,因为法国历来开山辟路。法国的主子垮台之日,也就是其他主子纷纷落地之时。总之,树立社会的真理,恢复自由的统帅地位,把人民还给人民,把主权还给

---

① 特拉西布尔(Thrasybule),公元前五世纪希腊将军,结束希腊三十年专制制度,恢复民主。

老百姓,把紫金冠重新戴在法兰西的头上,重新发挥理智和平等的全部力量,在各人自主的基础上消灭一切仇恨的根源,彻底摧毁君主制设置在通往大同世界大道上的障碍,用法律划一全人类的地位,还有什么事业比这更正义的呢?也就是说,还有什么战争比这更伟大的呢?这样的战争才导致和平。目前还有一座由成见、特权、迷信、虚伪、勒索、滥取、强暴、欺凌、黑暗所构成的巨大堡垒屹立在地球上,高耸着它的无数个仇楼恨塔。必须把它摧毁。必须把这个庞然怪物夷为平地。在奥斯特里茨克敌制胜固然伟大,攻占巴士底更是无与伦比。

谁都有过这样切身的体会:灵魂具有这样一种奇特的性能,这也正说明它既存在于个体而又充塞虚空的妙用,它能使处于绝境的人在最激动的时刻几乎仍能冷静地思考问题,激剧的懊丧和沉痛的绝望在自问自答而难于辩解的苦恼中,也常能进行分析和研讨论题。紊乱的思路中杂有逻辑,推理的线索飘荡于思想的凄风苦雨中而不断裂。这正是马吕斯当时的精神状态。

他心情颓丧,不过有了信心,然而仍在迟疑不决,总之,想到他将采取的行动仍不免胆战心惊,他一面思前想后,一面望着街垒里面。起义的人正在那里低声谈话,没人走动,这种半沉寂状态使人感到已经到了等待的最后时刻了。马吕斯发现在他们上方四层楼上的一个窗子边,有个人在望着下面,他想那也许是个什么人在窥探情况,这人聚精会神的样子好不奇怪。那是被勒·卡布克杀害的看门老头。从下面望去,单凭那围在石块中间的火炬的光是看不清那人头的。一张露着惊骇神情的灰白脸,纹丝不动,头发散乱,眼睛定定地睁着,嘴半开,对着街心伏在窗口,像看热闹似的,这形象出现在那暗淡摇曳的火光中,确是没有比这更奇特的了。不妨说这是死了的人在望着将死的人。那头里流出的血有如一长条红线,自窗口直淌到二楼才凝止住。

第十四卷　失望的伟大

一　旗——第一幕

还没有发生什么事。圣美里的钟已经敲过十点,安灼拉和公白飞都握着卡宾枪走去坐在大街垒的缺口附近。他们没有谈话,他们侧耳细听,听那些最远和最微弱的脚步声。

突然,在这阴森的寂静中,有个年轻人的清脆愉快的声音好像来自圣德尼街那面,用《在月光下》这首古老民歌的曲调,开始清晰地大声唱着这样的歌词,末尾还加上一句模仿雄鸡的啼叫:

我的鼻子淌眼泪,
我的朋友毕若哟,
把你的士兵借给我,
让我和他们说句话哟。
老母鸡头上戴军帽,
身上披着军大衣哟,
它们已经到郊区,
喔喔哩喔哟。

他们彼此握了一下手。

"这是伽弗洛什的声音。"安灼拉说。

"来向我们报信的。"公白飞说。

一阵急促的脚步声惊动了荒凉的街道。一个比杂技演员还矫捷的人影从公共马车上爬过来,接着伽弗洛什跳进了街垒,他气喘吁吁,急忙说道:

"我的枪!他们来了。"

一阵电流似的寒噤传遍了街垒,只听见手摸枪支的声音。

"你要不要我的卡宾枪?"安灼拉问那野孩。

"我要那支步枪。"伽弗洛什回答。

说着他取了沙威那支步枪。

两个哨兵也折回来了,几乎是和伽弗洛什同时到达的。他们一个原在那街口放哨,一个在小化子窝街。布道修士街的那个守卫,仍留在原岗位上没动。这说明在桥和菜市场方面没有发生情况。

麻厂街在照着红旗的那一点微光的映射下只有几块铺路石还隐约可见,它像一个烟雾迷蒙中的大黑门洞似的,展现在那些起义的人们眼前。

每个人都在自己的战斗岗位上。

四十三个起义战士,包括安灼拉、公白飞、古费拉克、博须埃、若李、巴阿雷和伽弗洛什,都蹲在大街垒里,头略高于垒壁。步枪和卡宾枪的枪管都靠在石块上,如同炮台边的炮眼,个个聚精会神,全无声息,只待开枪射击。弗以伊领着六个人,守在科林斯的上下两层楼的窗口,端着枪,瞄准待放。

又过了一些时候,一阵由许多人踏出的整齐沉重的脚步声清晰地从圣勒方面传来,起初声音微弱,后来逐渐明显,再后又重又响,一路走来,没有停顿,没有间歇,沉稳骇人,越走越近。除这以外,没有其他声音。就像一尊巨大塑像的那种死气和威风,但那种沉重的脚步声又使人去想象黑压压一大片真不知有多少生灵,既像万千个群鬼,又像是庞然一巨鬼。阴森骇人,有如听到妖兵厉卒的来临。这脚步声走近了,走得更近了,突然停了下来。人们仿佛听到街口有许多人呼吸的声音。但是什么也看不见,只看到在那街的尽头,隐隐约约有无数纤细的金属线条在黑暗中晃动,像针一样,几乎看不清楚,正如人在合上眼皮刚入睡时出现在眼前的那种无可名状的荧光网。那是被火炬的光映照着的远处的枪刺和枪管。

又停顿了一阵子,好像双方都在等待。忽然从黑暗的深处发出一个人喊话的声音,由于看不见那人的身影,他的声音便显得格外凄厉骇人,好像是黑暗本身在喊话,那人喊道:

"口令?"

同时传来一阵端枪的咔嚓声。

安灼拉以洪亮高亢的声音回答说:

"法兰西革命。"

"放!"那人的声音说。

火光一闪,把街旁的房屋照成紫色,好像有个火炉的门突然开了一下,又立即闭上似的。

街垒发出一阵骇人的摧折破裂的声音。那面红旗倒了。这阵射击来得如此猛烈,如此密集,把那旗杆,就是说,把那辆公共马车的辕木尖扫断了。有些枪弹从墙壁上的突出面反射到街垒里,打伤了好几个人。

这第一次排枪射击给人的印象是够寒心的。攻势来得凶猛,最大胆的人对此也不能不有所思考。他们所要对付的显然是一整个联队。

"同志们,"古费拉克喊着说,"不要浪费弹药,让他们进入这条街,我们才还击。"

"首先,"安灼拉说,"我们得把这面旗子竖起来。"

他拾起了那面恰巧倒在他脚跟前的旗帜。

他们听到外面有通条和枪管撞击的声音,军队又在上枪弹了。

安灼拉继续说:

"这儿谁有胆量再把这面红旗插到街垒上去?"

没有人回答。街垒分明成了再次射击的目标,到那上面去,干脆就是送命。最大胆的人也下不了自我牺牲的决心。安灼拉自己也感到胆寒。他又问:

"没有人愿去?"

二 旗——第二幕

自从他们来到科林斯并开始建造街垒以后,他们便没有怎么注意马白夫公公。马白夫公公却一直没有离开队伍。他走进酒店以后,便去坐在楼下那间厅堂的柜台后面。可以说,他在那里已经完全寂灭了。他仿佛已不再望什么,也不再想什么。古费拉克和另外几个人曾两次或三次走到他跟前,把当时的危险说给他听,请他避开,他却好像什么也没听见。没有人和他谈话时,他的嘴唇会频频启闭,好像是在对谁答话,在有人找他谈话时他的嘴唇却又完全不动,眼睛也好像失去了生命似的。在街垒受到攻击的几个小时以前,他便坐在那里,两个拳头抵在膝上,头向前伛着,仿佛是在望一个什么危崖深谷,几个钟头过去了,他一直保持这一姿势,没有改变过。任何事都不能惊动他,看来他的精神完全不在街垒里。后来每个人都奔向各自的战斗岗位,厅堂里只剩下了三个人:被绑在柱子上的沙威、一个握着军刀监视沙威的起义战士和他马白夫。当攻打开始、爆裂发生时,他的身体也受到了震动,仿佛已经醒过来了,他陡然立了起来,穿过厅堂,这时,安灼拉正重复他的号召,说:"没人愿去?"人们看见这老人出现在酒店门口。

他的出现,使整个队伍为之一惊,并引起了一阵惊喊:"这就是那个投票人!就是那个国民公会代表!就是那个人民代表!"

也许他并没有听见。

他直向安灼拉走去,起义的人都怀着敬畏的心为他让出一条路,他从安灼拉手里夺过红旗,安灼拉也被他愣住了,往后退了一步,其他的人,谁也不敢阻挡他,谁也不敢搀扶他,他,这八十岁的老人,头颈颤颤巍巍,脚步踏踏实实,向街垒里那道石级,一步一步慢慢跨上去。当时的情景是那么庄严,那么伟大,以致在他四周的人都齐声喊道:"脱帽!"他每踏上一级,他那一头白发,干瘪的脸,高阔光秃满是皱纹的额头,凹陷的眼睛,愕然张着的嘴,举着旗帜的枯臂,都从黑暗步步伸向火炬的血光中,逐渐升高扩大,形象好不骇人。人们以为看见了九三年的阴灵,擎着恐怖时期的旗帜,从地下冉冉升起。

当他走上最高一级,当这战战兢兢而目空一切的鬼魂,面对一千二百个瞧不见的枪口,视死如归,舍身忘我,屹立在那堆木石灰土的顶上时,整个街垒都从黑暗中望见了一个无比崇高的超人形象。

所有的人都屏住了呼吸,只在奇迹出现时才会有那种沉寂。

老人在这沉寂中,挥动着那面红旗,喊道:

"革命万岁!共和万岁!博爱!平等和死亡!"

人们从街垒里听到一阵低微、急促、像个牧师匆匆念诵祈祷文似的声音。也许是那警官在街的另一头,做他的例行劝降工作。

接着,先头喊"口令?"的那尖利嗓子喊道:

"下去!"

马白夫先生,脸气白了,眼里冒着悲愤躁急的火焰,把红旗高举在头顶上,再一次喊道:

"共和万岁!"

"放!"那人的声音说。

第二次射击,像霰弹似的,打在街垒上。

老人的两个膝头往下沉,随即又立起,旗子从他手中滑脱了,他的身体,像一块木板似的,向后倒在石块上,直挺挺仰卧着,两臂交叉在胸前。

一条条鲜血,像溪水似的,从他身下流出来。他那衰老的脸,惨白而悲哀,仿佛仍在望天空。

起义的人全被一种不受人力支配的愤激心情所控制,甚至忘了自卫,他们在惊愕恐骇中齐向那尸体靠近。

"这些判处国王的人真是好样儿的!"安灼拉说。

古费拉克凑近安灼拉的耳边说:

"这句话是说给你一个人听的,因为我不愿泼冷水。但是这个人完全比得上那些判处国王的代表。我认识他。他叫马白夫公公。我不知道他今天是怎么一回事。但是他一向是个诚实的老糊涂。你瞧他的脑袋。"

"老糊涂的脑袋,布鲁图斯的心。"安灼拉回答说。

接着,他提高嗓子说:

"公民们!这是老一辈给年轻一代做出的榜样。我们迟疑,他挺身而出!我们后退,他勇往直前!让我们瞧瞧因年老而颤抖的人是怎样教育因害怕而颤抖的人的!这位老人在祖国面前可说是浩气凛然。他活得长久,死得光荣。现在让我们保护好他的遗体,我们每个人都应当像保护自己活着的父亲那样来保护这位死了的老人。让他留在我们中间,使这街垒成为铜墙铁壁。"

在这些话后面的是一阵低沉而坚决的共鸣声。

安灼拉蹲下去托起那老人的头,怯生生地在他的前额上吻了一下,随即又掰开他的手臂,轻柔谨慎、怕弄痛了死者似的,扶起他的身体,解下他的衣服,把那上面的弹孔和血迹一一指给大家看,并说道:

"现在,这就是我们的红旗了。"

三　伽弗洛什当初也许应当接受安灼拉的卡宾枪

人们把寡妇于什鲁的黑色长围巾盖在马白夫公公的身上。六个人用他们的步枪组成一个担架,把尸体放在上面,脱下帽子,缓步庄严地抬进酒店的厅堂,停放在一张大桌子上。

这些人都在一心一意地办着这件严肃神圣的事,以致忘了他们当时处境的危险。

当尸体从沙威身旁经过时,安灼拉对那一贯死样活气的密探说:

"你！一会儿就是。"

伽弗洛什是惟一没有离开岗位留在原地守望的人，他在这时仿佛看见有些人朝着街垒偷偷地摸过来。他陡然喊道：

"大家注意！"

古费拉克、安灼拉、让·勃鲁维尔、公白飞、若李、巴阿雷、博须埃，都连忙从酒店里冲出来。几乎已来不及了。他们看见密匝匝一大排闪着光的枪刺已在街垒的顶上晃动。一群个儿高大的保安警察，有的越过公共马车，有的穿过缺口，正往里蹿，向那野孩扑来，野孩只往后退，却不逃跑。

那真是万分紧急的时刻。正如激洪骤发，水已涨齐江岸，开始从各个缺口罅隙渗透过来的那种最初的骇人景象。再过一秒钟，那街垒便要被攻占了。

巴阿雷端起卡宾枪，向第一个钻进来的保安警察冲去，迎面一枪，便结果了他，第二个一刺刀杀死了巴阿雷。另一个已把古费拉克打倒在地，古费拉克正喊着："救我！"一个最高大的彪形大汉挺着刺刀向伽弗洛什逼来。野孩的两条小胳膊端起沙威那支奇大的步枪，坚决地抵在肩上，瞄着那巨人射击。枪不响，沙威不曾在他的步枪里装子弹。那个保安警察放声大笑，提起枪杆向孩子刺去。

刺刀还没有碰到伽弗洛什身上，那步枪已从大兵的手里脱落：一粒子弹打中他的眉心，他仰面倒在地上。第二粒子弹又打中了进逼古费拉克的那个保安警察的心窝，把他撂倒在石块上。

这是因为马吕斯进入了街垒。

四　火　药　桶

马吕斯原来一直躲在蒙德都街的转角处,目击了初次交锋的情况,他心惊体颤,失了主张。但是,不用多久,他便已摆脱那种不妨称之为鬼使神差的没来由的强烈眩惑,面对那一发千钧的危险处境,马白夫先生的谜一样的惨死,巴阿雷的牺牲,古费拉克的呼救,那孩子受到的威胁,以及亟待援救或为之报仇的许多朋友,他原有的疑虑完全消失了,他握着他的两支手枪投入了肉搏战。他第一枪救了伽弗洛什,第二枪帮了古费拉克。

听到连续的枪声、保安警察的号叫,那些进攻的军队齐向街垒攀登,这时街垒顶上已出现一大群握着步枪、露出大半截身体的保安警察、正规军、郊区的国民自卫军。他们已盖满垒壁的三分之二,但没有跳进街垒,他们仿佛还在踌躇,怕有什么暗算。他们像窥探一个狮子洞似的望着那黑暗的街垒。火炬的微光只照见他们的枪刺,羽毛高耸的军帽和惊慌激怒的上半部面庞。

马吕斯已没有武器。他丢掉那两支空手枪,但是他看见厅堂门旁的那桶火药。

正当他侧着脸朝这面望去时,一个兵士也正对着他瞄准。这时,有一个人蓦地跳上来,用手抓住那枪管,并堵在枪口上。这人便是那个穿灯芯绒裤子的少年工人。枪响了,子弹穿过那工人的手,也许还打在他身上,因为他倒下去了,却没有打中马吕斯。这一切都发生在烟雾中,看不大清楚。马吕斯正冲进那厅堂,几乎不知道有这一经过。他只隐隐约约见到那对准他的枪管和堵住枪口的那只手,也听到了枪声。但是在那样的时刻,人们所见到的事都是在瞬息万变之中,注意力不会停留在某一件事物上。人们只恍惚觉得自己的遭遇越来越黑暗,一切印象都是迷离不清的。

起义的人们吃惊不小,但并不害怕;他们聚集在一起。安灼拉大声说:"等一等!不要乱开枪!"确实如此,在那混乱开始时他们会伤着自己人。大部分人已经上楼,守在二楼和顶楼的窗口,居高临下,对着那些进攻的人。最坚决的几个都和安灼拉、古费拉克、让·勃鲁维尔、公白飞一道,雄赳赳地排列在街底那排房屋的墙跟前,毫无屏障,面对着立在街垒顶上那层层的大兵和部队。

这一切都是在不慌不忙的情况下,混战前少见的那种严肃态度和咄咄逼人的气势中完成的。两边都已枪口指向对方,瞄准待放,彼此间的距离又近到可以相互对话。正在这一触即发的时刻,一个高领阔肩章的军官举起军刀喊道:

"放下武器!"

"放!"安灼拉说。

两边的枪声同时爆发,硝烟弥漫,任何东西都看不见了。

在辛辣刺鼻令人窒息的烟雾中,人们听到一些即将死去和受了伤的人发出的微弱沙嗄的呻吟。

烟散了以后两边的战士都少了许多,但仍留在原处,一声不响地重上枪弹。

突然有个人的声音猛吼道:

"你们滚开,要不我就炸掉这街垒!"

大家都向发出这声音的地方望去。

马吕斯先头冲进厅堂,抱起那桶火药,利用当时的硝烟和弥漫在那圈子里的那种昏暗的迷雾,顺着街垒,一直溜到那围着火炬的石块笼子旁边。他拔出那根火炬,把火药桶放在一叠石块上,往下一压,那桶底便立即通了,轻易到使人惊异,这一切都是在马吕斯一弯腰一起立的时间内完成的。这时,在街垒那头挤作一团的国民自卫军、保安警察、军官、士兵,全都骇然望着马吕斯,只见他一只脚踏在石块上,手握着火炬,豪壮的面庞在火光中显出一种表示必死之心的坚定意志,把火炬的烈焰伸向那通了底的火药桶旁边的一大堆可怕的东西,并发出这一骇人的叫嚷:

"你们滚开,要不我就炸掉这街垒!"

马吕斯继那八十岁老人之后,屹立在街垒上,这是继老革命而起的新生革命的形象。

"炸掉这街垒!"一个军士说,"你也活不了!"

马吕斯回答说:

"我当然活不了。"

同时他把火炬伸向那桶火药。

但那街垒上一个人也没有了。进犯的官兵丢下他们的伤员,乱七八糟一窝蜂似的,全向街的尽头逃走了,重新消失在黑夜中。一幅各自逃生的狼狈景象。

街垒解了围。

五 让·勃鲁维尔的诗句顿成绝响

大家都围住马吕斯。古费拉克抱着他的颈子。

"你也来了!"

"太好了!"公白飞说。

"你来得正是时候!"博须埃说。

"没有你,我早已死了!"古费拉克又说。

"没有您,我早完了蛋!"伽弗洛什补上一句。

马吕斯问道:

"头头在哪儿?"

"头头就是你。"安灼拉说。

马吕斯这一整天脑子里燃着一炉火,现在又起了一阵风暴。这风暴发生在他心中,但他觉得它在他的体外,并且把他刮得颠颠倒倒。他仿佛觉得他已远离人生十万八千里。他两个月来美满的欢乐和恋爱竟会陡然一下子发展到目前这种绝地。珂赛特全无踪影,这个街垒,为实现共和而流血牺牲的马白夫先生,自己也成了起义的头头,所有这一切,在他看来,都像是一场惊心动魄的噩梦。他得使劲集中精力才能回忆起环绕着他的事物都是真实不虚的。马吕斯还缺少足够的人生经验去理解最迫切需要做的正是自以为无法做到的事,最应当提防的也正是难于预料的事。正如他在观看一场他看不懂的戏那样,看着他自己的戏。

沙威一直被绑在柱子上,当街垒受到攻打时,他头也没有转动一下,他以殉教者逆来顺受的态度和法官庄严倨傲的神情望着他周围的骚乱。神志不清的马吕斯甚至全不曾察觉到他。

这时,那些进犯的官兵停止了活动,人们听到他们在街口纷纷走动的声音,但是不再前来送死,他们或许是在等候指示,或许是要等到加强兵力以后再冲向这攻不下的堡垒。起义的人们又派出了岗哨,几个医科大学生着手包扎伤员。

除了两张做绷带和枪弹的桌子以及马白夫公公躺着的桌

子外,其他的桌子全被搬出酒店,加在街垒上,寡妇于什鲁和女仆床上的厚褥子也被搬下来,放在厅堂里,代替那些桌子。他们让伤员们躺在那些厚褥子上。至于科林斯的原住户,那三个可怜的妇人,现在怎样,却没有人知道。后来才发现她们都躲在地窖里。

大家正在为街垒解了围而高兴,随即又因一件事而惊慌焦急。

在集合点名时,他们发现少了一个起义人员。缺了谁呢?缺了最亲爱的一个,最勇猛的一个,让·勃鲁维尔。他们到伤员里去找,没有他。到尸体堆里去找,也没有他。他显然是被俘虏了。

公白飞对安灼拉说:

"他们逮住了我们的朋友,但是我们也逮住了他们的人员。你一定要处死这特务吗?"

"当然,"安灼拉说,"但是让·勃鲁维尔的生命更重要。"

这话是在厅堂里沙威的木柱旁说的。

"那么,"公白飞接着说,"我可以在我的手杖上结一块手帕,作为办交涉的代表,拿他们的人去向他们换回我们的人。"

"你听。"安灼拉把手放在公白飞的胳膊上说。

只听见从街口传出了一下扳动枪机的声音。

他们听到一个男子的声音喊道:

"法兰西万岁!未来万岁!"

他们听出那正是让·勃鲁维尔的声音。

火光一闪,枪也立即响了。

接着,声息全无。

"他们把他杀害了。"公白飞大声说。

安灼拉望着沙威,对他说:

"你的朋友刚才把你枪毙了。"

六 求生的挣扎继以垂死的挣扎

这种战争有这么一个特点,对街垒几乎总是从正面进攻,攻方在一般情况下,常避免用迂回战术,不是怕遭到伏击,便是怕陷在曲折的街巷里。因而这些起义的人把全部注意力都集中在大街垒方面,这儿显然是时时受到威胁、也必然是要再次争夺的地方。马吕斯却想到了小街垒,并走去望了一眼。那边一个人也没有,守在那里的只是那盏在石块堆中摇曳的彩色纸灯笼。此外,那条蒙德都巷子以及小化子窝斜巷和天鹅斜巷都是静悄悄的。

马吕斯视察了一番,正要回去时,他听见一个人在黑暗中有气无力地喊着他的名字。

"马吕斯先生!"

他惊了一下,因为这声音正是两个钟头以前在卜吕梅街隔着铁栏门喊他的那个人的声音。

不过现在这声音仿佛只是一种嘘气的声音了。

他向四周望去,却不见有人。

马吕斯以为自己搞错了,他以为这是周围那些不寻常的事物在他精神上引起的一种幻觉。他向前走了一步,想要退出那街垒所在的凹角。

"马吕斯先生!"那声音又说。

这一次他听得清清楚楚,不能再怀疑了,他四面打量,什么也看不见。

"就在您脚跟前。"那声音说。

他弯下腰去,看见有个东西在黑暗中向他爬来。它在铺路的石块上爬着。向他说话的便是这东西。

彩色纸灯笼的光照出一件布衫、一条撕破了的粗绒布长裤、一双赤脚,还有一摊模模糊糊像是血的东西。马吕斯隐隐约约望见一张煞白的脸在抬起来对他说:

"您不认识我吗?"

"不认识。"

"爱潘妮。"

马吕斯连忙蹲下去,真的是那苦娃儿,她穿一身男人的衣服。

"您怎么会在这地方?您来这儿干什么?"

"我就要死了。"她对他说。

某些话和某些事是能使颓丧的心情兴奋起来的。马吕斯好像从梦中惊醒似的喊着说:

"您受了伤!等一下,让我把您抱到厅堂里去。他们会把您的伤口包扎起来。伤势重吗?我应当怎样抱才不会弄痛您呢?您什么地方痛?救人!我的天主!您到底为什么要到这儿来?"

他试着把他的手臂伸到她的身体底下,想抱起她来。

在抱的时候,他碰了一下她的手。

她轻轻叫了一声。

"我弄痛了您吗?"

"稍微有点。"

"可我只碰了一下您的手。"

她伸出她的手给马吕斯看,马吕斯看见她手掌心上有一个黑洞。

"您的手怎么啦?"他说。

"它被打通了。"

"打通了!"

"是啊。"

"什么东西打通的?"

"一粒子弹。"

"怎么会?"

"您先头没有看见有杆枪对着您瞄准吗?"

"看见的,还看见有只手堵住那枪口。"

"那就是我的手。"

马吕斯打了个寒噤。

"您真是疯了!可怜的孩子!幸而还好,如果只伤着手,还不要紧。让我把您放到一张床上去。他们会把您的伤口包扎起来,打穿一只手,不会送命的。"

她细声说道:

"枪弹打通了手,又从我背上穿出去。用不着再把我搬到别的地方去了。让我来告诉您,您怎样才能包扎好我的伤口,您准会比外科医生包扎得更好。您来坐在我旁边的这块石头上。"

他依着她的话坐下去,她把她的头枕在马吕斯的膝上,眼睛不望马吕斯,独自说道:

"呵!这可有多好!这样多舒服!就这样!我已经不痛了。"

她静了一会儿,接着,她使劲把脸转过去,望着马吕斯说:

"您知道吗,马吕斯先生?您进那园子,我心里就别扭,我太傻了,把那幢房子指给您看的原因就是我,并且,到头来,我心里总应当明白,像您这样一个青年……"

她突然停了下来,她心里或许还有许多伤心话要说,但她跳过去了,没有吐出来,她只带着惨痛的笑容接着说:

"您一向认为我生得丑,不是吗?"

她又往下说:

"您瞧,您已经完了!现在谁也出不了这街垒。是我把您引到这儿来的,您知道!您就快死了。我担保。可是当我看见有人对着您瞄准的时候,我又用手去堵住那枪口。太可笑了!那也只是因为我愿意比您先死一刻。我吃了那一枪后,便爬到这儿,没有人瞧见我,也就没有人把我收了去。呵!假使您知道,我一直咬紧我的布衫,我痛得好凶啊!现在我可舒服了。您还记得吗,有一天,我到过您住的屋子里,在您的镜子里望着我自己,还有一天,我在大路上遇见了您,旁边还有好些做工的女人,您记得这些吗?那时鸟儿唱得多好呀!这都好像是昨天的事。您给了我一百个苏,我还对您说:'我不要您的钱。'您该把您的那枚钱币拾起来了吧?您不是有钱人。我没有想到要告诉您把它拾起来。那天太阳多好,也不冷。您记得这些吗,马吕斯先生?呵!我高兴得很!大家都快死了。"

她那神气是疯疯癫癫、阴沉、令人心碎的。那件撕裂了的布衫让她的胸口露在外面。说话时,她用那只射穿了的手捂住她胸口上的另一个枪孔,鲜血从弹孔里一阵阵流出来,有如从酒桶口淌出的葡萄酒。

马吕斯望着这不幸的人心里十分难受。

"呵!"她又忽然喊道,"又来了。我吐不出气!"

她提起她的布衫,把它紧紧地咬着,两腿僵直地伸在铺路的石块上。

这时从大街垒里响起伽弗洛什的小公鸡嗓音。那孩子正立在一张桌子上,往他的步枪里装子弹,兴高采烈地唱着一首当时广泛流行的歌曲:

> 拉斐德一出现,
> 丘八太爷便喊道:
> "快逃跑!快逃跑!快逃跑!"

爱潘妮欠起身子仔细听,她低声说:

"这是他。"

她又转向马吕斯:

"我弟弟也来了。不要让他看见我。他会骂我的。"

马吕斯听了这话,又想起他父亲要他报答德纳第一家人的遗嘱,心中无比苦恼和沉痛。他问道:

"您弟弟?谁是您的弟弟?"

"那孩子。"

"是唱歌的孩子吗?"

"对。"

马吕斯动了一下,想起身。

"呵!您不要走开!"她说,"现在时间不会长了!"

她几乎坐了起来,但是她说话的声音很低,并且上气不接下气,有时她还得停下来喘气。她把她的脸尽量靠近马吕斯的脸。她以一种奇特的神情往下说:

"听我说,我不愿意捉弄您。我衣袋里有一封信,是给您的。昨天便已在我衣袋里了。人家要我把它放进邮筒。可我把它扣下了。我不愿意您收到这封信。但是等会儿我们再见面时您也许会埋怨我。死了的人能再见,不是吗?把您的信拿去吧。"

她用她那只穿了孔的手痉挛地抓住马吕斯的手,好像已不再感到疼痛了。她把马吕斯的手放在她布衫的口袋里。马吕斯果然摸到里面有一张纸。

"拿去。"她说。

马吕斯拿了信。她点点头,表示满意和同意。

"现在为了谢谢我,请答应我……"

她停住了。

"答应什么?"马吕斯问。

"先答应我!"

"我答应您。"

"答应我,等我死了,请在我的额头上吻我一下。我会感觉到的。"

她让她的头重新落在马吕斯的膝上,她的眼睛也闭上了。他以为这可怜人的灵魂已经离去。爱潘妮躺着一动也不动,忽然,正当马吕斯认为她已从此长眠时,她又慢慢睁开眼睛,露出的已是非人间的那种幽深渺忽的神态,她以一种来自另一世界的凄婉语气说:

"还有,听我说,马吕斯先生,我想我早就有点爱您呢。"

她再一次勉力笑了笑,于是溘然长逝了。

七　伽弗洛什很能计算路程

马吕斯履行他的诺言。他在那冷汗涔涔的灰白额头上吻了一下。这不算对珂赛特的不忠,这是怀着无可奈何的感伤向那不幸的灵魂告别。

他拿到爱潘妮给他的信心中不能不为之震惊。他立即感到这里有重大的事。他迫不及待,急于要知道它的内容。人心就是这样,那不幸的孩子还几乎没有完全闭上眼睛,马吕斯便已想到要展读那封信。他把她轻轻放在地上,便走开了。某种东西使他无法在这尸体面前念那封信。

他走进厅堂,凑近一支蜡烛。那是一封以女性的优雅和细心折好封好的小柬,地址是女子的笔迹,写着:

玻璃厂街十六号,古费拉克先生转马吕斯·彭眉胥先生。

他拆开信封,念道:

我心爱的,真不巧,我父亲要我们立刻离开此地。今晚我们住在武人街七号。八天内我们去伦敦。珂赛特。六月四日。

他们的爱情竟会天真到如此程度,以致马吕斯连珂赛特的笔迹也不认识。

几句话便可把经过情形说清楚。一切全是爱潘妮干的。经过六月三日夜间的事以后她心里有了个双重打算:打乱她父亲和匪徒们抢劫卜吕梅街那一家的计划,并拆散马吕斯和珂赛特。她遇到想穿穿女人衣服寻开心的一个不相干的小伙子,便用她原有的破衣,换来她身上的这套服装,扮成个男子。在马尔斯广场向冉阿让扔下那意味深长的警告"快搬家"的便是她。冉阿让果然回到家里便向珂赛特说:"我们今晚要离开此地,和杜桑一同到武人街去住,下星期去伦敦。"珂赛特被这一意外的决定搞得心烦意乱,赶忙写了两行字给马吕斯。但是怎样把这封信送到邮局去呢?她从来不独自一人上街,要杜桑送去吧,杜桑也会感到奇怪,肯定要把这信送给割风先生看。正在焦急时,珂赛特一眼望见穿着男装的爱潘妮在铁栏门外闪过;爱潘妮近来经常在那园子附近逡巡的。珂赛特把这"少年工人"叫住,给了他五个法郎并对他说:"劳驾立刻把这封信送到这地方去。"爱潘妮却把信揣了在她的衣袋里。第二天,六月五日,她跑到古费拉克家里去找马吕斯,她去不是为了送信,而是为了"去看看",这是每一个醋劲大发的情人都能理解的。她在那门口等了马吕斯,或至少,等了古费拉克,也还是为了"去看看"。当古费拉克对她说"我们去街垒"时,她脑子里忽然有了个主意。她想她横竖活不下去,不如就去死在街垒里,同时也把马吕斯推进去。她跟在古费拉克后面,确切知道了他们建造街垒的地点,并且还预料到,她既然截了那封信,马吕斯无从得到消息,傍晚时他必然要去那每天会面的地方,她到卜吕梅街去等候马吕斯,并借用他朋友们的名义向他发出那一邀请,她想,这样一定能把马吕斯引到街垒里去。她料定马吕斯见不着珂赛特必然要悲观失望,她确也没有估计错。她自己又回到了麻厂街。我们刚才见到了她在那里所做的事。她怀着宁肯自己杀其所爱、也决不让人夺其所爱,自己得不着、便谁也得不着的那种妒忌心,欢快地走上了惨死的道路。

马吕斯在珂赛特的信上不断地亲吻。这样看来,她仍是爱他的了!他一时曾想到他不该再作死的打算。接着他又对自己说:"她要走了。她父亲要带她去英国,我那外祖父也不允许我和她结婚。因此,命运一点也没有改变。"像马吕斯这样梦魂萦绕的人想到这件终生恨事,从中得出的结论仍只有死路一条。与其在受不了的苦恼中活着,倒不如死了干脆。

他随即想到还剩下两件事是他必须完成的:把他决死的心告诉珂赛特,并向她作最后的告别;另外,要把那可怜的孩子,爱潘妮的兄弟和德纳第的儿子,从这场即将来临的灾难中救出去。

他身上有个纸夹子,也就是从前夹过他在爱慕珂赛特的初期随时记录思想活动的那一叠随笔的夹子。他撕下一张纸,用铅笔写了这几行字:

> 我们的婚姻是不可能实现的。我已向我的外祖父提出要求,他不同意,我没有财产,你也一样。我到你家里去过,没有找着你,你知道我向你作出的誓言,我是说话算数的。我决心去死。我爱你。当你念着这封信时,我的灵魂将在你的身边,并向你微笑。

他没有信封,只好把那张纸一折四,写上地址:

> 武人街七号,割风先生家,珂赛特·割风小姐收。

信折好以后,他又想了一会儿,又拿起他的纸夹子,翻开第一页,用同一支铅笔,写了这几行字:

> 我叫马吕斯·彭眉胥。请把我的尸体送到我外祖父吉诺曼先生家,地址是:沼泽区,受难修女街六号。

他把纸夹子放进他衣服口袋里,接着就喊伽弗洛什。那野孩听到马吕斯的声音,带着欢快殷勤的面容跑来了。

"你肯替我办件事吗?"

"随您什么事,"伽弗洛什说,"好上帝的上帝!没有您的话,说真的,我早被烤熟了。"

"你看得见这封信吗?"

"看得见。"

"你拿着。马上绕出这街垒(伽弗洛什心里不踏实,开始搔他的耳朵)。明天早上你把它送到这地方,武人街七号割风先生家,交给珂赛特·割风小姐。"

那英勇的孩子回答说:

"好倒好,可是不行!在这段时间里街垒会让人家占了去,我却不在场。"

"看来在天亮以前不会有人再来攻打街垒,明天中午以前也决攻不下来。"

官军再次留给这街垒的喘息时间确在延长。夜战中常有这种暂时的休止,后面跟着来的却总是倍加猛烈的进攻。

"好吧,"伽弗洛什说,"我明天早晨把您的信送去,行吗?"

"那太迟了。街垒也许会被封锁,所有的通道全被掐断,你会出不去。你立刻就走吧。"

伽弗洛什找不出反驳的理由,但他还是呆立着不动,拿不定主意,愁眉苦脸地只顾搔耳朵。忽然一下,以他那常有的小雀似的急促动作抓去了那封信。

"好。"他说。

他从蒙德都巷子跑出去了。

伽弗洛什下了决心,因为他有了个主意,但是没有说出来,他怕马吕斯反对。

他的主意是这样的:

"现在还不到晚上十二点,还差几分钟。武人街也不远。我立刻把这信送去,还来得及赶回来。"

第十五卷 武 人 街

一 吸墨纸,泄密纸

一个城市的痉挛和灵魂的惊骇比较起来,算得了什么?人心的深度,大于人民。冉阿让这时的心正受着骇人的折磨。旧日的危崖险谷又一一重现在他眼前。他和巴黎一样,正在一次惊心动魄、吉凶莫测的革命边缘上战栗。几个钟头已足够使他的命运和心境突然陷在黑影中。对于他,正如对巴黎,我们不妨说,两种思潮正在交锋。白天使和黑天使即将在悬崖顶端的桥上进行肉搏。两个中的哪一个会把另一个摔下去呢?谁会胜利呢?

在六月五日这天的前夕,冉阿让在珂赛特和杜桑的陪同下迁到了武人街。一场急剧的转变正在那里候着他。

珂赛特在离开卜吕梅街以前,不是没有试图阻挠。自从他俩一道生活以来,在珂赛特的意愿和冉阿让的意愿之间出现分歧,这还是第一次,虽说没有发生冲突,却至少有了矛盾。一方面是不愿迁,一方面是非迁不可。一个不认识的人突然向他提出"快搬家"的劝告,这已够使他提心吊胆,把他变成坚持己见无可通融的了。他以为自己的隐情已被人家发觉,并有人在追捕他。珂赛特便只好让步。

他们在去武人街的路上,彼此都咬紧了牙没说一句话,各人想着各自的心事。冉阿让忧心如焚,看不见珂赛特的愁苦,珂赛特愁肠寸断,也看不见冉阿让的忧惧。

冉阿让带着杜桑一道走,这是他以前离家时,从来不曾做过的。他估计他大致不会再回到卜吕梅街去住了,他既不能把她撇下不管,也不能把自己的秘密说给她听。他觉得她是忠实可靠的,仆人对主人的出卖往往开始于爱管闲事。而杜桑不爱管闲事,好像她生来就是为冉阿让当仆人的。她口吃,说的是巴恩维尔农村妇人的土话,她常说:"我是一样一样的,我拉扯我的活,尾巴不关我事。"("我就是这个样子,我干我的活,其余的事与我无关。")

这次离开卜吕梅街几乎是仓皇出走,冉阿让只携带那只香气扑鼻、被珂赛特惯常称为"寸步不离"的小提箱,其他的东西全没带。如果要搬装满东西的大箱子,就非得找搬运行的经纪人不可,而经纪人也就是见证人。他们在巴比伦街雇了一辆街车便这样走了。

杜桑费了大劲才得到许可,包了几件换洗衣服、裙袍和梳妆用具。珂赛特本人只带了她的文具和吸墨纸。

冉阿让为了尽量掩人耳目,避免声张,还作了时间上的安排,不到天黑不走出卜吕梅街的楼房,这就让珂赛特有时间给马吕斯写那封信。他们到达武人街时天已完全黑了。

大家都静悄悄地睡了。

武人街的那套住房是对着后院的,在第一层楼上有两间卧室,一间餐室和一间与餐室相连的厨房,还带一间斜顶小屋子,里面有张吊床,也就是杜桑的卧榻。那餐室同时也是起坐间,位于两间卧室之间。整套住户里都配备了日用必需的家庭用具。

人会莫名其妙地无事自扰,也会莫名其妙地无故自宽,人的性情生来便是这样。冉阿让迁到武人街不久,他的焦急心情便已减轻,并且一步一步消失了。某些安静的环境仿佛能影响人的精神状态。昏暗的街,平和的住房,冉阿让住在古老巴黎的这条小街上,感到自己也好像受了宁静气氛的感染,小街是那么狭窄,一块固定在两根柱子上的横木板,挡住了车辆,在城市的喧闹中寂静无声,大白天也只有昏黄的阳光,两排年逾百岁的高楼,有如衰迈的老人,寂然相对,似乎可以说在这种环境中,人们的感情已失去了激动的能力。在这条街上人们健忘,无所思也无所忆。冉阿让住在这里只感到心宽气舒。能有办法把他从这地方找出来吗?

他最关心的第一件事便是把那"寸步不离"的东西放在自己的手边。

他安安稳稳地睡了一夜。常言道,黑夜使人清醒,我们不妨加这么一句,黑夜使人心安。第二天早晨,他醒来时几乎是欢快的。那间餐室原是丑陋不堪的,摆了一张旧圆桌、一口上面斜挂着镜子的碗橱,一张有虫蛀的围椅和几把靠背椅,椅上堆满了杜桑的包袱,冉阿让见了这样一间屋子却感到它美。有个包袱开着一条缝,露出了冉阿让的国民自卫军制服。

至于珂赛特,她仍待在她的卧室里,让杜桑送了一盆肉汤给她,直到傍晚才露面。

杜桑为了这次小小的搬家,奔忙了一整天,将近五点钟时,她在餐桌上放了一盘凉鸡,珂赛特为了表示对她父亲的恭顺,才同意对它看了一眼。

这样做过以后,珂赛特便借口头痛得难受,向冉阿让道了晚安,缩到她卧房里去了。冉阿让津津有味地吃了一个鸡翅膀,吃过以后,他肘端支在桌上,心情渐渐开朗,重又获得了他的安全感。

他在吃这顿简朴的晚饭时,曾两次或三次模模糊糊听到杜桑对他唠叨道:"先生,外面热闹着呢,巴黎城里打起来了。"但是他心里正在想东想西,没有过问这些事。说实在的,他并没有听。

他立起来,开始从窗子到门,又从门到窗子来回走动,心情越来越平静了。

在这平静的心境中,他的思想又回到了珂赛特——这个惟一使他牵肠挂肚的人的身上。他挂念的倒不是她的头痛,头痛只是神经上的一点小毛病,姑娘们爱闹的闲气,暂时出现的乌云,过一两天就会消散的,这时他想着的是将来的日子,并且,和平时一样,他一想到这事,心里总有点乐滋滋的。总之,他没有发现他们恢复了的幸福生活还会遇到什么阻挠,以至不能继续下去。有时,好像一切全不可能,有时又好像一切都顺利,冉阿让这时正有那种事事都能如愿以偿的快感。这样的乐观思想经常是继苦恼时刻而来的,正如黑夜过后的白天。这原是自然界固有的正反轮替规律,也就是浅薄的人所说的那种对比方法。冉阿让躲在这条僻静的街巷中,渐渐摆脱了近来使他惶惑不安的种种苦恼。他所想象的原是重重黑暗,现在却开始望见了雾色晴光。这次能平安无事地离开卜吕梅街已是一大幸事。出国到伦敦去待一些时候,哪怕只去待上几个月,也许是明智的。待在法国或待在英国,那有什么两样?只要有珂赛特在身边就可以了。珂赛特便是他的国家。珂赛特能保证他的幸福。至于他,他能不能保证珂赛特的幸福呢?这在过去原是使他焦虑失眠的问题,现在他却丝毫没有想到这件事。他从前感到的种种痛苦已全部烟消云散,他这时的心境是完全乐观的。在他看来,珂赛特既在他身边,她便是归他所有的了,把表象当实质,这是每个人都有过的经验。他在心中极其轻松愉快地盘算着带着珂赛特去英国,通过他幻想中的图景,他见到他的幸福在任何地方都是可能的。

他正在缓步来回走动,他的视线忽然触到一件奇怪东西。

在碗橱前面,他看见那倾斜在橱上的镜子清晰地映着这样的几行字:

我心爱的,真不巧,我父亲要我们立刻离开此地。今晚我们住在武人街七号。八天内我们去伦敦。珂赛特。六月四日。

冉阿让一下子被惊到发了呆。

珂赛特昨晚一到家,便把她的吸墨纸簿子放在碗橱上的镜子跟前,她当时正愁苦欲绝,也就把它丢在那里忘了,甚至没有注意到是她让它开着摊在那里的,并且摊开的那页,又恰巧是她在卜吕梅街写完那几行字以后用来吸干纸上墨汁的那一页。这以后她才让那路过卜吕梅街的青年工人去投送。信上的字迹全印在那页吸墨纸上了。

镜子又把字迹反映出来。

结果产生了几何学中所说的那种对称的映像,吸墨纸上的字迹在镜子里反映成原形,出现在冉阿让眼前的正是珂赛特昨晚写给马吕斯的那封信。

这是非常简单而又极其惊人的。

冉阿让走向那面镜子。他把这几行字重读了一遍,却不敢信以为真。他仿佛看见那些字句是从闪电的光中冒出来的。那是一种幻觉。那是不可能的。那是不存在的。

慢慢地,他的感觉变得比较清晰了。他望着珂赛特的那本吸墨纸,逐渐恢复了他的真实感。他把吸墨纸拿在手里,并说道:"那是从这儿来的。"他非常激动地细看吸墨纸上的那几行字迹,感到那些反过来的字母的形象好不拙劣奇怪,实在是任何含义也看不出来。于是他对自己说:"不过这并不说明什么,这并不能成为文字。"他深深地吐了一口气,感到胸中有说不出的舒畅。在惊骇慌乱的时刻谁又不曾有过这种盲目的欢快呢?在幻想还没有完全破灭时,灵魂是不会向失望投降的。

他拿着那吸墨纸,不断地看,呆头呆脑地感到幸运,几乎笑了出来,说自己竟会受到错觉的愚弄。忽然,他的眼睛又落在镜面上,又看见了镜中的反映。几行字在镜子里毫不留情地显得清清楚楚,这一下可不能再认为是错觉了。一错再错的错觉也只能是真实,这是摸得着瞧得见的,这是在镜子里反映出来的手书文字。他明白了。

冉阿让打了个趔趄,吸墨纸也跌落了,他瘫倒在碗橱旁的破旧围椅里,低垂着脑袋,眼神沮丧,茫然不知如何是好。他对自己说,这已经是明摆着的了,在这世界上,从此不会再见到阳光了,那肯定是珂赛特写给某人的了。他听到他的灵魂,暴跳如雷,又在黑暗中哀号怒吼。你去把落在狮子笼里的爱犬夺回来吧!

可怪又可叹的是,这时马吕斯还没有收到珂赛特的信,偶然的机缘却把信中消息在马吕斯知道以前,便阴错阳差地泄露给了冉阿让。

冉阿让直到目前为止还不曾在考验面前摔过跤。他经受过可怕的试探,受尽了逆境的折磨,法律的迫害,社会的无情遗弃,命运的残暴,都曾以他为目标,向他围攻过,他却从不曾倒退或屈服。在必要时,他也接受过穷凶极恶的暴行,他牺牲过他已恢复的人身不可侵犯性,放弃过他的自由,冒过杀头的危险,丧失了一切,忍受了一切,成了一个刻苦自励、与世无争的人,以致有时人们认为他和殉教者一样无私无我。他的良心,在经受种种苦难的千磨百炼以后好像已是无懈可击的了,可是,如果有谁洞察他的心灵深处,就不能不承认,他的心境,此时此刻,是不那么坦然的。

这是因为他在命运对他进行多次审讯时所遭受的种种酷刑,目前的这次拷问才是最可怕的。他从来还没有遇到过这种夹棍的压榨。他感到最深挚的情感也在暗中游离。他感到了有生以来从未尝过的那种心碎肠断的惨痛。唉,人生最严峻的考验,应当说,惟一的严峻考验,便是眼睁睁望着即将失去的心爱的人儿。

当然,可怜的老冉阿让对珂赛特的爱,只是父女之爱,但是,我们在前面已经指出过,在这种父爱中,也掺进了因他那无亲无偶的处境而产生的其他的爱,他把珂赛特当做女儿爱,也把她当作母亲爱,也把她当作妹子爱,并且,由于他从不曾有过情妇,也从不曾有过妻室,由于人的生性像个不愿接受拒绝支付证书的债权人,他的这种情感——一种最最牢不可破的情感——便也掺和在其他一些朦胧、昏昧、纯洁、盲目、无知、天真、超卓如天使、圣洁如天神的情感中,说那是情感,却更像是本能,说它是本能,却又更像是魅力,那是分辨不出瞧不见的,然而却是真实的,那种爱,确切地说,是蕴藏在他对珂赛特所怀的那种深广无际的慈爱中的,正如蕴藏在深山中的那种不见天日、未经触动的金矿脉一样。

请读者回忆一下我们已经指出过的这种心境。在他们之间是不可能有什么结合的,甚至连灵魂的结合也不可能,而他们却又相依为命。除了珂赛特,也就是说,除了一个孩子,冉阿让在他这一生的漫长岁月中再也不知道有什么可以爱。对一般五十左右的人来说,谁都有那种继炽热的恋情而起的爱,正如入冬的树叶,由嫩绿转为暗绿,冉阿让的心中却不曾有过这种变化。总之,我们已不止一次地谈到过,这种内心的契合,这个由高贵品德凝成的整体,只能使冉阿让成为珂赛特的父亲。这父亲是由冉阿让生而固有的祖孙之爱、父女之爱、兄妹之爱、夫妇之爱铸成的,父爱之中甚至还有母爱,这父亲爱珂赛特,并且崇拜她,把这孩子当作光明,当作安身之处,当作家庭,当作祖国,当作天堂。

因此,当他看见这一切都要破灭,她要溜走,她要从他手中滑脱,她要逃避,一切已如烟云,一切已成泡影,摆在他眼前的是这样一种锥心刺骨的局面:她的心已有所属,她已把她的终身幸福托给了另一个人,她已有了心爱的对象,而我只是个父亲了,我不再存在了。当他已不能再有所怀疑,当他对自己说"她撇下我的心要远走高飞了",这时他感到的痛苦确已超过可能忍受的限度。想当初他是怎样尽心竭力,到头来却落得这么个结果!并且,还有什么可说的!一场空!在这当口,正如我们刚才说过的,他愤激到从头到脚浑身发抖。他从头发根里也感到他从前的那种强烈的唯我主义思想已在苏醒活动。"我"又在这人的心灵深处哀号。

内心的崩塌是常有的。自认确已走上绝路的思想,一经侵入心中,必然会坼裂并摧毁这人心灵中的某些要素,而这些要素又往往就是他本人自己。当痛苦已到这种程度,良心的力量便会一败涂地。这儿便是生死存亡的关键时刻。在我们中能岿然不动,坚持正见,渡过难关的人是不多的。不能战胜痛苦,便不能保全令德。冉阿让重又拿起那吸墨纸,想再证实一下,那几行字毕竟是无可否认的,他低着头,瞪着眼,呆着不动,脑子里烟雾腾腾,思想一片混乱,看来这人的内心世界已全部坍陷了。

他在浮想的夸大力量的支配下,研究着这次的暴露,他外表静得可怕,因为当人静到像塑像那样冷时,那是可怕的。

他衡量着他的命运在他不知不觉中迈出的那惊人的一步,他回忆起去年夏季他有过的那次疑惧,好不容易才消释,他这次又见到了那种危崖绝壁,还是那样,不过冉阿让已不再是在洞口,而是到了洞底。

情况是前所未闻并令人痛心的。他毫无所知,便落到洞底。他生命的光全熄灭了,他永不会重见天日了。

他本能地感觉到,他把某几次情景、某些日期、珂赛特脸上某几回的红晕、某几回的苍白联系起来进行分析,并对自己说:"就是他了。"失望中的猜测是一种百发百中的神矢。他一猜便猜到了马吕斯。他还不知道这个名字,但已找到了这个人。在他那记忆力的毫不留情的追溯中,他一清二楚地看见了那个在卢森堡公园里溜达的可疑的陌生人,那个想吃天鹅肉的癞蛤蟆,那个吊儿郎当的闲汉,那个蠢材,那个无赖,因为只有无赖才会走来对着有父亲爱护陪伴的姑娘挤眉弄眼。

1441

当他明白在这件事的背后有这么个小伙子在作怪以后，他，冉阿让，这个曾狠下工夫来改造自己的灵魂，尽过最大努力来使自己一生中受到的一切苦难和一切不平的待遇都化为仁爱，也让自己得以重新做人的人，现在反顾自己的内心，却看见一个鬼物：憎恨。

大的痛苦能使人一蹶不振。它使人悲观绝望。遭受极大痛苦的人会感到有某种东西又回到自己心中。人在少壮时巨大的痛苦使他悲伤，而到了晚年它能置人于死地。唉，当血还是热的，头发还是黑的，头颅还能像火炬的火焰那样直立在肩上，命运簿还没有翻上几页，仍剩下一大沓，心里还充满爱的倾慕，心的跳动也还能在别人心里引起共鸣，还有悔过自新后的前途，女人也都还在对自己笑盈盈，前程远大，视野辽阔，生命力还完全充沛，这时如果失望是件可怕的事，那么，在岁月飞驰，人已老去，黄昏渐近，残照益微，暮色苍茫，墓上星光已现时失望又会是什么？

当他凝想时杜桑进来了。冉阿让立了起来，问她说：

"是靠哪面？您知道吗？"

杜桑，愣住了，只能这样回答：

"请问是……"

冉阿让又说：

"您先头不是对我说，打起来了吗？"

"啊！对，先生，"杜桑回答说，"是靠圣美里那面。"

我们最隐秘的思想常在我们不知不觉中驱使我们作出某种机械活动，正是由于这种活动的作用，冉阿让才会在没有十分意识到的情况下，五分钟过后去到了街上。

他光着头，坐在家门口的护墙石礅上。他好像是在静听。

天已经黑了。

二　野孩敌视路灯

他这样待了多久？那些痛心的冥想有过怎样的起伏？他振作起来了吗？他屈伏下去了吗？他已被压得腰弯骨折了吗？他还能直立起来并在他良心上找到坚实的立足点吗？他自己心中大致也无数。

那条街是冷清清的。偶尔有几个心神不定，急于要回家的资产阶级也几乎没有看见他。在危难的时刻人人都只顾自己。点路灯的人和平时一样，把装在七号门正对面的路灯点燃以后便走了。冉阿让待在阴暗处，如果有人观察他，会感到他不是个活人。他坐在大门旁的护墙石上，像个冻死鬼似的，纹丝不动。失望原可使人凝固。人们听到号召武装反抗的钟声，也隐约听到风暴似的鼓噪声。在这一片狂敲猛打的钟声和喧腾哗乱的人声中，圣保罗教堂的时钟庄严舒缓地敲着十一点，警钟是人的声音，时钟是上帝的声音。冉阿让对时间的流逝毫无感觉，他呆坐不动。这时，从菜市场方面突然传来一阵爆破的巨响，接着又传来第二声，比第一次更猛烈，这大概就是我们先头见到的、被马吕斯击退了的那次对麻厂街街垒的攻打。那连续两次的射击，发生在死寂的夜间，显得格外狂暴，冉阿让听了也大吃一惊，他立了起来，面对发出那声音的方向，随即又落在护墙石上，交叉着手臂，头又慢慢垂到了胸前。

他重又和自己作愁惨的交谈。

他忽然抬起眼睛，听见街上有人在近处走路的声音，在路灯的光中,他望见一个黄瘦小伙子,从通往历史文物陈列馆的那条街上兴高采烈地走来。

伽弗洛什刚走到武人街。

伽弗洛什昂着头左右张望,仿佛要找什么。他明明看见了冉阿让,却没有理睬他。

伽弗洛什昂首望了一阵以后,又低下头来望,他踮起脚尖去摸那些门和临街的窗子,门窗全关上、销上、锁上了,试了五六个这样严防紧闭着的门窗以后,那野孩耸了耸肩,冒出了这样一句话:

"见他妈的鬼!"

接着他又朝上望。

在这以前,冉阿让在他那样的心境中是对谁都不会说一句话,也不会答一句话的。这时他却按捺不住,主动向那孩子说话了。

"小孩儿,"他说,"你要什么?"

"我要吃的,我肚子饿,"伽弗洛什毫不含糊地回答,他还加上一句,"老孩儿。"

冉阿让从他的背心口袋里摸出一个值五法郎的钱币。

伽弗洛什,像只动作急捷变换不停的鹡鸰,已从地上拾起一块石头。他早注意到了那盏路灯。

"嗨,"他说,"你们这儿还点着灯笼。你们不守规则,我的朋友。这是破坏秩序。砸掉它。"

他拿起石头往路灯砸去,灯上的玻璃掉得一片响,住在对面房子里的几个资产阶级从窗帘下面伸出头来大声说:"九三年的那套又来了!"

路灯猛烈地摇晃着,熄灭了。街上一下子变得漆黑。

"就得这样,老腐败街,"伽弗洛什说,"戴上你的睡帽吧。"

接着又转向冉阿让说:

"这条街尽头的那栋大楼,你们管它叫什么啊?历史文物陈列馆,不是吗?它那些老大老粗的石头柱子,得替我稍微打扫一下,好好地做一座街垒。"

冉阿让走到伽弗洛什身旁,低声对自己说:

"可怜的孩子,他饿了。"

他把那枚值一百个苏的钱放在他的手里。

伽弗洛什抬起他的鼻子,见到那枚钱币会那么大,不免有点吃惊,他在黑暗中望着那个大苏,它的白光照花了他的眼睛。他听人说过,知道有这么一种值五法郎的钱,思慕已久,现在能亲眼见到一个,大为高兴。他说:"让我看看这上面的老虎。"

他心花怒放地细看了一阵,又转向冉阿让,把钱递给他,一本正经地说:

"老板,我还是喜欢去砸路灯。把您这老虎收回去。我绝不受人家的腐蚀。这玩意儿有五个爪子,但是它抓不到我。"

"你有母亲吗?"冉阿让问。

"也许比您的还多。"

"好嘛,"冉阿让又说,"你就把这个钱留给你母亲吧。"

伽弗洛什心里觉得受了感动。并且他刚才已注意到,和他谈话的这个人没有帽子,这就增加了他对这人的好感。

"真是!"他说,"这不是为了防止我去砸烂路灯吧?"

"你爱砸什么,便砸什么吧。"

"您是个诚实人。"伽弗洛什说。

他随即把那值五法郎的钱塞在自己的衣袋里。

他的信任感加强了,接着又问:

"您是住在这街上的吗?"

"是的,你为什么要问?"

"您肯告诉我哪儿是七号吗?"

"您问七号干什么?"

那孩子不开口。他怕说得太多,他使劲把手指甲插在头发里,只回答了这一句:

"啊!没什么。"

冉阿让心里一动。焦急心情常使人思想灵敏。他对那孩子说:

"我在等一封信,你是来送信的吧?"

"您?"伽弗洛什说,"您又不是个女人。"

"信是给珂赛特小姐的,不是吗?"

"珂赛特?"伽弗洛什嘟囔着,"对,我想是的,是这么个怪滑稽的名字。"

"那么,"冉阿让又说,"是我应当把这信交给她。你给我就是。"

"既是这样,您总该知道我是从街垒里派来的吧。"

"当然。"冉阿让说。

伽弗洛什把他的拳头塞进另一个口袋,从那里抽出一张一折四的纸。

他随即行了个军礼。

"向这文件致敬礼,"他说,"它是由临时政府发出的。"

"给我。"冉阿让说。

伽弗洛什把那张纸高举在头顶上。

"您不要以为这是一封情书。它是写给一个女人的,但是为人民的。我们这些人在作战,并且尊重女性。我们不像那些公子哥儿,我们那里没有把小母鸡送给骆驼的狮子。"

"给我。"

"的确,"伽弗洛什继续说,"在我看来,您好像是个诚实人。"

"快点给我。"

"拿去吧。"

说着他把那张纸递给了冉阿让。

"还得请您早点交去,可塞先生,因为可塞特小姐在等着。"

伽弗洛什感到他能创造出这么个词,颇为得意。

冉阿让又说:

"回信应当送到圣美里吧?"

"您这简直是胡扯,"伽弗洛什大声说,"这信是从麻厂街街垒送来的。我这就要回到那儿去。祝您晚安,公民。"

说完这话,伽弗洛什便走了,应当说,像只出笼的小鸟,朝着先头来的方向飞走了。他以炮弹直冲的速度,又隐没在黑暗中,像是把那黑影冲破了一个洞似的,小小的武人街又回复了寂静荒凉,这个仿佛是由阴影和梦魂构成的古怪孩子,一眨眼,又消失在那些排列成行的黑暗房屋中的迷雾里,一缕烟似的飘散在黑夜中不见了。他好像已完全泯没了,但是,几分钟过后,一阵清脆的玻璃破裂和路灯落地声又把那些怒气冲天的资产阶级老爷们惊醒了。伽弗洛什正走过麦茬街。

三 当珂赛特和杜桑都在睡乡的时候

冉阿让拿着马吕斯的信回家去。

他一路摸黑,上了楼梯,像个抓获猎物的夜猫子,自幸处在黑暗中,轻轻地旋开又关上他的房门,细听了一阵周围是否有声音,根据一切迹象,看来珂赛特和杜桑都已睡了,他在菲玛德打火机的瓶子里塞了三根或四根火柴,才打出一点火星,他的手抖得太厉害了,因为做贼自然心虚。最后,他的蜡烛算是点上了,他两肘支在桌上,展开那张纸来看。

人在感情强烈冲动时,是不能好好看下去的。他一把抓住手里的纸,可以说,当成俘虏似的全力揪住,捏作一团,把愤怒或狂喜的指甲掐了进去,一眼便跑到了末尾,又跳回到开头,他的注意力也在发高烧,他只能看懂一个大概,大致的情况,一些主要的东西,他抓住一点,其余部分全不见了。在马吕斯写给珂赛特的那张纸里冉阿让只看见这些字:

"……我决心去死。当你念着这封信时,我的灵魂将在你的身边。"

面对这两行字,他心里起了一阵幸灾乐祸的狂喜,他好像被心情上的这一急剧转变压垮了,他怀着惊喜交集的陶醉感,久久望着马吕斯的信,眼前浮起一幅仇人死亡的美丽图景。

他在心里发出一阵狞恶的欢呼。这样,也就没有事了。事情的好转比原先敢于预期的还来得早。他命中的绊脚石就要消失了。它自己心甘情愿、自由自在地走开了。他冉阿让绝没有干预这件事,这中间也没有他的过失,"这个人"便要死去了。甚至他也许已经死了。想到此地,他那发热的头脑开始计算："不对,他还没有死。"这信明明是写给珂赛特明天早晨看的,在十一点和午夜之间发生了那两次爆炸以后,他还没有遇到什么,街垒要到天亮时才会受到认真的攻打,但是,没有关系,只要"这个人"参加了这场战斗,他便完了,他已陷在那一套齿轮里了。冉阿让感到他自己已经得救。这样一来,他又可以独自一人和珂赛特生活下去了。竞争已经停止,前途又有了希望。他只消把这信揣在衣袋里。珂赛特永远不会知道"这个人"的下落。"一切听其自然就可以了。这个人决逃不了。如果现在他还没有死,他迟早总得死。多么幸福!"

他对自己说了这一切以后,感到心里郁闷恓惶。

他随即走下楼去,叫醒那看门人。

大致一个钟头过后,冉阿让出去了,穿上了国民自卫军的全套制服,并带了武器。看门人没有费多大的劲,便在附近一带,为他配齐了装备。他有一支上了枪弹的步枪和一只盛满枪弹的弹盒。他朝着菜市场那边走去。

四　伽弗洛什的过度兴奋

这时伽弗洛什遇到一件意外的事。

伽弗洛什在认认真真砸烂了麦茬街的那盏路灯以后,他转向了老奥德烈特街,没有遇见一只"老猫",觉得这是个好机会,可以把他能唱的歌曲尽情地全部唱起来。他的脚步,远没有被歌子拉慢,反而加快了。他顺着那些睡着了或是吓坏了的房子,一路散播着这种有煽动性的歌词:

小鸟们在树林子里骂,

说阿达拉昨天
跟着个俄国佬走了。
　　这是美丽姑娘走的路，
　　　　咙啦。

我的朋友比埃罗，你的闲话多，
因为那天小米拉
敲着她的玻璃窗子，又叫了我。
　　这是美丽姑娘走的路，
　　　　咙啦。

骚女人，多么乖，
她们的毒坑了我，
又要害奥菲拉①先生迷心窍。
　　这是美丽姑娘走的路，
　　　　咙啦。

我爱爱神，她打情骂俏，
我爱阿涅斯，我爱巴美拉，
莉丝要对我玩火，把她自己烧毁了。
　　这是美丽姑娘走的路，
　　　　咙啦。

---

① 奥菲拉（Mathieu Orfila，1787—1853），巴黎医科学校的化学教授和毒物学家。

从前,我见了苏珊特
和泽以拉的遮头巾,
我的灵魂和它们的皱褶混在一起了。
  这是美丽姑娘走的路,
    咙啦。

爱神,当你在你发光的阴影里,
戴上罗拉玫瑰花,
我堕地狱也愿意。
  这是美丽姑娘走的路,
    咙啦。

让娜你对着镜子穿衣裳!
我的心有一天飞跑了,
我想是让娜把它收起了。
  这是美丽姑娘走的路,
    咙啦。

晚上跳完四人舞走出来,
我把斯代拉指给星星看,
并对星星说,你们看看她。
  这是美丽姑娘走的路,
    咙啦。

  伽弗洛什一面唱,一面还做着丰富多彩的表演。姿态是叠句的支点。他的脸有着千变万化、层出不穷的脸谱,在大风里飞扬的破被单上的窟窿眼儿也比不上他那张脸的滑稽突兀、变幻莫测。可惜他只是一个人,并且是在黑夜里,没人看见,有人也看不见。这是被埋没了的财富。

他突然一下停住不唱了。

"把浪漫曲暂停一下。"他说。

他那双猫眼睛发现在一扇大车门的门洞里有一幅所谓的构图,也就是说,一幅人物画:物是一辆手推小车,人是一个睡在车子里的奥弗涅人。

那小车的车杆着地,奥弗涅人的头靠着车厢的边。他的身体蜷曲在斜着的车板上,两只脚垂到地上。

伽弗洛什富有经验,一眼看出那人喝醉了。

那是一个在那一带推送货物的工人,他喝得太多,也睡得太死。

"是这样,"伽弗洛什想道,"夏天的夜晚,大有好处。这奥弗涅人在他的小车里睡着了。让我来把这车子送给共和国,把奥弗涅人留给王朝。"

他心里一亮,有了个闪光的主张。他想道:

"这辆小车,把它放在我们的街垒上,那才好呢。"

那奥弗涅人正在打鼾。

伽弗洛什轻轻地从后面拖动那小车,又从前面,就是说,抓着他的脚,拖动那奥弗涅人,一分钟过后,奥弗涅人便安安逸逸地直躺在地上。

小车没有挂碍了。

伽弗洛什已习惯于处处预防不测,因而他身上什么都有。他从衣袋里掏出一张破纸和一小段从一个木工那里摸来的红铅笔。

他写道:

法兰西共和国

收到你的小车一辆

他还签上自己的名字:"伽弗洛什"。

写完以后,他把这张纸塞进仍在打鼾的奥弗涅人的灯芯绒背心的袋子里,两手抓住车杆,推起小车,朝着菜市场的方向飞跑走了,把那辆欢腾得意的小车一路上推得咯噔咯噔震天价响。

他这样干是危险的。在王家印刷局有个哨所。伽弗洛什没有想到,那哨所是由郊区的国民自卫军驻守的。那一班的人已经有些被惊醒了,好几个人的头已从行军床上抬起来。连续两盏路灯被砸烂,加上那一阵怪吼怪叫的歌声,这已足够了,那几条街上的人原是胆小怕事的,太阳落山便想睡,老早便用盖子罩上蜡烛。一个钟头以来,这野孩像个玻璃瓶里的苍蝇似的,在这一带闹得天翻地覆。郊区的那个班长已经注意了。他在等着。他是个小心谨慎的人。

那辆小车的狂奔乱滚使班长忍无可忍,不能再等了,他决定出去巡查。

"他们是一大伙人!"他说,"我得慢慢儿上。"

很明显,那条无政府主义七头蛇已经钻出笼子,在那一带兴妖作怪。

班长捏着一把汗,蹑手蹑脚,从哨所里钻出来。

伽弗洛什推着小车,正要走出老奥德烈特街时,忽然面对面地碰上了一身军服、一顶军帽、一绺帽缨和一支步枪。

他急忙停下来。这是他第二次停步。

"呵,"他说,"是他。您好,公共秩序。"

伽弗洛什的惊慌是短暂的,很快就消失了。

"你去什么地方,流氓?"那班长大声说。

"公民,"伽弗洛什说,"我还没有叫您做资产阶级,您为什么要侮辱我?"

"你去什么地方,坏蛋?"

"先生,"伽弗洛什又说,"您昨天也许还是个聪明人,今天早上您却已经被砸了饭碗。"

"我问你去什么地方,无赖?"

伽弗洛什回答说:

"您说起话来很惹人爱。的确,我看不出您有多大年纪。您应当把您的头发卖了,每根卖一百法郎。这样,您就可以赚五百法郎。"

"你去哪儿?你去哪儿?你去哪儿?土匪!"

伽弗洛什接着说:

"这是些粗话。下次,人家喂您吃奶时,得好好把您的嘴揩揩干净。"

那班长端起了刺刀。

"你到底说不说你要去什么地方,穷光蛋?"

"我的将军,"伽弗洛什说,"我要去找医生,替我的太太接生。"

"你找死!"班长吼着说。

用害你的东西救你自己,这才是高明人的高招,伽弗洛什一眼便认清了形势。给他带来麻烦的是那辆小车,应当用小车来保护他。

当班长正要向伽弗洛什扑上去时,那辆小车突然变成了炮弹,顺手一送,便狂暴地向那班长滚了过去,正冲在他的肚子上,把他撞了个仰面朝天,落在街旁的臭水沟里,步枪也朝天打了一枪。

哨所里的人听到班长叫喊,一窝蜂似的涌了出来,跟在那第一枪后面,漫无目标地乱放一气,放过以后,又装上子弹再放。

这一场捉迷藏似的射击足足延续了一刻钟,并且打碎了几块玻璃窗。

伽弗洛什这时正疯狂地往后跑,跑过了五六条街才停下来,坐在红孩子商店转角处的护墙石上喘气。

他张着耳朵听。

喘过一阵气以后,他转向枪声紧密的地方,把左手举到鼻子的高度,向前连送三次,同时用右手敲着自己的后脑勺,这是巴黎的野孩们从法国式的讽刺中提炼出来的藐视一切的姿势,并且效果显然是良好的,因为它迄今已风行了半个世纪。

这场高兴被一个苦恼的念头搅乱了。

"对呀,"他说,"我只顾咕咕咕地笑,笑痛了肚皮,笑了个痛快,却迷了路,非得绕个弯儿不成。我得赶快回街垒,不要耽误了时间!"

说了这话,他便起步赶路。

在跑着的时候,他说:

"唉,我刚才唱到哪一段了?"

他又唱起了他的那首歌,边唱边向小街里跑,歌声在黑暗中逐渐减弱:

> 但是还剩下不少的巴士底监狱,
> 我要捣烂砸碎
> 现在的所谓公共秩序。
>
> 　这是美丽姑娘走的路,

哦啦。

大家来玩九柱戏哟!
让一个大球滚上去,
把旧世界冲得稀巴烂。
　　这是美丽姑娘走的路,
　　　哦啦。

历史悠久的好人民,
举起你们的拐杖,
砸烂卢浮宫中镶着花边的烂王朝。
　　这是美丽姑娘走的路,
　　　哦啦。

我们攻破过它的铁栏门,
国王查理十世在那天,
担惊害怕失了魂。
　　这是美丽姑娘走的路,
　　　哦啦。

　　哨所的这次战斗远不是没有成果的。那辆小车被占领了,那个醉汉也被俘虏了。车子被没收,人后来被军事法庭当作同谋犯交付审讯。当时的检察机关也围绕这件案子,对社会的防护表现了不懈的忠诚。

　　在大庙地区,伽弗洛什的这次非常事件成了家喻户晓的传说,在沼泽区的那些资产阶级老朽们的回忆里,也是一件最骇人听闻的巨案:夜袭王家印刷局哨所。

第五部 冉阿让

第一卷　四堵墙中间的战争

一　圣安东尼郊区的险礁和大庙郊区的漩涡

观察社会疾苦的人可能会提到的那两座最使人难忘的街垒，并不属于本书所述故事发生的时期。这两座街垒是在一八四八年那次无法避免的六月起义期间从地下冒出来的，那是一次有史以来规模最大的巷战，从两个不同的方面看，这两座街垒都是那次惊险局势的标志。

有时，广大的乱民，在走投无路的时候，是会从他们的苦恼中，从他们的颓丧中，从他们的贫困中，从他们的焦灼中，从他们的绝望中，从他们的怨气中，从他们的愚昧中，从他们的黑暗中，起来反抗，甚至反对原则，甚至反对自由、平等、博爱，甚至反对普选，甚至反对由全民拥立为治理全民的政府，乱民有时会向人民发动战争。

穷棒子冲击普通法，暴民起来反对平民。

那是一些阴惨的日子，因为即使是在那种暴乱中，总还有一定程度的法律，在那种决斗中还有着自杀的性质；并且，不幸的是，从穷棒子、乱民、暴民、群氓这些带谩骂意味的字眼中，人们体验到的往往是统治阶层的错误而不是受苦受难者的错误;是特权阶层的错误,而不是一无所有者的错误。

至于我们,当我们说着这些字眼时,心里总不能不感到痛苦,也不能不深怀敬意。因为,如果从哲学方面去观察和这些字眼有关的种种事实,人们便常常能发现苦难中有不少伟大之处。雅典便是暴民政治,穷棒子建立了荷兰,群氓曾不止一次拯救了罗马,乱民跟随着耶稣基督。

思想家有时也都会景仰下层社会的奇观异彩。

当圣热罗姆说"罗马的恶习,世界的法律"①这句神秘的话时,他心里想到的大概就是那些乱民,所有那些穷人,那些流浪汉,那些不幸的人,使徒和殉道者就是从他们中间产生的。

那些吃苦流血的群众的激怒,违反他们视作生命原则的蛮横作风以及侵犯人权的暴行,这些都使民众起来搞政变,是应当制止的。正直的人,苦心孤诣,正是为了爱护这些群众,才和他们进行斗争。但在和他们对抗中,又觉得他们情有可原!在抵制他们时又觉得他们是多么崇高可敬!这样的时刻真是少有,人们在尽他们本分的同时也觉得有些为难,几乎还受了某种力量的牵制,叫你不要再往前走;你坚持,那是理所当然的;但是得到了满足的良心是郁郁不乐的,完成了职责,但内心却又感到痛苦。

让我们赶快说出来,一八四八年六月是一次独特的事件,几乎不可能把它列入历史的哲学范畴中去。在涉及这次非常的暴动时,我们前面提到的那些字眼,应当一概撇开;在这次暴动中,我们感到了劳工要求权利的义愤。应当镇压,那是职责,因为它攻击共和。但是,究其实,一八四八年六月到底是怎么回事?是

---

① "罗马的恶习,世界的法律",原文为拉丁文"Fex urbis, lex orbis"。

一次人民反对自己的暴乱。

只要不离开主题,话就不会说到题外去,因此,请允许我们让读者的注意力暂时先在我们前面提到的那两座街垒上停留一会儿,这是两座绝无仅有的街垒,是那次起义的特征。

一座堵塞了圣安东尼郊区的入口处,另一座挡住了通往大庙郊区的通道;亲眼见过这两座为内战而构筑的骇人杰作耸立在六月晴朗的碧空下的人们,是永远忘不了它们的。

圣安东尼街垒是个庞然大物,它有四层楼房高,七百法尺宽。它挡住进入那一郊区的一大片岔路口,就是说,从这端到那端,它连续遮拦着三个街口,忽高忽低,若断若续,或前或后,零乱交错,在一个大缺口上筑了成行的雉堞,紧接着又是一个又一个土堆,构成一群棱堡,向前伸出许多突角;背后,稳如磐石地靠着两大排凸出的郊区房屋,像一道巨大的堤岸,出现在曾经目击过七月十四日的广场底上。十九个街垒层层排列在这母垒后面的几条街道的纵深处。只要望见这母垒,人们便会感到在这郊区,遍及民间的疾苦已经到了绝望的程度,即将转化为一场灾难。这街垒是用什么东西构成的?有人说是用故意拆毁的三座五层楼房的废料筑成的。另一些人说,这是所有的愤怒创造出来的奇迹。它具有仇恨所创造的一切建筑——也就是废墟的那种令人痛心的形象。人们可以这么说:"这是谁建造的?"也可以这么说:"这是谁破坏的?"它是激情迸发的即兴创作。哟!这板门!这铁栅!这屋檐!这门框!这个破了的火炉!这只裂了的铁锅!什么都可以拿来!什么也都可以丢上去!一切一切,推吧,滚吧,挖吧,拆毁吧,翻倒吧,崩塌吧!那是铺路石、碎石块、木柱、铁条、破布、碎砖、烂椅子、白菜根、破衣烂衫和诅咒的协作。它伟大但也渺小。那是在地狱的旧址上翻修的混沌世界。原子旁边的庞然大物;一堵孤立的墙和一只破汤罐;一切残渣废物的触目惊心的结合;西绪福斯①在那里抛下了他的岩石,约伯也在那里抛下了他的瓦碴。总而言之,很可怕。那是赤脚汉的神庙,一些翻倒了的小车突出在路旁的斜坡上;一辆巨大的运货马车,车轴朝天,横亘在张牙舞爪的垒壁正面,像是那垒壁上的一道伤疤;一辆公共马车,已经由许多胳膊兴高采烈地拖上了土堆,放在它的顶上,辕木指向空中,好像在迎接什么行空的天马。垒砌这种原始堡垒的建筑师们,似乎有意要在制造恐怖的同时,增添一点野孩子趣味。这一庞然大物,这种暴动的产物,使人想起历次革命,犹如奥沙堆在贝利翁上②,九三堆在八九上③,热月九日堆在八月十上④,雾月十八日堆在一月二十一日上⑤,葡月堆在牧月上⑥,一八四八堆在一八三〇上⑦。这广场无愧此举,街垒当

---

① 西绪福斯(Sisyphe),据希腊神话,西绪福斯原是科林斯王,为人残忍苛刻,死后在地狱中被罚推一巨石上山,到了山顶,巨石滚回山脚,还要再推上山。
② 奥沙(Ossa)和贝利翁(Pélion),希腊的两座山,神话中的巨人想上天,就把奥沙堆在贝利翁上面。
③ 九三,指一七九三年,这一年法国资产阶级大革命达到高潮。八九,指一七八九年,法国资产阶级大革命开始。
④ 热月九日,即一七九四年七月二十七日,吉伦特派与王党勾结,组织反革命叛乱,处死罗伯斯庇尔等二十二人。八月十日,指一七九二年八月十日巴黎人民起义,君主政体被推翻。
⑤ 雾月十八日,即一七九九年十一月九日,拿破仑由埃及返法,推翻督政府。一月二十一日,即一七九三年一月二十一日,法王路易十六被处死刑。
⑥ 葡月十三日,指一七九五年十月五日,保王党暴动分子进攻国民公会,拿破仑指挥共和军击败了保王党人。牧月一日,指一七九五年五月二十日,人民起义反对国民公会,要求肃清自热月九日后一直存在的反动势力。
⑦ 一八三〇年,七月革命推翻了波旁王朝。一八四八年,巴黎二月革命宣布成立第二共和国。

之无愧地出现在被摧毁的巴士底监狱原址上。如果海洋要建堤岸，它就会这般修建。狂怒的波涛在这畸形的杂物堆上留下了痕迹。什么波涛？民众。我们好像见到石化了的喧嚣声。犹如听见一群激进而又隐蔽的大蜜蜂，在它们这蜂窝似的街垒上嗡嗡低鸣。是一丛荆棘吗？是酒神祭日的狂欢节吗？是堡垒吗？这建筑物似乎振翅欲飞，令人头昏目眩。这棱堡有丑陋的一面，而在杂乱无章之中也有威严之处。在这令人见了灰心失望的一堆混乱物中，有人字屋顶架、裱了花纸的阁楼天花板、带玻璃窗的框架（插在砖瓦堆上等待着架炮）、拆开了的炉子烟囱、衣橱、桌子、长凳以及横七竖八乱成一团的连乞丐都不屑一顾的破烂货，其中含有愤怒，同时又空无所有。就像是民众的破烂、朽木、破铜烂铁、残砖碎石，都是圣安东尼郊区用一把巨大的扫帚扫出来的，用它的苦难筑成的街垒。有些木块像断头台，断链和有托座的木架像绞刑架，平放着的一些车轮在乱堆中露出来，这些都给这无政府的建筑物增添了一种残酷折磨人民的古老刑具的阴森形象。圣安东尼街垒利用一切作为武器，一切内战中能够用来射击社会的都在那儿出现了，这不是一场战斗，而是极度愤恨的爆发。在防卫这座棱堡的短枪中，有些大口径的枪发射出碎的陶器片、小骨头、衣服纽扣，直至床头柜脚上的小轮盘，这真是危险的发射物，因为同属铜质。狂暴的街垒，它向上空发出无法形容的叫嚣，当它向军队挑战时，街垒充满了咆哮的人群，一伙头脑愤激的人高据街垒，拥塞其中犹如蚁聚，它的顶部是由刀枪、棍棒、斧子、长矛和刺刀形成的尖峰，一面大红旗在风中劈啪作响，到处听得到指挥员发令的喊声、出击的战歌、隆隆的战鼓声、妇女的哭声以及饿汉们阴沉的狂笑。它庞大而又生动,好像一只电兽从背部发出雷电火星。革命精神的战云笼罩着街垒顶部,在那里群众的呼声像上帝的声音那样轰鸣着,一种奇异的威严从这巨人的乱石背篓里流露出来。这是一堆垃圾,而这也是西奈①。

正如我们以前讲到过,它以革命的名义进攻,向什么进攻?向革命。它,这街垒,是冒险、紊乱和惊慌,是误解和未知之物,它的对立面是制宪议会、人民的主权、普选权、国家、共和政体,这是《卡玛尼奥拉》向《马赛曲》的挑战。

狂妄而又勇敢的挑战,因为这老郊区是一个英雄。

郊区和棱堡是相互支援的,郊区支持棱堡,棱堡也凭借郊区。这广阔的棱堡像伸展在海边的悬崖,攻打非洲的将军们的策略在那儿碰了壁。它的岩穴,它的那些肿瘤,那些疙子,以及弯腰驼背的怪态,似乎在烟幕中挤眉弄眼,嘲弄冷笑。开花炮弹在这怪物中消失了,炮弹钻进去,被吞没了,沉入深坑;炮弹只能打个窟窿;炮轰这杂乱的一堆有什么意义呢?那些联队,经历过最凶险的战争场面,却惶惑不安地望着这只鬃毛竖得像野猪、巨大如山的猛兽堡垒而束手无策。

离此一公里,在通往林荫大道、挨近水塔的大庙街转角上,如果有人胆敢在达尔麻尼商店铺面所形成的角上把头伸出去,他准会远远看到在运河那一边,在向上通往贝尔维尔坡道的街的顶端,一堵怪墙有房子正面的三层楼那么高,好像是左右两排楼房的连接线,就像这条街自动折叠起来成为一片高墙似的,突然堵塞了去路。这墙是铺路石砌成的。它笔直、整齐、冷酷、垂直,是用角尺、拉线和铅锤来达到这一平正和划

---

① 西奈(Sinaï),在埃及。《圣经》记载,上帝在西奈向摩西传授十戒。

一的。墙上显然缺乏水泥,但正像某些罗马的墙壁,对建筑物本身的坚固朴实却丝毫无损。看了它的高度,我们可以猜到它的深度。它的檐部和墙基是严格平行的。在那灰色的墙面上,我们可以辨别出这儿那儿有一些几乎看不出来的黑线条似的枪眼,以相等的距离相互间隔着。街上望到头也不见一个人影,所有的门窗都紧闭着,在纵深处竖起的这块挡路牌使街道变成了死胡同。墙壁肃立,静止,不见人影,也听不见任何声音。没有叫喊,没有声音,没有呼吸,这是一座坟。

六月炫目的阳光笼罩着这怪物。

这就是大庙郊区的街垒。

当你到达现场见到了它,最勇敢的人,见到这神秘的东西出现在眼前,都免不了会沉思默想起来。这街垒经过修饰、榫合,呈叠瓦状排列,笔直而对称,但阴森可怕。这里既有科学又有黑暗。我们感到这个街垒的首领是一个几何学家或一个鬼怪。见到的人都窃窃私语。

有时候如果有人——士兵、军官或民众代表——冒险越过这静悄悄的街心,我们就会听见尖锐而低低的呼啸声,于是过路人倒下、受伤或死去,如果他幸免了,我们就看见一颗子弹射进关着的百叶窗、碎石缝或墙壁的沙灰里去。有时是一个实心炮弹,因为街垒中的人把两段生铁煤气管制成两门小炮,一端用麻绳头及耐火泥堵塞起来,丝毫不浪费火药,几乎百发百中。到处躺着一些死尸,铺路石上有一摊一摊的鲜血。我记得有只白粉蝶在街上飞来飞去,可见夏日依然君临一切。

附近的大门道里,挤满了受伤的人。

在这儿,人感到被一个看不见的人所瞄准,并且知道整条街都被人瞄准着。

运河的拱桥在大庙郊区的入口处形成一个驼峰式的地势,它后面密集着进攻的队伍,士兵们严肃而聚精会神地观察着这座静止、阴沉、无动于衷的棱堡,而死亡将从中产生。有几个匍匐前进直至拱桥的高处,小心翼翼地不露出军帽的边缘。

勇敢的蒙特那上校对这座街垒赞美不已,他向一个代表说:"建筑得多么好! 没有一块突出的石头,真太精致了。"这时一颗子弹打碎了他胸前的十字勋章,他倒下了。

"胆小鬼!"有人说,"有本事就露面吧! 让人家看看他们! 他们不敢! 只能躲躲藏藏!"大庙郊区的街垒,八十个人防御,经受了一万人的攻打,它坚持了三天。第四天,采用了曾在扎阿恰和君士坦丁①的办法,打穿了房屋,从屋顶上攻进去,才攻克了街垒。八十个胆小鬼没有一个打算逃命,除了首领巴特尔米之外全被杀死了。关于巴特尔米的事,我们即将叙及。

圣安东尼的街垒暴跳如雷,大庙郊区的街垒鸦雀无声。就可怕和阴森而言两座棱堡各不相同,一个狂暴怒吼,另一个却以假相欺人。

如把这次巨大而阴惨的六月起义作为愤怒和谜的结合,我们感到第一个街垒里有条龙,而第二个背后是斯芬克司。

这两座堡垒是由两个人修建起来的,一个名叫库尔奈,另一个叫巴特尔米。库尔奈建造了圣安东尼的街垒,巴特尔米建造了大庙区的街垒。每个堡垒都具有修建者的形象。

---

① 扎阿恰(Zaatcha),阿尔及利亚沙漠中的绿洲,君士坦丁(Constantine),阿尔及利亚的城市,两处都曾被法军攻占。

库尔奈个子魁伟,两肩宽阔,面色红润,拳头结实,生性勇敢,为人忠实,目光诚恳而炯炯骇人。他胆大无畏,坚忍不拔,急躁易怒,狂暴激烈,对人诚挚,对敌手不软。战争、武斗、冲突是他的家常便饭,使他心情愉快。他曾任海军军官,根据他的声音和举动,可以猜出他是来自海洋和风暴;在战斗中他坚持飓风式的战斗作风。除了天才这一点,库尔奈有点像丹东,正如除了神性这一点,丹东略似赫拉克勒斯。

巴特尔米瘦弱而矮小,面色苍白,沉默寡言,他像一个凄惨的流浪儿。他曾被一个警察打过一记耳光,于是他随时窥伺,等待机会,终于把这个警察杀死,因此他十七岁就被关进监狱。出狱后建成了这座街垒。

后来巴特尔米和库尔奈两人都被放逐到伦敦,巴特尔米杀死了库尔奈,这是命中注定的,是一场悲惨的决斗。不久以后,他被牵连进一桩离奇的凶杀案里去,其中不免涉及爱情。这种灾祸根据法国的裁判有可能减罪,而英国的司法则认为该处死刑。巴特尔米上了绞架。阴暗的社会结构就是如此这般,由于物质的匮乏和道德的沦丧,致使这不幸的人——他有才智,肯定很坚强,也许不很伟大——在法国从监狱开始,在英国以绞刑结束。巴特尔米,在这种情况下,只举起了一面旗——黑旗。

二 在深渊中如果不谈话,又干什么呢?

暴动,在地下进行了十六年的教育!到了一八四八年,比起一八三二年六月便精炼得多了。因此麻厂街的街垒和我们前面所描述的两座巨大的街垒相比,仅是一张草图,一个雏形,但在当时,它算是很可怕的了。

安灼拉亲眼看着那些起义者,他们充分利用夜晚的时间,因为当时马吕斯对一切都不闻不问。那街垒非但进行了修理,而且还扩大加高了两尺。那些插在铺路石块缝里的铁钎,好像一排防护的长枪,从各处搬来的残物堆积在上面,使这些混乱的外形更加复杂化。这棱堡的外表是乱七八糟的,可是朝里的这一面却很巧妙地变成了一堵墙。

他们修复了用铺路石堆砌的台阶,借以登上像城堡一样的墙顶。

街垒的内部也整理了一番,出清了地下室,把厨房改成战地病房,包扎了伤员,收集了散在地上和桌上的炸药,熔化了弹头,制造了子弹,理齐了包扎伤员的碎布,分配了倒在地上的武器,打扫了棱堡的内部,收拾了残余物品,搬走了尸体。

死尸被堆到还在控制范围内的蒙德都巷子里。那儿路面早已是血迹斑斑了。尸体中有四具是郊区国民自卫军的士兵。安灼拉吩咐把他们的制服收放在一边。

安灼拉劝告大家睡两小时。安灼拉的劝告就是命令,可是只有三四个人接受。弗以伊利用这两个小时在面对酒店的墙上刻了下面的题铭:

　　人民万岁!

这四个字是用钉子在石块上凿出来的,到一八四八年,在这堵墙上还能看得很清楚。

那三个女人趁着夜间的暂时停火干脆溜走了,这使那些起义者松了一口气。

她们设法躲到邻近的一所屋子里去。

大部分的伤员还能继续作战，这也是他们的意愿。在那临时成为战地病房的厨房里，用草荐和草捆铺的垫子上面躺着五个重伤员，其中两个是保安警察。保安警察首先被敷药包伤。

在地下室里只剩下黑布盖着的马白夫和绑在柱子上的沙威。

安灼拉说："这里是停尸间。"

在这间屋子的内部，一支蜡烛的暗淡光线在摇曳着，那停尸台放在柱子后面进深处，好像一根横梁，因此站着的沙威和躺着的马白夫，好像形成一个大十字架。

那辆长途马车的辕木，虽已被炮火轰断，但依然竖立在那儿，可以在上面悬挂一面旗帜。

安灼拉具有那种说到做到的首领的作风，他把已牺牲老人的一件被子弹打穿了的血衣挂了上去。

开饭已是不可能了。没有面包，也没有肉。街垒中五十来个人，在十六个小时内，很快就把酒店里有限的储存物吃得一干二净。到一定时候，坚持着的街垒不免要成为墨杜萨木排了。大家免不了要忍饥挨饿。六月六日，在这个斯巴达式的日子的凌晨，在圣美里街垒中，让娜被那些叫嚷要面包的起义者围绕着，她对他们说："还要吃？现在是三点钟，到四点钟我们都已经死了。"

正因为没有吃的，安灼拉禁止大家喝酒，他不准大家喝葡萄酒，只定量配给些烧酒。

他们在酒窖中发现了封存完好的满满的十五瓶酒，安灼拉和公白飞检查了这些瓶子。公白飞走上来的时候说："这是于什鲁大爷的存底，他以前是饮食杂货店的老板。"博须埃提出看法:"这肯定是真正的好葡萄酒。幸好格朗泰尔睡着了,否则这些瓶子就很难保住。"安灼拉不理睬这些闲话,对这十五个瓶子他下了禁令,为了不让任何人碰,为了使这些瓶子像圣品似的保留着,他吩咐放在躺着马白夫公公的桌子底下。

清晨两点钟左右,他们点了一下人数,还有三十七个人。

东方开始发白。不久前他们刚熄灭了放置在石块凹穴处的火把。在街垒内部,这个由街道围进来的小院子被黑暗笼罩着,通过令人有些寒悚的暗淡曙光,看起来好像一艘残损船只的甲板。战士们来来去去,犹如黑影在移动。在这可怕的黑窝上面,各层寂静的楼房开始在青灰色的背景上显出轮廓,不过高处的一些烟囱却变成灰白色了。天空呈现出一种悦目的似白近蓝的色调。鸟群一面飞一面愉快地啼鸣。街垒后面的那所高楼是向阳的,它的屋顶反映着粉红色的霞光。在四楼的一个小窗口,晨风吹拂着一个死人的灰白头发。

古费拉克对弗以伊说:"灭了火把我很高兴。在风中飘忽的火焰叫人烦闷,它好像怀着恐惧。那火把的光芒就像懦夫的智慧,它摇曳着,所以才照而不亮。"

曙光唤醒了鸟群和人的心灵,大家都在谈天。

若李看见一只猫在屋檐上徘徊,就作出了哲学的分析。

他高声说:"猫是什么?这是一剂校正的药。上帝创造了老鼠,就说:'哟!我做错了一件事。'于是他又创造了猫,猫是老鼠的勘误表。老鼠和猫就是造物者重新阅读他的原稿后的修正。"

公白飞被学生和工人围着,在谈论一些已死的人。谈到让·勃鲁维尔、巴阿雷、马白夫,谈到勒·卡布克以及安灼拉深沉的悲痛。他说：

"阿尔莫迪乌斯和阿利斯托吉通、布鲁图斯①、谢列阿②、史特方纽斯、克伦威尔③、夏绿蒂·科尔黛④、桑得⑤，他们事后都曾有过苦闷的时刻。我们的心是如此不稳定而人的生命又是如此神秘，所以，即使为了公民利益或人的自由所进行的一次谋杀事件（如果存在这类谋杀的话），杀人后的悔恨心情仍超过造福人类而感到的欣慰。"

闲聊时话题经常改变，一分钟后，公白飞从让·勃鲁维尔的诗转到把翻译《农事诗》⑥的罗和古南特相比，又把古南特和特利尔相比，还指出几节马尔非拉特的译文，特别是关于因恺撒之死而出现的奇迹。谈到恺撒，话题又回到了布鲁图斯。

公白飞说："恺撒的灭亡是公正的。西塞罗对恺撒是严厉的，他做得对。这种严厉不是谩骂。佐伊尔辱骂荷马，梅维吕斯辱骂维吉尔，维塞辱骂莫里哀，蒲伯辱骂莎士比亚，弗莱隆辱骂伏尔泰，这是一条古老的规律——妒忌和憎恨在起作用；有才华的人难免招致诽谤，伟人多少要听到狗吠。可是佐伊尔和西塞罗是两回事，西塞罗用思想来裁判，布鲁图斯以利剑来裁判。至于我，我斥责后面这种裁判，可是古代却允许这种方式。恺撒是破坏鲁比肯协议的人，他把人民给他的高官显职当作他自己给的，在元老院议员进来时也不起立，正如欧

---

① 布鲁图斯（Brutus），罗马共和派领袖，此处指刺杀他的义父恺撒。
② 谢列阿（Chéreas），罗马法官，杀死暴君卡利古拉（Caligula）而被诛。
③ 克伦威尔（Cromwell, 1599—1658），英国革命领袖，处死暴君查理七世。
④ 夏绿蒂·科尔黛（Charlotte Corday, 1768—1793），刺死马拉者。
⑤ 桑得（Sand, 1795—1820），德国大学生，因谋杀反动作家科采布（Kotzebue）而被诛。
⑥ 《农事诗》（Géorgiques），古罗马诗人维吉尔的作品。

忒洛庇①所说：'所作所为如帝王，类似暴君，像暴君一样执政。'②他是一个伟人，很遗憾，或者是好极了，教训是巨大的。我对他身受的二十三刀比向耶稣脸上吐唾沫更无动于衷。恺撒被元老院议员刺死，耶稣挨了奴仆的巴掌。受尽人间侮辱的莫过于上帝。"

博须埃站在一个石堆上，在众人之上，他手中握着卡宾枪，向谈论的人大声说：

"啊，西达特伦，啊，密利吕斯，啊，勃罗巴兰特，啊，美丽的安蒂德！使我像洛约姆或艾达普台翁那儿的希腊人一样，朗诵荷马的诗吧！"

三 明朗化和忧郁感

安灼拉出去侦察了一番，他从蒙德都巷子出去，转弯抹角地沿着墙走。

看来这些起义者是充满了希望的。他们晚间打退了敌人的进攻，这使他们几乎在事先就蔑视凌晨的袭击。他们含笑以待，对自己的事业既不发生怀疑，也不怀疑自己的胜利。再说，还有一支援军肯定会来协助他们。他们对这支援军寄托着希望。法兰西战士的部分力量来自这种轻易预料胜利的信心，他们把即将开始的一天分成明显的三个阶段：早晨六点，一个"他们做过工作的"联队将倒戈；午时，全巴黎起义；黄昏

---

① 欧忒洛庇（Eutrope），公元前四世纪拉丁历史学家。
② "所作所为如帝王，类似暴君，像暴君一样执政。"原文为拉丁文"regia acpœnè tyrannica."

时刻,革命爆发。

从昨晚起,圣美里教堂的钟声从没停止过,这证明那位让娜的大街垒仍在坚持着。

所有这些希望,以愉快而又可怕的低语从一组传到另一组,仿佛蜂窝中嗡嗡的作战声。

安灼拉又出现了。他在外面黑暗中作了一次老鹰式阴郁的巡视。他双臂交叉,一只手按在嘴上,听了听这种愉快的谈论。接着,在逐渐转白的晨曦中,他面色红润、精神饱满地说:

"整个巴黎的军队都出动了。三分之一的军队压在你们所在的这个街垒上,还有国民自卫军。我认出了正规军第五营的军帽和宪兵第六队的军旗。一个钟头以后你们就要遭到攻打。至于人民,昨天还很激奋,可是今晨却没有动静了。不用期待,毫无希望。既没有一个郊区能相互呼应,也没有一支联队来接应。你们被遗弃了。"

这些话落在人们的嗡嗡声中,像暴风雨的第一个雨点打在蜂群上。大家哑口无言。在一阵无法形容的沉默中,好像听到死神在飞翔。

这只是短促的一刹那。

在最后面的人群里,一个声音向安灼拉喊道:

"就算情形是这样,我们还是把街垒加到了二十尺高,我们坚持到底。公民们,让我们提出用尸体来抗议。我们要表示,虽然人民抛弃共和党人,共和党人是不会背离人民的。"

这几句话,从个人的忧心忡忡里道出了大伙的想法,受到了热情的欢呼。

大家始终不知道讲这话的人叫什么名字,这是一个身穿工作服的无名小卒,一个陌生人,一个被遗忘的人,一个过路英雄,在人类的危境和社会的开创中,经常会有这样的无名伟人,他在一定的时刻,以至高无上的形式,说出决定性的言语,如同电光一闪,刹那间他代表了人民和上帝,此后就在黑暗中消失了。

这种不可动摇的坚定意志,散布在一八三二年六月六日的空气里,几乎同时,在圣美里街垒中,起义者也发出了这一具有历史意义并载入史册的呼声:"不管有没有人来支援我们,我们就在这儿拼到底,直到最后一人。"

我们可以看到,这两个街垒虽然分处两地,但却又互通声气。

四 少了五个,多了一个

在那个普通人宣布了"尸体的抗议"、代表了大伙的共同志愿讲了话之后,大家异口同声发出了一声奇特的既满意而又可怕的呼声,内容凄惨但语气高亢,好像已得到胜利似的:

"死亡万岁! 咱们大伙都留在这儿!"

"为什么都留下来?"安灼拉问。

"都留下! 都留下!"

安灼拉又说:

"地势优越,街垒坚固,三十个人足够了。为什么要牺牲四十个人呢?"

大家回答:

"因为没有一个人想离开呀!"

"公民们,"安灼拉大声说,他的声音带点激怒的颤动,"共和国在人员方面并不算多,要节约人力。虚荣就是浪费。

对某些人来说,如果他们的任务是离开这里,那么这种任务也该像其他任务一样,要去完成。"

安灼拉是一个坚持原则的人,在他的同道中他具有一种从绝对中产生出来的无上权威。他虽有这种无限的权力,但大家仍低声议论纷纷。

安灼拉是个十足的领袖,他见人议论,就坚持他的看法,他用高傲的语气继续发问:"谁为只剩下三十个人而害怕,就来讲讲。"

嘟囔声越来越大了。

人群中有个声音提醒说:"离开这里,说得倒容易,整个街垒都被包围了。"

安灼拉说:"菜市场那边没有被包围。蒙德都街无人看守,而且从布道修士街可以通到圣婴市场去。"

人群中另一个声音指出:"在那儿就会被抓起来。我们会遇到郊区的或正规的自卫军,他们见到穿工人服戴便帽的人就会问:'你们从哪儿来?你不是街垒里的人吗?'他们会叫你伸出手来看,发现手上有火药味,就枪毙。"

安灼拉并不回答,他用手碰了一下公白飞的肩膀,他们走到下面的厅堂里去了。

一会儿他们又从那儿出来。安灼拉两手托着四套他吩咐留下的制服,公白飞拿着皮带和军帽跟在后面。

安灼拉说:"穿上制服就很容易混进他们的队伍脱身了。这里至少已够四个人的。"

他把这些制服扔在挖去了铺路石的地上。

这些临危泰然自若的听众没有一个人动一动。公白飞接着发言。

"好啦,"他说,"大家应当有点恻隐心。你们知道现在的问题是什么吗?是妇女。请问妇女到底存在不存在?孩子到底存在不存在?有没有身边围着一群孩子,用脚推着摇篮的母亲?你们中间,谁没有见过喂奶母亲的请举手。好啊!你们要牺牲自己,我对你们说,我也愿意这样,可是我不愿女人的阴魂在我周围悲泣。你们愿意死,行,可是不能连累别人。这里将要出现的自杀是高尚的,不过自杀也有限制,不该扩大;况且一旦你身边的人受到自杀的影响,那就成为谋杀了。应当为那些金发孩儿,还有那些白发老人想想。听我讲,刚才安灼拉对我说,他看见在天鹅街转角上,六楼的一个小窗口点着一支蜡烛,玻璃窗里映出一个哆哆嗦嗦的老婆婆的头影,她好像通宵未眠,在等待着。这可能是你们中间哪一位的母亲。那么,这个人应该赶快走,快回去向他母亲说:'妈,我回来了!'他只管放心,我们这里的工作照样进行。当一个人要用劳动去抚养他的近亲时,他就没有权利牺牲。否则就是背离家庭。还有那些有女儿的和有姊妹的人,你们考虑过没有?你们自己牺牲了,死了,倒不错,可是明天怎么办呢?年轻的女孩子没有面包,这是可怕的。男人可以去乞食,女人就得去卖身。呵!这些可爱的人儿是这样的优雅温柔,她们戴着饰花软帽,爱说爱唱,使家里充满着贞洁的气氛,好像芳香四溢的鲜花,这些人间无瑕的童贞说明天上是有天使的,这个让娜,这个莉丝,这个咪咪,这些可爱而又诚实的人是你们所祝福而且为之骄傲的,啊老天,她们要挨饿了!你们要我怎么说呢?是有着一个人肉市场的,这可不是单凭你那双在她们身旁发颤的幽灵的手就能阻止她们进入!想想那些街巷,想想那些拥挤的马路,那些在商店橱窗前面来来往往袒胸露臂堕入泥坑的女人吧。这些女人以前也是纯洁的。有姊妹的人要替姊妹们考虑。穷困、卖淫、保安警察、圣辣匝禄监狱,这些娇小美丽的女孩子因此而堕落,她们是脆弱的出色的人儿,腼腆、优雅、贤惠、清秀。比五月的丁香更鲜妍。啊,你们自己牺牲了!啊,你们已不在人间了!好吧,你们想把人民从王权下拯救出来,但却把自己的女儿交给了保安警察。朋友们,注意,应当有同情心。女人,这些可怜的女人,大家经常习惯于为她们着想。我们对女子没受到和男子同等的教育感到心安理得,不让她们阅读,不让她们思考和关心政治,你们也禁止她们今晚到停尸所去辨认你们的尸体吗?好啦!那些有家室的人要发发善心,乖乖地来和我们握手,然后离开这里,让我们安心工作。我知道,离开这儿是要有勇气的,也是困难的,但越困难就越值得赞扬。有人说:'我有一支枪,我是属于街垒的,活该,我不走。'活该,说得倒痛快。可是,朋友们,还有明天,明天你已不在世上了,你们的家庭可还在。有多少痛苦呀!你看,一个健壮可爱的孩子,面颊像苹果,一边笑一边咿咿呀呀学讲话,你吻他时感到他是多么娇嫩,你可知道他被遗弃后会怎么样?我见过一个,一点点大,只有这么高,他的父亲死了,几个穷苦人发慈悲把他收留下来,可是他们自己也经常吃不饱。小孩老是饿着。这是在冬天。他一声不哭。人们见他走到从没生过火的火炉旁,那烟筒,你知道,是涂上了黄粘土的。那孩子用小手指剥下一些泥来就吃。他的呼吸声沙哑,脸色苍白,双腿无力,肚子鼓胀。他什么话也不说。人家问他,他不回答。他死了。临死,人家把他送到纳凯救济院,我就是在那儿看到他的,当时我是救济院的住院医生。现在,如果你们中间有当父亲的,星期天就去幸福地散步,用壮健的手握着自己孩子的小手。请每个父亲想象一下,把这个孩子当作自己的孩子。这可怜的小娃娃,我还记得,好像就在眼前一样,当他赤身露体躺在解剖桌上时,皮下肋骨突出,好像墓地草丛下的坟穴。在这孩子的胃中我找到了泥土一类的东西。在牙缝中有灰渣。好吧,我们扪心自问,让良心指路吧!据统计,被遗弃的孩子的死亡率是百分之五十五。我再重复一遍,这是和妻子、女儿和孩子有关的问题。我不是说你们。大家都很清楚你们是什么人,天呀,谁都知道你们是勇士。谁都明白你们在为伟大事业牺牲自己的生命,心里感到快乐和光荣。谁都知道你们自己感到已被选定要去作有益而庄严的献身,要为胜利尽自己的一份力量。这是再好不过的,但你们不是单身汉,要想到其他的人,不要自私。"

大家沉郁地低下了头。

在最壮烈的时刻,人的内心会产生多么奇特的矛盾!公白飞这样讲,他自己也并不是孤儿。他想到别人的母亲,而忘了自己的。他准备牺牲自己。他是"自私的人"。

马吕斯忍着饥饿,心情狂热,接二连三地被一切希望所抛弃,他受到痛苦的折磨,这是最凄惨的折磨,他充满了激烈的感情,感到末日即将来临,于是逐渐陷入痴呆的幻境中,这是一种自愿牺牲者临终前常出现的状态。

一个生理学家可以在他身上去研究那种已为科学所了解、并也已归类的渐渐加剧的狂热呆痴症状,此症起于极端的痛苦,这和极乐时的快感相似,失望也会使人心醉神迷,马吕斯是属于这种情况的。他像局外人那样看待一切,正如我们所说,他面前发生的事对他是如此遥远,他能知道一些总的情况,但看不到细节。他在火焰中看到来来往往的人,他听到的说话声就好像来自深渊一样。

可是这件事却刺激了他。这一情景有点触及了他的心灵,使他惊醒过来。他惟一的心愿就是等死,他不愿改变主张,但是在凄凉的梦游状态中他也曾想过,他死并不妨碍他去拯救别人。

他提高嗓子说:

"安灼拉和公白飞说得有理。不要作无谓的牺牲。我同意他们,要赶快。公白飞说了决定性的话。你们中间凡是有家属的、有母亲的、有姊妹的、有妻子的、有孩子的人就站出来。"

没有一个人动一动。

马吕斯又说:"已婚男子和有家庭负担的人站出来!"

他的威望很高,安灼拉虽是街垒的指挥官,但马吕斯是救命人。

安灼拉说:"我命令你们!"

马吕斯说:"我请求你们。"

于是,这些被公白飞的话所激动,被安灼拉的命令所动摇,被马吕斯的请求所感动的英雄,开始互相揭发。一个青年对一个中年人说:"是呀,你是一家之长,你走吧。"那个人回答:"是你,你有两个姊妹要抚养。"一场前所未闻的争辩展开了,就看谁不被人赶出墓门。

古费拉克说:"赶快,一刻钟之后就来不及了。"

安灼拉接着说:"公民们,这里是共和政体,实行普选制度。你们自己把应该离开的人推选出来吧。"

大家服从了,大约过了五分钟,一致指定的五个人从队里站了出来。

马吕斯叫道："他们是五个人！"

一共只有四套制报。

五个人回答说："好吧，得有一个人留下来。"

于是又开始了一场慷慨的争论。问题是谁留下来，每个人都说别人没有理由留下来。

"你，你有一个热爱你的妻子。""你，你有一个老母亲。""你，你父母双亡，三个小兄弟怎么办？""你，你是五个孩子的父亲。""你，你只有十七岁，太年轻了，应该活下去。"

这些伟大的革命街垒是英雄们的聚会之所，不可思议的事在这里是极其普遍的，在他们之间甚至都不以为奇了。

古费拉克重复说："快点！"

人群中有个人向马吕斯喊道：

"由你指定吧，哪一个该留下。"

那五个人齐声说："对，由你选定，我们服从。"

马吕斯不相信还有什么事能更使他感情冲动，但想到要选一个人去送死，他全身的血液都涌上了心头。他的面色本来已经煞白，不可能变得更苍白了。

他走向对他微笑的五个人，每个人的眼睛都冒着烈火，一如古代坚守塞莫皮莱的英雄的目光，都向马吕斯喊道：

"我！我！我！"

马吕斯呆呆地数了一下，确是五个人！然后他的视线移到下面四套制服上。

正在这时，第五套制服，好比从天而降，落在这四套上面。

那第五个人得救了。

马吕斯抬头认出是割风先生。

冉阿让刚走进街垒。

可能他已探明情况,或由于他的本能,也许是碰巧,他从蒙德都巷子来。幸亏他那身国民自卫军的制服,很顺利地就通过了。

起义军设在蒙德都街上的哨兵,不为一个国民自卫军发出警报信号。这哨兵让他进入街道时心里想:"这可能是个援军,大不了是个囚徒。"哨兵要是玩忽职守,这一时刻可是太严重了。

冉阿让走进棱堡,没有引起任何人的注意,这时大家的目光都集中在这选出的五个人和四套制服上。冉阿让也看到听到了一切,他不声不响地脱下自己的制服,把它扔在那堆制服上。

当时情绪的激动是无法描绘的。

博须埃开口问道:"他是什么人?"

公白飞回答:"是一个拯救众人的人。"

马吕斯用深沉的语气接着说:

"我认识他。"

这种保证使大家放了心。

安灼拉转向冉阿让说:

"公民,我们欢迎你。"

他又接着说:

"你知道我们都将去死。"

冉阿让一言不发,帮助他救下的那个起义者穿上他的制服。

五 在街垒顶上见到的形势

众人的处境,在这致命的时刻和这严正无私的地方,是使安灼拉无比忧郁的最大缘由。

安灼拉是一个不折不扣的革命者,但从绝对完善的角度来看,还是有缺点的,他太像圣鞠斯特,不太像阿那卡雪斯·克罗茨①;但他的思想在"ABC的朋友们"中受到公白飞思想的吸引;不久以来,他逐渐摆脱了他那狭隘的信条,走向扩大了的进步;他开始承认,最终的宏伟演进是把伟大的法兰西共和国转变为浩浩荡荡的全人类的共和国。至于目前的办法,一种凶暴的环境已经形成,他坚持用暴力;在这点上,他不改变;他对那可怕的史诗般的学派信守不渝,这学派用三个字概括:"九三年"。

安灼拉站在铺路石堆成的台阶上,一只臂肘靠着他的枪筒。陷入沉思;好像有一阵过堂风吹过,使他战栗;在面临死亡的场合,使人感到像坐上了三脚凳②一样。他那洞察内心的瞳孔闪射出受到压抑的光芒。突然他抬起头来,把金黄的头发朝后一甩,就像披发天神驾着一辆由星星组成的黑色四马战车,又像是一只受惊的狮子把它的鬃毛散成光环。安灼拉于是大声说:

"公民们,你们展望过未来的世界没有?城市的街道上

---

① 阿那卡雪斯·克罗茨(Anacharsis Clootz,1755—1794),法国大革命时革命者,推崇理性,后和雅各宾左派一起被处死。此处指安灼拉缺乏克罗茨的理智。
② 三脚凳,指古希腊祭台上的三脚凳,女祭司坐在上面宣述神谕。

光明普照，门前树木苍翠，各族人民亲如兄弟，人们大公无私，老人祝福儿童，以往赞美今朝，思想家自由自在，信仰绝对平等，上天就是宗教，上帝是直接的牧师，人们的良心是祭台，没有怨恨，工厂和学校友爱和睦，以名誉好坏代替赏罚，人人有工作，个个有权利，人人享受和平，不再流血，没有战争，母亲们欢天喜地。要掌握物质，这是第一步；实现理想，这是第二步。大家想想，现在的进步到了什么程度。在原始时代，人类惊恐地看到七头蛇兴风作浪，火龙喷火，天上飞着鹰翼虎爪的怪物，人们处在猛兽威胁之下；可是人们设下陷阱，神圣的智慧陷阱，终于俘获了这些怪物。

"我们驯服了七头蛇，它就是轮船；我们驯服了火龙，这就是火车头；我们即将驯服怪鸟，我们已抓住了它，这就是气球。有朝一日，人类最终完成了普罗米修斯开创的事业，任意驾驭这三种古老的怪物，七头蛇、火龙和怪鸟，人将成为水、火、空气的主人，他在其他生物中的地位就如同过去古代的天神在他心中的地位。鼓起勇气吧，前进！公民们，我们向何处前进？向科学，它将成为政府；向物质的力量，它将成为社会惟一的力量；向自然法则，它本身就具有赏与罚，它的颁布是事实的必然性决定的；向真理，它的显现犹如旭日东升。我们走向各民族的大团结，我们要达到人的统一。没有空想，不再有寄生虫。由真理统治事实，这就是我们的目的。文化在欧洲的高峰上举行会议，然后在各大陆的中心，举行一个智慧的大议会。如同事情已经存在过一样。古希腊的近邻同盟会每年开两次会，一次在德尔法，那是众神之地，另一次在塞莫皮莱，那是英雄之地。欧洲将有它的近邻同盟会议，全球将有它的同盟会议。法国孕育着这个崇高的未来，这就是十九世纪的怀胎期。古希腊初具雏形的组织理应由法国来完成。弗以伊,听我说,你是英勇的工人,平民的儿子,人民的儿子。我崇敬你,你确实清楚地见到了未来世界,不错,你有道理。你已没有父母亲,弗以伊;但你把人类当作母亲,把公理当作父亲。你将在这儿死去,就是说在这儿胜利。公民们,不论今天将发生什么事,通过我们的失败或胜利,我们进行的将是一场革命。正好比火灾照亮全城,革命照亮全人类一样。我们进行的是什么样的革命?正如我刚才所说,是正义的革命。在政治上,只有一个原则:人对自己的主权。这种我对自己的主权就叫做自由。具有这种主权的两个或两个以上的人组织起来就出现了政府。但在这种组织中并不放弃任何东西。每人让出一部分主权来组成公法。所有人让出的部分都是等量的。每个人对全体的这种相等的让步称为平等。这种公法并不是别的,就是大家对各人权利的保护。这种集体对个人的保护称为博爱。各种主权的集合点称为社会。这个集合是一种结合,这个点就是一个枢纽,就是所谓社会联系,有人称之为社会公约,这都是一回事,因为公约这个词本来就有着联系的意思。我们要搞清楚平等的意义,因为如果自由是顶峰,那平等就是基础。公民们,所谓平等并不是说所有的植物长得一般高,一些高大的青草和矮小的橡树结为社会,邻居之间的忌妒要相互制止;而在公民方面,各种技能都有同样的出路;在政治方面,所投的票都有同样的分量;在宗教方面,所有信仰都有同样的权利;平等有一个工具:免费的义务教育。要从识字的权利这方面开始。要强迫接受初等教育,中学要向大家开放,这就是法律。同等的学历产生社会的平等。是的,教育!这是光明!光明!一切由光明产生,又回到光明。公民们,十九世纪是伟大的,但二十世纪将是幸福的。那时就没有与旧历史相似的东西了,人们就不会像今天这样害怕征服、侵略、篡夺,害怕国与国之间的武装对抗,害怕由于国王之间的通婚而使文化中断,害怕世袭暴君的诞生,害怕由一次会议而分裂民族,害怕因一个王朝的崩溃而造成国土被瓜分,害怕两种宗教正面冲突发生了像两只黑暗中的公山羊在太空独木桥上相遇的绝境;人们不用再害怕灾荒、剥削,或因穷困而卖身,或因失业而遭难,不再有断头台、杀戮和战争,以及不计其数的事变中所遭到的意外情况①。人们几乎可以说:'不会再有事变了。'人民将很幸福。人类将同地球一样完成自己的法则;心灵和天体之间又恢复了融洽。我们的精神围绕着真理运转,好像群星围绕着太阳。朋友们,我和你们谈话时所处的时刻是暗淡的,但这是为获得未来所付的惊人代价。革命是付一次通行税。啊!人类会被拯救,会站起来并得到安慰的!我们在这街垒中向人类作出保证。不在牺牲的高峰上我们还能在什么地方发出博爱的呼声呢?啊,弟兄们,这个地方是有思想的人和受苦难的人的集合点;这个街垒不是由石块、梁柱和破铜烂铁堆起来的,它是两堆东西的结合,一堆思想和一堆痛苦。苦难在这儿遇到了理想,白昼在这儿拥抱了黑夜并向它说:'我和你一同死去,而你将和我一起复活。'在一切失望的拥抱里迸发出信念;痛苦在此垂死挣扎,理想将会永生。这种挣扎和永生的融合使我们为之而死。弟兄们,谁在这儿死去就是死在未来的光明中。我们将进入一个充满曙光的

---

① 原文是"在事变的森林里遭到偶然的抢劫"。这是以在森林中遭到抢劫作比,意思是"碰到意外事故"。

坟墓。"

安灼拉不是结束而好像是暂时停止了他的发言。他的嘴唇默默地颤动着,仿佛继续在自言自语,因而使得那些人聚精会神地望着他,还想听他讲下去。没有掌声,但大家低声议论了很久。这番话好比一阵微风,其中智慧在闪烁发光,一如树叶在簌簌作响一样。

六 马吕斯惊恐不安,沙威言语简练

我们来谈谈马吕斯的思想活动。

大家可以回忆一下他的精神状态。我们刚才已经提到,现在一切对他只是一种幻影。他的辨别力很弱。我们再重复一遍,马吕斯是处在临终者上方那巨大而幽暗的阴影之下,他自己感到已进入坟墓,已在围墙之外,他现在是在用死人的目光望着活人的脸。

割风先生怎么会在这儿呢?他为什么要来?他来干吗?马吕斯不去追究这些问题。再说,我们的失望有这样一个特点,它包围我们自己,也包围着别人,所有的人都到这里来死这件事他觉得好像还是合理的。

但是他的心情沉重,想念着珂赛特。

再说割风先生不和他说话,也不望他一眼,好像根本没有听见马吕斯在高声说:"我认识他。"

至于马吕斯,割风先生的这种态度使他精神上没有负担,如果能用这样一个词来形容这种心情,我们可以说,他很喜欢这种态度。他一向觉得绝对不可能和这个既暧昧威严,又莫测高深的人交谈。何况马吕斯又很久没有见到他了,马吕斯

的性格本来就腼腆审慎,这更使他不可能去和他交谈了。

五个指定的人从蒙德都巷子走出了街垒,他们非常像国民自卫军。其中的一个泣不成声。离开以前,他们拥抱了所有留下的人。

当这五个又回到生路上去的人走了以后,安灼拉想起了该处死的那个人。他走进地下室,沙威仍被绑在柱子上,正在思考着什么。

安灼拉问他:"你需要什么吗?"

沙威回答:

"你们什么时候处死我?"

"等一等,目前我们还需要我们所有的子弹。"

沙威说:"那就给我一点水喝。"

安灼拉亲自递了一杯水给他,帮他喝下,因为沙威被捆绑着。

安灼拉又问:"不需要别的了?"

"我在这柱子上很不舒服,"沙威回答,"你们一点也不仁慈,就让我这样过夜。随便你们怎样捆绑,可是至少得让我躺在桌上,像那一个一样。"

他用头朝马白夫先生的尸体点了一下。

我们还记得,那间屋子的尽头有一张大长桌,用来熔化弹头和制造子弹的。子弹做好及炸药用完之后,现在桌子是空着的。

根据安灼拉的命令,四个起义者把沙威从柱子上解下来。这时,第五个人用刺刀顶住他的胸膛。他们把他的手反绑在背后,把他的脚用一根当鞭子用的结实绳子捆起来,使他只能迈十五寸的步子,像上断头台的犯人那样,他们让他走到屋子

1487

尽头的桌旁,把他放在上面,拦腰紧紧捆牢。

为了万无一失,又用一根绳子套在他脖子上,使他不可能逃跑,这种捆扎方法在狱中称之为马领缰,从脖子捆起,在肚子上交叉分开,再穿过大腿又绑在手上。

捆绑沙威的时候,有一个人在门口特别注意地端详他。这个人的投影使沙威回转头来,认出了是冉阿让。他一点也不惊慌,傲慢地垂下眼皮,说了句:"这毫不足怪。"

七 情况严重

天很快就要亮了,但没有一扇窗子打开来,没有一扇门半开半掩,这是黎明,但还不是苏醒。街垒对面麻厂街尽头的部队撤走了,正如我们前面提到过的,它似乎已经畅通并在不祥的沉寂中向行人开放。圣德尼街像底比斯城内的斯芬克司大道一样鸦雀无声。在阳光照亮了的十字路口没有一个行人。没有比这种晴朗日子的荒凉街道更凄凉的了。

人们什么也看不到,可是听得见。一个神秘的活动在远处进行。可以肯定,重要关头就要到来。正如昨晚哨兵撤退,现在已全部撤离完毕一样。

这街垒比起第一次受攻打时更坚固了,当那五个人离开后,大伙又把它加高了一些。

根据侦察过菜市场区的放哨人的意见,安灼拉为防备后面受到突击,作出了重要的决定。他堵住那条至今仍通行无阻的蒙德都巷子。为此又挖了几间屋子长的铺路石。这个街垒如今堵塞了三个街口:前面的麻厂街,左边的天鹅街和小化子窝,右边的蒙德都街,这确是不易攻破的了,不过大家也就被封死在里面了。它三面临敌而没有一条出路。古费拉克笑着说:"这确是一座堡垒,但又像一只捕鼠笼。"

安灼拉把三十多块石头堆在小酒店门口,博须埃说:"挖得太多了点。"

将发动进攻的那方无比沉寂,所以安灼拉命令各人回到各自的岗位上去。

每人分到一定量的烧酒。

没有什么比一个准备冲锋的街垒更令人惊奇的了。每个人像观剧那样选择好自己的位置,互相紧挨着,肘靠肘,肩靠肩。有些人把石块堆成一个座位。哪儿因墙角碍事就离开一些,找到一个可作防御的突出部分就躲在里面,惯用左手操作的人就更可贵了,他们到别人觉得不顺手的地方去。许多人布置好可以坐着战斗的位置。大家都愿意自在地杀敌或舒舒服服地死去。在一八四八年六月那场激战中,有一个起义者是一个凶猛的枪手,他摆了一张伏尔泰式的靠背椅,在一个屋顶的平台上作战,一颗机枪子弹就在那儿打中了他。

当首领发出了准备战斗的口令以后,一切杂乱的行动顿时终止了。相互间不再拉扯,不再说闲话,不再东一群西一堆地聚在一起,所有的人都精神集中,等待着进攻的人。一个街垒处在危急状态之前是混乱的,而在危急时刻则纪律严明;危难产生了秩序。

当安灼拉一拿起他的双响枪,待在他准备好的枪眼前,这时,大家都不说话了。接着一阵清脆的嗒嗒声沿着石块墙错杂地响了起来,这是大家在给枪上膛。

此外,他们的作战姿态更为勇猛,信心十足;高度的牺牲精神使他们非常坚定,他们已经没有希望,但他们有的是失望。失望,这个最后的武器,有时会带来胜利,维吉尔曾这样说过。最大的决心会产生最高的智慧。坐上死亡的船可能会逃脱翻船的危险;棺材盖可以成为一块救命板。

和昨晚一样,所有的注意力都转向或者可以说都盯着那条街的尽头,现在是照亮了,看得很清楚。

等待的时间并不长。骚动很明显地在圣勒那方开始了,可是这次不像第一次进攻。链条的嗒拉声,一个使人不安的巨大物体的颠簸声,一种金属在铺路石上的跳动声,一种巨大的隆隆声,预报着一个可怕的铁器在向前推进,震动了这些安静的老街道的心脏,当初这些街道是为了思想和经济利益的畅通而修建的,并不是为通过庞大的战车的巨轮而建。

所有注视这街道尽头的目光都变得凶狠异常。

一尊大炮出现了。

炮兵们推着炮车,炮已上了炮弹,在前面拖炮的车已分开,两个人扶着炮架,四个人走在车轮旁,其余的人都跟着子弹车。人们看到点燃了的导火线在冒烟。

"射击!"安灼拉发出命令。

整个街垒开了火,在一阵可怕的爆炸声里倾泻出大量浓烟,淹没了炮和人,一会儿烟雾散去,又出现了炮和人;炮兵们缓慢地、不慌不忙地、准确地把大炮推到街垒对面。没有一个人被击中。炮长用力压下炮的后部,抬高炮口,像天文学家调整望远镜那样慎重地把炮口瞄准。

"干得好啊,炮兵们!"博须埃喊道。

所有街垒中的人都鼓掌。

片刻后,大炮恰好安置在街中心,跨在街沟上,准备射击。一个令人生畏的炮口对准了街垒。

"好呀,来吧!"古费拉克说,"粗暴的家伙来了,先弹弹手指,现在挥起拳头来了。军队向我们伸出了它的大爪子。街垒会被狠狠地震动一下。火枪开路,大炮攻打。"

"这是新型的铜制八磅重弹捣炮,"公白飞接着说,"这一类炮,只要锡的分量超过铜的百分之十就会爆炸;锡的分量多了就太软。有时就会使炮筒内有砂眼缺口。要避免这种危险,并增加炸药的分量,也许要回到十四世纪时的办法,就是加上箍,在炮筒外面从后膛直至炮耳加上一连串的无缝钢环。目前,只有尽可能修补缺陷,有人用一种大炮检查器在炮筒中寻找砂眼缺口,但是另有一个更好的方法,就是用格里博瓦尔的流动星去探视。"

"在十六世纪炮筒中有来复线。"博须埃指出。

"是呀,"公白飞回答,"这样会增加弹道的威力,可是减低了瞄准性。此外,在短射程中,弹道不能达到需要的陡峭的斜度,抛物线过大,弹道不够直,不易打中途中的所有目标,而这是作战中严格要求的;随着敌人的迫近和快速发射,这一点越来越重要了。这种十六世纪有膛线的炮的炮弹张力不足是由于炸药的力量小,对于这类炮,炸药力量不足是受到了炮弹学的限制,例如要保持炮架的稳固。总之,大炮这暴君,它不能为所欲为,力量是一个很大的弱点。一颗炮弹每小时的速度是六百法里,可是光的速度每秒钟是七万法里。这说明耶稣要比拿破仑高明得多。"

"重上子弹!"安灼拉说。

街垒的墙将怎样抵挡炮弹呢?会不会被打开一个缺口?这倒是一个问题。当起义者重上子弹时,炮兵们也在上炮弹。

在棱堡中人心焦虑。

开炮了,突然出现一声轰响。

"到!"一个喜悦的声音高呼道。

炮弹打中街垒的时候,伽弗洛什也跳了进来。

他是从天鹅街那边进来的,他轻巧地跨过了正对小化子窝斜巷那边侧面的街垒。

伽弗洛什的进入,在街垒中起着比炮弹更大的影响。

炮弹在一堆杂乱的破砖瓦里消失了,最多只打烂了那辆公共马车的一个轮子,毁坏了安索那辆旧车子。看到这一切,街垒中人大笑起来。

"再来呀。"博须埃向炮兵们大声叫道。

八　炮兵们认真起来了

大家围住了伽弗洛什。

但他没有时间讲什么话。马吕斯颤抖着把他拉到了一边。

"你来这儿干什么?"

"咦!"孩子回答说,"那您呢?"

他那勇敢而调皮的眼睛直盯着马吕斯。他内心骄傲的光芒使他的眼睛大而有神。

马吕斯用严肃的声调继续说:

"谁叫你回来的?你究竟有没有把我的信送到那地点呢?"

对于这封信的传递情况,伽弗洛什不无遗憾。由于他急忙要回街垒,他没有把信送到收信人手中,而匆匆脱了手。他心里不得不承认自己把信随便交给一个他连面孔都没有看清的陌生人是轻率的。这人确实没有戴帽子,但这一点不能说明问题。总之,他对这件事多少有些内疚,并且又怕马吕斯责怪。为了摆脱窘境,他采取了最简单的方法,撒了一个弥天大谎。

"公民,我把那封信交给了看门的。那位夫人还睡着,她醒来就会见到的。"

马吕斯当初送信有两个目的:向珂赛特诀别并且救出伽弗洛什。他的愿望只满足了一半。

送信和割风先生在街垒中出现,这两件事在他头脑里联系起来了。他指着割风先生问伽弗洛什:

"你认识这个人吗?"

"不认识。"伽弗洛什回答。

确实,我们刚才提到过,伽弗洛什是在夜间见到冉阿让的。

马吕斯心中的混乱和病态的猜测消失了。他知道割风先生的政见吗?割风先生可能是一个共和派,他来参加战斗就不足为奇了。

此时伽弗洛什已在街垒的那一头嚷道:

"我的枪呢!"

古费拉克让人把枪还给了他。

伽弗洛什警告"同志们"(这是他对大家的称呼),街垒被包围了。他是费了很大的劲才进来的。一营作战的军队,枪架在小化子窝斜巷,把守住天鹅街那一边。另一面是保安警察队守着布道修士街,正面是主力军。

讲了这些情况之后,伽弗洛什接着说:

"我授权你们,向他们放一排狠毒的排枪。"

这时安灼拉一边听着,一边仍在枪眼口仔细窥伺。

进攻的军队,肯定对那发炮弹不太满意,没有再放。

一连作战的步兵来占领街的尽头,在大炮的后面。步兵们挖起铺路石,堆成一道类似胸墙的矮墙,大约有十八寸高,正对街垒。在胸墙左角,我们可以看到集合在圣德尼街上的一营郊区军队前面几排的士兵。

正在瞭望的安灼拉,觉得听到了一种从子弹箱中取出散装子弹盒的特殊声响。他还看到那个炮长,把炮转向左边一点,调整目标瞄准。接着炮兵开始装炮弹。那炮长亲自凑近炮筒点火。

"低下头,集合到墙边,"安灼拉喊道,"大家沿着街垒跪下!"

那些起义者,在伽弗洛什来到时,离开了各自的作战岗位,分散在小酒店前面,这时都乱哄哄地冲向街垒;可是还没有来得及执行安灼拉的命令,炮已打出,声音很可怕,像连珠弹,这的确是一发连珠弹。

大炮瞄准棱堡的缺口,从那儿的墙上弹回来,弹跳回来的碎片打死了两人,伤了三人。

如果这样继续下去,街垒就支持不住了,连珠弹会直接打进来。

出现了一阵惊慌杂乱的声音。

"先防止第二炮。"安灼拉说。

于是他放低他的卡宾枪,瞄准那个正俯身在炮膛口校正方位的炮长。

这炮长是一个长得很英俊的炮兵中士,年轻,金黄色的头发,脸很温和,带着这种命定的可怕武器所要求的聪明样子。

这种武器在威慑方面得到不断改进,结果必将消灭战争本身。

公白飞站在安灼拉旁边注视着这个青年。

"多可惜!"公白飞说,"杀戮是何等丑恶的行为!算了,没有帝王就不会再有战争。安灼拉,你瞄准这个中士,你都不看他一眼。你想象一下,他是一个可爱的青年,勇敢有为,看得出他会动脑筋,这些炮兵营的人都有学问。他有父亲,母亲,有一个家,可能还在谈恋爱呢,他至多不过二十五岁,可以做你的兄弟!"

"他就是。"安灼拉说。

"是呀,"公白飞回答说,"他也是我的兄弟,算了,不要打死他吧。"

"不要管我。该做的还是要做。"

一滴眼泪慢慢流到安灼拉那云石般的面颊上。

同时他扳动卡宾枪的扳机,喷出了一道闪光。那炮手身子转了两下,两臂前伸,脸仰着,好像要吸点空气,然后身子侧倒在炮上不动了。大家可以看到从他的后背中心流出一股鲜血。子弹穿透了他的胸膛。他死了。

要把他搬走,再换上一个人,这样就争取到了几分钟。

九 使用偷猎者的技巧和一种百发百中的曾影响一七九六年判决的枪法

街垒中议论纷纷。这门炮又要重新开始轰击。在这样的连珠炮弹轰击下街垒在一刻钟以后就要垮了,必须削弱它的轰击力。

安灼拉发出了这道命令:

"在缺口处得放一块床垫。"

"没有床垫了,"公白飞说,"上面都躺着伤员。"

冉阿让坐在较远的一块界石上,在小酒店的转角处,双腿夹着他的枪,直至目前为止,他一点也没有过问所发生的这些事。他似乎没有听见周围的战士说:"这儿有支枪不起作用。"

听到安灼拉发了命令,他站了起来。

人们记得当初来到麻厂街集合时,曾见到一个老太婆,她为了防御流弹,把她的床垫放在窗前。这是一扇阁楼的窗户,在紧靠街垒外面的一幢七层楼的屋顶上。这个床垫横放着,下端搁在两根晒衣服的杆子上,用两根绳子——远看好像两根线——挂在阁楼窗框的两根钉子上。绳子看得很清楚,仿佛两根头发丝悬在空中。

"谁能借一支双响的卡宾枪给我?"冉阿让说道。

安灼拉把他那支刚上了子弹的枪递给了他。

冉阿让瞄准阁楼放了一枪。

两根吊垫子的绳中的一根被打断了。

现在床垫只吊在一根绳索上。

冉阿让放第二枪。第二根绳子打了一下阁楼窗子的玻璃,床垫在两根杆子中间滑了下来,落在街上。

全街垒鼓掌叫好。

大家大声喊叫:

"有一个床垫了。"

"不错,"公白飞说,"但是谁去把它拿进来?"

的确,这床垫是落在街垒外边,在攻守两方的中间。此时那个炮兵中士的死亡使部队十分愤怒,士兵们都已卧倒在他们垒起的石砌的防线后面,大炮被迫沉默,需要重新安排,他们就向街垒放枪。起义者为了节省弹药,对这种排枪置之不理。那排枪打在街垒上就爆炸了,于是街上子弹横飞,非常危险。

冉阿让从缺口出去,进入街心,冒着弹雨,奔向床垫,拿起来就背回街垒。

他亲自把床垫挡住缺口,紧紧靠着墙,好让炮兵们注意不到。

做完以后,大家等待着下一次轰击。

等不多久。

大炮一声吼,喷出了一丛霰弹,但没有弹跳的情况。炮弹在床垫上流产了,产生了预期的效果,街垒保住了。

"公民,"安灼拉向冉阿让说,"共和国感谢您。"

博须埃一边笑一边赞叹道:

"这很不像话,一个床垫有这么大的威力。这是谦逊战胜了暴力。无论如何,光荣应该属于床垫,它使大炮失效了。"

十　曙　光

这时珂赛特醒来了。

她的房间是窄小的,整洁,幽静,朝东有一扇长长的格子玻璃窗,开向房子的后院。

珂赛特对在巴黎发生的事一无所知。昨天黄昏她还不在这儿,当杜桑说"好像有吵闹声"时她已走进了寝室。

珂赛特只睡了很少的几个钟点,但睡得很好。她做了个甜蜜的梦,可能跟她睡的那张小床非常洁白有关。她梦见一个像马吕斯的人站在光亮中。当她醒来时,阳光耀眼,使她感到梦境仿佛还在延续。

从梦中醒来的第一个感觉是喜悦。珂赛特感到十分放心,正如几个小时以前的冉阿让一样,她的心由于决不接受不幸,正产生一种反击的力量。不知为什么她怀着一种强烈的希望,但接着又一阵心酸,已经三天没有见到马吕斯了。但她想他也该收到她的信了,已经知道她在什么地方,他那么机智,肯定会有办法找到她的。很可能就在今天,或许就在今天早晨。天已大亮,但由于阳光平射,她以为时间还很早,可是为了迎接马吕斯,也该起床了。

她感到没有马吕斯就无法生活下去,因此不容置疑马吕斯就会来的。任何相反的意见都不能接受,这一点是肯定无疑的。她愁闷了三天,十分难挨。马吕斯离开了三天,这多么可怕呀,慈祥的上帝!现在上天所赐的嘲弄这一考验已属过去,马吕斯就会来到,并会带来好消息。青年时代就是这样。她迅速擦了擦眼睛,她认为用不着烦恼,也不想接受它。青春就是未来在向一个陌生人微笑,而这陌生人就是自己。她觉得幸福是件很自然的事,好像她的呼吸就是希望。

再说,珂赛特也回忆不起马吕斯对这次不应超过一天的分别曾向她说过什么,向她讲的理由是什么。大家都曾注意到,一个小钱落到地上后一滚就会不见,这多么巧妙,使你找不到它。我们的思想有时也这样在和我们开玩笑,它们躲在我们脑子的角落里,从此完了,它们已无影无踪,无法把它们回忆起来。珂赛特思索了一会儿,但没有效果,所以感到有些烦恼。她自言自语地说,忘记马吕斯对她说过的话是不应该的,这是她自己的过错。

她下了床,做了身心方面双重的洗礼:祈祷和梳洗。

我们至多只能向读者介绍举行婚礼时的新房,可是不能去谈处女的寝室,诗句还勉强能描述一下,可散文就不行了。

这是一朵含苞未放的花的内部,是藏在暗中的洁白,是一朵没有开放的百合花的内心,没有被太阳爱抚之前,是不应让凡人注目的。花蕾似的女性是神圣的。这纯洁的床被慢慢掀开,对着这可赞叹的半裸连自己也感到羞怯,雪白的脚躲进了拖鞋,胸脯在镜子前遮掩起来,好像镜子是只眼睛,听到家具裂开的声音或街车经过,她便迅速地把衬衣提起遮住肩膀。有些缎带要打结,衣钩要搭上,束腰要拉紧,这些微微的颤动,由于寒冷和羞怯引起的哆嗦,所有这些可爱的虚惊,在这完全不必害怕的地方,到处有着一种无以名之的顾虑。穿着打扮的千姿百态,一如曙光中的云彩那样迷人,这一切本来不宜叙述,提一提就已嫌说得太多。

人的目光在一个起床的少女面前应比对一颗初升的星星更虔诚。不慎触及了可能触及之物应倍增尊敬。桃子上的茸茸细毛,李子上的霜,白雪的闪光晶体,蝴蝶的粉翅,这些在这一不明白自己就是纯洁的贞洁面前,只不过是些粗俗的东西罢了。一个少女只是一个梦的微光,尚未成为一个艺术的雕像。她的寝室是隐藏在理想的阴影中。轻率地观望等于损毁了那若隐若现、明暗交错的诗情画意,而仔细的观察那就是亵渎了。

因此我们完全不去描绘珂赛特醒来时的一些柔和而又忙乱的小动作。

一个东方寓言说,神创造的玫瑰花本是白色的,可是亚当在它开放时望了一眼,它感到羞怯而变成玫瑰色。我们在少女和花朵前是应当止步的,要想到她们是可敬可颂的。

珂赛特很快穿好了衣服,梳妆完毕;当时的装扮很简单,妇女们已不再把头发卷成鼓鼓的环形,或把头发在正中分为两股,再加垫子和卷子衬托,也不在头发里放硬衬布。这之后她开了窗,目光向周围一望,希望看到街中一段、一个墙角或一点路面,能在那儿瞥见马吕斯。可是外面什么也见不到。后院被相当高的墙围着,空隙处只见到一些花园。珂赛特断言这些花园很难看,她有生以来第一次觉得花儿不美丽,还不如去看看十字路口的一小段水沟呢。她决心朝天仰望,好像她以为马吕斯会从天而降似的。

突然她哭得像个泪人儿似的。这并不是内心变化无常,而是沮丧的心情把希望打断了,这就是她的处境。她模糊地感到一种莫名其妙的恐惧。确实,一切都在天上飘忽而过。她感到什么都没有把握,意识到不能和他见面就等于失去了他;至于那个认为马吕斯可能从天而降的想法,这并不是吉事而是一个凶兆。

然而,在这些乌云暗影之后,她又平静下来,恢复了希望和一种无意识的信赖上帝的微笑。

屋里的人都还在睡觉,周围是一片外省的宁静气氛。没有一扇百叶窗打开着。门房还没有开门。杜桑没有起床。珂赛特很自然地这样想父亲还睡着。她一定受了很大的痛苦,所以现在还觉得很悲伤,因为她说父亲对她不好,她把希望寄托在马吕斯身上。这样一种光明的消失是决不可能的,她祈祷。她不时听到远处传来沉重的震动声。她暗想着:"真怪,这么早就有人在开闭通车辆的大门了。"事实上那是攻打街垒的炮声。

在珂赛特窗下几尺的地方,墙上黑色的旧飞檐中有一个雨燕的巢,那燕子窝突出在屋檐的边缘,因此从上面能看到这个小天堂的内部。母燕在里面展开翅膀,像一把扇子那样遮着雏燕,那公燕不断地飞,飞去又飞来,用嘴带来食物和接吻。升起的太阳把这个安乐窝照得金光闪闪。"传宗接代"的伟大规律在这儿微笑并显示出它的庄严,一种温存的奥秘展现在清晨的灿烂光辉里。珂赛特,头发沐浴在阳光中,心灵堕入幻想,内心的热恋和外界的晨曦照耀着她,使她机械地俯身向前;在注视这些燕子时,她几乎不敢承认自己同时也想起了马吕斯,这个小小的家庭,这只公鸟和母鸟,这个母亲和一群幼雏,一个鸟窝使一个处女的内心深深感到春意荡漾。

十一 枪无虚发,也没伤人

攻打的军队继续在开火。排枪和霰弹轮番发射,但实际上并没有造成多大损伤。只有科林斯正面的上方遭了殃;二楼的格子窗和屋顶阁楼被大小子弹打得百孔千疮,已慢慢地在变形。驻守在那儿的战士得侧身躲开。再说,这也是攻打街垒的一种策略,采用疲劳战术射击,目的是消耗起义者的弹药,如果被围的人回击就中了计。一旦发现被围者的火力弱下来,就说明没有子弹和炸药了,这就可以发动突击。但安灼拉没有中计;街垒毫不回击。

分队每发一次排枪,伽弗洛什就用舌头鼓起他的腮帮子,表示极大的蔑视。

"好吧,"他说,"把床垫撕烂。我们需要绷带呀。"

古费拉克斥责霰弹不中用,他对大炮说:

"伙计,你太不集中了。"

在作战时,好像在舞会上一样,人们互施诡计。大概这棱堡的沉默开始使进攻的一方担心了,生怕发生意外,他们感到需要摸清这堆石块后面的情况,并了解这堵漠不关心、只挨打不还击的墙内究竟在干什么。起义者们突然发觉邻近的屋顶上有一顶消防队的钢盔在阳光中闪烁。一个消防队员靠在高烟囱旁好像在那儿站岗。他的视线正好直直地落到街垒里。

"那是一个碍事的监视。"安灼拉说。

冉阿让已经把卡宾枪还给了安灼拉,但他还有自己的枪。

他一声不响,瞄准那消防队员,一秒钟后,钢盔被一颗子弹打中,很响亮地落在街心。受惊的士兵赶快逃开了。

另一个监视人接替了他的岗位。这是一个军官。冉阿让又装好子弹,瞄准新来的人,把军官的钢盔打下去找士兵的钢盔做伴去了。军官不再坚持,很快也退了下去。他们明白了这个警告。从此没有人再出现在屋顶上,他们放弃了对街垒的侦察。

"您为什么不打死那个人?"博须埃问冉阿让。

冉阿让没有答复。

十二 混乱支持秩序

博须埃在公白飞的耳边低声说:

"他没有回答我的问题。"

"这是一个枪下留情的人。"公白飞说。

那些对遥远的事还有些记忆的人知道郊区国民自卫军在

镇压起义时也相当勇敢。尤其在一八三二年六月的日子里他们顽强而无畏。庞坦、凡都斯和古内特这些小酒店的好老板,当暴动使"企业"停工时,看到舞厅没有顾客,就都成了小狮子,他们牺牲自己的性命,为的是维持郊区小酒店所代表的治安。在这同时具有市侩气息和英雄气概的时期,各种思潮都有它的骑士,利润也有它的侠客。平凡的动机并没有减少它在运动中的胆量。看到白银堆降低了,银行家就唱起《马赛曲》。为了钱柜,人们热情地流了自己的血;有人以斯巴达人的狂热来护卫小店铺——这个极其渺小的国家的缩影。

我们可以说,事实上这一切并没有不严肃的地方,这是社会各成分间的冲突,将来有一天会达到平衡。

那个时期的另一特点是无政府主义混入了政府至上主义(这是正统派的怪名称)之中。人们在维持秩序,但毫无纪律。在某一国民自卫军上校的指挥下战鼓突然莫名其妙地擂起了集合令;某个上尉一时激动就上了火线,某个自卫军为了"主义",为了自己去战斗。在某些危急关头,在这些"日子"里,大家不去征求上级的指示而凭自己的本能行事。在治安部队里有真正的游击队员,有些人像法尼各那样拿起武器,还有的像亨利·方弗来特那样执笔撰文。

在这个时代,文明不幸是某些利益的集合而不是某些原则的代表,它是,或自以为是处于危急之中。它发出紧急呼吁。每个人以自己为中心,并根据自己的想法起来防卫它,支援它,保卫它;随便一个什么人都自认为要负责拯救社会。

有时这种热忱发展到要处死人。国民自卫军的某个分队擅自组织了一个军事法庭,在五分钟内判决一个被俘的起义者死刑并立即执行。就是这样一个临时组织杀死了让·勃鲁维尔。残酷的林奇裁判①,没有任何一方有权去责怪对方,因为美国的共和体制就是这样行事的,犹如欧洲的君主政体一样。这种私刑加上误会就更复杂了。在某一个暴动的日子里,有一个叫保罗-埃美·加尼埃的年轻诗人在王宫广场被人持着刺刀追逐,他只得躲进六号大门洞里。有人大声喊:"又是一个圣西门主义者!"他们要杀死他。当时他臂下夹着一本圣西门公爵②的《回忆录》。有一个国民自卫军在封皮上一念到"圣西门"这个名字就大叫起来:"把他杀死!"

一八三二年六月六日,有一连郊区国民自卫军,由上尉法尼各指挥,这个人前面已提到过,他出于怪癖和一时的兴致,在麻厂街造成了大量伤亡。这一事件,在一八三二年起义结束后进行的司法预审中有记载证实。法尼各上尉是一个性情急躁和冒险的小市民,在维护秩序的队伍中他是一个类似雇佣兵那样的角色,这种人我们已描绘过他们的特性,他是个狂热而无法无天的政府至上主义者,他不能抑制冲动要提前开火,并有着由他带领连队单独取下街垒的野心,他在接连看到红旗后又见到把旧衣当作黑旗,这使他怒不可遏,于是破口大骂那些在开会的将军和军团长们,因为他们认为总攻的决定性时刻尚未到来,根据他们间的一句名言,那就是"让反抗者在他们自己的肉汁中煮熟吧"。至于法尼各,他认为夺取街垒已经成熟,熟了的东西就该落地,所以他就去尝试。

他指挥着一伙和他同样坚决的人,当时的见证人称之为

---

① 林奇裁判(loi de Lynch),美国的一种刑法,抓到罪犯后当场判决,立即执行。
② 圣西门公爵(1675—1755),著有《回忆录》,记述当时宫廷及显贵琐事。此处指人误认为他拿的是同名的空想主义者圣西门的著作。

"一群疯子"。他那一连人,就是枪杀诗人让·勃鲁维尔的,是驻扎在那条街转角上的营中的第一连。在一个谁也很少想到的时刻,这上尉派遣他的人向街垒进攻。这种只凭愿望而无策略的行动,使法尼各这连人蒙受了巨大的伤亡。他们还没有进入到这条街三分之二的地方,就遭到街垒中发出的一次全面射击。跑在最前面的四个最胆大的士兵在离棱堡脚下很近的地方被击毙。国民自卫军这伙好汉是极为英勇的,但还缺乏军人的顽强性,他们犹豫了一下就退下来了,在街心留下了十五具尸体。正当他们犹豫的时候,起义者又有时间去重新装上子弹,第二次射击杀伤力很强,打中了这一连里还没来得及回到街角掩体里的人。有那么一会儿,他们处在两股霰弹火力的夹击中,还受到大炮的轰击,因为这门大炮没有接到停火的命令。这位英勇而不谨慎的法尼各就是被霰弹击中的人里的一个。他被炮火击毙,也就是说被接受命令派击毙。

这次凶猛而不严肃的进攻激怒了安灼拉。"这群蠢材!"他说,"他们把自己人打死,还白白浪费了我们的弹药。"

安灼拉是以暴动里一个真正的将军身份讲了这番话的。起义者和镇压者在力量悬殊的情况下作战,起义者很快就被消耗殆尽,他们只能放有限的几枪,人员的损失也是一种限制。一个弹盒空了,一个人死了,就无法补充了。镇压者却拥有整个军队,人员不成问题,拥有万塞纳兵工厂,也无须计算弹药。镇压者有街垒中人员那么多的联队,有街垒中弹盒那么多的兵工厂,所以这是以百对一的战争,街垒最后一定要被摧毁,除非革命突然爆发,在天平上加上它那天神的火红利剑。如果这种情况发生了,那时一切都会站起来,大街上开始沸腾,民众的棱堡将急剧增多,如雨后春笋一般,巴黎将为此极度震动,一个神妙的东西①出现了,一个八月十日又来到了,一个七月二十九日又来到了;出现了神奇的光辉,张着血盆大口的权威将会退却,还有军队,这只狮子,它将望着镇定自若站在它面前的预言者——法兰西。

十三 掠过一线希望

在防卫街垒的道义感和激烈冲动的混杂心情中是应有尽有的,有勇敢的精神,有青年的朝气,有荣誉的欲望,有激动的热情,有理想,有坚定的信仰,有赌徒的顽强,特别还有断断续续的一线希望。

在这时断时续期间,突然一个模糊的希望颤动着,在意想不到的时候掠过麻厂街的街垒。

"你们听,"一直严加戒备的安灼拉突然叫起来,"巴黎似乎醒来了。"

在六月六日清晨,这些起义者在一两个小时里确实勇气倍增。圣美里持续不断的警钟使一些微弱的希望复活了。梨树街和格拉维利埃街也筑起了街垒。圣马尔丹门前有一个青年,独自用卡宾枪射击一个骑兵连。他毫不隐蔽地在林荫大道上跪下一膝,以肩抵枪,瞄准并击毙了骑兵中队长,然后回转头来说:"又少了一个,他不会再给我们罪受了。"那青年被马刀砍死了。圣德尼街有一个妇女在放下的百叶帘后面射击保安警察。她每打一枪,就可以看到百叶帘在颤动。一个十四岁的孩子在高松纳利街被捕,他的口袋里装满了子弹。好

---

① 神妙的东西,原文为拉丁文"quid divinum"。

几个岗哨受到了攻打。在贝尔坦-波瓦雷街口,由卡芬雅克·德·巴拉尼将军①带领的装甲联队意外地受到排枪的猛烈射击;在卜朗什-米勃雷街,有人从屋顶向过路的军队扔下破坛烂罐和家用器皿,这是不祥之兆。当有人把这种情况向苏尔特元帅报告时,这位拿破仑的老上尉不禁堕入沉思,他回忆起絮歇②元帅在萨拉戈萨时讲的一句话:"什么时候老奶奶往我们头上用尿壶倒尿,我们就完蛋了。"

当人们以为暴动已被控制不再蔓延时,又出现了这种普遍的症状,重又燃起的怒火,这些人们称之为巴黎郊区柴堆上飞舞的火花,所有这一切都使军事长官们惶恐不安。他们急于扑灭刚冒头的火灾。在未扑灭之前,推迟了对莫布埃街、麻厂街和圣美里这些街垒的进攻,目的是好集中兵力对付它们,一举全歼。有些纵队被派遣到有骚乱的街上去,肃清大街,进而追索左右的一些小街小巷,有时蹑手蹑脚,小心提防,有时则加快步伐。军队捅破那些放过冷枪的门,同时,骑兵驱散了在林荫大道上集合的人群。这种镇压不免引起骚乱和军民之间的冲突。安灼拉在炮轰和排枪之间所听到的就是这些声音。此外,他看见街那头有人用担架抬走受伤的人,他对古费拉克说:"受伤的不是我们这边的人。"

希望没有延长多久,微光很快就消逝了。不到半小时,孕育中的暴动破灭了,犹如没有雷声的闪电瞬息即逝一般,起义者感到一块铅质的棺罩,被冷漠的民众盖在他们这些顽强不屈的被遗弃者的身上。

---

① 巴拉尼,一八四八年残酷镇压巴黎工人六月起义的陆军部长卡芬雅克的叔父。
② 絮歇(Suchet,1772—1826),法国元帅,在西班牙作战获胜。

当时的普遍行动似乎已略具规模,但却流产了。陆军大臣①的注意力和将军们的策略,现在能运用集中到这三四个还屹立着的街垒上来了。

旭日在地平线上升起。

一个起义者质问安灼拉:

"我们这儿大家都饿了。难道我们真的什么都不吃就这样死去吗?"

安灼拉始终把手肘支在胸墙上,注视着街的尽头,点了一下头。

十四　这儿看到了安灼拉情人的名字

古费拉克坐在安灼拉旁边一块铺路石上,继续辱骂那门大炮,每次随着巨响迸射出被称为霰弹的大量炮弹时,他就用一连串的讽刺话来数落它。

"可怜的老畜生,你大叫大嚷,我替你难受,你吼不响了,这不像是放炮,而是在咳嗽呀。"

他周围的人哄然大笑起来。

古费拉克和博须埃,他们的英雄气概和舒畅心情随着危机与时俱增,就像斯卡隆夫人②那样,用开玩笑来代替饮食,因为没有葡萄酒了,他们就向群众灌注欢乐。

博须埃说:"我佩服安灼拉,他那沉着的胆量使我惊叹。他过着孤独的生活,这可能使他有些抑郁。安灼拉因他的伟

---

① 陆军大臣,指苏尔特。
② 斯卡隆夫人(Madame Scarron),路易十四的情妇。

大事业使他束身鳏居而抱怨,我们这些人,多少有些情妇使我们狂热,也就是说使我们勇敢。一个人能像老虎那样恋爱,至少也会像狮子那样去战斗。这也是对那些给我们颜色看的娘儿们的一种报复。罗兰①让人杀死自己,为的是使安杰丽嘉烦恼。我们的大无畏精神是从女人那儿来的。一个没有女人的男人是一支没有撞针的手枪;使男人奋发的正是女人。安灼拉没有女人,他不谈恋爱,可是他胆大无畏。一个人能冷若冰霜而又猛如烈火,这真是不可思议。"

安灼拉似乎不在听人讲话,可是如果有谁在他身旁,就会听到他在喃喃低语:"祖国②。"

博须埃还在谈笑,古费拉克突然大叫:

"来了个新玩意儿!"

然后,模仿看门人的通报语调,又加上了一句:

"八磅炮阁下。"

确实,一个新角色登上了舞台。这是第二门火炮。

炮兵们迅速而使劲地操作着,把这第二尊炮架好在第一尊旁边,准备射击。

这样就出现了收场的局面。

过不多久,这两门炮立刻进入战斗,对准街垒轰击,作战分队和郊区分队用排枪协助作战。

稍远处,人们还听到其他的炮火声。在这两门炮猛力轰击麻厂街棱堡的同时,另外又有两门炮,一门瞄准圣德尼街,另一门对着奥白利屠夫街,把圣美里街垒打得弹痕累累,有如

---

① 罗兰,指意大利诗人阿里欧斯托(Arioste,1474—1533)的长诗《疯狂的罗兰》中的主人公,他热恋着安杰丽嘉。
② "祖国",原文是拉丁文"Patria"。

筛孔。这四门炮相互间的回声都凄厉哀怨。

警犬阴郁的吠声也相互呼应。

轰击麻厂街街垒的两门炮,一门使用霰弹,一门发射实心弹。

那门发射实心弹的炮口瞄准得高些,算好要让炮弹击中街垒顶层,把它削平,把铺路石打成碎片,像霰弹一样去击伤那些起义者。

这样轰击的用意是想把棱堡顶上的战士赶下去,迫使他们退进街垒,也就是说总攻已迫在眉睫了。

当实心弹把战士从街垒顶上轰下来、霰弹又把小酒店窗口的起义者驱散以后,这样突击中队就可以冲进街道而不致遭到射击,甚至不被发觉,就可以像昨晚那样突然爬进棱堡,谁知道呢?也许可以用奇袭的办法拿下街垒。

"必须减轻这两门炮的干扰,"安灼拉说,接着他大声喊道,"向炮兵开火!"

人人都准备好了。沉寂了那么久的街垒又奋起开枪射击了,他们猛烈而欢快地连续发射了七八排枪弹,街上充满了浓烟,教人睁不开眼睛。几分钟过后,透过这有着一道道火焰的烟雾,大家可以隐约看到三分之二的炮兵已经倒在炮轮之下了。依然站着的那几个炮兵强作镇静,仍在使用那些火器,可是火力已经慢了下来。

"好极了,"博须埃向安灼拉说,"很成功!"

安灼拉摇摇头,回答说:

"这样的成功。再过一刻钟,街垒里便剩不下十颗子弹了。"

伽弗洛什好像听到了这句话。

十五 伽弗洛什外出

古费拉克忽然发现有个人在街垒的下面,外边,街上,火线下。

伽弗洛什从小酒店里取了一个盛玻璃瓶的篮子,穿过缺口走出去,安闲自在地只顾把那些倒毙在街垒斜沿上的国民自卫军装满子弹的弹药包倒进篮子。

"你在干什么?"古费拉克说。

伽弗洛什翘起鼻子:

"公民,我在装篮子。"

"难道你没看见霰弹?"

伽弗洛什回答说。

"是啊,在下雨。又怎样呢?"

古费拉克吼了起来:

"进来!"

"回头就来。"伽弗洛什说。

于是,他一跃跳到街心。

我们记得法尼各连在退却时,留下了一大串尸体。

整条街的路面上,这儿那儿,躺着将近二十具尸体。对伽弗洛什来说,这是二十来个弹药包,对街垒来说,是大批的子弹。

街上的烟就像迷雾一样。凡是见过一朵云落在峡谷中两座峭壁之间的人都能想象这种被压缩在——并且好像浓化了的——阴森森的两列高房子中间的烟。它缓缓上升,还不断得到补充,以致光线越来越朦胧,甚至使白昼也变得阴暗起来。这条街,从一头到另一头,并不怎么长,可是交战的人,几乎彼此望不见。

这种朦胧的状态,也许是指挥攻打街垒的官长们所需要、所筹划的,却也给伽弗洛什带来了方便。

在这层烟幕的萦回下,由于伽弗洛什个子小,便能在这条街上走得相当远而不被人察觉。他倒空了最初七八个弹药包,冒的危险还不算大。

他紧贴地面往前爬,四肢快速行动着,用牙咬住篮子,身体扭着,溜着,波浪似的行动着,像蛇一样爬行,从一个死尸到另一个死尸,把一个个的弹药包或子弹盒都倒干净,就像一只剥核桃的猴子。

他离街垒还相当近,里面的人可不敢叫他回来,恐怕引起对方的注意。

在一具尸首——是个排长——的身上,他找到一个打猎用的火药瓶。

"以备不时之需。"他一面塞进口袋一面说。

他不断往前移动,终于到了烟雾稀薄的地方。

于是埋伏在石堆后面的一排前线狙击兵和聚集在街角上的郊区狙击兵,忽然不约而同地相互指点烟雾里有个东西在活动。

正当伽弗洛什在解一个倒在界石附近的中士身上的弹药包时,一颗子弹打中了那尸体。

"好家伙!"伽弗洛什说,"他们竟来杀我的这些死人了。"

第二颗子弹打在他身边,把路面上的石块打得直冒火星。第三颗打翻了他的篮子。

伽弗洛什打量了一下,看见这是从郊区方面射过来的。

他笔直地立起来,站着,头发随风飘扬,两手叉在腰上,眼睛盯着那些开枪射击的国民自卫军,唱道:

楠泰尔人丑八怪,
这只能怨伏尔泰;
帕莱索人大脓包,
这也只能怨卢梭。

随后他拾起他的篮子,把翻了出来的子弹全捡回去,一颗不剩,然后继续向开枪的地方前进,去解另一个弹药包;到了那里,第四颗子弹仍旧没有射中他。伽弗洛什唱道:

公证人我做不来,
这只能怨伏尔泰;
我只是只小雀儿,
这也只能怨卢梭。

第五颗子弹打出了他的第三段歌词:

欢乐是我的本态,
这只能怨伏尔泰;
贫穷是我的格调,
这也只能怨卢梭。

这样延续了一些时候。

这景象真骇人,也真动人。伽弗洛什被别人射击,他却和射击的人逗乐。他的神气好像觉得很好玩。这是小麻雀在追啄猎人。他用一段唱词回答一次射击。人们不断地瞄准他,却始终打他不着。那些国民自卫军和士兵一面对他瞄准一面笑。他伏下身去,又站起来,躲在一个门角里,继而又跳出来,藏起来不见了,随即又出现,跑了又回来,对着枪弹做鬼脸,同时还捞子弹,掏弹药包,充实他的篮子。那些起义者急得喘不过气来,眼睛盯住他不放。街垒在发抖,而他,在歌唱。他不是个孩子,也不是个大人,而是个小精灵似的顽童。可以说,他是混战中的一个无懈可击的侏儒。枪弹紧跟着他,但他比枪弹更灵活。他跟死亡玩着骇人的捉迷藏游戏。每一次当索命的鬼魂来到他跟前时,这顽皮的孩子总是"啪"的一下给它来个弹指。

可是有一颗子弹,比其余的都来得准些,或者说,比其余的都更为奸诈,终于射中了这磷火似的孩子。大家看见伽弗洛什东倒西歪地走了几步,便软下去了,街垒里的人发出一声叫喊,但在这小孩的体内,有安泰的神力;孩子一触及路面,就像那巨人接触大地一样。伽弗洛什倒下去,很快就又直起身子。他坐了起来,脸上流着一长条鲜血,举起他的两只手臂,望着打枪的方向,又开始唱起来:

> 我是倒了下来,
> 这只能怨伏尔泰;
> 鼻子栽进了小溪,
> 这也只能怨……

他没有唱完。第二颗子弹,由原先的那个枪手射出的,一下使他停了下来。这一次,他脸朝地倒下去,不再动弹了。这个伟大的小灵魂飞逝了。

十六　长兄如何成了父亲

正在此时,在卢森堡公园中——戏剧的目光应该无所不在——有两个孩子手牵着手,一个约有七岁,另一个五岁。雨水把他们淋湿了,他们在向阳一边的小径上走着,大的领着小的,他们衣衫褴褛,面容苍白,好像两只野雀。小的说:"我饿得很。"老大多少像个保护人了,左手牵着小弟弟,右手拿着一根小棍棒。

只有他们两人在花园里,花园空无一人,铁栅栏门在起义期间根据警方的命令关闭了。里面宿营的部队已离开迎战去了。

孩子们怎么会在这里的?这可能是从半掩着门的收容所里逃出来的;也许是从附近,从唐斐便门,或天文台的瞭望台上,或从邻近的十字路口,那儿有一个居高临下的三角门楣的装饰,上面写着"今拾到一个布裹的婴儿"①,从那里的卖艺的木棚里逃出来的;也可能是头天晚上关门时,他们躲过了看门人的目光,在阅报亭里度过了一宵?事实是他们在流浪,然而又好像很自由。流浪而好像很自由就是无家可归。这两个可怜的孩子确实已没有归宿了。

读者应该还记得,这就是使伽弗洛什担忧的两个孩子,德纳第的孩子,曾借给马侬当作吉诺曼先生的孩子,如今已像无根的断枝上掉下来的落叶,被风卷着遍地乱滚。

他们的衣服,在马侬家时是整洁的,那时对吉诺曼先生要交代得过去,现在已经破烂不堪了。

这些孩子从此便列入"弃儿"统计表内,由警方查明,收容,走失,又在巴黎马路上找到了。

还得碰上今天这样混乱的时期,可怜的孩子才能来到公

---

① 原文为拉丁文"lnvenerunt parvulum pannis involutum"。

园。如果看门人发现了他们,一定要撵走这些小花子。因为穷苦的孩子是不能进入公园的。其实人们应该想到,作为孩子,他们有权利欣赏鲜花。

幸亏关了铁门,他俩才能待在里面。他们违犯了规章,溜进了公园,他们就在里面待下来。铁门虽关却不允许检查人员休息,检查人员仍被认为在继续进行检查,但执行得懈怠而不严格;他们同样受到民众不安的影响,关心园外远胜园内,他们不再检查花园,因而没有看见这两个犯有轻罪的小孩。

昨晚下了雨,今晨还飘了雨点。但六月的骤雨不算一回事。暴雨过后一小时,人们很难察觉这美丽的艳阳天曾经流过泪。夏天地面很快被晒干,就像孩子的面颊一样。

在这夏至时节,白天的太阳可以说是火辣辣的,它控制了一切。它紧贴着伏在大地上,好像吮吸似的。太阳好像渴了,骤雨等于一杯水,一阵雨立刻被喝尽。清晨处处溪流纵横,中午却已扬起了灰尘。

没有再比雨水打湿、阳光拭干的芳草更宜人的了,这是夏日的清新气息。花园和草地,根上有雨露,花上有阳光,同时成为散发出各种氤氲的香炉。一切在欢笑,歌唱,都在献出各自的芬芳,这使人感到一种甜蜜的陶醉。春天是暂时的天堂,阳光使人变得坚韧有力。

有些人不再苛求,他们只要有蔚蓝的天空就说:"这样足够了!"他们沉湎在神奇的幻想中,对大自然的崇拜使他们在善与恶面前漠然处之,他们对宇宙沉思默想,而对人则出奇地心不在焉,他们不明白,当人可以在树林中遐想自娱时,为什么还要为这些饥饿的人,那些干渴的人,要为冬天衣不蔽体的穷人,要为因淋巴而背脊弯曲的孩子,要为陋榻、阁楼、地牢以及在破衣烂衫中哆嗦的姑娘们操心;这些安谧和不近人情的心灵,毫无怜悯心的自得其乐。奇怪的是,他们满足于无限的太空。而人的重大需求,那包含博爱的有限事物,他们却并不理解。为有限所承认的进步,这一高贵的辛劳,他们不去想一想。而这一不定限,是在无限和有限方面人与天的结合而产生的,他们也同样体会不到。只要能与无极相对,他们就微笑。他们从不感到欢乐,但经常心醉神迷。自甘沉溺其中,这就是他们的生活。人类的历史在他们看来只是断篇残简,完整并不在此,真正的万有在外界,何必为人的这类琐事操心?人有痛苦,这很可能,但请看这颗红星①升起了!母亲没有奶水,新生儿濒于死亡,我一点也不知道,但请你察看一下显微镜下枞树的截断面所形成的奇妙的圆花形!你把最美丽的精致花边拿来比比看!这些思想家忘记了爱。黄道带竟使他们专心到看不见孩子在哭泣。上帝使他们见不到灵魂。这是某种思想家的类型,既伟大又渺小。贺拉斯是如此,歌德是如此,拉封丹可能也是如此;对待无限堂堂一表的利己主义,对疾苦无动于衷的旁观者,天气晴朗就看不见尼禄,太阳可以为他们遮住火刑台,望着断头台行刑时还在寻找光线的效果,他们听不见叫喊、啜泣、断气的喘息声,也听不见警钟,对他们来说,只要存在五月,一切都是尽善尽美的,只要头上有金黄和绛紫色的云彩,他们就感到心满意足,并决心享乐直至星光消逝,鸟儿不再啭鸣为止。

  他们是光辉灿烂中的黑暗。他们并没猜想到自己是可怜虫。无疑地他们就是如此。谁没有同情之泪也就是一无所

---

① 红星(Aldebaran),金牛座中最亮的一颗星。

见。我们应当赞美并怜悯他们,正如我们既怜悯又赞美一个同时是黑夜又是白昼的人,在他们的眉毛下面没有眼睛,只有一颗星星在额上。

思想家的冷酷,照某些人看来,这才是一种精深的哲学。就算这样,但在这种精深中有着欠缺的一面。一个人可以是不朽的,然而又是跛子,伏尔甘①就是一个明证。人可以高人一筹,也有低人一等的地方。大自然中存在着无穷尽的不完整的现象,谁知道太阳是否盲目呢?

那怎么办?信赖谁呢?谁敢说太阳虚假呢?② 某些天才,某些杰出的人,那些星官们也会失误?那个在上空,在顶端,在最高峰,在天顶上的东西,它送给大地无穷光明,但它看见的很少,看不清或完全看不见?这难道不令人感到沮丧?不对。在太阳之上究竟还有什么?有上帝。

一八三二年六月六日上午十一时左右,卢森堡公园杳无人迹,景色迷人。排成梅花形的树木和花坛在阳光下发出芬芳的气息和夺目的色彩。所有的树枝在正午的烈日下似乎都在狂喜地相互拥抱。埃及无花果树丛中莺群一片啁啾,麻雀在唱凯歌,啄木鸟爬上板栗树用嘴在树皮的窟窿里啄着。花坛接受了百合花的合法王位;最尊贵的馨香出自洁白的颜色。石竹花的芬芳弥漫在空间,玛丽·德·梅迪契的老白嘴鸦在大树林中谈情说爱。阳光在郁金香上飞金贴紫,使它们发出火光,这简直就是一朵五光十色的火焰。蜜蜂在所有的郁金香花坛四周忙乱地转圈,就像火花上的火星,连同即将到来的

---

① 伏尔甘(Vulcain),希腊神话中的跛足火神。
② "谁敢说太阳虚假呢?"原文为拉丁文,语出维吉尔之《农事诗》:"Solem quis dicere falsum audeat?"

阵雨，一切都是艳丽的，喜气洋溢的；这一再滋润的雨水，铃兰和金银花正可受益而无须担惊受怕！燕子低飞显示了一种可爱的威胁①，这里万物都浸沉在幸福里，生命是何等的美好，整个自然界处于真诚、救助、支援、父爱、温存和曙光中。从天而降的思想就像我们吻着孩子的小手那样温柔。

树木下的石像，洁白而裸露，透过阳光的照射，树荫给它们穿上了一件衣衫；这些女神身上光线明暗不一，而四周全是光线。大水池周围，地干得像是烤焦了一样。常常刮风使得到处都是尘土。晚秋的几片黄叶在欢快地相互追逐，就像野孩子在嬉戏一样。

到处一片光明使人感到一种无可形容的慰藉。生命、树液、暑热和香气都在涌溢；从宇宙万象中我们体会到那种巨大的源泉；在这充满了爱的微风中，在这往复的反响和反射中，在这肆意挥霍的阳光中，在这无限倾泻的金色流体中，使我们感到是取之不尽、用之不竭的；在这瑰丽似火的帷幕后面，我们瞥见了主宰亿万星辰的上帝。

多谢细沙，这里没有一点泥迹，幸亏雨露，这里没有一粒灰尘。花束洗涤一净；所有幻成花形从地下冒出来的丝绒、绫缎、彩釉和黄金都毫无瑕疵。这种华丽是完美无缺的。园林浸沉在一片欢悦的大自然的静谧里。一种天上才有的幽静与千万种音乐融洽共存，鸟巢中的咕咕声，蜂群的嗡嗡声和风的飒飒声。这个季节所有的音响和谐地合成一个完美的协奏；春季的物候井然有序，丁香凋谢了，茉莉迎上来；有些花要迟

---

① 燕子低飞，表示即将下雨，这是种威胁，但由于它飞翔姿态优美，故仍觉得可爱。

开,有些昆虫却来得很早;六月红蝶的先锋队和五月白蝶的后卫队亲如兄弟。梧桐换上新装。和风使高大华美的栗树丛此起彼伏,气势雄伟。附近兵营的一个老兵在铁栅栏门外望着说:"这是一个披坚执锐全副戎装的春天。"

整个自然界在进餐,万物已经就席。到时间了。大幅的蓝帷幕张挂在天上,宽阔的绿桌布铺陈在地下,阳光灿烂。上帝供全世界就餐。每种生物都有自己的饲料或糕点。野鸽找到了大麻子,燕雀找到了小米,金翅鸟找到了繁缕,知更鸟找到了蛆虫,蜜蜂找到了花朵,苍蝇找到了纤毛虫,翠鸟找到了苍蝇。它们之间多少存在着相互吞噬的现象,是善和恶神秘的混合,但它们没有一个是空着肚子的。

两个被遗弃的孩子来到大池旁,阳光使他们有点昏昏沉沉,他们设法躲藏,这是穷人和弱者在豪华面前的本能畏缩,尽管不是在人前;于是他们躲在天鹅棚后面。

这儿那儿,在顺风时,可以断断续续模糊地听见叫喊声、嘈杂声和一种喧闹的嗒嗒声,这就是机枪在响,还有低沉的击拍声,这就是在开炮。菜市场那边的屋顶上冒着烟。一个类似召唤的钟声在远处回响。

这两个孩子似乎听不见这些响声。小的那个不时轻声说:"我肚子饿。"

几乎和这两个孩子同时,另外一对也走近了大水池;一个五十岁光景的老人牵着一个六岁的小娃娃,这大概是父子俩。六岁的小孩手里拿着一块大蛋糕。

在这一时期,在夫人街和唐斐街上有一些沿河的房屋,配备了卢森堡公园的钥匙,当公园的铁栅栏关闭时,房客们可以用它进入园中。后来这种特许取消了。父子俩大概是从一幢这样的房子里出来的。

两个穷孩子望见"绅士"走来,便藏得更隐蔽一些。

这是个有产者。也许就是马吕斯在热恋时期碰到的那个人。他曾听到他在这大池旁教训儿子"凡事不能过分"。他的态度和蔼而高傲,有一张合不拢的嘴,老在笑。这机械的笑容出自牙床大,包不住,露出的是牙齿而不是心灵。孩子拿着咬剩的蛋糕,好像已经吃撑了。由于处于动乱时期,孩子穿一身国民自卫军的服装;而父亲仍是有产者的打扮,而这是为了谨慎。

父子俩停在两只天鹅戏水的大池旁,这个有产者似乎特别欣赏天鹅,他在走路方面和它们也很相像。

这时天鹅正在游泳,这是它们的专长,游的姿态很优美。

如果这两个可怜的孩子注意听了,并也已到了懂事的年龄,他们就会听见一个道貌岸然的人所说的话。父亲对儿子说:

"贤者活着满足于无所求。看着我,我的儿子,我不爱奢华。从来不会有人见到我穿着缀有金片或宝石的衣服,我把这些假的光彩让给那些头脑有缺陷的人。"

此刻来自菜市场方面的沉闷的呼叫声、钟声和嘈杂的声音同时加剧起来。

"这是什么?"孩子问。

父亲回答:

"这是庆丰收的土神节。"

忽然间,他发现了这两个衣衫褴褛的孩子,一动不动地站在天鹅的绿色小屋后面。

"这正是开始。"他说。

停了一会儿,他加上一句:

"无政府状态进入了公园。"

这时儿子咬了口蛋糕,又吐出来,忽然哭了起来。

"你哭什么?"父亲问。

"我不饿。"孩子说。

父亲的笑容更为明显了:

"点心不是非等饿了才吃。"

"我讨厌这块糕点,它不新鲜。"

"你不要了?"

"不要了。"

父亲向他指指天鹅。

"丢给这些有蹼的鸟吧!"

孩子犹豫不决。他不要糕点,但没有理由要把它送掉。

父亲继续说:

"要仁慈,对动物应当有同情心。"

于是他从儿子那儿拿过糕点,丢进水池。蛋糕掉在离岸很近的水里。

天鹅在距离较远的池中心忙着吃捕获的东西。它们既没有看见这个有产者,也没有看见蛋糕。

这个有产者感到糕点有白丢的危险,对无谓的损失感到痛心,就设法现出一种焦急的样子,结果引起了天鹅的注意。

它们看见水面上漂浮着一样什么东西,于是就像帆船似的转舵慢慢地游向蛋糕,不失这种白色珍禽应有的高贵气派。

"天鹅领会这些手势①。"这个有产者说,为自己的俏皮话

---

① 在法语中"天鹅"(cygne)与"手势"(signe)同音,故也可理解为"天鹅理解天鹅"。

得意洋洋。

这时城中的骚乱忽又增强起来,变得更为凄厉。几阵风吹来,要比别的更能说明情况。现在可以听到清晰的战鼓声、叫嚣声、小分队的枪声,沉郁的警钟和炮声在相互呼应。这时一团乌云忽然遮住了太阳。

天鹅还没有游到蛋糕那儿。

"回去吧,"父亲说,"他们在进攻杜伊勒里宫。"他抓住儿子的手,又说:

"从杜伊勒里宫到卢森堡,只有王位到爵位的距离,这不算远。枪声将如骤雨。"

他望望乌云。

"可能雨也要下了,天也加了进来,王朝的旁支①完了。快回家吧!"

"我要看天鹅吃蛋糕。"孩子说。

父亲回答:

"这太冒失了。"

于是他把小有产者带走了。

孩子舍不得天鹅,不住地向大池回头望,直到梅花形排列的树木在拐角处遮住了他的视线为止。

与天鹅同时,这时两个小流浪者也走近了蛋糕。糕点浮在水面上,小的那个眼睁睁地望着,另一个望着走开的有产者。

父亲和儿子走上了蜿蜒的小路,这条路通往夫人街那边树丛密集的宽大的梯级那里。

---

① 王朝的旁支,指路易-菲力浦。

当不再看到他们时,大孩子立刻趴在水池的圆边上,左手抓住边缘,俯在水上,几乎要掉下去,他用另一只手伸出棍子挨近蛋糕。天鹅看见对手,动作就加快了,它们的前胸迅速移动,产生了对小渔夫有利的效果,水在天鹅前面向后流,一圈荡漾着的波纹把糕点推向孩子的棍棒。天鹅刚游到,棍子也正好碰到蛋糕。孩子用一个快速动作来拨蛋糕,他吓走了天鹅,抓住蛋糕后就站起来。蛋糕浸湿了,但他们又饥又渴。大孩子把糕一分为二,一大一小,自己拿小的,把大的那一半给了弟弟,并对他说:

"拿去填肚子吧。"

十七 "死去的父亲等待将死的孩子"[1]

马吕斯冲出街垒。公白飞跟着他。但太迟了。伽弗洛什已经死去。公白飞捧回了那篮子弹,马吕斯抱回了孩子。

唉!他心中想,那个父亲为他父亲所做的,他要在儿子身上报答,可是德纳第救回了他活的父亲,他呢,他抱回来的是死孩子。

当马吕斯抱着伽弗洛什走进棱堡时,他像那孩子一样,脸上也是鲜血淋淋。

他正弯腰抱伽弗洛什时,一颗子弹擦伤了他的头盖骨,他并没有觉察到。

公白飞解下他的领带包扎马吕斯的额头。

~~~~~~~~~~~~~~~~~~~~

[1] "死去的父亲等待将死的孩子",原文为拉丁文"mortuus pater filium moriturum expectat"。

大家把伽弗洛什放在停放马白夫的那张桌子上,并用一块黑纱盖住两个身子,一老一少刚够用。

公白飞把他取回的篮子里的子弹发给大家。

这样每人得到了十五发。

冉阿让仍待在老地方,一动不动地坐在他的界石上。当公白飞递给他十五发子弹时,他摇摇头。

"这儿有个少见的古怪人,"公白飞低声对安灼拉说,"他居然在街垒中不作战。"

"这并不妨碍他保卫街垒。"安灼拉说。

"有一些奇怪的英雄。"公白飞回答。

古费拉克听见后,添了一句:

"他跟马白夫老爹不是一类的。"

有件事值得指出,向街垒射来的火力对内部影响很小。没有经历过这种旋风式战斗的人,不能理解在这种紧张气氛中,还能有宁静的时刻。人们走来走去,随意聊天,开着玩笑,松松散散。有一个我们认识的人听见一个战士在霰弹声中向他说:"我们好像是单身汉在进午餐。"麻厂街的棱堡,我们再重复一遍,内部看起来的确很镇定。一切演变和各个阶段都已经完成或即将结束,处境已从危急转为可怕,从可怕大概要演变成绝望。随着处境逐渐变得惨淡,英雄们的光芒把街垒映得越来越红。安灼拉严肃地坐镇街垒,他的姿势正如一个年轻的斯巴达人,他立誓要把光秃秃的剑奉献给忧郁的天才埃比陀达斯。

公白飞腰间围着围腰,在包扎伤员,博须埃和弗以伊用伽弗洛什从排长尸体上取来的火药罐里的火药在做子弹。博须埃对弗以伊说:"我们不久就要坐上公共马车到另一个星球去了。"古费拉克像一个少女在仔细整理她的针线盒一样,在几块他拾来放在安灼拉旁边的铺路石上安放排列一整套军械:他的剑杖、他的枪、两支马枪和一支手枪。冉阿让默不作声,望着他对面的墙。一个工人用细绳把于什鲁大妈的大草帽拴在头上,他说:"免得中暑。"艾克斯苦古尔德地方的年轻人愉快地在闲谈,好像急着要最后一次说说家乡的土话似的。若李把于什鲁寡妇的镜子从钩子上取下来察看自己的舌头。几个战士在抽屉中找到了一些几乎发霉的面包皮,贪婪地吃着。马吕斯在发愁,他的父亲会对他说些什么呢?

十八 秃鹫成为猎物

我们应该详述一下街垒里所特有的心理状态。一切和这次惊人的巷战有关的特征都不该遗漏。

不论我们提到的内部安谧有多么奇特,这街垒,对里面的人来说,仍然是一种幻影。

在内战中有一种启示,一切未知世界的烟雾混在这凶暴的烈火中,革命犹如斯芬克司,谁经历过一次街垒战,那就等于做了一个梦。

这些地方给人的感觉,我们已在述及马吕斯时指出了,我们还将看到它的后果,它超出了人的生活而又不像人的生活。一走出街垒,人们就不知道刚才在那里究竟见到过什么。当时人变得很可怕,但自己并不知道这一点。周围充满了人脸上表现出来的战斗思想,头脑中充满了未来的光明。那儿有躺着的尸体和站着的鬼魂。时间长极了,像永恒一样。人生活在死亡中。一些影子走过去了,这是什么?人们见到了带血的手;这里有一种可怕的震耳欲聋的声音,但也有一种骇人的沉默;有张口喊叫的,也有张口不出声的;人是在烟雾中,也许是在黑夜中。人似乎感到已经触到了不可知的深渊中险恶的淤泥;人看着自己指甲上某种红色的东西,其余一概回忆不起来了。

让我们再回到麻厂街。

突然在两次炮火齐射中,他们听见远处的钟声在报时。

"这是中午。"公白飞说。

十二响还未打完,安灼拉笔直站了起来,在街垒顶上发出雷鸣般的声音:

"把铺路石搬进楼房,沿着窗台和阁楼的窗户排齐。一半的人持枪,一半的人搬石头。时间已刻不容缓了。"

一组消防队员,扛着斧子,排成战斗队形在街的尽头出现了。

无疑这是一个纵队的前列。什么纵队?肯定是突击纵队,消防队奉命摧毁这座街垒,因而总得行动在负责攀登的士兵之前。

他们显然要进行类似一八二二年克雷蒙-东纳先生称之为"大刀阔斧"的攻打。

安灼拉的命令被正确无误地飞速执行了,因为这样的迅速正确是街垒和轮船特别需要的,只有在这两个地方逃跑才成为不可能。不到一分钟,安灼拉命令把堆在科林斯门口三分之二的铺路石搬上了二楼和阁楼,第二分钟还没过完,这些铺路石已整齐地垒起来堵住二楼窗户和阁楼老虎窗的一半。几个孔隙,在主要的建筑者弗以伊的精心部署下,小枪筒已通出去。窗上的防卫很容易办到,因为霰弹已停止发射。那两门炮用实心炮弹瞄准墙的中部轰击,为了打开一个洞,只要能造成缺口,就发起突击。

当指定作最后防御物的铺路石安置好时,安灼拉命令把他放在马白夫停尸桌下的酒瓶搬上二楼。

"谁喝这些酒?"博须埃问。

"他们。"安灼拉回答。

接着大家堵住下面的窗户,并把那些晚上闩酒店大门的铁门闩放在手边备用。

这是一座不折不扣的堡垒,街垒是壁垒,而酒店是瞭望塔。

剩下的铺路石,他们用来堵塞街垒的缺口。

街垒保卫者必须节约弹药,围攻者对这一点是很清楚的,围攻者用那种令人生气的从容不迫在进行调动,不到时候就暴露在火力下,不过这是在表面上,事实上并不是这样,他们显得很自在。进攻的准备工作经常是有规律的缓慢,接着,就是雷电交加。

这种延缓使安灼拉能够再全部检阅一遍,并使一切更为完备。他感到这些人既然要去死,他们的死应该成为壮举。

他对马吕斯说:"我们两个是领队。我去里面交代最后的命令。你留在外面负责观察。"

马吕斯于是坐镇在街垒顶上警戒着。

安灼拉把厨房门钉死,我们还记得,这里是战地医院。

"不能让碎弹片打中伤员。"他说。

他在地下室简短地发出了最后的指示,语气十分镇静,弗以伊听着并代表大家回答。

"二楼,准备好斧子砍楼梯。有没有?"

"有。"弗以伊回答。

"有多少?"

"两把斧子和一把战斧。"

"好。我们是二十六个没倒下的战士。有多少支枪?"

"三十四。"

"多八支。这八支也装上子弹,放在手边。剑和手枪插在腰间。二十人待在街垒里,六个埋伏在阁楼和二楼,从石缝中射击进攻者。不要有一个人闲着。一会儿,当战鼓擂起进攻号时,下面二十人就奔进街垒。最先到达的岗位最好。"

布置完了,他转向沙威说:

"我没有忘了你。"

他把手枪放在桌上,又说:

"最后离开屋子的人把这个密探的脑浆打出来。"

"在这儿吗?"有一个声音问。

"不,不要把这死尸和我们的人混在一起。蒙德都巷子的小街垒很容易跨过去。它只有四尺高。那人绑得很结实,把他带去,在那儿干掉他。"

这时有个人比安灼拉更沉着,这就是沙威。

冉阿让在这时出现了。

他混在一群起义者中间,站出来,向安灼拉说:

"您是司令官吗?"

"是的。"

"您刚才谢了我。"

"代表共和国。这街垒有两个救护人:马吕斯·彭眉胥和您。"

"您认为我可以得到奖赏吗?"

"当然可以。"

"那我就向您要一次。"

"什么奖赏?"

"让我来处决这个人。"

沙威抬起头,看见冉阿让,他做了一个不易察觉的动作说:

"这是公正的。"

至于安灼拉,他在马枪里重新装上子弹,环视一下四周:

"没有不同意的吗?"

接着他转向冉阿让:

"把密探带走。"

冉阿让坐在桌子一端,的确已占有了沙威。他拿起手枪,轻轻的一声"喀哒",说明子弹上了膛。

几乎在同时大家听到了号角声。

"注意!"马吕斯在街垒上面喊。

沙威以他那种独有的笑容无声地笑了笑,盯着起义者向他们说:

"你们的健康并不比我好多少。"

"大家都出来!"安灼拉喊道。

当起义者乱哄哄地冲出去时,让我们这样形容一下,沙威朝他们背后嚷了这样一句话:

"待会儿见!"

十九　冉阿让报复

剩下了冉阿让单独和沙威在一起,他解开那根拦腰捆住犯人的绳索,绳结在桌子下面,然后做手势要沙威站起来。

沙威含笑照办,笑容还是那样无法捉摸,但表现出一种被捆绑的权威的优越感。

冉阿让抓住沙威的腰带,如同人们抓住负重牲口的皮带那样,把他拖在自己后面,慢慢走出酒店,由于沙威双腿被捆,只能跨很小的步子。

冉阿让手中握着手枪。

他们经过了街垒内部的小方场。起义者对即将到来的猛攻全神贯注,身子都转了过去。

马吕斯单独一人被安置在围墙尽头的左侧边,他看见他们走过。他心里燃烧着的阴森火光,照亮了受刑人和刽子手这一对形象。

冉阿让不无困难地让捆着腿的沙威爬过蒙德都巷子的战壕,但是一刻也不松手。

他们跨过了这堵围墙,现在小路上只有他们两人,谁也瞧不见他们。房屋的转角遮住了起义者的视线。街垒中搬出来的尸体在他们前面几步堆成可怕的一堆。

在这堆死人中可以认出一张惨白的脸,披散着的头发,一只打穿了的手,一个半裸着的女人的胸脯,这是爱潘妮。

沙威侧目望望这具女尸,分外安详地小声说:"我好像认识这个女孩子。"

他又转向冉阿让。

冉阿让臂下夹着枪,盯住沙威,这目光的意思是:"沙威,是我。"

沙威回答:

"你报复吧。"

冉阿让从口袋中取出一把刀并打开来。

"一把匕首!"沙威喊了一声,"你做得对,这对你更合适。"

冉阿让把捆住沙威脖子的绳子割断,又割断他手腕上的绳子,再弯腰割断他脚上的绳子,然后站起来说:

"您自由了。"

沙威是不容易吃惊的。这时,虽然他善于控制自己,也不免受到震动,因而目瞪口呆。

冉阿让又说:

"我想我出不了这里。如果我幸能脱身,我住在武人街七号。用的名字是割风。"

沙威像老虎似的皱了皱眉,嘴的一角微微张开,在牙缝中嘟囔着:

"你得提防着。"

"走吧。"冉阿让说。

"你刚才说的是割风,武人街?"

"七号。"

沙威小声重复一遍:"七号。"

他重新扣好他的大衣,使两肩间笔挺,恢复军人的姿态,向后转,双臂交叉,一只手托住腮,朝麻厂街走去。冉阿让目送着他。走了几步,沙威又折回来,向冉阿让喊道:

"您真使我厌烦,还不如杀了我。"

沙威自己也没有留意,他已不用"你"对冉阿让说话了。

"您走吧。"冉阿让说。

沙威缓步离去,片刻后,他在布道修士街的街角拐了弯。

当沙威已看不见了,冉阿让向天空开了一枪。

他回到街垒里来,说:

"干掉了。"

当时的情况是这样的:

马吕斯忙于外面的事,顾不上注意内部,在这之前还没有仔细瞧捆在地下室后部黑暗中的密探。

当他在日光下看见他跨过街垒去死时,这才认了出来。一个回忆突然在他脑中闪过。他记起了蓬图瓦兹街的侦察员,这人曾给过他两支手枪,就是他马吕斯目前正在街垒中使用的,他非但想起了他的相貌,而且还记得他的名字。

这个回忆像他的其他思想一样是模糊不清的,他不能肯定,因而在心里自己问自己:

"他不就是那个对我说过叫沙威的警务侦察员吗?"

可能还来得及由他出面说一下情?但首先要知道究竟是不是那个沙威。

"安灼拉!"

"什么?"

"那人叫什么名字?"

"哪个人?"

"那个警察。你知道他的名字吗?"

"当然知道。他对我们说了。"

"叫什么?"

"沙威。"

马吕斯竖起了身子。

这时听见一声枪响。

冉阿让回来喊着:"干掉了。"

马吕斯心里忧郁地打了一个寒战。

二十 死者有理，活人无过

街垒的垂死挣扎即将开始。

一切都使这至高无上的最后一刹那有着悲剧性的庄严：空中那千万种神秘的爆破声，在看不见的街道上行动着的武装的密集队伍的声息，骑兵队断断续续的奔驰声，前进的炮兵部队发出的沉重的震动声，齐射的枪声和大炮声在迷宫般的巴黎上空回旋，战争的金黄色烟云在屋顶上冒起来，一种说不上来的有点骇人的怪叫声从远处传来，到处是可怕的火光，圣美里的警钟此刻已成呜咽声，温和的季节，阳光和浮云点缀着的灿烂的青天，绚丽的时光以及令人恐怖的死气沉沉的房屋。

因为从昨晚开始，这两排麻厂街的房屋已变成两堵墙，两堵不让人接近的墙，门窗紧闭，百叶窗也关着。

在那个时代，和我们现在的情况大不相同，当老百姓认为国王赐予的宪章或立法政体这种局面历时太久，要求结束的时候，当普遍的愤慨散布在空中，当城市允许掘去它的铺路石，当起义者向市民轻轻耳语，把口令私下相告而听者微笑时，这时的居民可以说是充满了暴动的情绪，他们就成为战斗者的助手，于是房屋和依赖房屋的临时堡垒就友爱地成为一体。当形势尚不成熟，当起义显然没有得到人们的赞助，当群众否定这个运动时，战斗者就毫无希望了。在起义者的四周，城市变为沙漠，人心冷漠，可避难的场所堵死了，街道成为协助军队去夺取街垒的掩蔽地带。

我们不能突如其来地要老百姓违反他们的意愿而加速前

进。谁想强迫老百姓谁倒霉！老百姓决不听人支配。他们会抛弃起义者,不管他们,这时暴动者便无人理睬了。一所房屋是一块峭壁,一扇门是一种拒绝,一座建筑物的正面是一堵墙。这堵墙看得见,听得明,但不愿理睬你。它可以半开着来营救你。不。这堵墙是个法官,它望着你而判你刑。紧闭着门的屋子是何等阴沉,它们仿佛已经死去,其实里面是活着的。内部的生命好像暂时停止了,但却存在着。二十四小时以来并没有人出来,可是一个人也不缺。在这石窟中,人们来来去去,睡觉,起床,全家聚集在一起吃喝；人们担心害怕,这害怕是件可怕的事！害怕可以使人原谅这种可怕的冷淡,害怕中夹杂着惊惶失措,就更情有可原了。有时,这种情况也是有的,惧怕会变为激情,惊骇能变成疯狂,如同谨慎变成狂怒一样,从而出现了这句深刻的话："疯狂的稳重。"极端恐惧的火焰可以产生一缕阴郁的烟,那就是怒火。"这些人要干什么呢？他们永不知足。他们会连累和平的人们,好像革命还不够多似的！他们来这儿干什么？让他们自己去脱身吧！活该,是他们不对,自作自受,与我们无关。我们倒霉的街道被乱弹射击,这是一群无赖。千万不要开门。"于是房屋就如同坟墓一样。起义者在门前垂死挣扎,他们眼见霰弹和白刃来临,如果他们叫嚷,他们知道会有人听见,但不会有人出来,有墙可以保护他们,有人可以营救他们,这些墙有的是肉做的耳朵,但这些人却是铁石心肠。

这怪谁？

无人可怪！怪所有的人。

怪生活在一个不完善的时代。

乌托邦转变为起义者,由哲学的抗拒转变为武装的抗拒,从密涅瓦到帕拉斯①,总是冒着风险的,乌托邦急躁冒进成为暴乱,明知自己会有什么结局,常因操之过急,于是只好屈从,泰然地接受灾祸而不是胜利。它毫无怨恨地为那些否认它的人们服务,甚至为他们辩解,它的高尚就在于能忍受遗弃,在障碍面前它不屈不挠,对忘恩负义者温存体贴。

究竟是否忘恩负义?

从人类的角度来说,是的。

从个人角度来说,不是。

进步是人的生活方式。人类的生活常态称之为进步;人类的一致步骤称之为进步。进步在前进;它天上地下大巡游,要达到巧夺天工的神圣境界;它有时停顿,等待着和落在后面的人群会合;它有它的歇息,此时正在某个即将豁然开朗的出色的迦南②面前沉思;它也有入睡的长夜;使思想家痛心疾首的一点就是:阴影投射在人类的精神上,人在暗中摸索,无法使正在酣睡中的进步苏醒。

"上帝可能已死去。"有一天,热拉尔·德·奈瓦尔③对本书作者说。他将进步与上帝混为一谈,把运动的暂时停止当成上帝的死亡。

绝望是错误的,进步必然会苏醒。总之,可以这样说,它睡着也在前进,因为人们发现它成长了。当它又站起来时,人们觉察到它高了一些。进步如同河流,不可能永远平静;不要筑起堤坝,不要投入石块;障碍能使河流溅起泡沫,使人类沸

---

① 帕拉斯(Pallas),密涅瓦的另一个名字,她是智慧女神,也是战神。
② 迦南(Chanaan),据《圣经》记载,迦南是上帝赐给以色列人的圣地。
③ 热拉尔·德·奈瓦尔(Gérard de Nerval,1808—1855),法国诗人及文学家。

腾,从而产生混乱;但在混乱之后,我们就认识到进了一步。在秩序,即全球性的和平建立之前,在和谐统一普及大地之前,进步总是以革命为驿站的。

进步是什么?我们刚才已经说过,是人民永久的生命。

然而有时个人目前的生活抗拒着人类永久的生活。

让我们毫无隐痛地承认,各人有他不同的利益,他谋求这个利益并保卫它而无越权之罪;为了眼前的打算可以允许一定程度的自私;目前生活有它自己的权利,并非必须为未来而不断牺牲自己。目前的一代人有权在地球上过路,不能强迫他们为了后代而缩短自己的路程,后代和他们是平等的,将来才轮到后代过路。"我存在着。"有一个人轻声说。这个人就是大家。"我年轻,我在恋爱,我老了,我需要休息,我有孩子,我工作,我生财有道,事业昌盛,我有房屋出赁,我有资金投放在政府的企业里,我幸福,我有妻室儿女,我热爱这一切,我要活下去,不要干扰我。"这些原因使这些人有时对人类伟大的先锋队极端冷漠。

此外乌托邦,我们得承认,一打仗就离开了自己光芒四射的领域。它是明日的真理,它采用了战争的方式,这是昨日使用的手段。它是未来,但却和过去一般行动。它本是纯洁的思想,却变为粗暴的行为。它在自己的英勇中夹杂了暴力,对这暴力它应当负责;这是权宜之计的暴力,违反原则必定受到惩罚。起义式的乌托邦,手中拿着老军事规章战斗;它枪杀间谍,处死叛徒,它消灭活人并将他们丢入无名的黑暗中。它利用死亡,这可是严重的事情。似乎乌托邦对光明已丧失信心,光明本是它无敌的永不变质的力量。它用利剑打击,然而没有一种利剑是单刃的,每把剑都有双刃,一边伤了人,另一边便伤了自己。

作出了这种保留之后,并且是严肃的保留之后,我们不得不赞颂——不论他们成功与否——这些为了未来而战斗的光荣战士,乌托邦的神甫。即使失败了,他们仍是可敬的,也许正因为失败了,所以更显得威严。一个符合进步的胜利值得人民鼓掌;但一个英勇的失败更应该得到人民的同情。一个是宏伟的,另一个是崇高的。我们赏识牺牲者远胜于成功者,我们认为约翰·布朗比华盛顿伟大,比萨康纳比加里波的伟大。

总得有人支持战败者。

人们对这些为了未来而努力从事、以失败告终的伟大的人是不公正的。

人们责怪革命者散布恐怖,每个街垒好像都在行凶。人们指责他们的理论,怀疑他们的目的,担心他们别有用心,并谴责他们的意识。人们责备他们不该抗拒现存的社会制度,不该竖起、筑起并造成大量贫穷、痛苦、罪恶、不满和绝望,不该从地底下掘起黑暗的石块,筑起雉堞来进行斗争。人们向他们叫喊:"你们把地狱的铺路石都拆毁了!"他们可以回答:"这正说明我们筑街垒的动机是纯正的。"①

最妥善的办法当然是和平解决。总之,我们得承认,当我们见到了铺路石时,就会联想起那只熊②来,社会在为这种好心肠而担忧。但社会应该自己拯救自己;我们向它的善意呼

---

① 法国有句谚语:"地狱的路面是由良好的动机铺砌的。"这句话的意思是"很多有良好动机的人干了坏事"。
② 熊,拉封丹寓言《熊和园艺爱好者》中的主角,这只熊想赶走朋友鼻子上的苍蝇,他用石头砸苍蝇,结果砸死了自己的朋友。

吁,不需要剧烈的药剂,通过友好协商来研究疾苦,查明病情,然后再治愈它,这是我们对社会的劝告。

无论如何,这些人,在世界的各个角落,目光注视着法国,并以理想的坚定逻辑,为了伟大的事业而战斗。他们即使倒下,特别在倒下的时候,也是令人敬畏的。他们为了进步无偿地献出自己的生命,他们完成了上天的旨意,作出了宗教的行动。到了一定的时刻,像演员到了要接台词时那样,大公无私、照上天剧情所安排的那样去进入坟墓。这个没有希望的战斗,和这泰然自若的消失,他们都能接受,为的是要把从一七八九年七月十四日开始的这一不可抗拒的人的运动,发展到它那辉煌而至高无上的世界性的结局为止。这些士兵是传教士,法国革命是上帝的行动。

再说,在另一章里已经指出的区别之外,还应增加下面这一区别:有被人接受的起义,这称之为革命,也有被人否定的革命,这称之为暴动。一个起义的爆发,就是一种思想在人民面前接受考验,如果老百姓掷下黑球,这思想就是一个枯萎的果子,起义便成为轻举妄动了。

每当空想愿意变成事实时,那时一声召唤,便立即进行战争,但这不是老百姓的作风,这些民族不是时刻都有着英雄和烈士气质的。

他们讲究实际。他们一开始就对起义有反感,第一,因为起义的结果经常是一场灾难;第二,因为起义的出发点经常是抽象的。

因为,尽忠者总是,并且也仅为理想而献身,这一点很高尚。起义是狂热的表现。狂热的头脑可以发怒,因而拿起了武器。但任何针对政府或政体的起义,矛头都对得更深远。

譬如,我们要强调一下,一八三二年的起义领袖,尤其是麻厂街的激进青年所攻击的,并不完全是路易-菲力浦。大多数人,在坦率交谈时能公正地对待这个介乎君主制和革命之间的君王的优点,没有人憎恨他。在路易-菲力浦身上他们所攻击的是世袭神权王位的旁支,正如他们在查理十世身上攻击的是嫡系。我们已经解释过,他们推翻法国王朝,主要是想在全世界推翻人对人的篡夺和特权对人权的篡夺。巴黎如果没有君王,其结果就是世上将没有暴君。他们是如此推论的,他们的目标肯定很遥远,可能很模糊,他们在困难面前退却,但他们是伟大的。

情况就是这样。人们为这些幻影献身;对献身者来说,这些幻影几乎总是些梦想,总之,是些混淆了人类坚定信念的梦想。起义者把起义镀上了金又把它诗意化了。人们一头扎进这一悲惨事件中去,并被即将从事的事业所陶醉。谁知道呀!也许会成功。他们人数少,要和整整一支军队对抗,但他们为了保卫人权和自然法,保卫每个人不可放弃的主权,保卫正义、真理,必要时他们可以像那三百个斯巴达人一样死去。他们想到的不是堂吉诃德,而是莱翁尼达斯,他们勇往直前,既已投入战斗,就不后退,低着头往前冲,希望获得空前的胜利,更为完善的革命,恢复了自由的进步,希望人类更加伟大,世界得到拯救,最坏也无非是塞莫皮莱罢了。

这些为了进步的交锋常常遭到失败,我们刚才已说明了原因。群众不愿受勇士的驱使。这些呆滞的人民大众,他们所以脆弱是因为他们迟钝,他们害怕冒险的行动,而理想是具有冒险性的。

此外,我们不能忘记,这儿有一个利益问题,与理想和感情不大相容,有时胃会使心麻痹。

法国的伟大和美丽就在于它不像其他民族那样肚子凸起,它能较灵便地把绳子系在腰上,它最早觉醒,最后入睡。它前进,它探索。

这正是因为它是艺术家。

理想无非就是逻辑的最高峰,同样美就是真的顶端。艺术的民族同时也是彻底的民族。爱美就是要求光明。因此欧洲的火炬,即文明的火炬,首先由希腊举起,再传到意大利,再传到法国。神圣的民族先锋队!他们在传递生命之灯。①

奇妙的是,一个民族的诗意是它进步的原素。文化的分量是由想象力的分量来测定的。但一个传播文化的民族应该是刚强的。像科林斯②,对了!像西巴利斯③,不行。谁爱懦弱,谁就要衰退。不要当业余爱好者,也别当有名的演奏家,要做艺术家。至于文化,不应将其提炼精制,而应使其纯化。在这一条件下,我们就能赐予人类理想的模范。

现代的理想以艺术为典型,以科学为手段。照科学办,我们就能实现诗人的宏伟幻想——社会的美。我们将用 A+B 重建乐园。文化发展到这样一种程度,精确成了壮丽不可少的成分,科学手段不仅帮助而且充实了艺术的情感。梦想必须谋划。本是征服者的艺术,应以科学为支点,这是它的原动力。坐骑的坚固与否是很重要的,现代的智慧,就是以印度天才为运载工具的希腊天才,是亚历山大骑在大象身上。

被教条僵化或被利欲腐蚀的民族不适宜领导文化。膜拜

---

① 他们在传递生命之灯,原文为拉丁文"Vitae lampada tradunt."
② 科林斯(Corinthe),古希腊城市,此处指其刚强,曾与雅典、斯巴达抗衡。
③ 西巴利斯(Sybaris),古意大利城市,居民以柔弱著称。

偶像或金钱会使支配行走的肌肉萎缩,使向上的意志衰退。沉浸在宗教的传统中或商业买卖中就会使民族逊色,降低其水平,同时也缩小了它的视野,使它失去了那为世界目标奋斗的既属人又属神的智慧,这智慧本可使这民族成为传道者。巴比伦没有理想,迦太基也没有。雅典和罗马才具有,并在经历了多少世纪的黑暗后仍保持着文化的光环。

法国和希腊、意大利有着同样的民族素质,它有雅典人的美,罗马人的伟大。此外,它是善良的。它慷慨献身,它比其他民族更乐于尽忠,乐于牺牲,可是这种气质时有时无,这样对于那些法国想走、他们偏要跑,或法国想停下、他们偏要走的人是很危险的。法国也曾多次犯过唯物主义的错误,有时,使这超凡的头脑闭塞的思想一点也不能使人回想起伟大的法国,而只回想起米苏里州或南卡罗来纳州罢了。怎么办?巨人装矮子,辽阔的法国有时会突然爱好渺小。就是这样而已。

对于这种情况无话可说。人民和星宿一样,有权暂时隐没。一切都很好,只要光明重现,只要暂时的隐没不要退化成黑夜就是了。黎明和复活是同义词,光明的重现和"我"的延续相同。

让我们平静地来看待这些事。死于街垒或流亡,对于忠诚的人来说,在不得已时都是可以接受的。忠忱的真谛,就是忘我。被遗弃者让他们被遗弃吧,流放者被流放吧,我们只恳求伟大的人民后退时不要退得过远;不要借口恢复理智,而在下坡路上滑过了头。

物质是存在的,时间是存在的,利益是存在的,肚子是存在的;但肚子不应该是惟一的智慧。目前的生活有权被重视,我们承认这一点,但永久的生活也有它的权利。唉!登高了有时还会下跌,很遗憾这种事历史上常常能见到。有一个民族曾显赫一时,它曾处于理想的境界,然后又陷入污泥并还感到称心如意。如果有人问它为什么抛弃苏格拉底去找法斯达夫①,它的回答是:"因为我爱政客。"

在回到这次混战之前再说几句话。

一次我们此刻所谈到的战争无非是一种面向理想的痉挛。遇到障碍的进步是病态的,它就有着这些悲惨的癫痫病。进步的病痛是内战,在我们的行程中免不了会遇到。这是这出戏不可避免的一个阶段,既是一幕,又是幕间休息,剧的中心人物是一个社会上的受苦人,剧的真正名字叫"进步"。

进步!

这是代表我们思想经常发出来的呼声,我们这出剧发展到现在,它所包含的思想还要经受不止一次的考验,也许我们可以揭去帷幕,至少让它的光芒能清晰地透露出来。

此刻读者手边的这部书,中间不论有怎样的间断、例外或缺欠,从头到尾,从整本到细节都是从恶走向善,从不公正到公正,从假到真,从黑夜到天明,从欲望到良心,从腐化到生活,从兽行到责任,从地狱到天堂,从虚无到上帝。它的出发点是物质,终止处是心灵;它由七头蛇开始,以天使告终。

二十一 英雄们

突然袭击的战鼓敲响了。

---

① 法斯达夫(Falstaff,1378—1459),英国著名军官,以沉湎酒色、厚颜无耻著名。

飓风式的猛攻。昨夜在黑暗中,街垒好像被一条蟒蛇悄悄地靠近了。现在大白天,在敞开的大街上,奇袭肯定是不可能的;此外,强大的兵力已经暴露。大炮已开始狂吼,军队向街垒猛冲。狂怒现在成为巧妙的技能。一支强大的步兵呈战列纵队,在相当的距离内,平均地安插在国民自卫军和保安警察队之间,并有无数听得到看不见的人作后盾,向大街跑步冲来,他们擂起战鼓,吹着军号,刺刀平端,工兵开路,在枪林弹雨中沉着前进,直抵街垒,像根铜柱那样把重量压在一堵墙上。

这堵墙顶住了。

起义者激烈地开火。街垒出现了人在上面竞相攀登的场面,它有着一簇像鬃毛样披散的火光。攻打是如此猛烈,一时间四周全是进攻者;就像狮子对付群狗,街垒摆脱了这些士兵,它被围攻者覆盖着,只不过像浪花冲击悬崖一样,不一会儿,又重新露出黑色的巨大峭壁。

纵队被迫退却后又在街上密集,他们已没有掩护,但很可怕,他们用骇人的排枪向棱堡还击。见过烟火的人将会记起那种称之为礼花的交叉着的火光,试想这簇礼花不是垂直而是横着的,每束火花顶端有一颗实心弹、一颗大粒霰弹或一颗散子弹,在一连串的电闪雷鸣中撒播着死亡。街垒正处在它的下方。

双方的决心是相等的。勇敢在这里近于野蛮,并夹杂着某种残酷的英雄行为,这首先是来自自我牺牲的精神。在那个时代国民自卫军打起仗来就像轻步兵一样。军队要结束这场战争,起义者却要继续战斗。在年轻力壮的时候去接受死亡,这使大无畏的精神变为疯狂。混战中的每一个人都感到了最后时刻所赐予的至高无上的形象。街上堆满了尸体。

街垒的一头是安灼拉,另一头是马吕斯。安灼拉关心整个街垒,他等待战机,暂作隐蔽;三个士兵看都没有看到他,就在他的枪孔前接连倒下。马吕斯则是不加掩护地作战,成了众矢之的。他从棱堡顶上露出大半截身子。一个吝啬的人在发狂时可以千金一掷,在所不惜,但也没有比一个冥想者行动起来更可怕的了。马吕斯既极其可怕又沉思不醒。他在战斗中的动作如同在梦里一样,看起来好像是一个鬼魂在打枪。

被包围者的子弹逐渐耗尽,他们的嘲讽却还没有枯竭。在这座坟墓的旋风中,他们还是嬉笑自如。

古费拉克光着脑袋。

"你把帽子弄哪儿去了?"博须埃问他。

古费拉克回答:

"他们老开炮给轰掉了。"

或者他们还态度傲慢地评论一番。

"真不明白这些人,"弗以伊辛酸地喊着(他念着一些名字,有些甚至很有名,一些过去军界中的人士),"他们答应来参加并发誓帮助我们,他们曾以荣誉担保,他们是我们的将军,可是却抛弃了我们!"

公白飞只报以庄严的微笑:

"有些人遵守荣誉信条,好比人们观察①星星,隔着老远的距离。"

街垒的内部撒满炸开的弹片,就像下了一场雪。

---

① 此处"遵守"与"观察"法语是同一个词"observer"。

进攻者人数众多,起义者地势优越。起义者在一堵高墙上很近地瞄准那些在尸体和伤兵间踉跄前进或在陡坡上跌脚绊手的士兵。这街垒筑得这样牢固真令人叹服,真不愧是一个固守的阵地,少数人就可阻挡一个军团。可是随时在补充人员并在枪林弹雨中不断增援的突击纵队无情地迫近了,现在正在一点点、一步步、但有把握地前进,像是压榨机的螺丝在拧紧,军队逐渐逼近街垒。

突击连续不断,恐怖越加强烈。

于是在这堆铺路石上,在这条麻厂街上,展开了一场堪与特洛伊之战相比的搏斗。这些形容憔悴、衣衫破烂、疲惫不堪的人,十四小时不进食,没合眼,只剩下几发子弹可供射击,现在正摸着没有子弹的空口袋;他们几乎都受了伤,头或手臂都用发黑的血污的布条包扎着,衣服的破洞中流出鲜血,有的武器只是管坏枪和旧而钝的刀,但却要成为巨人提坦了。街垒曾十次受到围困、攻打、攀登,但始终未被占领。

要对这次战斗有个概念,我们可以想象在一堆可怕的勇士身上点起火来,再来观看这场火灾。这不是一场战斗,这是一个火炉的炉膛。他们的嘴在吞吐火焰,他们的脸非常奇特。这已不再是人的形态;战士们浑身是火;见到这些在混战的红焰中来往的火蛇真是令人胆战心惊。对双方同时进行的连续不断的大规模杀戮场面,我们将不予描述,因为只有长篇的英雄史诗才有权用一万二千行诗句来叙述一次战斗。

简直就像婆罗门教的地狱,十七种地狱中最可怕的一种,在《吠陀》①中被称为剑林。

---

① 《吠陀》(*Véda*),印度最古的宗教文献和文学作品的总称。

肉搏开始了，短兵相接，用手枪射击，长刀砍，拳头打，远处，近处，从上面，从下面，到处皆是，从屋顶，从酒店窗口，几个人钻进了地下室，从通气洞射击。这是一对六十的悬殊战。科林斯的门面已毁去一半，形状很丑。窗上弹痕累累，玻璃和窗框都已不在，只是一个畸形的洞而已，用铺路石乱七八糟地堵着。博须埃被杀死了，弗以伊被杀死了，古费拉克被杀死了，若李被杀死了，公白飞正在扶起一个伤兵时被刺刀刺了三下，刺穿了胸，只朝天望了一眼就气绝了。

马吕斯继续战斗，浑身是伤，尤其是头部，满面鲜血，好像盖了一块红手帕。

安灼拉是惟一没有受伤的。他没有了武器，就左右伸手，有个起义者随便放一把刀在他手里。他的四把剑只剩下了断片，比弗朗索瓦一世①在马林雅诺还多一把。

荷马说："狄俄墨得斯扼杀了住在欢乐的阿利斯巴的特脱拉尼斯的儿子阿希勒；墨西斯特的儿子于利亚除掉了特来梭斯、奥菲提奥斯、埃赛普以及河神阿巴巴莱和无可非难的布科里奥怀孕后生下的儿子贝达希斯；乌利西斯推翻了贝谷斯的毕弟特；安提罗科推翻阿培来；波里波特斯推翻阿斯第耶；波里达马斯推翻西兰的奥多斯；透克洛斯推翻阿埃达翁。梅冈提奥斯死在欧里毕勒的标枪下。阿伽门农，英雄之王，打翻了生长在波涛滚滚的沙特诺以斯河所灌溉的悬崖城市中的埃拉多斯。"②在我们古代的英雄史诗中埃斯勃朗第安用两头冒火的利刃攻打巨人斯汪蒂坡尔侯爵，侯爵拔起城楼向这位骑

---

① 弗朗索瓦一世（François Iᵉʳ，1494—1547），法国国王，一五一五年至一五四七年在位。一五一五年在意大利马林雅诺城战胜瑞士人。
② 以上人名均系荷马史诗《伊利亚特》及《奥德赛》中之英雄。

士掷去自卫。我们的古老壁画中可以见到布列塔尼和波旁两个武装了的公爵,他们带着徽章和战盔,骑着马,握着战斧,戴着铁面罩,穿着铁靴,戴着铁手套,一匹马披着银鼠马衣,另一匹裹着蓝呢;布列塔尼那一位在冠冕的两角之间有他的狮子为记,波旁的那一位在铁盔帽舌上装饰着一大朵百合花。其实要表示堂皇,不需要像伊奉那样戴着公爵的高顶盔,像埃斯勃朗第安那样,举着一个火炬,或像波里达马斯的父亲费来斯那样,从埃非尔带回欧菲特王的礼物——一副好甲胄,这只需为一个信仰或为了尽忠献出生命就够了。这个天真的小士兵,昨天还是博斯或里摩日的农民,腰间别着菜刀,在卢森堡公园孩子们的保姆周围徘徊,这个年轻的学生,面色苍白,专心解剖或看一本书,一个用剪刀剪胡子的金发少年,把他们两人集合在一起,向他们鼓吹一下责任心,把他们带到布什拉街口或在卜朗什-米勃雷死胡同内面对面站着,使一个为了自己的旗帜、另一个为了理想而战,让双方都认为是在为祖国而战;斗争将很激烈,这两个对抗着的步兵和外科医生,他们投在人类斗争的大战场上的影子可与多虎的里西君王美加莱在和伟大的与神明相等的埃阿斯①肉搏时所投的影子相媲美。

二十二 一步一步

当时活着的领队人只剩下队长安灼拉和马吕斯在街垒的两端,由古费拉克、若李、博须埃、弗以伊和公白飞坚持了很久

---

① 埃阿斯(Ajax),特洛伊战争中的希腊英雄。主将阿喀琉斯死后,埃阿斯与奥德修斯争夺阿喀琉斯的武器,奥德修斯用计取胜,埃阿斯自杀而死。

的中部已抵挡不住了。炮火虽没有轰出可通行的缺口,却在棱堡的中部截了一个相当大的凹形。这儿的墙顶已被炮弹打塌,掉下来的碎石乱瓦有的倒向里,有的倒向外,积累成堆,使屏障内外形成了两个斜坡,外面的成了有利于攻打的斜坡。

发动了一次决定性的突击,这次突击成功了。兵士举着如林的刺刀向前猛冲,势不可挡;突击纵队密集的战斗行列在陡坡顶上的烟火中出现了,这时大势已去,在中部抗御的起义人群混乱地退却了。

有些人燃起了一线模模糊糊的求生的欲望,他们不愿在这枪林弹雨中束手待毙。这时保全自己的本能使他们发出嗥叫,人又重新回复到动物的状态。他们被迫退到棱堡后部一所七层的楼房前面。这所房屋是可以救命的。它从上到下关得紧紧的,像砌了一堵墙似的。在军队进入棱堡之前,有充分的时间来打开又关上一扇门,只要一刹那就够了。这门忽然半开但又立即关上,对这些绝望的人来说,这就是生命。房屋后面,有大路可以逃跑,空旷无阻。他们开始用枪托捶门,用脚踢门,又喊又叫,合掌哀求,可是没有人来开。在四楼的窗口,只有死人的头在望着他们。

但是安灼拉和马吕斯,还有七八个聚在他们身旁的人,飞跑过去保护他们。安灼拉向士兵们叫喊:"不要近前!"一个军官不听从,安灼拉杀死了他。此刻他在棱堡小后院中,紧靠着科林斯的房屋,他一手持剑,一手握枪,把酒店的门打开,拦住进攻者。他向那些绝望的人大声说:"只有这扇门是开的。"他用身子掩护他们,独自一人应付一个战斗营,让他们在他身后过去。大家都冲进去。安灼拉挥舞着马枪,此刻起到一根棍棒的作用,这一着耍棍棒的人称之为"盖蔷薇",用来挫倒他四周和前面的刺刀,自己最后一个进门;这时出现了可怖的一刹那,士兵们要进门,起义者要关门。那门关得这样猛,结果在关紧之后,可以见到一个抓住门框的士兵的五个断指粘在门框上。

马吕斯留在外面,一颗子弹打碎了他的锁骨,他感到晕眩而倒了下来。这时他闭上了眼睛,但还意识到一只有力的手抓住了他。对珂赛特最后的怀念在他心头萦回,他刚刚有时间闪过这样一个念头:"我成了俘虏,要被枪毙了。"接着就昏了过去。

安灼拉在逃入酒店的人中没有见到马吕斯时,也有同样的想法。但是此刻人只有时间考虑自己的死。安灼拉闩上门闩,插上插销,把钥匙在锁眼里转了两下,再锁上挂锁,这时外面猛烈敲打,士兵用枪托,工兵用斧子。进攻者麇集在门前,开始围攻酒店。

士兵们,可以这样说,都充满了狂怒。

炮长之死激怒了他们,更糟的是,在攻打前几小时,士兵中流传着起义者摧残俘虏的说法,据说在酒店里有一具无头士兵的尸体。这种必然会带来灾祸的流言蜚语经常伴随着内战,也正因为这类谣传,后来引起了特兰斯诺南街的事件①。

当门已堵住后,安灼拉向其他人说:"我们死也必须使对方付出很高的代价。"

然后他走向躺着马白夫和伽弗洛什的长桌。黑布下是两个笔直僵硬的形体,一大一小,两张脸在冷冰冰的裹尸布的褶裥下面隐约可辨。一只手从尸布下露出来垂向地面,这是老

---

① 一八三四年四月十四日,政府军进攻特兰斯诺南街垒时,从十二号房屋里射出一枪,伤一军官,军队在攻入街垒后进行血腥屠杀。

人的手。

安灼拉弯腰吻了这只可敬的手,头天晚上他曾吻过他的额头。

这是他一生中仅有的两次吻。

我们扼要地说,街垒之战好比底比斯城门之战,酒店之战等于萨拉戈萨的巷战,这种抗拒是顽强的。对战败者不饶命,没有谈判的可能,人们拼死厮杀。当絮歇说:"投降!"帕拉福克斯回答:"炮战后拼刺。"于什鲁酒店遭受突击攻下时什么都使上了:有铺路石从窗口和屋顶如雨般倾泻打击围攻者,使士兵们遭到可怕的伤亡因而怒不可遏,有从地窖和阁楼打出来的枪,有猛烈的攻打,有狂暴的抗击,最后,门攻破后,就是疯狂的杀尽灭绝。进攻者冲进酒店,倒地的破门板绊住了他们的脚,竟找不到一个战士。盘旋的楼梯被斧子砍断,横在楼下厅堂中,几个受伤者刚断了气,所有未被杀死的人都在二楼,从本是楼梯通道的天花板的洞口,猛烈地开了火。这是他们最后的子弹。当子弹用尽了,这些濒于死亡的猛士已没有任何弹药,他们每人手中拿两个安灼拉储备的瓶子(我们前面提过),他们用这易碎的骇人的粗棒对付攀登者。这是装了镪水的瓶子。我们如实地叙述这种凄惨的残杀。被围者,真可叹,把一切东西都变为武器。希腊的火硝并未伤害阿基米得的声誉,沸滚的松脂也无损于巴亚尔[①]的名声;一切战争都是恐怖的,没有选择的余地。包围军的机枪手,自下而上虽有些不便,杀伤力仍很可观。天花板洞口四周很快被一圈

---

① 巴亚尔(Bayard,1475?—1524),法国骑士,被同代人誉为"大无畏而又无可责难的骑士"。

死人的头围着,流淌着长条的鲜血。那些嘈杂声真无法形容;在紧闭的火热的浓烟中就像在黑夜中作战一样,已到非笔墨所能形容的恐怖程度。这种地狱中的搏斗已没有人性,这已不是巨人对付大汉,这像密尔顿和但丁,而不像荷马。恶魔在进攻,鬼魂在顽抗。

这是残酷的英雄主义。

二十三 俄瑞斯忒斯挨饿,皮拉得斯酣醉①

最后,叠人成梯,再利用断梯,爬上墙,攀住天花板,劈伤洞口最后几个抵抗者,二十个左右的进攻者,有士兵、国民自卫军和保安警察队,大家乱成一团,一大半人在惊心动魄的攀登中面部受伤,流血使眼睛看不见东西。他们怒不可遏,野性大发,冲进了二楼室中。那里只有一个人还站着,这就是安灼拉。他一无子弹,二无利剑,手中只有一管枪筒,枪托已在侵入者的头上敲断了。他把弹子台横在自己和进攻者之间,自己退至屋角,目光炯炯,昂首挺立。他握着断枪,神情可怖,致使无人近前。突然一声大叫:

"这是头头,是他杀死了炮长。他倒挑了个地方,倒也不坏,就让他这样待着,就地枪决!"

"开枪吧。"安灼拉说。

他摔掉手里的枪筒,两臂交叉,挺起胸等着。

英勇就义总是令人感动的。一旦安灼拉叉起双臂,接受死刑,震耳的厮杀声在屋中顿时寂静下来,混乱状态立刻平

---

① 此处俄瑞斯忒斯影射安灼拉,皮拉得斯影射格朗泰尔。

息,变为坟场般的肃穆。安灼拉手无寸铁,一动不动,凛然不可犯。这年轻人,似乎对嘈杂声施展了一种压力,是惟一没有受到一点伤的人。他举止高贵,浑身沾满鲜血,神态动人,像不会受伤的人那样无动于衷,好像单凭他那镇静的目光就迫使这凶狠的人群怀着敬意来枪杀他。他那英俊的容貌,此刻再加上他的傲气,使他容光焕发,他好像既不知疲劳,也不会受伤,经过了这可怕的二十四小时,仍面色红润鲜艳。事后一个证人在军事法庭上谈到的人可能就是他:"有一个暴动者,我听见大家叫他阿波罗。"①一个国民自卫军瞄准安灼拉后,又垂下他的武器说:"我感到似乎要去枪杀一朵花。"

十二个人在安灼拉的角落对面组成了一个小队,默默地准备好他们的武器。

然后一个班长叫了一声:"瞄准!"

一个军官打断了说:

"等一会儿。"

他问安灼拉:

"需要替您蒙上眼睛吗?"

"不要。"

"是不是您杀了我们的炮长?"

"是的。"

格朗泰尔已经醒了一会儿了。

格朗泰尔,我们记得,从昨晚起他就睡在酒店的楼上,坐在椅子上,扑倒在桌上。

他和从前的那种比喻完全一样:死醉。这种可恶的迷人

---

① 此处指安灼拉容貌英俊,和阿波罗相似。

的烈性酒精使他昏睡。他的桌子太小,对街垒起不了作用,所以就留下给他了。他老是保持同一种姿势,胸部俯向桌面,头平伏在手臂上,周围有着玻璃杯、啤酒杯和酒瓶。他沉重的睡眠有如冬眠的熊和吸足了血的蚂蟥,排枪齐射、炮弹、霰弹从窗口打进他所在的屋内,甚至连袭击惊人的叫嚣,一切对他都不起作用。对炮声他有时以鼾声作答。免得使自己醒来,他好像在等着一颗子弹。好几个尸体躺在他的四周,乍一看他和这些死去的沉睡者是分不清的。

喧嚣不曾吵醒一个醉汉。寂静反而使他醒来。这种怪现象不止一次地被人见到。四周坍塌的一切格朗泰尔都一无知觉,坍塌好像使他睡得更稳。在安灼拉面前停止的喧嚣对这位昏睡者也起了震撼的作用。等于一辆飞跑着的车子突然停下来一样,车中的酣睡者因此醒来。格朗泰尔突然直起身来,撑开两臂,揉揉眼睛望望,打个呵欠,终于明白了。

醉性过去就像拉开帷幕。醉汉一眼就全部理解了幕布遮住的一切。种种情况都在他脑中浮现,他不知道二十四小时以来发生过什么事,但刚一睁眼,就全明白了。头脑突然又清醒过来,沉醉时的模糊不清,那迷惑头脑的雾气,消失了,随之而来的是摆脱不开的清清楚楚的现实。

士兵们盯着那个退在角落里的安灼拉,他像被弹子台隐蔽着一样,一点也没看见格朗泰尔。班长正准备再一次发令:"瞄准!"这时他们忽然听见一个洪亮的声音在旁边喊着:

"共和国万岁!我也是一个。"

格朗泰尔站起来了。

他错过了的整个战斗的无限的光辉,此刻在变得高尚的醉汉目光中闪耀着。

他重复说着"共和国万岁!"并用坚定的步伐穿过这间房,靠着安灼拉站到一排枪前。

"你们一次打两个吧!"他说。

又转向安灼拉温和地问他:

"你允许吗?"

安灼拉微笑着握了握他的手。

这微笑尚未结束,排枪就响了。

安灼拉,中了八枪,靠着墙像被子弹钉在那儿一样,只是头垂下了。

格朗泰尔被打倒在他脚下。

不久以后,士兵们把最后几个藏在房子顶部的暴动者赶了下来,他们穿过一个木栅栏对准阁楼放枪。人们在阁楼中交战。有人把人从窗口扔了出来,有几个还是活的。两个正在设法扶起打坏了的公共大马车的轻骑兵,被阁楼里打来的两枪送了命。一个穿罩衫的人被抛了出来,肚子被刺刀戳穿,倒在地上呻吟。一个士兵和一个暴动者同时从瓦砾坡上滑下来,互不松手,凶猛地扭在一起摔下来。在地窖里也进行着同样的搏斗,叫喊声、枪声以及野蛮的践踏声,然后突然寂静下来,街垒被占领了。

士兵们开始搜查四周的房屋并追捕逃亡者。

二十四 俘 虏

马吕斯确实被俘了,他做了冉阿让的俘虏。

当他摔倒的时候,一只手从后面紧抱住他,虽已失去知觉,他仍能感到是被抓住了,这只手是冉阿让的。

冉阿让没有参加战斗,他只是冒着危险待在那儿。没有他,在这濒危的紧要关头,没有人会考虑到受伤者。幸而有他,屠杀时他好像神人一样无处不在,把倒下的人扶起来,送到地下室包扎好。间歇时,他修整街垒。但类似打人、攻击、或个人的自卫等决不会出自他的手。他默不作声地帮助人。再说,他只有少数擦伤的地方。子弹看不中他。如果自杀是他来到这座坟墓时的一个梦想,在这方面他可没有成功,但我们怀疑他会去考虑自杀这一违反宗教的行为。

冉阿让,在斗争的浓烟中,好像没看见马吕斯,其实他的目光一直没离开过他。当一枪把马吕斯打倒时,冉阿让如老虎般敏捷地一蹦,向他扑过去,像擒住一个猎物那样,把他带走了。

旋风式的攻打此刻非常猛烈地集中在酒店门口和安灼拉的身上,因此没有人看见冉阿让,他用双臂托着晕过去的马吕斯,走过了这失去铺路石的街垒战场,在科林斯房屋的拐角处消失了。

我们记得这拐角处形成了一个伸向大街的海岬,它形成一个几尺见方的能挡住枪弹和霰弹、也能挡住人的视线的地方。有时在火灾中也有一间没有烧着的房间,在最狂暴的海上,在岬角的另一边或暗礁的尽头,会有一个平静的小角落,就是在这种街垒内部的梯形隐蔽处爱潘妮断了气。

冉阿让在这儿止了步,把马吕斯轻轻地放在地上,他紧靠着墙并用目光四面扫视。

当时处境危急。

目前,可能在两三分钟以内,这堵墙还是一个掩体,但怎么能逃出这个屠杀场呢?他回想起八年前,他在波隆梭街时的焦虑,他是如何脱身的,这在当时是困难的,而在今日则是不可能的了。他面前是一所无情的七层聋屋,好像只住着那个俯首窗外的死人,他右边是堵塞小化子窝的相当低矮的街垒,跨过这障碍似乎容易,但在这障碍物的顶上可以见到一排刺刀尖,那是战斗队,防守在街垒外边,埋伏着。毫无疑问跨越这街垒,那就是引来排枪的射击,谁敢冒险在这铺路石堆的墙上探头,谁就要成为六十发枪弹的目标。他左边是战场,死亡就在这墙角的后面。

怎么办?

只有一只小鸟才能逃脱。

必须立刻作出决定,找到办法,打定主意。在他几步之外正在作战,幸亏所有的人都在激烈地争夺一个点,就是酒店的门;但是如果有一个士兵,只要有一个,想到绕过房屋,或从侧面去攻打,那就一切都完了。

冉阿让望望他前面的房屋,看看身旁的街垒,然后又带着陷入绝境的强烈感情望望地,心里十分混乱,想用眼睛在地上挖出一个窟窿。

由于专心注视,不知什么模糊然而可以捕捉的东西在这垂死挣扎的时刻显现出来,并在他的脚旁形成了,好像是目光的威力使得心愿实现了似的。他看见几步以外,在那堵外面被无情地守卫着和窥伺着的矮墙脚下,有一扇被一堆塌下的铺路石盖住一部分的铁栅栏门,它是安在地上的。这铁门,用粗的横铁棍制成,大致有两平方尺。支撑它的铺路石框架已被掘掉,铁栅栏好像已被拆开。透过铁条可以看到一个阴暗的洞口,一个类似烟囱的管道或是贮水槽的总管子。冉阿让冲过去,他越狱的老本领好像一道亮光在脑中一闪。搬开铺路石,掀起铁栅栏,背起一动不动像尸体般的马吕斯,降下去;驮着这重负,用手肘和膝头使劲,下到这种幸而不深的井里,再让头上的重铁门再落下来;铺路石受震后又倒下来,有些落在门上,这时冉阿让脚踏在铺了石块的低于地面三米的地上;他像一个极度兴奋的人那样,用巨人的力气、雄鹰的敏捷完成了这些动作,为时不过几分钟。

冉阿让和昏迷的马吕斯进入到一种地下长廊里。

这儿,无比安全,极端寂静,是漆黑的夜。

过去他从大街上落进修女院时的印象又出现在眼前,但今天他背负的不是珂赛特,而是马吕斯。

此刻他只勉强听到在他上面,像一种模糊不清的窃窃私语一样,那攻占酒店时惊人的喧嚣声。

第二卷 利维坦*的肚肠

一 海洋使土壤贫瘠

巴黎一年要把二千五百万法郎抛入海洋。

这并非修辞方面的隐喻。怎样抛,又以什么方式?日以继夜。为了什么目的?毫无目的。用意何在?从未考虑过。为什么要这样做?什么也不为。通过什么器官?通过它的肠子。它的肠子是什么?那就是它的下水道。

二千五百万是从专业角度估计出来的最低约数。

经过长期的摸索,科学今日已经知道肥效最高的肥料就是人肥。中国人,说来令人惭愧,比我们知道得早。没有一个中国农民——这是埃格勃说的——进城不用竹子扁担挑两桶满满的我们称之为污物的东西回去。多亏人肥,中国的土地仍和亚伯拉罕①时代那样富于活力。中国小麦的收成,一粒种子能收获一百二十倍的麦子。任何鸟粪都没有首都的垃圾肥效高。一个大城市有着肥效极高的粪肥。利用城市来对田

---

* 利维坦(Léviathan),《圣经》里提到的海中恶兽。

① 亚伯拉罕(Abraham),希伯来民族之始祖。

野施肥,这肯定会成功的。如果说我们的黄金是粪尿,反之,我们的粪尿就是黄金。

我们的这些黄金粪尿是如何处理的呢?我们把它倒在深渊中。

我们花了大量开支,派船队到南极去收集海燕和企鹅的粪,而手边不可估量的致富因素却流入海洋。全世界损失的人兽肥,如归还土地而不抛入水中,就足够使全世界丰衣足食了。

这些墙拐角处的垃圾堆,半夜在路上颠簸的一车车淤泥,使人厌恶的清道夫的载运车,铺路石遮盖的在地下流动着的臭污泥,你可知道这是什么?这是鲜花盛开的牧场,是碧绿的草地,是薄荷草,是百里香,是鼠尾草,是野味,是家畜,是大群雄牛晚上知足的哞哞声,是喷香的干草,是金黄的麦穗,是你们桌上的面包,是你们血管中的血液,是健康,是快乐,是生命。神秘的造物主就是要使地上变化无穷,天上改观变形。

把这些归还给大熔炉,您将从中得到丰收,平原得到的营养会变为人类的食物。

你们可以抛弃这些财富,并且还觉得我很可笑。这是你们愚昧无知的十足表现。

根据统计学的计算,仅法国一国每年就从它的河流倾入大西洋五亿法郎。请注意,用这五亿法郎我们就可以支付国家预算开支的四分之一。可是人竟如此高明,宁愿将这五亿扔进河沟里。让我们的阴沟一滴一滴地注入河流,并让河流大量向大海倾泻的,是人民的养分。阴沟每打一个噎,就耗费一千法郎。这就产生两个结果:土壤贫瘠,河流被污染。饥馑来自田畦,疾病来自河流。

例如,尽人皆知,现在泰晤士河使伦敦中毒。

至于巴黎,最近只得把绝大多数的阴渠出口改到下游最后一座桥的下方。

一种双管设备,设有活门和放水闸门,引水进来又排泄出去。一个极简单的排水法,简单得就像人的肺,在英国好几个地区已大量采用,已把田野的清流引进城市并把城市的肥水输入田野。这种世上最简单的一来一去,可以保住扔掉的五亿法郎,然而人们想的是别的事。

目前的做法是想办好事却干了坏事。动机是好的,但后果却很糟。他们以为在使城市清洁,其实他们在使人民憔悴,阴渠使用不合理。一旦这种只洗涤而伤元气的阴渠都换成了有两种功能的、吸收后又归还的排水系统,再配上一套新的社会经济体系,那么地里的产物就可以增长十倍,穷困问题将大大缓和。加上又消灭了各类寄生虫,问题将会得到解决。

目前,公共的财富流进河里。漏损接连不断。漏损这字眼很恰当,就这样,欧洲因这一消耗而破产。

至于法国,我们刚才已提到过它的数字,现在巴黎占全国人口的二十五分之一,而巴黎的粪沟是所有阴沟中最富的,所以在法国,每年抛弃的五亿中估计巴黎损失二千五百万还是一个低于实际的数字。这二千五百万如用在救济和享受方面,可以使巴黎更加繁华,但这个城市却把它花在下水道里。因此我们可以这样说,巴黎最大的挥霍,它奇妙的节日,波戎区的狂欢,它的盛宴,它的挥金如土,它的豪华,它的奢侈,它的华丽,就是它的阴渠。

由于这样,一个盲目而又拙劣的政治经济学使公众的福利丧失,付之流水,使它沉没在深渊中。对于公众的财富,应该用上圣克鲁的网①才是。

从经济方面来说,这事可以作这样的总结:巴黎是一个漏筐。

巴黎,这个模范城市,一切有水平的首都的典范,每个民族都试图仿效它,这个理想的首都,这个创举、推进试验的雄伟策源地,这个精神的中心,这个城市之国,这个创造未来的场所,这个集巴比伦和科林斯之大成者,在我们所指出的方面,却要使一个福建的农民耸肩讥笑。

仿效巴黎,就会使你破产。

此外,尤其是在这远得无法追忆而又缺乏理智的挥霍方面,巴黎本身也是仿效别人的。

这些令人惊异的无能不是新鲜事! 这不只是近代产生的愚昧行为。古人和今人的做法相同。李比希②曾说:"罗马的下水道吞没了罗马农民的福利。"当罗马的农村被罗马的阴沟毁灭之后,罗马又使意大利疲惫。它把意大利扔进阴沟里之后,它又把西西里扔进去,然后又扔进了撒丁和非洲。罗马的阴沟把全世界卷了进去,这个下水道淹没了全市和全球。罗马城势遍天下。③ 这是座不朽之城,无底的坑。

对这些事和对其他事一样,罗马起到了首创作用。

巴黎,以一切文化城市固有的傻劲,仿效这块样板。

由于我们刚才解释的工序的需要,巴黎在它下面另有一

---

① 圣克鲁(Saint-Cloud),法国塞纳河畔的要塞,在该处河中置网,用以拦截河中各种漂流物。
② 李比希(Liebig,1803—1873),德国化学家。
③ 罗马城势遍天下,原文为拉丁文:"urbi et orbi."

个巴黎,一个阴沟的巴黎,它有它的道路、它的十字路、它的广场、它的死胡同、它的动脉以及污泥的循环,只是缺少人形而已。

因为,什么也不要恭维,也不能恭维,这里应有尽有,有壮丽卓绝的一面,也有不光彩的一面;如果巴黎具有雅典城的光明,提尔①城的实力,斯巴达城的道义,尼尼微②城的英才,但它也有着吕代斯③的污泥。

何况,它的力量的印记也打在这里,巴黎巨大的肮脏沟道,在所有的大建筑中,这一奇特典型被人类中几个人物所体现,如马基雅维利、培根④和米拉波,都是可耻的伟大。

如果视线能透过路面,巴黎的地下会呈现出一个巨大的石珊瑚形状,海绵孔也不会比这块上面矗立着伟大古城的、周围有着六法里长的土块下面的狭径和管道更多,还不包括地下墓窟——这是另一种地窖,还不包括错杂的煤气管,还不算庞大的一直通到取水龙头的饮用水管道系统,单单阴渠本身在河的两岸下面就形成了一个黑暗的网道,斜坡就是这座迷宫的引路线。

这儿,在潮湿的烟雾中,出现了大老鼠,就像巴黎分娩出来的一样。

---

① 提尔(Tyr),古代腓尼基城市,在地中海东岸。
② 尼尼微(Ninive),西亚古国亚述的首都,遗址与今伊拉克城市摩苏尔隔河相望。
③ 吕代斯(Lutèce),巴黎古名。
④ 培根(Bacon,1561—1626),英国哲学家,英国唯物主义的创始人,自然科学家和历史学家。

二　阴渠的古代史

让我们想象一下,巴黎像揭盖子那样被揭开了,笔直地往下看,这个地下的阴渠网有如画在两边岸上与河流衔接的树干。在右岸的阴渠总管道好比树枝的主干,较细的管道好比树枝,死胡同一如枝丫。

这图形很粗略,只是大致相似而已,地下分枝常出现直角,在植物中这是罕见的。

我们如果把这奇异的实测平面图想象成在一个黑底子上平视到的一种古怪而杂乱的东方字母表,这样会更相像一点,它那畸形的字母,表面上杂乱无章,好像很随便地有时在转角处、有时在尽头处相互衔接。

污水坑和阴渠在中古时代,在罗马帝国后期[1]和古老的东方起过很大作用。瘟疫在那儿发生,暴君在那儿死亡。民众见到这些腐烂物的温床、骇人的死亡的摇篮时几乎产生一种宗教性质的恐惧。贝拿勒斯[2]的害虫深坑与巴比伦的狮子坑同样使人头晕目眩。根据犹太士师书中的记载,蒂拉发拉查崇敬尼尼微的污物坑。让·德·赖特就是从蒙斯特的沟渠中引出他的假月亮来的,和他相貌酷似的东方的莫卡那,这个蒙着面纱的霍拉桑[3]先知,从盖许勃的污井中使他的假太阳升起来。

人类的历史反映在阴渠的历史中。古罗马罪犯尸体示众

---

[1] 罗马帝国后期,指二三五年至四七六年的罗马帝国。
[2] 贝拿勒斯(Bénarès),印度圣城。
[3] 霍拉桑(Khorassan),伊朗一省。

场叙述了罗马的历史。巴黎的阴渠是一个可怕的老家伙,它曾是坟墓,它曾是避难所。罪恶、智慧、社会上的抗议、信仰自由、思想、盗窃,一切人类法律所追究的或曾追究过的都曾藏在这洞里;十四世纪巴黎的持槌抗税者,十五世纪沿路拦劫的强盗,十六世纪蒙难的新教徒,十七世纪的莫兰①集团,十八世纪的烧足匪徒②都藏在里面。一百年前,夜间行凶者从那儿出来,碰到危险的小偷又溜了回去;树林中有岩穴,巴黎就有阴渠。乞丐,即高卢的流氓,把阴渠当作圣迹区,到了晚上,他们奸猾又凶狠,钻进位于莫布埃街的进出口,好似退入帷幕之中。

一贯在抢钱死胡同或割喉街干勾当的人晚上在绿径阴沟或于尔博瓦桥排水渠住家是很自然的。有关那儿的回忆数不胜数。各种鬼怪都在这长而寂寞的阴沟中出没,到处是霉烂物和瘴气,这儿那儿有一个通气洞,维庸曾在这洞口和外面的拉伯雷闲谈。

老巴黎的阴渠,是一切排泄物和一切铤而走险者的汇合处。政治经济学的观点认为这是人体的碎屑,而社会哲学的观点则把它看成是渣滓堆。

阴渠,就是城市的良心,一切都在那儿集中,对质。在这个死灰色的地方,有着它的黑暗处,但秘密已不存在。每件东西都显出了原形,或至少显出它最终的形状。垃圾堆的优点就是不撒谎。朴实藏身于此,那里有巴西尔的假面具,但人看见了硬纸也看见了细绳,里外都看到,面具还涂上一层诚实的

---

① 莫兰(Morin),巫师,一六六三年在巴黎被焚。
② 烧足匪徒,在革命动乱时期化装抢劫农村的匪徒,烧受害人之足,迫使他们拿出钱财。

污泥。司卡班的假鼻子紧挨在一旁。文明社会的一切卑鄙丑物,一旦无用,就都掉入这真相的阴渠中,这是社会上众多日渐变坏之物的终点。它们沉没在那儿,展开示众,这些杂乱的货色是一种自白。这儿,已没有假相,无法再粉饰,污秽脱下了衬衫,赤裸裸一丝不挂,它击溃了空想和幻景,以致原形毕露,显示出命终时的邪恶相。现实和消灭。这儿,一个瓶底承认酗酒行为,一个篮子柄叙述仆役生涯;这儿曾有过文学见解的苹果核①,又变成苹果核了。一个大铜钱上的肖像已完全变绿,该亚法的痰唾与法斯达夫的呕吐物相遇了,在这里,一个从赌博场中出来的金路易撞着了悬挂上吊绳子的钉子,一个惨白的胎儿,用最近狂欢节时为在歌剧院跳舞而穿的有金箔装饰的衣服裹成一卷,一顶审判人的法官的帽子,躺在这曾是马格东②衬裙的污物旁,这不仅是友爱,而且还是亲密。一切涂脂抹粉的都变成一塌糊涂的形象。最后的面纱终于揭开,阴沟是一个厚颜无耻者,它吐露一切。

淫荡败德的坦率令人感到痛快,心情舒畅。当人们在世上长期忍受了以国家利益为重的大道理之后——诸如那些装腔作势的宣誓、政治上的明智、人类的正义、职业上的正直、应付某种情况的严正以及法官的清廉等,再走进阴沟并见到说明这些事物的污垢,那确实是件快事。

同时这也是一个教训。我们刚才已提到,阴渠反映了历史。圣巴托罗缪的鲜血一滴一滴地从铺路石缝中渗入阴沟。大量的暗杀,政治与宗教领域的屠杀,经过这文明的地窖把杀

---

① 苹果核,暗指无用的头脑。
② 马格东(Margoton),指放荡的妇人。

戮后的尸体丢进去。以沉思者的眼光看,一切历史上的凶手都在这儿,在丑恶的昏暗处,跪在地上,用他们当作围腰用的裹尸布的一角,凄惨地抹去他们干的勾当。路易十一和特里斯唐①在那里面,弗朗索瓦一世和杜普拉②在里面,查理九世和他的母亲在里面,黎塞留和路易十三在里面,卢夫瓦在里面,勒泰利埃在里面,阿贝尔和马亚尔也在里面,他们刮着那些石头,想消灭他们为非作歹的痕迹。人们听见拱顶下这些鬼怪的扫帚声;人们在那儿嗅到社会上严重灾祸的恶臭,在一些角落里看到微红的反光。那儿淌着洗过血手后的可怕的水流。

　　社会观察家应当走进这些阴暗处,这是他的实验室的一部分。哲学是思想的显微镜,一切都想避开它,但丝毫也溜不了。推诿强辩都无济于事。遁辞暴露了自己的哪一面呢?厚颜无耻的一面。哲学用正直的目光追踪罪恶,决不允许它逃之夭夭。已经过去而被忘却之事,已经消失而被贬低之事,它都能认出。根据破衣它能恢复王袍,根据烂衫能找出那个妇人,利用污坑它使城市再现,利用泥泞可使习俗再生。从一块碎片它推断出这是双耳尖底瓮还是水罐。凭借羊皮纸上的一个指甲印,它可以认出犹大本土的犹太族和移居的犹太族之间的区别。在剩下的一点残余上它恢复原来的面目,是善,是恶,是真,是假,宫中的血迹,地窖中的墨水污迹,妓院的油渍,经受过的考验,欣然接受的诱惑,呕吐出来的盛宴,品德在卑躬屈膝时留下的褶纹,灵魂因粗俗而变节时留下的迹象,在罗

---

① 特里斯唐(Tristan l'Hermite),路易十一的道路总监。
② 杜普拉(Duprat,1463—1535),弗朗索瓦一世的司法大臣。

马脚夫的短衫上有着梅沙琳胳膊的迹印。

三　勃吕纳梭

中世纪时,巴黎的阴沟有着传奇的色彩,到了十六世纪,亨利二世曾试图探测一下,但是失败了。近百年来,污坑已被抛弃在一边,听其自然变化了,迈尔西埃①证明了这一点。

古老的巴黎正是如此,专事争吵,犹豫不决,暗中摸索,以致长期停留在愚昧阶段。后来在一七八九年才显示出城市怎样具有智慧。但在淳朴的古代,首都不论在精神上和物质上都还不大有头脑,垃圾和流弊一样,却未能得到铲除。一切都成为障碍,处处发生问题。譬如阴渠,它对任何路线都是抗拒的。人们在阴沟里辨不出方向,在城市中意见也不能一致;上面是无法理解,下面是无法理清;在混乱的舌战下面加上混乱的地窖;在代达罗斯②上面垒起了巴别塔③。

有时巴黎的阴渠突然泛滥,好像这不为人知的尼罗河突然发怒了。于是就出现了——说来可耻——阴渠里的洪水。这文明的肠胃有时消化不良,污物倒流到城市的喉头,巴黎就充满了它的污泥的回味。阴沟倒流与悔悟类似,大有益处,这是警告,但并不受欢迎,巴黎城因泥垢如此猖狂而愤慨了,它不能允许污秽再回来,必须妥善清除。

一八〇二年的水灾是八十岁的巴黎人记忆犹新之事。

---

① 迈尔西埃(Mercier,1740—1814),法国作家,著有《巴黎景象》。
② 代达罗斯,迷宫,源出希腊神话中为克里特国王建造迷宫的建筑师之名。
③ 巴别塔,《圣经》中挪亚的子孙没有建成的通天塔。

污泥浆在胜利广场,即路易十四的铜像所在处,扩散成十字形,它由爱丽舍广场的两个阴沟出口流到圣奥诺雷街,由圣弗洛朗丹的阴沟口流到圣弗洛朗丹街,由钟声街的沟口流到鱼石街,由绿径街的沟口流到波邦古街,由拉普街的沟口流入洛盖特街;它淹没了爱丽舍广场的街边明沟高达三十五公分;在南边,塞纳河的大沟管起了倒流作用,它侵占了马萨林街、埃旭特街、沼泽街,在一百〇九米的地方停止了,离拉辛的旧居正好不过几步路,它在十七世纪,尊重诗人胜过国王。它在圣皮埃尔街水位最高,比排水管高出三尺,在圣沙班街,它的面积最宽处扩展到二百三十八米长。

在本世纪初,巴黎的阴渠仍是一个神秘处所。污泥始终不能获得好评,而这里的坏名声却又引起恐怖。巴黎模模糊糊知道它下面有个可怕的地窖。人们谈起这地窖就如谈到底比斯的庞大污秽坑一样,里面有无数的十五尺长的蜈蚣,这坑可以作为比希莫特①的澡盆。清沟工人的大靴子从不敢冒险越过那几处熟悉的地点。当时人们离清道夫用两轮马车扫除垃圾的时代还不远——在车顶上圣福瓦和克来基侯爵友好共处——,垃圾直接就往阴沟中倒,至于疏通阴沟的任务就只好依赖暴雨了。而暴雨却远远不能起到冲洗的作用,反而使阴沟堵塞。罗马还留下一些有关它的污坑的诗,称它为喏木尼,巴黎侮辱它自己的阴渠,称它为臭洞;从科学和迷信方面看,人们一致认为它是恐怖的。臭洞对卫生和传奇同样都很不协调;鬼怪僧侣②坑出现在穆夫达阴渠的臭拱顶

---

① 比希莫特(Béhémoth),《圣经》中提及的陆上巨大怪兽,魔鬼的象征。
② 鬼怪僧侣(Moine-Bourru),穿僧侣法衣的捣乱鬼,伤害他们遇到的人。

下;所有马穆塞①的尸体都被抛入巴利勒利阴沟中。法贡②把一六八五年惊人的恶性热病归咎于沼泽区阴渠的大敞口,直到一八三三年仍在圣路易街上露天敞开着,差不多就在"殷勤服务处"的招牌对面。莫特勒里街的阴沟敞口因产生瘟疫而著名,它那带刺的铁栅栏好像一排牙齿,它在这不幸的街道上好像张开龙嘴向人们吹送着地狱的气息。在群众的想象里巴黎阴暗的排水沟是一种丑恶的无数东西的混合物。阴沟是无底坑。阴沟是巴拉特③。连警署也未曾有过去查看一下这些癞病区的想法。探索这不为人知之物,测量它的黑暗,深入发掘这沉渊,谁有这个胆量呀?这是一件令人畏缩的事。可是居然有人自荐。污秽沟自有它的哥伦布。

在一八○五年,有一天,是皇帝难得在巴黎出现的日子,一个内政大臣叫特克雷或克雷特的,参加了主子的起床接见,听得见崇武门伟大的共和国的和伟大帝国的非凡士兵们佩剑的铿锵声,英雄们拥挤在拿破仑的门口,从莱茵河、埃斯科河、阿迪杰河和尼罗河部队里来的人;茹贝尔、德泽、马索、奥什、克莱贝尔等将军的战友,弗勒律斯的汽艇观察员,美因茨的投弹手,热那亚的架桥兵,金字塔战役的轻骑兵,有着茹诺炮弹硝烟味的炮兵,突击打败了停泊在茹德泽的舰队的装甲兵;有些曾跟随波拿巴在洛迪桥参战,有些曾陪同缪拉在曼图亚作战,还有一些曾赶在拉纳之前到达芒泰贝洛的深洼路。所有当时的军队都集合在杜伊勒里宫的院子里,以一班或一排为

---

① 马穆塞(Marmousets),系指查理五世或查理六世时的顾问团,勃艮第公爵将他们处死或流放。
② 法贡(Fagon,1638—1718),路易十四的第一个医生。
③ 巴拉特(barathrum),雅典城西弃置罪犯尸体的山谷。

代表,守卫着在休息的拿破仑。这是极盛时代,当时的大军已获得马伦哥战役的胜利,并将在奥斯特里茨大败敌军。

"陛下,"拿破仑的内政大臣说,"昨天我见到了一个您的帝国中最勇敢的人。"

"是什么人?"皇帝粗暴地问,"他做了什么事?"

"他想做一件事,陛下。"

"什么事?"

"视察巴黎的阴渠。"

这个人确实是存在的,他名叫勃吕纳梭。

四　人所不知的细节

视察进行了。这是一次可怕的战役,在漆黑的夜间向瘟疫和窒息性瓦斯进军。同时也是一次有所发现的旅行。参加这次探险还活着的人之一,当时是一个年轻聪明的工人,几年前他还谈起一些奇异的细节,而当时,勃吕纳梭认为这些细节与他呈给警署署长的报告的公文文体不称而删去了。那时的消毒方式是很简陋的,勃吕纳梭刚越过地下网的头几条支管,二十个工人中就有八个拒绝再往前走。工作是复杂的,视察免不了要疏通,因此必须清除,同时还要测量,去标明水的进口,数清铁栅栏和管口,了解分支的详情,指出流水的分叉处,明确各个蓄水池的界限,探查接在总管上的小管,从拱心石处测量每个沟道的高度,从拱顶开始处到沟槽底测量宽度,最后确定或从阴沟底,或从街面与每一进水口成直角的水准测量纵坐标。他们的进展是艰苦的。下沟的梯子经常陷入三尺深的稀泥中,灯笼在沼气中忽明忽暗,不时有清沟工人失去知觉而被抬出去。有些地方简直是深渊。土地下陷,石板地塌了,阴沟变成了暗井,人们找不到立足之地;一个工人忽然失踪了,大家吃力地把他拖了出来。依照福克瓦①的建议,大家在基本上打扫干净的地方,隔一定距离,就用大笼子装满浸透树脂的旧麻点燃起来照明。墙壁上,有些地方长满了畸形的菌,简直就像肿瘤一样。在这令人窒息的地方,石头本身仿佛都是有病的。

勃吕纳梭在他的探险中是从上游到下游去。在大吼者街,两条水管分开处,他在一块突出的石头上辨认出一五五〇年这个日期。这块石头指出费利贝尔·特洛姆在此止步,他曾被亨利二世委任视察巴黎的地下沟道。这块石头是十六世纪留在沟中的记号。勃吕纳梭在明索沟管和老人堂街沟管上发现了十七世纪的手工工程,这是一六〇〇年到一六五〇年建筑的拱管,还有在集流管道西段发现了十八世纪的工程,这是一七四〇年开凿和建成的拱管。这两条管路,尤其是年代较近的那条,即一七四〇年的工程,看来要比一四一二年环城阴沟的泥水工程更破旧更久远,当时梅尼孟丹清水溪被抬高到巴黎大阴沟的地位,好像一个农民忽然高升,成为国王的第一侍从,一个乡巴佬变成勒贝尔②一样。

大家认为在很多地方,主要在法院下面,发现了建造在沟渠中的古老地牢的密室。在丑陋的幽静③中,在一间密室内挂着一个铁枷。所有密室都砌死了,发现了一些古怪的东西:例如一八〇〇年植物园丢失的猩猩的骸骨,这一丢失大致与

---

① 福克瓦(Fourcroy,1755—1809),法国化学家。
② 勒贝尔(Lebel),十九世纪法国军官。
③ 幽静,原文为拉丁文"In pace"。

十八世纪最后一年中有名的、无可争辩的、在贝纳丹街出现鬼魂的事有关。这个倒霉鬼最后淹死在污沟里。

在通到马利容桥的拱形长巷中,有一个拾破烂的背篓保存得完好无缺,识货的人啧啧称赞。清沟工人终于大胆用手摸索污泥,里面有大量贵重物品,有金银饰物、宝石、硬币。一个巨人如果用筛子去滤这些污泥,便可在他的筛中得到几世纪的财富。在大庙街和圣阿瓦街两根支管的分叉处,人们拾到一个古怪的胡格诺新教徒的铜质纪念章,一面是一头戴着红衣主教冠的猪,另一面是一只头戴罗马教皇三重冕的狼。

最稀罕的发现是在大阴渠的进口处。这个进口过去是用铁栅栏关着的,现在只剩下一些铰链。在其中的一个铰链上挂着一块肮脏的不成形的破布——肯定是在经过这儿时被挂住了——在黑暗中飘摇,最后成了破布条。勃吕纳梭把灯笼凑近仔细察看这块破布。这是很细的麻纱,在一个比较完整的角上可以看见绣着一个纹章的冠冕,下方有七个字母:LAVBESP。这是一个侯爵的冠冕,七个字母的意思是罗贝斯冰,大家认出了在眼前的是一块裹葬马拉的尸布。根据历史的考证,马拉年轻时有过一些风流韵事,这是他在阿图瓦伯爵家当兽医时,和一位贵妇人私通后留下的床单。这是残留物或纪念品。他死后,由于这是他家中惟一的一块较细的料子,因此人们就用它来给他裹尸。老妇人们用这块有过他欢乐的襁褓裹起这悲哀的人民之友,并把他送入墓窟。

勃吕纳梭不理睬这块布。他们让这破布条留在原处,并不毁掉它。这是表示蔑视还是尊敬呢?马拉在这两方面都受之无愧。而且命运在那儿已留下充分的印迹,致使人们产生顾虑,不愿去碰触它。此外,属于坟墓中的东西应当让它留在它所选择的地方。总之,这遗物是古怪的。一位侯爵夫人在里面睡过,马拉在那里面腐烂,它经过了先贤祠,最后来到了这老鼠沟。这块床上的破布,华托曾高兴地画出它所有的褶裥,结果是应受但丁的凝视。

对巴黎地下污水沟的全部视察历时七年,从一八〇五年到一八一二年。勃吕纳梭边走边指示,经他领导结束了庞大的工程。一八〇八年,他把朋索街的沟槽加深,并到处添设了新沟管,一八〇九年,他把沟道通过圣德尼街并延伸到圣婴喷泉,一八一〇年延伸到冷大衣街和妇女救济院下面,一八一一年,扩展到小神父新街、玛依街、肩带街、王宫广场,一八一二年延长到和平街和昂坦大街。同时他对全部沟网消毒净化。从第二年起勃吕纳梭就让他女婿纳谷当了他的助手。

就这样,在本世纪初,旧社会消除了它的双层底并打扮了它的阴渠。无论如何,这一次起码是把这些东西打扫干净了。

回顾巴黎过去的阴渠,弯弯曲曲,到处是隙缝裂口,不见石块铺底,坑坑洼洼,有些古怪的拐弯转角,无故升高降低,恶臭,粗陋,野蛮,沉浸在黑暗中,铺沟石疮疤累累,墙上被刀剑砍伤,惊险骇人。阴沟分叉伸向四面八方,壕沟纵横交错,枝枝节节,像鹅掌,像坑道中的星叉道,像盲肠和死胡同;起硝的拱顶,含毒的污水坑,墙上渗出水泡疮的脓水,沟顶往下滴水,到处一片漆黑;没有比这排污水的古老地下墓室更可怕的了,这是巴比伦的消化道,是洞,是坑,是道路四通八达的深渊,是巨大的鼹鼠洞,人们在那过去是荣华富贵的垃圾堆上,仿佛看见了那只瞎眼的大鼹鼠在黑暗中徘徊,这鼹鼠就是往昔。

我们再重复一遍,这就是过去的阴沟。

五　当前的进步

今天的阴渠整洁、凉爽、笔直而又端正，它几乎实现了英国称之为"体面"①的那种理想的阴渠。它是体面的，浅灰色的，由直线拉齐，几乎可以说是笔直的。它好比是一个商人当上了政府顾问。里面几乎是明亮的。污泥在里面也循规蹈矩。乍看很可能被当作从前相当普遍的君主和王子逃亡时的一条地下长廊，那时是"老百姓爱戴他们君王"的好时光。今日的阴渠是条漂亮的阴沟，风格淳朴，被赶下诗坛的笔直的十二音节的古典诗好像躲进了这座建筑物之中，似乎已和阴暗微白的长拱廊的每块石块合而为一了，每个排水孔都是一个拱廊，里沃利街在污水沟方面也成了模范区。此外，如果说几何线条在什么地方合适的话，那就肯定是在一个大城市的粪窖中。在那儿，一切都要服从最短的路线。今日的阴渠已具有某种正式的外表。甚至警方在报告中提到它时也不再有失敬之处。官方文件中称呼它的字眼是高雅严肃的，过去叫做肠子的，现在称作长廊；以往人们叫做窟窿的，现在叫做眼孔。维庸将认不出他的临时旧居了。这个地窖网当然仍有它的古得无法追忆的啮齿类居民，现在比以往任何时候都要多；不时有一只有着老须的老鼠，冒险向沟窗外探头察看巴黎人；这只寄生鼠也习惯了，它对它的地下宫殿很满意。污沟已没有以往的狞恶相，从前雨水污染阴沟，现在冲洗一净。但也不能太放心，瘴疠仍然盘踞在里面。更恰当地说，它是伪善的，而不

---

① "体面"，原文为英文"respectable"。

是无可非议的。警署和公共卫生委员会也无法解决,尽管用上了一切改善环境卫生的办法,阴沟仍发出一股模糊可疑的气味,就像忏悔后的达尔杜弗一样。

无论如何,我们总得承认,打扫是阴渠向文明致敬,从这个观点看,达尔杜弗的良心较之奥革阿斯①的牛棚又前进了一步,巴黎的阴渠无疑得到了改良。

这不仅是进步,这是蜕变,在古老的阴渠和今日的阴渠之间,曾有过一次革命。谁进行了这次革命呢?

是被众人遗忘而我们提到的勃吕纳梭。

六 未来的进步

挖掘巴黎的下水道并非是轻而易举的工程。过去十个世纪都在为它劳动而未能结束,如同未能完成巴黎的建筑一样。阴渠确实也受到巴黎扩展的影响。这是地下的一种黑暗的有无数触须的水螅,城市在上面扩展,它就在下面长大。每逢城市开辟一条路,阴渠就长出一只手臂,在过去君主政体时期只建造了二万三千三百米阴沟,这是一八〇六年一月一日巴黎的情况。从那时开始,我们不久还会谈到,工程曾有效地、坚决地被修复并继续下去;拿破仑建造了四千八百〇四米,一个奇怪的数字;路易十八,五千七百〇九米;查理十世,一万〇八百三十六米;路易-菲力浦,八万九千〇二十米;一八四八年的共和国,二万三千三百八十一米;目前的政府,七万〇五百米;

---

① 奥革阿斯(Augias),希腊厄利斯国王,他的牛棚里养着三千头牛,牛棚有三十年没打扫过。

总共到目前为止是二十二万六千六百一十米,这条六十法里的阴渠,成了巴黎庞大的肚肠。黑暗中的分支工程一直在进行,规模宏大而不为人知。

正如我们所见,今日巴黎的地下迷宫,与这个世纪开始时相比已增加了十倍以上。人们很难想象,为使这条下水道达到现在相对完善的程度,必须做何种努力和具备何种坚忍不拔的精神。旧的君主制度的巴黎市政府和十八世纪最后十年的革命市政府好不容易才挖通了一八〇六年就已存在的五法里的沟渠。各种障碍阻挡了这一工程,有的是因土壤的性质,有的是因巴黎劳动人民的成见。巴黎建筑在一块铲不动、锄不松、钻不进、人力不易解决的特殊矿床上。在这一地质结构上耸立着具有历史意义的称之为巴黎的奇妙构造,再没有比这一结构更难戳破和打通的了;不论以什么方式,工作一开始并冒险深入这种积层后,地下的阻力就层出不穷。有稀粘土,有活水泉,有坚石,有软而深的淤泥——科学的专门名词称之为芥末。十字镐费劲地凿进这一石灰石层,一层层很薄的粘土和一层层镶嵌着亚当时代以前的海中牡蛎壳的结晶片就交替出现了。有时一条河流忽然冲断刚开辟的拱顶,淹没了工人;或者忽然出现一股泥石流,它像一股狂暴的瀑布,像打碎玻璃那样,把最粗的支柱折断。最近,在费耶特,必须既不停航、也不抽干运河水,去把总管安在圣马尔丹运河下面。河床出现了裂口,水突然灌满地下工地,超出了水泵的抽水力,因此只得由一名潜水员去寻找大水池狭窄入口处的裂口,好不容易才把它堵住了。别处,在靠近塞纳河处,甚至在离河还相当远的地方,比如在贝尔维尔、在大道和吕尼埃通道上,人们遇到了能陷没人的无底流沙,在那儿,一个人眼看着就沉没下去。此外尚有令人窒息的腐烂气体、可能把人埋上的塌方、突然的地陷以及工人们慢慢感染上的斑疹伤寒。近来,在挖掘克利希街的地下长廊并用砌道来为乌尔克运河安装(这得在十米深的坑道里施工)一根主要的输水管之后;在顶着塌方挖掘,经常遇到腐烂层,并用支撑加固的情况下,从医院路直至塞纳河,在建成皮埃弗的拱顶之后;为使巴黎避免在蒙马特尔区急流成灾,并使这一有着九公顷之广的在殉教者街便门附近的滞水塘有条出路,人们不分昼夜,在地下十一米处修建了一条从布朗希便门到欧贝维利耶大路的沟道之后;在鸟喙小栅栏街,在不开沟的情况下,在六米深的地下——真是前所未闻——建成了一条地下沟管之后,工程指挥蒙诺就去世了。

在城市各处,从圣安东尼横街到鲁尔辛街建成了三千米阴沟之后;在利用弩弓街的支管把税吏街穆夫达街十字路口的雨水灾害排除之后;在用碎石块和混凝土在流沙上砌了路基、筑成了圣乔治街的沟管之后;在指挥了危险的纳泽尔圣母院街的支管的降低工程之后,杜罗工程师就去世了。这样勇敢的功绩竟没有一个公报,其实这比在战场上愚蠢的厮杀有益得多。

在一八三二年,巴黎的阴渠远不是今天这样的,勃吕纳梭曾积极建议,但一直等到发生霍乱,方始定下后来的巨大的重建工程。说来也怪,例如,在一八二一年,像在威尼斯一样,被称为大运河的阴沟的总渠,有一段污秽的滞水在酒葫芦街露天敞着。直到一八二三年,巴黎城才在口袋中找到了遮盖这污水所需的二十六万六千〇八十法郎十生丁。战斗便门、古内特、圣芒代的三个排泄口,机械装置、排污水渗井和净化支管的吸水井,是到一八三六年方始出现的。巴黎的下水道,我们已经说过,二十五年来修建一新,并增加了十倍以上。

三十年前,在六月五日和六日起义时期,许多地方基本上还是老阴沟。大多数的街道,当时街心还开裂,现在已隆起了。人们常常在一条街或十字路口的斜坡的最低点看到大的方形粗铁栅栏,铁杠已被行人的脚底摩擦得发亮了,每当车辆经过,情况既滑又险,并使马失足。桥梁建筑正式的术语给这个低点和栅栏一个生动的名称"陷阱"①。一八三二年在无数街道上,明星街、圣路易街、大庙街、老人堂街、纳泽尔圣母院街、梅利古游乐场街、花堤、小麝香街、诺曼底街、牡鹿桥街、沼泽街、圣马尔丹郊区、胜利圣母院街、蒙马特尔郊区、船娘仓街、爱丽舍广场、雅各布街、图尔农街,老哥特式的污水坑,还是不害羞地张着它们的大嘴巴。这是船篷巨大的石缝,有时用界石围着,放肆到了极点。

一八〇六年的巴黎沟渠基本上仍是一六六三年考察时的数字:五千三百二十八脱阿斯。在勃吕纳梭之后,一八三二年一月一日,是四万〇三百米。从一八〇六年到一八三一年,每年平均建造七百五十米;此后,每年在混凝土的地基上,用碎石搅拌水泥建造八千甚至一万米沟廊,造价是二百法郎一米,目前巴黎的六十法里阴渠共用去四千八百万法郎。

除去开始时我们指出的经济方面的进步之外,严重的公共卫生问题是和巴黎阴渠这一巨大问题有关的。

巴黎处在两层之间,一层水和一层空气。这层水聚集在相当深的地层下,这已为两次钻探所证明,这是由一层位于白垩和侏罗纪和石灰石之间的绿砂石所提供的,这片水可用一

---

① "陷阱",原文为拉丁文"Cassis"。

个圆盘来表示,半径是二十五法里,无数河流、小溪在那儿渗出。我们可在一杯格勒内尔井水中喝到塞纳、马恩、荣纳、瓦兹、埃纳、歇尔、维埃纳和卢瓦尔这些江河的水。这一片水是卫生的,它首先是由天而降,其次是由地下出来的。那层空气则不卫生,它是从沟渠中出来的。一切污水坑的腐烂气息都混在城市的呼吸中,由此而产生这股臭味。从一个粪草堆上取点空气,经过科学证实,比在巴黎上空取的空气还要纯洁,经过了一定的时间,进步起了作用,机械逐渐趋向完善,一切都明朗化了,我们可用这层水净化这层空气,这就是说要冲洗阴渠。我们知道,使阴渠清洁意味着把污泥归还土地,把粪肥送回土地,使肥料回田。这样一件简单的事,对公众来说,将会减少贫困和增进健康。目前,巴黎疾病已扩散到以卢浮宫为中心的方圆五法里地区。

我们可以说,十个世纪以来,污水坑是巴黎疾病的来源,阴沟是这个城市血液的病。在这方面人民的本能从来不会错。过去,修建阴沟的职业几乎和剥马皮卖肉的职业同样危险和使人厌恶,认为它很可怕,因此长期以来就推给刽子手去做。要使一个泥水工下到臭坑就必须付很高的工资,挖井工人犹豫着,不肯把梯子放进污坑里去,那时的俗话说:"下坑如进坟。"各种可怕的传说,我们已经谈过,使这个庞大的沟槽充满了恐怖,这个令人害怕的肮脏潮湿的地方有着地球的变化和人类革命的痕迹,我们可以在那儿找到一切天灾人祸的遗物,从洪水泛滥时期的贝壳一直到马拉的敝衣。

第三卷　陷入泥泞,心却坚贞

一　阴渠和它那使人料想不到之处

冉阿让就处于巴黎的下水道中。

这是巴黎和大海的又一相似之处。就像在大泽里一样,潜水员也能在下水道里失踪。

这种转移是出奇的。就在市中心,冉阿让就离开了城市;刹那间,在揭开盖子又关上的工夫,他就从大白天进入绝对的黑暗,从中午到了半夜,从喧嚣达到绝静,从雷电般的漩涡中到了死气沉沉的坟墓里,比波隆梭街的变化转折更不可思议的,是从极端的危境到了绝对的安全地带。

突然掉入地窖,在巴黎的地牢里消失,离开到处是死亡的街道来到这能活命的坟墓,这真是一个奇特的时刻。他一时感到头昏眼花,于是倾耳谛听,痴呆失常。这个救命的陷阱忽然在他下面打开。仁慈的上苍就像使他上了当似的。这是上天安排的可爱的埋伏!

但是受伤者毫不动弹,冉阿让不知他带进阴沟的是活人还是死人。

他最初的感觉是失明。他突然什么也看不见了。他感到在一分钟工夫里他耳也聋了，什么也听不见了。激烈的残杀的怒吼在他上面只有几尺远，但由于有厚厚的土地隔绝，传到他所在处，我们曾提起过，就变得微弱不清，好像地深处的声响似的。他只要感到脚下踏实，这就够了。他伸出一条手臂，接着又伸出另一条，在两边都接触到了墙，发现巷道很窄；他脚下滑了一下，发现石板很湿。他谨慎地跨出了一步，怕有洞、小井或深坑什么的。他发现石板路向前伸展着。一股恶臭提醒他自己在什么地方。

不久以后，他已不瞎了。从他滑落下来的通风洞那儿射进了少许光线，他的视觉已经适应这地窖。他开始能辨别出一些东西。他藏身的地下巷道——没有别的字眼比这更能说明这一情况了——后面有墙堵着。这是一条死胡同，术语称之为分支管。在他前面，有另一堵墙，是一堵黑夜的墙。通风洞射进的光线在冉阿让身前十步或十二步即消失，仅能在几米长的阴沟湿墙上产生一点暗淡的白色，再远一点就一团漆黑了；钻到里面去似乎很可怕，进去就像被吞没一样。但人仍能闯进这堵浓雾似的墙，也必须这样做，甚至还得赶紧做。冉阿让想起他在铺路石下面发现的铁栅栏，也很可能被士兵们发现，一切都让偶然来安排，他们也可能走下这陷阱并搜查它。此刻一分钟也不能耽误了。他已把马吕斯放在地上，现在又把他拾起来，"拾起来"这个词用得很恰当，他把他背到背上并向前走，坚决进入黑暗。

事实上他俩并非像冉阿让所想的那样已经得救。另一种危险，也不见得小，在等待着他们。在迅如闪电的斗争之后来到了到处是陷阱和腐烂气息的地窖，在混乱后来到了粪坑。冉阿让从地狱的一个圈子掉进了另一个圈子。

他走了五十步后就不得不停下来,出现了一个问题。这条巷道通到另一条横管道。两条路在面前出现了。选择哪一条呢?他该向左还是向右?在漆黑的迷宫中如何定向呢?这座迷宫,我们已经指出过,有一条引线,这就是它的坡度,随着斜坡,就走向河流。

冉阿让立刻心中有了数。

他想他大概是在菜市场的阴沟中,因此,如果他选左路顺坡而下,一刻钟后他就可到达交易所桥和新桥之间,塞纳河的一处出口,这也等于说在大白天出现在巴黎人口最稠密的地方。他可能会走到一个游手好闲的人群集的十字路口。行人该多么惊愕地看到两个鲜血淋淋的人在他们脚下从地下走出来。警察会突然来到,附近就有着武装的保安警察。他们还没出洞口就会被捕。所以还不如钻进这座曲折的迷宫,信任这黑暗,至于以后的出路只有听天由命了。

他走上坡路,向右拐。

当他转过了巷角以后,远处通气洞的光线就消失了,黑幕又在他前面落下,使他再次失明。但他仍继续前进,尽力快走。马吕斯的双臂围着他的脖子,双足在他后面挂着。他用一只手抓住这双手臂,另一只手摸索着墙。马吕斯的面颊靠着他的面颊并贴在上面,而且在流血。他感到一股来自马吕斯的微温的水流在他身上淌着,浸透了他的衣服,但挨在他耳旁的受伤者的嘴里仍有一股湿润的热气,这说明他仍有呼吸,因此还有生命。此刻冉阿让走的通道比第一条要宽些。冉阿让困难地走着。昨夜的雨水尚未淌尽,在沟槽中间形成一道小激流。他必须靠着墙走,以免双足泡在水里。他这样摸黑前进,就好像黑夜中人在看不见的地方摸索,结果迷失在地下黑暗的脉管里。

可是，慢慢地，也许远处通气洞透进了一点浮动着的光亮到这浓雾中来了，也许他的目光已习惯这种黑暗，他又有了一点模糊的视觉，他开始模糊地意识到，有时他碰到的是墙，有时他正走过拱顶，瞳孔在夜间扩大了，结果在那里找到了光亮，同样灵魂在灾祸中膨胀了，终于找到了上帝。

要辨别方向是不容易的。

可以这样说，阴渠的线路反映了与它重叠着的街道的线路。当时巴黎有两千两百条街道，我们可以想象一下地下那黑黢黢的支管如林的所谓的阴渠。当时已建成的阴渠，如各段相接，就有十一法里长。我们在前面已经提到，目前的路网，多亏最后三十年特殊的辛劳，已不少于六十法里了。

冉阿让一开始就搞错了，他以为他在圣德尼街下面，然而很不幸他并不在那儿。在圣德尼街下面有一条路易十三时期的石砌老沟，它直通被称作大渠的总渠，它只有一个拐角，在右方；在旧圣迹区下面，它只有一条支管，圣马尔丹沟，它的四臂成十字形。小化子窝斜巷的沟管的进口挨近科林斯小酒店，但从没和圣德尼街的地下管接通；它通到蒙马特尔沟管，这就是冉阿让所在之处。在这里迷路的机会太多了，蒙马特尔阴渠是古老管网中最复杂的迷宫之一。幸而冉阿让已走过了菜市场的阴渠，这条阴渠的平面图呈现出无数杂乱的鹦鹉栖架似的岔道，但在他面前的困难还不止一次，街道（这确实是街道）的拐角也不止一个，在黑暗中像一个问号似的出现着：第一，在他左方，是石膏窑街大阴渠，这个伤脑筋的东西，它乱七八糟的支管成T字和Z字形，从邮政大厦地下和麦市圆亭下一直到塞纳河，以Y字形结束；第二，在他右方，是钟面街的弯曲巷道和它三条岔道,都是死胡同;第三,在他左边,是玛依街的分支,几乎在进口处就像一个长柄叉,弯弯曲曲地伸展到卢浮宫下面排污水的地下室,有许多分支伸向四面八方;最后,在右边,是绝食人街下面的死胡同,在没到达总沟之前,这儿那儿还有些没计算在内的小隐蔽处;总沟是惟一可以引导他到一个较远因而也比较保险的出口去的。

如果冉阿让对我们在这儿所指出的这一切有点概念,他只要摸摸沟墙,就很快明白他不在圣德尼街的地下沟渠中。他会感到手下摸到的不是打磨出来的老石块,不是那种即使在阴沟里也是高贵而堂皇的古式建筑,地基是花岗石和肥石灰浆砌的,其造价是八百利弗一脱阿斯;他会感到摸到的是现代的廉价货,经济的节省的措施,碎磨石拌水凝砂浆,下面有一层混凝土,造价是二百法郎一米,资产阶级的泥水工程称它为"碎石货"。但冉阿让对此却一无所知。

他心情焦急,但镇静地向前走去,什么也看不见,什么也不知道,靠运气,换句话说靠上天保佑。

渐渐地,可以说有种恐惧侵袭了他。包围他的黑暗进入了他的心灵。他在谜中走。这个污水沟渠实在太可怕,它的交叉使人晕眩。在这黑暗的巴黎里被擒是凄惨的事。冉阿让必须找到,也就是在盲目地探索他的路线。在这陌生地区,他每冒险走一步都可能成为他的最后一步。他怎样走出这里呢?他是否能找到一条出路?他是否能及时找到?这个有石头孔穴的庞大的地下海绵能让人钻进又穿出去吗?在黑暗中是否会碰到什么意想不到的疙瘩?是否会走到错综复杂无法跨越的地方?马吕斯是否会因流血过多而他也因饥饿而同归于尽?难道他俩最后要在这里迷路并在这黑夜的角落里留下两具尸骨？他一无所知。他自问但又无法自答。巴黎的肠道是个深渊。就像预言家一样,他是在魔鬼的肚子里。①

他忽然遇到了一件使他吃惊的事。在最意料不到的时刻,他不停地向前直走,但发现他已不在上坡,小河的水在冲击他的脚跟,而不是迎着脚尖泻来。阴渠在下降。这是为什么？他是否突然会到达塞纳河？这一危险很大,但后退的危险则更大。于是他就继续前进了。

他完全不是向塞纳河走去。巴黎在河右岸有一处是驴背形的地势,两边都是斜坡,其中一边的污水泻入塞纳河,另一边流入总渠。分开两股水的驴背形斜坡的顶端是一条流向变化不定的线路,最高的分水岭,是过了米歇尔伯爵街,在圣阿瓦沟渠中；靠近林荫大道,在卢浮宫沟渠中；在菜市场附近,在蒙马特尔沟渠中。冉阿让就是到了这个分水岭的最高峰。他走向总渠,他的路线是正确的,但他一点也不知道。

每遇到一个分支管,他就去摸拐角,如果发觉出口比他所在的巷道狭些,他就不进去,就继续原来的路线。他认为窄路通向死胡同,只能使他离开目标,也就是离开出路。他判断得很正确。他就这样避开了黑暗向他伸出的、我们已列举过的四个迷宫给他设下的四个陷阱。

有一阵他觉得他在下面已躲开了因暴动而造成的惊慌的巴黎,那里的街垒使交通断绝,他已回到了活跃正常的巴黎的下面。他忽然听到头上有雷鸣样的响声,距离很远,但连续不断,这原来是车辆的滚动声。

他大致走了半点钟光景,至少这是他自己的估计,他还没

---

① 古代认为先知住在魔鬼的肚中。

有想到要休息一下,只换了一下抓住马吕斯的手。黑暗显得更加幽深,但这一幽深使他安心。

忽然间他在身前看见自己的影子。它被一种微弱得几乎看不清的红光衬托出来,这一微光使他脚下的路和头上的拱顶呈现出模糊的紫红色,并在他左右巷道的粘糊糊的墙上移动。他惊愕地回头一望。

在他后面,在他刚经过的沟巷中,他觉得离他很远的地方,一点可怕的星光划破了沉重的黑暗,好像在注视着他。

这是保安警察的阴暗的星光在阴渠中升起了。

在这星光后面有八到十个黑影,笔直、模糊、骇人地在乱动。

二 说 明

在六月六日的白天,上级命令搜索阴渠。他们担心战败者以此作为避难所,警署署长吉斯凯负责搜查巴黎的隐蔽处,同时由毕若将军肃清巴黎公开的暴民;双重的有联系的作战需要官方武力的双重战略,这股力量上面有军队代表,下面则由警署承担。三个由警察和阴渠清洁工人组成的小队探索着巴黎的地下管道。一队在河右岸,二队在河左岸,三队在市中心。

警察有马枪、棍棒、刀和剑武装着。

此时照着冉阿让的,是河右岸的巡逻队的灯笼。

这组巡逻队刚检查了钟面街下面的弯曲的巷道和三条死胡同。当他们用手提灯笼探照死胡同尽头时,冉阿让在路上已到过巷道口,认为比总渠窄而未进入,他就走过去了。这些警察走出钟面街的巷道时,好像听见有声音从总渠那个方向传来,这确是冉阿让的脚步声。警察班长举起灯笼,那小队开始朝听见声音的那边迷雾中探望。

这对冉阿让是无可言状的一刹那。

幸而,虽然他看清了灯笼,灯笼可照不见他。它是光而他是黑影。他在很远处,隐在那儿的黑色中。他停下来,靠墙缩着。

再说,他也不明白在他后面移动的是什么。失眠、没有进食以及紧张的情绪,使他也进入见到幻影的境界。他见到一个火光,在火光四周有妖魔。这是些什么?他不了解。

冉阿让停下来,声音也没有了。

巡逻队静听后一无所闻。他们看了看,什么也看不见。他们商量了一下。

当时在蒙马特尔这边的阴渠里有一种十字路口叫"值勤处",后又被取消了,因为那里积水成塘,这是倾盆大雨时雨水的急流在那里遇到了阻碍后形成的。巡逻队就缩在这交叉路口。

冉阿让看见这些妖魔围成一圈。这些猛犬的头靠拢在一起,低声说话。

开会的结果这些守夜犬认为是搞错了,并没有什么声音,也没有什么人在这儿,没有必要钻进总沟渠,这是浪费时间,应该赶紧到圣美里那边去,并认为如有什么事要做或有什么"布桑戈"要追踪,那也是在这个地区。

党派不时给旧的诅咒换上新装,在一八三二年,"布桑戈"这个词替代了已过时的雅各宾派和当时还不通用但后来非常有贡献的德马格派①。

班长下令向左转沿塞纳河坡岸前进。如果他想到分成两组朝两个方向去,冉阿让就被捕了。这真是一发千钧之际。可能警署有指示,估计到会和人数众多的暴动者作战,不准巡逻队分散。巡逻队又开始走了,把冉阿让留在后面,这一切,除了灯笼忽然转向消失外,冉阿让一无所知。

在未离去之前,为了尽到警察的责任,班长向离去的地方,朝着冉阿让的方向开枪射击,枪声在地下坟墓中引起不断回响,就像提坦巨人的肠鸣。一块泥土掉入小股流水中,使水溅到冉阿让前面几步的地方,这告诉他枪弹已打中了他头上的拱顶了。

整齐而缓慢的脚步声在渠道中回响,不断增加的距离使它慢慢弱下去。那群黑影钻进深处,一点微光摇晃着,浮动着,形成了一个圆形的浅红色暗光,照在拱顶上。这圆光逐渐减退,于是消失。深沉的寂静又出现了,又回到了彻底的黑暗中,耳聋眼瞎又重新与黑暗做伴;冉阿让还不敢动弹,很久很久一直靠着墙壁,竖起耳朵,睁大眼睛,望着这鬼影巡逻队的消失。

三 被跟踪的人

我们应当公正地承认,即使在局势最严重的时刻,当时的警察仍镇静地尽到他们的道路管理和监视的责任。在他们看来,决不能让坏人把一次暴动当作胡作非为的借口,他们不能

---

① 德马格派(démagogue),煽动群众者。

因政府多难而对社会有所疏忽。在执行特殊的任务时正常的职务也准确完成,并不受到干扰。在已开始的无数的政治事变中,在可能发生革命的压力下,并没有被起义和街垒所分心,有个警察正在跟踪一个小偷。

六月六日下午,在塞纳河右河滩残废军人院桥过去一点的地方发生的正是这类事件。

今天在那儿已没有河滩了,这一带的面貌现在也已改观。

在这段河滩上,隔着一段距离的两个人好像在互相注视着,一个在躲着另一个。在前面走着的人设法远离,在后面跟着的人则尽量接近。

这好像是远远地无声地在下着一局棋。这一个和那一个似乎都不匆忙,两个人都缓步而行,好像谁都怕因步子太急会使对方加快步伐。

就像一个馋嘴跟着一个猎物,但又不显出有意这样做的神气。那猎物是阴险的,它有所提防。

在被追捕的黄鼠狼和猎狗之间所要求的距离被保持着。设法想逃走的那个人个子不大、面容消瘦;想捕获的那个人身材高大,相貌粗鲁,和他打交道一定很不好受。

第一个,感到自己是最弱的,要逃避第二个;但逃避时神态相当愤怒,谁要是观察他就能看到,他的目光里露出逃窜时阴沉的敌对情绪和在恐惧时感受到的威胁。

河滩荒僻,没有一个过路人;这里那里停泊着的驳船上也没有船夫,也没有装卸工人。

人们只能在河岸对面才容易看清这两个人,在这一距离谁要是观察到他们的话,便可看见前面走的那个好像一个毛发耸立的人,衣衫褴褛,躲躲闪闪,心情焦急,在破罩衫下发抖;而另一个像是个典型的公务人员,穿着那种纽子一直扣到下颏的制服。

读者如果在比较近的地方去看这两个人,那可能是认识他们的。

后面一个人的目的何在呢?

大概要使第一个人穿得暖和一些吧!

当一个穿着国家发的制服的人去追捕一个衣衫褴褛的人时,其目的是使那人也穿上国家发的制服。但颜色是个关键。穿上蓝色服装是光荣的,穿上红色衣衫是倒霉的。

有一种下等的紫红色①。

第一个人想逃避的大概是某些烦恼和这类紫红色的服装。

如果另一个让他在前面走而不逮捕他,那是因为,从表面现象看来,希望能发现他去赴一个有意义的约会或到一群值得抓的人那里去。这种微妙的行动便称为"放长线"。

这个推测可能完全正确,因为扣好纽子的人看见河滩上一辆空马车走过,就向车夫做了个手势,车夫也已会意,很明显他知道在跟什么人打交道,就把马转过来并开始慢步在高岸上跟着这两个人。这些并没有被那走在前面的衣衫褴褛的可疑的人所看见。

街车沿着爱丽舍广场的树木滚动着,人们可以在护墙上看见车夫的上半身过去了,他手里拿着马鞭。

警署对警察的秘密指示中有一条,内容是"身边总得有一辆街车备用"。

---

① 紫红色,罗马帝王穿紫袍。此处指囚犯穿的红衣。

当他们各自都在进行无可指责的战略时,两人走到了一个通往河滩的斜坡,当时从巴喜来的马车夫可以从这斜坡到河边饮马。为了整齐对称,这个斜坡后来被整修不存在了。马儿渴得要死,但人的眼睛是舒适了。

看来穿罩衫的人要上这斜坡,设法逃入树木成林的爱丽舍广场,但那儿警察密布,是另一个人下手很方便的地方。

河岸的这一处离开一八二四年勃拉克上校从莫雷移到巴黎的房屋不太远,这所房子叫做"弗朗索瓦一世住宅",附近有一个卫队。

使监视者大为惊奇的是,被追捕者不沿着饮水的斜坡走上来,却继续在河滩上沿着河岸前进。

他的处境显然很危急。

除非是想跳进塞纳河,不然去干什么呢?

从此没有办法再上河岸了,不再有斜坡,也没有阶梯,他已到了塞纳河拐弯处接近耶拿桥的地方,那儿的河滩越来越窄,最后成一细条而在水中淹没,在这里他将不可避免地夹在右边的陡墙和左边及前方的河流中,后面有公安人员跟踪。

这边河滩的尽头确实被一堆六七尺高的不知拆毁了什么而留下的废料挡住了视线。难道这个人以为躲在这堆别人只要一绕就到的瓦砾后就行了?这种应付的方法是幼稚的。他肯定不想这么干。小偷还不至于天真到如此程度。这堆瓦砾在水边堆成小丘,延伸到河岸的高墙那里,就像海岬一样。

被追踪者到了这个小丘就越了过去,使他不再被另外那个人看见。

那个人,他既看不见,也没被人看见,他就利用这点,不再遮掩,飞步前进。一会儿就到了那堆垃圾,绕了过去,在那儿,他吃惊地停了下来,他追捕的人已经不在了。

穿罩衫的人已完全失踪。

从废物堆起河滩的长度连三十步都不到,接着就没入冲击岸墙的水中。

这个逃亡者不可能在跳入塞纳河或爬上河岸时不被跟踪的人望见,他到哪儿去了呢?

穿着扣好纽子的长大衣的人一直走到河滩尽头,在那里沉思片刻,两拳起了痉挛,极目搜索。忽然间他拍着自己的额头。他发现在土地和水的接连处,有一扇宽矮的拱形铁栅门,装有很厚的一把锁和三根粗铰链。这是一种装在河岸下方,半露水面半在水下的铁栅门,一股黑水从下面流出,泻入塞纳河。

在生锈的粗铁栅栏后面,可以清楚地看到一种有拱顶的阴暗长廊。

这个人两臂交叉在胸前,用谴责的神情望着铁栅栏。

他望着还不够,还试图推动铁门,他摇它,门却很坚固,摇不动。大概它刚才被打开了,奇怪的是铁栅门已锈成这样,然而没有听见一点声音,但肯定门是又被关上了。这说明这个开门的人用的不是弯钩,而是一把钥匙。

这种明确的证据立刻使摇门者恍然大悟并使他发出这样愤怒的感叹:

"这未免太不像话了!有着一把公家的钥匙!"

然后他又立刻平静下来,一口气喷出带讽刺味的有力的单音节字,表达了他内心的许多想法:

"妙!妙!妙!妙!"

说完后,不知还抱着什么希望,或者是想看那个人再出来,或者想看到别的人进去,他埋伏在那堆废物后面守候着,怀着猎狗那种耐心的愤激。

至于在他的一切举动之后紧跟着的街车也在他上面靠近河栏杆处停下来。马车夫预料到将有长时间的停留,就把马鼻子套在巴黎人很熟悉的打湿了的燕麦麻袋里,顺便提一下,政府有时把袋子套到他们嘴上①。耶拿桥稀少的行人,在走远之前,回头看一下景色中这不动的两点,河滩上的人,河岸边的马车。

四　他也背着他的十字架

冉阿让又继续走下去,不再停留。

走路已变得越来越困难了。圆拱顶的高度有变化,一般的高度是五尺六寸,这是按照一个人的高度设计的。冉阿让必须弯着腰,这样使马吕斯不致撞着拱顶;他得随时弯腰,接着又竖起身子来不停地摸着墙。潮湿的石头和黏滑的沟槽对手和脚都是不利的支撑点。他在城市的污秽中跟跄前进。间隔着的通风洞的光线相距很远,使大太阳暗淡如月光;此外就是迷雾、腐烂的气息、不透光、黑暗。冉阿让既渴又饥,尤其是渴,这里像在海上一样,到处是水,可是不能喝。他的体力本是异乎寻常的,这我们已经知道,而且很少因年岁而减弱,因为他的生活贞洁简朴,但此刻也开始垮下来了。他感到疲惫,慢慢减弱的体力使负担变重了。马吕斯,可能已经死去,就像不会动的身体那样重。冉阿让背着他,这样为使马吕斯的胸

---

① 嘴上了套,使他们不能说话。

部不致受压,并且也使呼吸能够尽量通畅。他感到老鼠在他的两腿中间迅速地溜过。其中有一只吓得甚至来咬他。从阴沟盖那里不时吹来一阵新鲜空气,使他清醒了一会儿。

他到达总管时大概是下午三点钟。

开始他感到惊讶,阴渠忽然扩大了。

他突然到了一条伸手触不到两边的墙,而且头也碰不到顶的巷道中了。大阴渠确有八尺宽七尺高。

蒙马特尔的阴沟和大阴渠接头的地方,另有两条地下坑道,一条是普罗旺斯街的,另一条是屠宰场的,形成了一个十字路口。在这四条路中,不如他明智的人一定会犹豫不决。冉阿让选择了最宽大的,也就是总沟渠。但这样又有了问题:下坡,还是上坡？他考虑到形势紧急,因此不管何种危险他必须现在就到塞纳河去,换句话说,要下坡。于是他向左转。

他幸亏这样做。要是认为总管有两个出口,一到贝尔西,另一到巴喜,如认为就像名称所指的那样,这是巴黎地下河右边的总管,那就错了。这条大阴渠并非别条,我们该记得,就是过去的梅尼孟丹小河,如果往上走,就通到一条死胡同,也就是它原先的出发点,河的起源处,在梅尼孟丹街的小丘下。它和聚集巴黎水流的从波邦古区起经阿麦洛阴沟在过去的卢维耶岛输入塞纳河的支管没有任何管道直接相联。这条支管,作为总管的辅助管道,就在梅尼孟丹街下面被一块把水分成上游和下游的高地与总管分隔开。如果冉阿让走上坡的沟道,他将在千辛万苦之后、疲惫力竭气虚濒危之时,在黑暗中碰上一堵墙,这样他就完了。

必要时也可以退回几步,走进受难修女街的巷道,只要在布什拉街的地下鹅掌十字路口毫不犹豫地取道圣路易沟管,然后,向左,走圣吉尔街沟管,再向右避开圣塞巴斯蒂安阴沟,他就可能到达阿麦洛街沟,从这里,只要不在巴士底监狱下的F形沟道里迷路,就可来到靠近兵工厂的塞纳河出口。但是,要这样走,就必须彻底清楚这个巨大珊瑚形阴渠的所有分岔和直管。可是,我们要再说一遍,冉阿让对他所走的可怕的路线一无所知。如果有人问他在什么地方,他可能回答:"在黑暗里。"

他的本能起了良好的作用,下坡确有可能得救。

他放弃右边两个像爪子一样分岔的拉菲特街和圣乔治街下的沟管和有支管的昂坦大街下的巷道。

走过了一条支流,可能是马德兰教堂的支管,他止步休息。他很劳累。有一个出气洞相当大,大概是昂儒街的洞眼,射进了一道几乎闪亮的光。冉阿让用长兄对受伤弟弟那样轻柔的动作,把马吕斯放在阴沟里的长凳上。马吕斯鲜血模糊的脸在出气洞的白光中显出来就像从坟墓深处显出来一样。他双目紧闭,头发粘在太阳穴上,好像干了的红色画笔,双手垂着一动不动,四肢冰冷,唇角凝着血块。有块血块凝聚在领带结上;衬衫进到伤口里,衣服呢子摩擦着开着大口子的肉。冉阿让用手指把衣服扯开,把手放在他的胸上,心还在跳动。冉阿让撕下自己的衬衫,尽量把伤口包扎好,止住了血。于是,在朦胧的光线中他俯视着一直失去知觉、几乎没有呼吸的马吕斯,用无以名状的仇恨瞧着他。

在解开马吕斯的衣服时,他在口袋里发现两件东西,一块昨晚就忘在那里的面包和马吕斯的笔记本。他吃了面包,把笔记本打开。在第一页上,他发现马吕斯写的几行字。我们还记得是这样写的:

"我叫马吕斯·彭眉胥,请把我的尸体送到我外祖父吉诺曼先生家,地址是:沼泽区,受难修女街六号。"

借着出气洞的光,冉阿让念了这几行字,呆了一会儿,像在沉思,低声重复着:"受难修女街六号,吉诺曼先生。"他把笔记本放回马吕斯的口袋里,吃了面包后,他的体力已恢复,他又背起马吕斯,小心翼翼地把他的头放在自己的右肩上,开始在沟里往下坡走。

这个大阴渠是顺着梅尼孟丹山谷的最深谷底线修建的,大概有二法里长,路的大部分都铺了石块。

我们用巴黎的街名,像火炬一样,为读者照亮了冉阿让在巴黎地下的路线。但冉阿让却没有这个火炬。没有任何东西告诉他,他现在正穿过市中的哪一区或已走过什么街。只有逐渐暗淡下去的间隔着的微光告诉他太阳正离开路面,黄昏即将来临。在他头上车轮的不断滚动声已变得断断续续,接着又几乎像停止了。他得出的结论是他已不在巴黎市中心的下面并且已接近某个荒僻地区,如靠近郊外的马路或河岸的尽头。在房屋和街道较少的地方,阴沟的通风洞也少。冉阿让的四周越来越黑,他仍在暗中摸索前进。

突然这种黑暗变得非常可怕。

五 流沙像女人,狡猾又奸诈

他感到他进入水中,在他脚下不再是石块路而是淤泥了。

有时在布列塔尼或苏格兰的某些海滨,一个人,一个旅行者或一个渔民,退潮后在沙滩上走,远离海岸,他忽然发觉几分钟以来他的行走有点困难了。海滩在他脚下就像沥青一样,鞋底粘在上面,这已不是沙粒,而是粘胶了。沙滩完全是干的,但每走一步,当提起双脚时,留下的脚印就灌满了水,尽管如此眼睛却见不到一点变化,辽阔的海滨匀净而安宁,看起来沙滩到处都一个样,无法辨别坚实的和下陷的土地。成群欢乐的海蚜虫继续在行人脚上乱蹦。人继续向前,朝陆地走去,尽力走近海岸。他没有什么不安,有什么可担心呢?不过他已感到,似乎每走一步脚上都增加了重负。忽然他陷了下去。陷下二三寸。他走的路显然不对,于是他停下来另找方向。突然间他朝脚上一看,脚已看不见了。原来沙已把脚埋上。他把脚从沙里拔出,想往回走,他向后转,但陷得更深。沙到了踝骨,他拔出来朝左蹦,沙到了小腿,他朝右蹦,沙到了膝下。于是他变得无可名状地惊恐起来,意识到他已被围困在流沙之中,在他下面是人不能走、鱼不能游的恐怖地带。他如有重负则需扔掉,就像遇难的船卸去一切一样,但也经太迟了,沙已过了他的膝盖。

他叫喊着,摇着他的帽子或手帕,他越陷越深;如果海滩上没有人,如果离陆地太远,如果这个流沙层是出名的险恶,如果近处没有勇敢的人,那就完了,他就一定陷入流沙之中,一定遭到这种惊心动魄的埋葬,这是漫长的、必然的、毫不容情的,得历时数小时,没完没了,无法延迟也无法加速,当你自由自在地站着十分健康时,它就把你逮住了,它拖着你的脚,你每次试图用力挣扎,每次出声喊叫,就使你更陷落一点,好像在用加倍的搂抱来惩罚你的抗拒,就这样,一个人慢慢地沉入地下,还让他有充分的时间望着天边、树木、葱翠的田野、平原上村庄里冒着的烟、海上的船帆、又飞又唱的鸟儿、太阳和碧空。陷入流沙,也就是坟墓变成海潮,并从地下升到一个活人跟前。每分钟都在进行毫不容情的埋葬。这个可怜人试图坐着、躺下、爬行,一切动作都在埋葬他;他又竖起身来,又沉下去。他感到在被淹没;他吼叫、哀告、向行云呼喊,扭着双臂,他绝望了。此刻流沙已到腹部,流沙又到了胸部,他只剩下上半身了。他伸出双手,狂怒地呻吟,手指痉挛地捏住沙,企图抓住这沙土不往下沉,用手肘撑住,想摆脱这软套子,疯狂地呜咽着;沙在上升。沙到了肩部,到了颈部,现在只看见面部了。嘴在叫喊,沙把它填满,没声了。眼睛还注视着,沙使它们闭上,黑夜。然后额部在下沉,一束头发在沙上颤抖,一只手伸出来,穿过沙面,摇摆,挥动,接着见不到了。一个人凄惨地消失了。

有时骑士和马一同陷下去,有时赶大车的人和车子一同陷下去,全部沉没在沙滩下。这是在别处而不是在水中翻了船,这是土地淹没了人。这种土地,被海洋浸透了,成为陷阱,它像原野一样呈现着,像波涛一样伸展着。这深渊具有这一类的欺诈。

这种阴郁的意外之灾,可能常常发生在这一带或那一带海滨,也可能发生在三十年前巴黎的阴渠中。

在一八三三年动工的重要工程以前,巴黎的地下沟道时常会突然塌陷。

水渗入某些特别容易碎的地下层,无论是老沟中那种铺了底的,或像新沟中那样浇上水硬石灰的混凝土,它一旦失去支撑就弯曲了。在这种地上,一条褶就是一道裂缝,一道裂缝就能引起崩塌。沟道可以下陷一长段。这种裂缝,深渊中污泥的龟裂,专门名词称之为地陷。地陷是什么?是海滨流沙突然进入地下,是一条阴沟里的圣米歇尔山的沙滩。土地浸湿以后像已溶解,它的所有分子都处于稀软的状态中,它已不是土地,但也不是水,有时还很深。人遇此情况遭遇极其凶险。如果水占优势,将出现淹没现象,人便迅速死亡,如泥占优势,死亡便缓慢,这就是下陷。

我们能去想象这种死亡吗？如果说海滩上的沉陷是可怕的,那在沟渠中又将如何呢？这和在旷野里不能比,在光天化日之下,丽日当空,碧空万里,众多的音响,行云下满是生命,远处的小船,各种希望,可能会有的过路人,直至最后一刻还可能有得救的希望;但在这里则远远不是这样,这里有的是耳聋眼瞎,有黑色的拱顶和已完工的墓穴,去死在有覆盖的泥沼中,被污秽慢慢地窒息,在石椁中污泥伸爪扼颈,临终时含着恶臭咽气,污泥替代沙粒,硫化氢替代飓风,垃圾替代海洋！呼叫,咬牙,扭捩肢体,挣扎,临终喘息,而在你头上的大城市却一无所闻！

这样死去是种无法形容的恐怖！死亡有时由于有着一定程度的可怕的崇高,因而弥补了它残酷的一面,在遭难的船中,人可能有伟大的表现;在火里也像在水里一样,非常好的表现也可能出现;人在殉难时变了样。但这儿就不行。这种死是不清洁的。这样断气是耻辱的,最后飘浮着的幻影是卑贱的。污泥是耻辱的同义词。这是渺小的,丑陋的,可耻的。死在芳香甘美的葡萄酒大木桶中,像克拉朗斯①那样,这还可以;如果死在清道夫的垃圾坑中,如艾斯古勃洛,那就太可怕了,在里面挣扎是极丑的,临终时还在粘泥中打滚。这里已暗

---

① 克拉朗斯(Clarence),公爵,英王爱德华四世之弟,由于背叛被处死刑,他要求淹死在葡萄酒桶中。

如地狱,污泥成塘,垂死者不知他将变成鬼还是变成癞蛤蟆。

在别的地方坟墓是阴惨的,而这里它是畸形的。

地陷的深度、长度和密度随着地下层的土质的好坏而变化不一,有时塌下三四尺,有时八尺或十尺;有时深不见底。淤泥在这儿差不多已变硬了,而在那儿则又几乎还是液体状态,在吕尼埃地陷消灭一个人要一整天,而在菲利波泥坑,五分钟就可吞没一个人。淤泥的负重程度因它的密度而变。一个孩子可以逃脱的地方,成人就要丧生。人要得救,第一个条件就是扔掉一切负荷。丢掉工具袋,或是背筐或提篮,这就是任何一个通阴渠的工人,当他感到脚下的地下陷时第一件要做的事。

地陷有各种原因:土壤的易碎性;在人力所不能及的地下出现的崩塌;夏季的暴雨;冬季连绵不断的雨水;长期的毛毛雨。有时一块泥灰地或沙土地周围的房屋的重量压在地下沟廊的拱顶上,使它变形,或者沟底在这一重压下折裂。一世纪以前先贤祠的下陷,就这样堵塞了圣热纳维埃夫山上一部分的沟管。当一条阴沟在房屋的压力下坍塌时,在某些情况下这类混乱的情况在上面的反映就是街心出现一条锯齿形裂缝,这条裂缝出现在整段开裂的沟顶上面,此时情况显然不妙,所以抢修还能及时。但有时内部的毁坏在外面没有显露痕迹,在这种情况下,阴渠的清道夫就要遭灾。他们毫无提防地进入通了底的沟,就可能在那里送命。据旧时档案记载,好几个挖井工人就这样埋在陷下去的地里。他们提到了好几个名字,其中一个名叫勃雷士·布脱兰的阴沟清道夫陷入了卡莱姆-卜勒纳街下面崩塌的沟渠中。这个勃雷士·布脱兰就是一七八五年取消的圣婴公墓最后一个埋葬工人尼古拉·布脱兰的兄弟。

还有一个是我们已谈到过的年轻俊美的艾斯古勒洛子爵,莱里达围城战时的英雄之一,他们攻城时,穿着丝袜,用小提琴开路。艾斯古勒洛有一天晚上正在他的表妹苏蒂公爵夫人处,忽然有人来了,为了避开公爵,他隐藏在博特莱伊阴沟的洼地里而被淹死了。苏蒂夫人听到别人向她叙述这一死亡时,便要她的香水瓶来尽量闻醒盐,以致连哭泣都忘了。在这种情况下,不存在经得起考验的爱情,污泥已把它扑灭了。海洛拒绝擦洗利安得①的尸体,蒂丝白在比拉姆②前面捏着鼻孔还说:"呸!"

六 地 陷

冉阿让面前是一块陷落的地。

当时这类塌陷在爱丽舍广场下面是经常发生的,这里的地下层对水利工程很不利,因为它的流动性极大,所以地下的建筑不够坚实。这种流动性的土壤较之圣乔治区的流沙还更不牢靠,流沙只在石块加混凝土筑成地基后才能加以克服;而流动性的土壤也不比殉教者区恶臭的有沼气的粘土层牢靠,这粘土稀薄到使殉教者区地下长廊的沟道只能用一条铸铁管来沟通。一八三六年,当局拆除并重建圣奥诺雷郊区下面旧

---

① 利安得(Léandre),希腊青年,与美神阿佛洛狄忒的女祭司海洛(Héro)相爱,后淹死在赫来斯蓬(今达达尼尔海峡)附近。
② 比拉姆(Pyrame),巴比伦青年,与蒂丝白(Thisbe)相爱。一日蒂丝白被狮追逐,慌忙中掉下丝巾逃脱。比拉姆见纱巾,疑蒂丝白已死,遂自杀。蒂丝白知比拉姆为己而死,也自杀殉情。

的石砌沟渠,这正是冉阿让此刻所在之处,那时从爱丽舍广场直至塞纳河地下都是流沙,这一障碍使工程延长将近六个月,以致引起沿岸住户的强烈抗议,尤其是住大公馆和有马车的住户。工程不但艰巨,而且还非常危险,那时确是降了四个半月的雨,塞纳河的水位也三次升高。

冉阿让遇到的地陷是头天晚上的暴雨造成的。铺路石的下面是沙子,没有坚实的支撑,所以铺路石弯曲,形成了雨水的积聚。雨水既将铺路石浸透,于是坍塌相继而来,沟槽开裂后就陷入了泥沼。塌陷的地方究竟有多长?这无法说清。黑暗在这儿比任何地方都深厚,这是夜之洞穴中的一个泥坑。

冉阿让感到沟道在脚下陷落了,他踏进了泥浆。这里上面是水,下面是淤泥。但他还是得走过去。再转身走回头路已不可能了。现在马吕斯已濒危,冉阿让也已力竭。还有什么路可走呢?所以冉阿让仍继续前进。再说开始在洼地里走了几步,并不感到深,但越向前走,他的脚就越陷越深。不久淤泥深到腿的一半,而水则过了膝头。他一面走,一面用两臂把马吕斯尽量高举,超出水面。现在淤泥已到膝下,而水则到了腰际。他已无法再后退了,越陷越深。这淤泥的稠度可以承受一个人的重量,显然不能承受两个人的。如果马吕斯和冉阿让是单个走过去,则还有可能脱险。冉阿让仍继续往前走,举着这个垂死的人,这也可能是具尸体了。

水到了腋下,他感到自己在沉下去,他在这泥泞深处几乎无法活动。密度既支撑重量,但同时也是障碍。冉阿让一直举着马吕斯,因而就消耗大量体力向前走着,他在陷下去。现在他只剩下头部露出水面了,但两手仍高举着马吕斯。在有些洪水成灾的古代油画中,一个母亲就是这样举着她的孩子的。

他还在下沉,他仰起脸避水来保持呼吸。如果有人在这种黑暗里看见他,还以为这是个面具在暗中飘荡呢;他模糊地看见在他上面马吕斯倒垂的头和青灰色的面容;他拼命使了一个劲,把脚伸向前;他的脚触着了一个不知是什么的硬东西。这是个支点。好险!再晚一点就不行了。

他竖起身来又弯下去,拼命在这个支点上站稳。他觉得自己好像踏上了生命阶梯上的第一级。

在污泥中危急万分时碰到的这一支点原来是沟道另一边的斜坡的开始,它弯而未断,在水下拱着,好像一整条地板,用石块砌得很好的建筑成一拱形而相当坚固。这一段沟槽,部分已陷入水中,但仍很结实,确是一个斜坡。一踏上这斜坡,人就得救了。冉阿让走上这平坦的斜坡,就走到了泥沼的另一边。

他走出水时,碰到一块石头就跪着跌倒了。他认为确应如此,他就这样待了一会儿,灵魂沉浸在向上帝祈祷的不知怎样的一种言语中。

他又站起来,颤抖着,感到僵冷,恶臭熏人,他弯腰去背这垂死的人,泥浆直淌,心里充满了奇异的光彩。

七 在人以为能上岸时却失败了

他又开始上路了。

此外,如果说他没把生命断送在陷坑里,但他也似乎感到已在那儿用完了力气。最后的一把劲使他精疲力尽,现在他每走两三步就要靠在墙上喘口气。有一次他不得不坐在长凳上来改变马吕斯的姿势,他以为自己要待在那儿动不了了。他虽然失去了体力,但毅力却丝毫无损。于是他又站了起来。

他拼命走着,几乎还很快,这样一走上百步不抬头,几乎不呼吸,忽然他撞在墙上。他到了阴沟的拐角处,因为低着头到了转弯处,所以撞了墙。他抬头一望,在地沟的尽头,在他前面很远很远的地方,他见到了亮光,这次,这不是一种凶光,而是吉祥的白色的光,这是白天的光线。

冉阿让望见了出口。

一个堕入地狱的灵魂,在烈火熊熊的炉中,忽然见到地狱的出口,这就是冉阿让的感受。这灵魂用它烧残的翅膀发狂地向光芒四射的大门飞去。冉阿让已不再感到疲惫,也不再觉得马吕斯的重量,他钢铁般的腿力恢复了,他不是走,而是在跑。在他逐渐走近时,出口越来越清晰了,这是一个圆的拱门,比慢慢降低的沟顶矮,没有那随着沟顶降低而逐渐缩小的沟管宽。这沟管出口处像一个漏斗的内部,很可恶地变窄,像拘留所的小门,在狱中是合理的,但在沟中却不合理,后来被改正了。

冉阿让到了出口。

在那儿,他站住了。

这确是出口,但出不去。

半圆门有粗铁栅栏关着,这铁栅栏看来很少在它氧化了的铰链上旋转,它被一把锈得发红、像一块大砖似的厚锁固定在石头门框上。可以看得见锁孔,粗厚的锁闩深深地嵌在铁锁横头里,这锁看得出是双转锁,是监狱用的一种锁,过去在巴黎人们很喜欢用它。

出了铁栅栏那就是野外、河流和阳光,河滩很窄,但走过去是可以的,遥远的河岸,巴黎——这很容易藏身的深渊,辽阔的天边,还有自由。在河右边下游,还可以辨认出耶拿桥,左边上游是残废军人院桥;待到天黑再逃走,这是个很合适的地方。这是巴黎最僻静的地区之一,河滩对面是大石块路。苍蝇从铁栅栏的空格里飞出飞进。

大致是晚上八点半了,天已快黑。

冉阿让把马吕斯放在墙边沟道上干的地方,然后走到铁栅栏前,两手紧握住铁条,疯狂地摇晃,但一点震荡也没有。铁栅门纹丝不动。冉阿让一根又一根地抓住铁棍,希望能拔下一根不太牢固的来撬门破锁。可是一根铁棍也拔不动。就是老虎牙床上的牙也没有这么牢固。没有撬棍,没有能撬的东西,困难便不能克服。无法开门。

难道就死在这里?怎么办?会发生什么事呢?退回去,重新走那条骇人的已走过的路线,他已没有力气。再说,怎样再穿过这靠奇迹才脱险的洼地呢?走过洼地之后,没有警察巡逻队了吗?当然不可能两次躲过巡逻队。而且,往哪里走?朝什么方向?顺着斜坡不能到达目的地。即使能到达另一个出口,可能又被一个盖子或铁栅栏堵住。所有的出口无疑都是这样关闭的。进来时侥幸遇到了那个开着的铁栅门,但其他沟口肯定是关着的。只有在监牢中越狱才会成功。

一切都完了。冉阿让所做的一切都无济于事,因为上帝不允许。

他们俩都被阴暗而巨大的死网网住,冉阿让感到那只极其可怕的蜘蛛在暗中抖动的黑丝上来回爬行。

他背向铁栅栏,跌倒在地,他是倒地而不是坐下,靠着一直不会动的马吕斯,他的头垂在两膝中。没有出路。他已尝尽了辛酸。

在这沉重的沮丧时刻,他想到了谁?不是他自己,也不是马吕斯,他惦念着珂赛特。

八 撕下的一角衣襟

他正处在万分颓丧之中,忽然一只手放在他的肩上,一个轻轻的声音向他说:

"两人平分。"

黑暗中难道竟还有人?没有比绝望更像梦境的了。冉阿让以为是在做梦,他没有听见一点脚步声。这可能吗?他抬头一望。

一个人站在他面前。

这个人穿一件罩衫,光着脚,左手拿着鞋,他脱去鞋肯定是为了走近冉阿让而不让人听到他的走路声。

冉阿让一刻也不犹豫,相遇虽然如此突然,但他认得这个人。这就是德纳第。

可以这么说,冉阿让尽管被惊醒,但他对惊慌也早已习惯,他经受过需要快速对付的意外打击,于是立刻恢复了清醒的头脑。何况,处境也不能更为恶劣,困境到了某种程度已无法再升级,德纳第本人也不能使这黑夜更黑。

一刹那间的等待。

德纳第把右手举到额际来遮阳,接着又皱起眉头眨眨眼,这一动作再加上略闭双唇,说明一个精明的人试着去认出另一个人。但他没有认出来。我们刚才说过,冉阿让背着阳光,加上他又变得如此面目全非,满脸的污泥和鲜血,就是在白天,也未必能被人认出来。相反地,铁栅栏的光——这地窟中的光——正面照着德纳第,确实是这样,他是惨淡的,但能看得清清楚楚,正如俗话所说,说得很对,冉阿让一眼就认出了德纳第。所处情况的不同使得这一秘密的即将开始的两种地位和两个人之间的决斗将对冉阿让有利。两人相遇,一个是面目看不清楚的冉阿让,另一个是真相毕露的德纳第。

冉阿让立刻发现德纳第没有认出他来。

他们在这半明半暗的地方互相观察了一番,好像在进行较量,德纳第首先打破了沉默:

"你打算怎么出去?"

冉阿让不回答。

德纳第继续说:

"无法用小钩开锁,可是你必须出去。"

"对。"冉阿让说。

"那么对半分。"

"你说什么?"

"你杀了人,好吧,我呢,我有钥匙。"

德纳第用手指着马吕斯,继续说:

"我不认识你,但我愿意帮助你,你得够朋友。"

冉阿让开始懂了,德纳第以为他是一个凶手。

德纳第又说:

"听着,伙伴,你不会没看看兜里有什么就把人杀了。给我一半,我就替你开门。"

他从有着无数洞的罩衫下面露出了一把大钥匙的一半,又加上一句:

"你要见识一下田野的钥匙①是什么样的吗?在这儿。"

冉阿让"愣住了",这是老高乃依的说法,他甚至怀疑所见是否是现实。这是外表看起来可怕的老天爷,以德纳第的形象从地底下钻出来的善良天使。

德纳第把拳头塞进罩衫的一个大口袋里,抽出一根绳索递给冉阿让。

"拿着,"他说,"我还外饶你这根绳子。"

"一根绳子,派什么用处?"

"你还需要一块石头,但你在外边找得到,那儿有一堆废物。"

"派什么用处,一块石头?"

"笨蛋,你既然要把这傻瓜②丢下河,就得有一块石头和一根绳子,不然他就会漂起来。"

冉阿让接过绳子,每个人都会这样机械地接受东西。

德纳第弹了一个响指,好像忽然想起了一件事:

"喂,伙伴,你怎么搞的,竟能摆脱那儿的洼地!我没敢冒险去那儿。呸!你好难闻。"

停了一下,他又说:

"我问你话,你不回答是对的,这是学习对付在预审推事前的那难堪的一刻钟。还有,一点不说,就不怕说得太响。我看不清你的脸,又不知道你的姓名,尽管如此,你别以为我就不知道你是什么人,想干什么。我什么都知道。你敲了一下这位先生,现在你要把他藏在一个地方,你需要的是河,这是

---

① "拿田野的钥匙",成语,意思是"逃之夭夭"。
② 傻瓜,原文为黑话"pantre"。

藏祸之处。我来帮你摆脱窘境。在困难中帮助一个好人,我很乐意。"

他尽管赞许冉阿让的缄默,显然他也在设法使他开口。他推推他的肩膀,想从侧面观察他,并用他一直保持着的不高不低的声音叫道:

"说起洼地来,你真是一个古怪的家伙,为什么你不把这个人丢进去?"

冉阿让保持沉默。

德纳第又说,同时把一块当作领结的小布举到喉结处,这个举动更显示了一个一本正经的人的明智:

"说实话,你这样干可能是聪明的。明天工人来补洞,肯定会找到遗忘在这儿的巴黎人[①],他们可能会根据线索,一点一点,找到你的足迹,抓到你。有人经过这阴沟。谁?他打哪儿出去的?有人看见他出去了吗?警察十分机警。阴沟是阴险的,可以告发你。找到这样的东西是罕见的,能引人注意,很少人干事利用阴沟,至于河流则是为众人服务的。河流是真正的坟墓。一个月后,有人在圣克鲁的网里把这人打捞上来。好罢,这有什么关系?不过是一具腐烂的尸体罢了,谁杀了这个人?巴黎。这样,法院根本不过问,你做得对。"

德纳第越是话多,冉阿让也就越缄默。德纳第又摇摇他的肩膀。

"现在,把生意结束一下,要平分,你看见我的钥匙了,让我看看你的钱!"

---

① 巴黎人,原文为黑话"pantinois"。

德纳第一副凶相,就像野兽一样,形状可疑,带点恫吓的神气,然而又表现得很亲善。

有一桩怪事,德纳第的态度很不自然,他的神气很不自在,尽管没有装得很神秘的样子,他却低声说话,不时把手指放在嘴上轻声说:"嘘!"很难使人猜出其中的原因。这儿除了他们两人之外没有别人。冉阿让猜想可能还有其他盗贼藏在近处的角落里而德纳第不打算和他们分赃。

德纳第又说:

"让我们结束吧!那傻瓜的衣袋里究竟有多少钱?"

冉阿让在自己的衣袋里寻找。

我们记得,他的习惯总是要带点钱在身边。他过着随时要应付困难的阴暗的生活,这使他不得不这样做。然而这一次他措手不及,昨晚他穿上他的国民自卫军的军服时,心情颓丧之极,所以忘了带上钱包。他只有少数零钱在他背心的口袋里,总共有三十法郎左右。他翻转口袋,里面浸满了污泥,他把一个金路易和两个五法郎的钱币以及五六个铜币放在沟管的长凳上。

德纳第伸长了下唇,意味深长地扭了一下脖子。

"你杀了他没捞到多少钱。"他说。

他开始放肆地摸摸冉阿让的口袋和马吕斯的口袋。冉阿让主要是注意背着光线,随便他干。在翻着马吕斯的衣服时,德纳第用魔术师般灵巧的动作,设法撕下了一角衣襟藏在他罩衫里面而未被冉阿让看见,大概他想这块破布以后可能会帮助他认出被害者和凶手。他在三十法郎之外再也没有找到什么。

"不错,"他说,"两个人加起来,你们也只有这一点钱。"

他全部拿走了,忘了他所说的"平分"。

对铜币他稍稍犹豫了一下,想了想,他嘟囔着也拿了去:

"没有关系!杀人得这一点钱太少了。"

他说完后,又在罩衫下把大钥匙拉出来:

"现在你得出去了,朋友。这里和集市一样,出去是要付钱的。你既然付了,出去吧。"

于是他笑了起来。

他用钥匙来帮助一个陌生人,让除他之外的另一个人从这道门出去,他是否出于完全无私的目的去救一个凶手?这是值得怀疑的。

德纳第帮助冉阿让把马吕斯背上,事后他踮起赤脚的脚尖走到铁栅栏门前,同时向冉阿让做手势让他跟上来。他望望外面,把手指放在唇边,停了几秒钟;经过观察以后,他把钥匙伸进锁眼。铁闩滑开,门转动了。没有一点轧轧声和吱呀声,动作轻巧,显然这铁栅栏门和铰链都仔细地上了油,开的次数比人们想象的要多,这种轻巧是阴森的。这种轻巧使人感到偷偷地来来去去,静悄悄地出出进进的夜行人以及害人的豺狼的脚步。阴渠肯定是某个秘密集团的同谋。这沉默的铁栅栏门就是窝主。

德纳第半开着门,让冉阿让的身子刚刚能通过,他又关上了门,钥匙在锁中转两道,继而又钻进黑暗处,没发出一点比呼吸更大的声响。他好像是用老虎的毛茸茸的爪子在走路。不久以后,这个可怕的老天爷已看不见了。

冉阿让到了外边。

九　内行人看来马吕斯似已死去

他把马吕斯轻轻放在河滩上。

他们出来了!

腐烂的气息、黑暗、恐怖已在他的后面。健康、纯洁、新鲜、欢快、可以随意呼吸的空气已充满他的周围。四周一片寂静,这是太阳在碧空西沉时令人心旷神怡的寂静。黄昏来临,夜开始了,这是个大救星,是一切需要以黑影作大衣逃出苦难的人的朋友。苍穹广阔安详,在他脚下河水潺潺,有如接吻。可以听到爱丽舍广场上榆树丛中鸟巢在空中对话,互道晚安。寥寥几颗明星(在浅蓝色的天顶上稍稍有点惹人注目,这只有沉思冥想者才能发现)在无边无际的天空中发出难以辨认的微弱的闪光。夜把无极的一切温存撒在冉阿让的头上。

这是明暗难辨的绝妙时辰,天已黑了,数步之外人就看不清,然而在走近时却还有足够的余晖来辨认。

有几秒钟冉阿让情不自禁地被这庄严而又抚慰人的宁静所侵袭,人每每有这样一种忘怀的时刻,痛苦不再折磨悲惨的人,思想里一切都消逝了,和平就像夜幕笼罩下梦想着的人,在黄昏的余晖里,有如在明亮的天空里那样,心里布满了星星。冉阿让情不自禁地仰望头上这辽阔皎洁的夜色,他堕入冥想,在永恒苍穹庄严的寂静中,他沉浸在祈祷和出神之中,于是突然间,好像又恢复了责任感,他弯腰向着马吕斯,又用手心捧了点水,轻轻地洒几滴在他的脸上。马吕斯的眼睛没睁开,但半开的嘴还有呼吸。

冉阿让正要把手重新伸入河中,忽然间,他感到一种不知什么的干扰,好像有什么人在他身后似的,虽然还没看见。

我们曾在别处提到过这种大家都知道的感觉。

他转过头来。

正像刚才一样,确有一个人在他后面。

一个魁梧的大个子,裹着一件长大衣,两臂交叉在胸前,右拳握着一根可以见到铅锤头的闷棍,站在正蹲在马吕斯旁的冉阿让后面几步的地方。

由于在薄暮中,这真像鬼魂出现似的,一个普通人在黄昏时见到是要害怕的,一个深思熟虑的人害怕的是闷棍。

冉阿让认出来这是沙威。

读者一定猜到了追捕德纳第的不是别人就是沙威。沙威出乎他的意料离开街垒之后,就到了警署,向警署署长本人作了口头汇报,在简短的接见以后,他就立刻复职,他的职责包括,我们还该记得他身上的字条,监视爱丽舍广场的右河滩,那儿最近已引起公安当局的注意。他在那里见到了德纳第并追踪他。其余的事我们都已知道了。

我们也明白了这扇门如此殷勤地在冉阿让面前打开,是德纳第在耍手腕。德纳第感到沙威一直在这儿,凡是被监视的人都有灵敏的嗅觉,得扔根骨头给这警犬。送上一个凶手,这该是多么意外的收获呀!这是替罪羊,从来不会被拒绝的。德纳第把冉阿让放出去替代他,同时给警察一个猎物,使他放弃追踪,使自己在一桩更大的案件中被忘记,使沙威没有白等,这总会使密探得意,而自己又挣了三十法郎。至于他本人,打算就这样来转移视线脱身。

冉阿让从一个暗礁又撞到另一个暗礁上。

这两次接连的相遇,从德纳第掉到沙威手中,实在使人难堪。

沙威没认出冉阿让,我们已经说过,因为冉阿让已很不像他本人了。沙威不垂下手臂,而用一种觉察不出的动作使拳头抓稳闷棍,并用简短镇定的声音说:

"您是谁?"

"是我。"

"是谁,您?"

"冉阿让。"

沙威用牙咬住闷棍,屈膝弯腰,用两只强大的手放在冉阿让肩上,像两把老虎钳似的把他夹紧,仔细观察,认出了他。他们的脸几乎相碰,沙威的目光令人感到恐怖。

冉阿让在沙威的紧握下毫不动弹,好像狮子在忍受短尾山猫的爪子。

"侦察员沙威,"他说,"您抓住我了。其实,从今天早晨起我早已把自己看作是您的犯人了,我丝毫没有在给了您地址后又设法从您那儿逃脱的打算,您抓住我吧!只是请答应我一件事。"

沙威好像没有听见似的,他眼睛盯住冉阿让,耸起的下巴把嘴唇推向鼻子,这是一种凶狠的沉思着的表现。后来,他放下冉阿让,一下子直起身来,一把抓住闷棍,并且似梦非梦,不像在问而是含含糊糊地说:

"您在这儿干什么?这人又是谁?"

他一直不再用"你"这种称呼来和冉阿让说话。

冉阿让回答时,他的声音好像把沙威唤醒了似的:

"我正想和您说说他的事,您可以随意处理我,但先帮我把他送回家,我只向您要求这一件事。"

沙威的面部起了皱,在旁人看来这是他每次有可能让步时的表现,他并没有拒绝。

他重新弯下腰,从口袋里抽出一块手帕,在水中浸湿,拭去了马吕斯额上的血迹。

"这人曾是街垒里的,"他轻声地好像在自言自语,"就是那个别人管他叫马吕斯的人。"

头等密探,在以为自己要死的时候,还在观察一切,听着一切,听到了一切并收集了一切。在垂死之前还在侦察,靠在坟墓的第一级石阶上,他还在记录。

他抓住了马吕斯的手寻找他的脉搏。

"是一个受了伤的人。"冉阿让说。

"是一个死人。"沙威说。

冉阿让回答:

"不,还没有死。"

"您把他从街垒带到这儿来的吗?"沙威说。

他的心事一定很重,因而他一点也没有追究这个使人不安的从阴沟里把人救出来的事,也没有注意到冉阿让对他的问话默不作答。

冉阿让也好像只有一个念头,他说:

"他住在沼泽区受难修女街,他的外祖父家里……我不记得他外祖父的名字了。"

冉阿让在马吕斯的衣服里搜寻,把笔记本抽出来,翻出马吕斯用铅笔写的一页,递给沙威。

空中还有足够的浮光可以看出字迹。况且沙威的眼睛有着夜鸟那种像猫一样的磷光。他看清了马吕斯写的几行字,嘴里咕哝着:"吉诺曼,受难修女街六号。"

于是他叫了一声:"车夫!"

我们还记得有辆车在等着,以备不时之需。

沙威留下了马吕斯的笔记本。

不久,马车从饮马处斜坡上下来,到了河滩,马吕斯被放在后座长凳上,沙威和冉阿让并排坐在前面长凳上。

车门又关上,马车向前飞跑,上了河岸向巴士底狱的方向驶去。

他们离开河岸到了大街。车夫,像一个黑影坐在他的座位上,鞭打着他那两匹瘦弱的马。车中是冰冷的沉默,马吕斯,一动不动,身体靠在后座角上,头垂在胸前,双臂挂着,两腿僵硬,仿佛只等着一口棺材了。冉阿让就像一个亡魂,沙威好像石像;在漆黑的车中,每次经过路灯时,车内如被间隔的闪电照成灰暗的苍白色,命运把他们结合在一起,好像在使这三个一动不动的悲剧性的尸体、幽灵、石像在共同凄惨地对质。

十 慷慨捐躯的孩子回来了

每次遇到街石引起的震动,从马吕斯的头发中就掉下一滴血。

街车到了受难修女街六号时已是夜晚了。

沙威第一个下车,在大门上看一眼门牌,就抬起式样古老的沉重的熟铁门锤,锤上饰有公羊和森林之神角力的像,重重敲了一下。门半开了,沙威把门推开。看门人半露出身子,打着呵欠,似醒非醒,手中拿着蜡烛。

房子里所有的人都已入睡。在沼泽区大家睡得很早,尤其在暴动时期。这个老区,被革命吓坏了,就到睡梦中躲避危险,就像孩子们听见妖怪来了,就急忙把头藏进被窝里。

这时冉阿让和车夫把马吕斯从车里抬出来,冉阿让从胁下抱着他,车夫抱着腿部。

冉阿让一面这样抱着马吕斯,一面把手伸进口子撕得很大的衣服,摸摸他的胸口,证实了他的心还在跳。心跳得比刚才有力一些了,好像车子的震动对生命的恢复起了一定的作用。

沙威对看门人说话的声音和政府工作人员对叛乱者的门房说话时的口气是一样的:

"有个叫吉诺曼的人吗?"

"是这儿,您找他有什么事?"

"我们把他的儿子送回来了。"

"他的儿子?"看门人目瞪口呆地说。

"他死了。"

冉阿让,在沙威后面来到,衣服又破又脏,使看门人见了有点厌恶,他向门房摇头表示没有死。

看门人好像既没有懂沙威的话,也没有懂冉阿让摇头所表示的意思。

沙威继续说:

"他到街垒去了,现在在这儿。"

"到街垒去了!"看门人叫了起来。

"他自己去找死。快去把他父亲叫醒。"

看门人不动。

"快去呀!"沙威又说。

并又加上一句:

"明天这里要埋葬人了。"

对沙威来说,街道上经常发生的事故是分门别类排列整齐的。这是警惕和监督的开始,每件偶然事故都有各自的一格;可能发生的事可以说是放在抽屉里,并根据场合,当街上闹事、发生暴动、过狂欢节、有丧事时,就从抽屉里取出一定数量的案卷来。

看门人只叫醒巴斯克。巴斯克叫醒妮珂莱特;妮珂莱特叫醒吉诺曼姨妈。至于外祖父,人家让他睡觉,考虑到他总会很早知道这件事的。

他们把马吕斯抬到二楼,家里其他的人谁也没有见到,他们把他放在吉诺曼先生套间里一张旧长沙发上。巴斯克去找医生,妮珂莱特打开衣柜,这时冉阿让感到沙威碰了一下他的肩头,他明白了,就下楼去,沙威的脚步声在后面跟着他。

看门人望着他们离开,跟望见他们来时一样,带着半睡半醒的恐怖神情。

他们又坐上马车,车夫坐到自己的位子上。

"侦察员沙威,"冉阿让说,"再答应我一件事吧。"

"什么事?"沙威粗暴地问他。

"让我回一趟家,以后随您怎样处理我。"

沙威沉默了片刻,下巴缩进大衣的领子里去,然后放下了前面一块玻璃:

"车夫,"他说,"武人街,七号。"

十一 绝对中之动摇

在整个路程中他们不再开口。

冉阿让打算怎么办？结束他已开始的事,通知珂赛特,告诉她马吕斯在什么地方,可能另外给她一些有用的指示,如果可能的话,作些最后的安排。至于他,和他本身有关的,那是完了;他被沙威逮捕了,他不抗拒;如果是另一个人碰到这种处境,可能多少会想起德纳第给他的绳子和他将进入的第一所牢房门上的铁棍;但是,自从见到了主教以后,冉阿让对一切侵犯,包括对自己的侵犯,我们可以肯定说,宗教信仰已使他踌躇不前了。

自尽,这神秘的对未知境界的粗暴行为,在某种程度上意味着灵魂的死亡,对冉阿让是不可能的。

进入武人街口,车子停下,因街道太窄,车子进不去。沙威和冉阿让下了车。

车夫谦恭地向"侦察员先生"提出他车上的乌德勒支丝绒被受害者的血和凶手的泥浆弄脏了。他是这样理解的。他说得给他一笔赔偿费,同时,他从口袋里抽出他的记录本,请侦察员先生替他写上"一点证明"。

沙威把车夫递给他的小本子推回去,并说:

"一共该给你多少,连等的钱和车费在内?"

"一共七小时一刻钟,"车夫回答,"还有我的丝绒是全新的。共八十法郎,侦察员先生。"

沙威在口袋里取出四个金拿破仑,把马车打发走了。

冉阿让猜想沙威想徒步把他带到白大衣商店哨所或历史文物陈列馆哨所那里去,这两处都不远。

他们走进了街,照样空无一人。沙威跟着冉阿让,他们到了七号,冉阿让敲门,门开了。

"好吧,"沙威说,"上去。"

他用奇特的表情好像很费劲地说了这样一句话:
"我在这儿等您。"

冉阿让看看沙威,这做法和沙威的习惯不相符。然而,如果说现在沙威对他有一种高傲的信任,像一只猫给一只小耗子的、和它爪子那么长的一点自由的信任,既然冉阿让决心自首并决心结束一切,沙威的这种做法不会使他太诧异。他推开大门,走进屋子,对睡在床上拉了床边开门绳的门房叫一声:"是我!"就走上楼去。

上了二楼,他歇了一下。一切痛苦的道路都有停留站。楼梯平台的窗子是一扇吊窗,正敞开着,就像好些老式住宅一样,楼梯在此取光并可望见街道。街上的路灯,正装在对面,还照亮一点楼梯,这样就可以节省照明。

冉阿让可能为了喘一口气,也许是机械地探头望望窗外,俯身看看街心。街道很短,从头到尾有路灯照亮着。冉阿让惊喜得发呆了,没有人了。

沙威已经离去。

十二 外 祖 父

巴斯克和看门人把初到时安放在长沙发上躺着一动不动的马吕斯抬到客厅里。医生,在他们去叫后,也已经赶到,吉诺曼姨妈也已起床了。

吉诺曼姨妈来回走动,慌里慌张,握着自己的双手,做不了什么事,只会说:"上帝呀!这怎么可能呀!"有时,她添上一句:"到处都会沾上血了!"开始时的恐惧过后,对待现实的某种哲学就出现在她的脑海里,她用这样的叫喊来表达:"结果一定是这样的!"她还算没有加上一句:"我早就这样说过!"这是人们在这种场合惯用的一句话。

遵照医生的吩咐,在长沙发旁支起一张帆布床。医生检查了马吕斯,当他知道受伤者的脉搏还在跳,胸部没有重伤,唇角的血来自鼻腔后,医生就让他在床上平卧,不用枕头,头和身体一样平,甚至比身体还稍低一点,上身赤裸,为使呼吸通畅。吉诺曼小姐,看到在脱马吕斯的衣服时就退了出去。她到寝室里去念经。

马吕斯上身没有一点内伤,有颗子弹被皮夹挡住,顺着肋骨偏斜了,造成一个可怕的裂口,但伤口不深,因此没有危险。在地下的长途跋涉使打碎了的锁骨脱了臼,这才是严重的伤。他的两臂有刀伤。脸上没有破相的伤口,可是头上好像布满了刀痕,头上的伤口会产生什么后果呢?伤只停留在头皮的表面吗?还是伤及了头盖骨呢?目前还无法断定。一个严重的症状就是伤口引起了昏迷,这种昏迷不是所有的人都能苏醒过来的。此外,流血已使受伤者极度衰弱。从腰部以下,下半身受到街垒的防护。

巴斯克和妮珂莱特在撕床单和衣衫作绷带,妮珂莱特把布条缝起来,巴斯克把布条卷起来。由于缺少裹伤用的旧布纱团,医生暂用棉花卷止住伤口的血。卧榻旁,三支点燃的蜡烛放在陈列着外科手术用具的桌上。医生用凉水洗净马吕斯的脸和头发。一桶水一会儿就成了红色。看门人手里拿着蜡烛照着亮。

医生好像很忧愁地在思考着。不时摇一下头,仿佛在回答自己心里的问题。医生这种秘密的自问自答对病人来说是不利的表现。

当医生拭着他的面部并用手指轻轻碰碰他一直合着的眼皮时,客厅那头的一扇门打开了,一个苍白的长脸出现了。

这是外祖父。

两天以来,暴动使吉诺曼先生很紧张,他是又气愤又发愁,前晚不能入睡,昨天整天有热度。晚上,他很早就上了床,吩咐家人把屋子都插上插销,他因疲惫而矇眬睡去。

老年人的睡眠,容易惊醒;吉诺曼先生的卧室紧连着客厅,尽管大家很小心,仍有声音把他惊醒了。他看见门缝里漏出烛光,感到很惊奇,他就起床摸着黑出来。

他站在门口,一只手抓住半开的门的把手,头稍向前倾斜而摇晃着,身子裹在一件白晨衣中,直挺挺没有褶子,像件殓衣,他神情惊讶,像一个幽灵在窥视着坟墓。

他看见了床,褥子上鲜血淋淋的年轻人,像白蜡那样惨白,双目紧闭,口张着,嘴唇没有血色,上身赤露着,到处是紫红色的伤口,一动也不动,这一切都被照得清清楚楚。

外祖父骨瘦如柴的躯体从头到脚哆嗦起来,他那因高年而角膜发黄的眼睛,蒙上了一种透明的闪光,整张脸霎时间显出了骷髅般土灰色的棱角,两臂挂下来,好像里面的发条断了似的,他的惊愕表现在两只老而颤抖的手的手指的叉开上。他的膝盖向前弯曲,从打开的晨衣里可以见到他那可怜的白毛耸起的双腿,他低声说:

"马吕斯!"

"老爷,"马斯克说,"有人把少爷送回来了,他到街垒里去了,而且……"

"他死了!"老人用可怕的声音叫道,"咳!这无赖!"

这时一种阴森森的变态使这个百岁老人像年轻人一样竖

直了身子。

"先生,"他说,"您就是医生,先告诉我一件事,他死了,是吗?"

医生,焦急万分,没有回答。

吉诺曼先生扭绞着双手,同时骇人地放声大笑:

"他死了!他死了!他到街垒去让人杀了!为了恨我!为了对付我他才这样干!啊!吸血鬼!这样回来见我!我真是命中遭灾,他死了!"

他走到一扇窗前,把窗打开,好像他感到憋气,面对黑暗站着,向着街对黑夜讲起话来:

"被子弹打穿,被刀刺,割断喉头,毁灭,被撕碎,切成碎块!你们看,这无赖!他明知我在等他,我叫人把他的寝室布置好,我把他小时候的相片放在我床头;他明知他随时都可以回家,他明知多少年来我都在叫他回来,每晚我坐在火炉旁两手放在膝上,不知干什么好,他明知我因而变瘦了!这你全知道,你知道你只要回来,只要说一声'是我',你便立刻是家中之主,我就会依从你;你就可以随便摆布你的傻瓜爷爷!这你很清楚,但你说'不,他是个保王派,我就是不回家!'你就上街垒去,怀着恶意去找死!为了对我曾向你说过的有关德·贝里公爵先生的话进行报复!这是何等的卑鄙!您睡吧,静静地安眠吧!他死了。我醒过来发现的就是这么回事。"

医生开始为这祖孙俩担心了,他离开马吕斯一会儿,走到了吉诺曼先生跟前,挽着他的手臂。外祖父转过身来,用好像睁大而且充血的眼睛望着他,并且镇静地向他说:

"先生,我谢谢您,我很安静,我是男子汉,我见过路易十六的死,我能忍受事变,有桩事很可怕,就是想到你们的报纸使一切都变坏了,你们可以有拙劣的作家、能说会道的人、律师、演说家、法庭、辩论、进步、光明、人权、出版自由,而结果是别人就这样把你们的孩子送回家来!咳!马昌斯!太惨了!他被杀了!死在我前面!一个街垒!咳!这强盗!医生,我想您是住在这区的吧?啊!我认得您。我从我窗口看见您的车子走过。我告诉您,假如您认为我在发怒,那您就错了。一个人不能对死人发怒。这未免太愚蠢了。他是我抚养大的孩子。那时我已老了,他还很小。他带着他的小椅子和小铲子在杜伊勒里宫花园里玩耍,为了不受看守人员的责备,他一边用小铲在地上挖洞,我就跟着用我的手杖填洞。有一天他叫道'打倒路易十八!'就走了。这不是我的错呀。他脸色红润,头发金黄。他的母亲已经去世。您有没有注意到所有的小孩都是金黄色的头发?这是什么原因?他是卢瓦尔省一个强盗的孩子。对父辈的罪行孩子是无罪的。我记得当他只有这么一点高的时候,他说不清 d 字。他说话的声音又温柔又含糊,使人感到像一只小雀。我记得有一次在法尔内斯的《赫拉克勒斯》像前,好些人围着他,大家都在赞叹,都爱慕他,因为这孩子确实很漂亮!他的容貌就像油画里那样。我对他大声嚷嚷,用拐杖吓唬他,但他知道这是闹着玩的。清早,他到我寝室里来,我斥责他,但他使我感到好像被阳光照暖着一样。对这样的孩子大家毫无办法。他们抓住你,缠住你,再也不放开你了。确实,再没有比这个孩子更可爱的了。现在,你们认为你们的拉斐德,你们的班加曼·贡斯当,还有你们的狄尔居尔·德·高塞勒①怎么样?是他们杀了我的孩

---

① 狄尔居尔·德·高塞勒(Tirecuir de Corcelles,1802—1892),法国政治家,曾任驻梵蒂冈大使。

子!这样是不行的。"

他走近面色惨白仍然一动不动的马吕斯。医生也回到了病人的身边,外祖父又开始扭绞他的手臂。老人家苍白的嘴唇机械地颤动着,吐出一种难以听清的像临终咽气时的话:"咳!没良心的东西!啊!政治集团分子!哼!无赖汉!九月虐杀王党的人!"他用一种临终的人的轻声在责备一个死人。

渐渐地,正如内心的火山总是要爆发一样,外祖父长串的话又开始了,但他好像已无力说出,他的声音已低沉微弱得像来自深渊的底里:

"不管了,我也要死了。你们想想,在巴黎没有一个女人不乐意向这个家伙委身的。这坏蛋不去寻欢作乐,不去尽情享受生活,偏要去打仗,像畜生一样被机枪扫射!究竟是为了谁?为了什么原因?为了共和政府!宁愿不到旭米耶去跳舞,这本该是年轻人的事!二十青春枉然虚度。共和国,好听的卑鄙谬论!可怜的母亲们,你们何苦生下这些美丽的孩子!得了,他死了。大门堂下将会有两起丧事。你被人害成这个模样就是为了博得拉马克将军的欢心!这个拉马克将军给了你什么!一个残暴无知的军人!胡说八道的人!为了一个死人去拼命!怎么不叫人发疯!想想看!才二十岁!也不回头看看身后是否还留下什么!这一下,可怜的老头们只好独自死去。倒毙在你的角落里吧!孤僻鬼!这一下,说实在话,再好没有,正是我所盼望的,也就会把我整死。我已太老了,我已一百岁,我已十万岁。我早就有权死去了。这一下子,成了。一切都完了,好不痛快!何必还要给他闻阿摩尼亚,还有这一大堆药?您是白费力气,傻医生!算了吧,他已死了,完全死了。我是内行,我自己也死了。他干这事倒没有半途而废。说真话,目前这个时代是丑恶的,丑恶的,丑恶的,这是我对你们的看法,对你们的思想,对你们的制度,对你们的主子,对你们的神谕,对你们的医生,对你们的无赖作家,对你们的乞丐哲学家,并对六十年来使杜伊勒里宫的大群乌鸦惊飞四散的所有那些革命的看法。你既毫无怜悯之心,就这样去送死,那我对你的死也毫不感到遗憾,听见了没有,凶手!"

这时,马吕斯慢慢地睁开了眼睛,他的目光仍被昏睡后醒来的惊讶所笼罩,停在吉诺曼先生的脸上。

"马吕斯,"老人大叫,"马吕斯!我的小马吕斯!我的孩子!我亲爱的儿子!你睁开眼了,你望着我,你活回来了,谢谢!"

于是他昏倒了。

第四卷 沙威出了轨

沙威脚步缓慢地离开了武人街。

他生平第一次垂头丧气地走着,也是生平第一次把两手放在背后。

直到今天,沙威只采用拿破仑两种姿势中表示果断的那一种:两臂在胸前相抱;另一种表示犹豫不决的是两手放在背后,这种姿势对他是陌生的。现在,发生了变化,他全身显得迟钝忧郁,惶恐不安。

他走进僻静的街道。

然而是朝着某个方向走去的。

他抄最近的路朝塞纳河走去,到了榆树河沿后,又沿着河沿,走过格雷沃广场,距离沙特雷广场的哨所不远,在圣母院桥的拐角上停了下来。塞纳河在圣母院桥到交易所桥这一边,和鞣皮制革河沿到花市河沿的那一边,形成一个有急流经过的方形水池。

塞纳河的这一处是水手们害怕的场所。没有比这急流更危险的了,当时这水流并不宽,并被现已拆除的桥头磨坊的一排木桩所堵塞,因而十分湍急。这两座桥离得如此近,更增加了危险。河水经过桥洞时,更是急冲猛泻,掀起可怕的大浪,就在那儿积聚起来,水位暴涨,波浪像根粗水绳那样紧抱桥墩,好像想把它们拔去。在这儿掉下去的人是不会再露出水面的,最懂得水性的人也会没顶。

沙威两肘撑在栏杆上,两手托着下巴,指甲机械地紧缩在他密密的颊须里沉思着。

一件新奇的事,一次革命,一桩灾祸正在他的心里发生,他有必要检查一下自己。

沙威异常痛苦。

几小时以来,沙威已不再是个头脑简单的人了。他心里十分混乱,这个脑袋在盲目执行时是很清晰的,现在则已失去它的清澈,在这块水晶中已产生了云雾。沙威的良心使他感到他的职责已具有两重性,这一点他已不能对自己掩饰。当他在塞纳河滩意外地碰到冉阿让时,他当时的心情就好比狼又抓到了它的猎物,狗又找到了主人一样。

在他面前他看见两条路,都是笔直的,确实他见到的是两条路,这使他惊惶失措,因为他生平只认得一条直路。使他万分痛苦的是这两条路方向相反。两条直路中的一条排斥另一条,究竟哪一条是正确的呢?

他的处境真是无法形容。

被一个坏人所救,借了这笔债又还了他,这违反自己的意愿,和一个惯犯平起平坐,还帮他忙,以此报答他帮自己的忙;让别人对自己说"走吧",自己又对他说"你自由了";为了个人的原因而不顾职责,这一普遍的义务,但又感到在这些个人的因素中也存在着一种共同的东西,可能还要高一等;背叛社会为了忠于良心;这些妄诞的事他居然都做了,而且还压在他的心头,把他吓呆了。

有件事使他惊愕,就是冉阿让饶恕了他。还有另一件事把他吓得发呆,就是他沙威也饶恕了冉阿让。

他究竟怎么啦?他在寻找自己而找不到。

现在怎么办?交出冉阿让,这是不应该的;让冉阿让恢复自由,也不对。第一种情况,是执行权威的人比苦役犯还卑贱;第二种情况是囚犯升高到法律之上,并将法律踩在脚下。这两种情况对他沙威来说都是有损荣誉的。所有能采取的办法都是犯罪的。在不可能之前命运也有它的悬崖峭壁。越过这些峭壁,生命就只是一个无底深渊了。沙威就处在这样一种绝境里。

他的焦虑之一就是被迫思索,这种强烈的矛盾的感情迫使他思索。思考对他是不习惯的,因而他也特别感到苦恼。

思想里总会有些内心的叛变,由于有了这些内心的叛变,他又感到非常愤懑。

思考,在他狭隘的公职之外的不论何种论题以及在任何场合下的思考,对他来说都是无益和疲劳的。对刚过去的这一天进行思考是一种折磨。在这样的冲击之后,还应当观察自己的内心,使自己了解自己。

他刚才做的事使他战栗,他,沙威,违反一切警章,违反一切社会和司法制度,违反所有的法规,认为释放一个人是对的,这样做使他自己满意,他不办公事而办自己的私事,这不是坏得无法形容吗?每当他正视他所做的这件不知怎样称呼的事时,他浑身发抖。决定做什么呢?他只有一个办法:立刻回到武人街,把冉阿让监禁起来。明摆着这是他该做的事。但是他不能这样做。

有件东西堵着他这方面的路。

有件东西?怎么?难道世上除了审判厅、执行判决、警署和权威之外,还有其他东西吗?沙威因而烦闷苦恼。

一个神圣的苦役犯!一个不受法律制裁的劳改犯,而这是沙威造成的。

沙威和冉阿让,一个是严惩者,一个是忍受者,两人都受着法律的管制,而现在两人竟都高居在法律之上,这难道不可怕吗?

怎么?难道发生了如此荒谬绝伦的事后竟无人受到惩罚!比整个社会秩序更强大的冉阿让自由了,而他沙威,继续吃着政府的面包!

他的沉思越来越可怕了。

在他的沉思中,他本来也可以责备自己在把那个暴动者带到受难修女街去的这件事上是失了职,但他没有想到这一点。大错遮住了小错。此外,这个暴动者肯定已死,在法律上死者是不被追究的。

冉阿让,这才是他精神上的负担。

冉阿让使他困惑。他一生中依据的所有原则在这个人的面前都无法存在。冉阿让对他沙威的宽宏大量使他感到压抑。他回想起了另外一些事,过去他以为是谎言的,现在看来是真实的了。马德兰先生在冉阿让后面出现,这两个人的面目重叠起来,变成一个人,一个可敬的人。沙威感到一种可怕的东西侵入了他的心,那就是他对一个苦役犯感到钦佩。去尊敬一个劳改犯,这可能吗?他因而发抖,但又无法摆脱。经过无效的挣扎,他在内心深处只得承认这个卑贱者的崇高品质。这真令人厌恶。

一个行善的坏人,一个有着同情心的苦役犯,温和,乐于助人,仁慈,以德报怨,对仇恨加以宽恕,以怜悯来替代复仇,宁可毁灭自己而不断送敌人,救出打击过他的人,尊崇高尚的道德,凡人和天使他更接近天使!沙威被迫承认这个怪物是存在的。

但情况也不能再这样延续下去了。

当然,我们再说一遍,他并非毫无抗拒地就向这个使他既愤慨又惊愕的怪物,这个令人厌恶的天使,这个丑恶的英雄投降。当他和冉阿让面对面坐在马车里时,法制像老虎一样无数次在他心里怒吼。无数次他企图冲向冉阿让,抓住他并把他吞掉,这就是说逮捕他。确实,这又有什么困难呢?向经过的第一个哨所叫一声:"这是一个潜逃在外的惯犯!"把警察叫来向他们说:"这个人交给你们处理!"然后把犯人留在那里,自己走开,不问后事如何,自己什么也不再管了。这个人将永远是法律的囚犯,听凭法律处理。这有什么不公正的呢?沙威曾这样对自己说过。他曾想走得更远,动手逮捕这个人,但就像现在一样,他没能做到。每次他的手痉挛地朝着冉阿让的领子举起的时候,又好像在一种重负之下掉了下来,他听见在他思想深处有个声音向他叫着:"好啊,出卖你的救命恩人。然后叫人把本丢彼拉多①的水盆端过来,再去洗你的爪子。"

接着他又想到自身,在高尚的冉阿让面前,他感到他沙威的地位降低了。

一个苦役犯居然是他的恩人!

他为什么同意这个人让自己活下去?他在那街垒里有权

---

① 本丢彼拉多(Ponce-Pilate),犹太巡抚,因祭司长等坚持要处死耶稣,他便叫人端盆水来洗手,表示对此事不负责任,后来耶稣被判刑钉十字架。

被人杀死。他应该利用这一权利。叫别的起义者来帮助他反对冉阿让,强迫他们枪毙他,这样还好些。

他极端痛苦,为了失去坚定的信心,他感到自己已被连根拔起。法典在他手里只是一根断株残桩了。他得和一种不熟悉的顾虑打交道。他发现了一种感情,和法律上的是非截然不同,而这法律过去一直是他惟一的尺度。停留在他以往的正直作风上已经感到不够了。一系列意想不到的事涌现出来并征服了他。一个新天地在他心里出现:接受善行又予以报答,这种牺牲精神,仁慈、原宥,出自怜悯的动机而违反了严峻的法纪,尊重个人,不再有最终的判决,不再有入地狱的罪过,法律的眼睛也可能流下一滴泪珠,一种说不清的上帝的正义和人的正义是背道而驰的。他看见在黑暗中可怕地升起了一个生疏的道义的太阳,他感到厌恶,但又眼花缭乱。一只猫头鹰被迫强作雄鹰的俯瞰。

他对自己说,这原来是真的,事情会有例外,权力也会变得窘迫,规章在一件事实面前也可以不知所措,并非一切都可以框进法规条文中去,意外的事可以使人顺从,一个苦役犯的崇高品质可以给公务员的正直设下陷阱,鬼怪可以成为神圣,命运中就有这种埋伏,他绝望地想起他自己也无法躲避意料不到的事。

他被迫承认善良是存在的。这个苦役犯是善良的。而他自己,也真是闻所未闻,也行了善。因此他已堕落了。

他觉得自己懦弱,他厌恶自己。

对沙威来说最理想的是,不去讲人道、伟大和崇高,而只求无过罢了。

可是现在他刚犯了错误。

他怎么会到这种地步？这一切是怎么发生的？他自己也无法对自己说清楚。他两手捧着头，但无济于事，他仍茫然不知如何解答。

他当然一直都在使冉阿让再度伏法，冉阿让本来就是法律的俘虏，而他沙威，则是法律的奴隶。他从不承认，当他抓住冉阿让时曾有过一瞬间想放他走的想法。他好像是不知不觉地松开了手，放走了他。

各种难解的新问题在他眼前闪过，他自问自答，他的答复使他吃惊。他自问："这个苦役犯，这个绝望的人，我追捕他到了迫害他的地步，而我曾倒在他的脚下，他本可以复仇，也为了泄恨，同时为了自身的安全，他都应该复仇，但他却赦免了我，让我活着。他做了什么？尽他的责任？不是。这是进了一步。而我，我也饶恕了他，我做的又是什么？尽了我的责任。不是。也更进了一步。这样说，在职责之外还有其他的东西？"这使他惊惶失措，他的天平也散了架，一个秤盘掉进深渊，另一个上了天；沙威对上面的那个和下面的那个都感到同样恐怖。他一点也不是所谓的伏尔泰主义者、哲学家或无神论者，相反地，他本能地是尊敬已成立的教会，他只把它当作整个社会的一个庄严的部分来认识，公共秩序是他的信条，对他来说这已足够了；自从他成年当了警察，他几乎把公安警务当作他的宗教，他做密探就像别人做神甫一样，我们用这些字眼都是从最严肃的涵义而言，丝毫不带讽刺。他有一个上级，吉斯凯先生，迄今为止他从没想到过另外那个上级：上帝。

这个新长官，上帝，他出乎意外地感到了，因而心情紊乱。

这个出乎意料的出现使他迷失了方向，他不知拿这个上级怎么办，他明知下级应当永远服从，不能违背命令，不能责怪,不能争辩,他知道在一个使他感到过分惊奇的上级面前,下级只有辞职这一条出路。

但怎样去向上帝递辞呈呢?

不管怎样,他总是回到这点上来,对于他有件事比什么都重要,那就是他犯了可怕的违法的罪行。他对一个判了刑潜逃的惯犯熟视无睹。他释放了一个苦役犯。他从法律那里扣下一个属于法律制裁的人。他做了这件事,所以他对自己也不了解了。他对是否还是他自己也没有了把握。他不明白自己这样做的原因是什么,他感到的只是头晕目眩。迄今为止他是靠了盲目的信仰生活着,由此而产生一种黑暗的正直。现在这一信仰已经失去,所以这一正直也不复存在。他所信仰的一切都消逝了。他不愿接触的真理严酷地折磨着他。今后他得做另外一种人了。他感到一种奇特的痛苦,一种良心在除去蒙蔽后的痛苦。他见到了他所不愿见到的事。他感到自己空虚、无用,和过去的生活脱了节,被撤了职,毁了。权力在他思想里已经死去,他没有理由再活着。

他被感动了,这是多么可怕的遭遇!

是花岗石,但又猜疑!是法律模子中浇铸出来的一整个主惩罚的铜像,然而忽然在铜质乳房下发觉有一个怪诞而不顺从的东西,差不多像颗心!居然以德报德,虽然直至今日人们仍认为这种德是种恶!是看门狗却舔人!是冰块,但却融化了!本是铁钳,却又变成一只手!忽然感到手指松开了!松了手,这是多么可怕的事!

一个勇往直前的人迷了路,正在往后退。

被迫来承认这一点:正确无误不是肯定有效的,教条也可能有错,法典并不包括一切,社会不是尽善尽美的,权力也会动摇,永恒不变的也可能发生破裂。法官只是凡人,法律也可能有错,法庭可能错判!在无边无际的像碧色玻璃的苍穹上看到了一条裂痕!

沙威的心里出现了一个憨直的良心所能有的极大震动①,越出常轨的灵魂,是在无法抗拒的情况下被扔出去的正直,它笔直地和上帝相撞而撞碎了。当然这是很奇特的。治安的司炉,权力的司机,骑着盲目的铁马在一条直硬直硬的路上奔驰,竟能让一道光打下马来!不可转移,直达,正确,几何学般的严格,被动和完备,竟然也会屈服了!火车头也有通往大马士革②的途径!

上帝永远存在于人的心里,这是真正的良心,它不为虚假的良心所左右,它禁止火星熄灭,它命令光要记住太阳,当心灵遇到虚假的绝对时,它指示心灵要认识真正的绝对,人性必胜,人心不灭,这一光辉的现象,可能是我们内心最壮丽的奇迹,沙威能理解它吗?沙威能洞察它吗?沙威能有所体会吗?肯定不能。但在这种不容置疑的不理解的压力下,他感到自己的脑袋开裂了。

这一奇迹没能使他改变面貌,反而使他受害。他忍受着这一变化,很恼火,对所有这一切他只感到要活下去极其艰难,他觉得从今以后好像他的呼吸都要不舒畅了。

---

① 极大震动,原文为"方布"(Fampoux)。"方布"是法国一地名,一八四六年七月八日火车在此出轨,引起极大震动,因该线路通车还不到一个月。
② 大马士革(Damas),叙利亚首都。"大马士革的途径"一事见《圣经·新约》,耶稣门徒圣保罗说,当他去大马士革时,见到了幻影,使他原来是基督信徒的迫害者变成了基督的信徒。这是比喻一道突然的光可以改变一个人的见解。

在他头上出现了不认识的事物,对此他是不习惯的。

直到目前为止,在他上方所见到的是一个清晰、简单、透彻的平面,没有一点不知道或模糊的地方;没有什么不是确定的,调整好的,连接的,清楚的,准确的,划清区域的,有限制的,有范围的;一切皆可预测;权力是一个平正的东西,本身不会倾覆,在它面前不会晕头转向。沙威只在下面才见过不知道的东西。不正当、意外、那种无秩序的混乱缺口、滑入深渊的可能性,这些都是属于下层的,属于叛乱者,属于坏分子和卑贱的人。现在沙威向后仰起头来,他忽然惊讶地见到从未见过的事出现了:上面有了深渊。

怎么啦!彻底被摧毁了!完全被打乱了!还依据什么呢?确信的事物都崩溃了。

怎么?这个社会的弱点可以被一个宽宏大量的坏人找到!怎么?法律的忠实的勤务员能看到自己处于两种罪行之中:让人逃脱之罪和逮捕这人之罪!政府对职员所下的命令并不都是确实可靠的!在职责中能出现走不通的路!怎么这些都是确实的!难道一个屈服在刑罚之下的过去的匪徒,竟能挺起腰板,最后倒有理了?这难道可以相信?难道在有些情况下法律在改变面貌的罪人面前应当退却,而且还表示歉意?

是的,确实如此!沙威见到了!沙威接触到了!他非但不能否认,他还参与了。这是事实。可怕的是,真实的事实能有这样畸形的变化。

如果让事实来履行自己的职责,它们就只限于成为法律的论据,但这些事实是上帝送来的。现在无政府状态是否也将从天而降呢?

就这样，在这种夸大了的痛苦和沮丧的错觉中，本来还可以限制和改正他的印象的一切都消失了，社会、人类、宇宙，从此在他眼前只剩下一个简单而丑恶的轮廓，就这样刑罚、被审判过的事、法律所赋予的权力、最高法院的判决、司法界、政府、羁押和镇压、官方的才智、法律的正确性、权力的原则、一切政治和公民安全所依据的信条、主权、司法权、出自法典的逻辑、社会的绝对存在、大众的真理，所有这一切都成了残砖破瓦、垃圾堆和混乱了；沙威他自己——秩序的监视者、廉洁的警务员、社会的看门猛犬——现在已被战败，被打翻在地了；而在这一切的废墟上，却站着一个人，头上戴着绿帽①，上面有着光环；他的思想竟混乱到了这种程度，这就是他心灵中可怖的幻影。

这能容忍吗？不能。

要是有反常的现象，这就是个例子。只有两条出路，一条是坚决去找冉阿让，把犯人送进牢狱，另一条……

沙威离开了栏杆，这一次他仰着头稳步走向沙特雷广场一个角落里的哨所，那里以一盏灯笼为记。

到了那里，他从窗外看见一个警察，于是便走了进去，单凭他们推开警卫队的门的方式，警卫人员就认得出他们自己的人。沙威说了自己的名字，把证件递给警察看，在哨所里燃着一支蜡烛的桌旁坐下。桌上有一支笔、一个铅制墨水缸和一些纸张，这是为可能需要的笔录以及夜间巡逻寄存物品时备用的。

这张桌子，总配上一把麦秸坐垫的椅子，这是一种规定，

---

① 绿帽，苦役犯戴绿帽。

所有警卫哨所中都配备齐的;桌上还固定不变地有着一个装满了木屑的黄杨木碟子和一个硬纸盒,装满了封印用的红浆糊,这种桌子属于低级警官所用的格式。政府的公文就是从这里开始的。

沙威拿起笔和一张纸开始写字,下面就是他写的内容:

为了工作,有几点提请注意:

第一:我请求警署署长过目一遍。

第二:当被拘押者从预审处来到时,是赤着脚站在石板上等待搜查。很多人回狱后就咳嗽,这样便增加了医药的开支。

第三:跟踪一个可疑的人时,在一定的距离要有接替的警察,这是好的,但在重要的场合,至少要有两个警察相互接应,因为如遇到某种情况,一个警察在工作中表现软弱,另一个便可监视他和替代他。

第四:不能理解为何要对玛德栾内特监狱作出特别规定,禁止犯人有一张椅子,付出租费也不准许。

第五:在玛德栾内特监狱食堂的窗口只有两根栏杆,这样女炊事员的手就可能让犯人碰到。

第六:有些被拘押者,被人称作吠狗的,他们负责把其他被拘押者叫到探监室去,他们要犯人出两个苏才肯把名字喊清楚。这是种抢劫行为。

第七:在纺织车间,一根断线要扣犯人十个苏,这是工头滥用职权,断线对纺织品无损。

第八:拉弗尔斯监狱的访问者要经过孩子院才能到埃及人圣玛丽接待室,这件事不好。

第九:我们在警署的院子里,确实每天都能听到警察在谈论司法官审问嫌疑犯的内容。警察应是神圣的,传播他在预审办公室里听到的话,这是严重的不守纪律。

第十:亨利夫人是一个正派的女人,她管理的监狱食堂十分清洁,但让一个妇女来掌握秘密监狱活板门的小窗口则是错误的。这和文明大国的刑部监狱是不相称的。

沙威用他最静穆工整的书法写下了这几行字,不遗漏一个逗号,下笔坚定,写得纸在重笔下沙沙作响。在最后一行的下面他签了字:

    沙威
     一级侦察员
    于沙特雷广场的哨所
    一八三二年六月七日
     凌晨一时许

沙威吸干纸上墨迹,像书信一样把纸折好,封好,在背面写上"呈政府的报告",并把它放在桌上,就走出哨所。那扇有铁栅栏并镶了玻璃的门在他后面关上了。他又斜穿沙特雷广场,回到了河岸边,机械而准确地回到那才离开了一刻钟的原来的地点。他用臂肘以同样的姿势靠在原先的石面栏杆上,好像没有走动过似的。

黑暗幽深,这是午夜后像坟墓般阴森的时刻,一层乌云遮住了星星。天上是阴沉沉的厚厚的一层。城里的房屋已经没有一盏灯火,也没有过路的人;目光所及之处路上和岸边都空无人影;圣母院和法院的钟楼好像是黑夜所勾勒出来的轮廓。一盏路灯照红了河岸的边石,那些桥的影子前后排列着在迷雾中都变了形。雨使河水上涨。

沙威凭倚的地方,我们还记得,正在塞纳河急流的上方,可怕的漩涡笔直的就在它下面,漩涡旋开又旋紧,形成了一个无休止的螺旋形。

沙威低下头,望了望。一片漆黑,什么也辨别不清。听得见浪花声,但见不到河流。偶尔,在这使人晕眩的深渊处出现一线微光,模模糊糊,像蛇一样蜿蜒着,水就有这种威力,在乌黑的夜里,不知从哪儿得到光线,并使它变成水蛇。光线消失了,一切又变得模糊不清。无边辽阔的天地好像在这里开了一个口子,下面的不是水而是深谷,河的堤坝陡峭,模糊不清,与水气相混,忽然隐而不见,就像无限空间的绝壁一样。

什么也看不见,但能感到水那含有敌意的冷气和乏味的石头的潮气。一阵恶风从深渊中直吹上来。能想象而看不到的河流的上涨,波涛凄凉的呜咽声,高大阴惨的桥拱,在想象中掉进了这忧郁的虚空之中,整个阴影都充满了恐怖。

沙威一动不动地呆了几分钟,望着这个黑暗的洞口,他好像在专心注视着前面的虚空。水声汩汩,忽然他脱下帽子,放在石栏边上,片刻后,一个高大黑色的人影,站着出现在栏杆上方,远处迟归的行人可能把他当作鬼怪,这人影俯身塞纳河上,继又竖起身子,笔直地掉进了黑暗中,立即发出泼剌剌落水的低沉的声音,只有阴间才知道这个消失在水中黑影的剧变的隐情。

第五卷　祖孙俩

一　在重新见到一棵钉有锌皮的树的地方

在我们叙述的事件不久之后,蒲辣秃柳儿老头遇到一件使人震惊的事。

蒲辣秃柳儿老头是孟费郿地方的养路工人,在本书阴暗的部分我们曾多少见到过他。

读者大概还记得,蒲辣秃柳儿是一个干着多种暧昧勾当的人,他打石块,同时在大路上掠夺过往行人。这个人既是挖土工又是强盗,他有一个梦想,他相信在孟费郿森林中有人埋藏了财宝,他希望有那么一天能在某棵大树脚下掘到宝藏;目前,他就在行人的口袋里任意搜括。

可是,现在他也小心谨慎了。他不久前刚侥幸脱险。我们知道他和一伙强盗在容德雷特破屋中一同被捕。恶癖也有用处,他的酗酒救了他,始终没有查明他在那儿究竟是抢人的还是被抢的。由于查明伏击的那个夜晚,他处于酒醉状态,命令规定对他不予追究,释放了他,他恢复了自由。他回到从加尼到拉尼的路上,在官方的监督下,替政府铺碎石路基,垂头丧气,十分沉默,这次抢劫几乎断送了他,所以他对抢劫不怎么来劲了,但醉酒也救了他,因此他就更爱酗酒了。

至于他回到养路工的茅棚不久之后碰到的那件使他震惊的事是这样的:

有一天清早,蒲辣秃柳儿照例去干活,也许也是去他的潜伏地点,他在日出以前就出发了,他在树枝中间看见一个人的背影,在这样一段距离和朦胧的曙光中,他发觉这个人的身材对他不是完全陌生的。蒲辣秃柳儿虽是个醉汉,但却有着正确清晰的记忆力,这是一个与合法秩序有点冲突的人所必须具备的自卫武器。

他在暗想:我究竟在什么地方见过这样一个汉子呢?

但是他无法回答自己,除在他记忆中曾有过一个和这人身材相似的模糊印象之外。

蒲辣秃柳儿虽无法回忆起这人是谁,但他作了一些比较和计算。这个汉子不是本地人,他刚来到。他肯定是步行来的。在这个时辰没有公共车经过孟费郿,他走了一整夜。他从哪里来的?不远。因为他既无背囊,也没有小包裹。他肯定是从巴黎来的。但为什么到这森林里来呢?为什么要在这时候来?他来干什么呢?

蒲辣秃柳儿想到了财宝。由于苦思苦想,他模糊地想起来了,几年前也曾有过类似的相遇,他觉得那个人很可能就是这个汉子。

他一边想,沉思的重负使他低下了头,这是自然的现象,但太不机灵了。当他再抬头时,已经什么也看不见了。那人已在光线朦胧的森林中失去了踪迹。

"见鬼,"蒲辣秃柳儿想,"我会再找到他的。我会找到这个教民所属的教区。这个夜游神一定有他的原因,我迟早会知道。在我的森林中的秘密,不会没有我的份。"

他拿起他那锐利的十字镐。

"就用这个家伙,"他嘟囔着,"既可掘地又可搜身①。"

就像把一根线索接到另一根上那样,他走进了密林。尽量跟着那条汉子可能走的路线走着。

当他跨出百步左右以后,开始亮了的天色帮助了他。沙土上这儿那儿发现有鞋印,践踏过的草丛,踩断的灌木,倒在荆棘中的嫩树枝优美地在慢慢恢复原状,好像一个刚醒过来的漂亮女人伸懒腰时的手臂,对他来说这些都是线索。他跟着这些踪迹,但又失去了。过了一段时间之后,他更深入密林,到了一个高丘地带。一个清晨从远处小径路过的、嘴里吹着吉约利②曲调的猎人使他想起要爬上树去。他虽然年老,但还灵活。那儿有一棵高大的山毛榉,对蒂蒂尔③和蒲辣秃柳儿正合适,蒲辣秃柳儿尽量爬到最高处。

这个主意不错,正当他极目搜索密林中杂乱荒僻的那部分时,猛然间他看见了那汉子。

可刚一瞥见,又不见了。

那汉子走进,或者说得更恰当些,溜进了林中相当远的一块空地里,这空地被一些大树隐蔽着,但蒲辣秃柳儿很熟悉,因为他曾注意到,在一大堆磨石旁边,有一棵有病的栗树,被一块钉在树皮上的锌牌围绕着。这块空地以前叫布拉于矿地。这堆石块,不知作何用途,在三十年前就有了,肯定现在还在那里。除木栅栏外,再没有比石堆的寿命更长的了。本

---

① "掘地"和"搜身",法语中是同一个词"fouiller"。
② 吉约利(Cuillery),民歌中的英雄。
③ 蒂蒂尔(Tityre),维吉尔诗歌中牧羊人的名字。

是暂时堆放,有什么理由久存呢!

蒲辣秃柳儿高兴得迅速从树上连爬带滚而下。兽窟已经找到,问题是要捉住那野兽。那梦想的财宝肯定就在那儿了。

要走到那矿地并不简单。如果走小路,就得绕过无数恼人的弯路,得走上足足一刻钟。走直路要经过这里相当茂密多刺并且伤人的荆棘丛,要走大半个钟头才能到达。蒲辣秃柳儿不懂这一点,这是他的错误。他相信走直路好,这种眼力的幻觉是可贵的,但使很多人失败,荆棘尽管多刺,他却认为是捷径。

"走狼的里沃利路过去。"他说。

蒲辣秃柳儿本来就习惯走弯路,这回他却错误地向前直走。

他果断地钻进了缠手绊脚的荆棘丛。

他得和灌木、荨麻、山楂、野蔷薇、飞廉和一触即怒的黑莓打交道。他被扎得非常厉害。

在一个溪谷谷底,他遇到了不得不越过的河流。

四十分钟后,他淌着汗,全身湿透,喘着气,满身是伤,恶狠狠地赶到了布拉于矿地。

矿地里没有人影。

蒲辣秃柳儿跑到石堆跟前。它仍堆在原处,并没有人把它搬走。

至于那汉子,已在林中消失了。他逃跑了。跑到哪里去了呢?往哪边?钻进了哪一个荆棘丛?这就无法猜测了。

而最使人痛心的是,在那堆石块后面,钉有锌牌的树脚下,有刚刚翻动过的泥土,留下的是一把被遗忘或被抛弃了的十字镐,还有一个土穴。

这土穴是空的。

"强盗!"蒲辣秃柳儿大叫起来,两拳向天高举着。

二 马吕斯走出内战,准备和家庭斗争

马吕斯长期处于不死不活的状态。他在几个星期里发着高烧,神志昏迷,加上脑部症状严重,主要是由于头部受伤后受震,而不是由于伤的本身。

他常整夜在凄惨的高烧呓语中以及在阴郁的垂死挣扎时喊着珂赛特的名字。他有些伤口太大,这很危险,大的伤口化脓,在一定的气候影响下,常会外毒内侵,导致死亡。每次气候发生变化,再遇上点暴风雨,医生就提心吊胆。他一再叮嘱不要让病人受一点刺激。包扎伤口是复杂而困难的,当时还没有发明用胶布固定夹板和纱布。妮珂莱特做包伤布用去一条床单,她说:"这和天花板一样大。"好不容易才用氯化洗剂和硝酸银治愈了坏疽。当病情危急时,吉诺曼绝望地守在外孙床前,他和马吕斯一样,不死也不活。

看门的注意到,每天,有时一天两次,有一个衣着整齐的白发老人,来打听病人的消息,并且放下一大包裹伤布。

自从这垂死的人在那凄惨的夜晚被送到他外祖父家整整四个月以后,在九月七日①,医生终于说他保证病人已脱离险境,恢复期开始了。由于锁骨折断引起的后果,马吕斯还得在长椅上躺两个多月。常常会有最后一个不易愈合的伤口,使病人极其厌烦地忍受着长期的包扎。

---

① 原文如此。事实上,从六月六日晚到九月七日,只过了三个月。

其实这次久病和长期的疗养使他逃脱了追捕，在法国，即使是公众的愤怒，也不会长达六个月而不熄灭。当时社会上的情况，暴动等于是大家的过错，在一定程度上只得睁一只眼闭一只眼。

此外吉斯凯命令医生揭发伤员的那项可耻的通知激怒了舆论，它非但引起公愤，而且首先触怒王上，受伤者受到了这一愤怒的庇护。除去在战斗中当场被俘者之外，军事法庭不敢再找任何一个伤员的麻烦，因此马吕斯这才可以太平无事。

吉诺曼先生先经受了一切痛苦，继而又品尝了各种狂喜。别人很难阻止他整夜陪伴病人，他叫人把他的大靠背椅搬到马吕斯床旁；他要他的女儿把家中最漂亮的麻纱布料做成纱布和绷带。吉诺曼小姐是个既理智又年长的人，她想方设法留下细软的布料，但同时又使外祖父相信他的命令被执行了。吉诺曼先生不允许别人向他解释用粗布裹伤比麻纱好，旧布比新布好。每次包扎伤口他都在旁看着，吉诺曼小姐则羞怯地避开。在用剪刀剪去死肉时，老人叫着"啊唷！""啊唷！"看到他慈祥地哆嗦着递一杯汤药给病人时，没有比这更感动人的了。他对医生不断地发问，他没有发现自己总是在重复同样的问话。

当医生通知他病人已脱离危险期的那天，这老好人听了惊喜若狂，当天他赏了看门的三个路易。晚上回到自己的寝室时，他用大拇指和食指弹着，代替响板，跳起了嘉禾舞，并且还唱着下面的歌：

> 让娜生在凤尾草中，
> 好一个牧羊女的窝棚，
> 我爱她那惹人的

　　　　短裙。

　　爱神,你活在她心中,
　　因为在她眼里
　　有着你那嘲讽人的
　　　　　箭筒①!

　　我歌颂她,我更爱,
　　较之猎神狄安娜,
　　让娜和她那高耸的布列塔尼人的
　　　　乳峰!

　　然后他跪在一张椅子上,巴斯克在半掩的门缝中观察他,深信他肯定在祈祷。

　　直到此刻他是不大信上帝的。

　　明显地病势在日益好转,每有一次新的好转,外祖父就作一次荒谬的行动。他机械地做出许多高兴的动作,无故楼上楼下来回地跑。一个女邻居,挺漂亮的,有一天早晨很惊讶地收到了一大束花,这是吉诺曼先生送她的。丈夫因嫉妒而吵了一架。吉诺曼先生试着把妮珂莱特抱在膝头上。他称马吕斯为男爵先生。他高呼:"共和国万岁!"

　　他随时都在询问医生:"是不是没有危险了?"他用祖母的目光注视着马吕斯,目不转睛地望着他进餐。他已不认识自己,他自己已不算数了,马吕斯才是家中的主人,欢畅的心情使他让了位,他变成自己外孙的孙子了。

---

① 爱神用箭射人,谁中箭就会得到爱情。

这种轻松愉快使他成了一个最可尊敬的孩子。为了避免使初愈的人疲乏或厌烦,他就待在病人的后面对他微笑。他心满意足,他快乐、愉快、可爱、年轻。他那银丝白发使焕发的容光更增添了温柔的庄严气派。当脸上的皱纹再加上优雅时,这优雅就更可爱了。在喜气洋洋的老年有着一种无以名之的曙光。

至于马吕斯,他任凭别人替他包伤,护理,心里牢牢地只有一个念头:珂赛特。

自从他摆脱了高烧和昏迷状态以后,他不再念这个名字了,别人可能认为他已经忘记了。正因为他念念不忘,所以他守口如瓶。

他不知道珂赛特怎样了,麻厂街的经过在他的回忆中就像烟雾一样迷蒙,模糊不清的人影在他脑海中飘浮,爱潘妮、伽弗洛什、马白夫、德纳第一家,还有他所有的朋友都阴惨地混合在街垒的硝烟中;割风先生在这次冒险的流血事变中奇怪地露面,使他感动像是风暴中的一个哑谜;他对自己这条命怎么得来的也不清楚,他不了解是什么人,用什么方法救了他,他四周的人也不知道;至多只能告诉他,那天晚上他在街车中被人带到受难修女街来;在他模模糊糊的思想里,过去、现在和将来的事都好像迷雾重重,但在这迷雾中有决不动摇的一点,一个清楚而又准确的轮廓,一个牢不可破的东西,一个决心,一个志愿:要重新找到珂赛特。在他的心里,生命和珂赛特是分不开的;他已作出决定不能得此失彼,无论是谁,是外公、命运或地狱要强使他活着的话,他坚决要求先替他重建失去的乐园。

至于障碍,他并非没有估计到。

在这里我们要着重指出一个细节:外公的关怀和爱护一点没有赢得他的欢心,也很少使他感动。首先他不知道一切内情,其次在他病时的梦幻中,可能当时还在发烧,他对这种溺爱是有警惕的,认为这种新奇的表现,目的是为了要驯服他。他对此是冷淡的。外祖父他老人家可怜的微笑全属枉然。马吕斯暗想只要自己不开口,随人摆布,事情就好办,但是只要一涉及珂赛特,他就会看到另一种面孔,外公就真相毕露了。于是事情就要不好办了;又要重提家庭问题,是否门当户对等,一切讥讽异议又全来了,割风先生,切风先生,金钱,穷苦,贫困,颈上悬着重石,未来。猛烈的反对,下结论,拒绝。马吕斯事前就准备好顽强对抗。

当他逐渐恢复健康时,他心中的不满又出现了,记忆中的老疮疤又裂开了,他回想过去,彭眉胥上校又来到吉诺曼先生和他马吕斯之间,他觉得这个对他父亲如此不公正又如此凶狠的人是不会有真正的善心的。随着健康的增进,他又恢复了那种生硬的态度来对待外祖父。老人温顺地忍受着痛苦。

吉诺曼先生虽不作任何表示,但他察觉自从马吕斯被送回他家中恢复知觉之后,从来没有叫过他一声父亲。但也不称他先生,不错,但他说话时设法同时避开这两种称呼。

事情显然快爆发了。

马吕斯为了试试自己的力量,在作战前先进行一点小接触,在这种情况下是常有的事,这叫做摸底。有一天清晨,吉诺曼先生随手拿到一张报纸,他就对国民公会草率地发表己见,并且脱口说出了保王派对丹东、圣鞠斯特和罗伯斯庇尔的结论。"九三年的人是伟大的。"马吕斯严肃地说。老人立刻住了嘴,并且那一整天都没有再开口。

在马吕斯的脑海中一直保留着早年外祖父那刚强不屈的形象，因此认为这种沉默是强烈怒火的集中表现，这预示着一场激烈的斗争，他在思想深处增强了战斗的准备。

如果被拒绝，他就下定决心扯掉夹板，使锁骨脱臼，把剩下的伤口都敞开不包，拒绝一切饮食。他的伤口，就是他的武器。得到珂赛特或者死去。

他怀着病人所特有的那种阴郁的耐心等待着有利的时机。

这个时机来到了。

三　马吕斯进攻

有一天，当吉诺曼先生的女儿正在整理大理石面橱柜上的瓶子杯子时，吉诺曼先生弯下腰用他最温柔的声音向马吕斯说：

"你知道，我的小马吕斯，我要是你，我现在就吃肉而不吃鱼。鲽鱼对开始恢复健康是最恰当的，但是要使病人站起来，就得吃一大块排骨。"

马吕斯已基本上恢复了元气，他集中力量，在床上竖起身子，两拳紧握搁在床单上，望着外祖父的脸，摆出一副吓唬人的样子说：

"说起排骨①，我倒要向您谈件事。"

"什么事？"

---

① 据《圣经·创世记》记载，上帝造第一个人名叫亚当，他取亚当的一根肋骨造成夏娃，这就是亚当的妻子。

"就是我要结婚。"

"早知道了。"外祖父说,于是他哈哈大笑起来。

"怎么,早知道了?"

"是呀,早知道了。你会娶到你那小姑娘的。"

马吕斯呆住了,惊喜得喘不过气来,四肢颤抖着。

吉诺曼先生继续说:

"是呀,你会娶到你那漂亮标致的小姑娘的。她每天让一位老先生来代她探听你的消息。自从你受伤后,她整天哭泣,做纱布。我打听过了。她住在武人街七号。啊,对头了吧!啊!你要她。好吧,你会得到她的。你想不到吧。你用你那小诡计,暗自说道:'我要向这个外祖父直截了当地把事情说出来,这个摄政时期和督政府时期的木乃伊,这个过去的花花公子,这个变成惹隆德的陶朗特①,他也有过他的风流艳史,也曾谈情说爱,也结交过风骚卖俏的女人,也有过他的珂赛特;他也曾炫耀过,也有过翅膀飞翔过,他也有过青春;他应该记得这些。'我们等着瞧吧。开战。啊!你抓住冒失鬼的角,真不错,我给你一块排骨,而你却回答我:'说起这个,我要结婚。'你真会改变话题!啊!你是打算和我吵一架的!你还不知道我是个老胆小鬼。你觉得怎么样?你满腹牢骚。你发现你的外公比你还蠢,出乎你意料之外,你准备讲给我听的演说没用了,律师先生,这挺逗的。想发怒,算了。你想干什么我都依你,这使你大吃一惊,傻瓜!听我说,我调查清楚了,我也会搞阴谋,她是个美丽的姑娘,又贤惠,长矛兵的事情不是真的。她做了很多纱布,她是个宝贝,她爱你。假如你死

---

① 陶朗特(Dorante),代表风流男子。

了,我们三个都要同归于尽;她的灵柩会伴着我的。你病情一有点好转,我就打算干脆把她带到你床前来,但是只有在小说里才会这样,立即把姑娘带到她们感兴趣的受了伤的美男子床前。这样做是不恰当的。你姨妈又该怎么说了?你四分之三的时间是赤身露体的,我的孩子。你问问妮珂莱特看,她是一直在你身旁的,有没有办法在这里接待一个妇女。此外医生又该怎么说呢?一个美女不能治愈发烧。总之,好吧,不必再谈论了,说定了,决定了,确定了,娶她吧。你看,我就是这样的残暴。你知道,我看到你对我没有好感,我在考虑该怎么办才能让这个小畜生爱我呢?我想,有了,小珂赛特已在我手里,我要把她给他,他就多少会爱我一点了,不然他就会去说他的道理。啊!你以为老头又要大发雷霆了,大吼大叫,不答应,并且拿起拐杖就打新一代。一点也不会。珂赛特,同意!爱情,同意!我举双手赞成,先生,劳驾你就结婚吧。祝你幸福,我心爱的孩子。"

说完这话,老人突然痛哭起来。

他捧着马吕斯的头,用两臂把它紧贴在他年老的胸前,于是两人都哭起来了。这是种至高无上的幸福的表现。

"我的父亲!"马吕斯喊着。

"啊!你还是爱我的!"老人说。

有那么一会儿难以形容的时刻,他们像窒息了似的说不出话来。

后来老人结结巴巴地说:

"好吧!他想通了。他叫我'父亲'。"

马吕斯把头从外祖父双臂中脱出来,温和地说:

"可是,父亲,现在我既然已经痊愈了,我觉得可以和她见面了。"

"这个也想到了,你明天就可以见到她。"

"父亲!"

"怎么啦?"

"为什么不在今天呢?"

"好吧,今天。就是今天吧。你叫了我三次'父亲',这值得我让步。我去想办法,会有人送她来的!都想到了,告诉你。这些情节诗里已有记载,在安德烈·舍尼埃的悲歌《抱病的青年》的结尾处,就是这个被恶棍……被九三年伟大的人物砍了头的安德烈·舍尼埃。"

吉诺曼先生似乎觉得马吕斯皱了一下眉。其实,我们该说清楚,他已不再在听外公说话,在他惊喜若狂的时候,他想珂赛特比想一七九三年多得多。

"砍头这个字眼是不恰当的,事实上是那些革命的大天才,他们并无恶意,这是肯定的,他们是英雄,当然喽!他们觉得安德烈·舍尼埃有点碍事,所以把他送上了断……就是说这些大人物,为了公众的利益,在热月七日,请安德烈·舍尼埃去……"

吉诺曼先生被他自己的话卡住,说不下去了,既不能结束,也无法取消。当他的女儿在马吕斯后面整理枕头时,这老人为激情所扰,用他年龄许可的速度,冲出卧室,把门带上,面色通红,喉咙好像被掐,白沫纵横,眼球突出,和在候客室中擦鞋的忠仆巴斯克正打一个照面。他一把抓住巴斯克的衣领,怒冲冲地向他叫道:"我向十万个长舌鬼发誓,这些强盗杀害了他。"

"谁,先生?"

"安德烈·舍尼埃!"

"是,先生。"吓慌了的巴斯克这样回答。

四 吉诺曼小姐终于不再觉得割风先生进来时拿着东西有何不妥

珂赛特和马吕斯又相见了。

这次会面的情形,我们不必叙述了。有些事是不该试着描绘的,太阳就是其中之一。

当珂赛特进来时,全家人,连巴斯克和妮珂莱特在内,都聚集在马吕斯的卧室里。

她出现在门口,好像有一个光环围绕着她的脸。

正就在这会儿,外祖父准备擤鼻涕,他一下呆住了,鼻子捂在手帕中,从上面瞧着珂赛特:

"真可爱!"他喊了一声。

接着他大声擤鼻子。

珂赛特如痴如醉,心花怒放,惊恐不安,像进了天堂。幸福使她惊慌失措。她吞吞吐吐,面色一阵白一阵红,很想倒入马吕斯怀里而又不敢。当着这些人的面相爱觉得很害羞。大家不会去怜悯一对幸福的情人;当他们正需要单独在一起相爱时,大家却呆着不走开,其实他们毫不需要别人呀。

在珂赛特后面陪着她进来的是一位白发老人,态度庄重,但含着微笑,可这是一种捉摸不定和沉痛的微笑。这是"割风先生",也就是冉阿让。

正如看门人所说,他的"衣着很讲究",全身一套黑色的新西服,系着白领带。

看门人一点也认不出这个整齐的资产者,这个可能是个公证人的人原来就是六月七日①晚上那个可怕的背着死尸闯进门来的人;当时他的衣衫褴褛,满身泥污,丑陋不堪,惊慌失色,满脸鲜血和污泥,架着昏迷的马吕斯;可是他作为门房的嗅觉苏醒了。当割风先生和珂赛特来到时,看门人禁不住私下向他的女人说了这样一句话:"不知道为什么,我总觉得我见过这张脸。"

割风先生,在马吕斯的房中,好像不和别人在一起似的靠门口呆着,他臂下夹着一个小包,好像一部八开的书,用纸包着,纸发绿色,像霉了似的。

"是不是这位先生手边老带着书?"一点也不爱书本的吉诺曼小姐低声问妮珂莱特。

"就是,"吉诺曼先生听见了她的话也低声回答,"他是一位学者。怎么啦?他有什么不对?我认得的布拉先生也是走路都抱着一本书的。"

于是他一边鞠躬,一边高声打招呼:

"切风先生……"

吉诺曼老爹并非故意这样,但不注意别人的姓名是他的一种贵族作风。

"切风先生,我荣幸地替我的外孙彭眉胥男爵向小姐求婚。"

"切风先生"以鞠躬来致答。

"一言为定了。"外祖父说。

---

① 原文如此。正确的日期应为六月六日晚上。

于是他转身向着马吕斯和珂赛特,两臂举起祝福他俩并且叫着:

"允许你们相爱了。"

他们不需要别人说两遍。不管了!两人开始喁喁私语。他们低声说着,马吕斯的胳膊肘支在躺椅上,珂赛特站在他身边。"哦!老天!"珂赛特轻声说,"我总算又见到您了。是你!是您,就这样去打仗!为什么?太可怕了,四个月来我等于死了。哦!您真坏,去参加这次战争!我哪里得罪了您?我原谅您,但是不能再这样干了。刚才有人来叫我们来的时候,我还感到我要死了,但那是快乐得要死。我原先是那么的愁苦!我衣服也没换,一定难看极了。您的家长看见我的衣领都揉皱了,该怎么说呀?您怎么不开口!让我一个人说?我们还是住在武人街。听说您的肩膀很可怕。据说可以放进一个拳头。还听说还用剪刀剪去了肉。这太可怕了。我哭呀哭的,哭得眼睛都肿了。这真怪,一个人能这样痛苦。您的外祖父看起来人很好!您别动,不要撑着手肘,要注意,这样会疼的。哦!我真快乐!不幸的日子结束了!我真傻。我要向您说的话都想不起来了。您还是爱我的吧?我们住在武人街。那儿没有花园。我整天做纱布;这儿,先生,您瞧,这就怪您,我手指上都起了老茧啦!"

"天使!"马吕斯说。

"天使"是语言中惟一屡用不厌的字眼,所有其他的字都被谈恋爱的人重复得无法再用了。

后来,因为有人在旁,他们中止了谈话,只满足于互相轻轻地用手碰一下。

吉诺曼先生转身向那些在房里的人大声说:

"你们尽量大声说话,大家都出点声音,来吧,得有点嘈杂的声音嘛,喂!好让这两个孩子能够随便聊聊。"

于是他走近马吕斯和珂赛特,轻声向他们说:

"别用'您'这个尊称了,你们不要拘束。"

吉诺曼姨妈惊异地看到光明突然降临到她这陈旧的家中来了,这种惊异毫无恶意,她一点没有用讽刺和嫉妒的枭鸟式的目光来看这对野鸽。这是一个可怜的五十七岁的忠厚长者的呆笨的眼光,她自己错过了青春,现在正在观望爱情的胜利。

"吉诺曼大姑娘,"她的父亲说,"我早已向你说过你会见到这种事的。"

他静默了一下又说:

"瞧瞧别人的幸福呀!"

他又转向珂赛特说:

"她真美丽,真美丽,这是一幅戈洛治的画。你打算一个人独占,坏蛋!啊!调皮鬼,我这一关你总算侥幸逃过,你幸福了,如果我年轻十五岁的话,我们就来比剑,哪一个赢了就归哪一个。你看!小姐,我可爱上你了。这是很自然的,这是你的权利啊!这一来就要举行一个非常好的引人注目的迷人的婚礼啦!圣沙克雷芒的圣德尼教堂是我们教区的,但我会弄到许可证让你们到圣保罗教堂去举行婚礼。那座教堂比较漂亮。那是耶稣会教士建造的。它的建筑优美,正对着红衣主教比拉格的喷泉。耶稣会著名的建筑是在那慕尔,名叫圣路教堂。你们婚后该去参观一下,值得为此去作一次旅行。小姐,我完全同意你们的主张,我赞成女孩子都结婚,她们生来就该如此。有那么一个圣卡特琳,我希望她永远不戴帽子①。做老处女,这不错,但不温暖。《圣经》上说要增加人口。为了拯救国民,我们需要贞德,但是为了增加人口,我们也需要绮葛妮②妈妈。因此,美丽的姑娘们,结婚吧。我不明白做处女有什么意义?我知道她们在教堂里有一间单独的小礼拜堂,她们可以参加童贞圣母善堂;可是,活见鬼,嫁一个漂亮的丈夫,一个正直的男子,一年后,一个金发的婴儿快乐地吮着你的奶,大腿上的脂肪堆得打皱,粉红的小爪子一把一把地乱摸你的乳房,他和晨曦一样欢笑着,这样,总比手中捧着蜡烛在黄昏时去赞颂《象牙塔》③强多啦!"

九十岁的外祖父用脚跟转了一个身,上足了发条似的继续说:

就这样,你不用再胡思乱想,

阿尔西帕,真的你不久就要结婚了。

"我想起来了!"

"什么事情,父亲?"

"你不是有一个知己的朋友吗?"

"有,古费拉克。"

"他现在怎么样啦?"

"他已经死了。"

"这样也罢。"

---

① 圣卡特琳节这一天,年满二十五岁的未婚姑娘要戴上"圣卡特琳便帽",算是进入老处女行列了。

② 绮葛妮(Gigogne),法国民间故事中一位多子女的妇女。

③ 《象牙塔》,原文为拉丁文"*Turris eburnea*",是赞颂圣母马利亚的祈祷文。

他坐近他们,让珂赛特坐下,把他们的四只手抓在他的起皱的老手中。

"这个小宝贝真俊俏,这个珂赛特真是一件杰作!她是个小小的姑娘,又像一个高贵的夫人。她将来只能是个男爵夫人,这未免委屈了她;她生来就该是侯爵夫人才对。看她的睫毛多美!孩子们,你们好好记住:这是理所当然的。你们相亲相爱吧。要有傻劲。爱情本是人干的蠢事,却又是上帝的智慧。你们相爱吧,可是,"他忽带愁容地说,"真不幸!我此刻才想到,我的一大半钱都是终身年金①;我活着的时候,还过得去,但我死后,大概二十年后,啊!我可怜的孩子们,你们将一无所有!到那时候,男爵夫人,你那纤白的手就要过最操劳的日子啦。"

这时听见有人用严肃安静的声音说:

"欧福拉吉·割风小姐有六十万法郎。"

这是冉阿让的声音。

他一直还没有开过口,大家好像不知道他在那儿,他一动不动站在这些幸福的人后面。

"提到的欧福拉吉小姐是什么人?"外祖父惊愕地问道。

"是我。"珂赛特回答。

"六十万法郎!"吉诺曼先生重复了一遍。

"其中可能少一万四五千法郎。"冉阿让说。

他把那个吉诺曼姨妈以为是书本的纸包放在桌上。

冉阿让自己把包打开,里面是一叠现钞。经过清点后,其

---

① 终身年金,积蓄可以变成终身年金,只要放弃本金,只取利息,到死为止。

中有五百张一千法郎的钞票和一百六十八张五百法郎的钞票，共计是五十八万四千法郎。

"这真是一本好书！"吉诺曼先生说。

"五十八万四千法郎！"吉诺曼姨妈低声说道。

"这样解决了很多问题，对吗，吉诺曼大姑娘？"外祖父又说，"马吕斯这小鬼，他在梦乡树上找到了一个极为富有的姑娘！今天年轻的情侣真有办法！男学生找到了六十万法郎的女学生！小天使比路特希尔德更有办法。"

"五十八万四千法郎！"吉诺曼小姐又轻声重复一遍，"五十八万四千就等于是六十万！"

至于马吕斯和珂赛特，他们这时正互相注视着，对这些细节不很关心。

五　宁愿把现款放在森林中也远胜交给这样的公证人

不需要再详细解释，大家已经知道冉阿让在商马第案件之后，幸亏他第一次越狱数日，及时来到巴黎，从拉菲特银行中取出了他在滨海蒙特勒伊用马德兰先生的名字挣得的存款；为了怕再被捕，他把现款深深埋在孟费郿的布拉于矿地里，果然不久，他又被捕。幸亏六十三万法郎的纸币体积不大，放在一个盒里，但为了防备盒子受潮，他把纸盒子放入一个橡木小箱中，里面装满了栗树木屑。在小箱中，他又把他的另一宝物，主教的烛台也放了进去。我们还记得，当他从滨海蒙特勒伊逃跑时，他是带着这一对烛台的。蒲辣秃柳儿有一天傍晚第一次见到的那个人，就是冉阿让。事后每当冉阿让需要钱时,他就到矿地去取。我们提到过的他的几次旅行就是如此。他有一把十字镐藏在灌木丛中一个只有他知道的隐蔽处。当他看见马吕斯已初步恢复健康,他感到需要用款的时候已不远了,就去把钱取了出来;蒲辣秃柳儿在树林中看见的仍是他,这次是在清晨而不在傍晚。蒲辣秃柳儿继承了那把十字镐。

总数是五十八万四千五百法郎。冉阿让留五百法郎自己使用。"以后再看情况吧。"他思忖着。

从拉菲特银行取出的六十三万法郎和目前这笔钱之间的差数就是从一八二三年到一八三三年十年间的开支,在修女院五年只花了五千法郎。

冉阿让把一对闪烁发光的银烛台放在壁炉架上,杜桑看了十分羡慕。

此外,冉阿让知道自己已摆脱了沙威。有人在他面前讲过,同时他也见到《通报》上的公告,证实了这件事,警务侦察员沙威淹死在交易所桥和新桥之间的一条洗衣妇的船下面,这个没有犯过错误并且深受长官器重的人,留下了一纸遗书,使人推测到他是因神经错乱而自杀的。"总之,"冉阿让暗想,"他既已抓住了我,又让我自由,毫无疑问,他已经精神失常了。"

六 两个老人,各尽其能,为珂赛特的幸福创造一切条件

为了婚事家中在准备一切。征求了医生的意见,认为二月份可以举行婚礼。目前还是十二月。几个星期美满幸福的

愉快日子过去了。

外祖父同样感到欢乐。他时常久久地凝视着珂赛特。

"奇妙的美姑娘!"他大声说,"她的神情是如此温柔善良!没得说的,我的意中人,这是我生平见到的最俊俏的姑娘。将来她的美德就像紫罗兰一样馨香。这真是一个天仙!应当和她在高贵的环境中相处。马吕斯,我的孩子,你是男爵,你富有,我求你不要再去当律师了。"

珂赛特和马吕斯忽然从坟墓里上升到了天堂。转变是如此突然,他们俩如果不是眼花缭乱,也会目瞪口呆的。

"你明白这是怎么回事吗?"马吕斯问珂赛特。

"不,"珂赛特回答,"但是我感到上帝在瞧着我们。"

冉阿让办理一切,铺平道路,调停一切,使事情顺利推进。表面看来他似乎和珂赛特一样愉快,他殷切地盼望着她的幸福能早日来临。

由于他当过市长,他解决了一个为难的问题,只有一个人知道其中奥秘,这就是有关珂赛特的身份问题。直截了当地说出她的出身,谁知道呀!有可能破坏婚事。他为珂赛特排除了一切困难。他把她安排成一个父母双亡的孩子,这样才可以不冒风险。珂赛特是一个孤儿;珂赛特不是他的女儿,而是另一个割风的女儿。割风兄弟俩在小比克布斯做过园丁。派人到修道院去过了,调查后得到很多最好的情况,最值得尊敬的见证;善良的修女们不太懂也不喜欢去追究别人父系方面的问题,她们看不出其中有什么花招,因此始终也没搞清楚小珂赛特究竟是哪一个割风的女儿。她们说了别人需要她们说的话,并且语气诚恳。一个身份证明书已经办妥。根据法律珂赛特就是欧福拉吉·割风小姐了。她被宣称父母双亡。

冉阿让以割风的名字,被指定为珂赛特的保护人,又加上吉诺曼先生,这是保护人的代理人。

至于那五十八万四千法郎,是一个不愿具名的人留给珂赛特的遗产。原来的数字是五十九万四千法郎,珂赛特的教育费花去了一万法郎,其中五千法郎付给了修女院。这笔遗产交给第三者保管,应在珂赛特成年后或结婚时交还给她。看来这一切都是合情合理的,尤其加上这五十多万的遗产。但其中也不免有些漏洞,但别人觉察不到。有一个与此有利害关系的人被爱情蒙住了眼睛,其他的人也被六十万法郎蒙蔽过去了。

珂赛特知道了被她叫了很久"父亲"的老人不是她的亲父,而只是一个亲戚;另一个割风才是她的父亲。如果不是此时此刻,她会感到难过的。但目前她在这难以形容的良辰美景中,这不过是点阴影,一点抑郁而已,但她的心情是那么欢快,以致乌云不久就消散了。她有了马吕斯。年轻的男子来到后,那老人就销声匿迹了。人生就是这么回事。

还有,珂赛特多年来,习惯看到她四周有些难解的谜;人凡是经历过这种神秘的幼年时期,对某些事就常常不去深究了。

她仍然称呼冉阿让为"父亲"。

珂赛特心旷神怡,她崇拜吉诺曼老爷爷。他确实向她说了不少赞扬的话,并送给她无数礼物。当冉阿让在替珂赛特创造一个社会上正常的地位和一笔无可指摘的财富时,吉诺曼先生在为她的结婚礼品篮子①作准备。没有比追求豪华更

---

① 结婚礼品篮子,新郎送新娘的一篮礼物。

使他起劲的事了。他送了珂赛特一件班希①特产的花边衣服,这是他的亲祖母传给他的。"这种式样又时兴了,"他说,"老古董又风行一时了,在我年老时的少妇穿得像我幼年时的老奶奶一样。"

他翻着那多年没打开过的科罗曼德尔漆的凸肚式名贵五斗柜。"让这些老古董招供吧,"他说,"看看它们肚里有些什么东西。"他乱翻着那些鼓肚的抽屉,里面塞满了他的妻子、他所有的情妇和上辈的服装。中国花缎、大马士革锦缎、中国丝绸、画了花的绉绸。用火烤过的浮毛的图尔料子衣服、用可以下水洗的金线绣的手帕、几块没有正反面的王妃绸②、热那亚和阿朗松的挑花、老式的金银首饰、以细巧的战争画作装饰的象牙糖果盒、装饰品、缎带,他把所有一切都送给了珂赛特。珂赛特惊喜交集,对马吕斯情深似海,对吉诺曼先生感恩不尽,梦想着一个用绸缎和丝绒交织起来的无比的幸福。她觉得自己的结婚礼品篮子好像被天使托着,她的心好像长着马林花边的翅膀,在蔚蓝的天空里翱翔。

这对情人如痴如醉,我们已经提到,只有外祖父的狂喜才能与之相比。在受难修女街好像有人吹奏着欢庆的铜管乐。

每天清晨外祖父都送来一些古董给珂赛特。她四周是应有尽有的衬裙花边,就像盛开的花朵一样。

有一天不知从什么话题引起的,很喜欢在幸福中谈论严肃问题的马吕斯说道:

---

① 班希(Binche),比利时一个著名产花边的城市。
② 王妃绸,在法国里昂制造的一种名贵丝绸。

"那些革命时期的人物是如此伟大,他们好像已有好几个世纪的威望,像卡托和伏西翁,他们两人都是自古以来受人凭吊的。"

"古锦!"①吉诺曼高声说,"谢谢,马吕斯,这正是我要找的东西。"

第二天,在珂赛特的结婚礼品篮子里又增加了一件美丽的茶色古锦衣服。

外祖父在这堆衣着上做出了他的智慧的结论:

"爱情,这当然很好,但必须有这些东西作陪衬。幸福需要一些无用的东西。幸福,这仅仅是必需品。要用许多奢侈品来调味。要一个宫殿来迎接爱情,爱情少不了卢浮宫。有了她的爱情,还需要凡尔赛的喷泉。把牧羊女给我,我尽力使她成为公爵夫人。把戴着矢车菊花冠的费莉②带来,给她加上十万利弗的年金。在大理石的柱廊下向我展现出一望无际的田园风光。我赞成牧人的田舍,同时也赞美大理石和金色的仙界。干巴巴的幸福就像吃干面包,吃是吃了,但不是筵席。我要多余的和不是必需品的东西,我要荒诞的、过分的、毫无用处的东西。我记得在斯特拉斯堡的教堂中见过一座有四层楼高的报时钟,它屈尊报时,但它不像是为此而造的,它在报了午时或午夜以后(中午是太阳的时辰,午夜是爱情的时辰),或是报了其他任何一个钟点以后,还为你现出月亮和星星、大地和海洋、鸟和鱼、福玻

---

① 法语"mémoire antique",意为"怀念古人",外祖父只听到半个字"moire antique",就变成"古锦",即"闪光绉绸"。
② 费莉(Philis),诗歌中美丽贫穷的牧羊女。

斯①和菲贝②，从一个窝里钻出无数的玩意儿：有十二个门徒③，还有查理五世皇帝④，还有爱波妮⑤和沙别纽斯，除此之外还有很多镀金的小人儿在吹着喇叭。还不算那些随时播送出来的、不知为什么发出的响彻云霄的优美钟乐。一个平凡的光秃秃的只能报时的钟能和它相提并论吗？我赞赏斯特拉斯堡的大钟远远胜过仿黑森林杜鹃叫声的报时小钟。"

吉诺曼先生对婚礼发表了特别荒唐的谬论，于是十八世纪的妓女都在他的颂歌中杂乱无章地出现了。

"你们不懂得过节的那套方法。在这个时代你们不会过一天欢乐的日子，"他大声说，"你们的十九世纪萎靡不振。它过分节制，它不懂得富裕，它不懂得高贵。在各方面它都剃成光秃秃的。你们的第三等级⑥毫无意义，平淡、无味，是畸形的。你们的这些成家的资产阶级妇女的梦想，用她们的话来说就是布置一个漂亮的有着最新装饰的贵妇人的小客厅，紫色的木器和碎花棉布。让开！让开！吝啬鬼娶个守财奴。富丽又堂皇的场面！蜡烛上贴着个金路易。这个时代就是这样。我恨不能逃到比沙马特族⑦住地更远的地方去。啊！从一七八七年，我便预告一切都要完了，那时我见到了也

---

① 福玻斯（Phébus），希腊神话中太阳神阿波罗的别名。
② 菲贝（Phéhé），原是月神，后与希腊神话中的阿耳忒弥斯相混，成了阿尔忒弥斯的别名。
③ 十二个门徒，指耶稣的十二个门徒。
④ 查理五世（Charles Quint），德国皇帝。
⑤ 爱波妮（Eponine），高卢女英雄，沙别纽斯之妻，她进行了使高卢人民从罗马的压迫下解放出来的斗争，失败后被杀。
⑥ 第二等级，法国在一七八九年大革命前，全国分为三个等级，第一等级是贵族，第二等级是僧侣，其他人属于第三等级。
⑦ 沙马特（sarmates），古时散居大西洋一带的民族。

是莱翁亲王的罗安公爵、夏博公爵、蒙巴松公爵、苏比斯侯爵、都阿尔子爵和法国的大臣们坐着二轮马车到隆桑①去！这些都产生了后果。本世纪大家做买卖，在交易所投机，大发其财，都变成了吝啬鬼。他们修饰自己，但只讲究外表；穿得笔挺，洗得干干净净，用上肥皂，刮干净，剃干净，梳头，上蜡，又光又滑，擦呀，刷呀，外表整洁，无懈可击，光滑得像石子，态度审慎，讲究，同时，我以我的情妇的贞洁发誓，他们的内心是粪堆和污水坑，脏得可以把一个用手擤鼻涕的放牛人吓得退避三舍。对这个时代，我献上这样一句题词：肮脏的清洁。马吕斯，你不要见怪，请允许我发言。我对你的老百姓没有毁谤过，这你是知道的，我经常把你的老百姓挂在嘴上，但请让我对资产阶级稍稍地口出不逊。我也是其中的一个。打是亲，骂是爱。关于这一点我就干脆挑明了，今天人们举行婚礼，都不知道该怎么举行。啊！说真话，我为失去过去优雅的习俗感到惋惜，我对失去的一切感到惋惜。那种人人都有的斯文的举止，骑士的侠义，殷勤而和蔼的风度，使人欢乐的豪华，音乐是婚礼的一个内容，管弦乐在楼上，锣鼓在楼下，舞会，酒席宴上欢乐的脸，过分琢磨的对女人的恭维话，唱歌，焰火，尽情欢笑，五花八门，应有尽有，许多大的缎带结。我还常想起新娘的袜带。新娘的袜带和维纳斯的腰带是表姊妹。特洛伊战争是为了什么？当然是为了海伦的袜带呀！为什么要发起战争？为什么神圣的狄俄墨得斯把眉里奥纳巨大的青铜头盔戳上十个洞？为什么阿喀琉斯和赫克托尔互相持矛刺杀？正因

---

① 隆桑(Longchamp)，巴黎附近的女修道院，因屡次出现丑闻，一七九〇年停办。

为海伦让帕里斯拿走了她的袜带。荷马本可为珂赛特的袜带写下《伊利亚特》。他将把一个像我这样的啰嗦老头儿写进他的诗篇,可以给他起内斯托这个名字。朋友们,过去,在那可爱的过去,人们办喜事很讲究;先好好写下一份婚书,接着再请一顿丰盛的筵席。居雅斯①一出门,加马什②就进门,可是,当然呀!因为胃是一只有趣的畜生,它要它分内的东西,喜事也得有它的份。酒席很丰盛,在酒席宴上,身旁坐着一个不戴修女头巾的美女,她只略略遮住一点胸部!哦!大家张口大笑,那个时代人们真快活!那时青春是一束花,每个青年手里都拿着一枝丁香或一束玫瑰,即使是战士,也会成为牧羊人!如果碰上你是龙骑兵上尉,你也设法取名弗罗利昂③。每个人都在使自己变得漂亮,都在修饰自己,他们一身紫红。一个资产阶级的人像一朵花,一个侯爵如同一块宝石。没有人穿扣襻鞋,没有人穿长靴,人人漂漂亮亮,抹上油,发亮,穿着金褐色的衣服,翩翩起舞,优美而爱打扮,但腰间仍不妨挂着剑,蜂鸟有喙有爪,那是《高雅的印度》④的时代。那个世纪既是举止文雅,又讲究豪华。我向老天发誓!那时大家真玩得痛快。今天,大家如此严肃。富人个个吝啬,女的都是假正经;你们这个世纪很不幸。你们可以因美神过于袒胸露臂而把她们驱逐。唉!你们把美貌当丑八怪一样遮掩起来。自从革命以来,每个人都穿长裤子,连舞女也不例外;一个跳滑稽

---

① 居雅斯(Cujas,1522—1590),法国著名法律家。
② 加马什(Gamache),西班牙名著《堂吉诃德》中人物,以举办丰盛的婚礼筵席著称。
③ 弗罗利昂(Florian,1755—1794),法国作家,善讽刺。
④ 《高雅的印度》,十八世纪法国音乐家拉莫(Rameau)的歌舞剧,一七三五年首次在巴黎上演。

舞的女演员也得很严肃;你们成对跳的轻快舞蹈也是一本正经的。得很威严才是,态度不庄重大家就会感到遗憾了。一个举行婚礼的二十岁青年的理想就是要像罗耶-科拉尔先生①那样。你可知道这种威严的结果是怎样的?它使人渺小。你们要懂得这一点:欢乐并不纯粹是愉快,它是伟大的。因此欢乐地恋爱吧,见鬼!你们结婚时得热烈,要头晕目眩、喧嚣沸腾,得有幸福的嘈杂声!在教堂中应当庄严,这我同意,但弥撒一结束,管他的!我们就要在新娘四周像梦幻似的旋转舞蹈了。一个婚礼应该既堂皇又充满幻想的!队伍应该从兰斯教堂延续到香德路宝塔。我讨厌差劲的婚礼。见鬼!至少这一天要置身于天国。当天神吧!啊!你们可以变成地仙、娱乐的神、欢笑的神、财神;你们都是小妖精!朋友们,新郎都该是阿陀勃朗第尼②王子。尽情来享受一生中仅有的千金一刻,去和天鹅鸳鹰一同上九天去遨游,哪怕第二天又掉回青蛙式的资产阶级的生活中来。不要在婚礼上节省开支,不要有损它的光彩;不要在你们容光焕发的时刻吝惜金钱。结婚不是平常过日子。啊!如果照我的兴致去办,那就妙不可言了。我们可以在林中听到小提琴的演奏。我的节目应是天蓝色和银光闪闪的。在这个节日里我要把田野之神都请来;我要请来山林女神和海里仙女。婚礼要像安菲特里特③那样,是一片粉红色的彩云,其中有头发梳得漂漂亮亮的裸体的山林水泽仙女,一个院士向女神念着四行颂诗,海兽正拖着一

---

① 罗耶-科拉尔(Royer-Collard,1763—1845),法国哲学家。
② 阿陀勃朗第尼(Aldobrandini,1572—1621),佛罗伦萨的红衣主教,在他的别墅里发现了罗马开国时期的古壁画,名为《阿陀勃朗第尼的婚礼》。
③ 安菲特里特(Amphitrite),希腊神话中海之女神,海神波塞冬的妻子。

辆双轮车前进。

> 特里同①在前面快步走,他用海螺
> 吹出妙音,闻者为之出神!

这才是婚礼的节目,要不然,我就算是个外行,见鬼去吧!"

当外祖父诗兴勃勃地自说自听时,珂赛特和马吕斯脉脉含情互相随意凝视着。

吉诺曼姨妈平静而沉着地望着这一切。五六个月以来她经受了不少刺激:马吕斯回来了,马吕斯流着血被送回来了,马吕斯从街垒中被送回来了,马吕斯死了,后来又活了过来,马吕斯言归于好了,马吕斯订了婚,马吕斯要和一个贫穷的姑娘结婚,马吕斯要和一个非常富有的姑娘结婚。那六十万法郎是最后一件使她惊讶的事。接着她又恢复了那种初次受圣礼者对世情的淡漠感。她按时去做礼拜,拨她的念珠,读她的祈祷书,在屋子的一角轻声念着《圣母颂》,那时在另一个角落里有人轻声说着"我爱你"②。她模模糊糊看到的马吕斯和珂赛特好像两个影子。其实影子是她自己。

有一种苦修的呆滞状态,心灵被麻痹所中和,因而对我们所谓的生活一无所知,除开地震和灾祸之外,没有普通人的任何感觉,既没有欢乐的,也没有痛苦的。"这种虔信,"吉诺曼老爹对女儿说,"像头部感冒。你对生活没有一点嗅觉。闻不到臭味,但也闻不到香味。"

此外,那六十万法郎已使老处女的犹豫心情一扫而光了。她的父亲平时一贯不重视她,所以在马吕斯的婚事上也没去

---

① 特里同(Triton),希腊神话中鱼身人面海神。
② "我爱你",原文为英文"I love you"。

征求她的意见。他照自己的想法,单凭激情行事,暴君已变为奴仆,惟一的心愿就是使马吕斯满足。至于姨妈,她的存在,她可能有什么意见,他甚至没有想到过,她再温顺,但这件事的确得罪了她。她的内心深处虽然稍有反感,但表面上沉着无事。她暗想:"我的父亲决定婚事不和我商量,所以我解决我的财产继承问题时也不去问他。"她确是富有的,而父亲则不是。她因而在这问题上保留了自己的决定权。如果这桩亲事是贫穷的结合,她可能就让他们去过贫穷的日子了。外甥先生娶一个女花子,他也当花子去吧。但珂赛特有六十万法郎这件事使姨妈很高兴,她对这对情人的看法有了改变。六十万法郎是应该重视的,显然,她只能把自己的财产留给这两个青年了,原因是他们并不缺这笔财产。

新婚夫妇已安排好要住在外祖父家中。吉诺曼先生一定要把家里最漂亮的他的寝室让出来。"这样就使我年轻了,"他说,"这是早就有的打算。因我一直有着在我房里举行婚礼的念头。"他用很多高雅的古玩布置新房,他用一匹他认为是乌德勒支的特别名贵的料子来装饰墙和天花板,料子是缎底上有着金毛莨花以及起绒的莲香花。他说:"昂维尔公爵夫人就是用这种料子在洛许格荣做她的床罩的。"他在壁炉上摆了一个萨克森的彩色瓷人,她肚子裸露着,捧着一个手笼。

吉诺曼先生的藏书室成了马吕斯需要的律师办公室。我们记得,办公室是治安会议规定必须要有的。

七 幸福中依稀记得的梦的余波

这对情人天天见面。珂赛特和割风先生一同来。"事情颠倒过来了,"吉诺曼小姐说,"未婚妻亲自上门来让情人追求。"但马吕斯病后需要疗养,所以养成这个习惯,同时也因为受难修女街的沙发椅比武人街的草垫椅在促膝谈心时更加舒适,所以把她留住了。马吕斯和割风先生相见并不交谈,这好像是有了默契似的。女孩子都需要一个年长的人陪伴,没有割风先生,珂赛特就不可能来。对马吕斯来说,割风先生是珂赛特来到的条件。他接受了。当马吕斯把关于改善全民生活的政治问题含糊而不明确地摊在桌上谈时,他们相互要比说简单的"是""不"稍稍多说了几句。有一次,关于教育问题,马吕斯认为应该是免费和强迫,应以各种方式使人人受教育,如同得到空气和阳光一样,一句话,要使全民都能受到教育,这时他们的看法一致了,并且相互间几乎是在进行交谈了。马吕斯这时注意到割风先生很会说话,在一定程度上谈吐甚至是高雅的。可是其中好像还缺少点什么。割风先生缺少某种上流社会绅士所具有的东西,但有些地方又有所超越。

在马吕斯的内心和思想深处,对这个仅仅是和气而又冷淡的割风先生有着各种没张口说出的疑问。有时他对自己的回忆发生怀疑。在他的记忆里有个窟窿,一个黑暗的场所,一个被四个月的垂死挣扎掘成的深渊。很多事在里面消失了。他甚至问自己在街垒里是否真见到了这样一位严肃而又镇静的割风先生。

再说过去的种种事物的出现和消逝并不是他思想里惟一感到惊奇的。不要认为他已摆脱了回忆一切的困扰,这些困扰,尽管在快乐的时候,尽管在心满意足的时候,也会使我们忧伤地回顾以往。不回顾消逝了的昨天的人是没有思想和感情的。有时候马吕斯两手托腮,于是骚乱而又模糊的往事就在他脑海深处掠过。他又见到马白夫倒下去,他听见伽弗洛什在枪林弹雨中唱歌,唇下又感到爱潘妮冰冷的额头;安灼拉、古费拉克、让·勃鲁维尔、公白飞、博须埃、格朗泰尔,所有他的朋友在他面前站起来又幻灭了。所有这些宝贵的、苦痛的、勇敢的、可爱的或悲惨的人是梦中之影还是真正存在过的?暴乱把一切都卷入了它的烟雾。这些热火朝天的人都怀着伟大的理想。他暗自发问,他在思索,消逝了的往事使他头晕目眩。他们究竟在哪里呢?难道真的都死去了吗?在黑暗中的一次跌倒,除了他一人之外,就把一切都带走了。他感到所有这一切好像都消失在剧院的一块幕布后面。生活中有着类似的幕落的场面。上帝又转到下一幕去了。

他自己还是原来的那个人吗?他原是穷苦的,但现在已变成富有的了;他是被遗弃的,现在有一个家了;他原是绝望的,现在要和珂赛特结婚了。他感到自己穿过了一座坟墓,进去时是黑的,出来时成白的了。这座坟墓,别人都留在里面没出来。有时这些过去的人,重新回来并出现在他眼前,围着他,使他沮丧;于是他想到珂赛特,心情又恢复了平静。惟有这一幸福才能消除这种灾难的印象。

割风先生几乎也处在这些消失的人中。马吕斯对于街垒中的割风先生是否就是面前这个有血有肉、庄重地坐在珂赛特旁边的割风先生,始终犹豫不敢相信。第一个割风可能是他在昏迷时刻的噩梦里出现而又幻灭了的。此外他俩的性情太不一样,马吕斯不可能向他摆出问题,也不曾想到过要这样做。我们也已经指出过这一特殊的细节。

两个人有个共同的秘密,而这也像一种默契一样,两人对这个问题并不交谈,而这也不像人们所想的那样比较罕见。

只有一次,马吕斯试探了一下。他在谈话中故意提到麻厂街,于是向割风先生转过身去问道:

"您认识这条街吧?"

"什么街?"

"麻厂街。"

"这一街名我没有一点印象。"割风先生回答他时语气非常自然。

他的回答是涉及街名,而不是涉及街道本身,马吕斯觉得这更说明问题。

"无疑的!"他想道,"肯定我做过乱梦。这是我的一种错觉。那是个和他相似的人。割风先生并没有去过那儿。"

八　两个无法寻找的人

狂欢的日子虽然使人销魂,但一点也不能抹去马吕斯思想中的其他挂虑。

婚礼正在准备,在等待佳期来临的时候,他设法在对往事作艰苦而又审慎的调查。

在多方面他都应当感恩,他为他的父亲感恩,也为自己报德。

一个是德纳第,还有那个把他马吕斯送回吉诺曼先生家中的陌生人。

马吕斯坚决要找到这两个人,他不愿意自己结婚过着幸福的日子而把他们遗忘,他并担心不把欠下的恩情偿还,会在他这从此将是光辉灿烂的生活中投下阴影。他不愿在他后面欠着未偿的债务,他要在愉快地进入未来生活之前,对过去有一张清账的收据。

德纳第尽管是个恶棍,但不等于他没有拯救过彭眉胥上校。所有的人,除了马吕斯之外,都认为德纳第是个匪徒。

马吕斯不了解当时滑铁卢战场上的真实情况,不知道这样一个特点:他的父亲处在这样一种奇特的境遇中,德纳第是他父亲的救命人,而不是恩人。

马吕斯所任用的各种侦察人员没有一个找得到德纳第的踪迹。似乎和这方面有关的情况已经全部消失了。德纳第的女人在预审时就已死在狱中,德纳第和他的女儿阿兹玛,这凄惨的一伙中仅存的两个人,也已潜入黑暗中。社会上那条不可知的深渊静静地将他们淹没了。水面上见不到一点颤动,一点战栗,也见不到那阴暗的圆形水纹,说明有东西掉在里面,人们可以进行探测。

德纳第的女人死了,蒲辣秃柳儿与本案无关,铁牙失踪了,主要的被告已逃出监狱,戈尔博破屋的绑架案等于流了产。案情仍不清楚,刑事法庭只抓住两个胁从犯:邦灼,又叫春天,又叫比格纳耶;还有半文钱,又叫二十亿,他们被审讯并判处十年苦役。在逃没有到案的同谋则被判处终身苦役。主犯德纳第,也被缺席判了死刑。这一判决是惟一留下来的和德纳第有关的事。在殓尸布裹着的名字上,投下了一道阴森的光,就像灵柩旁的一支蜡烛。

而且,为了害怕再被捕,德纳第被撵到了暗洞的最深处,这个判决使此人埋到深深的黑暗中。

至于另外一个,就是那个救了马吕斯的陌生人,开始寻找时有了点眉目,后来又停止不前了。人们设法找到了六月六日傍晚那辆把马吕斯送到受难修女街的街车。车夫说,六月六日,一个警察命令他"停在"爱丽舍广场的河岸旁、大阴沟的出口处,从下午三时等到傍晚;晚上九时左右,对着河岸的阴沟铁栅栏门开了,一个背着像是死人的汉子从那里走出来,警察正等候着,他逮捕了活人,抓住了死人。在警察的命令下,他,车夫,让"这一伙人"都坐上了他的马车,先到了受难修女街,把死人放下,他说死人就是马吕斯先生,他认得出他,虽然他"这一次"是活的;后来他们又坐上了马车,他还用鞭子赶着马到了离历史文物陈列馆门口不远的地方,叫他停车,在大街上付清车钱,他们便离去了,警察带走了那个人;此外他就一无所知;那时天已经很黑了。

马吕斯,我们已经说过,什么也回忆不起来。他只记得当他在街垒中向后倒下去时,一只强有力的手从后面抓住了他;他后来不省人事。他到了吉诺曼先生家中方苏醒过来。

他百般推测但得不到解答。

他不能怀疑他自己本人。然而他明明倒在麻厂街,怎么又被警察在塞纳河滩残废军人院桥附近扶起来?是有人把他从菜市场区背到爱丽舍广场来的,怎么背来的?通过下水道。这真是前所未闻的忠忱献身!

有人?什么人?

马吕斯寻找的就是这个人。

关于这个人,他的救命人,没有消息,毫无迹象,连一点征兆也没有。

虽然马吕斯在这方面必须十分审慎,但他已把他的追查扩大到警署去了。可在那儿也和在别处一样,调查的结果并没有解决丝毫问题。警署没有马车夫了解得多,他们一点也不知道六月六日在大下水道铁栅栏那儿逮捕过人,他们没有得到警察方面任何与这方面有关的报告,警署认为这一切纯属编造,是马车夫造的谣。通常一个车夫为了得到一点小费,什么事都干得出来,甚至会去捏造。然而事情是实实在在的,马吕斯无法怀疑,除非怀疑他自己本人,这我们刚刚已经说过了。

所有的一切,在这个离奇的哑谜中,是无法解释的。

这个人,这个神秘的人,马车夫看见他背着昏过去的马吕斯从大下水道的铁栅栏门那里出来,埋伏着的警察当场抓住他在救一个暴动者,他后来怎样了?警察又上哪儿去了?那人是否已经逃跑?为什么这警察要保持缄默?警察受他的贿赂了吗?为什么这个人,马吕斯的救命人,一点不向马吕斯表示他还活在人间呢?这种大公无私的态度和慷慨献身的精神是同样奇伟的。为什么这个人不再露面了呢?可能他不愿要任何酬劳,但没有人不愿接受别人的感激的。他是否已经死去?他是怎样的一个人呢?他的面貌是什么样的?任何人也答不上来。马车夫回答说:"那天晚上天太黑了。"巴斯克和妮珂莱特魂不附体,当时只注意血流满面的年轻的主人。惟独门房,当他用蜡烛照着悲惨的马吕斯来到时,注意到了这个人,下面是他提供的特征:"这个人的神态令人感到恐怖。"

马吕斯把他带回外祖父家时穿的血迹斑斑的衣服保留着,希望能对他的搜索有用,当他仔细看着这件衣服时,发现下摆的一边很古怪地被人撕破了,而且还少了一块。

有一天晚上,马吕斯在珂赛特和冉阿让面前谈起了这桩离奇的遭遇以及他进行的无数得不到结果的查询。"割风先生"冷淡的表情使他很不耐烦。他很激动,几乎发怒似的喊道:

"是的,这个人,不论他是个怎样的人,他做的事真了不起。你知道他做了什么吗,先生?他好像一个大天使那样出现了,他在战火中把我偷出来,打开下水道,把我拖进去,背着我!在这可怕的长廊里弯着腰,屈着膝,在黑暗中,污水中,走了差不多一法里半,先生,背上还要背着一具死尸呢!他的目的何在?只是为了搭救这个死尸。而这个死尸就是我。他对自己说:'可能还有一线生机,为了这可怜的一线生机,我会冒着生命危险!'而他不只冒了一次生命危险,而是二十次!他的每一步都很危险。证明就是他一出阴沟就被捕了。先生,这人所做的这一切您知道吗?他并不指望任何报酬。我当时是什么人?一个起义者。什么样的人呢?一个败兵。呵!如果珂赛特的六十万法郎是我的……"

"这钱是您的。"冉阿让插了一句。

"那么,"马吕斯接着说,"为了找到这个人,我宁愿花去这笔钱!"

对此冉阿让默不作声。

第六卷 不眠之夜

一 一八三三年二月十六日

一八三三年二月十六日至十七日之夜是祝福之夜。在它黑影之上，天门打开了。这是马吕斯和珂赛特新婚之夜。

这是喜气洋洋的一天。

这不是外祖父所梦想的奇妙的佳节，一种有小天使和爱神一起出现在新婚夫妇头上的仙境，不是一件可以装饰在门的上方如同婚礼画里的那种喜事，但这是一次甜蜜而欢畅的婚礼。

一八三三年的结婚仪式和今天的不一样。法国还没有采用英国那种无比细腻的把妻子抢走的做法，一出教堂就溜了，含着羞把幸福隐藏起来，将破产者的行径和《雅歌》①里那种狂喜结合起来。让自己的天堂在驿站马车里颠簸，让喀哒喀哒声来打断自己神秘的心情；选一张小旅店的床当作新床，在普通的按夜计费的寝室里留下一生中最神圣的回忆，再加上和马车夫以及旅店侍女的接触，大家还不懂得这一切是多么

---

① 《雅歌》，《圣经·旧约》中之一篇。

贞洁、美妙和端庄得体。

在我们生活的这十九世纪下半叶,市长和他的肩带,神甫和他的背心,法律和上帝都已经不够了,必须加上朗朱莫驿站的车夫;穿着红翻口袖的蓝上衣,饰有铃铛纽扣的金属臂章,绿色皮裤,咒骂着扎起尾巴的诺曼底双马,假的肩章带,打蜡的帽子,扑了粉的粗头发,很长的马鞭和笨重的靴子。法国也还没有模仿英国贵族的那种优雅做法:把磨损了后跟的拖鞋和旧鞋像下冰雹似的砸在新婚夫妇的驿站马车上,学邱吉尔的样,后称马尔波罗式或马尔勃路克式①,他在结婚那天,姑妈的盛怒给他带来了福气。破鞋和旧拖鞋还没有参加到我们的婚礼中来,不用着急,好的习俗继续在扩展,不久就会到来的。

在一八三三年,一百年以前,人们举行婚礼是从容不迫的。

那个时代,也真怪,大家觉得婚礼是私人的喜事,同时也是社会上的礼节,家长式的喜筵并无损于家中盛典的隆重气氛,允许有极端欢乐情绪的表现,只要是正派的,这对幸福毫无损害,还有,这两个命运的结合在家里开始了,这个结合将产生一个家族,新房从此将证明他们是在此成家立业的,这些都是可尊敬的好事。

人们不因在家中成婚而害臊。

因此婚礼就按照现在已经过时的方式,在吉诺曼先生家中举行。

---

① 丘吉尔(John Churchill, duc de Marlborough, 1650—1722),约翰·丘吉尔,马尔波罗公爵,英国将军,曾在西班牙获胜。在诗歌中,他被称作"马尔勃路克"。

举行婚礼,虽然看来是普通而自然的事,但要去公布通知,申请结婚证,跑市政府、教堂,也不免有些复杂,在二月十六日以前无法准备就绪。

碰巧十六日正是星期二,狂欢节的最后一天,我们提到这一细节,只是因为我们喜欢准确。大家犹豫,踌躇,特别是吉诺曼姨妈拿不定主意。

"狂欢节最后一天!"外祖父大声说,"再妙不过了,俗话说:

　　狂欢节结婚,
　　　没有不孝的子孙。

不管了!决定十六日!你愿意延期吗,你,马吕斯?"

"当然不愿意!"那情人回答。

"结婚吧。"外祖父说。

因此婚礼就在十六日举行了,尽管大家正在庆祝欢腾的节日。那天下雨,但情人总能见到天上有一角照顾幸福的蓝天,其余的世界都在雨伞之下也就不在乎了。

头天,冉阿让当着吉诺曼先生的面,把那五十八万四千法郎交给了马吕斯。

婚姻采取的是夫妻共有财产制,所以婚书很简单。

从此,冉阿让已不再需要杜桑,珂赛特留下了她,并把她提升为贴身女仆。

关于冉阿让,在吉诺曼家中,已特意为他布置了一间漂亮的卧室,而且珂赛特还说"父亲,我求求你",这使他很难拒绝,她差不多已得到他的诺言来此居住了。

婚期前几天,冉阿让出了点事,他的右手大拇指被压伤了一点点,但并不严重,他不愿任何人,包括珂赛特在内,为这事操心,他不要人替他包伤或看看他的伤口,但不得不用布把手包起来,用绷带吊着手臂,这使他无法签字。吉诺曼先生是珂赛特的代理保护人,于是就代替了他。

我们不把读者带到市政府和教堂里去,因为很少人跟着一对情人来到这些地方,一般的习惯是当剧情发展到新郎上衣翻领饰孔上插上了一束花,大家对演出就转过身去不看了。我们只想提一提一件发生在从受难修女街到圣保罗教堂路上的小事,这是参加婚礼的人没有注意到的。

当时圣路易街北段末端正在翻修。从御花园街起就不通行了。婚礼的车辆不能直接去圣保罗教堂。必须改变路线,最近的路线是从林荫大道绕过去。来宾中有一个人提醒说这天是狂欢节,那边会有很多车辆。吉诺曼先生问:"为什么?""因为有化装游行。""妙极了,"外祖父说,"就打那儿过,这两个年轻人结婚后,就要过严肃的家庭生活,让他们看一下狂欢节的化装作为准备吧。"

他们就从林荫大道走。第一辆婚礼轿式马车中坐着珂赛特和吉诺曼姨妈,吉诺曼先生和冉阿让。马吕斯按照惯例,仍与未婚妻分开,只乘坐第二辆。婚礼的行列从受难修女街出发后,就加入了那漫长的车队,形成了两条没完没了的链条,一条从马德兰教堂到巴士底监狱,另一条又从巴士底监狱到马德兰教堂。

林荫大道上全是戴着假面具的人。尽管不时下着雨,滑稽角色、小丑和傻瓜依然在活动。在一八三三年心情舒畅的冬季,巴黎化装成了威尼斯。今天我们已见不到这种狂欢节了。现在一切现象都是扩大了的狂欢节,所以没有什么狂欢

1683

节了。

街道两旁挤满了过路人,窗口挤满了好奇的人。在剧院立柱廊周围的大平台上,沿着边挤满了观众。除了观看化装戴假面具的人外,还要看这狂欢节所特有的、像隆桑那样的车队,这些形形色色的车辆,如出租马车、市民马车、带篷大车、皮篷式两轮小车、单马有篷双轮车,它们顺序前进,按警章严格要求,一辆紧跟一辆,好像在铁轨上行驶一般。在这车队中的任何人,他既是观众又在演出。警察把这两条平行的、朝相反方向前进的络绎不绝的车辆控制在林荫大道的两侧,不让这两条河一样的车流发生任何故障,一条往下游去,一条往上游去,一条走向昂坦大街,一条走向圣安东尼郊区。那些带有徽章的法国贵族院议员和公使的车辆可以在大路中央自由来往。有些精彩而欢快的车队,特别是肥牛①车也有这种特权。在巴黎的狂欢中,英国人也挥着他的马鞭,西麦勋爵坐着游览马车招摇过市,这车被起了一个下等人的绰号。

保安警察沿着这两列车队跑来跑去,好像看羊的群狗,车队里有规规矩矩的私人轿式马车,挤满了姨婆和老祖母,在车门口站立着容光焕发的化了装的儿童,七岁的男小丑,六岁的女小丑,可爱的小人儿,他们觉得自己正式参加了公众的欢乐,深感所扮的滑稽角色的尊严,态度庄重,犹如官员。

车队不时会在某处发生阻塞,路侧两列车队中的一列就得停下来一直等到疙瘩解开;一辆碍事的车子足以使整个队伍瘫痪,后来又继续前进。

婚礼的车队是在走向巴士底的行列里,沿着大道的右边。

---

① 肥牛(Bœuf Gras),狂欢节中盛饰游行的肥牛,表示吃荤的最后一日。

走到白菜桥街附近时,停了一下。几乎同时,对面,往马德兰教堂去的那一列车队也停下来了,就在这地方有着一辆载有戴假面具的人的车。

这种车辆,或者说得更确切一点,这些满载戴假面具的人的货车,巴黎人是很熟悉的。如果它们在某个狂欢节或封斋节的中期不出现,人们就会觉得出了事,就会说:"里面肯定有名堂,大概内阁要换人了吧!"一大堆卡桑德①、阿勒甘②、高隆比娜③,高出行人的头,在车中颠簸着,奇形怪状的人物应有尽有,从土耳其人到野人,扶着侯爵夫人的大力士,能使拉伯雷塞住耳朵的满口粗话的女人,同样的情况骂街的泼妇们也会使阿里史托芬垂下眼帘,麻丝做的假发,桃红色的汗衫,衣着讲究的人戴的帽子,扮鬼脸人的眼镜,雅诺④那种会引来蝴蝶的三角帽,冲着行人的怪叫,两拳支在大胯上,姿态大胆放肆,袒着双肩,戴着假面具,真是极其厚颜无耻;这是一伙放任不羁的乱糟糟的角色被一个戴着花冠的马车夫带着游逛,这种车就是这样的一个集体。

希腊需要特斯毕斯⑤的四轮载货马车,法国需要瓦代⑥的出租马车。

一切都可以被滑稽地模仿,甚至连模仿的东西也要被模

---

① 卡桑德(Cassandre),意大利喜剧中的老头,总是被周围的人所欺骗。
② 阿勒甘(Arlequin),意大利喜剧中之人物,身穿各色三角形布头拼凑成的衣服,头戴黑色面具。
③ 高隆比娜(Colombine),意大利喜剧中聪明伶俐的侍女。
④ 雅诺(Janot),滑稽丑角。
⑤ 特斯毕斯(Thespis),希腊悲剧始祖,乘车巡回演出,以马车作为戏台。
⑥ 瓦代(Vadé,1720—1757),法国滑稽歌曲作家、戏剧家。

仿。农神节,这个古代美的模仿,由于不断夸张扩大,后来发展成为狂欢节。酒神节,从前的巴克科斯①头戴葡萄藤,沐浴在日光里,露出绝妙的半裸的身体和大理石的双乳,今天却很憔悴,穿着北方褴褛的湿衣,最后变成了狂欢节戴面具的人。

化装车辆这一传统起源于最古的王朝时代,路易十一的开支中就曾拨给宫中法官"图尔城铸的二十苏作三辆化装竞赛马车在街头活动"的费用,今天这群喧闹的人一般是由老式的双轮马车运载的,他们挤在车子的顶层,或者这群活跃的人是由一辆官办的敞篷四轮马车拖着。六人坐的马车载着二十人。有的坐在位子上,有的坐在可折叠的加座上,有的坐在车篷侧面和辕木上。他们甚至骑在马车的灯笼上。有站着的,卧着的,坐着的,蹲着的,挂着腿的,妇女则坐在男子的膝上。在蠕动的人头上很远就能看到像金字塔那样的一堆狂人。这些满载的车辆,在嘈杂的人群中如同一座欢腾的高山,出现了科莱②、巴那尔③和毕龙④,满口黑话更加强了气氛,他们向群众喷出一大串亵渎的粗话。这辆马车因载人过多,显得无比庞大,有着一种胜利的神情。前面人声喧嚷,后面一片混乱。人们在车里怒吼、吊嗓、乱叫、发怒,高兴得前俯后仰;欢乐在咆哮,讽刺喷出火焰,轻松愉快像帝王一样统治着。两个干瘪的女人演着一台剧情发展已到顶点的滑稽戏,这是欢笑的胜利车。

这厚颜无耻的笑不是爽朗的笑,的确这种笑是可疑的。

---

① 巴克科斯(Bacchus),酒神。
② 科莱(Collé,1709—1783),法国民谣戏剧作家。
③ 巴那尔(Banard,1674—1765),法国民谣戏剧作家。
④ 毕龙(Piron,1689—1773),法国诗人及歌谣作家。

这种笑有一项任务,它负责向巴黎人证实狂欢节的来临。

这些下流的车辆,它们使人感到一种莫名其妙的黑暗,会引起哲学家的深思。其中有属于执政者方面的,从那里可以接触到官方和公娼的神秘相似之处。

卑鄙丑态拼凑成逗乐的东西,用下流加无耻来诱惑群众;支持卖淫的私下侦察在和人对峙,它使人开心,群众爱看四轮马车载着这堆活妖怪走过,饰着金箔的敝衣,一半污秽一半光亮,这些人又叫又唱;人们为这由羞耻汇集而成的胜利鼓掌;如果警察不让这长了二十个头的欢乐水蛇在人群中巡游的话,大家就不认为在过节,这些事实在令人感到可悲。但又有什么办法呢?这些两轮垃圾车装饰着缎带和花朵,被人群的笑声凌辱着又宽恕着。大众的笑是普遍堕落的同谋。有些不健康的节日腐蚀人民,使他们堕为群氓;而群氓和暴君都需要逗乐的小丑。帝王有罗克洛尔①,老百姓则有巴亚斯。当巴黎不是一座卓越的大城时,它就是一座疯狂的大城。狂欢节是政治的一部分。我们应该承认巴黎心甘情愿让无耻在那儿装腔作势。它只向它的大师——如果它有大师的话——提出一个要求:"替我把这些污秽抹上脂粉吧。"罗马也有同样的气质,她喜爱尼禄,尼禄是巨人型的装运工。

我们刚才提到了一辆大型四轮轻便马车,带着一群畸形的蒙面男女,停在大道的左边,碰巧这时结婚的车辆行列也正停在大道右边。从大道那边到这边,蒙面人的车辆看见了对面新娘的马车。

---

① 罗克洛尔(Roguelaure,1544—1625),法国元帅,以说风趣话取悦路易十四。

"咦!"一个蒙面人说,"参加婚礼的人。"①

"假的,"另一个说,"我们才是真的。"

距离太远,不便向婚礼的行列打招呼,再说又怕警察来干涉,那两个蒙面人就瞧别处去了。

不到一会儿,整个蒙面车里的人都忙乱起来了,群众开始向他们喝倒彩,这是群众对戴假面具人的队伍的一种亲热的表示;刚才谈话的两个蒙面人就得和同伴们一起对付大家,他们用尽了菜市场惯用的所有的谩骂,用那种武器才勉强回击了群众的唇枪舌剑,蒙面人和群众之间交换了一些可怕的隐喻。

这时,另外两个同车的蒙面人,一个有大鼻子、大黑胡子、模样显老的西班牙人和一个瘦小的骂街女子,她还很年轻,戴着假面具,他们也注意到了婚礼车,当他们的伙伴和过路人在互相对骂时,他们正在低声对话。

他们的私语被嘈杂的声音所掩盖,听不见了,阵雨把敞开的车辆淋湿,二月的风又不温暖,这个骂街的袒胸女子,一边在回答西班牙人的话,一边颤抖着,又咳又笑。

这是他们的对话:

"喂!"

"什么?父亲。"

"你看见这个老头了吗?"

"哪个老头?"

"那儿,在婚礼的第一辆马车里,靠我们这边。"

---

① 法语"婚礼"(noce)这词,可以是"参加婚礼的人群",也用在"花天酒地"这一短语中。

"那个有黑领结手臂挂着的?"

"不错。"

"怎么呢?"

"我肯定认识他。"

"啊!"

"如果我不认识这个巴黎人,我愿让别人砍下我的头,今生又从没说过'您'、'你'、'我'。"①

"今天巴黎只是一个木偶。"

"你弯下腰能看见新娘吗?"

"看不见。"

"新郎呢?"

"这辆车里没有新郎。"

"啊!"

"除非就是另外那个老头。"

"你设法再弯下点腰去,这就能看清新娘了。"

"我办不到。"

"无论如何,这个爪子上有点东西的老头,我肯定认得他。"

"你认得他又有什么用?"

"不知道。也许有用!"

"我对老头不感兴趣。"

"我认得他!"

"随你便去认得他吧。"

"见鬼,他怎么会在婚礼行列中?"

~~~~~~~~~~~~~~~~~

① 这是段黑话,意思是"我拿脑袋担保,我认得这个巴黎人"。

"那我们也一样啊。"

"这婚礼车是从哪儿来的?"

"难道我知道?"

"听着。"

"什么?"

"你应该做件事。"

"什么事?"

"你走下我们的车去跟踪这辆婚礼车。"

"干什么?"

"为了知道它上哪儿去,是什么人的车?快下去,快跑,我的女儿,你年纪轻。"

"我不能离开车子。"

"为什么不能?"

"我是被雇用的。"

"啊,糟了!"

"我替市政府当一天骂街的。"

"不错。"

"如果我离开车子,第一个见到我的警务侦察员就要逮捕我。这你是知道的。"

"是,我知道。"

"今天我是被政府买下的。"

"无论如何,这老头使我烦恼。"

"老头使你烦恼,你又不是一个年轻姑娘。"

"他在第一辆车里。"

"那又怎么样呢?"

"在新娘车里。"

"那又怎么样?"

"因此他是父亲。"

"这与我有什么相干?"

"我告诉你他是父亲。"

"又不是只有这一个父亲。"

"听我说。"

"什么?"

"我嘛,我只能戴着面具出来。在这儿,我是藏着的,别人不知道我在这儿。但是明天就没有面具了。今天星期三是斋期开始。我有被捕的危险。我得钻进我的洞里去。而你是自由的。"

"不太自由。"

"总比我好一些。"

"你的意思是?"

"你要尽量打听到这辆婚礼车到什么地方去?"

"到哪里去?"

"对。"

"我知道。"

"到哪儿去?"

"到蓝钟面街。"

"首先,不是这个方向。"

"那就是到拉白区。"

"也许到别处去。"

"它是自由的。参加婚礼的人是自由的。"

"不仅仅是这点,我告诉你要设法替我了解这婚礼是怎么回事,有这老头在里面,这对新婚夫妇住在哪儿?"

"决不！这才有意思呢。在八天后去找到一家婚礼车在狂欢节路过巴黎的人家难道容易吗？大海捞针！这怎么办得到？"

"不管怎样，要努力。听见没有，阿兹玛？"

两列车队在大道两旁以相反的方向移动，婚礼车逐渐在蒙面车的视野中消失了。

二 冉阿让的手臂仍用绷带吊着

实现自己的梦想，谁有这种可能呢？为此上天一定要进行选择；我们都是没有意识到的候选人；天使在投票。珂赛特和马吕斯中选了。

珂赛特在市政府和教堂里艳丽夺目，非常动人。这是杜桑在妮珂莱特的帮助下替她打扮的。

珂赛特在白色软缎衬裙上面，穿着班希产的镂空花边的连衣裙，披着英国的针织花面纱，戴着一串圆润的珍珠项链和一顶橙花冠；这一切都是洁白无瑕，这种雅净的装饰使珂赛特容光焕发。这是绝妙的天真在光明中扩展而且神化了，好像一个贞女正在幻变成为天仙。

马吕斯的美发光亮又芳香，在鬈发下好几处地方可以看到街垒给他带来的几条浅色伤痕。

外祖父华贵而神气，他的服装和姿态高度集中了巴拉斯[①]时代所有的优雅举止，他引着珂赛特。他代替吊着绷带

[①] 巴拉斯（Paul Barras,1755—1829），子爵，国民公会军司令，督政府的督政官。

不能搀扶新娘的冉阿让。

冉阿让穿着黑色礼服,含笑跟在后面。

"割风先生,"外祖父向他说,"这是好日子。我投票表决悲痛和忧伤的结束,从今以后任何地方不应再有愁苦存在。我对天发誓!我颁布快乐!苦难没有理由存在。事实上现在还有不幸的人,这是上天的耻辱。痛苦不是人造成的,人的本性是善良的。一切痛苦的首府和中央政府就是地狱,换句话说,就是魔鬼的杜伊勒里宫。好呀,现在我也说起蛊惑人心的话来啦!至于我,我已没有政治见解;但愿大家都富裕,就是说都愉快,我只要求这一点。"

所有的仪式都进行了:对市政府和神父的问题的无数次"是"的回答,在市政府和教堂的登记册上签了字,交换了结婚戒指,在香烟缭绕中双双并排跪在白色皱纹布的伞盖下,这之后他们这才手搀手,被大家赞美羡慕。马吕斯穿着黑色礼服,她是一身白,前面是带着上校肩章的教堂侍卫开道,用手中的戟跺响石板,他们走在两列赞叹的来宾中间,从教堂两扇大开着的门里走出来,一切都已结束,准备上车的时候,珂赛特还不相信这是真的。她看看马吕斯,看看大家,看看天,害怕醒来似的。她那种既惊讶又担心的神情,为她增添了一种说不出的魅力。回去时,马吕斯和珂赛特并肩同坐一车;吉诺曼先生和冉阿让坐在他们对面。吉诺曼姨妈退了一级,坐在第二辆车里。"我的孩子,"外祖父说,"你们现在是男爵先生和男爵夫人了,有三万利弗的年金。"于是珂赛特紧挨着马吕斯,在他耳边用天使般的妙音轻声说:"原来是真的。我叫马吕斯,我是'你'夫人。"

这两个人容光焕发,他们正处在一去不复返、再难寻觅的一刹那,也就是处在整个青春和一切欢乐的光耀炫目的交叉点上。他们实现了让·勃鲁维尔的诗句所说的"他俩相加还不到四十岁"。这是崇高的结合,这两个孩子是两朵百合花。他们不是相互注视,而是相互礼拜。珂赛特觉得马吕斯是在荣光中;马吕斯感到珂赛特是在圣坛上。而在这圣坛上和在这荣光中,这两个神化了的人,其实已不知怎么合而为一了,对珂赛特来说是处在一层彩云之后,对马吕斯来说,则处在火焰般的光芒中。那里有着理想的东西,真实的东西,这就是接吻和梦幻般的相会,以及新婚的枕席。

他们经历过的苦难,回忆起来真令人陶醉。他们觉得现在已成为爱抚和光明的一切悲伤、失眠、流泪、忧虑、惊慌和失望,好像在使即将到来的令人喜悦的时刻变得更有魅力;对欢乐而言,好像悲伤已起到陪衬的作用。受过折磨是何等有益!他们的不幸构成了幸福的光圈。长期恋爱的苦闷使他们的感情升华了。

两个人的心灵同样感到销魂荡魄,马吕斯稍带点情欲,珂赛特则有点羞怯。他们轻声说:"我们再去卜吕梅街看看我们的小花园。"珂赛特的衣服褶裥搭在马吕斯的身上。

这样的一天是梦幻和现实的混合。既占有却又是假设。目前还有时间来猜测。这一天,在中午去梦想午夜的情景是一种无法形容的激动情绪。两颗心里都洋溢着动人的幸福,使过路人也感到了轻松愉快。

行人在圣安东尼街圣保罗教堂前面停下来,为了透过马车的玻璃,看橙花在珂赛特的头上颤动。

然后他们回到受难修女街家中。马吕斯与珂赛特胜利欢乐地并排走上过去人们在它上面拖回垂死的马吕斯的楼梯。

穷人们聚集在门口分享他们的施舍,并且祝福新婚夫妇。到处都插满鲜花。家里像教堂里一样充满着芳香;在神香之后现在是玫瑰花。他们似乎听到天上有歌声;上帝在他们心中;他们的前途好像满天的星斗;他们看见了一道初升的阳光在头上闪耀。忽然时钟响了。马吕斯注视着珂赛特那裸露的迷人的粉臂和透过上衣的花边隐约可见的红润的地方,珂赛特察觉了马吕斯的目光,羞得面红耳赤。

很多吉诺曼家的老友都应邀而来,大家围着珂赛特,争先恐后地称她男爵夫人。

军官忒阿杜勒·吉诺曼,现在是上尉了,从他的部队驻扎地夏尔特尔来参加表弟彭眉胥的婚礼,珂赛特没有认出他来。

他呢,对妇女们称他为美男子已习以为常,一点也想不起珂赛特或其他任何女人。

"我幸好没有相信关于这个长矛兵的流言。"吉诺曼老爹心里暗想道。

对冉阿让,珂赛特从没有过此刻这样的温柔和体贴。她和吉诺曼老爹也和谐一致;在他把快乐当作箴言准则的同时,如同香气一样她全身也散发着爱和善。幸福的人希望大家都幸福。

她和冉阿让谈话时,又用她幼年时的语气,对他微笑着表示亲热。

一桌酒席设在饭厅里。

亮如白昼的照明是盛大喜宴不可缺的点缀品。欢乐的人不能容忍昏暗和模糊不清。他们不愿呆在黑暗里。夜里,可以;黑暗,不行。如果没有太阳,就得创造一个。

饭厅是一个摆满赏心悦目物品的大熔炉。正中,在雪白耀眼的饭桌的上方,吊着一盏威尼斯产的金属片制的烛台,上面有着各色的鸟:蓝的,紫的,红的,绿的,都栖息在蜡烛中间;在吊着的烛台四周有多枝的烛台,墙上挂有三重和五重的枝形壁灯反射镜;玻璃、水晶、玻璃器皿、餐具、瓷器、陶器、瓦器、金银器皿,一切都光彩夺目,玲珑可爱。烛台的空隙处,插满了花束,因此,没有烛光的地方就有花朵。

在候见室里有三把小提琴和一支笛子在轻声演奏着海顿的四重奏。

冉阿让坐在客厅里一张靠椅上,在门背后,这敞着的门几乎把他遮住了。上桌吃饭前片刻,珂赛特心血来潮,用双手把她的新娘礼服展开,向他行了个屈膝大礼,她带着温柔而调皮的目光问他:

"父亲,你高兴吗?"

冉阿让说:"我很高兴。"

"那你就笑一笑吧!"

冉阿让就笑起来了。

几分钟以后,巴斯克通知筵席已准备好了。

吉诺曼先生让珂赛特挽着他的手臂走在前面,和跟在后面的宾客一同进入餐厅,大家根据指定的位子,在桌旁入座。

两张大安乐椅摆在新娘的左右两旁。

第一张是吉诺曼先生的,第二张是冉阿让的。吉诺曼先生坐下了。另一张还空着。

大家的目光都在寻找"割风先生"。

他已不在了。

吉诺曼先生问巴斯克:

"你知道割风先生在哪儿吗?"

"老爷,"巴斯克回答,"正是割风先生叫我告诉老爷,他受了伤的手有点痛,他不能陪男爵先生和男爵夫人用餐,他请大家原谅他,他明天早晨来。他刚刚离去。"

这个空着的安乐椅,使喜宴上有片刻感到扫兴。割风先生缺席,但有吉诺曼先生在,外祖父兴致勃勃能抵两个人。他明确地说如果割风先生感到不舒服,那最好早点上床休息,又说,这只是轻微的一点"疼痛"。这点说明够了。更何况在一片欢乐中一个阴暗的角落又算得了什么?珂赛特和马吕斯正处在自私和受祝福的时刻,此时人除了见到幸福之外已没有其他能力了。于是吉诺曼先生灵机一动,"嗨,这椅子空着,你来,马吕斯。虽然按理你应坐在你姨妈旁边,但她会允许你坐过来的。这椅子是属于你的了。这是合法而且亲切的,如同财神挨近了福星。"全桌一致鼓掌。马吕斯便占了珂赛特旁边冉阿让的位子;经过这样的安排,珂赛特本来因冉阿让不在而不乐,结果却感到满意。既然马吕斯当了后补,珂赛特连上帝不在也不会惋惜的。她把她那柔软的穿着白缎鞋的小脚放在马吕斯的脚上。

椅子有人坐了,割风先生已被忘却;大家并不感到有什么欠缺。于是五分钟后,全桌的来宾已经笑逐颜开,什么都忘了。

餐后上水果点心时,吉诺曼先生起立,手中举着一杯不大满的香槟,这是因为他那九十二岁的高龄怕手颤而使酒溢出,他向新婚夫妇祝酒。

"你们逃避不了两次训诫,"他大声说,"早晨你们接受了教士的,晚上要接受外祖父的。听我说,我要劝告你们:'你们相爱吧!'我不来搬弄一堆华丽的词藻,我直截了当地说,

'你们幸福吧!'天地万物没有比斑鸠更聪明的了。哲学家说欢乐要有分寸。我却说:'要尽情欢乐,要像魔鬼那样热恋,如痴如醉。'哲学家是在胡诌,我要把他们的哲学塞回到他们的喉咙里去。人们难道会嫌芳香过分,玫瑰花开得过多,歌唱的黄莺太多,翠叶太多,生命中的清晨太多吗?难道人会爱得过火?难道双方会相互喜欢得过火?注意,爱丝特尔,你太美丽了!小心,内莫朗,你太漂亮了!这纯粹是蠢话!难道相互会过分迷恋、过分爱抚、过分使对方陶醉吗?难道生命的活力会太多?幸福会过分?欢乐要节制。呸!打倒哲学家!欢天喜地就是智慧。你们兴高采烈吧,让我们兴高采烈吧!我们感到幸福难道是由于我们善良?还是正因为我们是幸福的所以我们也是善良的呢?桑西所以被称作桑西,是因为它属于哈勒·德·桑西①呢还是因为它重一百〇六克拉呢?关于这我一点也不知道;生活中充满了这类难题;重要的是去获得桑西和幸福。幸福吧!不要挑剔,要盲目地服从太阳。太阳是什么,就是爱情呀。提到爱情,就是指女人。啊!啊!无上权威就在这儿,这就是女人。你们问问这个造反的马吕斯,他是不是珂赛特这个小暴君的奴仆。他是心甘情愿的,这胆小鬼!女人!没有站得住脚的罗伯斯庇尔,还是女人掌权。我也只是这个王党的保王党员了。亚当是什么?他是夏娃的王国,对夏娃来说,是没有一七八九年的。有的君主权杖上有朵百合花,有的装着一个地球,查理曼大帝的权杖是铁的,路易十四的是金的,革命把这些权杖用大拇指和食指折断了,好像两

---

① 尼古拉·哈勒·德·桑西(Nicolas Harlay de Sancy,1546—1629),法国行政长官,有一颗五十三克拉重的钻石,这颗钻石即名桑西。又桑西与法语中"一百〇六"(cent six)同音,故后面引出一百〇六克拉之语。

文钱的麦秆一样拧弯了,完蛋了,断了,都倒在地上了,不再有权杖了;但是你们给我来造造这块香草味的绣花小手帕的反吧!我倒想瞧瞧你们敢不敢。试试吧。它为什么结实?因为是块布头。啊!你们是属于十九世纪的?那又怎么样呢?我们是属于十八世纪的!我们和你们一样愚蠢。你们管霍乱叫流行性霍乱,称奥弗涅舞蹈为卡朱沙。不要以为你们因此就使宇宙有多大改变,永远都得爱女人。我不信你们能摆脱得了。这些女魔是我们的天使。不错,爱情、女子、接吻,这个圈子你们跳不出来;至于我,我还想钻进去呢。你们之中谁曾见过,金星在天空升起,她是这个深渊上卖弄风情的女郎①。海洋里的色里曼纳,她安抚着下方的一切,好像一个美女在俯视狂涛。海洋是一个粗暴的阿尔赛斯特。它嘟囔也没用,维纳斯一露面,它就得喜笑颜开。这只野兽就被驯服了。我们大家都是这样的。愤怒,咆哮,霹雳,怒气冲天。一个女人登上舞台,一颗星星升起,就都服服帖帖了!马吕斯六个月之前还在战斗,今天他结婚了。做得好。不错,马吕斯,对了,珂赛特,你们做得对。你们勇敢地为对方生存吧,特别亲昵,使别人因不能这样做而气得发疯,你们互相崇拜吧!用你们小小的鸟喙拾起地上所有的幸福草,设法用它做成你们一辈子的安乐窝。啊!恋爱,被爱,年轻时候的奇迹!你们不要以为这是你们发明的。我也曾有过幻梦、冥想和叹息,我也曾有过浪漫的心灵。爱神是一个六千岁的小孩。爱神有权长一口长长的白胡须。玛土撒拉在丘比特面前只是一个孩子。六十个世纪以来男女相爱,解决了一切问题,魔鬼,这个狡猾的东西,憎

---

① 维纳斯,罗马神话里爱和美的女神,在法语中又指金星。

恨男子,男子比他更狡猾,去爱上女子。因此他得到的好处超过魔鬼给他的坏处。这种巧妙的事,自从开天辟地以来就存在了。朋友们,这个发明已经陈旧,可是它还很新颖。你们利用这个发明吧!你们目前可以是达夫尼斯和克罗埃①,将来你们再成为菲利门和波息司②。当你们在一起时,就应该一无所需,珂赛特要成为马吕斯的太阳,马吕斯要成为珂赛特的天地。珂赛特,你的艳阳天就是马吕斯的微笑;马吕斯,你的雨水就是妻子的泪珠,要使你们夫妻生活中永远不下雨。你们的爱情得到宗教的祝福,你们抽到了一个好签,是头彩,要好好保存,锁起来,不要浪费掉,要互敬互爱,此外可以不闻不问。相信我说的话。这是理智的。理智不会骗人。你们要像敬神一样相互敬重。每个人崇拜上帝的方式不同。见鬼!最高明的敬仰上帝的方式,就是爱自己的妻子。我爱你,这就是我的教理。谁爱,谁就是正教派。亨利四世的渎神话是把神圣放在盛宴和陶醉之间。'畜生!'③我不信奉这句粗话的宗教。因为其中女人被忘却了。我很诧异亨利四世的亵渎的话竟会是这个。朋友们,女人万岁!据人说我是老了;我感到多么奇怪自己正越活越年轻。我很想到树林里去听听风笛。这两个孩子都是美而愉快的,这使我陶醉。我也千真万确地想结婚,如果有人愿意的话。不能设想上帝创造我们是为了别

---

① 达夫尼斯(Daphnis)和克罗埃(Chloé),希腊小说《达夫尼斯和克罗埃》中的主人公。
② 菲利门(Philémon)和波息司(Baucis),神话中人物,象征夫妇恩爱,长寿,同生同死。
③ 这是亨利四世惯用的骂人的话,法文是"肚子-圣人-醉"(ventre-saint-gris)。

的原因,而不是为了狂热地爱,情话绵绵,精心打扮,当小宝贝,做最受女人赞赏的人,从早到晚亲吻爱人,为自己的爱妻自豪,得意洋洋,炫耀自负;这就是生活的目的。这些就是——希望不要见怪——我们那个时代,当我们是年轻人时的想法。啊!我发誓!那个时代迷人的女子可多啦,标致的面庞,年轻的少女!我使她们神魂颠倒。因此你们相爱吧。如果不相爱,我真不懂春天有什么用;至于我,我请求上帝,把他给我们看的一切美好的东西都拿回去,收藏起来,重新把花朵、小鸟、美女放进他的宝盒。孩子们,来接受一个老人的祝福吧!"

这一晚过得轻松愉快而亲切。外祖父极为舒畅的心情为节日定了调,每个人都为这将近一百岁老人的热诚而行事,大家跳了一会舞,笑声不绝;这是一个亲切的婚礼。真可以邀请"往昔"这位好好先生来参加。其实吉诺曼老爹也就等于是"往昔"这位好好先生了。

有过活跃热闹的场面,现在安静下来了。

新婚夫妇不见了。

午夜刚过,吉诺曼的屋子变成了一所庙宇。

到这里我们止步了。在新婚之夜的房门前,有一个微笑的天使站着,用一个手指按在唇边。

在这欢庆爱情的圣地之前,心灵进入了冥想的境界。

屋子的顶上肯定有微光在闪烁。屋里充满着喜悦的光芒,一定会从墙头的石缝中透露出来,把黑暗微微划破。这个命中注定的圣洁的喜事,不可能不放射出一道神光到太空中去。爱情是融合男人和女人的卓越的熔炉,单一的人,三人一体,最后的人,凡人的三位一体由此产生。两个心灵和合的诞生,一定会感动幽灵。情人是教士;被夺走的处女感到惊恐。这种欢乐多少会传送到上帝那里。真正的崇高的婚姻,即爱情的结合,就有着理想的境界。一张新婚的床在黑夜里是一角黎明,如果允许肉眼看见这些可畏而又迷人的上天的形象,我们可能见到夜里的那些形体,长着翅膀的陌生人,看不见的蓝色的旅客,弯着腰,一簇黑影似的人头,在发光的房屋的周围,他们感到满意,祝福新婚夫妇,互相指着处女新娘,他们也略感紧张,他们神圣的容貌上有着人间幸福的反照。新婚夫妇在至高无上的销魂极乐时刻,认为没有他人在旁,如果倾耳谛听,他们就可以听见簌簌的纷乱的翅膀声。完美的幸福引来了天使的共同的关怀。在这间黑暗的小寝室上面,有整个天空作为房顶。当两人的嘴唇,被爱情所纯化,为了创造而互相接近时,在这个无法形容的接吻上空,辽阔而神秘的繁星,不会没有一阵震颤。

这幸福是真实不虚的,除了这一欢乐外没有其他的欢乐。惟独爱令人感到心醉神迷。此外一切都是可悲可泣的。

爱和曾爱过,这就够了。不必再作其他希求。在生活的黑暗褶子里,是找不到其他的珍珠的。爱是完满的幸福。

三 难分难舍

冉阿让后来怎么样了?

在珂赛特的亲切命令下,冉阿让笑了之后,乘人不备,立刻站起身来,没有人察觉,他走到了候客室。就是在这间屋子里,八个月以前,他满身污泥,又是血,又是灰尘,把外孙送来给外祖父的。那些老式的木器上都有着花和叶的装饰,琴师们坐在过去放置马吕斯的长椅上。巴斯克穿着黑色上衣、短裤、白袜和戴着白手套,把玫瑰花圈放在每一盘要上的菜的四周。冉阿让向他指着自己吊着绷带的手臂,托他解释他缺席的原因,就出去了。

饭厅的格子窗向着大街,冉阿让一动不动地在黑暗中闪亮的窗子下面站了几分钟。他听着。酒席上的嘈杂声传到了他耳边。他听见外祖父那高亢而带有命令口气的讲话、小提琴声、杯盘的叮当声、哈哈大笑声,在整个欢乐的喧哗声中,他能辨别出珂赛特的温柔而愉快的声音。

他离开了受难修女街,回到了武人街。

回家时,他经过圣路易街、圣卡特琳园地街和白大衣商店,这路线比较长,但这是三个月以来,为了避免拥挤和老人堂街的泥泞,他和珂赛特每日从武人街到受难修女街常走的路。

这条珂赛特走过的路,使他摒弃了任何其他路线。

冉阿让回到家。他点起蜡烛上楼。房间是空的。杜桑也不在了。冉阿让在房中的脚步声比往日要响些。所有橱柜都敞开着。他走进珂赛特的房间。床上已没有垫单。细棉布的枕芯,没有枕套也没有花边,放在褥子脚头折叠好了的被套上,垫褥露出了麻布套子,没有人再来睡了。一切珂赛特喜爱的女人用的小物品她都带走了;只剩下笨重的木器和四堵墙。杜桑的床也同样剥光了,只有一张床是铺好的,似乎等待着一个人,这就是冉阿让的床。

冉阿让看看墙头,关上几扇橱门,从这间房走到那间房。

然后他回到自己的房中,把蜡烛放在桌上。

他把手从吊带中解出来,他使用右手就像他没有感到疼痛那样。

他走近卧铺,他的目光,不知是偶然还是有意,停留在那"难分难舍的东西"上面,这就是珂赛特过去曾经妒忌过的那只他不离身的小箱子。当他六月四日来到武人街时,便把它放在床头一张独脚小圆桌上。他迅速走向圆桌,从口袋中取出一把钥匙,把小箱子打开。

他慢慢地把十年前珂赛特离开孟费郿时穿的衣服拿出来;先取出黑色小衣服,再取出黑色方围巾,再取出粗笨的童靴,珂赛特现在差不多还能穿得下,因为她的脚很小巧,接着他又取出很厚的粗斜纹布紧身上衣,还有针织品的短裙,又取出有口袋的围裙,再取出毛线袜。这双毛线袜还很可爱的保留着孩子小腿的形状,它比冉阿让的手掌长不了多少。这一切都是黑色的。是他把这些服装带到孟费郿给她穿的。他一边取出衣物,一边放在床上。他在想。他在回忆。那是一个冬季,一个严寒的十二月,她半裸着身体在破衣烂衫中颤抖,可怜的小脚在木鞋中冻得通红。是他冉阿让,使她脱下了这褴褛的衣服,换上了孝服。那位母亲在坟墓中见到女儿在替她戴孝,尤其是见到她有衣服穿而且还很暖和时该有多么高兴啊!他想起了孟费郿的森林;他们是一同穿过的,珂赛特和他;他回想起当时的天气,想起了没有叶子的树,没有鸟的林,没有太阳的天;尽管如此,一切都非常可爱。他把小衣服摆在床上,围巾放在短裙旁,绒袜放在靴子旁,内衣放在连衣裙旁,他一样一样地看。她只有这么高,她怀里抱着她的玩具大娃娃,她把她的金路易放在围裙口袋里,她笑呀笑呀,他们手搀着手向前走,她在世上只有他一个人。

于是他那白发苍苍可敬的头倒到床上,这个镇静的老人的心碎了,他的脸可以说是埋在珂赛特的衣服里,如果这时有人从楼梯上走过,就可以听见沉痛的哀嚎。

四 "不死的肝脏"①

以往可怕的搏斗,我们曾见过好几个回合,现在又开始了。

雅各和天使只搏斗了一宵。可叹的是,我们见到多少次冉阿让在黑暗中被自己的良心所擒,不顾死活地和它搏斗。

闻所未闻的恶斗!有时是失足滑脱,有时是土地塌陷。这颗狂热追求正义的良心多少次把他箍紧而压服!多少次,这个不可逃避的真理,用膝盖压住他的胸膛!多少次,他被光明打翻在地,大声求饶!多少次,主教在他身上,在他内心点燃的这个铁面无私的光明,在他希望看不见时,却照得他眼都发花!多少次,他在斗争中重新站起来,抓住岩石,依仗诡辩,在尘埃里打滚,有时他把良心压在身下,有时又被良心打翻!多少次,在支吾其词、在以自私为出发点的一种背叛的似是而非的推论之后,他听见愤怒的良心在他耳边狂呼:"阴谋家!无耻!"多少次,他执拗的思想在无可否认的职责前痉挛地辗转不安!对上帝的抗拒。悲伤的流汗。多少暗伤,只有他自己感到仍在流血!他悲惨的一生中有过多少伤痛!多少次他重新站了起来,鲜血淋淋,受了致命伤,碰到挫折,于是恍然大悟,心里绝望,灵魂却宁静了!他虽然失败,但却感到胜利了。

---

① "不死的肝脏",原文为拉丁文"Immortale Jecur"。普罗米修斯因窃天火给人类,被钉在高加索山的悬崖上,宙斯每天叫一只大鹰啄食他的肝脏,到了夜晚啄食掉的肝脏又恢复原状。

他的良心使他四肢脱臼,受到百般折磨,筋断骨折之后,就站在他上面,令人望而生畏,这良心光芒四射,在安详地向他说:"现在,平安无事了!"

但经过这样一场沉痛的搏斗之后,唉!这是多么凄惨的一种平安!

然而这一夜,冉阿让感到他打的是最后一仗。

一个使人心碎的问题出现了。

天命不是一直都是笔直的,它们在命运已经注定的人面前展开的不是一条直的路;有绝路、死胡同①、黑暗的拐弯、令人焦急的多盆道的交叉路口。冉阿让此刻正停留在这样一个最危险的交叉路口上。

他已到了最重要的一个善恶交叉的路口。这个暗中的交叉点就在他眼前。这次和以往在痛苦的波折里一样,两条路出现在他面前,一条诱惑他,另一条使他惊骇。究竟走哪一条路呢?

一条可怕的路是,当我们注视黑暗时,就能见到一个神秘的手指在指引着。

冉阿让又一次要在可怕的避风港和诱人的陷阱这两者之间作出选择。

据说灵魂能痊愈而命运则不能。难道这话是真的?多么可怕的事,一个无法挽救的命运!

出现的问题是这样的:

对于珂赛特和马吕斯的幸福冉阿让应抱什么态度?这一幸福是他愿意的,是他一手造成的,是他用尽心血使之实现

---

① 死胡同,原文为拉丁文"cœcums"。

的,此刻望着这个成果,他感到的满意,正如一个铸剑师看见从他胸口拔出来的热气腾腾的刀上,有自己铸造的标记。

珂赛特有了马吕斯,马吕斯占有了珂赛特。他们应有尽有,也不缺财富。这都是他一手造成的。

但这个幸福,现在既已存在,并且就在眼前,他冉阿让将如何对待?他是否硬要进入这一幸福中去?是否把它看成是属于他的呢?珂赛特当然已归另一个人,但他冉阿让还能保持他和珂赛特间一切能保持的关系吗?和以往一样当作一个偶尔见见面但受到敬重的父亲?他能泰然进入珂赛特的家里去吗?他能一言不发,把他的过去带到这未来的生活中去吗?他是否感到有权进去,并且戴着面罩,坐在这个光明的家庭里?他是否能含着笑用他悲惨的双手来和纯洁的孩子们握手呢?他能把带着法律上不名誉的黑影的双脚放在吉诺曼客厅中安静的壁炉柴架上吗?他能这么进去同珂赛特和马吕斯分享好运吗?他是否要把自己额上的黑影加深并使他们额上的乌云也加厚?他要把他的灾祸掺杂在他们两人的幸福里吗?继续隐瞒下去吗?总之一句话,在这两个幸运儿身旁,他将是命运阴森的哑巴?

当有些可怕的问题赤裸裸地暴露在我们面前时,必须对无数和一系列厄运感到习惯我们才敢正视这些问题。善或恶就在这严厉的问号后面。你打算怎么办呢?斯芬克司在问他。

冉阿让惯于接受这些考验,他目不转睛地看着斯芬克司。

他从各个方面去考虑这个残酷的问题。

珂赛特,这个可爱的生命,是沉溺者得救的木筏。怎么办?抓紧它,还是松手?

如果抓紧,他可以脱离灾难,又回到阳光下,他可以使苦水从衣服和头发里流干净,他就得救了,他就能活了。

松手吗?

那就是深渊。

他痛苦地和思想协商。或者说得准确一点,他在斗争;拳打脚踢,怒火冲天,内心里有时反对自己的意愿,有时反对自己的信心。

痛哭对冉阿让来说是一种幸福。这样可能使他清醒。但开始时相当猛烈。一阵汹涌的波涛比过去把他推向阿拉斯时还更强烈,像脱了锁链似的在他心里爆发出来。过去又回来和现在正面相对;他比较了一下,于是号啕痛哭,眼泪的闸门一开,这个失望的人便哭得直不起腰来。

他感到出路被挡住了。

可叹的是,这种自私心和责任感之间的激烈拳击,当我们在不能剥夺的理想面前一步一步后退时,会心乱如麻,顽强抗拒的,我们为后退而激怒,寸土必争,希望有逃脱的可能,当我们正在寻找出路,忽然在我们后面碰到一堵墙。这是多么可怕的阻碍啊!

感到了神圣的黑影在挡住去路!

严正的冥冥上苍,怎么也摆脱不掉!

因此和良心打交道是没完没了的。布鲁图斯,你就死了心吧!卡托,你死了心吧。为了上帝,良心是无底的坑。我们可以把一生的事业丢进这深井,把家产丢进去,把财富丢进去,把成就丢进去,把自由或祖国丢进去,把舒适丢进去,把安息丢进去,把快乐丢进去。还要!还要!还要!把瓶子倒空!把罐子侧过来!最后还要把自己的心也丢进去。

在古老的地狱某一处的烟雾中,有一个这样的桶。

最后拒绝这样做,难道不能被原谅吗?可以有权没完没了地折磨人吗?漫长的锁链难道不是超过了人的耐力吗?谁会责备西绪福斯和冉阿让,如果他们说:"受够了!"

物质的服从是被磨擦所限制的;难道灵魂的服从没有一个限度?如果永恒的运转是不存在的,是否能要求永久的忠诚呢?

第一步不算什么,最后一步才是艰巨的。商马第事件和珂赛特的婚姻及其后果比起来又算得了什么?和再进牢房和变得一无所有比起来又算得了什么?

啊!要走的这第一步,你是多么暗淡呀!第二步,你是多么黑暗呀!

这一次怎么能不把头掉过去呢?

殉难者有高尚的品德,一种腐蚀性的高尚。这是一种使人圣化的磨难。开始时还能忍受,坐了烧红了的铁宝座,把红铁冠戴在头上,接过火红的铁地球,拿着火红的权杖,还要穿上火焰的外套,悲惨的肉身难道一刻也不能反抗,难道永远没有拒绝肉刑的时候?

最后冉阿让在失望中安静了。

他衡量,默想,他考虑着这个在轮番起落的光明和黑暗的神秘天平。

让这两个前途无限光明的孩子来承担他的徒刑,或是他自己来完成他那无可救药的沉沦。一边是牺牲珂赛特,另一边是牺牲自己。

他作了什么结论?采取了什么决定?他内心对这永不变化的命运的审问,最终将如何作答?他决定打开哪一扇门?

他决定关掉并封闭生命中的哪一边?处在四周被深不可测的悬崖围困之中,他的选择是什么?他接受哪一条末路?他向这些深渊中的哪一条点头表示同意?

他经过了一整夜的头晕目眩的苦思。

他用同样的姿势呆到天明,在床上,上身扑在两膝上,被巨大的命运所压服,也许被压垮了,唉!他两拳紧握,两臂伸成直角,好像一个被钉在十字架上刚取下来的人,脸朝地被扔在那里。他待了十二个小时,一个隆冬漫漫长夜里的十二个小时,他冻得冰凉,但没有抬一下头,也没有说一句话。一动不动,就像死尸一样,这时,他的思潮在地下打滚又腾空,有时像七头蛇,有时像鹰鹫。他一动不动,像个死人;忽然他痉挛地颤抖起来,他贴在珂赛特衣服上的嘴又在吻这些衣服;这时人才看到他是活着的。

谁?人?既然冉阿让是一个人,并没有任何人在旁?

这是个在暗中的"人"。

第七卷　最后一口苦酒

一　第七重环形天和第八层星宿天①

婚礼的第二天是静悄悄的,大家尊重幸福的人,让他们单独在一起,也让他们稍迟一点起身。来访和祝贺的喧闹声稍后一点才会开始。二月十七日,中午稍过,当巴斯克臂下夹着抹布和鸡毛掸,正忙着打扫"他的候客室"时,他听见轻轻的敲门声。没有按门铃,在当天这样做是知趣的。巴斯克打开门,见到割风先生。他把他引进客厅,那里东西都零乱地堆放着,就像是昨晚快乐节日后的战场。

"天哪,先生,"巴斯克注意到了,"我们都起迟了。"

"你的主人起床了没有?"冉阿让问。

"先生的手好了没有?"巴斯克回答。

"好些了,你的主人起床了吗?"

"哪一位?老的还是新的?"

"彭眉胥先生。"

---

① 二世纪时托勒密(Ptolémée)创立地心说,每个行星为一重天,最高的行星为七重天,八层为恒星天,此说后被哥白尼(Copernic)推翻。

"男爵先生？"巴斯克站直了身子说。

身为男爵主要是在他仆人的眼里，有些东西是属于他们的；哲学家称他们为沾头衔之光者，这一点使他们得意。马吕斯，我们顺便提一下，是共和国的战士，他已证实了这一点，现在则违反他的心愿成了男爵。家里曾为这个头衔发生过一次小小的革命；而现在却是吉诺曼先生坚持这点了，马吕斯倒满不在乎。不过彭眉胥上校曾留过话："吾儿应承袭我的勋位。"马吕斯服从了。还有珂赛特，她已开始成为主妇，也很乐意做男爵夫人。

"男爵先生？"巴斯克又说，"我去看看。我去告诉他割风先生来了。"

"不，不要告诉他是我，告诉他有人要求和他个别谈话，不用说出姓名。"

"啊！"巴斯克说。

"我要使他感到出其不意。"

巴斯克又"啊"了一下。第二个"啊"是他对第一个"啊"的解释。

于是他走了出去。

冉阿让独自留在客厅里。

这个客厅，我们刚才说过，还是乱七八糟的。仔细去听时好像还能隐约听到婚礼的喧哗声。地板上有各种各样的从花环和头上掉下来的花朵。燃烧到头的蜡烛在水晶吊灯上增添了蜡制的钟乳石。没有一件木器摆在原来的地方。在几个角落里，三四把靠近的椅子围成一圈，好像有人还在继续谈天。总的情况看起来还是欢乐的。已过去了的节日，还留下了某种美感。这些都曾是快乐的。在拖乱了的椅子上，在开始枯萎的花朵中,在熄了的灯光下,大家曾想到过欢乐。继吊灯的光辉之后太阳兴高采烈地进入客厅。

几分钟过去了。冉阿让没有动,仍呆在巴斯克离去时的地方。他脸色惨白。他的眼睛因失眠陷进眼眶,几乎看不见了。他的黑色服装现出穿了过夜的皱纹,手肘处沾着呢子和垫单摩擦后起的白色绒毛。冉阿让望着脚边地板上太阳画出来的窗框。

门口发出了声音,他便抬头望。

马吕斯进来了,高昂着头,嘴上带着笑,脸上有着无法形容的光彩,满面春风,目光里充满了胜利的喜悦,原来他也没有睡觉。

"是您呀,父亲!"他看见冉阿让时这样叫道,"这个傻瓜巴斯克一副神秘的样子!您来得太早了,刚十二点半,珂赛特还在睡觉呢!"

马吕斯称割风先生"父亲"的意思是"无比的幸福"。我们知道,在他们之间一直存在着隔阂、冷淡和拘束,存在着要打碎的或融化的冰块。马吕斯陶醉的程度已使隔阂消失,冰雪融化,使他和珂赛特一样把割风先生当作父亲来看待了。

他继续说着,心中冒出说不完的话,这正是圣洁的极度欢乐所应有的表现:

"我真高兴见到您!您不知道昨天我们因您不在而感到多么遗憾!早安,父亲。您的手怎么样了?好些了,是吗?"

于是很满意他对自己作出的好的回答,他又继续说:

"我们俩一直在谈您。珂赛特非常爱您!您不要忘记这里有您的寝室。我们不再需要武人街了,我们真不再需要了。您当初怎么会去住在那样一条街上?它是有病的,愁眉苦脸的,丑陋不堪,一头还有一道栅栏,那里又冷,简直进不去。您来住在这里,今天就来。否则珂赛特要找您算账。我预先通知您,她是准备牵着我们大家的鼻子跟她走的。您看见您的寝室了,它紧挨着我们的房间,窗子向着花园;已经叫人把门上的锁修好了,床也铺好了,房间都整理好了,您只要来住就行了。珂赛特在您的床前放了一张乌德勒支丝绒的老圈手椅,她向它说:'你伸开两臂迎接他。'每年春天,在您窗前刺槐的花丛里会飞来一只黄莺。两个月以后您就能见到它了。它的巢在您的左边,而我们的窝则在您的右边。晚上它来歌唱,白天有珂赛特的语声。您的房间朝着正南方向。珂赛特会把您的书放在那里,您的《库克将军旅行记》,还有另一本旺古费写的旅行记,以及所有您的东西。我想,还有一只您所珍视的小提箱,我已给它选定了一个体面的角落。您得到了我外祖父的赞赏,您和他谈得来。我们将一起共同生活。您会打惠斯特纸牌吗?您会打惠斯特就更使外祖父喜出望外了。我到法院去的日子,您就带珂赛特去散步,让她搀着您的手臂,您知道,就和从前在卢森堡公园时一样。我们完全决定了要过得十分幸福。而您也来分享我们的幸福,听见吗?父亲?啊,您今天和我们一起进早餐吧?"

"先生,"冉阿让说,"我有一件事要告诉您。我过去是一个苦役犯。"

耳朵听到的尖音有一个对思想和耳朵都可以超过的限度。这几个字"我过去是一个苦役犯",从冉阿让口中出来,进入马吕斯的耳中,是超出了听到的可能。马吕斯听不见。他觉得有人向他说了话;但他不知道说了些什么,他呆住了。

此刻他才发现,和他说话的人神情骇人,他激动的心情使他直到目前才发现这可怕的惨白面色。

冉阿让解去吊着右手的黑领带,去掉包手的布,把大拇指露出来给马吕斯看。

"我手上什么伤也没有。"他说。

马吕斯看了看大拇指。

"我什么也不曾有过。"冉阿让又说。

手指上的确一点伤痕也没有。

冉阿让继续说:

"你们的婚礼我不到比较恰当,我尽量做到不在场,我假装受了伤,为了避免作假,避免在婚书上加上无效的东西,为了避免签字。"

马吕斯结结巴巴地说:"这是什么意思?"

"意思是说,"冉阿让回答,"我曾被罚,干过苦役。"

"您真使我发疯!"马吕斯恐怖地喊起来。

"彭眉胥先生,"冉阿让说,"我曾在苦役场呆过十九年,因为偷盗。后来我被判处无期徒刑,为了偷盗,也为了重犯。目前,我是一个违反放逐令的人。"

马吕斯想逃避事实,否认这件事,拒绝明显的实情,但都无济于事,结果他被迫屈服。他开始懂了,但他又懂得过了分,在这种情况下总是这样的。他心头感到丑恶的一闪现;一个使他颤抖的念头,在他的脑中掠过。他隐约看到他未来的命运是丑恶的。

"把一切都说出来,全说出来!"他叫着,"您是珂赛特的父亲!"

于是他向后退了两步,表现出无法形容的厌恶。

冉阿让抬起头,态度如此尊严,似乎高大得顶到了天花板。

"您必须相信这一点,先生,虽然我们这种人的誓言,法律是不承认的……"

这时他静默了一下,于是他用一种至高无上而又阴沉的权威口气慢慢地说下去,吐清每一个字,重重地发出每一个音节:

"……您要相信我。珂赛特的父亲,我!在上帝面前发誓,不是的,彭眉胥先生,我是法维洛勒地方的农民。我靠修树枝维持生活。我的名字不是割风,我叫冉阿让。我与珂赛特毫无关系。您放心吧。"

马吕斯含糊地说:

"谁能向我证明?……"

"我,既然我这样说。"

马吕斯望着这个人,他神情沉痛而平静,如此平静的人不可能撒谎。冰冷的东西是诚挚的。在这墓穴般的寒冷中使人感到有着真实的东西。

"我相信您。"马吕斯说。

冉阿让点一下头好像表示知道了,又继续说:

"我是珂赛特的什么人?一个过路人。十年前,我不知道她的存在。我疼她,这是事实。自己老了,看着一个孩子从小长大,是会爱这个孩子的。一个人老了,觉得自己是所有孩子的祖父。我认为,您能这样去想,我还有一颗类似心一样的东西。她是没有父母的孤儿,她需要我。这就是为什么我爱她的原因。孩子是如此软弱,任何一个人,即使像我这样的人,也会做他们的保护人。我对珂赛特尽到了保护人的责任。我并不认为这一点小事当真可以称作善事;但如果是善事,那就算我做了吧。请您记下这一件可以减罪的事。今天珂赛特离开了我的生活;我们开始分道。从今以后我和她毫无关系了。她是彭眉胥夫人。她的靠山已换了人。这一替换对她有利。一切如意。至于那六十万法郎,您不向我提这件事,我比您抢先想到,那是一笔托我保管的钱。那笔款子为什么会在我手中?这有什么关系?我归还这笔款子。别人不能对我有更多的要求。我交出这笔钱并且说出我的真姓名。这是我的事,我本人要您知道我是什么人。"

于是冉阿让正视着马吕斯。

马吕斯此刻的感觉是心乱如麻,茫无头绪。命运里有些狂风会引起心里这样汹涌澎湃的波涛。

我们大家都经历过这种内心极其混乱的时刻,我们说的是头脑里首先想到的话,这些话不一定是真的应该说的。有些突然泄露的事使人承受不了,它好像毒酒,使人昏迷。马吕斯被新出现的情况惊得不知所措,他在说话时甚至像在责怪这人暴露了真情。

"您究竟为什么要向我说这些话呢?"他叫喊着,"什么原因在强迫您说?您尽可以自己保留这个秘密。您既没有被告发,也没有被跟踪,也没有被追捕?您乐意来泄露这事总有个理由,说完它。还有其他的事。根据什么理由您要承认这件事?为了什么原因?"

"为了什么原因?"冉阿让回答的声音如此低沉而微弱,好像在自言自语而不是在向马吕斯说话。"不错,为了什么原因,这个苦役犯要来说:'我是一个苦役犯'?是呀!这个原因是很奇怪的,这是为了诚实。您看,最痛苦不过的是有根线牵住了我的心。尤其在人老了的时候,这些线就特别结实,生命四周的一切都可毁掉,而这线却牢不可断。如果我能拔掉这根线,将它拉断,解开或者切除疙瘩,远远地走开,我就可以得救,只要离开就行了;在布洛亚街就有公共马车;你们幸福了,我走了。我也曾设法把线拉断,我抽着,但它却牢不可断,我连心都快拔出来了。于是我说:'我只有不离开这里才能活下去,我必须待在这里。'真就是这样,您有理,我是一个蠢人,为什么不简简单单地待下来?您在您的家里给了我一间寝室,彭眉胥夫人很爱我,她向这只沙发说:'伸开两臂迎接他。'您的外祖父巴不得我来陪伴他,他和我合得来,我们大家住在一起,同桌吃饭,珂赛特挽着我的手臂……彭眉胥夫人,请原谅,我叫惯了,我们在一个屋顶下,同桌吃饭,共用一炉火,冬天我们围炉取暖,夏天仍去散步,这些都是何等愉快,何等幸福,这些就是一切。我们同住像一家人一样。一家人!"

提到这两个字,冉阿让变得怕和人交往的样子,他叉起双臂,眼睛盯着脚下的地板,好像要挖一个地洞,他的声音忽然响亮起来了:

"一家人!不可能,我没有家,我,我不是你们家里的人。我不属于人类的家庭。在家庭的生活中我是多余的,世上有的是家,但不是我的。我是不幸的人,流离失所的人。我是否有过一个父亲或一个母亲?我几乎怀疑这一点。我把这孩子嫁出去的那天,一切就结束了,我看到她幸福并和她心爱的人在一起,这里有一个慈祥的老人,一对天使共同生活,幸福美满,一切称心如意了,于是我对自己说:'你,可不要进去。'我可以说谎,不错,来瞒着你们所有的人,仍旧当割风先生。只要为了她,我就能说谎;但现在是为了我自己,我不该这样做。

不错,我只要不说,一切就会照旧,你问我是什么理由迫使我说出来?一个怪理由,就是我的良心。不泄露其实很容易。我曾整夜这样来说服我自己;您让我说出秘密,而我来向您说的事是如此不寻常,您确实有权让我说;真的,我曾整夜给自己找理由,我也给自己找到了很充足的理由,是的,我已尽我所能。但有两件事我没有做到:我既没有把牵住我、钉住我、封住我的心的线割断,又没有,当我一人独处时,让那轻声向我说话的人住口。因此我今早来向您承认一切。一切,或者几乎就是一切。还有一些是不相干的,只涉及我个人的,我就保留下来了。主要的您已知道。因此我把我的秘密交给您,在您面前我说出我的秘密,这并不是一个容易下的决心。我斗争了一整夜,啊!您以为我没有向自己解释这并不是商马第事件,隐瞒我的姓名无损于人,并且割风这个名字是割风为了报恩而亲自送给我的,我完全可以保留它,我在您给我的房中可以过得愉快,我不会碍事,我将待在我的角落里,您有珂赛特,我也感到自己和她同住在一所房子里。每个人都有自己恰如其分的一份幸福,继续做割风先生,这样一切问题都解决了。不错,除了我的良心,到处使我感到快乐,但我心灵深处仍是黑暗的。这样的幸福是不够的,要自己感到满意才行。我这样仍旧当割风先生,我的真面目就隐藏起来了,而在你们心花怒放的时候,我心里藏着一件暧昧的事,在你们的光明磊落中,我还有着我的黑暗;这样,不预先警告,我就径自把徒刑监狱引进了你们的家,我和你们同桌坐着,心中暗自思量,如果你们知道我是谁,一定要把我赶出大门,我让仆从侍候着我,如果他们知道了,一定会叫:'多么可怕呀!'我把手肘碰着您,而您是有权拒绝的,我可以骗到和你们握手!在你们家里,可敬的白发老人和可耻的白发老人将分享你们的敬重;在你们最亲切的时候,当人人都以为相互都已把心完全敞开,当我们四个人一起的时候,在您的外祖父、你们俩和我之中,就有一个是陌生人!我将和你们在一起共同生活,同时一心想的是不要把我那可怕的井盖揭开。这样我会把我这个死人强加给你们这些活人,我将终身被判过这种生活。您、珂赛特和我,我们三个人将同戴一顶绿帽子!你难道不发抖吗?我只是众人里一个被压得最低的人,因而也就是一个最凶狠的人。而这罪行,我将每日重犯!这一欺骗,我则每日重复!这个黑暗的面具,我每天都要戴着!我的耻辱,每天都要使你们担负一部分!每天!使你们,我亲爱的,我的孩子,我的纯洁的人来负担!隐瞒不算一回事?缄默是容易办到的吗?不,这并不简单。有的缄默等于撒谎。我的谎言,我的假冒的行为,我的不适当的地位,我的无耻,我的背叛,我的罪恶,我将一滴一滴地吞下肚去,吐了又吞,到半夜吞完,中午又重新开始,我说的早安是种欺骗,我说的晚安也会是种欺骗,我将睡在这上面,和着面包吞下去,我将面对珂赛特,我将用囚犯的微笑回答天使的微笑,那我将会是一个万恶的骗子!为了什么目的?为了得到幸福。为了得到幸福,为自己!难道我有权利得到幸福?我是处于生活之外的人啊,先生。"

冉阿让停了下来。马吕斯听着。像这样连贯的思想和悲痛是不能中断的。冉阿让又重新放低语调,但这已不是低沉的声音,而是死气沉沉的声音:

"您问我为什么要说出来?您说我既没有被告发,也没有被跟踪,也没有被追捕。是的,我是被告发了!是的!被跟踪和被追捕了!被谁?被我自己。是我挡住我自己的去路,我自己拖着自己,我自己推着,我自己逮捕自己,我自己执行,当一个人自己捉住自己时,那就是真捉住了。"

于是他一把抓住自己的衣服朝马吕斯靠去:

"您看这个拳头,"他继续说,"您不觉得它揪住这领子是不打算放掉的?好吧!良心完全是另一种拳头呀!如果要做幸福的人,先生,那就永远不应懂得天职,因为,一旦懂得了,它就是铁面无私的。似乎它因为你懂了而惩罚你;不对,它为此而酬报;因为它把你放进一个地狱里去,在那里你感到上帝就在你身旁。剖腹开膛的惩罚刚要结束,自己和自己之间就相安无事了。"

于是他用一种痛心而强调的语气继续说:

"彭眉胥先生,这不合乎常情,我是一个诚实的人。我在您眼里贬低自己,才能在自己眼里抬高自己。我已碰到过一次这样的事,但没有这样沉痛;那不算什么。是的,一个诚实人。如果因我的过错,您还继续尊敬我,那我就不是诚实的人;现在您鄙视我,我才是诚实的。我的命运注定了只能得到骗来的尊重,这种尊重使我内心自卑,并徒增内疚,因此要我自尊,就得受别人的蔑视。这样我才能重新站起来。我是一个不违反良心的苦役犯。我知道这很难使人相信。但我又有什么办法?就是这样。我自己向自己许下诺言;我履行诺言。一些相遇把我们拴住,一些偶然事件使我们负起责任。您看,彭眉胥先生,我一生中遇到的事真是不少啊。"

冉阿让又停顿了一下,用力咽下口水,好像他的话里有一种苦的回味,他又继续说下去:

"当一个人有这样骇人的事在身上时,就无权去瞒人而使别人来共同分担,无权把瘟疫传给别人,无权使别人在一无所知的情况下从他的绝壁往下滑,无权使自己的红帽子①去拖累别人,无权暗中使自己的苦难成为别人幸福的拖累。走近健康的人,暗中把自己看不见的痈疽去碰触别人,这是多么的卑鄙。割风尽管把姓名借给我,我可无权使用;他能给我,我可不能占有。一个名字,是代表本人的。您看,先生,我动了一下脑筋,我读过一点书,虽然我是一个农民;大道理我还能懂得。您看我的言辞还算得体。我自己教育过自己。是啊!诈取一个名字,据为己有,这是不诚实的。字母也像钱包或怀表一样可以被盗。签一个活着的假名,做一个活的假钥匙,撬开锁进入诚实人的家,永不能昂首正视,永远得斜着眼偷看,自己心里真感到耻辱,不行!不行!不行!不行!我宁愿受苦,流血,痛哭,自己用指甲剥下肉上的皮,整夜在痛苦中扭捩打滚,折磨心胸。这就是我来向您讲明这一切的原因,正像您所说的,乐意这样做。"

他困难地喘着气,并且吐出了最后一句话:

"过去,为了活命,我偷了一块面包;今天,为了活命,我不盗窃名字。"

"为了活命!"马吕斯打断他的话,"您不需要这个名字了?为了活命。"

"啊!我懂得自己的意思了。"冉阿让缓慢地连续几次抬起了头又低了下去。

一阵沉默。两人都默默无言,各人都沉浸在思想深处。马吕斯坐在桌旁,屈着一指托住嘴角,冉阿让来回踱着,他停在一面镜子前不动,于是,好像在回答心里的推理,他望着镜

---

① 红帽子,死囚戴红帽子。

子但没有看见自己说道:

"只是现在我才如释重负!"

他又开始走,走到客厅的另一头,他回头时发现马吕斯在注视着他走路,于是他用一种无法形容的语气对他说:

"我有点拖着步子走路。您现在知道是什么原因了。"

然后他完全转向马吕斯:

"现在,先生,您请想象一下,我仍是割风先生,我在您家里待下去,我是您家里的人,我在我的寝室里,早晨我穿着拖鞋来进早餐,晚上我们三个人去看戏,我陪彭眉胥夫人到杜伊勒里宫和王宫广场去散步,我们在一起,你们以为我是你们一样的人;有那么一天,我在这儿,你们也在,大家谈天说笑,忽然,你们听见一个声音,叫着这个名字:'冉阿让!'于是警察这只可怕的手从黑暗中伸出来,突然把我的假面具扯掉了!"

他又沉默了;马吕斯战栗着站了起来,冉阿让又说:

"您觉得怎么样?"

马吕斯用沉默作回答。

冉阿让接着说:

"您看,我没有保持沉默是对的。好好地继续过你们幸福的生活吧!好像在天堂里一样,做一个天使的天使,生活在灿烂的阳光中,请对此感到满足,不要去管一个可怜的受苦人是以什么方式向您开诚布公和尽他的责任的。在您面前是一个悲惨的人,先生。"

马吕斯慢慢地在客厅中穿过,当他走近冉阿让时,向他伸出手来。

但马吕斯是不得不去握那只不向他伸出的手的,冉阿让听凭他握,马吕斯觉得好像握着一只大理石的手。

"我的外祖父有些朋友,"马吕斯说,"我将设法使您获得赦免。"

"无济于事,"冉阿让回答,"别人认为我已死去。这已足够了。死了的人不会再被监视。他们被认为是在静静地腐烂着。死了,等于是赦免了。"

于是,他把马吕斯握着的手收回来,用一种严酷的自尊语气补充了一句:

"此外,尽我的天职,这就是我要向它求救的那个朋友;我只需要一种赦免,那就是我自己良心的赦免。"

这时,在客厅的那一头,门慢慢地开了一半,在半开的门里露出了珂赛特的头。人们只看到她可爱的面容,头发蓬松,很好看,眼皮还带着睡意。她做了一个小鸟把头伸出鸟巢的动作,先看看她的丈夫,再看看冉阿让,她笑着向他们大声说着,好像是玫瑰花心里的一个微笑:

"我打赌你们在谈政治!真傻,不和我在一起!"

冉阿让打了一个寒噤。

"珂赛特!……"马吕斯吞吞吐吐。接着他停住了。在别人看来好像两个有罪的人。

珂赛特,兴高采烈地继续来回地看着他们两人。她的眼里像是闪耀着天堂里的欢乐。

"我当场抓住你们了,"珂赛特说,"我刚从门外听见我父亲割风说:'良心……尽他的天职……'这是政治呀,这些。我不爱听。不该第二天就谈政治,这是不公正的。"

"你弄错了,珂赛特,"马吕斯说,"我们在谈生意。我们在谈你的六十万法郎存放在什么地方最好……"

"还有别的,"珂赛特打断他的话,"我来了,你们这里要我来吗?"

她干脆走进门,到了客厅里。她穿着一件白色宽袖百褶晨衣,从颈部一直下垂到脚跟。在那种天上金光闪耀的古老的哥特式油画中,有着这种可以放进一个天使的美丽的宽大衣裳。

她在一面大穿衣镜前从头至脚地注视自己,然后突然用无法形容的狂喜声调大声说:

"从前有一个国王和一个王后。啊!我太高兴了!"

说完这句话,她向马吕斯和冉阿让行了一个屈膝礼。

"就是这样,"她说,"我来坐在你们身旁的沙发椅上,再过半小时就进早餐了,你们尽管谈你们的,我知道男人们是有话要说的,我会乖乖地待着。"

马吕斯挽着她的手臂亲热地向她说:

"我们在谈生意。"

"想起了一件事,"珂赛特回答,"我刚才把窗子打开了,有很多小丑到花园里来了。都是些小鸟,不戴面具。今天是斋期开始,可是小鸟不吃斋呀!"

"我告诉你我们在谈生意,去吧,我亲爱的珂赛特,让我们再谈一下,我们在谈数字,你听了会厌烦的。"

"你今天打了一个漂亮的领结,马吕斯。你很爱俏,大人,不,我不会厌烦。"

"我肯定你会厌烦的。"

"不会,因为是你们,我听不懂你们谈的话,但我能听着你们说话,听见心爱的人的声音,就不用去了解说的是什么了。只要能在一起,这就是我的要求。无论如何,我要和你们待在这儿。"

"你是我亲爱的珂赛特!但这件事不行。"

"不行!"

"对。"

"好吧,"珂赛特又说,"我本来有新闻要告诉你们。我本想告诉你们外祖父还在睡觉,姨妈上教堂去了,我父亲割风房间里的烟囱冒着烟,还有妮珂莱特找来了通烟囱的人,还有杜桑和妮珂莱特已吵了一架,妮珂莱特讥笑杜桑是结巴。好吧,你们什么也不知道。啊!这不行?我也一样,轮到我了,你看吧,先生,我也说:'不行。'看看哪一个上了当?我求求你,我亲爱的马吕斯,让我和你俩在一起吧!"

"我向你发誓,我们必须单独谈话。"

"那么请问我是一个外人吗?"

冉阿让不开口。

珂赛特转向他:

"首先,父亲,您,我要您来吻我,您在这儿干吗一言不发,不替我说话?谁给了我这样一个父亲?您看我在家中很痛苦。我的丈夫打我。来吧,马上吻我一下。"

冉阿让走近她。

珂赛特转向马吕斯:

"你,我向你做个鬼脸。"

于是她把额头靠近冉阿让。

冉阿让走近她一步。

珂赛特后退。

"父亲,您的面色惨白,是不是手臂痛?"

"手已经好了。"冉阿让说。

"是不是您没有睡好?"

"不是。"

"您心里发闷?"

"不是。"

"那么就吻我吧,如果您身体健康,睡得好,心里愉快,那我就不责怪您。"

她再把额头伸向他。

冉阿让在这有着天上光彩的额头上吻了一下。

"您笑笑。"

冉阿让服从了。这是幽灵的微笑。

"现在帮助我来抗拒我的丈夫。"

"珂赛特……"马吕斯说。

"您生气吧,父亲。告诉他我一定要待在这儿。你们尽可以在我面前说话。难道你们觉得我竟这样傻。难道你们说的话竟这样惊人! 生意,把钱存入银行,这有什么了不起。男人们要无故制造秘密。我要待在这儿。我今天早晨很美丽,看看我,马吕斯!"

她可爱地耸耸肩,装出一副说不出的逗人的赌气的模样望着马吕斯。两人间好像有电花闪了一下,虽然旁边还有人,但也顾不了了。

"我爱你!"马吕斯说。

"我崇拜你!"珂赛特说。

于是两人不由自主地拥抱起来了。

"现在,"珂赛特一边整理晨衣的一个褶子,噘起胜利的嘴说,"我待在这儿。"

"这可不行,"马吕斯用一种恳求的声调回答道,"我们还有点事要讲完。"

"还不行?"

马吕斯用严肃的语气说:

"说实在话,珂赛特,就是不行。"

"啊!您拿出男子汉的口气来,先生。好吧,我走开。您,父亲,您也不支持我。我的丈夫先生,我的爸爸先生,你们都是暴君。我去告诉外祖父。如果你们认为我回头会向你们屈服,那就错了。我有自尊心,现在我等着你们。你们会发现我不在场你们就会烦闷。我走了,活该。"

她就出去了。

两秒钟后,门又打开了,她鲜艳红润的面容又出现在两扇门里,她向他们大声说:

"我很生气。"

门关上了。黑暗又重新出现。

这正如一道迷路的阳光,没有料到,突然透过了黑夜。

马吕斯走过去证实一下那门确是关上了。

"可怜的珂赛特!"他低声说,"当她知道了……"

听了这句话,冉阿让浑身发抖,他用失魂落魄的眼光盯住马吕斯。

"珂赛特!啊,对了,不错,您要把这件事告诉珂赛特。这是正确的。您看,我还没有想到过。一个人有勇气做一件事,但没有勇气做另一件。先生,我恳求您,我哀求您,先生,您用最神圣的诺言答应我,不要告诉她。难道您自己知道了还不够吗?我不是被迫,是自己说出来的,我能对全世界说,对所有的人,我都无所谓。但是她,她一点不懂这是件什么事,这会使她惊骇。一个苦役犯,什么!有人就得向她解释,对她说:'这是一个曾在苦役场待过的人。'她有一天曾见到一些被链子锁着的囚犯,啊,我的天呀!"

他倒在一张沙发上,两手蒙住脸,别人听不见他的声音,但他肩膀在抽搐,看得出他在哭。无声的泪,沉痛的泪。

啜泣引起窒息,他一阵痉挛,向后倒向椅背,想要喘过一口气,两臂挂着,马吕斯见他泪流满面,并且听见他用低沉的好像来自无底深渊的声音说:"噢!我真想死去!"

"您放心吧,"马吕斯说,"我一定替您保密。"

马吕斯的感受可能并没有达到应有的程度,但一小时以来他不得不忍受这样一件可怕的出乎意外的事,同时看到一个苦役犯在他眼前和割风先生的面貌逐渐合在一起,他一点点地被这凄凉的现实所感染,而且形势的自然发展使他看出自己和这个人之间刚刚产生的距离,他补充说:

"我不能不向您提一下,关于您如此忠心诚实地转交来的那笔款子,这是个正直的行为,应该酬谢您,您自己提出数字,一定会如愿以偿,不必顾虑数字提得相当高。"

"我谢谢您,先生。"冉阿让温和地说。

他沉思一会,机械地把食指放在大拇指的指甲上,于是提高嗓子说:

"一切差不多都完了,我只剩下最后的一件事……"

"什么事?"

冉阿让显得十分犹豫,几乎有气无声,含糊不清地说:

"现在您知道了,先生,您是主人,您是否认为我不该再会见珂赛特了?"

"我想最好不再见面。"马吕斯冷淡地回答。

"我不能再见到她了。"冉阿让低声说。

于是他朝门口走去。

他把手放在门球上，拧开了闩，门已半开，冉阿让开到能过身子，又停下来不动了，然后又关上了门，转身向马吕斯。

他的面色不是苍白，而是青灰如土，眼中已无泪痕，但有一种悲惨的火光。他的声音又变得特别镇静：

"可是，先生，"他说，"您假如允许，我来看看她。我确实非常希望见她，如果不是为了要看见珂赛特，我就不会向您承认这一切，我就会离开这儿了；但是为了想留在珂赛特所在的地方，能继续见到她，我不得不老老实实地都向您说清楚。您明白我是怎样想的，是不是？这是可以理解的事。您想她在我身边九年多了。我们开始时住在大路旁的破屋里，后来在修女院，后来在卢森堡公园旁边。您就是在那里第一次见到她的。您还记得她的蓝毛绒帽子。后来我们又住到残废军人院区，那儿有一个铁栅栏和一个花园，在卜吕梅街。我住在后院，从那儿我听得见她弹钢琴。这就是我的生活。我们从不分离。这样过了九年零几个月。我等于是她的父亲，她是我的孩子。我不知道您能否理解我，彭眉胥先生，但现在要走开，不再见到她，不再和她谈话，一无所有，这实在太困难了。如果您认为没有什么不恰当，让我偶尔来看看珂赛特。我不会经常来，也不会待很久。您关照人让我在下面一楼的小屋里坐坐。我也可以从仆人走的后门进来，但这样可能使人诧异。我想最好还是走大家走的大门吧。真的，先生，我还想看看珂赛特。次数可以少到如您所愿。您设身处地替我想一想吧，我只有这一点了。此外，也得注意，如果我永不再来，也会引起不良的后果，别人会觉得奇怪。因此，我能做到的，就是在晚上，黄昏的时候来。"

"您每晚来好了，"马吕斯说，"珂赛特会等着您。"

"您是好人,先生。"冉阿让说。

马吕斯向冉阿让一鞠躬,幸福把失望送出大门,两个人就分手了。

二 泄露的事里可能有的疑点

马吕斯的心里乱极了。

对珂赛特身旁的这人他为什么一直都有着反感,从此就得到了解释,他的本能使他察觉到这人有着一种不知怎样的谜,这个谜,就是最丑的耻辱——苦役。割风先生就是苦役犯冉阿让。

在他的幸福中突然发现这样一个秘密,正如在斑鸠巢中发现了一只蝎子。

马吕斯和珂赛特的幸福是否从此就得和这人有关?这是否是一个既成的事实?接纳这个人是已缔结婚姻的一个部分?是否已毫无办法了?

难道马吕斯也娶了这个苦役犯?

尽管头上戴着光明和欢乐的冠冕,尽管在享受一生中黄金时刻的美满爱情,遇到这种打击,即使是欢欣得出神的天使,或是在荣光中神化的人也会被迫战栗起来。

马吕斯扪心自问,是否应归咎自己?这是一个人在这种突然的彻底改变时经常产生的现象。他是否缺少预见?是否太不谨慎?是否无意中鲁莽从事?可能有一点。他是否不够小心,没有把四周的情况了解清楚,就一头钻进这个以和珂赛特结婚告终的爱情故事里?他察觉到,经过一系列的自我观察,生活就是如此一点一点地把我们矫正过来;他察觉到,他的性情具有妄想和梦幻的一面，内在的烟雾是很多体质的特征，当恋爱和痛苦达到极端时，它就扩大了，心灵的温度变了，烟雾就侵占全身，使他只能有一个混沌的意识。我们不止一次地指出过马吕斯个性中这样一种独特的成分。他回想起在卜吕梅街当他陶醉在恋爱中时，在那心醉神迷的六七个星期里，他竟没有向珂赛特提起过戈尔博破屋中那谜一样的悲剧，其中的受害人在斗争里古怪地坚持缄默，后来又潜逃了。他怎么一点也没有向珂赛特谈到？而这是不久前发生的，又是这样骇人！怎么他连德纳第的名字也没有向她提过，尤其是当他遇到爱潘妮的那一天？现在他几乎无法理解他当时的沉默。其实他是意识到的。他想起当时他昏头昏脑，他为珂赛特而感到陶醉，爱情淹没了一切，彼此都陶醉在理想的境界中，也可能有那么一点不易察觉的理智混入了这强烈而又迷人的心境中，有一个模糊的隐隐约约的本能，想隐瞒消除记忆中他害怕接触的这一可怕的遭遇，他不愿在里面担任任何角色，他逃避这件事，他不能既当这件事的叙述者或证明人而同时又不成为揭发人。何况这几个星期一闪就过去了；除了相亲相爱之外，无暇他顾。最后他把一切衡量了一下，在反复检查思考之后，他认为即使他把戈尔博的埋伏绑架案告诉珂赛特，向她提出了德纳第的名字，其后果又该如何呢？即使他发现了冉阿让是一个苦役犯，这样能使自己发生变化吗？会使珂赛特发生变化吗？他是否会退缩？他是否会对珂赛特爱得少一点？他是否会不娶她？不会。这些对已经做的事会有一点改变吗？不会。因此没有什么可后悔的，没有什么可自责的。一切都很好。这些被称作情人的陶醉者有一个上帝护卫着他们。盲目的马吕斯遵循了一条他清醒时也会选择的路。爱情蒙住了他的眼睛,把他带到什么地方去了呢?带进了天堂。

但这个天堂由于有地狱相随,从此变得复杂了。

过去马吕斯对这个人,这个变成冉阿让的割风的反感现在则又夹杂了厌恶。

在这厌恶中,我们可以说,也有点同情,甚至还有一定的惊奇的成分。

这个盗贼,这个惯犯,归还了一笔款子。一笔什么样的款子?六十万法郎。他是惟一知道这笔钱的秘密的人。他本可全部留下,但他却全部归还了。

此外,他自动暴露了他的身份。没有什么来迫使他暴露。如果有人知道他的底细,那也是由于他自己。他承认了,不仅要忍受耻辱,还要准备灾难临头。对判了刑的人来说,一个假面具不是假面具,而是一个避难所。他拒绝了这个避难所。一个假姓名意味着安全,但他抛弃了这个假姓名。他这个苦役犯尽可永远藏身在一个清白的人家;但他拒绝了这种诱惑。出自什么动机?出自良心的不安。他自己已用无法抑制的真实语气阐述了。总之,不论这冉阿让是个什么样的人,他肯定是个对良心悔悟的人。他心里开始有一种不知什么样的神秘的要重新做人的要求;而且,根据一切现象来看,在很久以前良心上的不安就已支配着这个人。这样极端公正和善良的心是不属于庸俗的人的。良心的觉醒就是灵魂的伟大。

冉阿让是诚实的。这种诚实看得见,摸得到,无可怀疑,单凭他付出的痛苦代价就足以证明,因而一切查问都已没有必要,可以绝对相信这个人所说的一切。这时,对马吕斯来说,位置是古怪地颠倒过来了。割风先生使人产生什么感觉?

怀疑。而从冉阿让那里得出的是什么?信任。

马吕斯经过苦思冥想,对冉阿让作了一份总结,查清了他的功和过,他设法想得到平衡。但这一切就像在一场风暴里一样。马吕斯力图对这个人得出一个明确的看法,可以说他一直追逐到冉阿让的思想深处,失去了线索,接着又在烟雾弥漫的厄运中重新找到了。

款子诚实地归还了,直言不讳地认罪,这些都是好现象。这好像乌云里片刻的晴朗,接着乌云又变成漆黑的了。

马吕斯的回忆虽然十分混乱,但仍留下了一些模糊的印象。

容德雷特破屋中的那次遭遇究竟是怎么回事?为什么警察一到,这个人非但不告状,反而逃走了?马吕斯在这里找到了回答,原来这个人是个在逃的惯犯。

另一个问题:这个人为什么要到街垒里来?因为马吕斯已清楚地回想起了过去的这件事,现在在他情绪激动时,这事就像密写墨水靠近火一样,又重新显露出来了。这人曾经到街垒里来,但他并没有参加斗争。他来干什么?在这个问题上,一个鬼怪出来作了回答:沙威。马吕斯完全记得当时冉阿让那愁苦的幻影把捆着的沙威拖出了街垒。蒙德都巷子拐角后面可怕的手枪声还在他耳边回响。很可能这奸细和这犯人之间有仇恨。一个妨碍了另一个。冉阿让是到街垒里去复仇的。他来得较迟。大概他知道沙威被囚。科西嘉岛式的复仇①深入到了社会的底层,成为他们的法律;这种复仇平凡得

---

① 科西嘉岛(Corse),法国在地中海里的岛屿,当地的复仇一直连累到敌对一方的家属。

使那些心已一半向善的人也不会感到惊异；他们的心就是这样：一个已走上忏悔之路的罪人，对于盗窃，良心会有所不安，而对复仇则是无所谓的。冉阿让杀死了沙威。至少这件事显然如此。

最后还有一个问题，但这个问题无法作答。马吕斯感到这个问题像把钳子。冉阿让怎么会这样长时期地和珂赛特生活在一起？上天开的是种什么样的可悲的玩笑，要让这个孩子接触到这么一个人？难道上界也铸有双人链，上帝喜欢把天使和魔鬼拴在一起？难道一个罪人和一个纯洁的孩子在神秘的苦难监狱中可以同房做伴？在这被称作人类命运的判刑人的行列里，两个人的额头可以挨得如此近，一个是天真的，另一个是可怕的，一个沐浴着晨曦的神圣白光，另一个永远被一道永恒的闪电照得惨无人色？谁对这莫名其妙的搭配作出了决定？以什么方式？是一种什么样的奇迹使这个圣洁的孩子和老罪犯共同生活在一起？谁把羔羊和豺狼拴在一起？还更使人莫名其妙的是，去把狼拴在羔羊身上？因为狼爱羔羊，因为这野蛮人崇拜这脆弱的人，因为，九年以来，天使依靠恶魔作为支柱。珂赛特的幼年和青春，她的出生，这童贞少女向着生命和光明发育成长，都依靠这丑恶汉子的忠忱护卫。在这一点上，问题一层层解开了，可以说出现了无数的谜，深渊底下又出现深渊，致使马吕斯在俯视冉阿让时不能不晕头转向。这个断崖绝壁似的人究竟是怎么回事呢？

《创世记》里的老信条是永恒的，在一直存在着的人类社会中，直到将来的某一天，一种更大的光明来改变这个社会时，也永远会有两种人，一种是高尚的，另一种是卑下的；向善的是亚伯，作恶的是该隐。那么这个秉性善良的该隐又是什么呢?这个虔诚地一心一意崇拜一个圣女的盗贼,他守卫她,教养她,保护她,使她品格高尚,虽然他本身污秽。这个盗贼是个什么样的人呢?他是垃圾却尊敬一个天真的人,他把她培养得洁白无瑕,这又怎么理解呢?这个教育珂赛特的冉阿让是个什么人?这个黑暗的面孔惟一的目的就是防止阴影和云雾遮蔽一个星辰的升起,这又作何解释呢?

这是冉阿让的秘密,也是上帝的秘密。

在这双重秘密前面,马吕斯在后退。一个秘密可以使他对另一个秘密安了心。显而易见上帝和冉阿让一样参与了这一奇遇,上帝有自己的工具,他使用他愿意使用的工具。他对人类负责。我们知道上帝的办法吗?冉阿让在珂赛特身上付出了劳动。他也多少培养了这个灵魂。这是不容置疑的。那又怎么样呢?工匠令人感到恐怖;但作品是杰出的。上帝随心所欲地在显示他的奇迹。他创造出这个可爱的珂赛特,他为此而用上了冉阿让。他乐意挑选这个怪诞的助手。我们有什么可责难他的?难道厩肥是第一次帮助玫瑰花在春天开放吗?

马吕斯自问自答,认为自己这些答案是正确的。在我们所指出的一切论点上,他没敢深挖冉阿让,但又不敢向自己承认他不敢,他深深地爱着珂赛特,珂赛特已经属于他,珂赛特是出奇的纯洁。对此他心满意足。还需要搞清什么呢?珂赛特就是光明。光明还需要再明朗化吗?他已有了一切;还有什么其他的希求呢?应有尽有了,还不满足吗?冉阿让个人的事与他无关。当他对这个人的不幸阴影俯视时,他就紧紧抓住这悲惨的人庄严的声明:"我与珂赛特毫无关系,十年前,我还不知道她的存在呢!"

冉阿让是个过路人。他自己已说过。是啊,他是路过。不管他是什么人,他的任务已经完成。从今以后有马吕斯当珂赛特的靠山。珂赛特在灿烂的蓝天里找到了她的同类,她的情人,她的丈夫,她的卓绝的男人,珂赛特长出双翼神化了,在飞上天时她把她那丑恶的空蛹冉阿让扔在她后面的地下。

无论马吕斯在什么样的思想里打转,归根结底,他对冉阿让总有一定程度的厌恶。可能是种崇敬的厌恶,因为他感到这个人"有神圣的一面"①。无论他怎么处理,无论找什么减罪的情节,最后仍不得不回到这一点:这是一个苦役犯。这就是说在社会的阶梯上,一个连位子都没有的人,因为他处在楼梯的最后一级之下。最末一个人之后才是苦役犯。苦役犯可以说已经不是活着的人的同类。法律在他身上已剥夺了对一个人所能剥夺的全部人格。马吕斯虽然是共和派,但对刑罚却仍赞成严酷的制度,他对待被法律打击的人,看法和法律所判的完全一致。可以说他还没有接受一切进步的思想。他还不能辨别什么是人决定的,什么是上帝决定的,还不能区分法律和权利。人们自封有权处理不能挽回和不能补救的事,马吕斯一点也没研究估量过这种自封的权利。他觉得对成文法的某些破坏要受永久的处罚,这是很容易理解的,他同意社会把有些人罚入地狱是一种文明的做法。他还停留在这一步,当然以后也必然会前进,因为他的天性是善良的,实质上里面含有潜在的进步。

在这种思想范畴里,他觉得冉阿让畸形、讨厌。这是一个恶人,一个苦役犯。这个字眼对他来说就像末日审判时的号

---

① "有神圣的一面",原文为拉丁文"quid divinum"。

角;于是在长时间观察了冉阿让之后,他最后的态度是转过头去,"魔鬼退下"①。

我们应当承认并且还该着重指出马吕斯对冉阿让曾经提过问题,而冉阿让向他说:"你在让我招供。"其实他还并没有提出两三个决定性的问题。并非他想不起这些问题,而是他怕这些问题。容德雷特破屋?街垒?沙威?谁知道揭到什么时候才会有完?冉阿让不像是个畏缩的人。谁知道,如果马吕斯追问后,他是否会希望冉阿让不再说下去?在某些重要关头,我们大家难道不曾遇到过,在提了一个问题之后,自己去塞住耳朵不想听到答复?尤其是在恋爱时期是会有这种懦弱的现象的。过分追究险恶的情况是不谨慎的,尤其当我们自己生活里不能割断的一面又不幸牵涉在里面时。冉阿让失望的解释,可能会暴露出一些可怕的事,谁知道这道丑恶的光是否会波及珂赛特?谁知道在珂赛特天使般的额头上是否已留下这种地狱之光呢?溅出的闪电的光仍属霹雳。天数里有着这种相互的关连,由于阴沉的染色反光律在起作用,无辜的人也会染上罪恶的痕迹,最清白的面容也可以永远保留着可憎的近邻的反射。无论正确与否,马吕斯害怕了。他已知道得太多了。他想含糊过去,并不打算弄清底细。他在失望时昏乱地抱走珂赛特,闭目不看冉阿让。

这个人属于黑暗,属于活生生的可怖的黑夜。他怎么敢追根问底呢?盘问黑影是种恐怖。谁知道它将如何作答。黎明可能会永远被它玷污!

在这种思想状态里,一想到这个人今后将和珂赛特会有

---

① "魔鬼退下",原文为拉丁文"Vade retro"。

某种接触时马吕斯感到惊惶失措。这些可怕的问题,当时他是退缩不敢提,这些问题本可能会使他得出一个毫不容情的一刀两断的决定,他此刻几乎埋怨自己没有把它提出来。他觉得自己心肠太好,太宽厚,也就是说,太懦弱了。这种软弱使他作出了一个不谨慎的让步。他被人感动了。他不该如此。他应该简单而干脆地甩开冉阿让。冉阿让是惹祸的人,他应该牺牲他,把他从家中赶出去。他责怪自己,他怪自己突然被激动搞糊涂了,使自己耳聋眼瞎,被拖着跑了。他对自己感到很不满。

现在怎么办呢？冉阿让的来访使他十分反感。这个人到他家？来有什么用？怎么办？至此他已头昏眼花,他不愿深思,不愿细察,也不愿追问自己。他已经答应了,他被动地答应了;冉阿让得到了他的诺言;即使对一个苦役犯,尤其对一个苦役犯,也决不能食言,然而他首先要负起的责任仍是珂赛特。总之,一种压倒一切的厌恶在支配他。

所有这些想法在马吕斯脑海中混乱地上下翻腾,从一种想法转到另一种,每一种都使他激动,他因而极端惶惑。要在珂赛特面前隐藏起这种情绪是不容易的,但爱情是天才,马吕斯做到了。

此外,他似乎无目的地向珂赛特提了几个问题,天真无邪,洁白如鸽子的珂赛特毫不怀疑;他向她谈到她的幼年和少年时期,于是他越来越深信凡是一个人能具有的善良、慈爱和可敬之处,对珂赛特来说这个苦役犯都是具有的。马吕斯的预感和推测都是正确的。这株可怕的荨麻疼爱并且护卫了这朵百合花。

第八卷　黄昏月亏时

一　地　下　室

第二天,黄昏时刻,冉阿让去敲吉诺曼家的大门。迎接他的是巴斯克。巴斯克恰好在院子里,好像他已接到命令。有时候我们会关照仆人:"你在这儿守着某某人,他就要来了。"

巴斯克未等冉阿让来到跟前就问他:

"男爵先生叫我问先生,要上楼还是待在楼下?"

"在楼下。"冉阿让回答。

巴斯克确是十分恭敬的,他把地下室的门打开了说:"我去通知夫人。"

冉阿让走进了一间有拱顶的潮湿的地下室,有时这是当作酒窖用的。昏暗的光线从一扇有铁栏杆的开向街心的红格玻璃窗里射进来。

这不是一间像其他被拂尘、打扫天花板的掸子以及扫帚经常清理过的房间,灰尘在里面安安静静地堆积着。对蜘蛛的消灭计划还没有建立。一个精致的黑黑的大蛛网张挂着,上面缀满死苍蝇,装腔作势地铺呈在一块窗玻璃上。房间既小又矮,墙角有着一堆空酒瓶。墙壁刷成赭黄色,石灰大片大片剥落。靠里有一个木质的壁炉漆成黑色,炉架窄小,炉中生了火,很明显,这说明他们估计冉阿让的回答是"在下面"。

两把扶手椅放在火炉两旁,在扶手椅之间铺了一块床前小垫,代替地毯,小垫只剩下粗绳,几乎没有羊毛了。

房间利用火炉的光和从窗子透进来的黄昏天色来照明。

冉阿让疲乏不堪。好几天来他不吃也不睡,他倒在一张扶手椅里。

巴斯克进来,把一支燃着的蜡烛放在炉架上又走了。冉阿让低着头,下巴垂在胸口上,没有看见巴斯克,也没看见蜡烛。

忽然他兴奋地站了起来,珂赛特已在他后面。

他没有见她进来,但他感到她进来了。

他转过身来,他打量她,她美丽得令人仰慕。但他用深邃的目光观望的不是美丽的容貌,而是灵魂。

"啊,不错,"珂赛特大声说,"好一种想法!父亲,我知道您有怪癖,但我再也想不到会有这一着。马吕斯告诉我您要我在这里接待您。"

"是的,是我。"

"我已猜到您的回答。好吧,我警告您,我要和您大闹一场。从头开始,父亲,先来吻我。"

她把面颊凑过去。

冉阿让呆呆地不动。

"您动也不动,我看清楚了,这是有罪的表现。算了,我原谅您。耶稣说:'把另一边面颊转向他。'①在这里。"

---

① 耶稣曾说过有人打了你右边的面颊,你把左边的也送上去。

她把另一边脸凑过去。

冉阿让一动也不动,好像他的脚已被钉在地上了。

"这可严重了,"珂赛特说,"我怎么得罪您了?我声明要翻脸了,你得和我言归于好。您来和我们一起吃饭。"

"我吃过了。"

"不是真话,我找吉诺曼外祖父来责备您,祖父可以训父亲。快快和我一同上客厅去吧,立刻走。"

"不行。"

到此,珂赛特感到有点拿不住了,她不再命令而转为提问。

"为什么?您挑选家里最简陋的房间来看我,这里真待不住。"

"你知道……"

冉阿让又改口说:

"您知道,夫人,我很特别,我有我的怪癖。"

珂赛特拍着小手:

"夫人!……您知道!……又是件新鲜事!这是什么意思?"

冉阿让向她苦笑,有时他就这样笑着。

"您要当夫人,您是夫人了。"

"但对您可不是,父亲。"

"别再叫我父亲。"

"为什么?"

"叫我让先生,或者让,随您的便。"

"您不是父亲了?我也不是珂赛特了?让先生?这是什么意思?这是革命,这些!发生了什么事?请您看着我。您也不愿来和我们同住！您又不要我的房间！我怎么得罪了您？我怎么得罪您啦？难道发生了什么事？"

"没有。"

"那又为什么呢？"

"一切仍像过去一样。"

"您为什么要改变姓名？"

"您不是也改了,您。"

他仍带着那种微笑对着她并且还说：

"既然您是彭眉胥夫人,我也可以是让先生。"

"我一点也不明白,这一切都是愚蠢的。我要问我的丈夫是否允许我称您让先生,我希望他不同意。您使我多么难受,您有怪癖,但也不必使您的小珂赛特难过呀！这不好。您没有权利变得厉害,您原来是善良的！"

他不回答。

她很快地抓住他的双手,用无法抵抗的举动,把手靠近自己的脸,她又紧紧地把手挨着她的脖子,放在下巴下面,这是一种极温柔的动作。

"啊,"她向他说,"请您仁慈点吧！"

她又继续说：

"我说仁慈是指和气,来住在这里,恢复我们那有益的短时间的散步,这里和卜吕梅街一样也有小鸟,来和我们一起生活,离开武人街那个洞,别让我们来猜谜,和其他人一样,来和我们一起吃饭,和我们一起吃早餐,做我的父亲。"

他把手缩回去。

"您不需要父亲了,您已有了丈夫。"

珂赛特冒火了。

"我不需要父亲了!这种话太不近人情,真令人不知说什么好!"

"如果杜桑在的话,"冉阿让说时好像一个在找靠山、抓住任何树枝就不放的人,"她会第一个承认我真是有我自己的一套习惯。什么事也没有发生,我一直喜欢我的黑暗的角落。"

"这里冷得很,看也看不清。要当让先生,这真糟透了,我不要您对我用'您'称呼。"

"刚才来的时候,"冉阿让回答,"在圣路易街乌木器店里我看见一件木器,如果我是个漂亮的妇女,我就要把这件木器买到手。一个很好的梳妆台,式样新,我想就是你们所说的香木,上面嵌了花,一面相当大的镜子,有抽屉,很好看。"

"哼!怪人!"珂赛特回答。

于是她用十分可爱的神气,咬紧牙咧开嘴向冉阿让吹气。这是一个美神在学小猫的动作。

"我气愤得很,"她又说,"从昨天起你们全都在使我发怒,我心里很恼火,我不懂。您不帮我对付马吕斯,马吕斯不支持我对付您。我是孤单的。我布置得很好的一间卧室。如果我能把上帝请来,我也都想请进去。你们把房间甩给我。我的房客跑掉了。我叫妮珂莱特准备一顿美味的晚餐。'人家不要吃您的晚餐,夫人。'还有我的父亲割风要我叫他让先生,还要我在这个可怕的陈旧简陋的发霉的地窖里接待他,这儿墙上长了胡子,空瓶代替水晶器皿,蛛网代替窗帘!您性情古怪,这我承认,这是您的个性,但对刚结婚的人总得暂时休战。您不该立刻就变得很古怪。您居然能在那可恨的武人街住得很安逸。在那里我本人倒是悲观失望的!您对我有什么不满？您使我十分难过。呸！"

然后，忽而又一本正经，她盯住冉阿让又说：

"您不高兴是因为我幸福了？"

天真的话，有时不自觉地点得十分透。这个问题，对珂赛特来说是简单的，对冉阿让则是严酷的。珂赛特要让他痛一下，结果使他心肝俱裂了。

冉阿让脸色惨白。他停了一下不回答，然后用一种无法形容的声音好像自言自语地轻轻说：

"她的幸福，是我生活的目的。现在上帝可以召唤我去了。珂赛特，你幸福了，我没有用了。"

"啊！您对我称'你'了！"珂赛特叫起来。

于是她跳过去抱住他的脖子。

像失去了理智那样冉阿让热烈地把她紧抱在胸前，他好像觉得他又把她找回来了。

"谢谢，父亲！"珂赛特说。

这种激动的感情正要使冉阿让变得非常伤心，他慢慢地离开珂赛特的手臂并且拿起他的帽子。

"怎么啦？"珂赛特说。

冉阿让回答：

"我走了，夫人，别人在等您。"

在到门口时，又加了一句：

"我对您称了'你'，请告诉您的丈夫，以后我不再这样称呼您了，请原谅我。"

冉阿让出去了。留下珂赛特在为这莫名其妙的告别而发呆。

1745

二 又后退了几步

第二天,在同一时刻冉阿让来了。

珂赛特不再问他,不再表示惊讶,不再叫她觉得冷,不再提客厅的事了;她避免称他父亲或让先生。她任他称"您",任他称"夫人",只是她的欢乐减弱了。如果她有可能愁闷的话,她会发愁的。

很可能她和马吕斯已作过一次这样的谈话,她的爱人在这次谈话里说了要说的话但不加任何解释,而且还使爱妻满意。相爱的人对爱情之外的事物好奇心是不会太大的。

地下室被稍稍整理了一下。巴斯克拿走了瓶子,妮珂莱特清除了蜘蛛网。

这之后,在这同一时刻冉阿让都来到。他每天来,他没有勇气不照马吕斯所说的来办。马吕斯则设法让自己在冉阿让来时不在家。家里人对割风先生这种新的情况也习惯了。杜桑也帮着解释。"先生一贯就是这样的。"她这样重复着。外祖父作了这样一个结论:"这是一个怪人。"一句话就道尽一切。此外九十岁的人不可能还有什么交往,一切都只是凑合而已,来一个新人不免使人感到拘束,已没有空位置了;一切习惯都已养成。割风先生,切风先生,吉诺曼外祖父觉得最好这位"先生"别来。他还说:"这种怪人是常见的。他们经常做些怪事。什么目的?没有。戈那勃勒侯爵比他更怪。他买了一座宫殿,自己却住在阁楼里。有些人是会有这种古怪的表现的!"

没有人能隐隐约约地感到隐藏着的可怕的东西。谁能去猜这样的事？印度有种沼泽，那里的水好像很特别，无法理解，无风时水生波纹；该平静处却会起浪。人们看到水面无故波涛起伏，但看不到水底有条七头蛇在爬行。

这样很多人都有一种秘密的怪物，一种自己养成的病痛；一条啃啮他们的龙，一种使他们在夜间不得安息的绝望。这种人和其他人一样，来来去去。我们不知道他有着一种痛苦，一种可怕的长着一千颗牙的生物寄生在这悲惨的人的身上，导致他的死亡。我们不知道这人是个深渊，他是死水，深极了。不知什么缘故水面偶尔出现混乱。一圈神秘的水纹，忽然不见了，忽然又出现；一个水泡升上来又破灭了。这是不足道的小事一件，但却很可怕。这是只人所不知的野兽在呼吸。

人有某些古怪的习惯，有人在别人离去时来到，在别人炫耀时隐藏，一切场合他都穿上一件我们称作土墙那种颜色的外衣，专找僻静的小路，喜欢无人走的街。不参加别人的谈话，避开人群和节日，貌似宽裕其实却很清寒，尽管很富，但还总是自己装着钥匙，烛台放在门房里，从小门进来，走隐秘的楼梯，所有这些无关紧要的奇特的举动，诸如涟漪、气泡、水面转瞬即逝的波纹，常常是来自一个可怕的深处。

几个星期就这样过去了。一种新的生活慢慢地支配了珂赛特；婚后有种种事务如拜客、家务、娱乐等这些大事。珂赛特的娱乐并不费钱，主要可以归纳为一项：和马吕斯在一起。和他一同出去，和他待在一起，这是她生活里的大事。他们随时手挽手一同上街，在阳光下，在大路上，不用躲避，就他们两人，出现在众人面前，对他们来说这永远是种新的欢乐。珂赛特有件不称心的事，就是杜桑因和妮珂莱特合不来而离去了。要使两个老处女处得好是不可能的。外祖父身体很好；马吕斯有时为几起诉讼出庭辩护;吉诺曼姨妈安静而知足地在新夫妇身旁过着她的次要地位的生活。冉阿让每日都来。

用"你"的称呼不见了,用的是"您"、"夫人"和"让先生",这样使他在珂赛特面前就不一样了。他设法使珂赛特和他疏远,这已有了成效。她越来越快乐,而温情却一天比一天少下去。其实她仍很爱他,这一点他也感觉得到。有一天她忽然向他说:"您曾是我的父亲,现在不是了,您曾是我的叔叔,现在不是了,您本是割风先生,而现在却成让先生了。您究竟是什么人呢?我不喜欢这些。如果我不知道您是这样的善良,那我见您就会害怕了。"

他仍住在武人街,下不了决心离开珂赛特居住的地区。

开始时他只和珂赛特在一起待上几分钟就走了。

慢慢地他养成了把探望时间延长一点的习惯,就像是由于白天长了,他也可以这样做一样,他来得早一点,离开得晚一点。

有一天珂赛特脱口叫了他一声"父亲"。冉阿让年老阴沉的脸上闪过一道快乐的光,他关照她:"叫让。""啊,对了,"她一边大笑一边答话,"让先生。""很好。"他说。他转过身去不让她看见他在擦他的眼睛。

三 他们回忆起卜吕梅街的花园

这是最后一次了。这最后的微光一过,就出现了完全的熄灭。不再有亲近的表示,见面问好时不再接吻,不再听到"父亲"这个非常温暖的称呼了!是他,按照自己的要求和自己计划好的,接连把自己的一切幸福赶走;他受的苦难是在一天之内先是整个地失去珂赛特,后来还得一点一点地失去她。

眼睛已经对地窖里的光线习惯了。总之,每天见珂赛特一面,他已感到满足。他的生活都集中在这一刻里。他坐在她身旁,静静地望着她,或者和她谈谈过去的那些年,她的童年时期,她在修女院的情景和她那时的小朋友。

有一天下午——在四月初,天气已经暖了,但还有点凉意,正是阳光明媚的时刻,马吕斯和珂赛特窗外的花园已经苏醒,山楂花即将开放,一排紫罗兰艳丽得像宝石,在老墙上开放,粉红的狼嘴花在石缝里张着大口,小白菊和金毛莨可爱地出现在绿草丛中,今年的白蝴蝶也初次露面。风,这个天长地久的喜事吹鼓手,在树林中开始演奏晨曦的大交响乐,老诗人则称之为新春。马吕斯向珂赛特说:"我们说过要去看看我们卜吕梅街的花园,这就去吧,别成为忘恩负义的人。"于是他俩就去了,好像两只燕子飞向春天一样。他们感到这卜吕梅街的花园好像他们的黎明。他们已在生活里留下了某种类似爱情的春天的东西。卜吕梅街的房子原有租赁契约,现在还属于珂赛特。他们到那个花园和房屋里去。他们又在那儿聚首,并在那里忘记了一切。晚上,在惯常的时刻,冉阿让来到受难修女街。"夫人和先生一同出去了,还没有回来。"巴斯克向他说。他静坐等了一小时,珂赛特还没有回来。他低下头就走了。

珂赛特对这次重访"他们的花园"心醉神迷,并且为"整整一天生活在她的过去"而非常快乐,第二天她除了这件事之外没谈过别的,她没有注意到她没有见到冉阿让。

"你们是怎么去的?"冉阿让问她。

"走去的。"

"回来呢?"

"坐街车。"

近来,冉阿让注意到年轻的夫妇在节俭过日子,他为此感到烦恼。节俭是马吕斯严格遵守的,而这个词对冉阿让则完全有它的意义。他试探着问了一句:

"为什么你们不自备一辆车呢?一辆漂亮的轿式马车一个月只花五百法郎,你们是富裕的。"

"我不知道。"珂赛特回答。

"就拿杜桑来说吧,"冉阿让说,"她走了,您也不添个人,为什么?"

"有妮珂莱特就够了。"

"您应该有一个收拾房间的女仆呀。"

"我不是有马吕斯吗?"

"你们应该有自己的房子、自己的仆人、一辆马车和戏院里的包厢,对您来说没有一样东西会太过分的。为什么不利用你们的财富?财富是增添幸福的呀!"

珂赛特不作声。

冉阿让来访的时间并没有缩短,恰好相反,如果心在向下滑,就不会在坡上停住。

当冉阿让想延长他的访问而使人忘却时间时,他就称赞马吕斯;他觉得他是美男子、高贵、勇敢、有智慧、有口才、心地好。珂赛特更加以补充。冉阿让重又开始赞颂,简直说不完。马吕斯,这个名字的涵义是无穷无尽的,六个字母拼成的名字包含好几本书的内容。这样冉阿让就能多待一会儿。看到珂赛特在他身旁忘记一切,这对他是何等的温暖!这是他伤口的敷料。好几次巴斯克一连通知两遍:"吉诺曼先生叫我提醒男爵夫人,晚餐已经准备好了。"

在这些日子里,冉阿让就心事重重地回家去。

马吕斯曾想到把他比作蝶蛹,难道其中有着真实的一面?冉阿让难道是个蝶蛹,它坚持不懈地来看望他的蝴蝶?

有一天他比往常还待得久一点。第二天他注意到火炉里没有生火。"咦!"他在想,"没有火了。"他自己又这样解释:"很简单,已经到了四月。冷天已经过去了!"

"上帝!这里真冷!"珂赛特进来时喊着。

"不冷嘛!"冉阿让说。

"那么是您叫巴斯克不要生火的?"

"是的,我们快到五月了。"

"但我们到六月还要生火。在这地窖里,全年都得生火。"

"我认为不要火了。"

"这又是您的怪主意!"珂赛特说。

第二天,火又生起了。但那两把扶手椅摆到门口去了。"这是什么意思?"冉阿让思忖着。

他去把椅子搬过来放在火炉旁。

重新燃起的炉火给了他勇气。他使他们的谈天又比平时长了一点。当他站起来要走时,珂赛特说:

"昨天我的丈夫和我谈了一桩怪事。"

"什么事?"

"他和我说:'珂赛特,我们有三万利弗的年金,你有二万七千,外祖父给我三千。'我说:'一共有三万。'他又说:'你有勇气用那三千法郎生活吗?'我回答说:'可以,没有钱也行,只要和你在一起。'事后我问他:'为什么你对我说这些话?'

他回答我:'为了想了解一下。'"

冉阿让找不到话可说。珂赛特大概等着他的解释,他忧郁地静听着。他回到武人街;由于全神贯注在这件事上致使他走错大门。他没有进入自己的家,却走进了隔壁的房子,几乎走到了三楼才发觉自己错了,这才又折了回来。

猜测使他的精神受折磨,马吕斯肯定在怀疑这六十万法郎的来源,他怕来路不明,谁知道呀?可能他发现这笔款是属于他冉阿让的,他对这可疑的财产有顾虑,不愿接受!他和珂赛特宁愿保持清贫,不愿靠这可疑的财产致富。

此外冉阿让开始隐约感到主人有逐客之意。

下一天,他走进地下室时感到一阵震惊,扶手椅不见了,连一把普通的椅子也没有。

"啊,怎么啦!"珂赛特进来叫着,"没有扶手椅了,到哪去了?"

"它们不在了。"冉阿让回答。

"这太不像话!"

冉阿让结结巴巴地说:

"是我叫巴斯克搬走的。"

"原因是什么?"

"今天我只待几分钟。"

"待一会儿也没有理由要站着。"

"我想巴斯克客厅里需要扶手椅吧!"

"为什么?"

"你们今晚可能有客人。"

"今晚一个客人也没有。"

冉阿让再没有话可说了。

珂赛特耸耸肩。

"叫人把扶手椅搬走！那天又叫人熄火,您真古怪。"

"再见。"冉阿让轻声说。

他没有说:"再见,珂赛特。"但也没有勇气说:"再见,夫人。"

他心情沉重地走了出来。

这一次他明白了。

第二天他没有来。珂赛特到了晚上才发觉。

"咦,"她说,"今天让先生没有来。"

她心中有点抑郁,但并不明显,马吕斯的一吻就使她忘了此事。

以后的日子,他也没有再来。

珂赛特没有注意,她度过她的晚上,睡她的觉,她像平时一样,只在醒来时才想到。她是如此幸福！她很快就差妮珂莱特到让先生家去问问是否病了,为什么昨晚没有来。妮珂莱特带回让先生的回话,他一点没有病。他很忙,他很快就会来,他尽量早点来。再说,他要出去作一次短期的旅行。夫人应该记得他的习惯是不时要出去作一次旅行的,不要为他担心,不要惦记他。

当妮珂莱特走进让先生家时,她把她主妇的原话向他重复一遍:"夫人叫我来问问为什么让先生昨晚没有来。""我两天没有去了。"冉阿让和气地说。

但他提到的这一点,妮珂莱特并没有记住,回去也没有对珂赛特说。

四　吸力和熄灭

在一八三三年晚春和初夏的时候，沼泽区稀少的过路人，店里的商人，站在门口的闲人，都注意到一个穿着整洁的黑色服装的老人，每天黄昏在一定的时候，从武人街出来，靠圣十字架街那一边，走过白大衣商店，经圣卡特琳园地街，到披肩街，再向左转走进圣路易街。

到了这里他就放慢脚步，头冲向前，什么也看不见，什么也听不到，目不转睛地注视着一个目标，这对他是一个星光闪烁的地方，这不是别的，就是受难修女街的转角。他越走近这条街的拐角，他的眼睛就越射出光芒，某种欢乐，好像内在的晨曦，使他眼珠发亮，他的神情像是被吸引，又像被感动，他的嘴唇微微颤动着，好像在向一个看不见的人说话，他恍惚在微笑，于是他尽量越走越慢。好像他一方面想走到，同时又怕已走得太近。当他离这条好像吸引他的街只有几幢房子远的地方，他的脚步缓慢得有时会使人以为他并不在走。他的头摇摆着，目光固定，好像指南针在寻找两极。虽然他拖延到达的时间，但终究也到了；到了受难修女街后，就停下来，浑身发抖，带着一种忧郁的胆怯神气，把头从最后一幢房屋的角落里伸出来，望着这条街，他那凄惨的目光好像因一件办不到的事而眼花，又好像是关闭了的天堂的反射。于是一滴眼泪，一点一点地积聚在眼角上，聚成了大泪珠就掉下来，流在腮上，有时停在嘴角边。老人尝到了泪水的苦味。他这样待上几分钟，好像石头人一样；后来他又走原路回去，以同样的步伐，越走越远，他的目光也随之暗淡下来。

慢慢地,这老人已不再走到受难修女街的拐角上,他停在圣路易街的半路上;有时远一点,有时近一点。有一天,他停在圣卡特琳园地街的拐角上,远远望着受难修女街。接着他静静地摇着头,好像拒绝自己的一点要求,就折了回去。

不久,他连圣路易街也走不到了。他走到铺石街,摇摇脑袋就往回走;后来他不超过三亭街;最后他不超过白大衣商店;好比一个没有拧上发条的钟,钟摆摇晃的距离逐渐缩短,在等待完全的停止。

每天他在同一时间走出家门,他开始他的原路程,但不再走完,也许他不自觉地不断在缩短。他整个面部表情说明了这惟一的想法:何苦来呢!眼睛已没有神,没有光彩;泪珠也已干了,它不再积在眼角上;沉思的眼睛是干涩的,老人的头却总是冲向前;下巴有时摆动;可怜他脖子瘦得打皱。有时天气不好,他手臂下挟着一把伞,他从不打开,那个地区的妇女说:"这是个傻子。"孩子们跟在他后面笑。

第九卷 最后的黑暗,崇高的黎明

一 同情不幸者,宽宥幸福人

幸福的人们不免心狠!自己是多么满足!此外就一无所需了!当他们得到了幸福这个人生的假目的之后,竟把天职这个真目的忘掉了!

然而,说到这事,如果去责怪马吕斯那是不公正的。

马吕斯,我们已经解释过,在结婚前没有盘问过割风先生,此后,他又怕去盘问冉阿让。他对他被动地答应下的诺言感到后悔。他多次感到对失望者的让步是错误的。他只能慢慢地使冉阿让离开他的家,并尽力使珂赛特忘记他。他设法常使自己处于珂赛特和冉阿让之间,这样她肯定不会再看到冉阿让,也不会再去想他。这比忘却更进一步,这等于是消失了。

马吕斯做他认为必须要做的和公正的事,他觉得他有充分理由采取不生硬和坚决的措施摆脱冉阿让,有些理由很重要,这我们已经知道,还有其他的以后我们还将知道。他偶然在他辩护的一件讼事中遇到一个拉菲特银行过去的职员,他没有去寻找就得到了一些保密的材料,这些材料确实是他无法深究的,因为他要遵守他不泄密的诺言,又要顾到冉阿让的危险处境。他认为,此刻他有一件重要的任务要完成,这就是把这六十万法郎归还他在尽量审慎地寻找的原主。目前他不动用此款。

至于珂赛特,她对这些秘密一无所知;要责备她,也未免太苛刻了。

在马吕斯和她之间有一种最强的磁力,能使她出自本能或几乎机械地照马吕斯的愿望行事。她感到对"让先生",马吕斯有一定的主意;她就顺从。她的丈夫不用向她说什么,她感到了他那虽没说出但很明显的意图的压力而盲从他。她的服从主要在于不去回忆马吕斯已忘却的事。她毫不费力地做到了。她自己也不知为什么,对此也无可谴责,她的心已变得和丈夫的毫无区别,因此马吕斯思想里被阴影遮蔽的东西,在她思想里也变得暗淡了。

然而我们也不必过多地去追究,对冉阿让,这种忘怀和删除只是表面的。她主要是由于疏忽而不是忘记。其实,她很爱这个很久以来就被她称作父亲的人。但她更爱她的丈夫。因此在她内心的天平上有点向一边倾斜的现象。

有时珂赛特谈起了冉阿让而感到诧异,于是马吕斯安慰她说:"我想他不在家,他不是说要去旅行吗?""不错,"珂赛特暗想,"他是经常这样离开的。但不会这么久。"她曾打发妮珂莱特到武人街去过两三次,问问让先生旅行回来了没有。冉阿让关照回答说没有。

珂赛特不再多问,她在世上惟一所需的人是马吕斯。

我们还要谈到,马吕斯和珂赛特他们也曾离开过家,他们到过维尔农。马吕斯带珂赛特去上他父亲的坟。

马吕斯慢慢地使珂赛特摆脱了冉阿让,珂赛特听从他的摆布。

此外,人们在某些情况下说孩子们忘恩负义,也是过于严厉的,其实这并不像人所想的那样有罪。这种忘怀是属于自然现象。自然,我们在别处提到过,这就是"向前观望"。自然把众生分为到达的和离去的两种。离去的面向阴暗,到达的则向着光明。从这里产生的距离对老人是不利的,而在青年方面则是属于无意识。这种距离,在初期还感觉不到,慢慢地扩展下去就好比树的分枝,细枝虽不脱离树干,但已逐渐远离。这不是他们的过错。青年趋向欢乐、节日、炫目的光彩和爱情,而老人则趋向尽头。虽然互相见面,但已失去紧密的联系。生活使年轻人的感情淡漠,而坟墓则冲淡老年人的感情。不要错怪这些无辜的孩子们。

二 油干了的灯回光返照

有一天冉阿让下楼,在街上走了两三步后,在一块界石上坐了下来。六月五日至六日的那天晚上,伽弗洛什就是看到他坐在这块石块上沉思的;他在这儿待了几分钟,又上楼去了。这是钟摆最后的摇晃。第二天他没出房门。第三天,他没下床。

他的门房,替他做简单的饭菜,一点蔬菜或几个土豆加点猪油,她看看棕色的陶土盘叫道:

"怎么您昨天没有吃东西,可怜的好人!"

"吃了。"冉阿让回答。

"碟子是满的。"

"您看那水罐,它空了。"

"这说明您只喝了水,这并不等于吃了饭。"

冉阿让说:"我要是只想喝水呢?"

"这叫做口渴,如果不同时进餐,这就叫发烧。"

"我明天吃。"

"或者在圣三节吃。为什么今天不吃呢?难道有这种说法:'我明天吃!'把我做的菜整盘都剩下!我烧的白菜味道好着呢!"

冉阿让握着老妇人的手:

"我答应您吃掉它。"他用和善的语气对她说。

"我对您很不满意。"看门的回答。

冉阿让除了这个妇人之外,很少见到其他人。巴黎有些无人走过的街道和无人进去的房屋。他住的就是这样的街道和这样的房屋。

当他还能上街时,他从锅匠那儿用几个苏买到一个小的铜十字架,挂在床前钉子上。望着这个绞刑架总是有益的。

一个星期过去了,冉阿让没有在房里走动一步。他老是躺着。看门的对她丈夫说:"上面的老人不起床了,也不吃东西,他活不多久了。他很难过。我非常相信他的女儿一定嫁得不好。"

看门的男人用丈夫的权威口气回答说:

"要是他有钱,就该请医生来看看。如果没钱,他就没有医生。如果没有医生,他就得死去。"

"如果他有一个呢?"

"他也会死的。"看门的男人说。

看门的女人用一把旧刀,把门前被她称作是她的铺路石

石缝里长出的青草除去,一边除一边嘟囔着:

"可怜,一个这样正直的老人!他清白得像子鸡一样。"

她看见街末一个本区的医生走过,就自作主张请他上楼。

"在三楼,"她向他说,"您进去好了。那老人睡在床上不能动了,钥匙一直插在门上锁眼里。"

医生看了冉阿让,并和他说了话。

当他下楼后,看门的女人问他:

"怎么样,医生?"

"您的病人病得厉害。"

"是什么病?"

"什么病都有,但又没有病。看来这人失去了一个亲人,这会送命的。"

"他对您说些什么?"

"他说他身体很好。"

"您还来吗,医生?"

"来,"医生回答,"但需要另一个人回来。"

三 他能抬起割风的马车,但现在连一支钢笔也嫌重

有一天傍晚,冉阿让很困难地用手臂把自己撑起来;他自己把脉,但已摸不到脉搏;他的呼吸已很短促,而且还不时停顿;他承认自己从来没有这样衰弱过。于是,大概某种特别重的心事使他拼命使劲,坐了起来,穿上衣服。他穿他的工人服,既不再出门,他就又恢复穿这种服装,这是他比较喜欢的。他在穿衣时不得不停了几次,仅仅为了穿短上衣的袖子,他额

头的汗珠就不停地往下流。

自从他一个人生活以来,他已把床放在前厅里了,为的是尽量少占这一套空荡荡的房间。

他把手提箱打开,又把珂赛特的服装拿出来。

他把这些衣服摊开在床上。

主教的蜡烛台仍放在壁炉架上。他在一个抽屉里取出两支蜡烛插在烛台上,于是,虽然天还亮着,当时是夏天,他把蜡烛点起来,在有死人的房里有时大白天就这样点着蜡烛的。

每走一步,从一件家具走到另一件,都使他极度衰竭,他必须坐下来。这完全不是普通的疲乏,消耗了的体力可以再恢复,但这只是剩下的一丁点能动的余力了;这是耗尽了的生命,正在一滴一滴地消失在最后的难以支持的努力中。

他倒在镜子前面的一把椅子上,这镜子对他是种不幸,但对马吕斯却是一种天赐,在镜中他见到了珂赛特吸墨纸上的反面字迹。他对着镜子已不再认识自己。他已八十岁了;在马吕斯婚前,人们觉得他还不到五十岁,这一年抵得上三十年。他的额头上,已经不是年龄的皱纹,而是死亡神秘的痕迹。已经可以感到那无情指甲的掐印。他两腮下垂,面如土色,嘴角朝下,好像从前刻在墓上的人脸装饰;他带着抱怨的神情望着空中;好像悲剧里的一个主角正在埋怨某一个人。

他停留在这种状态,沮丧的最后阶段,这时痛苦已不再发生变化,可以说它已经凝固了;就像灵魂上凝聚着失望一样。

夜已来临,他很吃力地把一张桌子和一把旧扶手椅拖到壁炉边,在桌上放下笔、墨水和纸张。

做完这些,他昏过去了。神志恢复后,他感到口渴。他提不起水罐,他很困难地把它侧过来靠近嘴,喝了一口水。

后来他转向床铺,仍旧坐着,因为他已站不住,他望着这套黑色的小孝服和所有这些心爱的东西。

这种沉思静观可以延续数小时,但好像只过了几分钟,忽然他一阵寒颤,感到寒冷已向他袭来,他撑在主教的烛台光照耀着的桌上,拿起了笔。

但笔和墨水因很久不用,笔尖弯了,墨水也干了,他不得不站起来放几滴水在墨水中,这样做又不得不停下坐下两三次,他只能用笔尖背面来写字,而且还不时拭着额头。

他的手哆嗦着,慢慢写下了以下几行字:

> 珂赛特!我祝福你,我要向你解释。你的丈夫有理由向我表示我该离去;不过在他的猜想里也有些误会,不过他这样猜测是有道理的。他是个好人。我死后你要永远爱他。彭眉胥先生,您也要永远爱我亲爱的孩子。珂赛特,你会找到这张纸的,下面就是我要向你说的话,你将看到这些数字,如果我还能记得清的话,听我说,这笔钱完全是属于你的。一切情节如下:白玉是挪威的产品,黑玉是英国的产品,黑玻璃是德国的产品。玉石较轻,较珍贵,价值较高。在法国我们可以像德国那样仿造这些饰物。只需一个两英寸见方的铁砧和一盏酒精灯来熔化蜂蜡。过去蜂蜡是用树脂和黑烟灰制成的,要四法郎一市斤。我发明用树上的虫胶和松节油来制造,这就只需一个半法郎了,并且质量还高得多。扣子是用这种胶把紫色玻璃粘在黑铁的底托上。铁托的饰物用紫玻璃,金底的饰物用黑玻璃,西班牙买进很多这类饰物,那是个玉的国家……

写到这里他停下了,笔从手中跌落,他又一次和过去有时发生过的那样,从心底里发出失望的号啕大哭,这可怜的人两手捧着头沉思着。

"唉!"他内心在叫喊(可怜的哀嚎,只有上帝听见),"这一下完了,我再也见不到她了。她是一个在我身旁经过的微笑。在我进入黑暗之前,不能再见她一面了。唉!一分钟也罢,一刹那也罢!能听到她的声音,摸摸她的裙边,看她一眼,她,就是天使!然后再死去!死是无所谓的,可怕的是,死而见不到她。她会对我微笑,她会向我说几句话。难道这样会有损于人吗?不,完了,永远完了。我形单影只,我的上帝呀!我的上帝!我再也见不到她了。"

正在这时,有人敲门了。

四　墨水倒反而使人变得清白了

就在这一天,或者说得更清楚一些,就在这一晚,马吕斯吃完晚饭刚回到办公室,因为有一份案卷要研究,这时巴斯克递给他一封信并且说:"写这信的人在候客室里。"

珂赛特挽着外祖父的手臂在花园里散步。

一封信,跟一个人一样,也可以有一种不端正的外表。粗糙的纸张,笨拙的折叠法,有些信只要一看就使人不高兴。巴斯克拿来的信就是属于这一类的。

马吕斯接过来,信上有一股烟叶味。没有再比一种气味更能使人回忆起往事了。马吕斯想起了这种烟味。他看信封上的地名:送给先生,彭眉胥男爵先生,他的公馆。熟悉的烟味使他认出笔迹。我们可以说惊愕是会发出闪光的,马吕斯好像被这样的一闪照得清醒了。

烟味,这神秘的备忘录,使他想起了许多事。正就是这种纸张,这种折叠方式,淡淡的墨水,熟悉的笔迹,尤其是烟味,容德雷特的破屋在他的眼前出现了。

如此奇特的巧遇!他曾再三寻找的两种踪迹之一,这是不久前他还全力以赴去寻找、后来认为永远消失了的,不料竟自己送上门来了。

他迫不及待地拆开信念着:

男爵先生:

如果上帝赐给我天才的话,我本可成为德纳男爵、院士(可学完),但是我不是。我仅和他同名,如果这件事能使我获得您的关照,我将感到荣幸。如蒙您恩赐,我将报答。我拈有一个关鱼某人的秘密。这人又与您有关。我可以把这秘密告诉您,希望能荣幸地为您福务。我奉上一个最简单的办法,把这无权留在您尊贵的家庭里的人区逐出去,男爵夫人出身是高贵的,道德的圣地不能再与罪恶童居而不有损于自身。

我在候客实等呆男爵先生的命令。

敬颂

大安

这封信的签名是"德纳"。

签的名不假,只是缩减了一点。

此外文字不知所云和别字连篇充分暴露了真情。这个身份证已经完备,不容再怀疑了。

马吕斯的情绪十分激动,惊愕之后,他感到了幸运。但愿现在再能找到他寻找的另一个人,那个救了他马吕斯的人,那么他就别无他求了。

他把写字台的抽屉打开拿出几张钞票,放入口袋,关上抽屉就按铃。巴斯克半开着门。

"带他进来。"马吕斯说。

巴斯克通报:"德纳先生。"

一个人走了进来。

马吕斯又感到惊讶。进来的人他完全不认识。

这人年老,长着一个大鼻子,下巴隐藏在领结里,戴着绿色眼镜,加上双层绿绸遮光帽檐。头发光滑直齐眉梢,好像英国上流社会①马车夫的假发。他的头发花白。全身黑服,是一种磨损了的黑色,但还干净;一串装饰品在背心口袋上吊着,使人猜想是表链。他手里拿着一顶旧帽子,驼着背走路,鞠躬的深度使得背更驼了。

一见面就使人注意到这人的衣服太肥大,虽然仔细扣上纽子,仍不像是为他缝制的。

这里有必要加一点题外的话。

当时在巴黎博特莱伊街,靠近兵工厂的地方,在一所不三不四的老房子里住着一个精明的犹太人,他的职业是把一个坏蛋化装成正派人。时间不要太久,不然,坏蛋会感到拘束。这种化装立即奏效,可以维持一两天,代价是三十个苏一天,办法是穿一套与一般正派人的穿着非常相似的服装。这个服装出租者的名字叫"更换商",这是巴黎的扒手们送给他的绰号,不知道他的真姓名叫什么。他的服装室相当齐全。他用

---

① 上流社会,原文为英文"high life"。

来打扮人的那些旧衣烂衫基本上还过得去。他划分专业和类型；在他铺子的每个钉子上都挂有社会上某种地位的人的磨损和起皱的服装，这里是行政官员的服装，那里是教士的服装，那里又是银行家的服装，在一个角落里又有着退伍军人的服装，而在另一处则是文人的服装，远一点的地方还有着政界人士的服装。这个人是诈骗犯在巴黎演出大型戏剧时的化装人。他的陋室是盗贼和骗子进出的后台。一个褴褛的坏蛋走进这个服装室，放下三十个苏，挑选适合他今天要演出的角色的服装，当他走下阶梯时，这个坏蛋就已变成一个人物了。第二天，衣服又很诚实地被送回来。这个"更换商"，他把一切都信托给小偷，也从未被盗窃过。这些服装有一个缺点，"不合身"，因为不是为穿衣的人定做的，对有些人太瘦，对有些人则太肥，没有一个人穿了合身。任何一个比普通身材高大或矮小的坏蛋，穿了"更换商"的服装都感到不自在。不能太胖或太瘦，"更换商"只考虑到一般的身材。他随便找一个乞丐来量体裁衣，那个人不胖，不瘦，不高也不矮。因此要求都合身有时是困难的，只得由"更换商"的主顾自己迁就了事。特殊的身材活该倒霉！譬如政界人士的服装，上下一身黑，因此是恰当的，但皮特①穿了嫌太肥，加斯特尔西加拉②又嫌太瘦。和政界人士相称的服装在"更换商"的服装目录里标明如下，我们照抄在此："黑呢上衣一件，黑色紧面薄呢裤一条，绸背心一件，长统靴和衬衣。"边上还写着"过去的大使"。还有注解，我们也照抄如下："在另一盒内有烫好的整洁的假

---

① 皮特（Pitt，1708—1778），英国政治家。
② 加斯特尔西加拉（Castelcicala），那不勒斯王国驻巴黎的大使。

发,一副绿眼镜,一串装饰品,两根大拇指长的小羽毛管用棉花裹着。"这一切与政界人士,过去的大使相称。这套衣服,我们可以这样说,已经相当旧了;缝线发白,胳膊肘的某一处有一个隐约可见的扣子大小的洞,此外,前胸缺少一颗扣子;这只是一点细节;政客的手应该随时都插在衣服里靠胸的地方,它的作用就是要遮住缺少的扣子。

如果马吕斯熟悉巴黎这种隐秘的机构的话,他立刻就会认出,巴斯克引进来的客人身上所穿的政客服装就是从"更换商"那儿的钩子上租来的。

马吕斯看见进来的人并非是他所等待的人,于是感到失望,他对新来的人表示不欢迎,他从头到脚打量着他,当时这人正在深深地鞠躬,他不客气地问他:

"您有什么事?"

这人用一个亲善的露齿笑容作了回答,这笑容有点像鳄鱼的温存微笑:

"我觉得在社交界里我不可能没有荣幸见到过男爵先生。我想几年前我在巴格拉西翁公主夫人家中见到过您,还在法国贵族院议员唐勃莱子爵大人的沙龙里和您见过面。"

这些是无赖常用的策略,装出认识一个不相识的人。

马吕斯密切注意着这人的说话,琢磨着他的口音和动作,但他的失望增加了,这种带鼻音的声调,和他期待的尖锐生硬的声音完全不同,他像坠入五里雾中。

"我既不认识巴格拉西翁夫人,也不认识唐勃莱先生,"他说,"我从没去过这两家。"

他带着易怒的声调回答着。这人仍亲切地坚持说:

"那我就是在夏多勃里昂家里见到过先生!我和夏多勃

里昂很熟悉,他很和气。有时他对我说:'德纳我的朋友……你不来和我干一杯吗?'"

马吕斯的神气越来越严厉:

"我从来没有荣幸被夏多勃里昂接待过。简单地直说吧,您来干什么?"

这人听了这严酷的语气,更深深地鞠躬:

"男爵先生,请听我说,在美洲巴拿马那边一个地区,有一个村子叫若耶,这村子只有一所房子。一栋四层楼的由太阳晒干的砖所砌成的四方的大房子,四方房子的每一边有五百尺长,每层比下层退进十二尺,这样在房屋四周的前面就有一个绕屋的平台,当中是一个内院,那里堆积着粮食和武器,没有窗子,但有枪眼,没有门,但有梯子,梯子从地上架到二层平台,再从第二层架到第三层,从三层架到四层,再用梯子下到内院,房间没有门,只有吊门,房间也没有楼梯,只有梯子;夜间关上吊门拿走梯子,大口枪和马枪都在枪眼里瞄准着,无法走进去;这里白天是一所房子,晚上是一座堡垒,有八百住户,这村子就是这样的。为什么要如此小心呢?因为这是一个危险地区,有很多吃人的人,为什么人们要去呢?因为这是个绝妙的地方;那里找得到黄金。"

"您究竟要干什么?"马吕斯因失望而变得不耐烦,打断了他的话。

"我要说的是,男爵先生,我是一个疲惫的老外交家。旧文化使我厌倦,我想过过未开化的生活。"

"还有呢?"

"男爵先生,自私是世间的法律。无产的雇农看见公共马车走过就回过头去,有产的农民在自己的田里劳动就不回头。穷人的狗对着富人叫,富人的狗对着穷人叫。人人都为自己,钱财是人们追求的目的。金子是磁石。"

"还有什么话?快说完。"

"我想到若耶去安家。我们一家三口,妻子和女儿,一个很漂亮的姑娘。旅途长而旅费贵,我需要一点钱。"

"这和我有什么关系?"马吕斯问。

这不相识的人把下巴伸出领结外,好像秃鹫的动作,并用双重意味的微笑来回答。

"难道男爵先生没有读过我的信吗?"

这话有点说对了。事实上是马吕斯没有十分注意信的内容。他看到笔迹,忽略了内容。他几乎想不起来了。目前他又得到了一条新的线索。他注意到这个细节:我的妻子和女儿,他用深刻的目光盯住这个陌生人。一个审判官也不如他看得更仔细,他等于在窥伺,他只是回答:

"说清楚点。"

陌生人把两手插在背心的口袋中,抬起头但并不撑直脊背,他那通过眼镜的绿目光也在细察着马吕斯。

"好吧,男爵先生,我说清楚点。我有一个秘密向您出售。"

"一个秘密!"

"一个秘密。"

"和我有关?"

"多少有点。"

"什么秘密?"

马吕斯一边听着,同时越来越仔细观察这个人。

"我开始时不提报酬,"陌生人说,"对我所讲的您会感到很有意思。"

"说下去!"

"男爵先生,您家里有一个盗贼和一个杀人犯。"

马吕斯一阵震颤。

"在我家里?不会。"他说。

陌生人镇定地、用衣袖肘刷刷帽子,继续说:

"杀人犯和盗贼。男爵先生请注意,我这里说的并不是往事,不是过期的,失效的,不是法律的具体规定和神前忏悔可以取消的,我讲的是最近的事,眼前的事,此刻尚未被法律发现的事。我说下去。这个人骗取了您的信任,几乎钻进了您的家庭,他用了一个假名。我告诉您他的真名,我不要分文来向您说。"

"我听着。"

"他叫冉阿让。"

"我知道。"

"我告诉您他是谁,但仍不要报酬。"

"说吧!"

"他是一个老苦役犯。"

"我知道。"

"您知道是因为我荣幸地向您说了。"

"不是。我早已知道了。"

马吕斯冷冷的语气,两次"我知道"的回答,说话简短,表示不愿交谈,引起了陌生人的一点暗火。他那发怒的目光偷偷瞥了马吕斯一眼,但又立刻熄灭了。这目光虽然如此迅速,但人们只要见过一次,以后就会认出来的,而且也没逃过马吕斯的眼睛。某种火焰只能出自某些灵魂,它会烧着眼睛,这个思想的通风洞;眼镜不能遮蔽任何东西,就像在地狱前面放上一块玻璃一样。

陌生人微笑着又说:

"我不敢反驳男爵先生。总而言之,您知道我是了解实情的。现在我要告诉您的事情只有我一个人知道。这与男爵夫人的财产有关。这是一个特殊的秘密,它可以出售,我先献给您,价钱便宜,两万法郎。"

"这秘密和其他的一样,我也知道。"

那人感到需要杀点价:

"男爵先生,给一万法郎吧,我就说。"

"我再重复一遍,您没有什么可告诉我的。我已知道您要说些什么了。"

这人的眼中又闪出一道光,他大声叫喊起来:

"今天我总得要吃饭呀。我对您说,这是一个特殊的秘密。男爵先生,我要说了,我就说。给我二十法郎好了。"

马吕斯的眼睛盯住他:

"我知道您的特殊秘密,就像我知道冉阿让的名字,也像我知道您的名字一样。"

"我的名字?"

"是的。"

"这不难,男爵先生,我荣幸地写给您了,并向您说了:德纳。"

"第。"

"什么?"

"德纳第。"

"这是谁?"

在危急之中,箭猪会竖起刺来,金龟子会装死,老看守人员会摆出架势,这人就大笑起来。

于是他用手指掸去衣袖上的一点灰尘。

马吕斯继续说:

"您也是工人容德雷特,演员法邦杜,诗人尚弗洛,西班牙贵人堂·阿尔瓦内茨,又是妇人巴利查儿。"

"什么妇人?"

"您在孟费郿开过小酒店。"

"小酒店!从没有过的事。"

"我对您说,您是德纳第。"

"我否认。"

"还有,您是一个坏蛋,拿着。"

这时马吕斯从口袋里抽出一张钞票,摔在他脸上。

"谢谢!对不起!五百法郎!男爵先生!"

这人惊惶失措,鞠躬,抓住钞票,仔细瞧。

"五百法郎!"他惊讶地又说一遍。他含含糊糊地轻声说道:"值钱的钞票!"

于是突然又说:

"好吧,"他大声说,"让我们舒服一下吧。"

说后他用猴子般灵敏的速度,把头发朝后一甩,抓下眼镜,从鼻孔里取出那两根鸡毛管并把它们藏起来,这是刚才已提到的东西,并且在这本书的另一页上也已经见到过。他像脱帽那样改变了他的脸谱。

他的眼睛发亮了;一个凹凸不平、有的地方有着疙瘩的、皱得出奇的丑的额头露出来了,鼻子又恢复鹰钩形;这个诡谲凶狠的掠夺者的外形现在又出现了。

"男爵先生完全正确,"他用清晰的失去鼻音的声音说,"我是德纳第。"

他把驼背伸直了。

德纳第,确实是他,他非常吃惊,如果他能慌乱的话,他也会慌乱的。他是打算来使人大吃一惊的,结果是他自己吃了一惊。这种屈辱的代价是五百法郎,总之,他还是收下;但不免仍感到惊愕。

尽管他化了装,第一次来见这位彭眉胥男爵,这位彭眉胥男爵就认出了他,并且还彻底了解他。这男爵非但知道德纳第的事,同时似乎也知道冉阿让的事。这个基本上还没长胡子的青年是个什么人?他如此冷酷然而又如此慷慨,他知道别人的名字,知道别人所有的名字,慷慨解囊,但叱责骗子又像法官,赏他们钱时又像个受骗的傻瓜。

我们记得,德纳第虽曾是马吕斯的邻居,但却从没见过他,这在巴黎是常有的事;他曾隐隐约约听到他的女儿们提到过有个穷青年叫马吕斯,住在那幢房子里。他给他写过我们知道的那封信,但并不认识他。在他思想里还不可能把这个马吕斯和彭眉胥男爵先生联系起来。

至于彭眉胥的名字,我们记得在滑铁卢战场上,德纳第只听到最后两个音,他对这两个音①一直是蔑视的,人们看不起简单的一声道谢,这是合情合理的。

此外,他让女儿阿兹玛跟踪二月十六日的新婚夫妇,依靠女儿,再靠自己的搜索,结果他得知很多情节,从他黑暗的深

---

① "彭眉胥"(Pontmercy),后面两个音是"眉胥",与法文中的"谢谢"(merci)发音相同。

处,他抓住了不止一根秘密线索。他施展了不少伎俩后发现了,或至少在尽量归纳推理后,猜到他那天在大阴沟里遇到的是什么人。从这个人,很容易就得到了他的名字。他知道彭眉胥男爵夫人就是珂赛特。但关于这一点,他打算谨慎从事。珂赛特是谁?他自己也不很清楚。他模糊地预感到是个私生子,芳汀的历史他一直觉得是有点不明不白的,谈这些有什么用呢?为保守秘密而得些报酬吗?他有,或认为自己有比这更值钱的东西要出卖。还有,按照表面的情况看,没有证据就来向彭眉胥男爵泄露"您的夫人是个私生儿",这样的结果会使告密者的腰部挨到丈夫的脚踢。

在德纳第看来,和马吕斯的谈话还没有开始。他不得不先退却,改变战略,放弃阵地,上另一道前线;主要之事尚未达成协议,他已有五百法郎在口袋里了。此外他还有一些有决定意义的东西要说,他觉得来对抗这个既无所不知又武装得那么好的彭眉胥男爵他仍是个强者。像德纳第这种性格的人,所有的对话都是在搏斗。在即将进行的这场搏斗中,自己的情况究竟如何?他不知道他说话的对象是谁,但他知道要说的内容是什么。他很快暗暗地检阅了一下自己的力量,在说过了"我是德纳第"之后,他等待着。

马吕斯在深思。他终于抓到了德纳第。这个人,他多么希望能找到他,现在就在身边了。他可以实践彭眉胥上校的叮嘱了。这位英雄欠了这个贼的情,他父亲从墓底开给他马吕斯的汇票至今没有兑现,他感到是种羞辱。面对德纳第时他思想里也有着复杂的想法,他感到应为上校不幸被这类坏蛋所救而复仇。但不管怎样,他是满意的。他终于要把上校的幽灵从这下流的债权人那里救出来,他感到他将把父亲身后的名誉从债务的牢狱中解救出来。

除了这一责任外,还有另外一点他也要搞清楚,如果他能办到的话,那就是珂赛特财产的来源问题。机会好像已在眼前,德纳第可能知道一些情况。深探这个人的底细可能有用处。他就从这里开始。

德纳第已把这"值钱的钞票"藏进了背心的口袋里,温和到接近柔情的程度望着马吕斯。

马吕斯打破了沉默:

"德纳第,我对您说出了您的名字。现在,您想告诉我的秘密,要不要我来向您说?我也有我的情报,我,您会觉察到我知道得比您更多。冉阿让,您说他是杀人犯和盗贼。他是盗贼,因为他抢劫了一个富有的手工业厂主马德兰先生,并使他破了产。他是个杀人犯,因为他杀死了警察沙威。"

"我不懂,男爵先生。"德纳第说。

"我把话说清楚,听着,大约在一八二二年时,在加来海峡省的一个区,有一个过去和司法机关有过纠葛的人,名叫马德兰先生,他后来改过自新,恢复了名誉。这人成为一个不折不扣的正直的人。他创建一种行业制造黑玻璃珠子,使得全城发了财。至于他自己也发了财,那是次要的,可以说是偶然的。他是穷人的救济者,他设立医院,开办学校,探望病人,给姑娘们钱做嫁妆,援助寡妇,抚育孤儿,他好像是地方上的一个保护人。他拒绝接受勋章,他被提名为市长。一个释放了的苦役犯知道这人过去被判过刑的隐情,揭发了这人并使他被捕,这个苦役犯又利用这人被捕来到巴黎,从拉菲特银行——我这个情报是出纳员供给的——,用一个假签名,领走了马德兰存款上五十万以上的法郎。这个抢劫了马德兰先生的苦役犯就是冉阿让,至于另一桩事,您也没有什么可告诉我的。冉阿让杀死了沙威,他用手枪打死的,我当时正在场。"

德纳第神气地向马吕斯看了一眼,就像一个吃败仗的人又抓住了胜利,并在一分钟内收回了所有失地,但他立刻又恢复了微笑,下级在上级前的得胜应该显得温和,德纳第只向马吕斯说:

"男爵先生,我们走岔道了。"

他为了要强调这句话,故意把一串饰物抡了一转。

"怎么!"马吕斯说,"您能驳倒这些吗?这是事实。"

"这是幻想。我荣幸地得到男爵先生的信任,使我有义务向他这样说,首先要注意事实和正义。我不愿见到有人不公正地控告别人。男爵先生,冉阿让并没有抢劫马德兰,还有冉阿让也没有杀死沙威。"

"这真叫人很难相信!为什么?"

"为了两个原因。"

"哪两个?说。"

"第一,他没有抢劫马德兰先生,因为冉阿让本人就是马德兰先生。"

"您说什么?"

"而第二,他没有杀死沙威,因为杀死沙威的人,就是沙威自己。"

"您这是什么意思?"

"我的意思是沙威是自杀的。"

"拿出证据来!拿出证明来!"马吕斯怒不可遏地叫着。

德纳第一字一句地重新说了一遍,好像在念十二音节的古诗。

"警察——沙威——被发现——溺死在——交易所桥的——一条船下。"

"拿出证据来。"

德纳第在旁边的口袋里取出一个灰色大信封,好像装有一些折成大小不等的纸。

"我有我的案卷。"他镇静地说。

他又补充道:

"男爵先生,为了您的利益,我曾深入了解我的冉阿让。我说冉阿让和马德兰就是一个人,我又说沙威除了沙威自己以外,没有别人杀死他,我这样说,我是有证据的。不是手写的证据,手写是可疑的,可以为献殷勤而随便乱写,我的证据是印刷品。"

德纳第一边说,一边从信封里取出两张发黄、陈旧、有一大股烟味的报纸。其中一张,折叠的边缘部分已破碎,成块地掉下来,看来比另一张更陈旧。

"两件事情,两种证据。"德纳第说。于是他把两张打开的报纸递给马吕斯。

这两张报纸读者都知道,最旧的那张是一八二三年七月二十五日的《白旗报》,我们可以在本书的第三卷第一四八页①看到原文。证实了马德兰先生和冉阿让确是一个人;另一张是一八三二年六月十五日的《通报》,证明沙威的自杀,附加说明这是引自沙威向警署署长的口头汇报:当他被囚在麻厂街街垒时,一个宽宏大量的暴动者饶了他一命,那人持枪

---

① 见本书第二部第二卷第一节"二四六○一号变成了九四三○号"开头两页。

可以打死他,但却没有打他的脑袋而只向空中放了枪。

马吕斯读了,这是明显的事,日期确切,证据无可怀疑,这两张报纸不是为了证明德纳第的话而故意印刷出来的,在《通报》上刊登的消息又是警署官方提供的。马吕斯不能怀疑。那个出纳员提供的情况是假的,自己也搞错了。冉阿让,忽然变伟大了,从云雾中出来,马吕斯禁不住欢快地叫道:

"那么,这不幸的人是一个可敬可佩的人!这笔财产真是他的!他就是马德兰,整整一个地区的护卫者!冉阿让是沙威的救命人!这是个英雄!一个圣人!"

"他不是一个圣人,也不是一个英雄,"德纳第说,"他是个杀人犯和盗贼。"

他加上了一句,用一种开始感到自己有了点权威的语气说话:"我们得静下心来。"

盗贼,杀人犯,马吕斯认为这些字眼已经消失了,可是它们又再次出现,他好像被当头泼了一盆冷水。

"怎么还是这些事!"他说。

"总是这些事,"德纳第说,"冉阿让没有抢劫马德兰,但他是个盗贼。他没有杀死沙威,但他确是杀人犯。"

马吕斯问:"您是否指四十年前那桩可怜的偷窃案?根据您手边的报纸,说明他已终身忏悔,克己利人,道义兼备,赎罪自新了。"

"我说杀人和盗窃,男爵先生。我再重复一遍,我说的是最近的事。我要向您泄露的事别人是一无所知的,是没人听说过的,您可能在其中能找到冉阿让手段高明地送给男爵夫人的财产的来源。我说手段高明,因为,通过这样的赠款,钻进一个高贵的家庭来分享清福,同时隐藏了自己的罪恶,享受着抢来的钱,隐瞒自己的名字,建立起一个家庭,这不是一个笨人所能做到的。"

"我可以在这里打断您的话,"马吕斯提醒他注意,"但您还是继续说下去!"

"男爵先生,我一切都向您直说,酬劳由您慷慨赏赐好了。这个秘密真值大量黄金呢。您会问我:'为什么我不去找冉阿让?'原因很简单,我知道他放弃了这些钱,让给了您,我觉得他谋划得很巧妙;但他现在却是一文不名了,要是去找他,他会让我看他两手空空。既然我到若耶去需要旅费,我乐意来找无所不有的您,而不愿去找一无所有的他。我感到有些疲乏了,请允许我坐下吧!"

马吕斯坐下,也示意让他坐下。

德纳第坐到一张有软垫的椅子上,再拿起那两张报纸塞进信封里,小声嘟囔,一边用指甲敲着《白旗报》说:"这一张是我费尽心血才弄到的。"然后,他跷起二郎腿,靠着椅背,这种姿势正是说话有把握的人所特有的,于是进入正题,严肃地说着下面这些有分量的话:

"男爵先生,一八三二年六月六日,大概一年前,在暴动的那天,有一个人在巴黎大阴沟里,在阴沟和塞纳河的接头处,残废军人院桥和耶拿桥之间。"

马吕斯忽然把他的椅子靠近了德纳第的椅子。德纳第注意到了这个动作,慢慢地继续他的叙述,就像一个演说家吸引住了和他对话的人,并感到对方听了自己的叙述在激动起来,心惊胆战。

"这个人,不得不藏起来,其原因和政治无关,他把阴沟当作住家,并且还有一把钥匙。我再说一遍,这天是六月六日,大概在晚上八时左右,这人听见阴沟里有声音。他大为惊奇,就躲了起来,窥伺着。这是走路的脚步声,在黑暗中有人在向他这边走来。这真是怪事,除他之外还有另外一个人也在阴沟里。阴沟的铁栅栏出口离此不远,从那儿射来的一点光使他能看见新来的人,并看见这人背上背着东西。他弯着腰前进。那弯着腰走路的人是一个过去的苦役犯,背的是一具死尸。如果有现行的杀人犯的话这就是一个。至于说到抢劫,那当然不成问题;没有人会无故行凶的。这人正要把尸体丢进河去。有一点请注意,在到达铁栅栏出口之前,这个苦役犯来自阴沟远处,他一定会遇到一个可怕的洼地,他好像也可以把尸体丢进去,但第二天,通阴沟的工人在洼地工作时会发现被杀害的人,杀人犯不愿这样做。他宁愿背着重负越过洼地,他一定花了惊人的力气,他冒了最大的生命危险,我不懂他怎么能够活着出来。"

马吕斯的椅子又挨近了一点。这时德纳第就深深地吸了一口气。他继续说下去:

"男爵先生,一条阴沟不是'马尔斯广场',那里什么都缺,也缺地方。两人在里面总得见面。这事也发生了。住户和过路的人不得不打招呼,虽然双方都不愿意。过路的向住户说:'您看,我背着这东西,我得走出去,你有钥匙,给我吧。'这个苦役犯力大如牛,当然不能拒绝他。但有钥匙的人和他谈判,为了故意拖延时间。他察看了这个死人,但看不清什么,只知他是个年轻人,穿着讲究,像一个富家子弟,面部血迹模糊。他一边谈话,一边设法撕下死者背后的一块衣襟,而并没有被杀人犯发觉。一种物证,您明白了吧,这是可以重新抓到线索的办法,并可以向罪人证明他所犯的罪。他把物证放在口袋里。这之后,他把铁栅栏打开,放出这人和他背上的负担,再关上门就逃跑了,他不愿再牵连进去,尤其不愿在凶手丢尸入河时自己还在旁边。现在您明白了,背死尸的是冉阿让,有钥匙的人此刻正在和您说话,还有那块衣襟……"

德纳第在说完这话的同时,从口袋里抽出一块撕碎了的沾满深色斑点的黑呢碎片,他用两个大拇指和两个食指夹着,举得和他的眼睛一般高。

马吕斯站起来,面色惨白,呼吸困难,眼睛盯着这块黑呢一言不发,他目光不离这块破布地退到墙边,用右手向后伸去,在墙上摸索着寻找一把在壁炉旁边的壁橱锁眼上的钥匙。他找到这把钥匙后,打开壁橱门,伸进手臂,不用眼看,他惊愕的眼光不离开德纳第展开的破布。

这时德纳第继续说:

"男爵先生,我有充分理由认为这个被杀的年轻人是一个被冉阿让诱骗来的、身上有着大量钱财的外国阔佬。"

"这青年就是我,衣服在这里!"马吕斯大声叫着,把一件沾满血迹的旧衣服丢在地板上。

然后,他把德纳第手上那块碎片夺过来,蹲在衣服前,把撕下的这块凑在缺去一块的衣摆上,撕口完全吻合,破布正好补全了那件衣服。

德纳第目瞪口呆,他心想:"我完蛋了。"

马吕斯颤抖着站起来,既失望又喜不自禁。

他搜索着衣袋,气愤地走向德纳第,把抓满了五百和一千法郎的拳头举到他面前,几乎碰着他的脸:

"你这卑鄙的东西!你撒谎,诽谤,阴险恶毒。你来诬告这个人,你却反而证明他无罪;你要陷害他,结果你反而使他变得更加荣耀。而盗贼就是你！你是杀人犯！我见过你,你这个容德雷特的德纳第,住在医院路的贫民窟里。我知道的和你有关的情况足以送你去服苦役,甚至要去比服苦役更远的地方,如果我愿意的话。拿着,这里是一千法郎,恶贯满盈的无赖！"

于是他扔了一张一千法郎的钞票给德纳第。

"啊！容德雷特的德纳第,下流骗子！这一下你该受到教训了,贩卖机密的旧货商,出售秘密的掮客,在黑暗中搜索的家伙,下贱的东西！拿去这五百法郎,滚出去,滑铁卢保护了你。"

"滑铁卢！"德纳第嘟囔着,把五百和一千法郎装进了口袋。

"不错,杀人犯！你在那里救了一位上校的命……"

"一位将军。"德纳第昂起了头说。

"一位上校！"马吕斯气愤地回答,"为一位将军我是不会给你一分钱的。而你来这里是破坏别人的名誉的！我告诉你,你犯过一切罪行。滚！不要再露面了！只盼你能幸福,我只希望这一点。啊！魔鬼！这里又是三千法郎,拿去。明天你就离开这里,带着女儿到美洲去。你的老婆早已死了,可恶的骗子！我要监视你动身,强盗,那时我再给你两万法郎,滚到别处去找死吧！"

"男爵先生,"德纳第深深鞠躬回答说,"感恩不尽。"

于是,德纳第出去了,他莫名其妙,在这种甜蜜的上千法郎的轰击下,钞票像雷击那样劈头盖脸而来,他感到惊喜交集。

他确实是被雷击了,但他也乐意,如果有一个避雷针的话,他反而感到遗憾了。

我们立刻把这个人的事交代完。在我们此刻所叙述的事两天之后,他在马吕斯的安排下,用了一个假名,揣着汇到纽约去的两万法郎的汇票,带着女儿阿兹玛到美洲去了。德纳第这个失败的资产者的歹毒心肠是无可救药的,他到美洲后依然和在欧洲时一样。和一个坏人接触有时常常就把好事变成了坏事。有了马吕斯这笔款,德纳第做了一个贩卖黑奴的商人。

德纳第一出门,马吕斯就跑到花园里,珂赛特还在散步。

"珂赛特,珂赛特!"他叫着,"来!快来,一起出去。巴斯克,一辆街车!珂赛特,来,啊!我的上帝!是他救了我的命!不要耽误时间了!快围上围巾。"

珂赛特以为他疯了,但还是听从了他的话。

他喘不过气来,用手压住心跳,他大步地来回走着,他吻着珂赛特:"啊!珂赛特!我是一个可耻的人!"他说。

马吕斯心情狂乱,他开始模糊地看到冉阿让那不知多么崇高而惨淡的形象。一种绝无仅有的美德显示在他眼前,至高无上而又温和,伟大而又谦虚。这个苦役犯已经圣化,成为基督了。这奇迹使马吕斯眼花缭乱,他不知道究竟见到了什么,只知道伟大无比。

一会儿,街车来到了门前。

马吕斯让珂赛特上车,自己也跳了上去。

"车夫,"他说,"武人街七号。"

马车出发了。

"啊!多么幸福呀!"珂赛特说,"武人街,我都不敢向你提了,我们去看望让先生!"

"是你的父亲,珂赛特,他比任何时候都更是你的父亲。珂赛特,我猜着了。你说你从没有收到我叫伽弗洛什送给你的信,这信肯定是落在他的手里了。珂赛特,他到街垒去是为了把我救出来。他既发愿要成为天使,他顺便又救了别人,他救了沙威。他把我从这深渊里拖出来带给你。他背着我通过那可怕的阴沟,啊!我是一个骇人听闻的忘恩负义的人。珂赛特,他做了你的保护人,又成了我的保护人。你想想,那里有一个可怕的洼地可以使人没顶千百次,人会埋在污泥里,珂赛特,他却使我渡过去了。我当时处在昏迷状态,我看不见,听不见,对自己的遭遇一无所知。我们去把他接回来,和我们一起回来,不论他愿意不愿意,不让他再离开我们了。但愿他在家里!但愿我们能找到他!今后我将终生崇敬他。对了,一定是这样,你明白吗,珂赛特?伽弗洛什的信是送给他了,一切都弄清楚了,你懂了吧!"

珂赛特一点也不懂。

"你说得对。"她向他说。

这时车轮正向前滚动。

五 黑夜后面有天明

冉阿让听见敲门声,就转过身去。

"进来。"他用微弱的声音说。

门一开,珂赛特和马吕斯出现了。

珂赛特跑进房间。

马吕斯在门口站着,靠在门框上。

"珂赛特!"冉阿让说,他在椅子上竖起身来,张开颤抖的两臂,神情惊恐,面色惨白,看起来很骇人,目光里显出无限欢快。

珂赛特因激动而感到窒息,倒在冉阿让的怀中。

"父亲!"她喊着。

冉阿让精神错乱,结结巴巴地说:

"珂赛特!她!是您!夫人!啊!我的上帝!"

于是,在珂赛特的紧抱之中,他叫道:

"是你呀!你在这儿!你原谅我了!"

马吕斯垂着眼帘不让眼泪淌下,走近一步,嘴唇痉挛地紧缩着,忍住痛哭,轻轻地喊了一声:

"我的父亲!"

"您也是呀,您也原谅我了!"冉阿让说。

马吕斯一句话也说不出,冉阿让又说:"谢谢。"

珂赛特把围巾拉下来,把帽子扔在床上。

"戴着不方便。"她说。

她于是坐在老人的膝上,一边用可爱的动作把他的白发撂开,吻他的额头。

冉阿让随她摆布,神情恍惚。

珂赛特模糊地懂得了一点,她加倍亲热,好像要替马吕斯赎罪。

冉阿让含糊地说:

"我真傻!我以为见不到她了。您想想,彭眉胥先生,你们进来的时候,我正在想:'完了,她的小裙衫在这儿,我是一个悲惨的人,我见不到珂赛特了。'我这样想时,你们正在上楼梯。我多愚蠢呀!蠢到如此地步!我们考虑问题没有想到上帝。慈悲的上帝说:'你以为他们就这样把你遗弃了,傻瓜！不会的，不会，决不会这样的。来吧，这里有个可怜人需要一个天使。'天使就来了，我又见到了我的珂赛特，我又见到了我的小珂赛特！啊！我曾经万分痛苦呀！"

他有一阵子几乎说不出话来，后来又继续说下去：

"我实在十分需要偶尔来看看珂赛特。一颗心，需要一点寄托。但我又感到我是个多余的人。我自己说服自己：'他们不需要你了，待在你自己的角落里吧，你无权永远赖着不走。'啊！感谢上帝，我又见到她了！你知道吗，珂赛特，你的丈夫很漂亮？啊！你有一个美丽的绣花领子，这样好得很。我爱这种花样。是你丈夫选择的，对吗？还有，你应当有几条开司米围巾，彭眉胥先生，让我称她'你'吧。这不会很久了。"

珂赛特接着说：

"您这样把我们丢下多不近人情！您上哪儿去啦？为什么离开这么久？以前您多次的旅行最多三四天。我差妮珂莱特来，老回答说：'他没有回来。'您什么时候回来的？为什么不告诉我们？您变化很大，您知道吗？啊！坏父亲！他生了病，我们竟不知道！你瞧，马吕斯，摸摸他的手，竟然冷成这个样！"

"这么说您来了！彭眉胥先生，您原谅我了。"冉阿让又说了一遍。

听了冉阿让重复这句话，一切拥塞在马吕斯心头的东西找到了发泄的机会，爆发出来了：

"珂赛特，你听见吗？他还这样说！要我原谅他。你知道他怎样对待我吗，珂赛特？他救了我的命。他做的还不止这些，他把你给了我。在救了我之后，在把你给了我之后，珂赛特,他自己又怎么样呢?他牺牲了自己。他就是这样一个人。而对我这忘恩负义的人,对我这个健忘的人,对我这个残酷的人,对我这个罪人,他却说:'谢谢!'珂赛特,我一辈子为他鞠躬尽瘁也不能报答他。这个街垒,这条阴沟,这个火坑,这些污水沟,他都经历过了,为了我,为了你,珂赛特!他背着我,使我避开一切死难,而他自己却承受一切。一切勇敢,一切道义,一切英雄精神,一切神圣的品德,他都具备了!珂赛特,这个人真是一位天使!"

"嘘!嘘!"冉阿让轻声说,"为什么要说这些话?"

"但是您!"马吕斯生气然而又尊敬地说,"为什么您不说这些事?这也是您的过错,您救了别人的命,还要瞒着别人!尤其是,借口说您要暴露自己,您其实是在诽谤自己,这真可怕。"

"我说的是真话。"冉阿让回答。

"没有,"马吕斯又说,"讲真话,要讲全部的真话,而您并没有讲。您是马德兰先生,为什么没有讲?您救了沙威,为什么不讲?您救了我的命,为什么不讲?"

"因为我想的和您一样,我觉得您有道理。我应该走开。如果您知道了阴沟的事,您就要留我在你们身边。因此我不应该说。如果我说出来,大家都会感到拘束了。"

"拘束什么!谁拘束呢!"马吕斯回答,"难道您还想待在这儿吗?我们要带您走。啊!天哪!我想到我完全是偶然获悉这些情况的!我们要把您接去,您和我们是分不开的。您是她的父亲,也是我的。您不会再多留一天在这可怕的屋子里了。您不要以为您明天还在这儿。"

"明天,"冉阿让说,"我不会在这儿,但也不会在您的家里。"

"您这是什么意思?"马吕斯问,"啊,现在我们不允许您再去旅行。您不要再离开我们,您是我们的人,我们不放您走了。"

"这一次,说了是要算数的。"珂赛特加上一句,"我们有车子在下面,我们要把您带走,如果有必要的话,我还要用武力呢!"

于是她笑着做出用手臂抱起老人的姿势。

"家里一直保留着您住的房间,"她继续说,"您可知道现在花园可真美呀!杜鹃花开得很茂盛。小路都用河沙铺过了,沙里还有小的紫色贝壳。您将要吃到我的草莓,是我自己浇水种的。没有什么夫人,也没有什么让先生了,我们都生活在共和国里,大家都以'你'相称。对吗?马吕斯?生活的法则也变了。您不知道,父亲,我有一件伤心事,有一只知更鸟在墙头洞里做了窝,一只可恶的猫把它吃掉了。我那可怜的美丽的小知更鸟把头伸在它的窗口望着我!我曾为它哭泣,我真想杀了那只猫!但现在没有人哭了。大家都欢笑,大家都幸福。您和我们一起回去。外祖父会多么高兴呀!在花园里您将要有您的一小块地,您自己耕种,我们看看您的草莓是不是和我的长得一样好。还有,我样样依顺您,还有,您得好好地听我的话。"

冉阿让在听着,但又没听见,他听着她那像音乐一样的说话声,而不是听懂她话的意思;一大颗眼泪,灵魂里幽暗的珍珠,慢慢地在眼里出现,于是他轻声说:

"足以证明上帝是慈悲的,她在这儿了。"

"父亲!"珂赛特呼唤着。

冉阿让继续说：

"不错，能在一起生活，这多好。树上有很多鸟。我和珂赛特去散步，和活着的人一样，互相问好，在花园里相互呼唤，这多甜蜜。从清早就能相见。我们每人各种一块地。她种的草莓给我吃，我让她摘我的玫瑰花，这该多么好呀。但是……"

他停下来温和地说：

"可惜。"

眼泪没落下来，又收回去了，冉阿让用一个微笑代替了它。

珂赛特把老人的双手握在她手中。

"我的上帝！"她说，"您的手更冷了。您有病吗？您不舒服吗？"

"我吗，没有病，"冉阿让回答说，"我很舒服，可是……"

他又停下不说了。

"可是怎么样呢？"

"我马上就要死了。"

珂赛特和马吕斯听了以后就打颤。

"要死了！"马吕斯叫道。

"是呀，但这不算什么。"冉阿让说。

他呼吸了一下，微笑着，又说了下去：

"珂赛特，你刚才在和我说话，继续下去，再说点，那么说你的小知更鸟是死了，讲吧，让我听听你的声音！"

马吕斯吓呆了，他望着老人。

珂赛特发出一声凄厉的叫声。

"父亲！我的父亲！您要活下去，您会活的，我要您活下去,听见了吧!"

冉阿让抬起头来向着她,带着一种热爱的神色:

"噢,是的,禁止我死吧。谁知道?我可能会听从的。你们来时我正要死去,就这样我就停了下来,我觉得我好像又活过来了。"

"您是充满了活力和生命的,"马吕斯大声说,"难道您认为一个人会这样死去吗?您曾痛苦过,以后再不会有了。是我在请求您的原谅,我还要跪着请求您的原谅!您会活着的,和我们一起活着,并且还会长寿。我们接您回去。我们两人从今以后只有一个愿望,那就是您的幸福!"

"您看,"珂赛特满面泪痕地说,"马吕斯说您不会死的。"

冉阿让微笑着继续说:

"彭眉胥先生,您带我回去,难道我就不会是现在的我了吗?不行,上帝的想法和您我一样,并且他不会改变主张,我最好还是离开。死是一种妥善的安排。上帝比我们更知道我们需要的是什么。祝你们快乐,祝彭眉胥先生有着珂赛特,青春要和清晨做伴,我的孩子们,你们四周有丁香,又有黄莺,你们的生命像朝阳下美丽的草坪,天上的喜悦充满你们的心灵,现在我已一无用处,让我死吧,肯定这一切都会好的。你们看,要懂道理,现在一切都已经不能挽救了,我觉得自己是绝对完了。一个钟头以前,我昏厥了一次。还有昨天晚上,我喝完了这一罐水。你的丈夫真好,珂赛特!你跟着他比跟着我好多了。"

门上发出声音。是医生进来了。

"早安和再见,医生,"冉阿让说,"这是我可怜的孩子们。"

马吕斯走近医生,他只向他说了两个字:"先生?……"但说时的神情等于完整地提了一个问题。

医生向他丢了一个有表情的眼色作回答。

"因为这种事使人感到不愉快,"冉阿让说,"这不能成为自己对上帝不公正的一种借口。"

大家静默无言,所有人的心都感到沉重。

冉阿让转向珂赛特,向她凝视着,好像要把她的形象带到永生里去那样。他虽已沉入黑暗深处,但望着珂赛特他还会出神。这个温柔的容貌使他苍白的脸发出光芒,墓窟因而也有着它的光彩。

医生为他诊脉。

"啊!原来他缺少的是你们。"他望着珂赛特和马吕斯轻声说。

于是他凑近马吕斯的耳边轻声加了一句:

"太迟了。"

冉阿让几乎不停地望着珂赛特,安静地看看马吕斯和医生。我们听见从他嘴里含糊地说出这样的一句话:

"死不算一回事,可怕的是不能活了。"

忽然他站起身来,这种体力的恢复有时就是临终的挣扎。他稳稳地走向墙壁,把要扶他的马吕斯和医生推开,取下挂在墙上的铜十字架,回来坐下的动作好像完全健康时那样自由自在,他把十字架放在桌上并且高声说:

"这就是伟大的殉道者。"

然后他的胸部下陷,头摇晃了一下,好像墓中的沉醉侵占了他,放在膝上的两只手开始用手指甲抠裤子的布。

珂赛特扶着他的双肩呜咽着,想要和他说话又说不出来。

我们听见她含着凄惶的口水伴着眼泪这样说:"父亲,不要离开我们,怎么能刚找到您就失去您呢?"

我们可以说垂死的挣扎有如蛇行,它去了又来,走近坟墓而又回头走向生命,在死亡的动作里有着摸索的过程。

冉阿让在半昏迷状态之后,又恢复了一点气力,他摇晃了一下脑袋,像要甩掉黑暗,接着几乎变得完全清醒了。他拿起珂赛特的一角袖子吻了一下。

"他缓过来了!医生,他缓过来了!"马吕斯喊着。

"你们两个人都好,"冉阿让说,"我告诉你们什么事在使我痛苦。使我痛苦的是,彭眉胥先生,您不肯动用那笔款。那笔款确是您夫人的。我要向你们解释,我的孩子们,也就是为了这个原因,我很高兴见到你们。黑玉是英国的产品,白玉是挪威的产品。这一切都写在这张纸上,你们以后看吧。关于手镯,我发明了不用焊药焊住金属扣环,而是把金属扣环搭紧,这样比较美观,而且价廉物美。你们明白这样可以赚很多钱。因此珂赛特的财产确是属于她的。我讲这些详情为了使你们安心。"

看门的上楼来了,通过半开的门向里面探望着,医生叫她走开,但没能制止这个热心的妇人在走开之前向垂死的人大声说:

"您需要一个神父吗?"

"我已有了一个。"冉阿让回答。

这时他用手指好像指着他头上方的某一处,他好像看见有个人。

大概主教真的在这临终的时刻来到了。

珂赛特轻手轻脚地把一个枕头塞在他的腰部。

冉阿让又说：

"彭眉胥先生，不用担心，我恳求您。那六十万法郎是属于珂赛特的。如果你们不愿享受它，那我就白活了！我们很成功地做出了这些玻璃饰物。我们和被称作柏林的首饰竞争，可是比不上德国的黑玻璃。一罗有一千二百粒打磨得整齐的珠子只要三个法郎。"

当我们所爱的一个人要临终时，我们的眼睛就盯住他，想把他留住。他们两人痛苦得说不出话来，不知要向垂死的人说些什么，他们失望地颤抖着站在他跟前，马吕斯握着珂赛特的手。

冉阿让一点一点地衰竭下去，他不断地在变弱，他已接近黑暗的天边。他的呼吸已断断续续；喉中有种嘎嘎的响声在间歇地截断气息，他的上臂已很难移动，足部也已经不能动，当四肢失灵，身体越来越衰竭时，庄严的灵魂在上升，并且已经显示在他的额头上。他的眼珠里已经出现了未知世界的光明。

他的脸逐渐失色，但仍带着笑容，生命已经结束，有的是其他的东西。他的呼吸中断，眼睛睁大，人们觉得这是一具长着翅膀的尸体。

他做了一个手势要珂赛特走近，又要马吕斯走近；这肯定是最后一小时的最后一分钟，他用微弱得好像来自远方的声音和他们说话，现在好像已有一堵墙把他和他们隔开了。

"过来，你俩过来，我很爱你们，啊！这样死去有多好！你也一样，你爱我，我的珂赛特。我知道你对你这个老人一直是有感情的，你把这靠垫放在我腰部是多么体贴我！你将会稍稍为我哭一下，对不对？可不要太过分。我不愿你真的难过。你们应当多多享乐,我的孩子。我还忘了告诉你们,没有扣针的扣环比所有的一切更赚钱。十二打的成本只合十个法郎,卖出去是六十法郎。这真是一个好买卖。所以您不要再为会有六十万法郎而感到诧异了,彭眉胥先生。这是清白的钱,你们可以安享富贵。应该有一辆车,不时定一个包厢到戏院去看看戏,做些漂亮的舞会服装,我的珂赛特,用盛宴招待你们的朋友,要生活得非常幸福。刚才我写了封信给珂赛特。她会找到我的信的。我把壁炉上这对烛台留给她。烛台是银的,但对我来说它是金的,是钻石的,它能把插在上面的蜡烛变成神烛。我不知道把它赠给我的那一位在天上是否对我感到满意,我已尽我所能了。孩子们,你们不要忘了我是一个穷苦人,你们把我埋在随便哪一块地上,用一块石板盖着做记号。这是我的遗愿。石上不要刻名字。如果珂赛特有时能来看望我一下,我会感到愉快。还有您也来,彭眉胥先生。我要向您承认,我并非一直都对您有好感的,我为此向您道歉。现在您和她,对我来说是一个人了。我十分感激您,我感到您使珂赛特幸福。您可知道,彭眉胥先生,她那红润而美丽的双颊就是我的愉快,当我看见她有点憔悴时,我便心里发愁。在橱柜里有一张五百法郎的票子。我还没有动用。这是施舍给穷人的。珂赛特,你看见你的小裙衫在这张床上吗?你还认得吗?其实这还只是十年前的事。时间过得多么快呀!我们曾经多么幸福呀。现在完了。孩子们不要哭,我去不了多远。我从那儿看得见你们。当天黑下来的时候,你们只要注意瞧,会望见我在微笑。珂赛特,你还记得在孟费郿,在树林里,你多么害怕,你还记得当时我提起水桶把吗?那是第一次我接触到你这可怜的小手,它是冰凉的!啊!当时你的手冻得通红,小姐,现在你的手是雪白的了。还有你的大娃娃!你记得吗?你叫她卡特琳。你后悔没有把她带进修女院!有时你真令我发笑,我可爱的天使!下雨的时候,你把草茎放在水沟里看着它们漂去。有一天,我买了一个柳条拍子和一个黄蓝绿三色的羽毛球给你。你忘了这些事了。你小时候多调皮!你玩着。你把樱桃放在耳朵里。这些都是过去的事了。我和我的孩子经过的森林,我们一起在下面散步的树木,我们一起藏身的修女院,种种游戏,童年时代欢畅的嬉笑,都已经消失了。我一直认为这一切是属于我的,我愚蠢之处就在于此。德纳第家的人都很凶狠,原谅他们吧。珂赛特,现在我该把你母亲的名字告诉你了。她叫芳汀。记住这个名字:芳汀。当你提到她的名字时,你应当跪下。她吃过很多苦。她非常爱你,她的痛苦正和你的幸福成对比。这是上帝的安排。他在天上,他看见我们大家,他在他的星宿中知道他做的一切。我就要去了,孩子们,你们永远相爱吧。世上除了相爱之外几乎没有别的了。你们有时想想死在这儿的可怜的老人。啊!我的珂赛特,这些时候我没有见到你,这可不怪我,那时我心都碎了;我一直走到你住的那条街的拐角上,见到我走过的人一定觉得我古怪,我好像疯了一样,有一次我没有戴帽子就出去了。孩子们,我现在已看不大清楚了,我还有话要说,算了吧。你们稍稍地想一想我。你们是上帝保佑的人。我不知道我怎么啦,我看见光亮。你们俩再挨近我些,我愉快地死去。把你们亲爱的头挨近我,我好把手放上去。"

珂赛特和马吕斯跪下,心慌意乱,悲泪哽咽,每人靠着冉阿让的一只手,这只庄严的手已不再动弹了。

他倒向后面,两支烛光照着他;他那白色的脸望着上天,他让珂赛特和马吕斯拼命吻他的手,他死了。

夜没有星光,一片漆黑,在黑暗中,可能有一个站着的大天使展开着双翅,在等待着这个灵魂。

六　荒草隐蔽,雨露冲洗

在拉雪兹神甫公墓里,靠近普通墓穴的旁边,远离这墓园中幽雅的地区,远离那些稀奇古怪的在永恒面前还要展示死后时兴式样的丑墓,就在一个荒僻的角落里,靠着一堵旧墙,在一棵爬着牵牛花的大水杉下面,在茅草和青苔之中,有一块石板,这块石板和别的石板一样,日子一久也剥落得斑斑点点,发了霉,长着苔藓,堆着鸟粪。雨水使它发绿,空气使它变黑。它不在任何路旁,人们不爱到这边来,因为野草太高,使脚立刻浸湿。当少许太阳露面时,壁虎会出现,四周还有野燕麦围着沙沙作响,春天红雀在树上欢唱。

这块石板是光秃秃的,凿石的人只想到这是筑墓石所需,除了使它够长够宽能盖住一个人之外,就没有考虑过其他方面。

上面没有名字。

但是多年前,有只手用铅笔在上面写了四句诗,在雨露和尘土的洗刷下已慢慢地看不清楚了,而今天大概已经消失了:

> 他安息了。尽管命运多舛,
> 他仍偷生。失去了他的天使他就丧生;
> 事情是自然而然地发生,
> 就如同夜幕降临,白日西沉。

"外国文学名著丛书"书目

第 一 辑

书　名	作　者	译　者
伊索寓言	〔古希腊〕伊索	周作人
源氏物语	〔日〕紫式部	丰子恺
堂吉诃德	〔西班牙〕塞万提斯	杨　绛
泰戈尔诗选	〔印度〕泰戈尔	冰　心　石　真
坎特伯雷故事	〔英〕杰弗雷·乔叟	方　重
失乐园	〔英〕约翰·弥尔顿	朱维之
格列佛游记	〔英〕斯威夫特	张　健
傲慢与偏见	〔英〕简·奥斯丁	王科一
雪莱抒情诗选	〔英〕雪莱	查良铮
瓦尔登湖	〔美〕亨利·戴维·梭罗	徐　迟
欧·亨利短篇小说选	〔美〕欧·亨利	王永年
特利斯当与伊瑟	〔法〕贝迪耶	罗新璋
巨人传	〔法〕拉伯雷	鲍文蔚
忏悔录	〔法〕卢梭	范希衡　等
欧也妮·葛朗台　高老头	〔法〕巴尔扎克	傅　雷
雨果诗选	〔法〕雨果	程曾厚
巴黎圣母院	〔法〕雨果	陈敬容
包法利夫人	〔法〕福楼拜	李健吾
叶甫盖尼·奥涅金	〔俄〕普希金	智　量
死魂灵	〔俄〕果戈理	满　涛　许庆道

书　名	作　者	译　者
当代英雄	〔俄〕莱蒙托夫	草　婴
猎人笔记	〔俄〕屠格涅夫	丰子恺
白痴	〔俄〕陀思妥耶夫斯基	南　江
列夫·托尔斯泰中短篇小说选	〔俄〕列夫·托尔斯泰	草　婴
怎么办？	〔俄〕车尔尼雪夫斯基	蒋　路
高尔基短篇小说选	〔苏联〕高尔基	巴　金　等
浮士德	〔德〕歌德	绿　原
易卜生戏剧四种	〔挪〕易卜生	潘家洵
鲵鱼之乱	〔捷〕卡·恰佩克	贝　京
金人	〔匈〕约卡伊·莫尔	柯　青

第　二　辑

荷马史诗·伊利亚特	〔古希腊〕荷马	罗念生　王焕生
荷马史诗·奥德赛	〔古希腊〕荷马	王焕生
十日谈	〔意大利〕薄伽丘	王永年
莎士比亚悲剧五种	〔英〕威廉·莎士比亚	朱生豪
多情客游记	〔英〕劳伦斯·斯特恩	石永礼
唐璜	〔英〕拜伦	查良铮
大卫·科波菲尔	〔英〕查尔斯·狄更斯	庄绎传
简·爱	〔英〕夏洛蒂·勃朗特	吴钧燮
呼啸山庄	〔英〕爱米丽·勃朗特	张　玲　张　扬
德伯家的苔丝	〔英〕托马斯·哈代	张谷若
海浪　达洛维太太	〔英〕弗吉尼亚·吴尔夫	吴钧燮　谷启楠
哈克贝利·费恩历险记	〔美〕马克·吐温	张友松
一位女士的画像	〔美〕亨利·詹姆斯	项星耀
喧哗与骚动	〔美〕威廉·福克纳	李文俊
永别了武器	〔美〕欧内斯特·海明威	于晓红

书 名	作 者	译者
波斯人信札	〔法〕孟德斯鸠	罗大冈
伏尔泰小说选	〔法〕伏尔泰	傅 雷
红与黑	〔法〕司汤达	张冠尧
幻灭	〔法〕巴尔扎克	傅 雷
莫泊桑中短篇小说选	〔法〕莫泊桑	张英伦
文字生涯	〔法〕让-保尔·萨特	沈志明
局外人 鼠疫	〔法〕加缪	徐和瑾
契诃夫小说选	〔俄〕契诃夫	汝 龙
布宁中短篇小说选	〔俄〕布宁	陈 馥
一个人的遭遇	〔苏联〕肖洛霍夫	草 婴
少年维特的烦恼	〔德〕歌德	杨武能
德国,一个冬天的童话	〔德〕海涅	冯 至
绿衣亨利	〔瑞士〕戈特弗里德·凯勒	田德望
斯特林堡小说戏剧选	〔瑞典〕斯特林堡	李之义
城堡	〔奥地利〕卡夫卡	高年生

第 三 辑

埃斯库罗斯悲剧二种	〔古希腊〕埃斯库罗斯	罗念生
索福克勒斯悲剧二种	〔古希腊〕索福克勒斯	罗念生
欧里庇得斯悲剧二种	〔古希腊〕欧里庇得斯	罗念生
神曲	〔意大利〕但丁	田德望
西班牙流浪汉小说选	〔西班牙〕克维多 等	杨 绛 等
阿拉伯古代诗选	〔阿拉伯〕乌姆鲁勒·盖斯 等	仲跻昆
列王纪选	〔波斯〕菲尔多西	张鸿年
蕾莉与马杰农	〔波斯〕内扎米	卢 永
莎士比亚喜剧五种	〔英〕威廉·莎士比亚	方 平
鲁滨孙飘流记	〔英〕笛福	徐霞村

书　名	作　者	译　者
彭斯诗选	〔英〕彭斯	王佐良
艾凡赫	〔英〕沃尔特·司各特	项星耀
名利场	〔英〕萨克雷	杨　必
人性的枷锁	〔英〕威廉·萨默塞特·毛姆	叶　尊
儿子与情人	〔英〕D.H.劳伦斯	陈良廷　刘文澜
杰克·伦敦小说选	〔美〕杰克·伦敦	万　紫　等
了不起的盖茨比	〔美〕菲茨杰拉德	姚乃强
木工小史	〔法〕乔治·桑	齐　香
恶之花　巴黎的忧郁	〔法〕波德莱尔	钱春绮
萌芽	〔法〕左拉	黎　柯
前夜　父与子	〔俄〕屠格涅夫	丽　尼　巴　金
卡拉马佐夫兄弟	〔俄〕陀思妥耶夫斯基	耿济之
安娜·卡列宁娜	〔俄〕列夫·托尔斯泰	周　扬　谢素台
茨维塔耶娃诗选	〔俄〕茨维塔耶娃	刘文飞
德国诗选	〔德〕歌德 等	钱春绮
安徒生童话选	〔丹麦〕安徒生	叶君健
外祖母	〔捷〕鲍·聂姆佐娃	吴　琦
好兵帅克历险记	〔捷〕雅·哈谢克	星　灿
我是猫	〔日〕夏目漱石	阎小妹
罗生门	〔日〕芥川龙之介	文洁若

第 四 辑

一千零一夜		纳　训
培根随笔集	〔英〕培根	曹明伦
拜伦诗选	〔英〕拜伦	查良铮
黑暗的心　吉姆爷	〔英〕约瑟夫·康拉德	黄雨石　熊　蕾
福尔赛世家	〔英〕高尔斯华绥	周煦良

书　名	作　者	译　者
月亮与六便士	〔英〕威廉·萨默塞特·毛姆	谷启楠
萧伯纳戏剧三种	〔爱尔兰〕萧伯纳	潘家洵　等
红字　七个尖角顶的宅第	〔美〕纳撒尼尔·霍桑	胡允桓
汤姆叔叔的小屋	〔美〕斯陀夫人	王家湘
白鲸	〔美〕赫尔曼·梅尔维尔	成　时
马克·吐温中短篇小说选	〔美〕马克·吐温	叶冬心
老人与海	〔美〕欧内斯特·海明威	陈良廷　等
愤怒的葡萄	〔美〕约翰·斯坦贝克	胡仲持
蒙田随笔集	〔法〕蒙田	梁宗岱　黄建华
悲惨世界	〔法〕雨果	李　丹　方　于
九三年	〔法〕雨果	郑永慧
梅里美中短篇小说选	〔法〕梅里美	张冠尧
情感教育	〔法〕福楼拜	王文融
茶花女	〔法〕小仲马	王振孙
都德小说选	〔法〕都德	刘　方　陆秉慧
一生	〔法〕莫泊桑	盛澄华
普希金诗选	〔俄〕普希金	高　莽　等
莱蒙托夫诗选	〔俄〕莱蒙托夫	余　振　顾蕴璞
罗亭　贵族之家	〔俄〕屠格涅夫	陆　蠡　丽　尼
日瓦戈医生	〔苏联〕帕斯捷尔纳克	张秉衡
大师和玛格丽特	〔苏联〕布尔加科夫	钱　诚
茨威格中短篇小说选	〔奥地利〕斯·茨威格	张玉书　等
玩偶	〔波兰〕普鲁斯	张振辉
万叶集精选	〔日〕大伴家持	钱稻孙
人间失格	〔日〕太宰治	魏大海

第 五 辑

书　名	作　者	译　者
泪与笑　先知	〔黎巴嫩〕纪伯伦	冰　心　等
华兹华斯 柯尔律治 诗选	〔英〕华兹华斯　柯尔律治	杨德豫
济慈诗选	〔英〕约翰·济慈	屠　岸
汤姆·索亚历险记	〔美〕马克·吐温	张友松
大街	〔美〕辛克莱·路易斯	潘庆舲
田园三部曲	〔法〕乔治·桑	罗　旭　等
金钱	〔法〕左拉	金满成
果戈理小说戏剧选	〔俄〕果戈理	满　涛
奥勃洛莫夫	〔俄〕冈察洛夫	陈　馥
谁在俄罗斯能过好日子	〔俄〕涅克拉索夫	飞　白
亚·奥斯特洛夫斯基戏剧六种	〔俄〕亚·奥斯特洛夫斯基	姜椿芳　等
复活	〔俄〕列夫·托尔斯泰	草　婴
静静的顿河	〔苏联〕肖洛霍夫	金　人
谢甫琴科诗选	〔乌克兰〕谢甫琴科	戈宝权　任溶溶
维廉·麦斯特的学习时代	〔德〕歌德	冯　至　姚可崑
叔本华随笔集	〔德〕叔本华	绿　原
艾菲·布里斯特	〔德〕台奥多尔·冯塔纳	韩世钟
豪普特曼戏剧三种	〔德〕豪普特曼	章鹏高　等
铁皮鼓	〔德〕君特·格拉斯	胡其鼎
加西亚·洛尔卡诗选	〔西班牙〕加西亚·洛尔卡	赵振江
你往何处去	〔波兰〕亨利克·显克维奇	张振辉
显克维奇中短篇小说选	〔波兰〕亨利克·显克维奇	林洪亮
裴多菲诗选	〔匈〕裴多菲	孙　用

书名	作者	译者
轭下	〔保〕伐佐夫	施蛰存
卡勒瓦拉(上下)	〔芬兰〕埃利亚斯·隆洛德	孙用
破戒	〔日〕岛崎藤村	陈德文
戈拉	〔印度〕泰戈尔	刘寿康
三个火枪手(上下)	〔法〕大仲马	李玉民
约翰-克利斯朵夫(上下)	〔法〕罗曼·罗兰	傅雷
都兰趣话	〔法〕巴尔扎克	施康强

第 六 辑

书名	作者	译者
金驴记	〔古罗马〕阿普列尤斯	王焕生
萨迦	〔冰岛〕佚名	石琴娥 斯文
约婚夫妇	〔意大利〕曼佐尼	王永年
双城记	〔英〕查尔斯·狄更斯	石永礼 赵文娟
飘	〔美〕米切尔	戴侃 等
狄金森诗选	〔美〕艾米莉·狄金森	江枫
在路上	〔美〕杰克·凯鲁亚克	黄雨石 等
尤利西斯	〔爱尔兰〕詹姆斯·乔伊斯	金隄
漂亮朋友	〔法〕莫泊桑	张冠尧
战争与和平	〔俄〕列夫·托尔斯泰	刘辽逸
陀思妥耶夫斯基中短篇小说选	〔俄〕陀思妥耶夫斯基	文颖 等
阿赫玛托娃诗选	〔俄〕阿赫玛托娃	高莽
布登勃洛克一家	〔德〕托马斯·曼	傅惟慈
西线无战事	〔德〕雷马克	邱袁炜
雪国	〔日〕川端康成	陈德文
晚年样式集	〔日〕大江健三郎	许金龙